Über dieses Buch Ähnlich wie die Gräfin Löwenjoul in Thomas Manns ›Königliche Hoheit‹, die sich von Zeit zu Zeit in die »Wohltat« rettet, in Absenzen, läßt sich Antonia Pictor in eine Depression fallen. Und viel gebildetes Personal kümmert sich um ihre Wiederherstellung. Aus Befunden, Notizen, Protokollen, Papierkorbschnitzeln setzt Inge Merkel das Porträt einer Frau an der Schwelle des Alters zusammen. Gleichzeitig malt sie ein Kolossalgemälde unserer Tage. Es geht um Liebe, Lehrernöte, Ängste, Einsamkeiten, Partygeplauder, Humanität, Nacktbaden, Kirche, Sündengefühle – um die großen und kleinen Wichtigkeiten dieser Erde und ihrer Bewohner. ›Die letzte Posaune‹ (des jüngsten Gerichts) ist eins der witzigsten und literarisch interessantesten Bücher, die in jüngster Zeit aus Österreich gekommen sind. Bei dessen Lektüre fallen dem Leser zwangsläufig Namen wie Doderer, Gütersloh oder Musil ein. Was schon Inge Merkels Roman-Erstling ›Das andere Gesicht‹ auszeichnete, ist auch diesmal zu genießen: ein von Originalität und Sprachgewalt überbordendes Buch. Ein intellektuelles Lesevergnügen.

Die Autorin Inge Merkel, 1922 in Wien geboren, studierte in ihrer Heimatstadt Germanistik, Geschichte und Altphilologie; nach ihrer Promotion war sie zunächst am Seminar für Klassische Philologie der Universität Wien tätig, schließlich im Höheren Schuldienst. Für ihren Roman ›Das andere Gesicht‹, mit dem sie im Alter von sechzig Jahren debütierte, erhielt sie den ›Aspekte‹-Literaturpreis des ZDF 1982. Inge Merkel lebt in Wien.
Ihr Roman ›Das andere Gesicht‹ ist als Fischer Taschenbuch lieferbar (Bd. 5448).

INGE MERKEL

DIE LETZTE POSAUNE

ROMAN

FISCHER TASCHENBUCH VERLAG

Ungekürzte Ausgabe
Veröffentlicht im Fischer Taschenbuch Verlag GmbH,
Frankfurt am Main, März 1988
Lizenzausgabe mit freundlicher Genehmigung des
Residenz Verlags GmbH, Salzburg und Wien

Umschlaggestaltung: Jan Buchholz / Reni Hinsch
Gesamtherstellung: Clausen & Bosse, Leck
Printed in Germany
ISBN 3-596-29169-0

EINFÜHRUNG IN DEN FALL DR. ANTONIA PICTOR

von Prof. Dr. E. H. Schlesinger,
Facharzt für Psychiatrie und Nervenheilkunde

Die verwirrenden bis abstrusen, oftmals auch bestürzenden Erscheinungen, die das Leben der Frau Dr. Pictor viele Monate hindurch beherrscht haben, Erscheinungen, die ich als »beklemmend mit einem Schuß Lächerlichkeit« bezeichnen möchte, haben nach meiner Berechnung im Sommer 1982 mit dem Tod ihres Vaters eingesetzt. Dieser Tod wurde von Frau Pictor nicht als die natürliche Folge einer Krankheit oder des hohen Alters empfunden, sondern als der vage Endpunkt eines lang hingezogenen, keineswegs als Leiden erlebten Absterbens mehr der Seele denn des Körpers. Der Prozeß wurde von der Tochter mit einer auffallenden, fast möchte ich sagen »anstößigen« Neugier und Genauigkeit beobachtet und beschrieben.

Sie stand zu dieser Zeit im sechzigsten Lebensjahr.

Die Patientin (ich gebrauche diesen Ausdruck mit starken Vorbehalten und nur deshalb, weil ich die Bekanntschaft mit diesem Fall unter dem Gesichtspunkt einer psychiatrischen Konsultation gemacht habe), die Patientin scheint sich nach dem Tod des Vaters intensiv mit Gedanken über Altern und Sterben, über die Vergangenheit sowie über den Sinn und das Ziel des Daseins beschäftigt zu haben: ein Interesse, das für einen Menschen dieser Lebensstufe durchaus legitim und natürlich ist.

Wenn man die Sechzig überschritten hat, wird viel um einen herum gestorben. Der Bekannten- und Freundeskreis dezimiert sich allmählich, und man findet sich häufiger als in jüngeren Jahren, betroffen und kühl angeweht, vor einem offenen Grab und hört die Erdbrocken auf einen Sargdeckel rumpeln. Kein angenehmes Gefühl. Man geht nach Hause, nimmt allenfalls etwas Starkes zu sich und versucht, sich möglichst rasch wieder in den Alltagstrott einzufügen.

Wenn es der Vater oder die Mutter ist, die sterben, verhält

es sich anders, und zwar ganz unabhängig von Art und Häufigkeit der Kontakte, die man zuletzt mit ihnen pflegte. In den meisten Fällen beschränken sie sich ohnehin auf jene Pflichtbesuche, die man in einem Gefühl, das zwischen Mitleid, Gereiztheit, schlechtem Gewissen und Anfällen von Sentimentalität schwankt, unbehaglich absitzt. Der Verlust erschüttert keine Lebensgewohnheiten. Kaum, daß Schmerz aufkommt. Trotzdem fühlt man einen schreckhaften Riß. Er klafft in der Zeltbahn, die einen gegen die Wetterseite des Daseins abschirmt. Frösteln dringt unter die Haut. Man ist einem Windzug ausgesetzt, an den man sich nur langsam gewöhnt. Eine gute Weile befindet man sich nicht sehr wohl. Zum erstenmal denkt man realistisch an den Tod in allen seinen Facetten.

In dieser Situation befällt den Menschen nicht selten ein schockhaftes Zurückschrecken vor dem Gedanken an das eigene Sterben. Es kann sich in einem plötzlichen Bedürfnis manifestieren, »noch einmal anzufangen«, einen neuen Lebensstandort zu suchen und die seelische Unruhe mit Reisen, Wohnungs- oder Partnerwechsel zu betäuben; Unternehmungen, die bald in der beharrlichen Dünenwanderung der Gewohnheit zu versanden pflegen: eine heilsame Wirkung des Selbsterhaltungstriebes, der auf die nachlassende Elastizität des Organismus Rücksicht nimmt.

Oft findet man bei den Betroffenen auch ein jäh aufkeimendes Interesse am Transzendentalen, das je nach Bildung und Geschmack mit der Lektüre theologischer und philosophischer Schriften bis hinunter zur okkultistischen Illustriertensensation genährt wird. Auch religiöse Aktivitäten mit frömmelndem Einschlag sind zu beobachten, und zwar auffallend häufig bei Personen, die in rüstigeren Lebensphasen keinerlei Anteilnahme am Überirdischen gezeigt haben.

Für die Menschen unserer westlichen Zivilisation ist die Religion kaum mehr in bescheidenem Maße echter, selbstverständlicher Lebensstoff. So bleibt dieser in anderen Epochen wichtige Bereich im Stadium der Frühunterweisung stecken, wie sie im Kindesalter von pädagogisch und bildungsmäßig meist recht beschränkten Katecheten erteilt wird: die biblischen Geschichten, die Merksätze des Katechismus, Hochfeste, Rituale und die obligaten Glaubensübungen, wie das Kind sie erlebt. Mit dem Eintritt in eine rationaler getönte Phase wird er meist abgetan und in abgelegene Kammern des Bewußtseins verbannt, wo er keine Möglichkeit hat, zu subtileren Formen heranzureifen. So haftet diesem späten Zurückfinden zur Religion oft der peinliche Geruch des Künstlichen, Schülerhaften, ja Zimperlichen an. Die Bemühungen werden bald aufgegeben, oder sie arten ins Schrullenhafte aus.

Frau Dr. Pictors »Aufbruch« in eine neue Lebensperiode ist mit diesen gewohnten und oft beobachteten Reaktionsformen in keiner Weise zu vergleichen. Schon um der Konsequenz und Radikalität willen nicht, mit welcher sie vorging.

Die Art, in der sie sich mit dem heiklen Gebiet der Religiosität befaßt – ich bin geneigt zu sagen »umspringt« –, ist alles andere als frömmelnd oder schülerhaft zimperlich. Von schrullenhaften Zügen ist sie allerdings nicht immer frei.

Es ist ein spitzfindig phantastisches Grübeln über religiöse Sachverhalte, die weder als dogmatische Glaubenssätze noch als theologisch fundierte Erkenntnisse präsent zu sein scheinen, sondern in der naiven Urform als Märchen und Legenden. Diese »Legenden« werden aber nicht blind geglaubt noch symbolisch ausgedeutet, sondern als historische Tatsachen behandelt, welche unser heutiges Leben – so die Pictor! – vom Unterbewußten herauf in einer halb skurrilen, halb unheimlichen Form bestimmen. Unter totaler Mißachtung sämtlicher soziologischen, ökonomischen oder psychologischen Interpretationsmöglichkeiten sieht die Pictor die verschiedenartigsten Phänomene unserer Zeit als direkte Folgen der religiösen Prägungen unserer Generation, die uns in den frühen Lebensjahren in Elternhaus und Schule zuteil wurden und dann in Vergessenheit fielen.

Bei diesen Gedankengängen entwickelt die »Patientin« eine Konsequenz und Hartnäckigkeit, die manchmal an eine »überwertige Idee« denken läßt. Tod und Hygiene, Straßenverkehr und Apokalypse, Kain und der Vorgesetztenhaß geraten in bedenklichste Analogien.

Dabei haben diese Verknüpfungen oft etwas unglaublich Bestechendes, so daß man sich immer wieder zur Ordnung rufen und diese Vorstellungen einer harten Kritik unterziehen muß, wie es einem zuweilen mit den Wahngebilden Schizophrener geschieht, die häufig genug durch ihre Treffsicherheit verblüffen, einnehmen und auch kurzfristig täuschen können.

Dazu kommt noch, daß Frau Pictor aus ihren »Erkenntnissen« reale Konsequenzen im persönlichen Bereich zieht. Wichtige Dinge verlieren plötzlich ihre Bedeutung oder ändern ihren Stellenwert. Die Alltagsroutine, an deren Befolgung oft genug die Existenz hängt, wird vernachlässigt, manchmal sogar bewußt verweigert. Da geht es nicht mehr darum, äußere Lebensumstände aufzufrischen, dumpf gewordene Innenräume zu lüften. In einem gewalttätigen, jede Vorsicht außer acht lassenden Akt wirft die P. das ganze Gerüst der seelischen Sicherungen ab, die der Mensch im Lauf des Daseins um sich aufbaut gegen das Anbranden des Lebendigen, weil dieses Lebendige mit seinem fluktuierenden Formenchaos immer übermächtig, oft auch daseinsgefährdend und nur mit einer eisernen Bastion langsam fossilierender Gewohnheiten abzudämmen ist, wenn es den Alternden müde macht, ihm den Schlaf raubt und seine Nächte heimsucht mit den Vorwehen des Todesgrauens.

Dieses notwendige Schutzgehäuse nennt die Pictor abfällig einen »Kokon«. Ich zitiere wörtlich: »Fäden, aus dem Rocken der Zeit gezogen, eingespeichelt mit dem süßen Seim der Kindheit und versponnen zum Filzgeweb aus Erfahrung, Gewohnheit, angelerntem Wissen, verschrobener Spekulation und vagen Träumen; ein Gespinst, in das die verängstigte Seele einschlüpft und mit dem sie sich abschirmt gegen die lebendige Flut der Erscheinungen, bis sie alles nur mehr durch einen grauen Flor wahrnimmt.«

Trotz dieser mokanten Beurteilung des Falles kann ich mich des Eindrucks nicht erwehren, daß die Frau Dr. Pictor beim Abwerfen ihres Kokons eine ganz beträchtliche seelische Energie hat aufbringen müssen, die ihrerseits wieder eine Kraft freigesetzt hat, die – für den Anlaß zu groß – über das ursprüngliche Ziel hinausgeschnellt ist. Dabei büßte die P. ihren festen Standort fallweise ein, so daß ihre Aktionen oft wie ein Rudern im Leeren wirken, ähnlich jemandem, der mit dem mühsam hochgestemmten Felsen zu weit zum Wurf ausholt und sich dabei selbst in den Raum hinauskatapultiert.

Die Patientin hat sich leichtsinnig – ich sage mit Absicht »leichtsinnig« und meine damit »halb und halb bewußt« – mit dem Chaos eingelassen, und dem ist der Mensch in keinem Lebensalter gewachsen, am wenigsten in den späten Jahren! Mag sie noch so aufprotzen. Das tut sie nämlich bisweilen! Unsereiner braucht die Hilfslüge der einschränkenden Gewohnheiten. Was soll's! Wer sich dieser Lüge begibt, setzt sich Gewalten aus, die dem animalischen Anteil unserer unseligen Doppelnatur entspringen und nicht umsonst durch Erziehung, Disziplin und eine gesunde Wehleidigkeit hinter einer soliden Barriere gehalten werden. Denn zu ihrer Bändigung und Lenkung ist unser geistiger Anteil zu schwach.

Ein solcher »leichtsinniger« Mensch redet, denkt und handelt dann in der Klemme eben oft so, daß der Umgebung sich der Verdacht aufdrängt, »er habe den Verstand verloren«.

Ich wurde von Herrn Hofrat Kreutzer, einem nahen Freund der Familie, als psychiatrischer Berater herangezogen, als er eines Tages Zeuge einer Handlung der Frau Pictor wurde, die durch ihren archaisch anmutenden Symbolcharakter wie ein Posaunenstoß wirkte und einen Prozeß in Gang gesetzt hat, der tief ins Alltagsleben der Patientin eingriff, deren Einstellung zu den Tagesereignissen und Berufspflichten radikal veränderte und zuletzt in somatische Symptome ausartete, die einen Spitalsaufenthalt und einen nicht unbedeutenden Eingriff nötig machten.

Meine Befassung mit dem Fall beschränkt sich allerdings fast ausschließlich auf Mitteilungen aus zweiter Hand, da die Patientin selbst absolut krankheitsuneinsichtig war und ich während der ganzen Beobachtungsphase von gut einem Jahr nur zweimal Gelegenheit zu einem persönlichen Kontakt hatte, wovon nur der zweite auch zu einem Gespräch geführt hat. Auch dieses kann nicht als eine ärztliche Konsultation bezeichnet werden.

Für meine Beobachtungen und Überlegungen standen mir folgende Unterlagen zur Verfügung:

1. Tonbänder, auf denen die Sitzungen festgehalten sind, die Herr Hofrat Dr. Heinrich Kreutzer bei mir absolvierte und in denen er mir das auffallende Verhalten der Frau Dr. Pictor, vor allem aber die Gespräche schilderte, die er mit ihr geführt hat. Herr Kreutzer verfügt über ein beneidenswertes Gedächtnis, das ihn in den Stand setzt, ganze Passagen aus diesen Gesprächen im Wortlaut wiederzugeben, was den Umstand, daß Frau Pictor nicht persönlich in Erscheinung trat, einigermaßen wettmacht.
2. Wortgetreue Wiedergaben von Monologen, die die Pictor – wie andeutungsweise verlautet – in illuminiertem Zustand gehalten hat, ließ mir dankenswerterweise Frau Kammerschauspielerin L. zukommen.
3. Tagebuchähnliche Aufzeichnungen der Patientin über ihre Zustände, Gedanken und Gefühle, die sie unmittelbar nach der Niederschrift wegzuwerfen pflegte.

   Der zuerst von Kreutzer gequälte, dann aber selbst verunsicherte Gatte zog regelmäßig die Papiere aus dem Abfall – oft in zerknülltem, zerrissenem, auch besudeltem Zustand – und überließ sie mir zur Einsicht und Beurteilung.

   Viel Kopfzerbrechen haben mir bestimmte Partien dieser Aufzeichnungen bereitet. Eine Art von »Gesichten«, in denen es zu unmittelbaren Kontakten mit dem Irrealen kommt (Gott, Satan, Tod etc.), die sich eigenartigerweise ausnahmslos an betont profanen Orten abspielen (Dachboden, Keller, Küche). Im Ganzen eine Mischung aus Phantastik und Nüchternheit, schauerlich und lächerlich zugleich, beklemmend und logisch nicht erklärbar.

Die endlosen Gespräche, die Frau P. mit Herrn K. geführt hat, fahren nach kurzen, belanglosen Einleitungen immer wieder in dieselben Geleise ein und kreisen um Religion und die sonderbaren Erscheinungsformen, die – nach Ansicht der

Pictor – das Religiöse in unserer Gegenwart angenommen hat. Diese Gespräche verraten, trotz des beabsichtigt legeren Tones, eine hochgradige Spannung und nervöse Unruhe, die sich nach einiger Zeit auch dem Leser auf die Nerven schlägt. Frau P. versuchte in diesen Gesprächen offensichtlich, ihre Gedanken und Gefühle, die obsessionshaften Charakter angenommen haben dürften, loszuwerden, befürchtete aber, damit beim Zuhörer unliebsame praktische Reaktionen heraufzubeschwören (was ja auch tatsächlich geschah). Sie bediente sich daher einer Ausdrucksweise, die von vornherein ein völliges Ernstgenommenwerden unterbinden sollte, einer Kunstsprache, die durch manieriert barockes, zuweilen amtlich antiquiertes Daherstelzen die Aussagen ins lächerlich Groteske zieht. Diese Art der Sprache ist beiden Herrschaften geläufig und in Wien nicht ohne bodenständige Verwurzelung, Frau P. aber übertreibt bewußt und macht daraus eine Art Harlekinade, so wie ein Dichter bisweilen sein Gewagtestes anbringt, wenn er den Sprecher ins Narrenkleid steckt.

Ein schamloser Trick! – Oder eine verzweifelte Camouflage. Ich wage es nicht zu beurteilen!

Dagegen sind die »tagebuchähnlichen Aufzeichnungen«, in denen Gebiete berührt werden, über welche die Pictor offenbar mit dem Freund nicht sprechen wollte, in einer ganz unauffälligen, nüchternen Sprache abgefaßt. Man hat den Eindruck, daß die Pictor all die darin geschilderten Bilder, Sensationen und Phantasien ohne jede Verwunderung oder Beklommenheit erlebt hat. Es fehlt diesen Partien ganz die nervöse Unruhe der »Gespräche«. Allerdings gerät die prosaische Sprache zuweilen unvermutet in eine Art rhythmischen Singsang, der manchmal sogar gedichtartig auswuchert, womit allerdings meiner Ansicht nach keine ästhetischen Absichten verfolgt wurden, sondern – wenn der Ausdruck erlaubt ist – magische, wie die Malereien an den Höhlenwänden vorhistorischer Zeit. Bann und Zauber als einzige Waffe gegen das Ungeheuerliche.

Die Schrift zeigt übrigens keinerlei Merkmal von Erregung oder Angst. Nach dem Gutachten eines erfahrenen

Graphologen, den ich beigezogen habe, hat sich die P. bei der Niederschrift in einem »gesammelten Zustand von gänzlich unpathetischer, fast hausbackener Nüchternheit« befunden.

Meinen ursprünglichen Plan, den Fall in Form eines wissenschaftlichen Berichts in den »Beiträgen zur Gerontologie« zu veröffentlichen, habe ich bald aufgeben müssen. Es erwies sich als völlig unausführbar, die meist krausen Gedanken- und Redefluchten und all die Bilderfülle in die Sprache beschreibender Wissenschaft zu übersetzen. So habe ich mich entschlossen, die Unterlagen, über die ich verfüge, unmittelbar zu Wort kommen zu lassen, mich selbst nur auf erläuternde Bemerkungen und Kommentare sowie Zwischenanamnesen zu beschränken. Eine gewisse Verlegenheit bereitete mir zunächst die Ordnung der bunten Folge von Tonbändern, Aufzeichnungen, Zuschriften. Schließlich beschränkte ich mich auf eine halbwegs chronologische Reihenfolge der Eingänge, die ich, der Übersicht halber, mit passenden Titeln versah. Dabei trat – für mich selbst überraschend – eine deutliche Architektonik zutage, in der ich eine Darstellung des christlichen Weltbaues in seinen wesentlichen Teilen zu erkennen glaube. Die Welt und ihre Gewalten: Gott – Satan – die Materie; sodann die Stationen im Roman der christlichen Seele: Sünde – Tod – Gericht; und zuletzt das große Geheimnis der Verdammung und Erlösung des Adam.

Alle diese Elemente werden als die Promotoren entlarvt, die in spukhafter Weise unser Alltagsleben durchsetzen und formen. Und so wird schließlich dieses banale, teils elende, teils ridiküle Alltagsleben von heute in der Darstellung der Pictor zu einem schlimm heiligen Mummenschanz, in dessen magischen Kreisen auch ein kühler Kopf – wofür ich den meinen halte – sich binnen kurzem hoffnungslos verstrickt.

Geißblatt

DER KOKON

Aufzeichnung aus dem Papierkorb der Pictor

Er wurde also heute eingescharrt, der Vater, nach dem Ritus der römisch-katholischen Kirche, unter blauestem Sommerhimmel, dreißig Grad im Schatten, wolkenlos. Ein leichter Aufwind aus dem Krottenbachtal trieb Weihrauch hoch und raschelte in den schwarzen, goldbedruckten Schleifen der aufdringlich riechenden Kränze. Steif postiert die vier bestallten Totenvögel in Schwarz und Silber mit ihren versoffenen Nußknackergesichtern, denen sie beim Klassebegräbnis einen elegischen Ausdruck zu geben wissen. In dienstfertig abrufbaren Tränen nur die Hausmeisterin, auf Trinkgeld hoffend und die »schöne Leich« ganz allgemein genießend. Der Geistliche entspricht dem Anlaß mit dem obligaten Öl in der Stimme: »Unser Bruder in Christo, Georg, hat uns nach einem vorbildlichen Leben nach den christlichen Geboten der Kirche nun auch ein beispielhaftes Sterben in Demut und Ergebung in den Willen des Herrn vor Augen geführt.«

*

Der Tod des Vaters hat mich nicht erschüttert. Viel weniger sonderbarerweise als Heinrich, der am Grab fast geweint hat. Wenn ich ehrlich bin, habe ich diesen Tod in den letzten Monaten schon herangehofft. Es war beschwerlich, sich um einen Neunzigjährigen zu kümmern, der nur mehr die feierliche Hülse seiner selbst war.

*

Ein »beispielhaftes Sterben in Demut und Ergebung in den Willen des Herrn« salbte der Pfaffe zungengeläufig.

Dieses halsstarrige Dahinwelken bei leidlich gesunder

Körperverfassung, war das die stille Schickung in eine gottgewollte Notwendigkeit? So geheuer war das nicht. Er hat sich nicht in frommer Geduld ins Unvermeidliche gefügt. Sein Tod war eine mit Trotz infiltrierte Rückverwandlung, eine heimlich, aber mit starrer Konsequenz ins Werk gesetzte Flucht aus den Bindungen und Verantwortlichkeiten der Gegenwart in den vagen Frieden einer zurechtgeträumten Vergangenheit. Äußerlich wurde dabei mit Sorgfalt die Larve bürgerlicher Honorigkeit aufrechterhalten.

Das alles kam erst so deutlich heraus in seinem Totengesicht; klein und papieren gelb, die Kinnlade mit einem weißen Tuch hinaufgebunden: ein Ausdruck tauber Starrsinnigkeit und störrischer Abwehr mit einem deutlichen Einschlag von Schadenfreude um den verkniffenen Mund: Befriedigung über den gelungenen Coup der Lebensflucht.

*

Seine schrittweise Verwandlung hat schon vor Jahren eingesetzt, mit dem Tod der Mutter nämlich, als er hartnäckig darauf bestand, in der viel zu geräumigen, für den alten Mann ziemlich unbequemen Wohnung weiter zu wesen. Nichts durfte verändert, verrückt, den neuen Verhältnissen angepaßt werden. Das Ehebett blieb überzogen. Die Kleider der Mutter hingen im Kasten, ihre Hüte standen im oberen Fach. Sogar die Hausschuhe behielten ihren Platz in der Küche neben der Kohlenkiste.

Wie immer erhob er sich um sechs Uhr früh. Er besorgte die kleinen Geschäfte des Haushalts selbst. Wischte Staub, kehrte den Boden, wusch das Geschirr. Das Essen ließ er sich aus einer Gastwirtschaft bringen und hielt auch fest an der Gewohnheit der drei Gänge. Er erfüllte pünktlich die Pflicht einer ausreichenden Ernährung. Die Spaziergänge, die ihn bei jedem Wetter die gewohnten Routen entlangführten, dehnte er nun zum Friedhof aus. In einer Aktentasche, die er stets mit sich führte, trug er ein Schäufelchen und Grablichter mit Zündhölzern.

Wie gewohnt, hielt er auf eine adrette äußere Form. Er rasierte sich täglich, ließ sich regelmäßig die Haare schneiden und nahm wöchentlich ein Vollbad. Niemals trug er tagsüber einen Schlafrock. Die Zahnprothese legte er nur nachts ab. War ein Gast angesagt, empfing er ihn in Sakko, Krawatte und Schnürschuhen. Er festigte sein äußeres Lebensgehäuse, das durch den Tod der Gattin eine starke Erschütterung erlitten hatte, durch strikte Einhaltung der Gewohnheiten.

Dann trat die zweite Phase ein.

Eines Tages stürzte er auf der Gasse. Ein Knie war geschwollen. Die Verletzung heilte rasch, und bald war er wieder in der Lage, seine Einkäufe und Spaziergänge aufzunehmen. Aber er tat es nicht. Er schützte Ängstlichkeit vor. Begleitung, die sich gefunden hätte, lehnte er strikt ab. Die Einkäufe ließ er sich nun besorgen. Er bewegte sich nur mehr in der Wohnung. Mit der Zeit wurde er immer steifbeiniger. Er bediente sich nun eines Stocks, und bald schob er sich in einem zeppelnden Greisengang von Zimmer zu Zimmer. Auf diese Weise verrichtete er langsam seine gewohnten Haushaltsgeschäfte. Dabei nahm sein Gesicht einen eigensinnig verstockten Ausdruck an.

Die Aktentasche mit dem Schäufelchen und den Lichtern stand an ihrem gewohnten Platz.

Er befaßte sich nun eifrig mit dem Leben nach dem Tode. Obwohl er sich zeitlebens katholisch genannt hatte, schienen ihm die Trostmittel der Kirche nicht zu genügen. Seine Lektüre neigte sich immer mehr dem Okkulten zu. Er sprach in langen, bröselnden Perioden von den astralen Erscheinungsformen der Mutter. Allmählich entwickelte er die skurrile Vorstellung, daß es sich beim Knarren des Wäschekastens neben seinem Bett um eine Aufmerksamkeit der Verblichenen handle, mit der sie ihre Präsenz bekunde. Nach einiger Zeit gab er bekannt, daß sich diese nun in entferntere Sphären des Alls zurückgezogen habe und nur mehr selten knarre. Der Vorgang war in der einschlägigen Literatur bekannt.

In diese Phase fiel auch eine Betriebsamkeit, die er »im Leben Ordnung schaffen« nannte. Er begann damit, seine Vergangenheit zu paketieren. Alles Schriftliche, das er aufgehoben hatte, Dokumente, Zeugnisse, Ausweise, Briefe, auch Rechnungen und Photographien wurden in saubere Paketchen gewickelt, fest zugeschnürt und mit ausführlichen Beschriftungen in zittriger Greisenhand versehen. Wenn man, wie es bisweilen geschah, etwas brauchte, dann war nur schwer an das Papier heranzukommen. Bat man ihn darum, gab er vor, vergessen zu haben, wo das Gesuchte lag, später winkte er nur mehr kurz ab oder mimte Schwerhörigkeit. An einem starren Ausdruck verschlossener Beharrlichkeit sah man, daß er den Zustand des Paketiertseins für endgültig gehalten wissen wollte. Die reale Vergangenheit war in eine verwaltbare Ordnung und damit zum Stillstand gebracht.

Umso lebhafter beschäftigte er sich mit der Erinnerung. Schritt für Schritt tastete er sich durch die Gänge seines ausgeleerten Lebensgehäuses zurück in die Vergangenheit, die sich umso mehr für ihn erhellte, je tiefer sie hinabreichte in den Rücksog der Jahre.

Anfangs sprach er von den Begebenheiten aus der Frühzeit, an die er sich mit minutiöser Genauigkeit erinnerte. Nach einiger Zeit aber fehlte in diesen Erinnerungsbildern das eigentliche Geschehen, die Fakten und Ereignisse. Es waren nur mehr Gefühle und Stimmungen, die an bestimmten Plätzen, Jahreszeiten und Gerüchen hafteten. Er schien in der Atmosphäre dieser Rückblicke zu leben. Bald redete er gar nicht mehr darüber. Aber wenn er stumm dasaß mit einem ungezielt verschwommenen Blick, wußte man, daß er sich im Geruch einer verschollenen Zeit umtrieb.

In dieser Phase begann er zu klagen, daß sein Augenlicht abnehme. Er bestellte die beiden Zeitungen ab, die er seit Jahrzehnten bezogen hatte. Eine Korrektur der Brille aber verweigerte er. Wenn die Angehörigen zu Besuch kamen, saß er tauben Gesichts in der Runde. Wurden Neuigkeiten aus dem Familienkreis mitgeteilt, schützte er wachsende Schwerhörigkeit vor und nahm kaum Anteil. Die Gegenwart interessierte ihn nicht mehr. Er zog seine Sinne und Gedanken allmählich, aber konsequent von ihr zurück und lehnte jede Maßnahme ab, diesem Schrumpfen der Wahrnehmungsfähigkeit wirksam zu begegnen. Er schien den Vorgang sogar zu billigen.

Dabei veränderte sich langsam sein Gesicht. Die blassen Greisenaugen verloren den Zielpunkt ganz. Die Züge wurden verwaschen und schoben sich leise zurecht zu einer starren Maske. Er verspann sich in einen Kokon.

Er sprach jetzt nur mehr in Formeln. Er nötigte zum Platznehmen, bot eine Kleinigkeit an, fragte nach dem Befinden und dankte für den Besuch. Diese Formelhaftigkeit erstickte auch beim Gegenüber jede Redelust und zwang zum Gebrauch der Gegenformel. Die Besuche beschränkten sich auf den Austausch feststehender Phrasen, der von langen Schweigepausen unterbrochen wurde, in denen man einander stumm gegenübersaß.

Eines Morgens stürzte er im Badezimmer. Diesmal blieb er liegen, bis man ihn viele Stunden später auffand. Er wurde ins Spital gebracht, wo man außer den gewöhnlichen Erscheinungen des hohen Alters nichts Krankhaftes feststellen konnte. Über den Sturz und die Gründe, warum er nicht selbst aufgestanden war, gab er nur unklare Auskunft. Er beharrte darauf, im Bett liegen zu bleiben, und behauptete, sich nicht mehr aufrecht halten zu können. Entgegen den ärztlichen Befunden verschlechterte sich sein Allgemeinzustand rasch. Er hörte auf zu essen und äußerte nichts mehr als die Begrüßungs- und Abschiedsformel. Ohne daß in seinem Befinden eine wahrnehmbare Veränderung vorgegangen wäre, fand man ihn eines Morgens tot im Bett. Er lag abgemagert und kleingeschrumpft wie ein Vogelgerippe unter dem Laken. Das Gesicht in seiner papierenen Fahlheit mit dem eingezogenen prothesenlosen Mund zeigte den Ausdruck eigensinniger Verschlossenheit. Es schien mit feinen, kaum sichtbaren Fäden zugesponnen zu sein, welche die Augenhöhlen, die Nase und den Mund übernetzten. Mir war, als wäre dieses Gespinst schon lange im Entstehen gewesen, aber jetzt, in der Todesstarre, sah man es.

*

Das Totengesicht des Vaters läßt mich nicht los.

Manchmal habe ich das Gefühl, als spinne mein eigenes Gesicht sich ein. Unwillkürlich wische ich mit der Hand über meine Züge und bilde mir ein, an den Fingern ein klebriges Gefühl zu spüren.

Geißblatt fällt mir ein. Geißblattgeruch in einem Netz verschlafener Vogelstimmen. Auf der Haut eine Sommerbrise. Altweibersommer in der Luft, fil de Vierge. Kindheitsraum, Geborgenheit im Rücken. Schläfrig abgestandene Süße im dichten Gespinn eines Kokons, Schlaf- und Todesraum, lange nicht gelüftet, lebenslähmend, atemlos, gesponnen aus dem Garn der Erinnerung.

DER GEISSBLATTMORD

Vorbemerkung des Dr. Schlesinger

Da dieser ungewöhnliche Fall so gelagert ist, daß die Betroffene, Frau Dr. Antonia Pictor, geb. Gravis, persönlich im Hintergrund bleibt und nur durch die Vermittlung des Herrn Hofrat Dr. Heinrich Kreutzer, der sich bald einen Hausfreund, bald einen Wahlbruder nennt, in Erscheinung tritt, so muß ich eingangs wohl auch der Person des Hofrats eine gewisse Aufmerksamkeit zuteil werden lassen.

Hofrat Kreutzer, ein etwa siebzigjähriger, aber stattlicher und gut erhaltener Herr, dem man das Alter nicht sofort ansieht, macht zunächst einen offenen, ja aufgeschlossenen Eindruck, wird aber bei näherer Bekanntschaft merkwürdigerweise immer undurchsichtiger.

Er ist von jener nicht schwerfällig wirkenden Altherrenbeleibtheit, die sich leicht trägt und ganz natürlich wirkt. Er kleidet sich gut, ja elegant, aber mit betonter Unauffälligkeit. Durch eine sehr aufrechte Haltung, die vielleicht um eine Nuance übertrieben ist, scheint er größer zu sein, als er ist. Auch im Sitzen hält er sich sehr gerade, wobei beide Unterarme fest auf den Stuhllehnen aufliegen und die Hände den Kopf dieser Lehnen fest umschließen, ohne daß man jedoch sagen könnte: sie umkrampften ihn. Das große, regelmäßig geschnittene Gesicht unter den noch vollen, stark ergrauten Haaren fällt allenfalls durch eine gewisse Unbeweglichkeit auf, die das Distinguierte der ganzen Erscheinung hervorhebt, allerdings durch die besondere Art der Sprache noch eine zusätzliche Bedeutung als die gepflegter Beherrschtheit erhält.

Diese Sprache ist beeindruckend. Ich meine dabei die ein wenig altväterisch anmutende staatsamtliche Stilisierung der Perioden, das heutzutage nicht mehr oft hörbare, etwas gelangweilte Näseln, vor allem aber einen sehr eigentümlichen Sprachton: eine – bei angenehmer, eher tiefer Stimme – eindringliche, nach einiger Zeit fast aufreizende Monotonie der Sprachmelodie, die bei genauerem Hinhören ein angedeutet klagendes Timbre hat und im Verein mit der Körperhaltung und der unbewegten Miene den Eindruck größter Selbstbeherrschung mit einer Prise Dauergekränktheit erweckt.

Dazu verfügt Herr Kreutzer noch über einen ausgeprägten, gar nicht gutmütigen, sondern eher ins Sarkastische spielenden Humor, der sich jedoch – was manchmal fast irritiert – ausschließlich verbal ausdrückt. Miene und Haltung bewahren ihren gesammelten Ernst, so daß man im Augenblick nie ganz genau weiß, woran man ist und wie er etwas meint.

Heinrich Kreutzer ist Archäologe und in dieser Funktion als Kustos erster Klasse in der Antikensammlung tätig. Ein gewisses zusätzliches Licht auf seinen Charakter wirft vielleicht der Umstand – ich entnahm ihn einer beiläufigen Bemerkung –, daß Kreutzer nur in ganz jungen Jahren selbst grabend tätig war, seither aber die praktische, für den Laien so spannend und abenteuerlich wirkende Seite seines Berufs eher mit Verachtung betrachtet, als die »Schmutzarbeit« gewissermaßen, und sich persönlich – in von der Fachwelt hoch eingeschätzten Arbeiten – nur mit den bereits ausgescharrten und geputzten Objekten befaßt, ohne deswegen aber im geringsten zimperlich oder irgendwie affektiert zu wirken.

Wie bereits angedeutet, habe ich die Gespräche mit Herrn K. auf einem Tonband festgehalten, in der ersten Sitzung ohne den Hofrat ausdrücklich um seine Zustimmung zu fragen, weil die Erfahrung zeigt, daß manche Leute dann gehemmt sprechen. Ich ließ es zunächst auf eine spontane Reaktion ankommen. Es stellte sich aber im Lauf der Session heraus, daß der Hofrat das Aufnahmegerät nicht als solches erkannte, sondern für eine Klimaanlage hielt und sogar angab, Erfrischung zu verspüren.

Herr Dr. Heinrich Kreutzer scheint mit den technischen Errungenschaften unserer Zeit nicht besonders vertraut zu sein. Er fährt auch kein Auto, sondern pflegt den Weg in meine Ordination zu Fuß zurückzulegen, wobei er die für diese relativ kurze Strecke notwendige Zeit sehr reichlich bemaß, so daß die Annahme naheliegt, daß er auch schreitend die gleiche Gehaltenheit und Beherrschung wahrt wie im Sitzen.

Sitzung des Herrn Hofrat Dr. H. Kreutzer bei Dr. Schlesinger (Tonbandaufnahme; auf die Wiedergabe meiner eigenen spärlichen Fragen und Zwischenbemerkungen konnte bei der Niederschrift verzichtet werden, da sie aus der Antwort K.s erschlossen werden können.)

... ich konsultiere Sie nicht meinetwegen, Herr Doktor. Ich wende mich an Sie sozusagen aus zweiter Hand, denn die Dame, um die es sich handelt, ist um keinen Preis dazu zu bewegen, einen Arzt aufzusuchen. Es fehlt ihr jede Einsicht in das Auffällige ihres Verhaltens. Sie empfände es als Zumutung, wenn man versuchte, sie einem Psychiater vorzuführen.

... die Symptome? Also, wie soll ich sagen! So krude hineingesagt, klingt es wahrscheinlich absurd.

... daran sind Sie gewöhnt? Ja, eigentlich ist das anzunehmen bei Ihrem Beruf. Also kurz: jene Dame, Frau Dr. Antonia Pictor, hat am hellichten Tag auf offener Straße einen Zweig Geißblatt zertreten.

... nein, nichts weiter.

... also, ich war nach Pötzleinsdorf hinausgefahren. Das frühsommerliche Wetter ist ja jetzt sehr angenehm. Ich promeniere von der Endstation des 41er die Straße hinauf. Da seh ich sie schon von weitem an der Pfarrkirche vorbeigehen, oder besser gesagt »dahintreiben«. Verstehen Sie? Es wohnte diesem Gehen nichts inne, was an eine Zielvorstellung denken ließ. Aber auch kein Spazierengehen im gewöhnlichen Sinn. Dieses Gehen hatte etwas vage Streunendes, so daß man Angst bekam, sie verirrt sich oder wird überfahren oder tritt in etwas hinein. Und dazu das Gesicht, das sie schon als Kind gehabt hat, wenn sie ihre Zustände hatte. Verbockt und mit einem seitab schweifenden Blick. In der Hand hatte sie einen Zweig Geißblatt. Die Gärten sind ja jetzt voll davon.

Also, sie hatte diesen Zweig in der Hand. Plötzlich bleibt sie stehen, starrt ihn an, riecht dazu, zieht den Duft vollnüstrig ein, und dann legt sie ihn aufs Pflaster. *Legt* ihn, wissen Sie, sie hat ihn nicht aufs Pflaster geworfen oder fallen lassen. Sie hat sich gebückt und hat ihn hingelegt. Sanft. Und dann rafft sie sich plötzlich zusammen und tritt darauf, tritt den Zweig aus mit Nachdruck und einer kräftigen Hin- und Herdrehung der Schuhsohle. Ein richtiges Massaker, scheußlich anzuschauen, und sie selbst macht ein Gesicht dabei, das ich »schmerzlich geniert« nennen möchte. Tritt noch einmal genau auf die Blüten, schüttelt sich dann wie in einem plötzlichen Kälteschauer, wischt sich die Hände am Mantel ab und geht weiter. Dann erst erblickt sie mich, wie ich starr dastehe und sie anschaue.

... natürlich habe ich sie sofort zur Rede gestellt, aber sie schwätzte unklar und verlegen herum und sagte etwas von der Art: Es habe unbedingt geschehen müssen, sei »notwendig, ja eine Lebens- und Existenzfrage« gewesen.

... nein, das kann ich nicht sagen. Von Grausamkeit oder gar Sadismus hatte die Szene nichts an sich. Eher etwas – bitte mißverstehen Sie mich nicht – etwas Rituelles, etwas wie eine Opferhandlung. Das Lamm wird geschlachtet! Etwas der Art.

... ja, diese Szene war es, die schließlich den Ausschlag gegeben hat, so daß ich mich entschloß, einen Arzt aufzusuchen und um seine Meinung über diesen Fall zu befragen.

... warum ich es bin, der sich zu diesem Schritt entschlossen hat, und nicht – wie Sie begreiflicherweise andeuten – der Gatte Frau Pictors? Nun, das ist nicht so schwer zu erklären. Obwohl ich selbst niemals verheiratet gewesen bin oder längere Zeit mit einer Frau zusammengelebt habe, so kenne ich doch die Scheu älterer Ehemänner vor Unregelmäßigkeiten welcher Art auch immer bei ihren Gattinnen. Sie fühlen sich dadurch in ihrer gewohnten Ordnung empfindlich gestört. Das hat – meiner unmaßgeblichen Meinung nach – gar nichts zu tun mit Lieblosigkeit oder auch nur Gleichgültigkeit, auch nichts mit einem besonderen Egoismus. Es ist eine Art von Selbstschutzmechanismus, ich möchte sagen, etwas Triebhaftes, eine tief eingewurzelte Furcht vor einem Bruch oder Riß im Nestbau, an dem der Ehemann noch viel stärker haftet als die Frau, aber nicht mit dem Gemüt, sondern – wenn ich so sagen darf – mit dem Sitzfleisch. Ob es sich bei der Gattin um einen Schnupfen, einen Ehebruch oder eine Todeskrankheit handelt, es fällt unter den weiten Begriff der »Schererei« und wird nach Möglichkeit verdrängt.

Im aktuellen Fall kommt noch dazu, daß Pictor selbst Arzt ist, und wie Sie ja wissen werden, ergreifen Ärzte bei den leisesten Anzeichen einer Krankheitserscheinung in der eigenen Familie grundsätzlich und sofort die Flucht und zeigen sich blind dafür. So fühle ich eben *mich,* den engsten Freund der Pictors, veranlaßt, etwas zu unternehmen beziehungsweise mich darüber zu informieren, ob man etwas unternehmen sollte.

... da ich Antonia, also Frau Pictor, von frühester Kindheit an kenne und wir praktisch wie Bruder und Schwester miteinander aufgewachsen sind, so kann ich ohne Zögern und mit gutem Gewissen behaupten, daß unserer Verbindung, so nahe sie ist, niemals auch nur die geringste erotische Note beigemengt war.

... da muß ich allerdings notgedrungen etwas ausholen und auf meine persönlichen Verhältnisse zu sprechen kommen.

Mein Vater betrieb einen Kunsthandel, vorwiegend mit Möbeln und sonstigen Einrichtungsgegenständen, von denen natürlich auch unsere weitläufige Wohnung voll war. Ein Geschäft, das ihn häufig auf ausgedehnte Reisen führte. Aus diesem Grund war meine Mutter mit mir, dem einzigen Kind dieser Ehe, viel allein. Die Mutter, noch jung und eine lebhafte, lebenslustige Frau, dürfte sich, allein mit einem kleinen Kind und den Dienstboten, in der mit Kunstgegenständen vollgestopften Wohnung nicht sehr wohl gefühlt haben und dieser gepflegten, aber langweiligen Lebensart bald überdrüssig geworden sein. Jedenfalls verband sie sich mit einem anderen Mann und verließ den Gatten und das Kind. Es geschah dies übrigens ohne das geringste Aufsehen. Das Paar ging nach Amerika. Ich wurde wegen der eindeutigen Schuld der Mutter am Scheitern der Ehe dem Vater zugesprochen. Ich habe meine Mutter nie wiedergesehen.

Nach ihrem Verschwinden befand sich mein Vater womöglich noch öfter auf Reisen als vorher und war auch, wenn er in Wien weilte, nicht viel zu Hause. Wechselnde Dienstboten führten den Haushalt und sorgten für meine Bedürfnisse.

Unter diesen Umständen ergab es sich, besonders dank der freundlichen, sehr legeren Art der Frau Gravis, daß ich viel bei Antonias Eltern verkehrte, die ihre Wohnung im gleichen Stockwerk hatten wie wir; eine Wohnung, die weniger Kunstvolles enthielt als unsere, mir aber – ebenfalls ein Verdienst der Frau G., die eine ausgesprochen geschickte Hand für dergleichen hatte – äußerst behaglich vorkam. So wuchsen wir Kinder, Antonia und ich, fast wie Geschwister auf. Für Toni, die um sechs Jahre jünger ist als ich, war ich gewissermaßen der ältere Bruder. Ich verbrachte die meisten Nachmittage und Abende in der Nachbarfamilie. Herr Gravis beaufsichtigte meine Schularbeiten ebenso wie die seiner eigenen Tochter und nahm wesentlich lebhafteren Anteil an meinem Fortgang als mein eigener Vater, der über diese Entwicklung nur froh war und Herrn Gravis, ohne daß es zu ausdrücklichen Übereinkünften gekommen wäre, die volle Erziehungsgewalt über mich erteilte, so daß ich die Hand des alten Gravis auch heute noch auf der Backe fühle, denn Herr Gravis litt unter Jähzorn, bereute allerdings seine in diesem Zustand vollbrachten Taten immer geradezu ausschweifend, was Toni und ich bald auszunützen wußten. Denke ich »Vater«, dann fällt mir immer erst in zweiter Linie mein eigener Vater ein. Im Vordergrund steht scharf und profiliert die zarte, eher kleine Erscheinung des zornig weichen Herrn Gravis, an dessen Anerkennung und Tadel mir, dem Knaben, viel lag und auf den ich, obwohl er sorgfältig darauf hielt, keinen Unterschied zwischen uns beiden Kindern zu zeigen, sehr eifersüchtig war. Durch meine Studien, die mich zeitweilig ins Ausland führten, und dann durch die Kriegsereignisse trennten sich manchmal für Jahre unsere Wege, wir blieben aber stets in einem lebhaften brieflichen Verkehr. Ich war immer auf dem laufenden über alles, was die Gravis anging, und war für Antonia der Vertraute ihrer Sorgen und Heimlichkeiten. Ich freundete mich auch später sogleich und dauerhaft mit Tonis Gatten an, dem Dr. Pictor, und habe ihre beiden Kinder aus der Taufe gehoben.

Seit meiner endgültigen Niederlassung in Wien lebe ich allein. Übrigens immer noch in der Wohnung meiner Eltern, die vollgepfropft ist mit den Objekten aus dem aufgelassenen Geschäft meines Vaters, Möbeln und Gegenständen, die von der Bedienerin aus Ehrfurcht sowie aus Bequemlichkeit meist mit Tüchern behängt sind. Diese gewisse Unbehaglichkeit mag mit ein Grund sein, warum ich mich wiederum viel bei den Pictors aufhalte, so daß mir natürlich die auffälligen Veränderungen nicht entgangen sind, die an Antonia in den letzten Monaten, genauer seit dem Tod ihres Vaters, bemerkbar wurden.

... Frau Dr. Pictors persönliche Daten? Natürlich! Verzeihen Sie, ich hätte natürlich damit anfangen sollen, anstatt über mich breit zu werden. Also: sie ist jetzt anfang Sechzig, verheiratet, wie ich schon sagte, zwei Kinder, die in den Zwanzigern sind, meine Paten übrigens. Sagte ich es schon? Pictors haben spät geheiratet, Antonias Mann ist Arzt, sie selbst ist in einer Schule tätig. Sie unterrichtet alte Sprachen.

... ja, das wird wohl kein Zufall sein, daß unsere Interessengebiete und Studienfächer einander berühren. Ein Umstand, der viel zu unserer Unterhaltung beiträgt, weil wir – obwohl beide den antiken Kulturen zugetan – ein ganz verschiedenes Verhältnis dazu haben.

... wie soll ich das rasch erklären! Also, ich bekenne mich voll und ganz zur klassischen Periode und schäme mich nicht zu sagen, daß ich an der »vollkommenen Schönheit« großes Wohlgefallen habe. Antonia dagegen bohrt gerne in den abseitigen Zonen der Dinge herum, zieht die undurchsichtige Spätantike der klassischen Periode vor, sucht und findet gerne die schrulligen Seiten und liebt etwas, was sie die »angestochene Schönheit« nennt. Wir werden wohl noch darauf zurückkommen. Mit ein paar Worten kann ich das nicht erklären.

... nein, irgendwelche spektakulären Ereignisse gibt es meines Wissens nicht in ihrem Leben, die über das hinausgingen, was man in unseren Zeitläuften eben notgedrungen erlebt hat. In allem Faktischen erwies sie sich übrigens immer als ziemlich robust, körperlich wie seelisch, sieht man ab von einer gewissen Neigung zu unklaren Zuständen – nicht Krankheiten –, eher Unpäßlichkeiten, es fällt mir kein passenderes Wort ein, lästig, aber nie besorgniserregend. Auch jetzt ist sie für ihr Alter recht gesund. Ein wenig, sagen wir, üppiger in letzter Zeit, was ich nicht unbedingt für krankhaft halte.

... ja, sie ißt und trinkt sehr gern, nicht regelmäßig, eher orgiastisch. Ich will damit nur sagen, ihr Verhältnis zur Nahrung ist – genau wie zu anderen Bereichen – nicht von Maß und Vernunft geregelt. Irgendwie liederlich.

... ich weiß, ein starkes Wort! Aber ich kann nur wiederholen, ich übertreibe nicht!

... nein, krank ist sie auch als Kind nie gewesen. Dafür aber war sie häufig auf eine unbestimmte, schwer definierbare Weise eben unpäßlich, »malade«. Und dann hat sie diese Zustände mit gequältem Mund und einem verschleierten Blick in bohrender Weise und mit ungewöhnlichen Ausdrücken geschildert. Sie ist einem sogar nachgegangen und hat einen am Ärmel festgehalten, um ihr Befinden eingehend zu schildern.

... nein, fallweise Untersuchungen haben nie etwas anderes ergeben als die Feststellung einer gesunden, ja sogar ausgesprochen robusten Konstitution. Schon in der Kindheit, obwohl sie damals einen auffallend zarten, man kann sagen, kümmerlichen Habitus zeigte, was ihre Eltern zu besorgten Arztbesuchen veranlaßt hat, bei denen nie etwas anderes herauskam als die Empfehlung von Baldrian und Lebertran.

... wie sie diese Zustände beschrieb? Nun, ich erinnere mich an Szenen, wo sie aufrecht und eigentümlich gespannt dasaß und mit monotoner Stimme und schweifendem Blick mitteilte, sie habe ein so »sonderbares Gefühl ...«

... nein, ausdrücklich ein »sonderbares Gefühl«, alles sei ihr plötzlich »so fremd«. Dann stank es wieder nach Baldrian.

... gar nichts ist passiert. Die Zustände klangen wieder ab.

... in den letzten Jahren hat sie ihre Mitteilungsfreudigkeit bezüglich ihrer Malaisen etwas eingeschränkt. Trotz allem ist man bei ihr in einer unterschwelligen Art immer gefaßt darauf, daß sie wieder ausartet.

... nein, ich glaube nicht, daß dieser Ausdruck zu stark ist. Sie hat tatsächlich einen stillen, gedeckten, in sich gekehrten Hang zum Ausarten, wie ja der Blumenmord zeigt, einen Hang, der die Nahestehenden, und zu einem solchen muß ich mich wohl rechnen, in eine schwelende Dauerbesorgnis wirft, eine Schreckbereitschaft, die manchmal nur schwer zu ertragen ist und der man nur mit besonderer Nüchternheit begegnen kann. Das wirkt dämpfend auf sie.

... ja, ich habe mir schon in frühen Jahren, als ich fast ganz bei den Gravis lebte, diese – ich möchte sagen – Übernüchternheit zugelegt. Viele nannten es Frühreife. Man sprach von einem für meine Jugend auffallend besonnenen Charakter und schrieb – hinter meinem Rücken – die Schuld daran meiner entwichenen Mutter zu und den »traurigen Erfahrungen eines nahezu Verwaisten«.

... nein! Vielleicht erinnere ich mich nur nicht daran oder habe diesen Umstand verdrängt, aber meines Wissens habe ich mich als Knabe niemals über das Übliche hinaus unglücklich oder gar verlassen gefühlt, dazu saß ich zu warm im Gravisschen Bau. Meine sogenannte »Besonnenheit« war nichts anderes als ein Gegengewicht, eine Art Barriere, die ich mir nicht ohne Selbstgefälligkeit aufgerichtet hatte gegen die Ausartungsbereitschaft Antonias.

Und wenn Photographien existieren, auf denen ich in gesammelter Haltung aufrecht dastehe im Matrosenanzug, ein großer, etwas dicklicher Knabe, und auf sie hinunterblicke, dann war das eine Schutzmaßnahme; ich suchte einen festen Stand, wenn es um mich herum zuging in dieser Familie, die mein zweites, mein eigentliches Zuhause war. Der Vater, Herr Gravis, fiel ihr ja grundsätzlich herein, ließ sich von ihren Zuständen anstecken und legte dann seinerseits Szenen hin, die sich gewaschen hatten, und ihre Mutter nahm alles nur beiläufig und beschaute es mit einem undurchsichtigen Lächeln. Ich hing dieser Frau sehr an, aber Halt fand ich keinen an ihr.

... warum ich auf diesen Photographien *hinunter* blickte auf Toni? Mein Gott, sie war ja um vieles jünger als ich, wie ich schon sagte, und dazu ausgesprochen klein für ihr Alter. Sie ist erst sehr spät gewachsen und auch jetzt noch um etliches kleiner als ich, so daß ich gewissermaßen noch immer hinuntersehe auf sie.

... ob ich mich zu ihr hinunter *geneigt* habe? Nein, da bin ich ganz sicher. Ich habe von *oben* auf sie hinuntergesehen. Aber wohlwollend, vielleicht eine Spur mokant, gönnerhaft. Mag sein. Sie zeigt diese Photographien gern herum, um zu beweisen, wie ich zu ihr war. Es gibt eine ganze Menge davon, da wir ja – wie schon gesagt – besonders in der Kindheit fast dauernd zusammen waren. Sie starrt mürrisch zu Boden und ich stehe mit Stand- und Spielbein und blicke auf sie hinunter mit einem aufmerksamen Interesse, dem aber auch Sorge beigemengt ist. Ich habe mich gesorgt um dieses Kind. Wirklich, früh schon gesorgt. Vielleicht mehr, als ein eigener Bruder es getan hätte. Aber nun endlich zu den Fakten!

... das sei schon ein gewisses Faktum? Bitte, wenn Sie meinen. Obwohl mir nicht ganz klar ist ... aber meinethalben. Ist es also ein Faktum. Eigentlich habe ich gar nichts dagegen. Es ist ja dieses interessierte und besorgt nachsichtige Hinunterschauen ein ganz gutes Bild meiner Beziehung zu Antonia. Ich betrachte ihre ausartenden Zustände und sinne ernst auf Abhilfe. Dafür zeugt ja auch meine Konsultation.

Jetzt also zertritt sie auf hellichter Straße Blumen und inszeniert auf ihre reifen Tage unappetitliche Rituale. Ich war so verstört, daß ich sie stehenließ und ging, ohne mich auf genauere Fragen einzulassen. Es wären ja doch wieder nur irgendwelche gebauschten Grillen herausgekommen.

... etwas Besonderes *vor* dieser Begebenheit? Nicht, daß ich wüßte! Es sei denn, daß ich unlängst wieder einmal Zeuge einer der nicht so seltenen Familienszenen gewesen bin, in deren Verlauf die Pictorschen Kinder türenschlagend auszufahren pflegen. Es sind übrigens meine Patenkinder. Beide! Oder hab ich das schon erwähnt? Korrigieren Sie mich bitte, wenn ich mich wiederhole.

... also, es war die Rede davon, daß wir, die ältere Generation, uns gegen die Gegenwart abschirmten und in eine sterilisierte Vergangenheit verkröchen. Aus einem »sicheren Musealbau heraus sähen wir auf alles Neue wie auf etwas, das man nur mit Papier in den Fingern angreift«. So die Worte meiner Patenkinder.

Unsere sogenannte abendländische Kultur, die wir adorierten, sei nichts mehr als eine schöne Hohlform, die innen stinke und verrotte und in deren Sud wir in dünkelhafter Isolation dahinköchelten.

... ja, so frech reden sie von diesen Sachen und sind noch nicht trocken hinter den Ohren trotz ihrer etlichen zwanzig Jahre! Ich für meine Person widersprach in ruhiger Form, nicht wie es in dieser Familie üblich ist und auch bei den Gravis schon gewesen ist, schreiend das Zimmer verlassend oder stumm, wie Antonias Mann es zu tun pflegt. Ich bekannte mich voll zum Museum.

Ich stehe dazu, sagte ich, immerhin handle es sich um von altersher anerkannte Kunstwerke, daran lasse sich nichts deuteln und rütteln, auch nicht, wenn einem für vollkommene Schönheit das Organ fehle, wie es heute oftmals vorkomme.

... Anerkannt! Unantastbar! Vollkommene Schönheit! hackten sie zurück. Kunst solle lebendig und nicht unantastbar sein. Alles Lebendige aber solle man bezweifeln und ändern dürfen und nicht ins Museum sperren. Heute sei schon jeder fünfzigjährige Nachttopf ein Ausstellungsstück, erziele Höchstpreise und werde zur ehrfürchtigen Schau unter Glasglocken gestellt und mit Schildchen versehen: Bitte Abstand halten! Nicht berühren! Und jeder vergesse, wozu das Gerät einmal gedient habe.

... bis zu einem gewissen Grad hatten sie ja recht, aber eben nicht ganz und nicht genau. Antonia, die sich erst heftiger, als es der logischen Argumentation guttut, an der Auseinandersetzung beteiligt hatte, schwieg plötzlich eine Weile und schlug sich dann unvermittelt auf die Seite der Kinder: es sei ja wahr, auch wenn man sich nicht gerade an den Nachttöpfen festbisse. Was sei denn die abendländische Kultur und das Christentum, auf dem sie basiere, noch für uns? Eine Religion vielleicht? Ehrfurchtsramsch! Bildungsgut! Lehrstoff für Höhere Schulen! Objets d'art, vor denen wir in ästhetische Schauer verfallen, und ein pikantes Rückgratrieseln sei die einzige Erschütterung, zu der wir noch fähig seien. Zum Beispiel wenn wir einem Hochamt beiwohnten! Und auch das eigene Leben, murmelte sie dann mit einem teils bekümmerten, teils verdrossenen Gesichtsausdruck. »Ein feierliches Gräberfeld, durchweht vom klebrigen, allzu süßen Hurengeruch des Geißblatts.«

ja, wörtlich! Was sie genau damit meinte, weiß ich auch nicht.

LÖSCHGÄNGE IM MAGISCHEN GELÄNDE

Aufzeichnungen aus dem Pictorschen Papierkorb

Man sollte in meinem Alter am Nachmittag nicht schlafen. Todmüde und benommen, mit schwerem Kopf und bleiernen Gliedern taucht man auf aus einer Unlast zähflüssiger Träume, die auch im Wachen nicht abreißen.

Besonders im Sommer ist solch ein Siestaschlummer unzuträglich. Und gar bei offenem Fenster, wehrlos ausgesetzt dem Abgleiten in längst dahingegangene Juninachmittage: Duft aus Gärten, die es nicht mehr gibt. Auf den geschlossenen Lidern ein Licht, das durch andere Bäume gefiltert ist. Jalousiengedämpft ein Klang: die wunderlich friedvolle Polyphonie von ein paar Klavieren, auf denen nüchterne Kinderhände üben; Czerny, Clementi, vielleicht die Sonata facile mit unhastigen, trockenen Fehlgriffen, die sich stets wiederholen. Nicht quälend. Vielmehr von einem eigenartig bestrickenden, die Nerven befriedenden Zauber, den es heute auch nicht mehr gibt. Dazu ein Duft. Flieder und Akazien, Jasmin und Geißblatt. Besonders die süße, vulgäre Wildheit des Geißblatts. Und alles in einem besonderen Licht, das durch die gestreiften Markisen den Raum in ein Goldbraun taucht, das verhalten knistert wie ein Tierfell.

*

Ich bin müde auf den Tod, und es fröstelt mich bis an die Herzhaut. Dieses Herumstreifen in der Vergangenheit, in den Lebenszonen der Kindheit wirft mich für Stunden auf den Diwan. Magisches Gelände! Gassen, in denen ich jeden Pflasterstein kenne, vertraute Unebenheiten mit der Sohle prüfend, an Planken vorüber, die längst vermodert und Betonmauern gewichen sind; aber immer noch seh ich die graue seidige Glätte der morschen Bretter, fühle sie an den Fingerkuppen, rieche das erhitzte, teergetränkte Holz, Katzenurin und die Bitterkeit der Brennessel. Und alles durchdringend die ordinäre Süße des Geißblatts, das darüberhinwuchert. Lonicera vulgaris. Periklymenon.

*

Süchtig bin ich geradezu nach diesen erinnerten Gefühlen und verblichenen Erwartungen, ziehe daraus die Nachtschattengewächse altgewordener Träume. Süchtig bin ich nach dem Herzklopfen, das heute doch nur mehr ein Stolpern ist. Man nimmt hastig dagegen etwas ein, das man nun stets bei sich trägt.

Überall Vergangenheitsreste, verwelkte Sehnsüchte und ausgeblaßte Lebensbilder, die sich in verborgene Bewußtseinsschichten eingesenkt und unter Luftabschluß verbacken haben: zersetzte Rückstände einstmals blühender Vegetation im dumpfigen Moorboden der Erinnerung.

*

Ich muß jetzt oft an ein altes Weib aus der Kindheit denken, das in den ausschweifenden Hüten ihrer Jugend durch die Straßen zog, zur verschlissenen Gestik der achtziger Jahre des vergangenen Jahrhunderts eifrige Konversation mit sich treibend.

Und selbst krieche ich durch diese Gassen, einen süßlichen Gram in der Magengegend, abgegriffene Gefühle wie eine müde Schleimspur nachschleifend.

*

Wohl ein Alterslaster, dieses wehmutstriefende Zurückschlurfen in die eigene Vergangenheit. Aber heute liegt das in der Luft, wie ein Geruch, dem das reale Substrat fehlt. Der Geruch nach der abgestandenen Luft eines Raums, der lang nicht gelüftet worden ist. Der Geruch unserer Zeit. Zweitausend Jahre christliches Abendland! Schausäle, die man auf ehrfürchtigen Zehenspitzen durchwandert. Räume, in denen es umgeht. Eine hallende Hohlform, in der die Worte und Bilder zweier Jahrtausende hängen wie Altweibersommer, durchflüstert von den Echos verschollenen Lebenslärms.

Die großen Geschichten von Sündenfall und Tod, von der Auferstehung der Gebeine zum Letzten Gericht und von der Scheidung der Seelen in Himmel und Hölle für alle Ewigkeit. Man hat das schön gebunden im Regal stehen neben den Märchen vom Dornröschen und dem Machandelbaum.

Lange war es eine gültige Erklärung der Welt, Richtschnur fürs Leben, gab der Plackerei des Daseins und der Drohung des Todes einen deutlichen Sinn.

Was ist daraus geworden? Fabelgeschichten im Katechismus der Volksschulen. Wehrloses Objekt für das kleine Geklügel progressiver Theologen, die sich einreden, man könne eine Religion erhalten, wenn man sie gemein macht.

Die kurze Illusion einer Weltbewältigung durch Ratio und Technik ist auch bald erloschen. Gegen die Dämonie des Daseins nehmen wir Tabletten ein. Sehr ungeborgen und mit ausgekühlten Sohlen stehen wir im Ruinenfeld unserer Civitas Dei und kämpfen um ein wenig Haltung, um nicht zu schreien vor Angst.

Der Glaube und die Hoffnung sind fort. Geblieben ist von allem nur ein Verdacht. Der Verdacht, es könnte am Ende doch etwas auf sich haben mit Gott und Hölle und Ewigkeit und Gericht. Dann zieht man sich schaudernd in den Kokon zurück.

*

Ich fahre nicht mehr ins »Gelände«.

*

Schon eine ganze Woche Entziehung. Vielleicht gelingt's. Das Geißblatt müßte schon abgeblüht sein.

*

Umsonst! Mitten in der Stadt, im Benzindunst und in den Gestankswolken der Abgase rieche ich Geißblatt, als wüchse ein Strauch aus dem Pflaster und rankte sich um den Mast einer Verkehrsampel.

Ich bin alt! Was soll's! Alt wie die Zeit, in der ich lebe, die Epoche, die sich dem Ende zuneigt. Warum soll ich es mir versagen, nach rückwärts zu schauen, Abgelebtes von mir abzulösen und anzuschauen, wie man ein Bild anschaut, wie man einen Nierenstein anschaut, der einem lange weh getan hat. Man denkt nicht mehr an den Schmerz und bewundert das Mineral. Vergangenheit im Museum. Geißblatt in der Vase oder gepreßt im großen Stowasser. Pfui! Die Jungen haben recht mit ihrem Abscheu vor dem Abgelebten.

Gefühle wie Fliegen auf dem Leim, die Beinchen fromm über der Brust gefaltet. Sie haben längst ausgelitten.

*

Doch wieder Salmannsdorf, und gar nichts ist abgeblüht.

»STRECK DIE KNIE DURCH«

Sitzung des Hofrats Kreutzer bei Dr. Schlesinger

... für meine Person meide ich eher die Gegenden der Kindheit, besonders seit der alte Gravis tot ist. Ihn habe ich regelmäßig einmal in der Woche besucht. Daß ich unlängst nach Pötzleinsdorf hinausfuhr, hatte eben damit zu tun, daß ich nach dem Grab sehen wollte. Sie liegen alle auf dem Salmannsdorfer Friedhof.

... nein, ich weiß nicht, warum ich die Gegend eher meide.

... *da* muß ich Sie enttäuschen, Herr Doktor. Trotz der ungeordneten Verhältnisse meiner eigenen Familie hatte ich, wie ich schon sagte, keine unglückliche Kindheit. Eher das Gegenteil! Was ich wohl größtenteils der Familie Gravis verdanke. Weder ich noch Toni waren – wie man heute sagt – frustrierte oder traumatisierte Kinder. Sie schon gar nicht. Die richtete es sich ganz gut ein in den vielfältigen, auch zuweilen etwas unbequemen Erziehungsveranstaltungen des Vater Gravis, in welche er mich bald einbezog. Wohl aus Verantwortungsbewußtsein zunächst. Aber dann doch auch aus Neigung, glaube ich.

... mein Gott, die unvermeidlichen, von altersher eingeführten Zivilisierungsakte eben, die Papa Gravis mit bekümmerter, leicht gereizter Sorgfalt an uns vollzog. Seine Gattin verhielt sich bis auf rasche, beiläufige Ohrfeigen eher indifferent und ließ uns das meiste durchgehen. Ich möchte aus heutiger Sicht sagen, daß sie ein etwas schlampiges Verhältnis zur Erziehung hatte, angenehm für uns, für mich aber vielleicht auch ein bißchen kränkend. Toni dürfte das nicht so empfunden haben. Jedenfalls nutzte sie diesen Umstand schamlos und mit Umsicht aus.

... der Vater Gravis war ein weicher, leicht erregbarer und zum Pathos neigender Mensch von strengen Grundsätzen, durchdrungen von einem Ethos und Schönheitsbild, das geschult war an Schiller, wie ihn die Jahrhundertwende verstand. Auch Winckelmann spielte hinein mit der »edlen

Einfalt und stillen Größe«. Für die zarteren Herzensbedürfnisse standen Liebespaare zur Verfügung, die sich im Leidenschaftsbereich von »Hermann und Dorothea« bewegten. Er hatte einen starken Hang zur sittlichen Überbewertung des Unbequemen und Mühseligen und setzte gern Plage mit Anstand gleich.

... Beispiele im einzelnen? Mein Gott! Wenn ich es genauer bedenke, aber das kommt mir heute merkwürdigerweise zum erstenmal zu Bewußtsein: Für mich sammelte sich alles in einem gewissen, scharf artikulierten Mahnruf, ausgestoßen anläßlich dieser zähflüssigen Sonntagsspaziergänge durch den Wienerwald, die sich in schöner Regelmäßigkeit wiederholten mit der pädagogischen Absicht der Leibesgesundheit sowie Unterweisung und Erzeugung von Naturliebe. Ich nahm meistens daran teil.

Diese Rufe waren übrigens ausschließlich auf mich gemünzt, niemals auf Toni, und erzeugten in mir eine sich dumpf verknotende Aufsässigkeit, der ich aber nie verbalen Ausdruck verliehen habe, obwohl ich es sonst im Haus Gravis nicht habe an Widerspruch fehlen lassen, allerdings an gesetztem, nicht das schreiende Getobe, das Toni sich leistete.

... »Streck die Knie durch, Heinrich!«, schoß mich der Gravissche Schreck- und Erziehungsruf in regelmäßigen Abständen von hinten an, direkt in die Kniekehlen, wie mir schien. Sicher ging ich nicht gerade mit geknickten Knien, aber es wird wahrscheinlich ein eher verdrossenes Schleichen gewesen sein, nicht strack genug nach dem Geschmack des alten Gravis. Aber ich war zu dieser Zeit ziemlich rasch gewachsen und kam mit meinen Gliedmaßen nicht gut zurecht. Ich war überhaupt niemals das, was man einen flotten, sportgewandten Knaben nennt, zum Unterschied zu der kleinen mageren Toni, die ziellos umherschoß, was den Vater zwar, wie ich genau wußte, nervös machte, das er sich aber für die ihm vorschwebende Strackheit zu halten gebot, um nicht tiefer schürfen zu müssen. Ich hingegen, in der Clairvoyance meiner still fressenden Wut, beobachtete dieses unkontrollierte, hektische Getriebensein kalt und genau und erkannte deutlich, daß es noch weniger als mein mattes Dahintrödeln etwas mit der frohgemuten Straffheit zu tun hatte, um die es Herrn Gravis ging. Ich nahm es ihm übel, daß er das nicht erkannte oder nicht erkennen wollte.

... die Mutter? Die beschaute uns alle drei mit einem undurchdringlichen Lächeln, das nicht ohne weiteres deutbar war, keinesfalls aber gütige Nachsicht ausdrückte. Eher ein allgemeines Nicht-ernst-Nehmen, Sich-lustig-Machen über alles. Es hatte etwas Verantwortungsloses; das Wort »zigeunerisch« fällt mir ein, aber das ist wohl zu stark.

Sie reichte dann aus der Einkaufstasche mitgebrachte Speise und Trank, womit sie eine schlichtende Wirkung erzielte.

... ich könnte das auch heute nicht präzisieren, was dieses Herumschießen Tonis eigentlich bedeutete. Es hatte etwas Verwischendes, Maskierendes, etwas wie das magische Einzwirnen einer Sache, die man gleichzeitig bannt und unsichtbar macht. Ich weiß, das klingt nicht sehr klar. Ich kann nur sagen, daß diese Agilitätsanfälle sicher nichts zu tun hatten mit frischem Frohmut im Sinne von mens sana in corpore sano, einem Ausspruch, den Herr Gravis gerne zitierte und den ich schwelend haßte.

Diese Rasereien hatten etwas dumpf Getriebenes, fanatisch Besessenes. Mir fallen dazu die Breughelschen »Kinderspiele« ein: dieses Übereinanderherfallen, Aufreiten, Durchkriechen, Kopfunterhängen und wild Schaukeln, sich besinnungslos Drehen, Kreisel Peitschen, hinterrücks Beine-Stellen, flüsternd Zusammenhocken und Sich-Verkleiden, unter zu großen Hüten mit debiler Hingenommenheit pomphaft Daherschreiten. Wie wenig lieblich ist das doch und wie wenig stimmt es zu den üblichen Klischees vom spielenden Kind. Spiele sind das wie manifeste Traumgeschichten, die die latenten Regungen verlarven, welche da und dort die Fassade des harmlosen Unsinns höhnisch durchbrechen, als freue sie das Narren des Träumers. Aber wie immer! Es war offensichtlich nichts mit der mens sana bei Antonia. Denn trotz der durchgestreckten Knie neigte sie häufig zu unklaren Indigestionen, war stets blaß und mager und wurde leicht bläulich um Mund und Nase, wogegen man Lebertran verabreichte, den ich ihr neidete und heimlich wegsoff, obwohl's mir den Magen hob.

... nein, an Schädigung dachte ich dabei nicht. Sie war ja froh, wenn weniger in der Flasche war. Es war etwas anderes. Ich glaube, es war eine Demonstration aus Trotz und Gram. Die einsame Demonstration, daß auch mir Sorge und Teilnahme zustanden, wie dem echten Kind des Hauses. Leider war ich gar nicht mager und galt als starkes Kind.

... nein, da bin ich sicher! Lauthals habe ich mich nie beschwert über den pädagogischen Anschuß wegen der durchzustreckenden Knie. Ich fraß meine scheelsüchtige Wut über den mahnenden Pralltriller in mich hinein, und er knäuelte sich in mir zum hassenden Gefilz, wie man es von Möwen an den Strand gespien findet oder auch versteinert in Hirschmägen als Bezoare. Man findet sie in den Plastiksammlungen der Museen in Juwelenfassung. Kleinere trug man seinerzeit als Berlocke. Sie sollen gut sein gegen melancholische Anfechtungen.

... das gebe ich ohne weiters zu. Es hört sich sicher eigenartig an, daß von den vielfältigen Erziehungsbemühungen des Vaters gerade diese Mahnung zur Haltung in meiner Erinnerung haften geblieben ist mit all den Begleitgefühlen, die sich daran krallen.

... vielleicht ist es gerade deshalb so, weil diese Aufforderung in mir zwar Bockigkeit erweckte, aber keine unbedingte Ablehnung. Daher sträubte ich mich nicht dagegen auf oder drückte mich darum herum. Ich ging nicht einmal so weit, mich dem unmittelbaren Prüfblick des Herrn Gravis zu entziehen. Ich hielt mich bewußt in seinem Sichtfeld.

... wenn solche Erinnerungen nicht trügen, würde ich sagen, daß ich trotz meiner Wut das Ganze doch billigte und mit der Absicht, die ich hinter dem Ekelruf spürte, einverstanden war, nämlich mit der Aufforderung zur untadeligen Form und Haltung. Ich hatte etwas übrig dafür.

... so ließ ich mich zum Beispiel unschwer dazu herbei, aufrecht mit Stand- und Spielbein im Kontrapost und mit auswärts gerichteten Fußspitzen, ernstgesammelten Auges ein Gedicht oder Lied vorzutragen. Sie, Antonia, hätte sich eher erschlagen lassen als aufzusagen. Bei der bloßen Zumutung geriet sie in knurrenden, gesträubten Widerstand und verschloff sich im unzugänglichsten Winkel, obwohl ihre Knie offenbar in Ordnung waren. Natürlich wurde ich ihr dann leuchtend vorgehalten, wenn ich meinerseits vorsang und aufsagte und auch sonst nach außen hin zumindest tat, was die schöne Haltung erforderte.

... etwa im Zankfalle! Da vertrat ich meinen Standpunkt mit ruhiger Würde, während sie im schrillsten Sopran keifte und raste wie diese kleinen Rattler, wenn ein größerer Hund sein Wasser an einer Stelle abschlägt, wo es sie reizt. Ich höre sie noch schrillen, spornte sie auch möglicherweise absichtlich an durch fette Scheinruhe, und später, als sie der Formulierung schon mächtiger war und ihre Rage verbal auszudrücken vermochte, schimpfte sie mich gerne »Denkmal, Monument, Standbild, Gipsklotz, Marmorhaufen« und empfahl den Vögeln, ihre Notdurft auf mir zu verrichten.

... aber, erst kürzlich wurde sie wieder mit solchen Vergleichen breit! Kam auf Denkmäler zu sprechen, die, reich über den Türkenschanzpark verstreut, »Duftmarken patriarchalischen Erziehungswillens« darstellten, das Gewissen des Betrachters durch ein permanentes Gefühl des Ungenügens verstörend, vermittels einer Haltung, die sich in einem meßbaren Fußwinkel, den sie »pädagogisch« nannte, ausdrücke und einen zur Zwangsblasphemie des heimlichen Anspuckens hinreiße.

... sie kam gut in Schuß, wie immer wenn sie übertreibt, und suchte mir zu beweisen, daß die Antikensammlung für mich eine Art Tempel sei, worin ich einsäße als Standbild. Ein sakral abgezirkelter Raum, der das Ordinäre ausschließt, wodurch die heilige Zone in würdiger Perfektion erstarre.

... es mag schon sein, daß es etwas auf sich hat, wenn sie behauptet, ich wese zu ausschließlich im Schönen, Wertvollen, in museal gehegter Vergangenheit. Aber wenn ich es tue, dann tu ich's nüchtern und aus kühler Überzeugung. Denn die Gegenwart bietet ja als Kunst fast nur mehr Häßliches,

Unverständliches und programmatisch aufgeblähte Nichtigkeit.

... aber nein! Sie selber hat ja auch was übrig für die schöne Form und Haltung gegen die ordinäre Unordnung und Unform. Das habe ich ihr auch auf den Kopf zugesagt.

... etwas Komisches hat sie geantwortet. Klassische Schönheit in Literatur und Kunst, aber auch in der Realität, rühre sie wenig, sagte sie; es müsse im Schönen die Ahnung eines Risses, eines Bruchs, eine leise Schlampigkeit und Nachlässigkeit sein, die innere Potenz der Auflösung. Nur unter dieser Voraussetzung spreche Schönheit sie sinnlich an. Sonst sei die Bewunderung reine Sache des Verstands.

... ich widersprach natürlich. Vielleicht heftiger, als es sonst meine Art ist.

... warum heftiger? Ich weiß nicht. Irgendwie war mir das, was sie so freihin aussprach, zutiefst nicht recht. Geradezu anstößig.

... ja doch! Anstößig ist schon das richtige Wort, warum, das könnte ich im Augenblick nicht sagen ... und außerdem seh ich an der Uhr, daß meine Zeit um ist, und wie ich den analytischen Betrieb kenne, sitzt draußen schon einer und registriert die Überzeit mit verkniffener Eifersucht.

Zusatzbemerkung Dr. Schlesingers: Dieser Kunstrat muß ein früh durchschauendes Kind gewesen sein, ausgerüstet mit einem hochverfeinerten Organ für fremde Schrullen, das von einer latenten Kränkungsbereitschaft gespeist wurde. Ein sich denkmalhaft auskristallisierendes Kind. Er dürfte es gar nicht leicht gehabt haben als Dauergast der Familie Gravis bzw. er hat es sich nicht leicht gemacht, so wie seine geriebene kleine Wahlschwester, die sich ihr ökologisches Nest ganz bequem einrichtete zwischen Ausartung und falscher Bravheit. Das ewig gefährdete Kind, dem auf Abruf eine bläuliche Mund- und Nasenverfärbung sowie Schütteltremor zur Verfügung standen, die Schonung und ängstliche Anteilnahme garantierten.

Interessant übrigens, wie der Hofrat seine wohlgebauten Perioden in monotonem Tonfall aus seiner streng zusammengefaßten Erscheinung herausspinnt: Memnonssäulen, die bei Sonnenbestrahlung tönen. Ich bin aufgeräumt.

DAS VEXIERBILD

Die angestochene Schönheit I

Papierkorbausbeute

Eine Bank im Türkenschanzpark. Dösen in der schwülen Juniwärme. Schläfriges Baumeln des Bewußtseins. Plötzlich fühl ich mich klein, ein Kind, dasitzen mit hängenden Beinen. Tränenspuren trocknen ein. Man erwartet die Mutter. Ich bilde mir wieder einmal ein, sie sei verschwunden und komme nie mehr zurück. Ich habe genörgelt und gegreint. Nun bin ich angenehm zerfallen mit der Welt und gebe mich schläfrig der sommerlichen Nachmittagswärme hin, fernher umplätschert von langatmigen väterlichen Trost- und Mahnreden. Ringsum Taubengegurre und von irgendwoher ein hölzern bearbeitetes Klavier. Eine leise Brise regt nicht die Blätter, wölkt nur einen Duft auf, einen zu süßen Duft, zähflüssig zum Trinken.

Da versehe ich mich, ein paar Parkwege entfernt, benommenen Blicks im grünen Blättergewirr einer rankenüberwucherten Mauer, auf der das Licht lagert wie ein großes, warmes Tier. Und was sich den in den Schlaf hinüberschwimmenden Augen mitteilt, ist ein geformtes Vorübergleiten. Keine konturenfeste Gestalt. Goldbraunes Schattengleiten, durchflochten vom grünen Tremolieren der Sommervögel, ein Gleiten von trägem, dunklem Reiz, von absichtslosem, nachlässigem Zauber und einer etwas schlampigen Grazie.

Der Gaumen wird pelzig.

Da raffen sich alle Lebenskräfte zusammen, ein schmerzhaftes Brennen, eine lodernde Glorie strahlt aus von der Leibesmitte über die Kehlen der Glieder bis in die Finger und

Zehen, in die Haarwurzeln und hinter das rötlich geäderte, warme Rund der Augen. Glanz goldener Hörner dröhnt gegen die Membranen des Gehörs. Ein laufendes Prickeln und sanftes Glühen unter der Haut, in den Achselhöhlen bis in die Lenden. Und dann ein weites Zurückebben in einen gesättigten Frieden der Sinne, Nerven und Adern. Staunend faßt das Gefühl diese erschütternde Steigerung des Lebens bis an die Grenze des gerade noch Erträglichen, diese breite Ergriffenheit des Seins, vage vertraut aus Träumen vom Fliegen. Und dann wieder vor dem immer noch halb schlafenden Blick die gelbe, nachmittagswarme Wand, geißblattüberwachsen, nun wieder leer nach der Epiphanie eines Vorübergehens im schmeichelnden Junilicht vor dem Hintergrund eines Klangs und eines überladenen Dufts.

Dann steht sie plötzlich vor uns, die Mutter, und redet, die Einkaufstasche am Arm. Sie hat sich irgendwo verplaudert. Gibt den neuen Tratsch weiter. Die vertraute, nicht tiefgehende, fast saloppe Melancholie auf den bräunlichen Zügen. Eine Locke der dunklen, nachlässig aufgesteckten Haare ist ihr vors Ohr gefallen. Ein kleiner Makel im Bild. Zirkusreiterisches in der Erscheinung einer bürgerlichen Hausfrau. Es ist dieser Makel, der mir die Einsicht beschert: Ich habe eine schöne Mutter. Mit einer schwebenden Traurigkeit in der Magengrube esse ich Zwetschkenkuchen aus der Einkaufstasche.

Ein Konglomerat aus Wahrnehmungen, Gefühlen und Wünschen ist zusammengeschossen zu einem Bild. Unauslöschlich. Künftig stand es mir für Schönheit.

Lonicera, Periklymenon,
zweilippige Blüten, rosa und weiß,
strauchige Gattung der Caprifoliazeen.
Frauenbiß, Moschus und Bisamkraut,
Bestandteil von Nieß- und Tränenpulver.
Gift-, Schieß- und Teufelsbeere,
Hunds-, Juden- und Mausholz,
Katzenkraut,
strömt einen vulgären Geruch aus.

Ich muß dich zertreten!
Hörst du, Geißblättchen, zartes?
Auf Kopfsteinpflaster zertreten mit fühlender Sohle.
Denn siehe, ein paar Jahre noch,
und ich werde Eintritt zahlen
und dich schießen in Wachs
bei den Standln am Kirtag in Salmannsdorf.

Als Votivbild werd ich dich hängen
in den weihrauchträchtigen Dämmer
einer römisch-katholischen Kirche,
die Heidenopfer duldet.

Ich muß dich zertreten!
Denn schau, wenn ich dich jetzt nicht ermorde,
verirr ich mich im Gestrüpp
gegen den Strich der Zeit,
wenn dein Duft aufkräuselt wie Rauch
und der Tau fällt ins gläserne Zirpen der Grillen.

Das schreckt die Toten auf
und zieht die Schlafenden mir nach
im sinnlos raunenden Gerede,
munkelnd von altem Überschwang,
verflüsternd im wirren Gerank
der Lonicera vulgaris.

DIE GROSSE DEPRESSION

Aufzeichnungen aus dem Papierkorb

Seit dem Geißblattmord ist mir eine unheimliche Routine im Abräumen von Gefühlen zugewachsen. Nicht angenehm. Da schlepp ich zäh eine bockige Trostlosigkeit durch die Gassen und bringe einen grauen Frieden nach Hause, eine fröstelnde Gewaschenheit des Herzens, die mir nicht gefällt.

Es ist eine Leere, die ich nicht mehr meublieren kann. Über die Jugend bin ich leider hinaus, wo Erlebnisse so üppig sind, daß sie sich an die Wände schlagen und darüber hinwuchern wie das Unkraut Ackerwinde. Convulvulus oder Drehwurz. Auch Rhodiserholz genannt. Als Purgierwurzel beliebt. Doch Alter stopft. Die Winden gehen ein.

*

Der Kokon ist zerfranst.

Das weiche Gefühlsgewölle, in das ich meine Müdigkeit eingesponnen habe. Meine Nerven hängen durch wie Leitungskabel.

*

Die Erwartung ist erloschen wie das Licht des Nachmittags, ehe die Nacht kommt. Die Gassen werden still. Das Geißblatt blüht am Zaun wie immer und ewig, und die Amsel singt. Aber es gilt nicht mehr mir.

Die Welt ist nicht mehr bewohnbar. Höchstens ausstehbar.

*

Beim Aufwachen heut früh war es mir klar. Ich bin in eine schwere Depression hineingesackt. Gegen drei Uhr früh, im Unlicht zwischen Nacht und Tag, zögerte es sich schleimig hervor aus der schwindenden Betäubung des Halbschlafs und überzog langsam in unaufhaltsamer Beharrlichkeit alles mit der schimmelartigen Ausscheidung eines tiefen Überdrusses.

Unter fadenscheinigen Vorwänden verbrachte ich den Tag im verdunkelten Zimmer auf der Couch, zur Wand gekrümmt, und vor meinen inneren Sinnen spulte sich mein Leben ab in der unpersönlichen Präzision von Paßbildern, wobei sich jene Szenen besonders spreizten, die ich vergessen oder verdrängt habe, weil ich mich ihrer schäme: Versager und Blamagen, schuldhafte Irrtümer und Peinlichkeiten. Ich sehe mein Leben aus schaler Distanz, und alles Angenehme, Tröstliche ist dem scharfen Beizmittel eines schwarzgeränderten Masochismus zum Opfer gefallen. Mein Herz reichert sich an mit einer schwermütigen, gegen mich selbst gerichteten Bosheit, die den letzten Rest von Sympathie und Selbstgefühl wegätzt. Übrig bleiben Selbsthaß und Ekelkrampf, Zerknirschtheit und frostige Hoffnungslosigkeit.

*

Ein Anfall von fast süchtiger Selbstzerfleischung trieb mich ins vormals konsekrierte Gelände, in den zerfressenen Kokon. Fremd, armselig, mittellos. Die Dinge stehen überdeutlich da, unverschleiert, von peinlicher Indiskretion. Ein zudringliches, indezentes Licht.

Graue Häuserfluchten, viereckig durchlöcherter Beton, dürftige Blumenstöcke wie in Zahnlücken gestellt. Hausmeisterinnen liegen in den Fenstern, fette Bruststücke, in die Gasse äugend in der Hoffnung auf einen ekelhaften Vorgang.

Hochgekrüppelt aus aridem Boden Bäume im staubigen Laubwust, den Stamm genäßt vom sauren Urin häßlicher Hunde und träufelnder Prostatiker, die gerade aufgestanden sind von fliegenbekrochenen Wirtshaustischen, von Gläsern, an denen zur Trostlosigkeit geronnene Geselligkeit antrocknet.

*

Eine Krähe auf dürrem Ast in schwarzer Entschlossenheit, hockend in einer Aura des Unheils, das aus ihrem milbenverseuchten Gefieder aufwölkt.

*

Die Depression entwickelt sich.

In den vergangenen Tagen konnte ich mich noch im schleimigen Morast des Elends wälzen, zerfressen von der Säure der Selbstverachtung, Schönes herunterzerren in entblößte Gewöhnlichkeit. Ich hatte zu tun.

Jetzt haben sich die Dinge von mir losgemacht, die Beziehung zueinander und zu mir abgebrochen. Sie sind nur da. Bindungslos. Findlinge. Taube Leere und Funkstille.

Aber die Dinge gewinnen an Masse, sie werden aufdringlich wie ein lokal betäubter Kiefer.

Von den Möbeln und Gegenständen um mich herum geht Fremdheit aus. Eine schale Unvertrautheit sickert aus den Wänden, aus den Ritzen des Parketts. Die Dinge stehen da wie in Einzelhaft und lassen einen nicht aus den Augen. Es ist kein Blick. Ein sehendes, fixierendes Hocken.

*

Mir fällt zu den Gegenständen nur mehr schwer die gewohnte Funktion ein. Bei der Lampe denk ich nicht an Licht, beim Klavier nicht an Klang. Der Lehnstuhl, ein obstinates Objekt vierbeinig eingestemmter Aufsässigkeit. Es macht mir keine Angst. Nur Frösteln. Kein Hautschauer. Ein Herz- und Magenschauer.

*

Nichts bindet mich mehr. Die Trossen sind gekappt. Ich treibe ins Ungastliche, in weite, graue Unbeschirmtheit. Trudelnd in den Kalmen der Schwermut, angesoffen von Widerwillen, sinkend an der Überlastigkeit des Ekels.

*

Eine schattenlose Helligkeit ist um die Dinge und bohrt sich in die Augen. Macht Kopfweh und Müdigkeit. Alles steht da in weißer Isolation, und man rennt dazwischen herum mit der hysterischen Überwachheit eines verlaufenen Hundes.

*

Der Zustand des »genauen Sehens« nistet sich ein. Er ist es, der das Herzjagen macht. Eine Art ängstlicher Überanstrengung. Nichts ist selbstverständlich. Bis zum Fußabstreifer muß alles angeschaut, bedacht, begriffen und mit Namen genannt werden. Nichts läuft von selbst ab in verläßlichen Geleisen. Alles nur zögernd, holpernd, über mühsame Denkakte.

*

Die Schule ist eine kaum durchzustehende Qual. Ich habe den Text vor mir, den ich im Schlaf auswendig kann, und jetzt steh ich in der Klasse, starre schweißgebadet ins Buch, und alles kommt mir fremd vor, gänzlich unbekannt, eine neue Sprache, das Latein. Und auch im Deutschen find ich mich nicht zurecht, suche krampfhaft nach den einfachsten Ausdrücken. Bald wird man es merken. Ich kann nicht dauernd die guten Schüler zu Wort kommen lassen, die es von selber treffen. Ich muß mich zu Hause vorbereiten mit Lexikon und Schmierer und mir die Übersetzung heimlich zwischen die Zeilen schreiben.

*

Wenn ich von den gewöhnlichsten Verpflichtungen nach Hause komme, bin ich total ausgelaugt. Das überlastete Gebäude der Aufmerksamkeit und Konzentration bricht zusammen wie das elektrische Verbundnetz. Das Leben mit seinen trivialsten Anforderungen erschöpft mich bis an die Grenzen meiner Kraft.

Dann liege ich stundenlang auf dem Diwan mit jagendem Herzklopfen, das mir die Halsadern sprengt.

*

Mit dem Zertreten des Geißblatts hab ich mich von der Fußfessel der Gewohnheit befreit, aber der Fuß ist mitgegangen. Ich schleppe mich in einer Blutspur.

HERZFLATTERN ODER KLINISCH O. B.

Weiteres aus dem Pictorschen Papierkorb

Diesmal hat es länger gedauert als sonst.

Unendlich langsam nur quäle ich mich aus dem Sumpf dieser Depression heraus. Quälen ist nicht das richtige Wort. Von eigener Kraft, und wär's die Kraft der Qual, kann nicht die Rede sein. Es ist ein physikalischer Vorgang. So wie Leichen aus einem Tümpel hochtreiben, wenn sie lange genug darin gelegen sind. Eine müde Faulblase des Bodenschlamms.

Nun treib ich am Spiegel. Immer noch sehr bewußt des ziehenden Abgrunds im Kreuz, und Modergeschmack hängt mir am Gaumen. Immerhin über mir Licht und ein schüchternes Atemholen.

*

Es ist anders als sonst nach solchen Anfällen. Die Luft ist eigenartig dünn, eine sterile Luft. Es fehlen die Dünste, die Gerüche, die feinen Schwebstoffe, die man einzieht in die Lungen und die sich ablagern im Blut und in den Hirn- und Herzzellen. Die gewohnte, vertraute Luft mit ihrem Ballast an gnädigen Beschwichtigungen und Vorurteilen. In dieser leeren Luft finde ich nicht mehr die altgewohnten Verbindlichkeiten zwischen den Dingen. Die Atmosphäre der Vertrautheit fehlt. Ich sehe merkwürdig scharf und genau.

Als Kind hatte ich manchmal solche Anfälle genauen Sehens. Da wurde alles um mich herum in einer aufdringlichen Weise fremd, lichtlos und massig. Instinktiv hielt ich still, bis der Anfall abklang. Totgestellt wie ein krankes Tier ließ ich es vorübergehen.

*

Wenn man eintritt in die Welt, hält einen Gott oder die Natur noch eine Weile warm. Die ersten Lebensjahre bewegt man sich in einem Schutzraum aus Sicherheit und Wärme; einem Gehäuse, gesponnen aus Mutter, vertrauter Nähe, Kinderraum. Wenn man dann – früh genug – in die Mühle des Menschseins gerät, Erziehung einsetzt, Erfahrungen gesammelt und Fähigkeiten entwickelt werden, verlassen wir diesen Raum.

Ich weiß nicht, ob das jäh geschieht. Eher allmählich. Wir gehören zur Klasse der Nesthocker. Bewußt wird es uns wahrscheinlich plötzlich. Der erste Schritt hinaus, allein die Erkenntnis, daß es ein Draußen gibt, das kommt schockartig.

Bald wissen wir auch, daß es kein Zurück gibt.

Langsam vergessen wir, wie es drinnen war. Nur vereinzelte Trümmer des Kindergehäuses bleiben in der Erinnerung, ähnlich wie beim Erwachen aus einem lebhaften Traum. Ein vages Behagen ohne Bilder. Allenfalls ein paar Nebensachen, die keine Deutung erlauben, wie die Versatzstücke einer Ausstattung, die auf der entleerten Bühne stehen.

Die aber fressen sich ein ins Gedächtnis und bleiben gebunden an das namenlose Gefühl einer Harmonie. Man schleppt sie durch das ganze Leben: und stößt man zufällig irgendwo an solch ein »Versatzstück«, steigt auch das Gefühl wieder auf.

Wenn uns dann das Alter an stillere Ufer schwemmt, wird der Blick freier auf diese Rudimente der Frühzeit. Erst versuchen wir, sie mit Wirklichkeiten zu füllen. Wir haben gelernt, mit sogenannten Tatsachen zu leben. Aber diese werden allmählich immer überflüssiger. Freundliche Schemen heben sich aus der Dunkelheit, gewinnen Kontur und wachsen zusammen zu einem Ganzen. Gesättigt vom Wohlgefühl des Wieder-Daheimseins, lassen wir uns verlocken von ihnen, einzuziehen in den Traumbau wie in ein vergessenes Haus, in dem man einmal sehr glücklich war. Es ist der Beginn des Sterbens.

*

Eine gelbe Mauer, geißblattüberwachsen: Versatzstück meines Kinderraums. Ich hätte hindurchgehen können. Eine sachte Verschiebung der Ranken. Der Tod braucht keine Türen.

Ich habe sie heruntergerissen und zertreten. Im Todesschrecken.

*

Die Erde ist mir jetzt eine leere Bühne: der Boden voller Falltüren, Wände und Decke fehlen, ein ungeheurer, dunkler Raum, aus dem Staub fällt, und die Schatten gewaltiger Maschinen, die alles in Gang setzen, was auf diesem unsicheren Boden geschieht.

Irgendwo in der Finsternis ein versteckter Scheinwerfer. Er kann jählings in grelles Licht stellen oder in undurchdringliche Schwärze verbannen.

Ich kann nichts verhindern, nichts herbeiführen. Das Stück rollt ab. Fröstelnd horche ich auf das leise Knirschen und Rumpeln des Schnürbodens.

*

Ich habe jetzt oft scheußliche Anfälle von Herzjagen, ohne erkennbare Ursache.

*

Sie haben etwas gemerkt. Der Heinrich natürlich! Jetzt liegt er allen in den Ohren. Ich muß zu einer Durchuntersuchung. Soll ich dort sagen, daß ich Herzklopfen habe wegen postdepressiver Klarheit, weil ich mich an meinem Kinderraum vergangen habe? Die stecken mich ins Tollhaus!

Sollen sie in Gottes Namen die Mechanik der Herzmaschine überholen.

DER BEFUND

Herrn
Prof. Dr. E. H. Schlesinger
FA f. Psychiatrie

Betrifft: Frau Dr. Pictor Antonia
Kardiale Durchuntersuchung

S. g. Herr Kollege!

Obgenannte wurde uns von Ihnen zur stationären Durchuntersuchung wegen unklarer kardialer Beschwerden zugewiesen, welcher sie vom 4. 6.–8. 6. 84 unterzogen wurde.

Im Nachstehenden die kurze Zusammenfassung der wesentlichen Befunde (genaue Einzelbefunde siehe Anlage).

Anamnestisch: Kinderkrankheiten: Masern, Feuchtblattern, keine schwereren Krankheiten, kein Spitalsaufenthalt. 2 Partus.

Status: weibl., 60 Jahre, leichtes Übergewicht, sonst o. B.

Kardialer Befund:

Röntgen: Cor – Pulmo – außer einer auffallend großen Luftblase im Magenfundus – in jeder Hinsicht unauffällig.

E.K.G.: Normales Kurvenbild, normale Frequenz. Die von der Pat. angegebenen tachycarden Beschwerden konnten hier nicht objektiviert werden.

Klinischer Befund: Perkutorisch und auskultatorisch o. B.

Enzymaktivitäten: im Normbereich

Serumelektrolyte: im Normbereich

Rotes und weißes Blutbild: im Normbereich

Ergebnis: Nervöse Aerophagie.

Wir empfehlen eine psychosedierende Medikation.

N.S.: Da für die von der Patientin angegebenen Beschwerden keinerlei somatische Grundlagen gefunden werden konnten, wurde von uns Herr Dr. F. als psychiatrischer Konsulent beigezogen. Der Kollege versuchte, ein therapeutisches Gespräch einzuleiten, das aber leider abgebrochen werden mußte, da sich die Patientin in keiner Weise kollaborativ verhielt. Auf sondierende Fragen gab sie höhnische Antworten und behandelte den zwar jungen, aber außerordentlich tüchtigen und bewährten Kollegen spöttisch und abschätzig. (»Das geht Sie nichts an, junger Mann«, »sexuelle Aktivitäten sind in meinem Alter keine medizinische, sondern eine ästhetische Frage«, »zwingen Sie mich nicht, Goethe zu zitieren, ich bin eine zurückhaltende Frau« etc. etc., ich exzerpiere aus dem Stenogramm des mit Recht empörten Kollegen.)

Nach diesem Gespräch verlangte die Patientin ihre Kleider und verließ gegen Revers die Anstalt, so daß die vermutete psychische Komponente ihrer angegebenen Beschwerden nicht geklärt werden konnte.

In der Hoffnung, Ihnen mit diesen Auskünften gedient zu haben.

Hochachtungsvoll!

Dr. A. i. V.

Randbemerkung Dr. Schlesingers: Die Dame gefällt mir. Erst experimentiert sie leichtsinnig mit dem »Kokon«, statt froh zu sein, daß sie einen hat, und dann wundert sie sich, wenn sie Herzflattern bekommt, das – wenn man mich fragt – nichts als larviertes Analflattern ist. Da brauche ich keine psychiatrische »Sondierung« dazu. Aber die jungen Kollegen tippen natürlich auf Sex! Was denn sonst. Aber gegeben hat sie's ihm, dem F. Ich kenn ihn von der Psych. Gesellschaft, dort macht er sich auch immer wichtig mit seinen aufgeblähten Platitüden. Ha! Beleidigungen mitstenographieren! Wenn ich das im Lauf meiner Praxis getan hätte, gäbe das stattliche Bände: »Die Kränkungen des Dr. Schlesinger«, gesammelt und im Selbstverlag herausgegeben.

Was sag ich aber dem besorgten Kreutzer? Daß sein maulfertiges Wahlschwesterchen eine nervöse Luftschluckerin ist und wahrscheinlich zu viel und zu hastig frißt? Es wird ihn beruhigen.

I

DIE MÄCHTE

Der Omnipotente

FLOHMARKT ODER AUSVERKAUF DER VÄTER

Sitzung des Hofrats Kreutzer bei Dr. Schlesinger

. . . der Flohmarkt ist ein schönes Abbild unserer Zeit, sagte Antonia, du kannst es sehen als eine Art Happening unter dem Anreißertitel »Laßt uns die Väter verhökern«. Schauen wir's uns an! Damit schleppte sie mich hinein in das nach Fetzen stinkende, Ramsch verschleudernde, Jahrzehntestaub aufwirbelnde Gewühl, das sich jeden Samstag neben dem Naschmarkt ausbreitet.

. . . Sie kennen den Flohmarkt nicht? Man sieht, daß Sie keine Kinder haben!

. . . das stimmt nicht so genau. Selber hab ich keine. Ich wußte nur zu gut, warum ich mich dem Gehecke ferngehalten habe für meine Person. Allerdings bin ich dann durch Antonia zum Handkuß gekommen, die diese Zurückhaltung nicht geübt hat, hemmungslos, wie sie ist, ich hab das zwar alles nur aus zweiter Hand, aber mir genügt's. Daher denn auch mein Interesse am Flohmarkt.

. . . also, stellen Sie sich vor: eine trödelhafte Anhäufung abgelegten Lebensplunders, dazwischen sitzt und lagert schnatterndes, feilschendes Volk, vorwiegend Jugendliche mit Protestfrisur, die alle per du sind und sich nur beim Vornamen kennen. Familiennamen sind verpönt, denn man hat sie vom Vater. Und da sitzen sie und verhökern Hauskram, Trödelambiente der Kindheit: Unterhosen des Großvaters, das Fotoalbum der Tanten, das Jugendstilklistier des Taufpaten und das Parteiabzeichen des Vaters. Gehen Sie und schauen Sie sich das einmal an, wie sie da herumhocken im Türkensitz auf dem Boden, mit ihren unfrohen, merkwürdig versorgten Gesichtern, gekränkte Wiedehöpfe, und brave, aber unausführbare Gesinnungen gegen die Väterwelt hegen. Und diese fromme Aufsässigkeit reichert sich langsam an, und zuweilen gerät sie ins Fluten. Unwichtig der Anlaß, die jeweilige Parole. Wichtig ist der gemeinsame Rausch des Dagegenseins.

... ich sprach, leicht angeekelt, wie ich war, von einem Pfuhl, aus dem der Terror steigt und die allgemeine Anarchie. Ich seh da vor meinen Augen immer das Schreckgespenst eines Zuges, der sich dem Museum zuwälzt. Der Höhepunkt ist dann die Zerstörung dessen, was in unserer Welt die sogenannten »ewigen Werte« sind.

... Sie halten diese Vision für übertrieben? – Na immerhin! Jetzt haben sie es schon durchgesetzt, daß sie bloßfüßig hineindürfen ins Museum, Kleinkinder auf Rücken und Bauch geschnallt, die plärren und greinen. Das ist nur die Vorhut.

... Sie lachen! Lachen Sie nur. Aber ich will Ihnen sagen, warum ich dieser Entwicklung mit größtem Argwohn und mit Antipathie begegne. Der Fußschweiß und Windelseich und das Geraunze, das tut meinen ausgegrabenen Töpfen und Statuen und meinen Vitrinen nicht weh, es schadet ihnen nicht. Es ist keine reale Befleckung. Aber doch eine Art obstinater, provokanter Besudelung einer Wertvorstellung, und es paßt zu einer Behauptung, die Antonia aufgestellt hat, als wir beobachtend durch den Flohmarkt strichen.

... sie sagte: Diese Jugendlichen stellen keine Terror- oder Anarchiegefahr dar, denn sie bekämpfen ihre Väter nicht als Rivalen, die sie stürzen wollen, wie es uralter Brauch war zwischen Vätern und Söhnen. Schau dir an, was sie tun, wenn sie ausarten: Glas wird zerschmissen, Ordnungshüter bespuckt, allenfalls wird ein Auto gekippt und angezündet. Es kreischt, klirrt, knattert und keift. Das ist nicht das Ziel von Anarchisten, das ist der Wunschtraum des bösen Kindes. Ein verwilderter Kindergarten, der sich von den Tanten befreit hat. Sie wollen bürgerliche Hemmungen abstreifen, und dabei kommt ein vierjähriger Trotzbalg zutage, dessen Szenen nicht ankommen, der alleingelassen wird mit seinem abgestandenen Groll und sich anreichert mit seelischen Schadstoffen. Das böse Kind kommt nicht zur Ruhe, weil man ihm alle echten Ursachen, böse zu sein, vorenthalten hat.

Seinen Wutorgien wird mit Liebe begegnet, seine Aufsässigkeit mit Verständnis erstickt. Die spannungslösende Tachtel ist verpönt, dafür wird das böse Kind verwaltet und statistisch aufgegliedert, es ist kranken-, unfall- und unfugversichert und soziologisch präzis geortet. Beim Straucheln wird es von der öffentlichen Fürsorge aufgefangen. Selbst bei großer Anstrengung kann es nicht richtig böse sein, weil Sozialorganisationen es daran gewaltlos hindern. So erschöpft es seine Energien ohne rechten Lustgewinn in der Kleinbosheit wie Parkwiesen verludern, Denkmäler beschmieren, sich nackt ausziehen und öffentlich irgendwo hinkacken.

... sie war gut im Schuß mit ihrem Sittengemälde der heutigen Jugend, plötzlich aber verstummte sie mit verglasendem Blick. Mitten im Wust hockte nämlich, auf du und du mit dem Gewimmel, feilschend und fetzig aufgemacht, ihre eigene Brut, meine geschätzten Patenkinder.

... nein, ich war gar nicht besonders überrascht und sie natürlich noch weniger. Trotzdem war sie auf einmal auffallend unfrei, gab sich nur mild ätzend und wurde von ihren Leibesfrüchten forsch abgeschnalzt.

... ich? Ich sprach einiges zum Thema der verabsäumten Maulschelle. Lieber hätte ich die beiden an verlängerten Hälsen aus dem Trödelhaufen gezogen. Aber wer traut sich denn so was.

... Antonia? Nein. Sie widersprach nicht. Sie schaute nur plötzlich schlecht aus und verlangte einen Schnaps.

Wir suchten uns also ein Beisel, und dort erholte sie sich langsam und wurde wieder redselig.

Ohrfeigen, sagte sie, gänzlich unvermittelt, Ohrfeigen, an denen der Spender zweifelt, überzeugen nicht. Sie schaden. Sie habe zwar seinerzeit – und ebenso der Mann und Vater – ab und zu zur bereinigenden Tachtel gegriffen, aber mit scheuem Gewissen und gelähmter Hand. Man hätte sich immer die Frage gestellt, ob man das Recht zur Züchtigung habe. Das sei aber grundfalsch in der Erziehung. Es gehe nicht um Recht und Gerechtigkeit. Es gehe um Überlegenheit.

... du, sagte ich, als Mutter und Lehrperson, traust dich

von Autorität zu reden? – Wer hat »Autorität« gesagt! gab sie zurück. Ich habe Überlegenheit gesagt, von welchem Begriff die »Autorität« ein minderes Degenerationsprodukt ist. Ich meine nicht die »Autorität« eines rabiaten Hausvaters, sondern die große, selbstverständliche Überlegenheit, an die keine Frage und kein Zweifel heranreicht. Ich meine eine Art göttlicher Überlegenheit. Aber an dieser fehle es den Vätern heute ganz und gar.

... woher sie die haben sollten, fragte ich natürlich. Man stelle da an die armen Männer eine ganz ungerechtfertigte und unerfüllbare Forderung, und es spreche nur für die Billigkeit und die richtige Selbsteinschätzung, wenn ein solcher Vater selbst an seinem Recht zu diesem Anspruch auf göttliche Überlegenheit über das Kind zweifelt. Die früheren Väter hätten sie ja auch nicht gehabt, aber sie sich angemaßt.

... sicher, sicher, gab sie zu, aber in einer Zeit, in der das Kind, vor allem der Sohn, noch sozial und beruflich in die Rolle des Familienoberhaupts hineingewachsen ist und dafür erzogen wurde, war diese »Überlegenheit« des Vaters für den noch nicht Herangewachsenen wenigstens sachlich gegeben. Er habe eben noch besser getischlert, geschmiedet oder Handel getrieben als der Sohn und damit die Familienexistenz bestritten. Sobald aber die Sicherungsfrage der Staat übernommen hat und die Berufsfrage frei entschieden werden kann, solange die Familie also versorgt ist, auch wenn der Vater ein Säufer ist und beruflich eine Niete, und sobald der beste Tischler und Kaufmann dem Sohn nichts mehr zu zeigen und beizubringen hat, weil dieser ein Doktor werden will, auf welcher Basis soll er dann Autorität oder gar Überlegenheit spielen lassen?

... so hätten, fragte ich sie, die Väter also keinen Sinn mehr denn als Erzeuger, wie bei manchen Vieharten, und die Kinder gewissermaßen recht, wenn sie diesen Erzeugern vorwerfen, sie hätten sie in diese Welt gesetzt aus Luxus und sentimentaler Laune, so wie man sich einen großen Hund hält. Es gelüstet einen halt nach etwas Natur und Lebendigkeit in der technisch durchkonstruierten Wohnung.

... da sind noch wir Weiber, sagte sie etwas verlegen.

Wir haben noch eine gute alte Basis Instinktschlamm im Leib, der zeitweilig aufbrodelt und als unabweisbarer Drang zum Kind ins Gehirn steigt. Dann liegen wir dem Mann in den Ohren mit dem »Recht auf Mutterschaft« und so, und schließlich läßt er sich überfahren und gibt nach. Aber – das muß festgehalten werden – er selbst bringt nichts Animalisches dazu mit. Das kommt bei ihm erst später, wenn die Brut aus den Windeln ist. Vorher ist er nur gestört bis ängstlich. Das darf er aber heute nicht zugeben. Es gilt als seelische Grausamkeit und ist ein Scheidungsgrund. Heute muß er vom ersten Tag der Schwangerschaft an lebhaftes Interesse zeigen. Ein ganz unnatürlicher, gekünstelter Zustand, da ihm die Organe dazu fehlen. Er tut es nur mit dem Kopf.

Nie sind so viele pädagogische Werke auf dem Markt gewesen, Zeitschriften abonniert, einschlägige Vorträge und Filme besucht, Fachleute um Rat gefragt worden. Der werdende Vater nimmt teil am Schwangerschaftsunterricht, lernt Windeln wickeln, waschen, bügeln und wohnt – nicht selten kotzend – der Geburt bei. Er belegt Kurse »Wie spiele ich mit meinem Kinde«, versteht sich als dessen Freund und Kamerad und läßt sich mit dem Vornamen anreden. Nur eines bleibt er ihm schuldig: eine sichtbare, fühlbare und glaubwürdige Überlegenheit. Dagegen zeigt der Vater, der es redlich meint, dem Kind dauernd seine Fehlbarkeit und Schwäche und hält dies für Fairneß. Ein Kind von drei, vier Jahren aber, dem man alles verleiden muß, wozu es Lust hat: zu essen, wenn es Hunger hat, zu schlafen, wenn es müde ist, zu kacken, wenn es den Drang dazu spürt, ein räuberisches, fremdes Kind zu beschädigen und selbst ein bißchen zu räubern, ein solches Kind braucht keinen fairen Vater, sondern eine einigermaßen ausgeglichene Mutter und – möglichst im Hintergrund – eine echte Autoritätsfigur.

. . . nun, ich gab zu, daß ein Vater, der mit seinem Kind die Topffrage durchdiskutiert, nicht der ideale Vater ist, den die Seele des Kindes zu ihrer Entwicklung braucht, an dem sie sich hochranken könnte. Allerdings meldete ich Zweifel an, ob wir seinerzeit glücklichere Kinder waren, weil uns einfach angeschafft und im Namen der väterlichen Autorität jeder aufmuckende Widerstand erstickt wurde. Der Vater, die höchste Instanz auf Erden, nächst Gott. Stellvertreter des Höchsten. Der liebe Gott in Schlapfen.

... das ist es ja, rief sie: »der *liebe* Gott!« Das war schon nichts Rechtes mehr, als man den Gewaltigen, den Überstrengen einen »lieben Vater im Himmel« nannte. Aus war's mit dem Cursus Dei, mit der Entwicklung der christlichen Seele heraus aus dem animalischen Lehmpfuhl zum Geistigen hin, das ging der Seele genau so wider den Strich wie die Kindererziehung und war alles andere als ein Honiglecken. Wenn man dann als Antreiber nichts hat als einen »lieben Vater«, der's gut meint, ist der Mensch schon da mit dem Dawiderquengeln, Raunzen und Aufbegehren, Rechtfertigung verlangen und Bohren, warum er soll und warum nicht. Das ist das verbürgerte Gottesbild, und dieser kastrierten Autorität zuliebe verzichtet keiner auf sein Behagen; oder nur maulend und stänkernd. Ein solcher Gott muß sich allerhand ausdenken, wie er einen mit tausend Listen um sieben Ecken herum in seine trübsinnige Fahrbahn lotst.

... sie war in Feuer und duldete keine Einwürfe. Die christliche Seele, rief sie, und die Erziehung zum zivilisierten Bürger der westlichen Welt, was nichts ist als der profanierte Cursus Dei, die kannst du nur verlangen und durchsetzen im Namen des biblischen Gottes. Und der ist viel, aber keinesfalls ein Muster an Liebe, Gerechtigkeit, Rücksicht und Anständigkeit. Der erhebt sich weit über humane Normen hinaus ins gewaltig Unbegreifliche, Rücksichts- und Bedenkenlose. Aber jetzt sage mir: um wieviel leichter unterwirft man sich einem solchen, über alles menschliche Verständnis hinaus omnipotenten Gott beziehungsweise Vater als einem sich dauernd rechtfertigenden, entschuldigenden, verunsicherten Oberhaupt? Weißt du, warum die jungen Leute da draußen so aufsässig und übellaunig sind? Und wirklich bedauernswert? Wenn sie uns gehorchen, dann tun sie es knirschend, weil wir nur die kleine, leicht durchschaubare Scheinüberlegenheit des Alters und der längeren Erfahrung haben. Wenn sie uns aber nicht gehorchen, dann haben sie ein schlechtes Gewissen, weil wir doch so lieb zu ihnen sind und uns kränken. Gott darf weder lieb sein noch darf er sich kränken. Und schon gar nicht darf er um Liebe buhlen. Das ist zu wenig. Es ist auch zu wenig für einen Vater.

Der Gott, der uns dieses Hundeleben zumutet, der das Böse zuläßt und den Tod erfunden hat und all das menschliche Elend und der dann noch von uns verlangt, daß wir auf alles verzichten, was uns ein wenig Linderung verschafft, der darf nicht den guten Vater mimen und fordern, daß man ihn um seiner Güte und Gerechtigkeit willen liebt. Der muß zu groß sein für das alles. Seine wichtigste Eigenschaft muß diese fürchterliche Größe sein und seine geheimnisvollste die erhabene, souveräne Kälte, ja Grausamkeit, die er oft gerade denen zumutet, die ihm am ergebensten anhängen. Ich meine den Gott, wie er sich Christus gegenüber zeigte – nicht wie dieser ihn wollte –, den Gott, der den, der sich als sein Sohn sah, in der tiefsten Hölle der Angst allein gelassen hat, der vom einzig Schuldlosen Gehorsam und Leiden forderte und nichts gab als die Auferstehung, als alles schon vorüber war. Der ihm nicht einmal seine Verkündigungen erfüllte und ihn damit vor dem Menschenpack blamiert hat.

Dieser Gott, verstehst du, sagte sie und schaute mich starr an, als wäre sie gerade selbst erst daraufgekommen, dieser Gott darf vom menschlichen Standpunkt aus nicht gut, er muß groß sein, ungeheuerlich groß. Gottesliebe darf nicht Sympathie sein, sondern eine übergewaltige Bewunderung, die einen flach auf den Bauch wirft und sogar die Hölle annehmen läßt, trotz aller redlichen irdischen Plage die Hölle annehmen und die Verdammnis, denn sie kommen von ihm. Und im Augenblick der Verdammung hat er mich vielleicht angesehen.

Heute ist er nicht einmal mehr der gute Hausvater. Heut ist er zum anämischen Überich eingeschrumpft und ausgedörrt, im Großhirn angesiedelt. Dort sitzt er mißlaunig ein und keift gegen die Crapule, den Fleischespfuhl unten im Bauch, den er eingemauert und zensuriert hat und am liebsten umpantschen möchte in der Retorte zu einer farblosen, lauen Essenz und dann zustöpseln. Das ist nicht der starke, lebendige Gott, der den Fuß auf den Nacken der Materie gesetzt hat, den Nährschlamm der Sünde. Da fragt ein an die Wand getriebenes Gespenst das Chaos um seine Meinung, diskutiert sie durch und legt allenfalls hinterfotzige Fallen aus.

...na also, sagte ich, endlich ist das Chaos frei, die Unterwelt ist ihre Fesseln los. Das wollen sie doch heut alle!

... frei, sagte sie höhnisch, frei? Dem Chaos hat's die Rede verschlagen, das ist alles. Es hätte zwar Lust gehabt auf eine saftige Gigantenrauferei mit Gott, aber nicht auf ein Sit-in, nicht auf eine Diskussionsrunde. Das nennt es eine Gemeinheit, trotzt, mault, weint. Glücklich? Schau unsere Kinder an! Da sind wir verantwortungsbewußt und zeugen nach dem Kalender und der Höhe des Gehaltszettels, sorgen uns um Schulbildung und führen sie regelmäßig zur Zahnkontrolle. Den großen Halt in der Lebensquälerei, den bleiben wir ihnen schuldig. Und das wird nicht erträglicher, wenn wir unsere Forderungen auf einen Teig aus Liebe, Verständnis und Mitspracherecht träufeln, wie Lebertran auf Würfelzucker. Wir bieten ihnen nichts als Schwäche und Ratlosigkeit. Und daß wir es eingestehen, das nützt ihnen auch nichts mehr. – Freiheit, rief sie, redest du von der Freiheit des Menschen? Wer will denn wirklich und wahrhaftig frei sein? Wir machen uns frei von einem Herrn, der uns enttäuscht hat, nicht aus Freiheitsdrang an sich, sondern aus Trotz und Kränkung. In der Tiefe unserer Seele möchten wir uns viel lieber unterwerfen, führen lassen, meinethalben Füße lecken, und wenn wir uns aufbäumen und durchgehen, wünschen wir nichts heißer, als uns wiederfinden zu lassen vom Herrn. Nur groß genug muß er sein, dieser Herr. Aber in unserer sterilisierten Phantasie können wir uns einen wirklich großen Gott gar nicht mehr ausdenken.

...ich sagte ihr geradeheraus, daß mir die Unterstellung mit dem »Lecken von Gottes Füßen« ziemlich ekelhaft sei. Und soviel mir bekannt ist, bemüht man sich heute in kirchlichen Kreisen um ein vernünftiges Gottesbild, gleich weit entfernt vom schäumenden Tyrannen wie vom schlafbemützten Biedermann.

... komm mir nicht mit einem »vernünftigen« Gottesbild, sagte sie. Gott hat nichts mit Vernunft zu tun. Und komm mir nicht mit Modernisierung und Zeitanpassung der Religion. Nichts ist mir widerlicher. Nicht die Atheisten zerstören die Religion, sondern die kleinen Pfaffen, die sich modern gebärden mit ihren ekelhaften Vertraulichkeiten, hinter denen nichts ist als die Sucht des Herunterzerrens von Ehrwürdigem, unverständlich Erhabenem auf Hausmeisterniveau. Das hat nichts mit naiver Natürlichkeit zu tun, sondern mit Gemeinheit. Dieser Wunsch nach Intimität und Hautnähe mit dem Göttlichen ist keine Treuherzigkeit, sondern Zerstörungslust, ein Ersticken im Bodenmorast des Gemeinen. Ich für meine Person liege lieber bäuchlings im Staub vor wahrer Größe, auch wenn ich sie nicht verstehe, und sie mir weh tut, als Steiß an Steiß zu sitzen mit einem Jesus Christ Superstar, amerikanisch mit ihm quatschend.

... oder schau dir heut die Messen an, sagte sie noch nach einer Weile des Grübelns. Eine modern zelebrierte Messe! Natürlich in der Landessprache und die Predigt nicht von der Kanzel herunter, sondern unten, in Tuchfühlung mit dem Volk. Banale Plaudereien über ein Tagesthema, und wenn das Wort Gott fällt, ist es fast ein faux-pas. Das sind keine Messen, das ist ein Tratsch mit Gott im Straßenanzug. Man kann auf dem Standpunkt stehen, lästerte sie, daß man mit dem Göttlichen gar keinen Verkehr unterhält, aber wenn man es tut, dann gefälligst so, wie sich's gehört. Gott ist kein Demokrat.

... und wie gehört sich's, fragte ich? – Mit allem nur denkbaren Theaterpomp, sagte sie. Sonst soll man es lieber bleiben lassen.

... ja, Pomp sagte sie. Wenigstens Pomp, wenn schon die große, echte Leidenschaft fehlt, die angebracht wäre im Verkehr mit Gott. Als man ihn zum Hausvater herunterzerrte und ihm alles Geheimnisvolle nahm im Stil der Aufklärung, die ja weniger aufgeklärt, als Geheimnisse geleugnet hat, verloren die Leute die Gottesfurcht. Sie hatten jetzt einen Gott, mit dem sie sich identifizieren konnten, den väterlichen Biedermann mit familiärem und sozialem Verantwortungsbewußtsein. Der schmale Rest des großen Geheimnisses wurde zum hohlen Theaterdonner, mit dem dieser Biedermann in gesteigerten Situationen auftrat. Die Geburt des pathetischen Vaters, von dem auch unsere Generation noch aufgezogen wurde: allesamt brave Männer, die es sich nicht leicht machten mit der Erziehung. Sie haben uns überreich mit Grundsätzen ausgerüstet. Nebenbei aber wurde dadurch auch eine gewisse Überempfindlichkeit gegen das Lächerliche in uns erzeugt, als Gegengewicht und Laxativ.

Unseren Kindern boten wir nicht einmal das.

...ich mußte ein wenig an Antonias Vater, den alten Gravis, denken, der gewissermaßen ja auch mein Vater war, jedenfalls was die Intensität und die Sorge der Zuwendung betrifft. Natürlich habe ich an ihm auch das Lächerliche, das übertrieben Pathetische gesehen und mich darüber mokiert, aber ich habe mir diese Einsichten nicht so uneingeschränkt gestattet, wie Antonia das tat, bis zu einem gewissen Grad unterstützt von ihrer Mutter, die auch schnell mit dem Spott bei der Hand war. Ich hatte, wenn ich mich mokierte, immer auch ein schlechtes Gewissen dabei.

DIE GROSSE SZENE

Aus dem Papierkorb

Der Tod des Vaters hat mich doch nicht ganz unberührt gelassen, wie ich anfangs geglaubt habe. Jetzt ist das schon ein Jahr her, und ich muß eingestehen, daß ich im Verlauf dieser Zeit nur selten an dieses Faktum gedacht habe und nur im Zusammenhang mit einem schwelenden, nicht allzu heftigen Schuldgefühl wegen mangelhaft erfüllter Verpflichtungen, wie Friedhofsbesuche und Grabpflege. Und auch heute hat mich der Spaziergang in die Gegend geführt, nach Salmannsdorf, ohne jeden Zusammenhang mit dem Umstand, daß ich am Friedhof vorbeikommen würde. Nur der Gedanke war mir plötzlich sehr peinlich, daß ich die Grabnummer nicht auswendig wußte und den Weg und daß ich, hätte ich auch einen Abstecher machen wollen, das Grab nicht gefunden, mich aber geniert hätte, in der Friedhofsverwaltung nachzufragen, weil dann herausgekommen wäre, daß ich nach einem Jahr noch immer nicht das Grab meines Vaters finde. Ich habe mich aber nicht entschließen können, zur Straßenbahnstation zu gehen, um nach Hause zu fahren, wie ich es vorgehabt hatte, ehe mir plötzlich eingefallen ist, daß ein paar hundert Meter von mir die Eltern begraben liegen. Und so habe ich als Ausweg und Vorwand den »Römischen Kaiser« genommen, mich in den Wirtshausgarten gesetzt und ein Glas Wein bestellt.

Irgendeine Verlegenheitsgeste, »an den Vater denken«, der dort eingekehrt ist, wenn er das Grab der Mutter besuchte. Als Kind war ich oft dort mit den Eltern, von Ausflügen zurückkehrend, und bekam ein grellfarbiges Kracherl. Abende unter Kastanien, die mit Glühbirnen von innen her erleuchtet waren, welche an Drähten hingen über dem Wirtsgarten. Die Eltern und Verwandten reden, ich höre nicht zu. Nur der Schallraum des Geredes, die angenehme Müdigkeit nach dem Ausflug, die Familie im Tratsch und der Vater etwas abseits, wohlwollend distanziert und mit eigenen Gedanken beschäftigt, von denen jeder wußte, daß sie sich nicht auf Profanes, Praktisches bezogen, worüber man sich heimlich oft mokierte.

Man deutete es als hohe Schrulle des Vaterhaupts, die man als solche durchaus anerkannte, wenn auch oft bespöttelte. Und da war wieder das Erdbeben.

Im Jahr 1928, glaub ich, gab es in Wien ein größeres Beben. Im Sommer muß es gewesen sein, am Abend. Jedenfalls saßen wir gerade beim Nachtmahl.

Schon der Nachmittag war auffällig gewesen. Schwül, und das Licht hatte gegen Abend etwas giftig Flirrendes. Nicht ganz geheuer. Unterschwellig war eine gewisse Unruhe, eine Stimmung, die nicht heimlich war. Nachträglich, als alles vorüber war, sagte man: Es hat sich angekündigt.

Wir saßen also beim Essen. Plötzlich gingen die Türen auf. Dann nichts. Wir sahen einander an. Da bewegte sich mit einemmal der Boden, und das Geschirr in der Kredenz schepperte. Die Lampe kam ins Schwanken. Wir waren im dritten Stock, da spürte man es ziemlich stark. Draußen auf dem Gang hörte man die Leute hinunterlaufen. Der Vater trieb uns nicht zur Flucht nach unten. Dafür rief er uns mit starker Stimme und raffte uns an die Brust – die Mutter und uns zwei Kinder –, und in dieser Pose als Beschirmerfigur verharrte er, bis das Beben abgeebbt war. Dann gab er sonor die Parole aus, sich geschlossen hinunter auf die Gasse zu begeben. Wir schritten durch ein leeres Stiegenhaus. Die anderen Hausbewohner standen bereits unten in der Gassenmitte, gegen etwaigen Ziegelschlag geschützt. Wir mischten uns unter sie.

Um den Schrecken abflauen zu lassen, ging man in tratschenden Grüppchen noch ein wenig auf und ab. Mein Vater löste seine Anspannung in einem langgezogenen Vortrag über historische Erdbeben von Pompeji über Lissabon bis Messina, gewürzt durch Zahlenmaterial über die Verschütteten und Erschlagenen sowie empfehlenswerte Verhaltensregeln bei Naturkatastrophen. Ich hielt mich, unter einigen respektvollen Zuhörern, dicht an seiner Seite. Seine Informiertheit erhob mich.

Gleichzeitig aber hörte ich Fetzen von Gesprächen und Gelächter aus der Gruppe vor uns, in deren Mitte sich die Mutter befand, die in der ihr eigenen karikaturistischen Weise die Geschichte des Bebens, wie es sich oben bei uns abgespielt hatte, zum Besten gab und ins Lächerliche zog. Ich höre das noch. Es war mir vollkommen klar, daß das Verhalten des Vaters vom Praktischen her kopflos gewesen war. Ich hätte das wahrscheinlich auch ohne die Ironie der Mutter und ohne die väterlichen Ausführungen über zweckmäßiges Verhalten bei historischen Erdbeben begriffen. Eigentlich war's mir schon oben während der Erdstöße aufgedämmert, als ich das Getriebe im Stiegenhaus hörte und richtig deutete. Gleichzeitig aber trug ich über dem Magen das erregende Prickeln, das durch die feierliche Szene der Familienumarmung ausgelöst worden war. Es verursachte in mir ein heimliches Gefühl der Überlegenheit, fast des

Dünkels. Bei uns handelt man nicht im Sinne plattfüßiger Zweckmäßigkeit. Bei uns gestaltet man Szenen von durchdringender, auch ein wenig peinlicher Feierlichkeit. Unpraktisch zwar, zugegeben. Dafür aber wird das Thema der Stunde: Gefahr und Schutz der Brut durch den Vater, in großer Eindringlichkeit symbolhaft dargestellt. Es erfüllte mich damals auf der Gasse – gegen Einsicht und mütterlichen Spott – ein angenehm schwellendes Gefühl des Beschützt- und Behütetseins, das weit hinausging über den allfälligen Nutzen einer zweckmäßigen Tat.

Möglicherweise ist im Angesicht der Furcht und des Grausens die Seele gar nicht so sehr auf vernünftige Hilfe aus. Eine Hilfe, die sich meist in ausgesprochen nüchternen Formen abspielt. Mag sein, daß die große, pathetische, wenn auch hohle Gebärde stärker tröstet. Eines weiß ich jedenfalls mit Sicherheit: Ich habe die Familien, die damals nüchtern und vernünftig gehandelt und das Haus rechtzeitig verlassen hatten, nicht einen Augenblick um ihren Vatergockel beneidet. Gott enthüllt sich nicht in Küchenschlapfen, sondern auf Kothurnen. Ich habe mir Gott nie vorgestellt als einen, der das Weltschlamassel mit praktischer Nüchternheit aufnestelt. Für diese Kleinarbeit sind allenfalls die Heiligen da und die Schutzengel. Gott handelt pompös, in gewaltig feierlicher Unzweckmäßigkeit, die einem bis ins Mark der Knochen dringt und Tränen der Ergriffenheit herauspreßt, auch wenn der Verstand danebensteht und ganz kühl sagt: Also diese Szene ist höchst unpraktisch und obendrein noch etwas peinlich. Er soll sich nicht hinauftümmeln zu vorgetäuschter Allmacht.

Zusatzbemerkung Dr. Schlesingers: Sicher war der »pathetische Vater« von stärkerer Erziehungs- und Schutzpotenz, als was jetzt so unter dem Namen »Vater« sich auf meiner Couch wälzt, traumatisiert nicht durch die Ohrfeigen, die er bekommen, sondern durch die, welche er ausnahmsweise ausgeteilt hat an ein aufmüpfiges Söhnchen. Trotzdem: bei der Schilderung des »Pathetischen« – ich besaß selbst einen solchen – dreht sich mir immer noch etwas der Magen um. Zu sehr erweckt er das Schreckphantom des furchtbaren Popanz, der mit seinen ins Gigantische aufgeblähten »Szenen« Millionen in Bann geschlagen und ins Inferno geritten hat.

DER BEICHTSTUHL ODER DAS ERSCHRECKEN DES LEHMS

Sitzung des Hofrats Kreutzer bei Dr. Schlesinger

... das römisch-katholische Kind wird im Alter von acht Jahren des Sakraments der heiligen Beichte teilhaftig und betritt dabei zum erstenmal eine hochbrisante Zone des Lebens in Christo: den Beichtstuhl.

... das Möbel ist Ihnen nicht so vertraut? Noch kein verstohlener Blick hinein bei einem ästhetischen Besuch einer Kirche? Verzeihung! Ich wußte nicht, daß die Scheu so weit geht!

... Ich spotte nicht im geringsten! – Also: der Beichtstuhl ist ein durch drei Türen abgeschlossenes Häuschen, bestehend aus einem größeren Mittelraum und zwei schmalen Kämmerchen zur Rechten und zur Linken. Die Türe des Mittelraums reicht nur in halbe Höhe. Eine Art Fenster ist mit einem dichten Vorhang verhängt und erlaubt dem darin sitzenden Beichtvater, einen Blick ins Kirchenschiff zu werfen, sei es, um zu sehen, wie viele Bekenntnisbedürftige noch anstehen, sei es, um diese Anstehenden zur Ruhe und Besinnlichkeit zu mahnen. In den beiden engen Seitenkämmerchen befindet sich nichts als ein Betschemel und ein vergittertes Fensterchen zur Priestergrotte. Der Beichtwillige kann sich darin nicht anders aufhalten denn als Knieender mit dem Gesicht zum Ohrengitter. Die drei Räumlichkeiten liegen in tiefer Finsternis.

Allein durch diese spitzfindige Anlage des Möbels entwickelt sich beim Betreter spontan das Gefühl des Herausgehoben- und Abgesondertseins; ein Karzer- und Kerkergefühl, Mönchszellen und Einmauerungspanik. Man fühlt sich eingefangen und vor Gottes Ohr gezerrt.

... wie dann eine solche Beichte vor sich geht? Da erinnere ich mich noch ziemlich genau, obwohl ich seit der Schule keinen Beichtstuhl mehr betreten habe. Gemäß der Grundstimmung eines achtjährigen Kindes spielen sich die Präliminarien in sachlicher Nüchternheit ab. Mit mäßiger Neugier widmet man sich dem sogenannten »Beichtspiegel«, mit dessen Hilfe man sein Gewissen nach Sündigem erforscht. Mit einiger Sorgfalt – dieses Alter hat einen bürokratischen Zug – legt man Lasterlisten an und vergleicht die eigenen mit denen anderer, gleichermaßen Beflissenen, empfindet Stolz über die Fülle des eigenen. Konkurrenzen finden statt. Ein Spiel wie andere auch. Noch am Tage vor dem großen Ereignis, ja noch in der Schlange vor dem Beichtstuhl empfindet man kühl und praktisch. Denn längst kennt man aus dem schlichten Hausgebrauch die strafmindernde Rolle des »ehrlichen Eingeständnisses«, man hat gelernt, es geläufig zu eigenen Gunsten einzusetzen. Man ist geübt im fließenden Bekennen. Auch vor Hochwürden Galls – unseres Katecheten – feistem Ohr gedachte man seine sündigen Gedanken, Worte und Werke flüssig preiszugeben, Pikanteres aber zu verschleiern oder zu »vergessen«. Man machte sich gefaßt auf anschließende Salbung und Bußgebete und kroch gelassenen Herzens in den Stuhl. Man findet sich in Engem, Schwarzem, in einer abgestandenen Geruchsstauung von Schweiß, Atemluft, Kleidern und Beklommenheit. Nicht heiß. Eher kalt. Eine Art schwüler Kälte.

... hier reißt meine Erinnerung eigentlich ab. Schließlich ist das alles länger als ein halbes Jahrhundert her. Wie schon gesagt, ich war seit der Schule nicht mehr beichten.

... o doch! Antonia erinnert sich an mehr und hat es mir sogar vor einigen Tagen eingehend geschildert. Jedenfalls gab sie vor, sich zu erinnern, wobei man natürlich nie sagen kann, was wirkliche Erinnerung und was später Hinzugedachtes ist. Sie allerdings behauptet, ihre Erinnerung sei echt. Zu sehr, sagte sie, habe sich ihr diese besondere, mit nichts zu vergleichende Gefühlsnuance eingeprägt.

... ein sonderbarer Schrecken, eine Erschütterung, eine ganz spezifische Betroffenheit.

... wenn es Sie interessiert, bitte! Ich hab es ziemlich genau behalten, weil es mich gewissermaßen beeindruckt hat.

... man fällt in die Knie, sagte sie, zu anderer Bewegung fehlt ja der Raum. Wenn sich dann die Augen etwas an die Dunkelheit gewöhnt haben, wird man des Ohrengitters gewahr. Sehr nahe, und dennoch deutlich von einem abgetrennt. Kein Gesicht. Eine Horchbereitschaft, die wort- und augenlos fordert.

Und plötzlich merkt man, daß man jede Vorbereitung vergessen hat und die Zähne nicht auseinanderbringt.

... nicht der Pfaffe, den man aus der Religionsstunde genau kennt, sagte sie, sitzt im Finsteren hinter dem Gitter, sondern eine schweigende, gesichtslose, ungeheuer dichte Anwesenheit, von der man sich angesehen fühlt, so daß man es auf der Haut spürt, die sich aufkräuselt.

Es ist kein väterlicher Blick besorgter Strenge oder bekümmerten Zorns, der einem auch ganz schön zusetzen kann, ein Blick, der durch die persönliche Teilnahme jedoch schon etwas vom Delikt auflöst und bei einiger Lebensroutine, über die ein vifes Kind früh verfügt, zu allerlei geriebener Gaukelei mit flottmäuligem Bekennen, Bereuen und gut dargestellter Bußfertigkeit befähigt. Was du bis in die gefrierenden Adern hinein weißt, das ist, daß da kein Vater sitzt, der es gut meint mit dir, auch wenn er donnert, und den du leicht einseifst.

Es ist ein Blick, den du nicht kennst. Ein Blick von genauem Interesse, ohne Zorn, ohne Trauer und ohne Freude. Ein Blick, von dem man nur sagen kann, was er nicht ist. Aber du weißt, du bist unter Gottes Blick, und es werden dir die Knie weich, das Blut rinnt ab in den Bauch, Schweiß tritt aus, die Stummheit schnürt dir den Atem ab, nimmt deine Seele in die Mangel und zerreibt sie zu Sündenmehl. Auf Zerknirschung, Schuldgefühl, Nichtigkeit und etwas

Höllenangst, darauf war man gefaßt nach dem Studium des Beichtspiegels, auf Lamento und Gedärmgrimmen. Aber nichts davon!

... was dann? Ich fragte sie auch, und sie dachte eine Weile nach, dann erlitt sie einen ihrer nervösen Lachkrämpfe und sagte: Wenn man sich aus dem Stuhl drückte und vor der Rampe niederfiel, um die auferlegten Bußgebete abzuleiern, dann war es nur eine eigentümliche, fremde Betroffenheit, die einem im Mark hockte, eine Betroffenheit über den aufmerksamen Blick dieser gestaltlosen Anwesenheit hinter dem Ohrengitter, ein Blick, der einem kein Gebet oder eine Anrufung ausspreßte, der einen nicht hinwarf wie vom Blitz getroffen vor Gottes Größe und dem Gefühl der eigenen Nichtigkeit. Es war eine Betroffenheit, die einem merkwürdigerweise einen vulgären Ersatzfluch entpreßte und Redensarten von auffallender Banalität, wie »Prost Mahlzeit« oder »das hat sich gewaschen«. Aber diese dummen Phrasen waren keine Blasphemie oder ein absichtliches Herunterspielen. Es war ein verzweifeltes Ventil für den kalkweißen Schrecken, der einen gestreift hatte, und für die Ratlosigkeit. Man fiel in eine bedrückte Ratlosigkeit, die auch am nächsten Tage noch anhielt, wenn man zur Kommunion ging, eine grüblerische Stimmung, die man schließlich trockenen Gaumens hinunterwürgte mit der klebrigen Oblate und dem faden Geschmack der Entsühnung, die gar nicht mehr wichtig war, die jedenfalls nicht aufkam gegen das wirkliche Gotteserlebnis im Beichtstuhl, dieses Angesehenwerden, das weder die Proskynese herausforderte noch die Auflösung in unirdische Seligkeit oder Verdammnis, sondern nur dieses betroffene, etwas beschämende, nüchtern erschrockene »Prost Mahlzeit«, eine Redensart, die durch und durch getränkt war von der Banalität echten Erschreckens.

Zusatz Dr. Schlesingers: Der Beichtstuhl, für meine Glaubensgenossen eher ein Möbel des Anstoßes, gewinnt im Licht der Bekenntnisse der Frau Dr. Antonia Pictor, vormals Gravis, ein ganz neues Gewicht für mich. Er ist offenbar eine raffiniert durchdachte Vorrichtung zur Erzeugung von echter Betroffenheit und seelischer Erschütterung. Für die Echtheit des geschilderten Gefühls spricht für mich übrigens, daß die zarte Sünderin nicht die Nerven verlor und weder auf Knie, Bauch noch Rücken fiel, sondern ordinär wurde. Ich führe das zurück auf die Zwienatur des Menschen aus Geist und Lehm. Der Geist wird von Schreck betäubt, gelähmt, starr, glotzt. Der wackere Lehm aber strafft sich zu Widerstand und Selbsterhaltung und spricht ein Kraftwort. Auf ihn ist Verlaß.

Roman- oder Theaterhelden, die im Augenblick des Schreckens bedeutend werden und Worte für die Nachwelt sprechen, erwecken in mir immer den Verdacht, Wunsch- und Phantasiegebilde blutarmer Autoren zu sein.

»FÜHRE UNS NICHT IN VERSUCHUNG«

Aufzeichnung der Frau Pictor

Seit 2000 Jahren betet ein großer Teil der gesitteten Welt das »Pater noster«. Seit 2000 Jahren lehrt man die Kinder, ohne zu stocken den »Vater« zu bitten, sie »nicht in Versuchung zu führen«. 2000 Jahre haben uns daran gewöhnt, täglich abends und morgens, ohne daß es uns im Hals würgt, einen Vatergott zu preisen und anzuflehen, er möge uns nicht versuchen, sondern erlösen von den Übeln, die zweifellos der Allmächtige selbst uns angerichtet hat und denen er obendrein gestattet, die Welt zu regieren. Der gute Hausvater, zu dem die Kinder in liebender Verehrung und voll Vertrauen aufsehen, der Gerechte, der alle gleich liebt und belohnt und bestraft nach ihren Werken?

Christus hat Gott nur ein einziges Mal Abba, Vater, genannt, und zwar in seiner allerhöchsten Angst. Zu Gethsemane. Es war ein Wunschname.

Als Moses Gott fragte, wie er ihn bezeichnen solle, sagte Gott, er solle ihn Jahwe nennen, »ich bin, der ich bin, ich bin da«. Das ist eine große, erhabene Manifestation des göttlichen Seins ohne jede Verpflichtung dem Menschen gegenüber. Er ist ihm keine Rechenschaft schuldig über die Art seines »Da-seins«. Jedenfalls wollte er nicht Vater genannt sein, dessen Liebe sorgend und überwölbend, gängelnd und bändelnd ist, ein Vater, der wider Vernunft, Geschmack und Anstand seine Kinder gegen jeden Anhauch des Bösen beschützt und verteidigt. Jahwe, der Gott, der selbst versucht und bewußt der Versuchung aussetzt. Der Gott, der zu Abraham sprach: »Nimm Isaak, deinen einzigen Sohn, den du lieb hast, und opfere ihn zum Brandopfer.« Erst als er sah, daß Abraham bereit war, tauschte er den Sohn gegen den Widder aus. Sarah, als sie es nachher erfuhr, schrie sechsmal laut auf und starb am Schrecken. Ein unheimlicher Gott. Kein blutsaufender Baal oder Moloch, den man kannte und bald hinters Licht führen lernte mit falschen Opfern. ER wollte von Anfang an keine Opfer. Er wollte nur wissen, ob der Mensch, ob Abraham dazu bereit war. Nicht aus Tyrannei. Eher aus Neugier. Er war neugierig auf seinen Menschen.

*

Dieser Gott Jahwe, »ich bin, der ich bin«, war es auch, der zuließ, daß Satan unter die Menschen ging und sie versuchte. Er gab ihm den rechtschaffenen Hiob frei, und als dieser dann aus dem Scherbenhaufen heraus mit ihm rechtete und fragte – nicht fluchte oder lästerte oder abfiel, nur rechtete und fragte –, da gab er ihm keine Antwort, sondern zeigte sich mit Gebrüll in der Wetterwolke und gab an mit seiner Macht, bis Hiob es müde war und er sagte: »Ich lege meine Hand auf meinen Mund. Einmal hab ich geredet. Ich tu es nicht wieder.«

Ist das väterlich? Weise und gerecht? Dieser Verlegenheitsdonner! Was sollte er Hiob antworten? Etwa sagen, er sei aus Neugier so mit ihm verfahren, er habe wissen wollen, wie Hiob, der Gerechte, sich halten würde im Grauen dieser Versuchungen?

Es ist zum Angsthaben, zum Zittern und zum Knirschen. Es ist eine wüste Trostlosigkeit.

Trotzdem wäre es zu billig, viel zu billig, Gott grausam

oder gar sadistisch zu nennen. Es zeugte von großer Beschränktheit und stumpfer Witterung für das Göttliche. Man kann nur eines mit Bestimmtheit sagen: Gott ist nicht väterlich.

Aber woher nehme ich die Einfalt und die Hybris, anzunehmen, daß Gott für mich ein Vater sein müßte, ein Vater in menschlicher Zuschneidung? Schuf er den Menschen etwa, weil er sich Kinder wünschte? Waren nicht schon die Engel seine Söhne?

Irgendwann in den zeitfernen Abgründen der kosmischen Ewigkeit muß Gott Lust zur Schöpfung gekommen sein. Wir wissen nicht, warum es geschah. Kann sein, daß er sich einsam fühlte, mag auch sein, er langweilte sich. Wir wissen es nicht. Wir wissen nur, daß sein erstes Gebilde die Engel waren, die er ab und zu seine Söhne nennt. Die Engel: gewissermaßen – wenn es erlaubt ist, sich in menschlichen Begriffen auszudrücken – eine Jugendarbeit Gottes, charakterisiert durch eine Neigung zum reinen Geistgebilde, frei vom Makel der Materie. Sie bevölkerten die Räume des Himmels und richteten nichts Böses an, denn es fehlte ihnen dazu der irdische Stoff und die Phantasie.

Dann aber – wir müssen bei diesem »dann« natürlich in Äonen denken –, dann bekam Gott, des reinen Geistes vielleicht ein wenig müde, Lust auf den Lehm. Er schuf die Gebilde von Pflanze und Tier. Ansprechende, höchst sympathische Wesen aus irdischer Materie, die sich fortan auf dem Rücken ihrer Mutter, der Erde, tummelten und nichts Böses anrichteten, denn es fehlte ihnen zum Bösen der Geist.

Aber auch dieses freundliche Geschlecht aus der Phantasie des Allerhöchsten griff sich ab, und Gott schritt an eine Schöpfung, die schon von der Konzeption her hoch problematisch war oder, geradeheraus gesagt, ein Malheur. Der Mensch! Eine Bildung aus Geist *und* Lehm, aus Stoffen grundverschiedener, ja gegensätzlicher Art, die einander wenig zu sagen haben oder allenfalls Spöttisches, Verächtliches, Abschätziges. Eine wüste Mesalliance, aus welcher jeder Teil nach verschiedenen Richtungen nach Hause zerrt, dorthin, woher er kommt: der Lehm ins Chaos und der Geist in Gottesnähe. Ein solches Geschöpf versprach mit Sicherheit nur eins: Unruhe, Leid, Schererei. Damit aber – und dies muß festgehalten werden –, damit versprach es Lebendigkeit. Kein Dahinvegetieren im stillen, eintönigen Atem der Ausgeglichenheit und inneren Einheit wie Engel, Pflanze und Tier. Der Mensch versprach Geschichten – im doppelten Sinn des Wortes: Geschichten machen und Geschichten haben. Gott hatte richtig gerechnet. Von Anfang an gab es »Geschichten«: aufmüpfigen Tumult, Löcken wider die Ordnung, Ungeheuerlichkeiten jeder Art zum Lachen und zum Weinen. Es gab ein Curriculum. Jeder einzelne hatte sein eigenes. Einen »Lebens-Lauf«.

DER MENSCH »MACHT GESCHICHTEN«

Sitzung des Hofrats Kreutzer bei Dr. Schlesinger

... wir saßen beim Tee und redeten über Tagespolitik. Der Pictor sagte etwas wie: Das ist aber eine schöne Geschichte! Antonia, die bisher schweigend zugehört hatte, auch ihrem Gesicht nach zu schließen eigenen Gedanken nachhing, nahm abrupt das Wort ›Geschichte‹ auf und bescherte uns – gänzlich unmotiviert und außerhalb des Zusammenhangs – eine etymologische Belehrung über dieses Wort. ›Geschichte‹ komme von geschehen, geschehen aber habe ursprünglich soviel wie eilen, laufen, vorfallen, sich ereignen bedeutet. ›Ereignen‹ aber leite sich von ›eräugen‹ ab, vor Augen stellen, sich zeigen. Das griechische ›Historie‹ dagegen komme von erforschen, erfahren, kennenlernen. Wenn also der Mensch, schloß sie ihre Lektion, durch seine zu lebendiger Aktion reizende und zwingende Doppelnatur aus Geist und Lehm Geschichten versprach, hatte es Gott möglicherweise nach etwas verlangt, das sich vor seinen Augen abspielte, das sich überschlug und überpurzelte, etwas, was er erfahren konnte: Unterhaltung, Sättigung der Neugier könnte man's nennen.

... der Pictor und meine Wenigkeit fühlten uns empfindlich aus dem Konzept gerissen. Beide sind wir passionierte Zeitungsleser und finden uns gerne zum Erörtern und Beschimpfen politischer Ereignisse zusammen. Als Antonia plötzlich mit Gott kam, sahen wir einander nur an und zogen die Augenbrauen hoch. Sie aber schien gar nicht zu merken, wie deplaciert ihre Kundgabe war, mit der sie uns in die Debatte platzte.

... freilich hätten wir sie abstoppen können. Sie ist in dieser Hinsicht gar nicht empfindlich und sieht meist alles ein. Sie kennt ja unser Faible für spielerische Streitgespräche, wie man es irgendwo in der Welt politisch hätte machen sollen oder machen müßte, wenn unsereins zu reden hätte. Rücksichtslos ist sie wirklich nicht. Sie pflegt uns bei diesen Unterhaltungen mit Tee zu versorgen und mischt sich nur wenig ein. Solche spontanen Einbrüche in ein laufendes Gespräch sind wir eigentlich nicht von ihr gewöhnt. Das ist neu. Es ereignet sich in letzter Zeit immer wieder, und sie ist dann so intensiv, so gefangen in ihren Abschweifungen, daß es gar nicht leicht ist, ihr ins Wort zu fallen, ohne wirklich grob zu werden, was weder dem Pictor liegt noch mir.

... nein, das könnte ich nicht sagen! Vielleicht eine Art von Obsession, aber ohne das Zwanghafte, das leidend Verstrickte, das an krankhafte Besessenheit denken ließe! Ganz locker und lebhaft redet sie dann und so, daß man oft plötzlich selbst das Gefühl hat, nichts wäre spannender und aktueller als etwa die Gründe, die Gott dazu bewogen haben, den Menschen so zu schaffen, wie er ist. Darauf lief es nämlich hinaus.

Engel und Tiere, erzählte sie im Ton eines Tagesklatsches, machten keine Geschichten. Es geschah nichts mit ihnen. Alles war ja von Anfang an fest und ordentlich gefügt in Gestalt und Ablauf. Nur der Mensch vermochte Dinge zu tun, die selbst für Gott neu waren. Er machte Geschichten!

... es war gar nicht möglich! Wir gaben unseren Diskurs über die Politik auf und hörten ihr ergeben zu, wie sich das alles zugetragen haben soll mit Adam und Eva und Gott und den Geschichten. Schickung ins Unvermeidliche malte sich in den Zügen Pictors – wahrscheinlich auch in den meinen –, aber dazu eine Spur von Besorgnis.

... Besorgnis? Ja, wissen Sie, diese Einbrüche ins Gespräch sind eben neu an Antonia. Abschweifungen, Übertreibungen, das schon. Das kennt man. Aber richtige Unterbrechungen, nein. Antonia ist gewöhnlich eine gute Zuhörerin. Solche Ein- oder Ausbrüche, ich weiß gar nicht, wie ich es nennen soll, mit themenfremden Mitteilungen in ein laufendes Gespräch, das kenne ich nur von primitiven Weibspersonen, die nicht zugehört haben oder nicht mitgekommen sind und dann jählings aufbrodeln mit einer banalen Kundgabe wie ein Kochtopf, der übergeht. So ist Antonia aber nicht. Anderseits, mit einem Kochtopf hat es schon auch zu tun. Das Überbrodelnde. Aber *was* da überbrodelt, kann man wieder nicht banal nennen. Es wirkt, als wäre sie von einer still dahinköchelnden Grübelei allmählich aufgeheizt worden und nun müsse das Ergebnis in einer Art Explosion abgeblasen werden. Sie kann es einfach nicht mehr bei sich behalten, und die fernstliegende Assoziationsmöglichkeit löst das Überschäumen aus. Nur eben, daß es sich bei Antonia jetzt um Themen handelt, die – wenn ich ihnen auch ihre grundsätzliche Wichtigkeit keinesfalls absprechen möchte – nicht gerade brisant oder aktuell genannt werden können. Ich meine, es gibt Dinge, die mich im gegenwärtigen Augenblick brennender interessieren und beunruhigen als der Sündenfall.

... ja, vom Sündenfall sprach sie: Der Sündenfall ist der Tritt in die Geschichte. Das kann sowohl aktiv als passiv aufgefaßt werden. Der Mensch trat oder wurde getreten aus der behaglichen Geschichtslosigkeit des Paradieses in den dickleibigen, ereignisschweren Adamsroman hinein.

Kein Wunder, meint sie, daß es zum Eklat kommen mußte mit dem Menschenpaar. Es erkläre sich aus der pikanten Anlage: geistdurchhauchter Lehm, dem Freiheit der Entscheidung aufgehalst, ja zugemutet wurde und ein Versucher auch. Als Exposition geradezu genial! rief sie, eben göttlich! Mit der Freiheit, zwischen Gehorsam und Ungehorsam zu wählen, kam alles in Gang. Eine herrliche Geschichte!

... herrliche Geschichte! murrte der Pictor leise und gab einen lang hingezogenen Kaskadenseufzer von sich. Sie aber begeisterte sich: Austreibung und Fluch, Schweiß und Schmerzen und himmelschreiende Ungerechtigkeit, Hekatomben unschuldiger Opfer und frohlockender Schurken, und am Ende der große Tod, von dem man bis zum letzten Augenblick nicht weiß, ob er ein Schlächter oder ein Tröster ist. Und im Zentrum der Mensch! Man soll mir nicht kommen, er sei eine Wanze, irgendwo hilflos festgesogen am Steiß des Universums, wo dieses sich nicht kratzen kann! Im Zentrum – ich betone es – der Mensch in einem großen Weltspiel, inszeniert, die göttliche Neugier zu fesseln und zu unterhalten. Zum erstenmal fügt ein Stoff sich nicht sklavisch seiner formenden Hand, begehrt auf, schlieft in eigene Gestaltungsvorschläge ein, brennt durch, wird wieder eingefangen und zur Vernunft gebracht, nur um abermaligen Unrat auszuhecken, den er dann ausbaden muß mit Wehgeschrei. Es tut sich etwas, es geschieht, es eilt, überstürzt und ereignet sich. Etwas zum Eräugen und zum Erforschen, zum Erkennen. Merkt ihr etwas? rief sie, ziemlich lautstark geworden im Lauf ihres Sermons. Aber die Frage war rein rhetorisch, denn ohne unsere Äußerung abzuwarten, setzte sie fort: Gott erkennt den Menschen aus seiner Geschichte, und weil der Mensch seine, Gottes eigene Schöpfung ist, erkennt er darin auch etwas von sich selbst!

... wir waren schon ein wenig verblüfft, sie schwieg eine Weile, dann setzte sie ruhiger fort: Im Tier kann Gott sich nicht erkennen. Das ist nur Stoff und schweigt. Auch in den Engeln nicht, denn sie sind nur Geist und preisen allenfalls. Allein der Mensch hat eine Sprache hervorgebracht, weil seine Geschichten ihn so bedrängten, daß er ausbrach in Klage und Schmerz, in Jubel, Hoffnung und Fluch. Die »Geschichte« ist die Wehmutter der Sprache, sie zerrte sie ans Licht. Und Gott ist so begierig auf unsere Geschichten, weil sie ihm erzählen, wer er selber ist, so daß er nun endlich auch – wie der Geringste unter den Irdischen – sagen kann: »Ich bin der und der!«, anstatt sich auf das mürrische Verlegenheitswort beschränken zu müssen: »Ich bin, der ich bin!«

»DER LIEBE GOTT« UND EIN »PATER NOSTER«-VORSCHLAG

Diesen Beitrag verdanke ich der Frau Kammerschauspielerin L. Nach ihrem Bericht hatten die Damen im Rahmen eines Stadtbummels in der Stephanskirche vorgesprochen, weil Frau Dr. Pictor wegen einer häuslichen Misere am Pötscher Gnadenaltar eine Kerze zu stiften wünschte. Danach sei es zu einem Monolog der Pictor gekommen (ziemlich belebte Kärntnerstraße!), der in einem Betvorschlag endete. (Anm. Dr. Schlesinger)

Die Pictor, von der L. angeblich kein einziges Mal unterbrochen:

Da reden sie, Gott liebe uns, lehren die Kinder, zum LIEBEN GOTT zu beten, und bilden sich ein, die Liebe Gottes wäre etwas wie die Liebe eines Vaters zu seinem Erzeugnis. Und dann werfen sie ihm vor, er sei kein *guter* Vater. Fühlen sich verloren und verlassen, wenn er einen im Morast sitzen läßt und nicht daran denkt, uns herauszuziehen und abzuputzen.

Nun habe die Pictor eine ganze Weile geschwiegen mit grübelnder Stirn, ehe sie mit erhöhter Stimme fortsetzte:

Die Liebe Gottes! Das ist keine Vaterliebe, streng besorgt und ein wenig eitel. Eher so etwas wie die Liebe des Künstlers zu seinem Machwerk, solange er es unter den Händen hat. Ist es einmal fertig, dann vergißt er es, mag's oft gar nicht mehr sehen.

Ganz schöne Hätschelaktionen von seiten der Künstler an ihren Werken habe sie schon gesehen, warf die L. ein, wenn sie etwa auf der Bühne ein Wort nicht ganz so betont habe, wie der Künstler es sich einbildete, oder gar eines vergessen habe, das ihm besonders am Herzen lag! (Also doch nichts mit »kein einziges Mal unterbrochen«, dachte ich mir's doch gleich!) (Anm. Schles.)

Künstler! Was das schon für Künstler sind, die zu ihren anämischen Hervorbringungen stehen wie ältliche Damen zu sündteuren Hündchen, die bei der geringsten Witterungsunbill Lodenmäntelchen tragen und nicht wissen, wozu ein Baumstamm gut ist. Du weißt, daß Goethe seinen Werther nach dessen Erscheinen kein einziges Mal mehr in die Hand genommen hat, und glaubst du vielleicht, daß Michelangelo täglich mit Wasserkübel und Fetzen ausgezogen ist, um seinen David – von dem ich weiß, wie du ihn schätzt – vom Taubendreck zu säubern?

Das Folgende habe die P. mit ungewöhnlichem Ernst vorgebracht, so daß die L., vom gegenwärtigen Betragen der Freundin bisher nicht im geringsten beunruhigt oder schockiert so wie der (von der Frau Kammerschauspielerin wörtlich als »ewiger Skrupelkacker« bezeichnete) Hofrat Kreutzer, doch einen Schimmer von Besorgnis habe aufkommen spüren. (Anm. Schles.)

Die Pictor: Ich könnte mir denken, oder soll ich sagen, ich glaube zu wissen? Nein. In diesem Fall muß ich sagen: ich »glaube«, und zwar im Sinne von »credo«! Ich glaube, daß Gott, als er sechs ungeheure Gottestage lang an seiner Schöpfung formte und bildete, so viel Schöpferliebe hineingearbeitet, hineingeknetet hat, daß das reichen muß, solange das Universum existiert. Und wenn die Genesis erzählt, er »schwebte über den Wassern und sprach: Es werde Licht! Und es ward Licht«, dann heißt das in der Sprache des Menschen – eine andere kommt uns nicht zu –, bedeutet das im andeutungsweisen Menschengestammel die Liebe Gottes zur Idee der Schöpfung, zu ihrem Entwurf und dann zum Geschöpf, solange er es noch unvollendet unter den Händen hat.

Was wollen sie denn? *(Die Pictor in deutlichem Unmut.)* Was bilden sie sich ein? Genügt es ihnen nicht, daß alles, was sich da tummelt, ein »Kind der Liebe« ist? Und die sollen ja besonders schön sein!

Bei dieser Feststellung habe sich die L. unwillkürlich im Trubel der Kärntnerstraße umsehen müssen, und ein leiser Drang zum Widerspruch habe sich in ihr geregt, Antonia aber sei so in Schwung gewesen, da habe sie mit billigen Hinweisen nicht stören wollen. (Anm. Schles.)

Genügt ihnen denn das nicht, die geduldige Beharrlichkeit der Liebe Gottes zu uns, während er uns schuf aus dem Morast des Chaos und absegnete mit dem hauchenden Kuß seines Geistes? Dann allerdings legte er uns weg, und seither interessiert er sich nur mehr für unsere Geschichten, zur

Unterhaltung nach der Arbeit, wenn er Lichtjahre von uns entfernt vielleicht gerade an einer anderen Schöpfung liebend tätig ist. Müssen wir uns denn nachträglich noch immer andrängeln und uns in Erinnerung bringen mit flehendem Bittgeschrei, wie Söhne, die schon längst mündig sind, ihren Erzeugern dauernd um Unterstützung in den Ohren liegen?

Die L. habe die Pictor zart darauf hingewiesen, daß selbst Jesus Christus, der als Sohn den Vater kennen müßte, uns Menschen vorgesagt habe, wie man am besten umgehe mit diesem schwierigen »Vater unser«. Er habe ein Gebet in Vorschlag gebracht, das nach einer kurzen Preisung nichts als Bitten enthalte. Die Pictor habe sich einer direkten Antwort entzogen und sei statt dessen in der von der Kärntnerstraße abzweigenden und zu Unrecht übelberufenen Annagasse mit einem anderen Betvorschlag niedergekommen. (Anm. Schles.)

Soll ich Dir danken, Herr, weil Du mich geschaffen hast aus Geist und Lehm und mich in dieser Zwieform auf dieser Deiner Erde ausgesetzt hast?
Soll ich Dich preisen, Herr, weil Du mich in den Würdenstand erhoben hast, in Deiner Geschichte zu sein?
Soll ich Dich lieben, Herr, weil Deine dunkle, schauende Anwesenheit meine Schritte begleitet, aber nicht, um mich in der Geschichte vor Schaden zu bewahren?

Deine Geschichten sind nicht freundlich. Liebliche Kost ist karg darin und jedes Glück bezahlen wir mit Zinseszinsen. Denn das bißchen Geist, das Du uns gegönnt hast von Deinem Geist, verätzt uns das einfache Glück des Lehms mit Zweifeln und unkender Vorhersage, die meistens stimmt.

Dennoch bin ich Dir nicht sehr gram, Herr, denn die Erde hast Du schön gemacht und den Lehm zum Prangen verlockt.

Vor allem leiden wir ja, weil wir Dich schlecht begreifen.
Wir schreien nach Gerechtigkeit.
Als ob es in einer Geschichte gerecht zugehen müßte!

Wir schreien um Gnade!
Als ob eine Geschichte mit ihren Helden gnädig umgehen müßte!
Wir sträuben uns gegen das Böse und zetern und feilschen und befassen Deinen ganzen Hofstaat mit uns.
Aber ohne das Böse kommt keine Geschichte in Gang.
Bei einer Geschichte, in der jeder gut und schön und gescheit und glücklich ist, kommt nicht mehr heraus als ein Titel und ein paar Seiten Langeweile.
Wäre Eva besonnen und gehorsam gewesen, hätte die Schlange sich heiser reden können, und die Genesis bestünde aus zwei Kapiteln.

Das wäre sehr schön für uns gewesen, denn da steht es geschrieben, daß Du so gewaltig in Liebe zu uns warst, daß das Überlicht dieser Liebe das Universum aus der Finsternis riß.
Aber die Genesis hat fünfzig Kapitel. Dann kommt der Exodus und viel Grausen, bis es endlich mit der Apokalypse ein Ende hat.

Wie wird das sein, wenn wir alle gerichtet sind, Herr, und die Welt in Flammen steht, die Seliggesprochenen nach dem neuen Jerusalem ziehen und Satan angekettet liegt im Brunnen der Tiefe und wir andern im Lehm versinken für ewig, denn er ist stärker in uns als der Geist; oder wenn wir uns in der Finsternis des Alls verflüchtigen, weil der Geist nichts mit dem Lehm zu tun haben will.
Du bist dann wieder, wie Du am Anfang warst, allein unter lauter Engeln und Heiligen.

Könnte es sein, daß Du dann etwas Heimweh hast nach der dunklen Erde und ihren dunklen Geschöpfen, die soviel Unruhe gestiftet haben, solange sie die Erde bewohnten?
Könnte es sein, daß Du dann etwas Erbarmen spürst und die Neigung, uns über die Haare zu streichen, obwohl wir finster dastehen und bis an die Knie im Kot?
Könnte es sein, daß Du dann denkst: Ich habe ihnen das

Leben gegeben und eine gewisse Freiheit, damit sie in eine Geschichte hineingeraten. Aber sie haben sich hauptsächlich weh getan dabei.

Wenn Du dieses denkst, Herr, dann schaust Du uns einen Augenblick anders an, als Du uns sonst angeschaut hast. Zweifel ist in Deinem Blick, Ratlosigkeit und Erbarmen, und vielleicht sogar ein kleiner Rest von der Liebe, die Du an uns verschwendet hast bei der Schöpfung.

Wir in der Hölle sehen es. Und da können wir Dir plötzlich alles vergeben, weil wir eben keine Engel sind! Dich trösten und sagen: Gräm Dich nicht. Es war ohnehin schön und erhebend, in Deiner Geschichte zu sein. Wir haben's ja ausgehalten. Dafür hat der Lehm gesorgt. Lehm ist zäh.

Aber Herr, Herr! Wenn wir dann beigesetzt sind in diesem Lehm, und Gras wächst aus unseren Augen, die Dich gesucht haben, aus unseren Zähnen, die stumpf geworden sind von den Flüchen auf Dich, aus unseren Herzen, die ins Stolpern gekommen sind, wenn wir Deine Nähe auf uns lasten gefühlt haben,
wenn all unsere Unruhe und Sehnsucht und Angst endlich beigesetzt sind,
könnte es dann sein, Herr, daß Du in der erhabenen Ödnis, die Du nun wieder mit Engeln und Seligen teilst, die Stirne in Deine Hand legst und sagst: Sie fehlen mir!

DER DACHBODEN

Pictorsche »Höhlenmalerei«

Der Dachboden ist weitläufig und unübersichtlich, voll von Gerümpel und abgelegtem Lebenskram. Es riecht nach Staub, trockenem Holz und Taubenkot. Unter den schmutzverkrusteten Dachluken liegen tote Tauben, die einmal hereingekommen sind und dann nicht mehr hinausgefunden haben. In der Kälte und Trockenheit sind sie nicht veraast, sondern erstarrt und ausgedörrt. Nur die Federn vermodern, zerfressen von Maden und dem Ungeziefer, das sich auf den Kadavern eingenistet hat. Haufen von verstaubten Büchern und stockfleckigen Schriften stapeln sich hier. Was sich so angesammelt hat generationenlang, was man nicht haben will, was man geerbt hat und was man nicht mehr unterbringt in den Stellagen und Bücherkästen. Manchmal träume ich davon. Im Traum weiß ich, daß in diesen unübersichtlichen, verrotteten Bücherbergen ein Buch verborgen ist, in dem etwas ganz Besonderes steht, etwas, das Antwort gibt auf alle Fragen des Lebens, auf alle Angst und Ratlosigkeit. Aber ich kann und kann es nicht finden.

Unabhängig von der Jahreszeit und vom Wetter ist es hier oben kalt. Eine trockene, eisige Kälte, die einem durch und durch geht.

Im hintersten Teil des Dachbodens, wo keine Luke ihn ausleuchtet, ist eine Art Mansardenkammer abgeteilt, eher ein Verschlag. Dort wohnt einer. Man sieht ihn nie. Man hört nur manchmal seine Tritte oben. Dann schwingen unten im Haus die Lampen leise am Plafond. Manchmal ist das Klappern einer Schreibmaschine zu vernehmen. Es ist kein geläufiges Schreiben, eher holprig und unbeholfen, mit je einem Finger jeder Hand, mühsam die richtige Taste suchend, aber ungeheuer ausdauernd. Der Anschlag ist stark, ja herrisch.

Er ist übrigens nicht ganz allein da oben. Aber ich kann nicht herausbekommen, ob diese Gesellschaft als lebendig anzusprechen ist. Eigentümlich trocken und staubig hängen sie in langen, grauen Hadern oben zwischen den Dachsparren, wo man in der Dunkelheit kaum etwas ausnehmen kann. Ob sie eigentlich Flügel haben, weiß man nicht. Man sieht nur ein räudiges Gehänge. Aber das können auch die Kleider der Engel sein.

Wenn ein Sturm geht – und hier oben stürmt es manchmal, auch wenn draußen ein milder und windstiller Tag ist –, raschelt und rauscht es unter den Balken wie in großem, gespreiztem Federwerk, und wenn der Wind sich im Kamin verfängt und in der Fernsehantenne, dann braust und orgelt und kirrt der Geistersturm wie aus rostigen Riesenposaunen, und der ganze Dachboden scheint sich vom Haus zu lösen und in den jagenden Himmel hinaufgerissen zu werden.

Neben der Tür zu dem Verschlag ist übrigens ein hölzerner Vogelkäfig angebracht. Darin hängen an dünnen Zwirnsfäden Heiligenbilder der Art, wie man sie für Wohlverhalten vom Katecheten geschenkt bekommen hat. Madonnen in Lichtblau und Rot mit schmachtendem Blick und den sieben Schwertern, die Heiligen mit den Requisiten ihres Martyriums. Auf einer Schaukel sitzt ein ausgestopfter Vogel mit grell bemaltem Gefieder. Zwischen den Stäben stecken verwelkte Blumensträußchen.

Der im Verschlag hält sich mit seiner Tätigkeit an keine Tageszeiten. Ich höre ihn manchmal tief in der Nacht. Dann wieder ist es tagelang still, so daß der Verdacht aufkommt, es wohne niemand dort oder man sei ausgezogen.

Auf keinen Fall hat seine Tätigkeit etwas mit unsereinem zu tun. Schon gar nicht mit mir persönlich, obwohl es meine Mansarde ist, die er behaust. Ich weiß nur, daß ich mich unablässig bemühen muß, zu tun, was er von mir erwartet. Er fordert es nicht ausdrücklich. Ich zweifle sogar daran, daß ihm irgend etwas daran liegt. Ich weiß auch nicht, was es eigentlich ist. Aber ich fühle es bis ins ausgekühlte Mark meiner Knochen hinein, daß das meiste, was ich tue, sinnlos ist. Aber das ist ihm gleichgültig. Er gibt keinen Hinweis.

Wenn ich längere Zeit vor seiner Tür stehe und die Bretterwand anstarre; wenn das holpernde Schreibmaschinengeklapper mir auf der Hirnhaut trommelt und die Kälte mit stumpfen Messerklingen in meine Kniekehlen dringt, dann wächst in mir ein Gefühl der Selbstverachtung. Wenn ich heraufkomme, bin ich voll sehnsüchtiger Begierde, beachtet zu werden, voll bitterer Vorwürfe wegen seiner Gleichgültigkeit. Angefressen mit Haß komme ich manchmal herauf, einem Haß, dessen scharfes Gift wie eine Lästerung in der Kehle brennt.

Wenn ich dann längere Zeit dastehe und auskühle, geht

mir im Leib die Selbstverachtung auf wie eine Schwertlilie. Ein Gefühl, versagt zu haben. Ich weiß nur nicht genau, worin.

Dann falle ich manchmal nieder in den Staub, unter den Knien den stechenden Mörtelgrus, die Kälte dringt mir ins Fleisch und ein bohrender Schmerz krallt sich fest im Genick und breitet sich aus bis in die trockenen Augenhöhlen.

Dann kommt die Attritio über mich, die große Zerknirschung. Ein winselndes Gefühl der Nichtigkeit, die das Herz verätzt und das Blut vereist und die Knochen mürb und räudig macht vom weißen Schorf der Scham.

Dann warte ich auf die Gnade.

Ich weiß, daß sie nie kommen wird. Nie wird diese Tür aufgehen und seine Hand mir Begütigung winken.

Aber eigentlich bin ich froh darüber. Denn bei der Vorstellung, die Tür ginge auf und er ließe sich sehen von Angesicht zu Angesicht, überfällt mich ein schreiendes Grauen, ähnlich dem, das mich nachts befällt, wenn ich die Falltür aufgehen höre und er die Wendeltreppe herunterkommt und durchs Haus geht.

Dann rettet mich nichts als eine ganz bestimmte Vorstellung. Ich stelle mir vor, ich schliche auf Zehenspitzen vor seine Tür und öffnete leise einen Spalt, um ihn zu beobachten.

Er tut aber gar nichts. Er liegt auf einem zerwühlten Sofa, das tief in die dunkle Dachschräge hineingeschoben ist, zur Wand gekrümmt und nachlässig in eine Art Überwurf eingewickelt; fast eingesponnen und mit Staub bedeckt.

Oben auf den Querbalken unter dem Dachfirst hocken Selige und starren auf ihn hinunter aus entzündeten Vogelaugen.

Wenn ich das vor mir zu sehen glaube – denn gesehen habe ich es nicht, nie würde ich wagen, einen Türspalt zu öffnen –, wenn ich es mir nur vorstelle, kommt mich in all meiner Zerknirschung ein Gelächter an. Es ist kein gutes, befreiendes Gelächter. Es kollert hoch in mir wie ein brennender Sod, wie ein toller, schlenkernder Krampf. Es treibt mir

Tränen aus, die in den Augenwinkeln stechen und langsam sickernd über die brennenden Schrunden meines Herzens eine beißende Salzspur graben. Denn ich liebe ihn doch. Ich liebe ihn aus der Tiefe meiner Verzweiflung, aus den weißen Abgründen der Verlassenheit.

Bevor ich hinuntergehe, trete ich dann vor den Vogelkäfig, zünde eine Kerze an, spreche eine Beschwörung. Sonst hielte ich das alles nicht aus.

AB URBE COND. XXII UND DAS GEHEIMNIS DES BÖSEN

Auszug aus dem Vorbereitungsheft der Frau Prof. Pictor für ihren Lateinunterricht. Das Heft wurde von Hofrat Kreutzer heimlich entwendet und mir über Nacht zur Einsicht überlassen. Er ersuchte im Zustand hochgradiger Erregung telephonisch um einen außerordentlichen Termin. In einer – ich muß gestehen – auch mir befremdlichen Zweigleisigkeit werden auf diesen Seiten die Aufzeichnungen einer Schulwoche, Vorbereitung und Stundenanmerkungen vermengt mit Spekulationen über die Wirkungsart des Satan in der Welt, ohne daß sich in Stil und Schriftbild Anzeichen für einen Verwirrungszustand der Schreiberin finden. Ich gebe vollständig und unredigiert wieder. (Dr. Schles.)

12. Nov.: Bei XXII/2 anfangen, »Hannibal profectus ex hibernis . . .« Die Plagen der Sumpfüberquerung. Hannibal, das elementare Böse! Nur er, dem Naturbösen verwandt, zeigt sich der unmenschlichen Strapaz im Chaossumpf gewachsen, obwohl er ein Auge drangeben muß als Kaufpreis. »De paludibus emersisset«, er taucht auf aus den Sümpfen, und die Katastrophe beginnt. Eine großartige Einleitung – wie ein Posaunenstoß!

Da plagt man sich, ihnen die Ohren mit Schönheit zu salben, aber es hören einem nur die zu, auf die es einem nicht ankommt. Alles andere sitzt im wohligen Schlummer des Lehms.

Chaoslehm und Dummheit, das Böse der Antike. Um wieviel feiner ist das Böse der Bibel. Streng unterscheidet sie das elementare, das absichtslos Böse der Natur, das sich über die Menschen hinwegwälzt – Seuchen, Dürren, Überschwemmung und Hungersnot –, vom absichtlich Bösen des Satan und dessen eigenartig schillerndes Verhältnis zu Gott.

Allerdings darf man nicht bei den Theologen nachlesen! Dauernd wollen sie Gott rechtfertigen mit dem säuerlichen Gedankengekräusel ihrer überanstrengten Gehirne. Als ob Gott der Rechtfertigung bedürfte. Als ob es überhaupt eine – im menschlichen Sinne gültige – Rechtfertigung gäbe für Gott, der den Versucher eigens zu sich bestellt, ihn anhört, ihm Aufträge erteilt; der ihm nicht einmal das Paradies verwehrt hat, als Adam noch naiv und unschuldig darin weilte, einfachen und wohltuenden Beschäftigungen hingegeben.

Bei 2/7 stehengeblieben, »tres noctes toleratae«.

Hebenstreit: die Periode »Galli neque sustinere« in braver Mühsal aufgenestelt.

Potz schreibt seine Mathematikaufgabe. Morgen drannehmen.

8/9 als Hausaufgabe.

14. Nov.: Unbedingt eine Charakteristik des Consuls Flaminius geben! Seine Mißachtung der Omina, die ihn als einen Gottlosen kennzeichnet, der sein Desaster am Trasimenischen See selbst heraufbeschwört. Etwas über Vorzeichen und Zeichendeutung sagen. Röm. Theologie.

Theologie! Diese Magerform der Religion, der das Fett der Geschichten fehlt. Zu fein ist sie sich für Geschichten! Das hab ich schon gern. Wo es doch immer wieder die Geschichten sind, die einen auf die Spur bringen, wenn Gottes Wege undurchschaubar werden.

Die Geschichte von Semael, seiner Kränkung, seinem Sturz und seiner Rache. Natürlich waren es die Theologen, die verhinderten, daß sie in die Bibel kam. Spielt der Herr doch eine zwielichtige Rolle darin. Aber es ist trotzdem alles herausgekommen. Geschichten haben ein zähes Leben. Verweigert man ihnen die Niederschrift, lassen sie sich weitererzählen, und wenn man auch das verbietet, erzählen sie sich selber weiter. Ein Rumor in der Luft, Geraune im schlafenden Ohr, und in der Früh wacht einer auf, weiß es und bringt's unter die Leute.

Zur Not 2/8 – 11. Tatsächlich etwas schwierig!

Nicht vergessen, von Potz, der Nervenfeile, die schriftliche Übersetzung von 2/7 verlangen!

Gott, so erzählt eine Geschichte, habe an Adam besonderen Gefallen gefunden, weil er alle Tiere mit Namen nennen konnte. Die Engel – es wird ausdrücklich festgestellt – vermochten dies nicht. So befahl ihnen Gott, sich vor dem Menschen zu neigen. Semael aber, der Höchste unter ihnen, denn er hatte zwölf Flügelpaare, statt nur sechs, weigerte sich; er lehnte es strikt ab, sich vor diesem Wunderbuben zu demütigen. Da erzürnte der Herr gewaltig und schleuderte den Engel des Aufruhrs mitsamt seinem Anhang in die Tiefe. »Wie bist du vom Himmel gefallen, du leuchtender Morgenstern!« klagt der Prophet.

15. Nov.: Wiederholung XXII/2 – 3/4:

Dolecal: wie üblich, brav und kopflos.

Berger: es reicht.

Odenschlag: von ausgesuchter sprachlicher Unbeholfenheit, leider fehlerlos.

Atzinger: das faule Tier ist gänzlich unvorbereitet, versteht aber als einziger etwas vom Text.

Kap. 3 weiter: Hannibal reizt Flaminius und dieser geht ihm sofort auf den Leim. Wieder die Dummheit des Götterverächters. Dagegen Semael, der traurige, kluge Böse!

Allein weiter bis »consul procul ostendit«. Ich brauche etwas Ruhe.

Wir können es verstehen, daß Gott den Rebellischen nur verbannte und nicht gleich zerschmetterte in seinem Zorn. Schließlich hat er ihm allerhand zugemutet! Wir nehmen es sogar noch hin, daß er ihn nicht gänzlich seiner Macht beraubte und ihm die schweifende Schar der Dämonen unterstellte. Warum aber, warum – es ist eine Frage endlosen Grämens und bleicher Ratlosigkeit – warum verlieh der Omnipotente Semael, einem schwer Gekränkten, die ausdrückliche Macht, ja den Auftrag, den Menschen in Versuchung zu führen? Er lieferte uns damit einem Beleidigten aus!

Wollte er den Satan entschädigen für die Kränkung? Es mußte ihm doch klar sein, daß Adam, der Bevorzugte, diese Gutmachung bitter würde ausbaden müssen!

Aber Gott denkt und handelt nicht nach der Menschen Maß. Natürlich geschah, was vorauszusehen war. Semael sann auf Rache. Aber nicht auf Adam richtete sich – wie die meisten glauben – sein Haß. Satan haßte Gott. Ihn wollte er treffen, wenn er seinen Liebling schädigte, der so gescheit war. Er beschloß den Menschen zu vernichten, um hintreten zu können vor Gott: »Siehe, dein Hätschelkind, verdorben und gefallen! Und daß du es weißt, viel hat's mich nicht gekostet. Der Hang zum Stolpern, Ausrutschen und Im-Unrat-Platz-Nehmen liegt ihm im Blut!«

Endlich bis 3/4.

Kozian hat einen Schmierer unter der Bank und findet nicht einmal die Stelle, das dumme Tier. Ich muß mich um ihn kümmern, den Unseligen.

17. Nov.: Eine Skizze machen vom Trasimenischen See, sonst können sie sich nichts vorstellen. Flaminius noch immer götterblind. »Nec enim votis aut imploratione deorum, sed vi et virtute evadendum est!« Tapfer, aber dumm. Dummheit als Unempfindlichkeit gegen das Göttliche gedeutet. Sehr gescheit! Aber die biblischen Geschichten haben mehr menschlichen Tiefgang. Da ist Bosheit hochgewitzt und kommt nicht aus platter Eitelkeit, sondern aus Kränkung!

3/7 – 4/4 vorübersetzt, damit wir endlich zum Trasimenischen See vorstoßen. Weiter bei »Flaminius, cum pridie solis occasu«. Jetzt erst merkt er, wie er in der Falle sitzt.

Man muß etwas tun, wird Satan sich gedacht haben, daß dieses Mißgebilde aus Dreck und Geist und freiem Willen dem Hochheiligen verleidet wird!

Man kann übrigens nicht energisch genug dem weltweit verbreiteten Irrtum entgegentreten, es käme dem Teufel darauf an, den Menschen böse zu machen. So einfältig ist verletzter Liebesstolz nicht. Eifersucht gibt feine Gedanken ein und macht die Sinne scharf und gefährlich.

Rückfälle in den Lehm, sagte sich Luzifer, Bosheit und Sünde, das verzeiht der Allherrliche seinem Liebling leicht. Entstehen doch gerade daraus die Geschichten, auf die er so aus ist. Heitere und schreckliche Geschichten, daß es ein Starren und ein Staunen ist in den himmlischen Räumen und ein hohes Gelächter. Aber etwas wird der Übergewaltige, wie ich ihn kenne, nicht vertragen können: Abfall nicht durch Sünde, sondern Abfall durch Gewöhnlichkeit.

Die Gewöhnlichkeit als Böses! Das hat die Antike nicht gekannt. Nur die Dummheit.

18. Nov.: Sehr schön die Kampfszenen in der Enge zwischen See und Berg. Der Nebel, der jede Sicht verstellt. Der durch den Nebel verfälschte Waffenlärm!

Sie haben kein Ohr dafür. Ein paar vielleicht, und die genieren sich, es zuzugeben. Immer stumpfer wird der Mensch und gleichzeitig aufgeblasener.

Was ist die schwächste Stelle an diesem Adam?, sinnierte Semael. In seinem Lehm, da sitzt er ohnehin allzu feist. Da muß man sich nicht sorgen. Wie aber ist es mit seinem Geist beschaffen, diesem Häuchlein Gott, das er sein eigen nennt? Lächerlich genug spreizt er sich damit in Form kindischer Leistungen, wie zum Beispiel die Sache mit der Namensnennung alles Viehs, die Gott unbegreiflicherweise so entzückt hat. Eitel ist er und vollgeblasen von Hochmut. Da pack ich ihn.

Aus der Natur des Menschen, genauer gesagt, aus seiner widersprüchlichen Mischnatur kann man für sicher annehmen, daß er im Paradiese schmollte. Und zwar des Apfels wegen. Des Verbotenen. Wie kam Gott dazu, Adam, seinem Bilde, etwas zu verbieten? Satan sah es. Und er wandte sich an die Schlange.

Blaha erstaunlich flüssig! Hat sich informiert. Typisches Schmiererdeutsch.

»Dann werdet ihr sein wie Gott«, sprach die Schlange, die damals großartig daherkam und noch nicht als Wurm. Man weiß ja seit Jahrtausenden, was dabei herausgekommen ist und was Adam und den Seinen seither blühte in einer dornigen Welt. Zu wenig aber hören wir, wie der Keim der Schlangensaat – von Satan fleißig gedüngt – aufging in der Seele des Menschen und ins Kraut schoß.

5/5 – 5/8 wieder vorübersetzt. Zu verzwickte Konstruktionen.

Absam, das Mimoserl, ist wieder Speiben gegangen und konnte nicht drangenommen werden. Dieses Nützlichkeitskotzen möchte ich auch beherrschen.

19. Nov.: Wozu! Wozu! Wie ich das hasse, wenn sie immer fragen, wozu man diese Geschichten lesen muß, wozu man sie im »praktischen Leben« braucht. Aus dem Trasimenischen See und dem dumm tapferen Flaminius kann man weder Erfolg noch Wohlstand noch Bequemlichkeit schlagen. Sie sind daher nicht »relevant«. Ich ärgere mich nicht über Faulheit, Frechheit, Aufsässigkeit, Verlogenheit. Meinetwegen sollen sie fressen, schlafen und Karten spielen in der Stunde, wenn ihnen nur ihre »Aussagen« in der Gurgel stecken blieben! Dieses Gejeier nach dem Nützlichen. Ist Adam ein Tier?

Aber es hat ja schon lang begonnen und in vielen Schüben sich vollzogen, bis in die finsteren Tage unserer Gegenwart hinein: die Abnabelung vom Göttlichen, die Profanierung der Welt.

Weiter bei 6/1 »Tris ferme horas«.

Der lange Laber geht schon zum zweitenmal aufs Klo auf eine Zigarette. Dabei ist er ohnehin so grün. Ich muß reden mit ihm.

Adams Welt, die grüne Erde, sagte sich los vom Heiligen und posaunte es in alle Windrichtungen hinaus: »Ich bin mir selbst genug. Ich lasse mich nicht mehr verwirren und beunruhigen von den ›unerforschlichen Ratschlüssen‹ des Omnipotenten. Ich halte mich an die Natur, durchschaubar und wohlgeordnet durch einfache Regeln, die sich stützen auf Nützlichkeit und Vernunft. Ich bin nämlich jetzt aufgeklärt.« Mit andern Worten heißt das: Ich lebe wie das liebe Vieh. Ihm hat Gott es eingebrannt in Nerven und Muskeln, was ihm frommt. Da gibt's keinen Irrtum, keine Angst, keine Zweifel. Satan hatte gewonnen. Der Mensch wurde nicht böse. Er wurde gewöhnlich. Man lese nach in den Teufelsgeschichten! Wer seine Seele verschreibt, wird kein Bösewicht. Er läßt es sich nur gut gehen. Das ist alles. Er wird ordinär.

Wozu hab ich diesen Adam gemacht, muß Gott sich fragen, er führt sich auf wie eine Bettwanze. Nur daß diese es besser kann, denn ich habe es ihr eingebaut in den Bauch als eine Art Uhrwerk! Dem Tölpel Adam aber, der mich kränkt, dem habe ich einen freien Willen gegeben, daß er mir Geschichten macht zu meiner hohen Ergötzung. Und was seh ich ihn tun, diesen Lehmenen und Abgründler? Er wird der Geschichte abtrünnig, bastelt sich ein Spottbild der Welt, das seiner Faulheit und Wehleidigkeit entgegenkommt und meine heilig schwierige Schöpfung versaut!

Entsetzliche Plage mit Kocian. Er und ich in Schweiß. Wenn er mir nur nicht auskommt und durchfällt, das arme Schwein.

Die Nasen der Menschen, feinwitternd geschaffen für den Geruch des Göttlichen, wurden stumpf und fühllos. Sie meinen im Ernst, mit den Plattfüßen der praktischen Vernunft und mit der Moral des Bürgerlichen Gesetzbuchs durchs Leben zu kommen, nennen sich großmäulig aufgeklärt und befreit und bemützen sich mit Selbstzufriedenheit. Leicht kommen sie aus ohne den schwer verständlichen, höchstgradig unbequemen Gott und den feinsinnig bösen Satan.

Nur manchmal nachts im Schlaf, wenn der beschwichtigende Lehm schnarcht und der zartere Geist grübelnd wach liegt, da steigt ihnen ein ferner Verdacht auf und läßt den

Verputz von den Wänden rieseln. Dann schreien sie in ihren Betten, und wenn es sie hochreißt und das Blut aus dem Kopf rinnt und sich staut im entsetzten Bauch und das Gesicht ist im Spiegel wie ein kalkiges Laken, wenn es plötzlich aufkriecht im zitternden Gedärm bis hinauf ins ausgekühlte Herz, das in flachen Schlägen dahinjagt, dann werfen sie sich Tabletten in den Hals oder greifen zum Telephon und rufen den Notarzt an.

Spätestens aber wenn der Tod sich ankündigt, dann wimmern sie, all die Vernünftigen und Lebensklugen, nach dem Weheglöckchen und nach Absolution, denn auf einmal sehen sie hinter den freundlich tapezierten Wänden das Feuer lodern und hören es prasseln und knattern. Aber Gott verzeiht nur Sünden. Nicht aber Geschichtslosigkeit.

Zusatzbemerkung Dr. Schlesingers: Das ist also wirklich keine Lektüre fürs Bett, dieses Vorbereitungsheft der Frau Professor! Da passiert es sogar mir, einem alten, ausgekochten Juden, der von Anlage und Überzeugung her die stärksten Vorbehalte hegt gegen geistige Unordentlichkeiten dieser Art, daß er plötzlich das Gefühl hat, hinter seinen »freundlich tapezierten Wänden« spiele sich etwas ab.

Ich muß mich sehr zur Ordnung rufen und mich gerade aufsetzen. Zu Brille und Feder greifen. Das stärkt.

Also: Ich sehe ein, daß die gegenwärtige Einstellung der lernenden Jugend zu einem Livius-Text für den Lehrenden, der sein Fach liebt, enttäuschend sein mag; ich kann mir auch Übersetzungsleistungen vorstellen, die ein feiner angelegtes Ohr als Marter und Zumutung empfindet; daß dieses Ohr sich dann – erholungshalber – dem leiseren Gedankenfluß zuspannt, der als unterschwelliger Strom sich lebhaft in seinem Bett gebärdet, stets bereit, auszuufern. Ich habe dafür viel Verständnis.

Wenn aber ein normaler Mensch längere Zeit zwischen zwei solchen Denk- und Aufmerksamkeitsebenen hin und her springt, dann pflegt jeweils die eine oder die andere aus dem Lichtbereich ins Dunkle abzusacken. Von beiden Strömen sind jeweils nur Bruchstücke im Blickfeld des strapazierten

Geistes, und schließlich endet ein solches Gedankengerausche im Chaos. Einfacher gesagt: der normale, geistig gesunde Hintern kann nicht zwei Pferdchen gleichzeitig bereiten. Ehren Frau Prof. Pictor aber vermögen dies. Sie zäumt die beiden Pferdchen zu einem einzigen Fabeltier zusammen und reitet dasselbe getrost.

Die Niederlage der Römer am Trasimenischen See, befriedigend erklärt durch die Unbesonnenheit des einen und die strategische Überlegenheit des andern Feldherrn, ein Musterstück exakter Historiographie, wird eingestrickt in das hochgeladene Spinnengewebe, das ein gekränkter Satan dem Tölpel Adam als Fangnetz ausgelegt hat, um ihn zur Gewöhnlichkeit zu verführen, damit er Gott verleidet werde – langsam werde ich nervös.

Ich werde Wasser trinken und aufs Klo gehen und dann die Sache zu überschlafen versuchen.

Die letzte Session des Herrn Hofrat Kreutzer lief übrigens bei abgestelltem Tonband, um das Kreutzersche Lamento nicht zu verewigen.

Der Fall überfordert mich.

Dieser Kreutzer sorgt sich nicht nur um die geistige Gesundheit seines »Schwesterchens«, sondern er sorgt sich auch noch darum, was aus der »Frau Professor« werden wird, wenn – Gott soll abhüten – Inspektion kommt und Einsicht in das Vorbereitungsheft verlangt. Soll *sie* sich doch sorgen! Aber das tut sie scheinbar nicht im geringsten. Etwas Windiges haftet ihr zweifellos an. Auch der Gatte sorgt sich offenbar nicht, was den Kreutzer reizt. Aber der dürfte seine Gemahlin oft genug abstürzen und auf einem weichen Hintern landen gesehen haben.

DAS NEUE UNIVERSUM

Aus dem Papierkorb der Frau Pictor

Wer da redet, das Fernsehen sei nur Unterhaltung auf dem Primitivniveau des Nervenkitzels durch Sex und Brutalität oder Manipulation des Bürgerbewußtseins durch absichtliche Fehlinformation von seiten politischer Machtgruppierungen, der ist wirklich ungerecht.

Wie sehr ist das Fernsehen doch um unsere Bildung bemüht! Wann hat der Mensch es je erlebt, daß ihm so viel von der Natur erklärt wurde wie heute, nämlich alles, vom Urknall bis zur mineralogischen Zusammensetzung der Mondkiesel. Und zwar nicht als esoterisches Wissensgut einer winzigen, elitären Gruppe Eingeweihter, sondern für jedermann, groß und klein, und für jede Bildungsklasse: das heißt in einprägsamen Bildern, die mit einfachen, launigen Kommentaren versehen sind und untermalt von klug einstimmender Musik, kurz: populär. Nicht einmal das Vorschulkind fragt heute mehr nach dem Mann im Mond oder sucht zwischen den kreisenden Planeten seinen Schutzengel oder hält bei einem Kamerabesuch im Leibesinnern nach dem Sitz der Seele Ausschau.

Ein gewisses sozio-hygienisches Problem ist allenfalls, daß die Leute bei diesen sitzenden Bildungsexkursionen zu viel essen und trinken, was ungesund ist und lebensverkürzend. Anderseits beweist gerade dieser Umstand, wie behaglich sie sich fühlen bei der Unterweisung. Kein Universumstremor, Allschauer oder Mondbehexung und ein ganz langsamer Puls.

*

Mit hohem Befremden erblicke ich, wie leibliche Materie, aus einer beliebigen Leibesöffnung gewonnen und im Alltag eher mißachtet, im künstlichen Großauge des Mikroskops seine gewöhnliche, vertraute Gestalt und Beschaffenheit verliert, sich auflöst in eine buntschlierige Landschaft voll wimmelnder, schwänzelnder, zuckender Kleinstkörperchen, die sich bei weiterer Vergrößerung plötzlich zu rätselvollen Ornamenten fügen und zu kristallinischen Formen von juwelenhafter Kostbarkeit erstarren.

Eine kalte Distanz geht von diesen Bildern aus, Ehrfurcht verbreitend. Todesdistanz zum eigenen Kadaver, den man sich gar nicht mehr zu denken traut als ein Häuschen, das einem bislang eine gewisse Behaglichkeit geboten hat. Es ist nun zu fein für mich geworden. Ich sitze sozusagen auf der Sesselkante in mir selbst und bin mit meinen Leibesdünsten per Sie. Kein Gedanke daran, jetzt noch zu sagen: Ich war's, der das ausgespuckt oder sonst was hat! Höchstens hänge ich es, vergrößert und gerahmt, im Studierzimmer auf oder über dem Ehebett.

*

Heute habe ich meinen Hausplaneten als marmorierte Murmel in der Finsternis eines – wie mir eröffnet wurde – unbegrenzten Alls schweben gesehen. Kosmische Musik, sofort erkennbar an gewissen hoch sirrenden, gleichzeitig aber tragenden Tönen, sorgte für Sphärenstimmung.

Dann schob sich eine glitzernde Kunstkugel ins Bild. Das Kameraauge öffnete sie für mich, und ich sah einige Amerikaner darin sitzen und essen. Plötzlich wurde zu meinem Entsetzen an der Kugel eine Luke geöffnet und ein vermummter Mann hinausgeworfen. Aber ich beruhigte mich gleich. Denn es stellte sich heraus, daß er an einer Nabelschnur hing und vor der finsteren Tiefe des Universums Schwebeschäkereien vorführte, die von innen her photographiert wurden.

Wie sehr wir mit dem Raum auf du und du sind, zeigte dann eine Retrospektive. Man sah Leute aus einem gestelzten Apparat klettern und Mondboden betreten. Erstmals seit der Erschaffung. Das bekam man gesagt, damit man sich auskannte. Der altmodische Fernsehhocker erwartete sich nun eine ergreifende, theatralisch aufgehöhte Szene mit bedeutenden Aussagen. Statt dessen konnte man beobachten, wie ein Mann sich in teils schleppenden, teils schwerfällig hüpfenden Bewegungen großen Anstrengungen unterzog, um ein Fähnchen in den Mondboden zu stecken.

Unwillkürlich denkt der Irritierte an eine besonders teure Sorte von Lachkabinett oder Torkelboden, wo beherzte Männlichkeit zeigt, was sie leisten kann, ohne sich zu übergeben. Was der Mann für ein Gesicht dazu machte, sah man nicht, weil er ganz eingedost war.

Hochkompliziertes Sondenwerk, letzte Hochleistungen der menschlichen Schlauheit, kreiseln angst- und ehrfurchtslos und unbeirrbar durch die wüsten Abgründe des Universums, wahrnehmend, ausrechnend, speichernd und photographierend. Nicht das wirre Prophetengestammel der Offenbarungen, sondern Tatsachen, Tatsachen, Tatsachen, nämlich völlig banale Platitüden; in den Weltraum geschossener Bassenaklatsch. Die Welt liegt vor uns wie die Schabe auf dem Küchentisch: gewöhnlich, entlarvt, ausgeplauscht.

*

Sage ich 1 und 1 ist 2! Wer wagte zu widersprechen, wer dächte weiter, zweifelte, härmte sich noch um die Wahrheit? Sage ich aber in der Menschensprache: ein Apfel und noch ein Apfel sind zwei Äpfel, drängen sich schon Skrupel auf: Wie aber, wenn einer der beiden Äpfel eine Renette, der andere aber ein Maschansker wäre, kann man noch sagen, Renette und Maschansker seien zwei Gleichartige? Man sieht schon, wo es hinausläuft. Nämlich auf den Unterschied, auf die Andersartigkeit, auf die Einzigartigkeit jedes Geschöpfes, auf einen Würdenstand also, dessen die Zahl ganz entbehrt, und damit auf die Bewunderung. Eine ausgespitzte Formel kann einen noch so schwierigen Vorgang festnageln. Sie erkennt ihn nicht in seiner Einzigartigkeit, sie entlarvt ihn, tratscht ihn aus in seinem banalen Bodensatz, wo allerdings 1 und 1 stets 2 ist und sonst gar nichts.

*

Gott hat sich irgendwo verloren unter all den Tatsachen. Ist er einer der nervösen Schwänzler, die im Mikroskop wimmeln oder eine der unzählbaren Nullen in den Zahlen, die ein Computer ausgespien hat? Oder steht am Ende immer noch festgegründet von Urzeiten her in Sarder und Jaspis der Thron?

Man nimmt ihn nur nicht mehr wahr. Die Filmkameras sind zu grob, der Streifen bleibt schwarz.

BOVISTGEFÜHLE ODER DER HAUSMEISTER IM PELZ

Sitzung des Hofrats Kreutzer bei Dr. Schlesinger

... so richtig ist es mir erst auf der Gasse aufgefallen. Da verhielt sie sich – ganz gegen ihre Gewohnheit – übervorsichtig.

... nicht nur, daß sie Verkehrsampeln beachtete, war ungewöhnlich. Sie ging viel weiter! Schaut zuerst, wo sie hintritt, mäßigt ihr Tempo deutlich und vermeidet in einer fast zimperlichen Weise, an jemanden anzustreifen. Auf ihren Zügen zeichnet sich eine fatale Friedlichkeit. Fatal, sage ich. Es war die Art Friedlichkeit, wie sie einen befällt, wenn eine Katastrophe unmittelbar vor der Tür steht und einem nichts mehr übrig bleibt, als sie hinter sich zu bringen.

... natürlich war mir das höchst verdächtig, und wie sie, an meinen Arm geklammert, über eine Pfütze hüpft wie eine Schwangere knapp vor der Niederkunft, frag ich, was das soll. Ich bin jetzt ein Bovist, sagt sie mit einer monotonen Larmoyanz in der Stimme. Da kann man leicht verblasen werden. Beim kleinsten Ritz liegt man als Balg da. Dabei schlingt sie sich akrobatisch durch die Menschenmenge und springt die seltsamsten Pas, daß ich plötzlich selbst der Täuschung verfalle, sie trüge sich als einen übervollen Sack schwer zu hütenden Materials, und wie zufällig jemand an sie anrempelt und sie einen spitzen Schrei ausstößt, fahr ich zusammen wie angestochen.

... Sie lachen! Lachen Sie nur, aber stellen Sie sich das vor! Gesetzt, sie fühlt sich wirklich platzen und legt sich hin auf offener Straße und teilt den Passanten mit, sie sei ein geplatzter Pilz. Man schleppt sie ins Tollhaus, und sie kommt nie mehr von dort heraus.

... natürlich kam ich in Wut und verlangte, daß sie den Unsinn abstelle. Reg dich nicht auf, sagte sie, ich probiere ja nur das Lebensgefühl eines Zeitgenossen aus, der die Naturwissenschaft ernst nimmt.

... sie ventilierte die Möglichkeit der Atomverblasung. So

etwas stellt sie sich dann nicht vor wie ein normaler Mensch, sondern sie spielt es. Sie war einfach eine Weile ein Atomsack, der Gefahr läuft, verblasen zu werden, wenn er nicht aufpaßt. Und sie fand nichts Besonderes daran.

... ob sie es sich dann wirklich einbildet? Ich weiß es nicht. Vielleicht so, wie ein Kind glaubt, ein Löwe zu sein, wenn es auf allen vieren geht und um sich herum faucht und beißt und brüllt und dabei doch noch auf seinen Namen hört. Sie hat ja auch ganz normal geredet und sich ereifert und darüber dann total vergessen, daß sie eigentlich ein Bovist ist.

... über die Naturwissenschaft hat sie sich ausgelassen. Da forschen sie, sagte sie, und reden und schreiben, man sei nichts als eine Wolke wimmelnder Atome, ein elektromagnetisches Spannungsfeld, von Stromstößen gelenkt und ausdrückbar in dürren Formeln. Da kriechen sie der Natur hinein bis ins nicht mehr Sichtbare und Tastbare, rücken ihr an den Leib mit ausgetüftelten Geräten und spalten, zerlegen, zerbröseln, bis nichts mehr da ist als ein Haufen Staub, dessen Körner sie emsig zählen. Das gute alte Gefitz aus Materie, Seele und Geist, diese Daseinsform, in der sich der Mensch redlich-unredlich durch die Zeiten geschlagen hat, plötzlich ist das nichts mehr als eine nackte Gleichung. Die ganze bunte, dumme, schöne Welt zerstäubt in der schwarzen Wolke eines getretenen und geplatzten Bovists. Sie durchstänkern weithin das All mit ihren Maschinen, das neue Universum, in dem der Mensch nach ihrer Meinung nur ein Fliegenschiß ist, und verkünden breiten Maules, sie hätten das Humane bis aufs Hemd ausgezogen und es habe sich herausgestellt, es sei gar nichts Besonderes damit. Dieselben Atome wie bei der Kellerassel.

... ich fand, daß es ganz angebracht sei, dem Menschen, der sich lang genug in seiner dünkelhaften Zentralstellung gespreizt hat, eine bescheidenere Position im Kosmos zuzuweisen, die seinem mediokren Wesen eher entspricht.

... sie war sehr dagegen! Nicht daß sie den Menschen an sich so schätze, das nicht, auch die Erde sei im Reigen der Gestirne sicher eher unbedeutend, gab sie zu. Ich solle aber bedenken, forderte sie, daß der Mensch von allen Geschöpfen das einzige sei, das eine persönliche Geschichte habe, und zwar als Auftrag. Neben den ordinären biologischen Gewöhnlichkeiten des Wachsens und wieder Zurückschrumpfens habe er einen Gottesauftrag zu erfüllen und mache einen Cursus Dei durch. Er sei Hauptfigur in einem Roman, der sich bei jedem einzelnen hinspinne über Sündenfall und Tod bis zum Letzten Gericht.

... ich meinte, der Mensch habe sich mit seiner Selbstüberschätzung, kraft derer er in einer feierlichen Geschichte einherstelze, viel Elend eingebrockt, denn es ist – wie jeder zugeben wird – keine fröhliche oder erhebende, sondern vielmehr eine traurige und peinliche Geschichte voll Angst und Kummer und Seelennot. Wenn wir uns da ein wenig herunterdeuteten zu einem schlichten Atomhaufen, der vielleicht ein gewisses Gekreisel und unruhiges Geschwirre, aber sicher keine handfeste Geschichte hat, dann würden wir uns nur etwas Gutes tun.

... sie wollte davon nichts wissen. Sie warnte geradezu vor der Abwertung des humanen Selbstgefühls, deren üble Folgen man bereits überall beobachten könne. Auch hasse sie die jetzt so moderne hängemäulige Selbstverkleinerung in der Kunst, dieses lustvolle Sich-Sielen in der eigenen Nichtigkeit. Nichts als Faulheit, sagte sie, Wehleidigkeit und Ungeschmack ist bei der sogenannten Wahrheit vom Atomhaufen herausgekommen.

... ob sie die Erkenntnisse der Naturwissenschaft geradezu leugnen wolle, fragte ich. Sie war eine Weile still. Dann sagte sie wörtlich: Mit dem Atomhaufen ist es so wie mit dem Hausmeister im Pelz. Dann schwieg sie wieder.

... es dauerte eine Zeit. Dann fragte sie: Erinnerst du dich, wie es war, wenn der Krampus gekommen ist? Wir haben es gewußt, als ziemlich kleine Kinder schon haben wir gewußt, daß es der Hausmeister war, der um ein gutes Trinkgeld im gehörnten Fell rasselte, prackte und schnob. Aber dieser Popanz, der am 6. Dezember erschien, war *auch* wirklich der Böse. Der Teufel in Gestalt des verkleideten Herrn Ulbl Franz.

Freilich haben wir gewußt, wenn ihm einer das Fell abzöge

und die Larve herunterrisse, würde ein Hausmeister in langen Unterhosen dastehen. Dieses Wissen aber minderte um keinen Deut den Schrecken. Es trieb uns dennoch die Schauerkaskaden über das Rückgrat, machte Bauchgrimmen, und wir fühlten uns Auge in Auge mit dem Leibhaftigen, dessen Name ein Stoßgebet ist: »Gottseibeiuns«.

Es gibt viel im Leben, sagte sie grübelnd, das sich dem Grundsatz der Logik nicht fügt, wonach A angeblich nicht gleichzeitig B sein kann.

Daß beispielsweise der Mensch ein Atomhaufen ist und dennoch eine ganz persönliche Geschichte im Auftrag Gottes zu erfüllen hat. Der Denkfehler liegt nicht in einer divergenten Auffassung vom Menschen an sich, sondern darin, daß man sich einbildet, eine Auffassung schließe eine andere aus, weil das Gemeinsame schwer denkbar ist. Weil zwei so grundverschiedene Dinge, wie der Herr Ulbl und der Teufel, oder ein Atomsack und ein Gottesgeschöpf, nicht identisch sein können. Aber es liegt ja nur daran, daß das Erkennen kein einfacher Akt ist. Meine Augen erkennen eindeutig den Hausmeister im Pelz, und mein Herz erkennt eindeutig den Bösen. Mein Gehirn errechnet mich als Atomwirbel, und mein Herz weiß, daß ich in einer Gottesgeschichte bin und eine ganz bestimmte Aufgabe habe.

Die Naturwissenschaft bedient sich bei ihren Erkenntnissen – in durchaus redlicher Art – der Mittel der Wahrnehmung und der Logik. Sie löst alles in chemisch-physikalische Formeln auf, die genau stimmen und viel an den Tag bringen. Aber doch nicht alles. Nicht das große Tremendum.

... ich wußte dem im Augenblick nichts entgegenzuhalten. Sie war im Zug, und da ist sie schwer aufzuhalten: Ich habe nichts gegen die Naturwissenschaften, sagte sie, wenn sie auch einen eher beschämenden Aspekt unseres Wesens zutage bringen. Ich habe nur etwas gegen eine bestimmte Sorte der Naturwissenschaftler. Die Großen sind es ohnehin nicht, sondern das Fußvolk. Trockene, humorlose und übelwollende Gesellen, die die Natur eigentlich nicht mögen. Sie wollen sie nicht *erkennen* – was immer etwas mit bewundern und lieben zu tun hat –, sondern sie wollen sie entlarven. Sie zerlegen die bunte Materie, das große Spielzeug Gottes, in ihre Kleinstbestandteile, so wie böse, unglückliche Kinder ihre Spielsachen zerlegen. Und dann krähen sie heraus: Es ist nichts als ein Haufen Unrat. Das tröstet und befriedigt sie irgendwie. Wenn es ihnen wieder einmal gelungen ist, etwas als banal zu demaskieren, empfinden sie so etwas wie ein beleidigtes Glück.

KLEINE ABSCHWEIFUNG ÜBER DIE WAHREN URSACHEN DER ENTSTEHUNG VON SCHLAGWORT UND FACHSPRACHE ALS NEBENPRODUKT DER TEUFELSRACHE AN GOTT

Dieser Text wurde mir von Herrn Dr. Pictor persönlich zugesandt. Seine Gattin – sagt er im erläuternden Schreiben – habe damit liebenswürdigerweise bezweckt, ihn von seiner berechtigten Wut über unnötige und sinnverzwickende Kunstworte in der Fachliteratur abzulenken, indem sie den Mißstand ins Lächerliche zog.

Kreutzer, dem ich die Sendung in der nächsten Session zeigte, stellte den Fall etwas anders dar. Er berichtete, Pictor habe anhaltend und weitschweifig lamentiert und sei auch immer wieder in Antonias Zimmer eingedrungen, einen angeekelten Zeigefinger auf der anstößigen Textpassage, so daß sich diese gezwungen gesehen habe, die »Kleine Abschweifung« zu schreiben, um das deutlich leidende Gattenhaupt – mit dessen Neugier rechnend – zu beschäftigen und sich vom Leibe zu halten. Das sei der wahre Grund gewesen, obwohl Antonia selbst behaupte, sie habe ihn aus psychohygienischen Motiven durch die Aufklärung beschwichtigen wollen, daß das sprachliche Übelwesen kein Mißwurf einer flüchtigen Mode sei, sondern sich aus einer Urgeschichte herleite. Dies tröste ihren Pictor, wie sie ihn kenne. (Anm. Schles.)

Im Rahmen der allgemeinen Profanierung des Lebens wurde der Mensch nicht eigentlich schlecht. Er wurde lediglich gewöhnlich. Das heißt unter anderem: er gab es billiger. Seine zur Würde des »Geschichten-Machens« berufene Existenz sackte ab zur weit behaglicheren Geschichtslosigkeit. Er wurde – wie man das nennt – »natürlich« und folgte nur mehr den Gesetzen und Antrieben seiner Instinkte. Der Geist sträubte sich höchstens noch andeutungsweise gegen seinen Partner, das liebe Fleisch, machte sich mit ihm gemein, und man hauste im warmen Morast zusammen mit dem Chaosdrachen in friedlicher Kommune.

Dieses ein wenig schmutzige Idyll ging natürlich an beiden nicht spurlos vorüber, weder am Geist noch am Lehm. Zuerst merkte man das Malheur an der Sprache, an jenem heiklen Feingebild des Ausdrucks, der Benennung und der Mitteilung, die Gott dem Menschen angeschaffen hat als eine Königsgabe, damit er alles beim Namen nenne und sich untertan mache, damit er durch ihre Formkraft die blassen, schwankenden Gedanken einleibe, daß sie, von gesundem Schmer umhüllt, deutlich sichtbar und greifbar würden. Die Materie, der lehmene Unhold, war natürlicherweise sprachlos angelegt und drückte sich – ohne klare und genaue Begriffe – in einem bunt verworrenen Bilderrausch aus.

Als nun der Mensch sich solcherart herbeiließ zur Kumpanei mit dem Lehm, geriet dieser plötzlich zum Wort. Und siehe, mit einemmal sprudelte aus dem schlapp-lippigen Maul des Chaosdrachens ein unflätiger Wortschwall: Obszöne Schlüpfrigkeit, lasterhafte Ausschweifung und wüste Anstößigkeit formulierten sich, und Zoten singend wälzte sich Leviathan in seinem liederlichen Suhl. Persönlich nehme ich an, daß Gott zunächst belustigt war von der unschuldigen Schmutzigkeit des Schöpfungskots. Satan jedenfalls war entzückt und machte das Idiom zur Amtssprache der Hölle. Der zarte Geist des Menschen war einerseits entsetzlich schockiert, anderseits aber auch unwiderstehlich angezogen von diesen Chaoswürfen und eignete sich sofort die feistesten Afterblüten an zu eigenem Gebrauch bei passender Gelegenheit.

Das wäre nicht so arg gewesen. Einiges Schimpfen und Fluchen erleichtert sehr. Wirklich Schlimmes aber geschah ganz allmählich und unterschwellig, so daß keiner es rechtzeitig merkte. Die Sprache des Geistes war ein mühevolles und kunstreiches Gespinst, das schwer um genaue Benennungen, klare Verknüpfungen und schön geraffte Gedankenketten rang. In dieses hochverletzliche Feingebilde drang plötzlich die gesichtslose, faule und verschlampte Syntax des Lehms ein. Die Menschensprache wurde verwahrlost, großmäulig und pöbelhaft und begnügte sich mit verwaschener Beiläufigkeit.

Damals wurden der Fachausdruck und das Schlagwort geboren. Wie Kröten sprangen dem Menschen die Modewörter aus dem Maul, rasch wechselnd, aber mit Eifer gebraucht, daß es ein Speien war. Böser aber, viel böser noch, ist der Fachausdruck anstelle des genau präzisierenden Wortes, das den Begriff einfängt und anschaulich darstellt. Der Fachausdruck ist nichts als eine schlampige Zusammenraffung vage verwandter Erscheinungen, aneinandergereiht in Form einer groben Primitivlogik, sehr geeignet, zu voreiligen Resultaten zu verleiten und Erkenntnisse vorzutäuschen, die dem nicht Gefaßten maulschellenartig ins Gesicht geklatscht werden, daß es ihm jede Erwiderung verschlägt. Fachausdruck und Schlagwort geben dem, der sie gebraucht, den Anschein, er beherrsche das Feld. Sie sind immer die ersten im Ziel, weit vor dem wahrhaft treffenden Wort, das grüblerisch hinterherschleicht. Echte Kinder der Gewöhnlichkeit, Blasen aus dem Sumpf, in dem der Geist mit dem Lehm in Eintracht Karten spielt.

WIE EIN KATHOLISCHES KIND GOTT VERSUCHT UND DEM TEUFEL HINEINFÄLLT IN GESTALT EINES BEMÜTZTEN TIGERS

Pictorsche Papierkorbausbeute

In unserem Kabinett hing neben dem Diwan, auf dem abends mein Bett aufgeschlagen wurde, ein Wandteppich. Es war damals schon ein sehr abgewetzter und ausgeblichener

Wandteppich, auf dem man nur mehr undeutlich einen Tiger durch gelbbraunes Steppengras schleichen sah. Man fühlte sich von seinem weiten Katzenblick genau angesehen. Dieser Tiger schnürte durch meine Träume, und ich sah keinen Dschungel, ich sah ein Paradies auf diesem schäbigen Behang und wünschte mich mit aller Inständigkeit hinein in dieses Eden, denn die Erde war mir damals gerade schmutziggrau. Als der Pegel dieses Unbehagens bis zu einem Grad angewachsen war, der mir unerträglich schien, und ich mit niemandem auf der Welt so stand, daß ich ihn mit meinen Schmerzen behelligen konnte, beschloß ich, in Form eines feierlichen Ultimatums von allerhöchster Instanz die Fähigkeit zu ertrotzen, in den Wandteppich hineinzugehen und mich aus meiner ganzen trüben Misere edenwärts zu verdrücken. Erfülle er meine Bitte nicht, ließ ich Gott wissen, dann würde mir leider nichts übrig bleiben, als an seiner Güte, Gerechtigkeit und Barmherzigkeit, ja möglicherweise sogar an seiner Existenz zu zweifeln. So die Erpressung, nicht ohne kalten Angstschweiß vorgebracht, denn ich war ein frommes Kind. Natürlich dachte Gott nicht im entferntesten daran, mich durch die Wand aus meiner Geschichte abfahren zu lassen. Aber ein anderer hatte aufmerksam zugesehen. Und der griff nun ein. Er bescherte mir Träume von ungeheurer, wollüstiger Intensität.

In diesen Träumen brach der Teppich-Tiger in die Hausgärten ein, die unter dem Kabinettfenster lagen, Gärten, die in den warmen Nächten kühlten und heraufwehten, nach Flieder rochen und nach Akazien und Geißblatt, je nach Jahreszeit.

In diesen Träumen – und das war das Unerhörte – floß die kühle, bläuliche Nacht unserer Breiten ineinander mit dem schwülen Mittagsgelb des Prankentritts. In einer seltsamen Zwiezeit aus Nacht und Tag drifteten diese braven, anspruchslosen Hausgärten ab in den tropischen Busch. Dschungelschwüle kochte im rieselnden Mondlicht nördlicher Gärten, Pansstille im Mond. Die Dinge strahlten von innen her einen flirrenden Glanz aus. Lianen schaukelten an Linden. Wächserne Orchideen starrten aus dem zarten

Blattgeträufel der Birken. In üppigem Wildwuchs leuchteten fremde Blüten aus dem mondverhexten Blau der falterdurchtaumelten Dunkelheit.

Und da ereignet es sich. Lautlos, aber nicht still. Die Unstille der Nacht verdichtet sich zu einem bewegten Gleiten. Aus zartesten Erschütterungen der Luft wachsen lebendige Formen heraus. Fell streicht knisternd durchs Gerank und regt eine Wolke von Geißblattduft auf, gemischt mit Raubtierdunst. Braungelb schimmert eine Tigerbrust. Über leisen Pranken rötlich geflammte Lenden. Dann hebt das Tier den Kopf und schaut herauf zu meinem Fenster, schaut mich an mit weiten, gelben Augen, groß, ohne Lidschlag, undeutbar bedeutungsvoll. Und ein braungoldener Glanz zitternden Lichts gleitet über seine weich gespannten Glieder.

Übrigens trug der Tiger eine karierte Schirmmütze. Was es mit der Mütze auf sich hatte, weiß ich nicht. Ich weiß nur, daß sie mich weder gestört noch verwundert hat.*

Das also ist die Geschichte meiner Satansäffung, ein in den Süden schwimmender Hausgarten, den ich für das Paradies hielt. Meine Einseifung war vollständig. Dabei hätte mich natürlich die Mütze stutzig machen können. Der bemützte Tiger war jene fette Gewöhnlichkeit, die Satan als sein Markenzeichen immer irgendwo anbringt in seinen Großhänselungen, wie manche Maler in ergreifenden Kreuzigungsszenen einen kackenden Hund.

DIE UNHEILIGE NEUGIER

Sitzung des Hofrats Kreutzer bei Dr. Schlesinger

... sie redete, scheinbar ganz vergnügt, mit sich selbst, von Rauchwolken umschliert und grün im Gesicht.

... aber nein! versicherte sie, als ich fragte, ob ihr schlecht sei, und kicherte.

... Haschisch hat sie geraucht, die dumme Gans! Ich habe

* *Hinweis Schl.:* Mütze siehe »Adam« (Angestochene Schönheit III), S. 201

mich fast verschluckt, als ich es hörte, und sagte ihr natürlich ausführlich meine Meinung. Sie redete unklar herum von »Erfahrungen am eigenen Leib« und dergleichen schwachfüßigen Unsinn. Ich sah schon deutlich die Peinlichkeit vor mir, Gott behüte einen Arzt rufen zu müssen, wenn ihr ernstlich übel würde.

... schrei nicht mit mir, bat sie ganz friedfertig, es ist ohnehin alles Mumpitz und ein totaler Reinfall. Ein bißchen Kopfweh und Kicherdrang! – Sie kicherte anhaltend.

... ich war überhaupt nicht beruhigt! Das nächstemal betrete ich sie beim Kochen von Stechapfel und Bilsenkraut und finde im Eiskasten eine Hexensalbe. Muß sie denn jeden Unrat ausprobieren in ihrem Alter?

... das Kichern hat bald nachgelassen. Sie fiel in einen Heißhunger und fraß blind um sich herum. Auf meine spitze Frage, ob sie nun vorhabe, Pejotl zu kauen oder Kokain zu schnupfen oder sich auf sonstige Trips zu begeben, lachte sie nur. Beim Schnittlauchschneiden habe ich bessere Halluzinationen, höhnte sie, ich brauch kein Meskalin, um einem sprechenden Schakal zu begegnen, der mich fragt, wie es mir geht. Wenn die Katze an einem heißen Nachmittag vor mir sitzt und mich voll anschaut, weiß ich auch nüchtern, daß sie noch etwas über das hinaus ist, was im Zoologiebuch steht, und ich fühle mich von ihrem Blick verspottet. Dazu muß ich mein Bewußtsein nicht erweitern mit irgendeinem Teufelsdreck oder Abstreichlisten ausfüllen, die meine hexische Begabung testen: Sprechen Sie mit Ihrem Haustier, ja – nein – zuweilen.

... warum ich mich aufrege, wenn sie sich ohnehin nur lustig macht darüber? Das kann ich Ihnen genau sagen. Ich rege mich auf, weil dieses Lustigmachen sie nicht davon zurückhält, mit diesen Dingen immer wieder herumzuspielen, sich einzulassen, wie ja die Haschischzigarette zeigt und ihre Kenntnis vom Hexenfragebogen. Woher weiß sie denn das? Ich kann's Ihnen sagen, ohne sie gefragt zu haben. Sie liest solche Sachen. Das ist auch schon ein Sich-Einlassen, dieses Herumlesen im Sumpf. Diese unsaubere Neugier auf solche Dinge.

... warum ich unsauber sage? Das Wort scheint Ihnen zu hoch gegriffen? Meinen Sie etwa, »vorwitzig« oder »müßig« oder das kalte »unangebracht« genügten? Es genügt eben nicht. Denn diese Sache, mit der sie neuerdings kokettiert, ist alles andere als nüchtern und kühl. Das ist etwas unappetitlich Rauschhaftes. Gestammel, Geraune und Getaumel. Hexenwesen und Besenflug. Heut nennt man's mit einem dieser dünkelhaften Fachausdrücke »Bewußtseinserweiterung«. Das kommt mir so vor, wie wenn ein Vierjähriger in Schaffnerkappe auf dem Nachttopf sitzend vorgibt, einen Ozeansteamer zu kommandieren. Beim Erwachsenen unsauber und allenfalls lächerlich! Ich stehe zu diesem Wort.

... aber wo! Wenn es Wißbegierde wäre! Echte Wißbegierde ließe ich ja noch gelten. Aber die Wißbegierde des Menschen sollte sich beschränken auf seine fünf Sinne (allenfalls künstlich verstärkt durch technischen Witz) und sollte sich vor allem beschränken auf jenen Bereich, zu dem diesen Sinnen und dem Verstand Zutritt erlaubt ist. Jene Wißbegierde aber, von der Antonia sich jetzt treiben läßt, die richtet sich nicht auf das offene Gebreite unserer Welt, die richtet sich auf das Loch im Zaun, und eine solche Neugier nenne ich unsauber. Das ist kein redliches Wissenwollen, das ist Schlüssellochneugier, eine unstatthafte, unanständige Gier nach erschwindelten Grenzüberschreitungen mit Hilfe anrüchiger Vehikel, sei es nun Marihuana, Meskalin oder exzessive Nabelschau unter Anleitung eines falschen Guru im Kreise von verwilderten Jugendlichen, gestreßten Postbeamten und frustrierten Hausfrauen.

... ja, ich bin absichtlich hart.

... was sie erwarten, die Leute? Die üble Seite der Freiheit: die Lizenz. Ein gewaltiges Sich-Gehenlassen und Loswerden. Eine kirrende Entspannung, orgienhaft und unflätig. Das Wegwerfen der humanen Form und Haltung. Unstatthafte und unanständige Grenzüberschreitungen durch den Trick einer Zauberformel oder Hexensalbe oder sonstige Praktiken.

... Antonia mokiert sich einfach. Nennt es ein Hereinfallen auf Vorspiegelungen. Während die Hexen sich auf dem

Brocken wähnten, sagt sie, lagen sie neben dem schnarchenden Ehemann im Bett, und daneben lehnte der gesalbte Besen, und sie hatte nichts als einen unanständigen Traum, in dem es pornographisch zuging. Ein harmloses Vergnügen, sagen Sie, das niemandem weh tut! Trotzdem bin ich nicht ganz Ihrer Ansicht. Und schon gar nicht, wenn ich Antonia dabei betrete, die weder so dumm ist, daß sie einem Schwindel aufsitzt, noch so stumpf, daß sie nicht das Unsaubere daran sieht.

Sie hat ja etwas übrig für das Geordnete, für den intakten Kosmos. Aber nebenbei reizt sie eben auch immer der Grenzkitzel. Die Lust, einen Blick zu tun durch das Loch in der Planke, mit der die Welt verschlagen ist. Zu Recht verschlagen. Immer tanzt sie auf dem dünnen Strich dieser Grenze wie auf einem Seil, und ihre einzige Balancestange ist der Spott. Etwas sehr Windiges also. Eines Tages wird sie ausrutschen und fett im Morast sitzen. Das ist meine Angst.

... sie fängt sich schon wieder auf? Woher nehmen Sie die Sicherheit? Solange ich sie kenne, bin ich in einer unterschwellig zitternden Erwartung eines solchen Ereignisses.

... warum sie eigentlich jetzt Haschisch nascht? Ja, es kam heraus. Pompös, aber bitte! Es beschäftigt sie das Wesen des Satanischen! Da haben Sie es.

... man kann's auch so sehen: erst hat Gott herhalten müssen, jetzt sinngemäß der Teufel. Diese ganzen scheinbaren Grenzüberschreitungen, sagt sie – und da gebe ich ihr sogar recht –, seien Aberglaube. Aberglauben jedoch habe es immer gegeben und werde es immer geben. In normalen Zeiten aber sei er Sache der Narren und Dummen, Pöbelglaube und Gossenreligion und die Dreckmagie zurückgebliebener oder zurückgefallener Völkerschaften. Heut ist das hoch im Kurs!, rief sie, denn in Zeiten wie der unseren, in Zeiten des Niedergangs einer Kultur und damit einer Religion, schwemmt es die Gosse hoch, der Urwald macht sich breit. Da geschieht es dann, daß Leute mit hochqualifizierten Kenntnissen und Fähigkeiten, die tagsüber umsichtig mit Computern umgehen, abends sich in einem Zirkel einfinden, wo man Nabelschau lernt mit Hilfe hochbezahlter

Jenseitsführer, weil sie die seelische Orientierung verloren haben. Hereingefallene, Fliegen im Honigtopf eines Trugparadieses, das auf das Vorstellungsniveau des Schlaraffenlands heruntergekommen ist. Die Religion hat man verworfen aus Vernunftstolz, Bequemlichkeit und Wehleidigkeit. Statt dessen reitet man den Besen und nimmt etwas ein. Lauter Spottgeburten des Teufels. Er äfft uns ein Eden vor und schiebt uns einen Misthaufen unter. Wir wachen auf und halten uns wie in Auerbachs Keller gegenseitig an den Nasen.

... auf meine Frage, warum sie sich also lächerlich mache mit grünem Gesicht und dem sicher zu erwartenden Folgekotz, der ihr nicht erspart bleiben würde nach ihrer Spottorgie mit den jenseitigen Gefilden, schwieg sie eine Weile. Er hätte sich ja zufriedengeben können, sagte sie, und ich brauchte eine Weile, um zu begreifen, daß sie den Satan meinte, er hätte sich zufriedengeben können mit dem, was man in der Geschichte die »Aufklärung« nennt, mit dem ganzen Entlarvungsrummel, in den er den armen Adam getrieben hatte. Aber er gab sich nicht zufrieden. Die Kränkung muß furchtbar gewesen sein!

... ja, sie ließ sich herbei, zu präzisieren. Es habe ihm nicht genügt, sagte sie, daß der Mensch und seine Geschichten immer gewöhnlicher wurden. Ein Gespött sollte er sein. Das weite Firmament sollte schollern vom Gelächter der Engel, und Gott sollte sein Haupt verhüllen über seinen mißratenen Nesthaken.

... wie das zugegangen sein soll? Also, nach Antonia bediente sich Satan abermals des Lasters der Eitelkeit, dem Adam stark verfallen ist, verschärfte sie mit Neid und würzte sie mit Neugier. Er setzte Adam einen Urfloh ins Ohr, der ihn stach und biß und kniff und kitzelte seit den Tagen des verlorenen Paradieses. Adam kann es seither nicht verwinden, daß ihm Gott zwischen die Menschenwelt und die Sphären der Geister eine Grenze gesetzt hat und ein Feuerschwert. Zwar hat er sich großmäulig losgesagt von dieser Geisterwelt, von allem Jenseitigen, gleichzeitig aber läßt ihn die Vorstellung nicht in Ruh, daß er ausgesperrt sein soll. Wer kennt nicht die zahllosen Märchen von den verschlossenen Türen, den verbotenen Räumen! Und immer wieder werden sie aufgemacht, wird wenigstens zum Schlüsselloch hineingeschaut, und der Vorwitzige badet es ausführlich und bitter aus. Da sollte man meinen, er lernt es und verzichtet. Oder er habe genug zu tun, sich in der ihm zugeteilten Wirklichkeit zurechtzufinden. Aber nein! Seit es Menschen gibt, weiß man von den sonderbarsten, lächerlichsten und gräßlichsten Versuchen und Anstrengungen, sich über die Grenze zu stehlen.

Sie machte mich mit einer besonderen Begabung des Lichtengels bekannt, die ihm wohl angeboren war, seit der großen Kränkung aber richtig ins Kraut schoß und auf das feinste hochgezüchtet wurde. Die Gabe des Fopp- und Blendwerks! Fopp- und Blendwerk, ist das nicht überhaupt eine Komponente – und nicht zu schwach dosiert – im Prachtgewühle jeglicher Schöpferkraft? Aber ich schweige, sagte sie. Aus übergroßer Ehrfurcht schweige ich. Ich liege im Staub und sag es nur aus dem Staub noch einmal ganz leise im Flüsterton, stelle die Frage – natürlich aus dem Staub heraus, mit dem ich mich reichlich bestreue: Wieviel von diesem Blend- und Foppwerk ist denn eigentlich im großen Schöpferwerk des Allerhabenen selbst zu finden? Aber still, still. Ich habe nichts gesagt.

... dann erzählte sie wieder weiter im Ton eines Bassenaklatsches, den sie sich neuerdings angeeignet hat, wenn sie von den himmlischen Verhältnissen spricht: Satan, das kann man wohl sagen, ist ein großartiger Blender, ein Gaukler und Nasführer. Willst du widerspruchslos dahinvegetieren, sagt er zum Menschen, vegetieren in den engen Grenzen dieser dunklen Erde, in schmutziger Gemeinschaft mit dem Lehm und ausgeschlossen von jenem Teil des Ganzen, den Gott dir nachträgerischerweise vorenthält? Willst du warten, bis der Tod dich freimacht vom Fleisch? Wer sagt dir, daß du dann noch etwas hast von deinen Einblicken ins Drüben. Als ganzer, lebendiger Mensch, der ein Ebenbild Gottes ist, hast du den gerechten Anspruch darauf, die Grenzen zu überschreiten!

Nun kennen wir alle die Vorspiegelungen, denen der Mensch in seiner Schlüssellochneugier erlegen ist, die ihm Besuche ins Jenseits vorgespiegelt haben und immer noch vorspiegeln. Warum tut Satan das dem Menschen an? Wenn dieser betrogene Geist sich in seiner Eingeseiftheit bläht und von seinen transzendentalen Eindrücken spricht und schreibt, großmäulig von Hölle und Paradies schwätzend wie eine Hausmeisterin von den Seychellen, dann kann Satan zu Gott sagen: Da hast du ihn, deinen Verhätschelten, der so geläufig alles mit Namen nennen konnte, deinen Adam, den eitlen Spottbuben, in seiner ganzen wehen und gewöhnlichen Lächerlichkeit!

DIE EIGENTÜMLICHE GEWÖHNLICHKEIT DER GEISTERWELT

Aufzeichnungen aus dem Papierkorb

Der Vater, der dem Spirituellen stets ein grüblerisches Interesse entgegengebracht hatte, huldigte auch eine Zeitlang dem Okkultismus, vertiefte sich in die einschlägige Literatur und trat einem spiritistischen Zirkel bei, um mit der Geisterwelt direkten Kontakt aufzunehmen. Zur Auflockerung dieser ernsten und feierlichen Bestrebungen wurde eines Tages von dieser Gesellschaft ein Ausflug anberaumt, zu dem auch die Angehörigen der Mitglieder geladen waren.

An einem diesigen Sommersonntag zog eine bunte Gesellschaft mit Rucksäcken und Proviant in den Wienerwald hinaus. Mit von der Partie war selbstverständlich das Medium, welches auch einen Rucksack trug. Es war ein kleines dickliches Wesen von etwa vierzig Jahren mit Brille. Ein ältliches Mädchen, das man sich gut in einer Tabak-Trafik vorstellen konnte.

Auf einer vom begangenen Weg etwas abgelegenen Waldlichtung ließ man sich nieder und verzehrte sein Mitgebrachtes in schlichter Fröhlichkeit, sang »Im Wald und auf der Heide« sowie das »Heidenröslein«, sogar dezente Witze wurden erzählt, über welche allgemein gelacht wurde.

Auch das Medium lachte, und zwar mit etwas schriller Kehle. Nach dem Mahle lagerte man sich kreisförmig im Grase. Nur für das Medium stand ein Feldstühlchen zur Verfügung. Auf diesem saß es, breit, mit fest eingestemmten Füßen in hohen Schnürschuhen, über denen sich der Ansatz praller Waden zeigte. Der Leiter der spiritistischen Vereinigung sprach begütigend auf die Dame ein und führte vor ihren Augen wischende Bewegungen aus. Ich schlug mich bald mit einem Knaben beiseite, wo wir uns dann einer altersgemäßen Unterhaltung hingaben. Diese aber wurde jäh unterbrochen, weil mein Spielgefährte in den Kreis der Erwachsenen beordert wurde. Es stellte sich heraus, daß sein vor kurzem verstorbener Vater – gewesenes Mitglied der Vereinigung – sich erboten habe, durch den Mund der Dicklichen einige Worte an seine Hinterbliebenen zu richten.

In einer Mischung aus Neid und Schadenfreude gesellte ich mich auch wieder dem Kreise zu und beobachtete den Buben, der in verlegener Bockigkeit neben seiner stark bewegten Mutter stand, die einen Arm um seine Schulter geschlungen hatte, was ihn zu genieren schien.

Die Trafikantische, fest aufgestemmt auf ihre dicken Beine, die Hände auf die Knie gestützt, saß nun geschlossenen Auges. Schauerartige Zuckungen überliefen ihre schlichten Züge und den gar nicht ätherischen Oberkörper. Der Leiter der Seance richtete aufmunternde Worte an sie, respektive an den Geist des Verblichenen, der sich etwas zu zieren schien. Er sprach ihn dabei mit du an, was mich befremdete. Der Knabe hielt sich steif im Arm der Mutter und fixierte beharrlich seine Füße. Plötzlich brach Lallendes aus dem Munde des Mediums, welches nun nicht mehr zuckte, sondern wogte. Der Geist schien in seiner Geräumigkeit Platz genommen zu haben. Der Leiter bat – aus irgendeinem Grund laut und skandiert, so wie man zu Harthörigen und Ausländern spricht –, daß der Geist deutlicher sprechen solle. Dieser mühte sich ab. Das dicke Medium kam in Schweiß, führte wälzende Bewegungen mit dem Oberkörper aus und stöhnte vulgär, als hätte es Leibschmerzen. Dann gebar es ächzende Wortfetzen.

Es war totenstill in der Runde. Die Mutter ließ schluchzende Geräusche hören, der Knabe starrte weiter auf seine Füße. Und dann kam es: deutlich mit der Stimme des Mediums, aber in einem raunzenden Tonfall stellte der Verewigte die Frage, ob der Installateur schon die tröpfelnde Wasserleitung repariert habe. Darauf fiel der Geist in Schweigen und gab die Geräumige als Aufenthalt auf, was an einem allmählichen Abflauen des Wogens zu erkennen war. Mit dem glotzenden Blick des gerade Erwachten sah das Medium um sich, gähnte laut und begann, die Brille zu putzen.

Aus einem Haufen teilnehmender Frauen, die sich um die Witwe geschart hatten, hörte man diese mehrmals schluchzend beteuern, daß der Installateur da war und alles zu mäßigem Preis in Ordnung gebracht habe. Nichts tröpfle.

Man zeigte sich allgemein erbaut über die gelungene Seance, die es einer verlassenen Witwe mit unmündigem Kinde ermöglicht hatte, sich an der Stimme des sorgenden Gattenhauptes aufzurichten, und begab sich geschlossen in eine Wirtschaft, wo das ziemlich hergenommene Medium durstig einem Krug Bier zusprach.

Ich hege nicht die geringsten Zweifel an der Echtheit dieser Verblichenenmahnung. Gerade ihre Gewöhnlichkeit zeugt für Echtheit. Schwindler hätten den Mann Bedeutendes, Rührendes sprechen lassen. Aber wenn sich da mit Geächze und unter Krämpfen dem Medium – womöglich mit einem weißlichen Fetzen Teleplasma – eine breite Banalität entringt, dann weiß man, kein Schwindler, sondern der Teufel hat seine Finger im Spiel und macht uns zur Spottfigur vor Gott. Man denke doch, all das läppische Tischbeinklopfen, oder Herr Carlos Mirabelli, ein berühmtes Medium, viel photographiert, wie er im Augenblick der Levitation die Fußspitzen in der Mode der Zeit streng nach auswärts gerichtet hält, oder der von seinen Anhängern vergötterte Home, der bei Lord Adara, Buckingham Gate 6, mit dem Kopf voran zum Fenster hinausflog und sodann, nunmehr die Füße voran, durchs Nebenfenster wieder hereinschoß. Gerade das zirkushaft Gewöhnliche dieser

Leistungen macht mich felsenfest an sie glauben. Ich zweifle prinzipiell nur an hehr auftretenden Geistern.

Anmerkung Schlesingers: Mir, der ich von Religion und Rasse her eher ein nüchterner Kopf bin, gefällt es ja, daß von meiner Gewährsfrau, die es wissen muß, der Seele nach dem Tode alle romantische Grausigkeit abgesprochen wird und sie so halbseiden auftritt.

Früher ein forscher Leugner allen Geisterrummels, mache ich mir heute oft so meine Gedanken. Es weht einem ja in meinem Alter allerhand durch den Kopf, wenn man an die große Wende denkt, und man sorgt sich ein wenig um seine Seele, wie ihr wohl geschieht nach dem Tode, während das vertraute Körperhäuschen, in chemischer Verwandlung begriffen, im Sarge weilt. Diese meine liebe Seele, halb Materie, halb Geist! In unseren Büchern steht geschrieben, wir säßen – falls wir uns nur einigermaßen gehalten haben auf Erden – in Abrahams Schoß. Ich hege da aber einen gewissen Verdacht. Diese Seele, feinste Materie, der Fäulnis nicht zugänglich, aber auch nicht mehr gedrillt vom Geist, nicht Fisch, nicht Fleisch also, windiges Gezücht eher! Ich meine, sie ludert ein wenig herum in Erdennähe. Treibt, was man so Gespensterei und Spuk nennt, der sich, wie die Literatur zeigt, immer recht unernst verhalten hat: rasselnd und wimmernd, tappend und schmatzend, Kopf unterm Arm oder im Nacken, ein rechter Liederjan, Leichtfuß und Nachtschreck. Ein Ludervölkchen, dessen der Satan sich wohl bedienen könnte für seine Jenseitsgaukeleien.

KELLERGEFLÜSTER

»Höhlenmalerei« der Pictor

Wenn ich in den Keller hinuntergehe, um etwas zu holen oder einzulagern, sitzt er oft im Dunkeln auf einer aufgestellten Apfelsteige und legt auf dem Hackstock Patiencen. Ich sehe ihn, noch ehe ich Licht gemacht habe, denn seine Augen leuchten wie die der Katzen und Eulen.

Wenn ich Zeit habe, setze ich mich eine Weile zu ihm und wir spielen eine Partie Tarock.

Sein schmales, etwas überlanges Gesicht mit der großen, dünnrückigen Nase ist unsymmetrisch nach links verschoben. Die Augen in den tiefen, gewölbten Höhlen stehen etwas eng, und auch sie sind – wenn auch nur andeutungsweise – aus der Geraden gerückt, so daß sie nie einen Punkt zu fixieren scheinen. Es fällt dies besonders auf, weil eben die Augen durch ein flackerndes gelbes Strahlen, das um die großen Pupillen spielt, in diesem Gesicht dominieren. Sie starren einen oft an ohne Lidschlag, fangen einen aber nicht ein, eben weil sie durch diese sonderbare Unregelmäßigkeit nicht wirklich fixieren können. Trotz dieser Beunruhigung der Symmetrie müßte man dieses Gesicht schön, jedenfalls gut geformt nennen, sogar edel, wenn nicht der schmale, keß geschweifte Schnurrbart wäre, der dieser Erscheinung etwas Gewöhnliches gibt.

Er trägt einen gut sitzenden, eleganten dunklen Anzug und schwarze Lackschuhe, die vorne spitz sind. Was er auf dem Kopf trägt, darüber habe ich mir schon viele Male den Kopf zerbrochen, aber ich kann mich dann nie genau erinnern. Man kann es vielleicht auch nicht so genau sehen bei dem funsenhaften Licht der schwachen Birne.

Seine Hände sind lang und schmal und von kraftvoller Magerkeit. Irgendwie aber stört an ihnen die routinierte Behendigkeit, mit der sie die Karten mischen und austeilen. Sie vermitteln den Eindruck von Wirtshausschick und Beiselvertrautheit.

Er hat ein raffiniertes Parfum an sich, etwas Bisam und Wildtiergeruch, vermengt mit dem säuerlichen Faulduft des Kellers, und eine Spur Geißblatt.

Das Kartenspielen wird übrigens nicht um seiner selbst willen exekutiert. Es ist mehr ein Vorwand, der es erlaubt, wie beiläufig zu reden, so als handle es sich um eine durchaus sekundäre Sache.

Gesprochen wird ausschließlich über Gott. Wir richten

Gott aus. Wobei allerdings das »wir« nicht ganz stimmt. Denn hauptsächlich rede ich, und er hört zu, wirft dann und wann etwas ein. Er ist ein guter Zuhörer. Er widerspricht nicht, noch stimmt er ausdrücklich zu. Er schaut einen nur an mit seinen gelben, eulenhaften Augen und zieht mit einem feinen, etwas boshaften Lächeln die schmalen schwarzen Augenbrauen hoch. Man fühlt sich verstanden.

Übrigens reden wir niemals laut. Nicht einmal gedämpft in der normalen Zimmerlautstärke. Wir sprechen leise, fast kann man sagen, wir flüstern. Es hat sich so ergeben. Einen Grund könnte ich nicht angeben.

Wenn ich im Keller über Gott flüstere, dann sind es nicht dessen Ungeheuerlichkeiten, seine haarsträubende Ungerechtigkeit und Launenhaftigkeit, die ich anprangere. Auch nicht der Umstand, daß er die Menschen sozusagen freigegeben hat zur Versuchung durch den Bösen. Obwohl ich nebenbei bemerkt keinerlei Hemmung hätte, gerade mit ihm, mit Satan, darüber zu sprechen, wie Gott uns ihm und seinen Kumpanen ausgeliefert hat. Aber hier, vor dem Angesicht des Argen, will ich weder lästern noch fluchen, weder jammern noch weinen über Gott. Auch Wißbegier oder theologische Grübelei sind nicht der Grund, warum ich reden möchte vor dem Sonderbaren, etwas Unregelmäßigen, der ihn schon so lange kennt, länger als irgendwer. Es ist vielmehr eine ganz bestimmte Beobachtung, die mir die Ruhe des Schlafes raubt. Eine Beobachtung, über die ich aber mit niemandem reden kann als mit der scharfen, spöttischen Aufmerksamkeit Luzifers. Ich flüstere viel, inständig und empört, schmerzlich und schwermutsvoll über eine ganz bestimmte Eigenschaft des Omnipotenten, die zu übersehen mir nicht gelingt: seine Kleinlichkeiten, seinen Hang zum Theaterpomp. Wie er sich gerne in Szene setzt vor unserer Schwäche, sich ungeheuer aufführt und sich nicht einmal schämt, nach der Wirkung des Auftritts zu schielen, als wäre die Welt eine Schmiere.

Man ließe es ihm ja hingehen. Der Mensch ist nicht so. Er sieht seinen Göttern allerhand nach. Und wie gesagt (oder geflüstert), man ließe es ihm hingehen, wäre er nicht auf der anderen Seite so fürchterlich gewaltig und läge seine Hand nicht so schwer auf einem. Dieses Verspielte und Launenhafte in seinem Handeln, die göttliche Inkonsequenz seiner Urteile und diese peinliche Kleinlichkeit vor allem, es intrigiert mich derart, daß ich immer öfter etwas im Keller zu tun habe und ziemlich lang unten bleibe.

Man kann ja diese gräßlichen Einsichten nicht zu einem Beichtvater tragen und schon gar nicht zu einem Gottesleugner und ernsthaften Lästerer. Nur er versteht das, Semael, und er versteht es auch, einen durch sein verständiges, ironisch getöntes Zuhören immer in den richtigen Schranken zu halten und jedes Ausarten zu unterbinden. Ein kleines Höherziehen der schwarzen Brauen genügt, um jeden Anflug von Pathos, jede Hysterie oder sonstige nervöse Unart sofort zu ersticken. Unarten, die einen angesichts der unerträglichen Erkenntnis, daß Gott kleinlich ist, sehr leicht befallen können. Er aber hält einen an der Kandare und lenkt einen ins rechte Geleise, in den einzigen Stil, in dem man über Gottes Schwächen reden (oder flüstern) kann: nämlich ausrichtenderweise, als unverbindlicher Tratsch zum Tarock, als hechle man seine Nachbarn.

Ich fühle mich nach diesen Gesprächen immer erleichtert, friedlich, ja ich möchte sagen, entspannt, und ich denke oft darüber nach, ob dieser ausgeglichene Zustand eine Folge davon ist, daß man die Gelegenheit hatte und ergriff, das Unbegreifliche herunterzuzerren ins Gewöhnliche.

Diese Art, mit dem Großen umzugehen und die Beunruhigung zu stillen, die das Große hervorruft, ist satanisch. Immer wirksam, immer beruhigend. Man fühlt sich ausgesprochen wohl nach dem Kellerbesuch. Wäre da nicht die kleine Unruhe in einem lebendig, die gerade vor diesem Wohlsein warnt.

Wie nur die Engel oder die Märtyrer und Heiligen fertig werden mit der »Kleinlichkeit« Gottes? Sehen sie das nicht oder wollen sie es nicht sehen? Überschreien sie es mit ihren tausendstimmigen Lobgesängen?

Der Teufel äußert sich ja nur sarkastisch über die Engel. Eigenartigerweise aber scheint er der Madonna eine ernste

Verehrung darzubringen. In dieser Hinsicht habe ich noch nie den leisesten Anflug von Spötterei an ihm bemerkt. Es ist nicht die reine Chevaleskerie, die durchaus in seiner Linie läge. Es ist wirkliche Hochachtung, und wenn ich dieses Thema tratschweise zu streifen suche, sperrt er sich deutlich zu und schnalzt mich ab.

Persönlich glaube ich, daß SIE die einzige ist, die seine schillernde Existenz ganz durchschaut. Sie ist fähig zu begreifen, woher sein Gotteshaß kommt, seine Sucht, Menschen zu fangen und zu verderben. Daß es eigentlich Liebe ist, eine schwer gekränkte Liebe.

Leviathan

DER SCHMATZENDE BAUCH DER NATUR

Sitzung des Hofrats Kreutzer bei Dr. Schlesinger

... ja, auf Sommerfrische.

... aber nein, nichts als gestänkert und geklagt hat sie, statt wenigstens zu versuchen, sich im grünen Wald die Flausen aus dem Kopf blasen zu lassen. Den ganzen Tag hockt sie im Zimmer herum und brütet ungesunde Dinge aus.

... mit der Materie hat sie es gerade, dem Chaos. Manchmal nennt sie es die »alte Drachin«, manchmal Leviathan. Man muß sich da erst hineinfinden.

... ja, ich habe sie zum Wochenende besucht.

... in Mariazell. Sie hat ein Faible für Gnadenorte.

... sie saß – ohne ersichtlichen Grund – im Bett, Bücher um sich und ausgesprochen unlustig. Ich hasse Sommerfrischen, schimpfte sie, und ich hasse das Gerede, man müsse heraus aus der Großstadt an die frische Luft, in Wiesen, Wälder, Bächlein und dergleichen, weil der Smog und die Benzindämpfe einem die Lungenblasen verstopfen, das Blut verdicken, die Adern verkalken, weiß ich, was noch! So schleppt man sich also aufseufzend aufs Land, bezieht ein unbehagliches Zimmer, logiert sich auf einer beinharten oder knolligen oder wenigstens abschüssigen Matratze ein und quält sich vorschriftsgemäß mit den Einrichtungen, die die Gemeinde dem Gast aufmerksamerweise zur Verfügung stellt für Freizeitlust und Gesundheitspflege. Man wirft sich in eiskalte Bassins und schwimmt um sein Leben, um wieder herauszukommen; man besteigt lahmbeinig und kurzatmig Berge, um von oben zu sehen, was man schon von unten gesehen hat. Ich bin hochgereizt! schloß sie. Die Natur geht mir auf die Nerven. Nichts als Materie, Rohstoff, wimmelnd von niedrigem Leben, ein schmatzender Bauch!

... dann wurde sie weinerlich elegisch: Ich lobe mir die

Großstadt, die grauen Straßen voll Lärm und Gestank, und dann mitten im Gewühl plötzlich ein stiller Hof und ein Baum. Ein magerer Baum wohlgemerkt. Aber in seinen armseligen Zweigen rauscht manchmal der Wind, als wär's ein ganzer Wald, und ein paar Handbreit geschnittenes Gras riecht wie ein Heuwagen im Juni. Und die wandernden Schleier des Regens lösen verrußte Fassaden und Fensterzeilen auf in ein sanftes, graues Fluten nach Nirgendwohin, in den Frieden. Aber hier? Da rauscht *alles* und riecht *alles,* du ersäufst darin und hast von nichts etwas.

... ich? Mein Gott, wenn ich schon einmal auf dem Land bin, will ich auch das Übliche davon haben. Ich hab sie zu einem kleinen Ausflug überredet.

... aber wo! Den ganzen Weg hat sie genörgelt und schließlich ist es ihr gelungen, eine Migräne zu erzeugen, daß ich sie halb blind und kotzend nach Hause führen mußte. Dort warf sie sich aufs Bett, das Gesicht zur Wand und war für Stunden nicht ansprechbar.

... während des Spaziergangs? Warten Sie, lassen Sie mich nachdenken. Sie war jedenfalls überaus gesprächig. Es kommt mir alles durcheinander. Ja, jetzt fällt es mir wieder ein: der schmatzende Bauch der Natur! Das war das Grundthema, das sie fugierte.

... kaum waren wir aus dem Ort und ein paar Schritte in die Wälder hineingegangen, verlangte sie eine Bank. Setz dich gefälligst ins Gras, wenn du müde bist, sagte ich, aber sie quengelte weiter nach einem Bänkchen. Hat der Mensch denn Ruhe auf dem Rasen? rief sie. Ein paar Minuten, und sie haben dich ausgewittert und gestellt, all das Geschmeiß von Fliegen, Bremsen, Ameisen, Käfern und Gelsen. Für sie bist du ein hochwillkommenes Kriech-, Beiß-, Stech- und Saugobjekt. Bald haben sich dir schon die Steinchen, Erdbrocken und Wurzelstränge ins Gesäß gegraben, und du hast auch schon bemerkt, daß du rechts dicht neben einem Brennessel busch sitzt und links von dir – fliegenumsurrt – ein fetter Kuhfladen in der Sonne vergärt. Und schließlich fährst du wimmernd auf, weil eine winzige rote Ameise dich wollüstig dorthin gebissen hat, wo man sich öffentlich nicht kratzt. Ich für meine Person lobe mir das Parkbänkchen und den sauberen Kiesweg, meinethalben sogar den gipsernen Zwerg anstelle des koboldhaften Gelichters, das giftgeschwollen vor Bosheit die Natur bevölkert. Diese fressende, schlingende, stechende, mantschende und sich selbst verdauende Natur, in der du eine in Sonnentau gefallene Mücke bist!

... ich ließ sie reden, in der Hoffnung, sie erschöpfe sich bald. Schau hinein ins Gebüsch, forderte sie mich auf, was siehst du? Sperriges Gefitz von Ranken und Zweigen, spinatfarbenes Blätterchaos, allerorten grüne Wucherung, formlos, gestaltlos, liederlich.

... Schönheit! schrie sie, denn ich hatte eine solche Andeutung gewagt. Schönheit? Meinst du das schlanke Zweiglein, das rein gegen den Himmel steht? Den windgeregten Halm? Die tiefe Sattheit eines roten Blatts, das zur Erde schwankt? Zufällige Ausrankungen ohne jede formende Absicht, sag ich dir, nur von unsereinem künstlich herausgeschält aus dem Chaos, ein sogenanntes Motiv, ausgeschnitten und gerahmt. Davor pflanzt du dich auf in schafsmäßiger Ergriffenheit und malst oder photographierst es und hängst es an die Wand. Dann erst genießt du es so recht, weil das ganze verzwirnte Teufelswerk, in das es eingestrickt ist, sauber wegretuschiert ist.

... einen von der Natur Enthusiasmierten nannte sie einen Menschen, der schlecht sieht.

... wir kamen dann an einem verlassenen, halb verfallenen Bauernhof vorüber, in dessen Schutz sie sich kurz zurückzog. Dabei war sie offensichtlich zu neuen Erkenntnissen gediehen, denn sie redete schon, als sie noch – den Rock ordnend – aus dem Gestrüpp brach. Am deutlichsten wird mir der Charakter der Natur, sagte sie, wenn sie im Abseits ist. Um Scheunen, unter Brücken, hinter den Planken leerer Bauplätze, im Distelgewucher ruinöser Mauerreste, im Moderholz zwischen gigantischen Bärlappgewächsen, schwül in der Mittagsstille. Oder die blinden, braunen Augen morastiger Dungstätten im Fliegengesumse, und was an müdem Gerinsel in austrocknenden Bachbetten dahinsumpft, von schillernden Insekten umschwärmt. Es findet sich auch hinter ländlichen Abtritten, aus denen es fette Üppigkeit bezieht. Da zeigt die Natur ihre ganze Übermächtigkeit, ihre form- und strukturlose Ausartungsbereitschaft, das gleichzeitig Zeugende und Verschlingende ihres Charakters, ein Bauch, der sich selber frißt und fressend gebiert. So übervoll, daß es sich einem auf den Magen legt, ein lastendes Völlegefühl, nicht auskotzbar.

Mit der Distanzlosigkeit eines Schwachsinnigen dringt Natur auf dich ein und penetriert dich mit einem Tumult von Reizen, Geräuschen, Gerüchen, schlürft sich dir in die Poren, und du stolperst ihr ins Maul, wirst eingerafft, anverdaut, eingeschleimt und verlierst jede Orientierung in Raum und Zeit. Das lebt nicht von Voraussicht und planender Vorsorge, das lebt von einem geradezu unanständigen Überfluß, von Verschwendung. Das maßt sich an, Milliarden zu laichen, daß drei, vier aufkommen, probiert mit tausenderlei Arten herum, von denen dann eine allenfalls lebensfähig ist, ein gargantuesker Brutkasten, der sich von den eigenen Genisten nährt und fett wird und weiter wirft und wirft mit blinden Augen und emsigen Gedärmen. Und an diesem ekelhaften Chaos haben wir teil mit unserer einen Hälfte, die Natur ist, mit dem Fleisch, und dieses Fleisch hat Lust, aus seiner vorübergehenden Form wieder zurückzufallen ins Chaos und macht uns entsprechende Scherereien. Friedvoll kosmische Gefühle angesichts der Natur! Daß ich nicht lache. Alles Mumpitz und Einbildung, mit Beschwichtigungsschleim angerührte Magensäure! Denn Beschwichtigung, sag ich dir, das ist es, was wir brauchen angesichts der Natur, Beschwichtigung der Angst!

... ich bestritt das. Nannte ihre Ergüsse sonst etwas.

... wie üblich kam sie mir mit den Alten. Diese, sagt sie, haben nur die bebaute, die gestutzte Natur geliebt, die vom menschlichen Geist durchdrungene und geformte Natur: den Garten. Man könne das der Literatur entnehmen. Sie dichteten vom Garten, nicht vom Wald. Die wilde Natur sei überhaupt erst im Mittelalter literarisch in Erscheinung getreten als Wohnstätte für Ungeheuer und Drachengeschmeiß, das zu vertilgen ein frommer Ritter auszog. Zum Lohn saß er dann im Burggärtchen.

... freilich kam ich ihr mit der Romantik und dem elegischen Gewandel unter Bäumen in angenehmer Wehmut.

... sie wußte Gegenzitate. Rieb mir auch den »Blonden Eckbert« unter die Nase. Dann sprang sie auf die Gegenwart über und verhöhnte die Modegrille, die sonst verständige Leute in organisierten Scharen durch Wüste und Dschungel treibe, um dort intakte, von Menschenhand unberührte Natur zu schauen und zu genießen.

... schau dir aber diejenigen an, forderte sie, die wirklich darin leben: bemalt und prallbäuchig mit gedehnter Unterlippe und Nasenzange! Alles Abwehrzauber und Beschwörung! Und warum? Aus zähneklappernder Angst, sag ich, Angst vor der lieblichen, unberührten Natur, die friedlich vor sich hinzeugt und -frißt. Denn wer tatsächlich darin existieren muß, ist täglich und stündlich voll damit beschäftigt, mit dem nackten Leben davonzukommen. Daher auch die ehrwürdige Rückständigkeit solcher Völkerschaften.

... ich führte Fälle an, wo ihr ganz schön das Schmalz gegangen ist angesichts der Natur. Sie war peinlich berührt, als ich sie an ein gewisses Heft erinnerte, daß sie sich in der Jugend hielt und unablässig – wie ein Hund seinen Knochen – herumtrug, um es anderswo zu verstecken. Es war voll von Lyrik der Art, wo jeder Gefühlsfurz in der Natur gespiegelt wird. Ein Mißbrauch, sagte ich ihr ins Gesicht, zu dem sich die böse Materie auf das Gutmütigste hergibt, ebenso, wie sie sich ganz unbegreiflich langmütig zeigt gegen alles, was heute so auf sie eindringt an Grünsüchtlern.

... das ist nur Schein und Tücke, sagte sie. Die alte Drachin stellt sich schlafend. Sie ist weise und überstürzt nichts. Aber wenn sie eines Tages genug hat, wird sie mit dem Schweif schlagen und alles wegfegen und ausstänkern, das ganze ausgetüftelte technische Gerümpel, mit dem man sie belästigt, aber in einem Aufwaschen damit auch die Bioapostel und Schwärmer, die sich einbilden, Natur sei friedfertig, schön und gesund. Das ist sie auch! Aber ebenso ist sie häßlich und schadenstiftend. Die Natur ist groß und läßt sich viel Verschwendung gefallen, denn sie selbst verschwendet viel. Sie mag die Zerstörer nicht, aber ebenso wenig mag sie die frommen Hysteriker, und gar nichts hat sie übrig für den biogedüngten Bläßling, der sie mit Subventionen des Wildlife Fund in ein Schutzgehege zwängen will.

Die Natur, sagte sie mit einem boshaften Seitenblick auf mich, mag Museen nicht. Alle die Naturgesinnten aber, was machen sie denn als Museen und Schauhäuser? Steckt künstlich gehegtes Viehzeug unter imaginäre Glasstürze, an jedem Baum ein Fahndungsbild: Füttern und Streicheln verboten! Lügt dem Tier dann vor, daß dieses gegängelte Rentnerdasein Leben sei. Da ist jedes Stopfpräparat anständiger, denn es lügt nicht. Wenn man Tiere wirklich gern hat, gönnt man ihnen ein ehrenvolles Aussterben. Nie hat man das Leben so wie heute verhätschelt und gleichzeitig erniedrigt. Nie hat sich der Mensch so an der Natur vergangen wie heute, es sei denn in den Tagen der Domestikation, als man den Keiler zum Hausschwein verschnitt.

... sie schimpfte leise vor sich hin, dann fuhr sie sich plötzlich an die rechte Schläfe, kniff ein Auge zu und blinzelte nur schwach mit dem anderen und suchte mit hastigen Fingern in ihrer Tasche nach dem Tablettendöschen, warf sich gleich zwei, drei Pillen ein und hockte sich auf den nächsten Baumstumpf. Ihre Flüche verwimmerten in einem einförmigen Geklage. Sie hatte einen Migräneanfall. Zu allem Überfluß zog auch noch ein Gewitter auf. Das Licht hatte sich schlagartig verändert, und es war etwas Lauerndes im Wald. Ich zerrte sie auf und nach Haus.

MIGRÄNOIDE IMPRESSIONEN UND EIN VERSENGTES EULENPELZCHEN

Aufzeichnungen, ausartend in eine »Höhlenmalerei«

Im Wald von einer greulichen Migräne überrascht. Der Nachmittag war föhnig. Hinter den Bergen Wetterleuchten, aber es donnerte noch nicht. Heinrich hatte mich zu einem

Ausflug verschleppt. Es war erst ganz friedlich, und wir redeten, das heißt, genaugenommen redete ich, und in der Euphorie des Redens, die sicher schon föhnbedingt war, übersah ich ganz die schwebende Übersichtigkeit, die einer Migräne vorausgeht. Daher fiel's mich plötzlich mit voller Wucht an, und ich konnte nicht weiter.

Wir hatten im Reden den Weg verloren und befanden uns in einem ziemlich wüsten Waldgebiet. Große, graue Geröllbrocken, überwachsen von schwärzlichen Flechten mit brandigrotem Saum, giftgrüne Moospolster im Gewitterlicht, modernde Stämme, in Brombeerranken verstrickt, reckten einen bizarren Wurzelstock in die grünschleiernde Dämmerung.

Es war sehr still im Wald. Selten flog mit geschrecktem Geflatter ein Vogel auf. Dann und wann brach etwas durchs Unterholz, unsichtbar, und nachher war's stiller als zuvor. Hier und da blakt zwischen den Stämmen schräges Licht auf, gefolgt von einem Grollen, das sehr fern ist. Keine Vogelstimmen, kein Wasser rieselt, Geistertritt in dürrem Gezweig, verlöschend im Rankengeflüster. Ein Stein kommt ins Rollen, verstummt im weichen Moderboden. Zartklebrige Spinnweben im flimmernden Föhnlicht, der Brandschein des Wetterleuchtens.

Da kommt ein Wind auf, warm, ein Wüstenwind erfüllt den Wald, reißt in jähen Böen an den Wipfeln, fegt um die schmalen Hochstämme, die aufklingen wie Harfen. Laub und Geflecht jagt über den Boden hin, verhängt sich in schwärzlichen Klumpen im Astwerk.

Schon beginnen die Musterbänder der Migräne zu kreisen mit dem leeren Fleck in der Mitte, der sich strudelartig ins Innere würgt. Bilder, Fragmente von Bildern, die sich fügen, zersplittern und kreisend sich neu gestalten, während schon der Magen bebt. Vexierbilder, in die winddurchwühlte Landschaft gehext.

Und plötzlich wird, durch eine leise Verschiebung des Lichts, alles wie Glas, verschwimmt in flüssigem Licht. Aus den verknoteten Bäumen recken sich Korallenarme. Felsbrocken umschwanken grünliche Wellen. Seeanemonen sprießen, Holzstämme umkrustet Muschelwerk. Der Bergwald, zuckend aufgehellt von schwefligen Blitzen, driftet schaukelnd in Meerwasser. Schluchten wie Klippentiefen. Der Wind flutet durch die Stämme, Tang und Farne wallend bewegt, dazwischen kauert es fischmäulig, Flossenhände rühren den Sud. Der Blätterhut eines Pilzes artet korallenhaft aus, rotleuchtend, von bunten Fischchen durchblitzt. Darunter die Schnabelnase eines Kraken. Den Leib in einer Muschelschale versteckt, angelt's mit suchenden Tentakeln im Qualm, die Knopfaugen flink. In einer klaffenden Mördermuschel hockt ein Riesenbovist, bläht sich dehnend auf. Ein Mondfisch streift ihn mit Stacheln. Aufstänkernd platzt der Pilz in schwarzen Wolken auseinander, sackt zusammen. Der Wind schmeißt den Fetzen ins Gestrüpp. Eine Nachthaube schwankt heran, medusenhaft wallend. Fischaugen glotzen verquer. Ein gurkenhaftes Gebilde speit giftige Fäden dagegen an und bringt es zu keifendem Fall. Ein Ungeschöpf zwischen Schwamm und Krebs gellt monoton auf einem Tritonshorn.

Und zu alledem Heinrich, der mich hinter sich herzerrte, mich nirgends hinsetzen ließ und sich nur wegdrehte, wenn ich gegen einen Baumstamm kotzte. Vergebens versuchte ich ihm mit verquollener Zunge eine Migräne zu erklären und was man da alles sieht, das ganze verhexte Waldaquarium. Dabei weiß ich, daß er nur deshalb so ekelhaft ist, weil er selber auch etwas mitbekommen hat von diesem schlingernden Unwesen um uns herum und das gewisse kalte Gefühl in den Kniekehlen hat und sich nicht umsieht, weil ihm der Verdacht im Nacken sitzt, etwas schaut uns nach zwischen den Stämmen, denn in Wirklichkeit weiß er natürlich ganz genau, was es auf sich hat mit der Natur. Er schiebt es nur weg und redet sich die Idylle ein. Nicht einmal aus Angst. Sondern, weil man bei der Idylle leichter die »durchgestreckten Knie« bewahrt und das Museum in Gang hält.

Als wir dann längst wieder im Hotel waren und er mich allein ließ im Zimmer, damit ich meine Migräne ausschlafe, und ich im Bett lag und der Schmerz sich einfraß in die rechte

Augenhöhle, der Magen aber drehte sich mir nicht mehr um, und ich dachte schon, ich bin gerettet und davongekommen, da war plötzlich die Natur wieder da.

Sie war mir nachgekommen. Kroch durchs offene Fenster. Ranken griffen herein und krallten sich zähfingrig an der Mauer fort, tasteten blind über die Wand, bettwärts, suchten und fanden Halt zu weiterem Vordringen. Fettes Blattwerk zog sich herein, strotzend und dschungelfeucht, winkte in schleimiger Lustigkeit, wuchs näher und schlängelte sich an den Bettpfosten hoch, schaukelte von der Lampe, verflocht sich zu immer dickerem Gestrick und hing über mir wie eine Würgemaschine.

Dann kamen die Falter.

Einzeln erst, dann zu dreien, zu vieren taumelnd. Schließlich ganze Schwärme aller Arten, Wolfsmilchmotten und Prozessionsspinner, Nonne und Goldafter, Glucke und Trinkerin, Roseneule und Widderchen und der Totenkopf, Acherontia atropos, dem ewigen Acheron zugehörig. Braungraue Gesellschaft, dickköpfig bepelzt, torkelt gegen die Wände, sie fangen sich auf und finden mich, lassen sich nieder mit bebenden Flügeln auf dem weißen Laken, lebendige Wärme witternd, betasten mich mit den Fühlern, schmecken mit feuchten Saugern meine aufkräuselnde Haut. Gierige Vampire, ausgebrütet vom Tümpel der Nacht, angezogen von meinem Kadaver, Gleiches von Gleichem. Feuchtwarmer, todessüchtiger Humus und Erdschleim.

Da sah ich sie selbst: Die alte Schlange lagert neben meinem Bett, baumstark, die harten Schuppen überwuchert von Flechten, vom Sinter träufelnder Nachthöhlen verkrustet. In fossiler Starre liegt das Gewürm und sondert Geruch ab, Dschungelaroma, morastige Schwüle.

Und plötzlich geht ein träges Schlingern und Würgen durch die verschorfte Haut. Die Drachin hebt das flache, dreieckige Haupt mit dem langen Maul, das an den Enden sich schlängelt wie zu einem Lächeln, und langsam, unendlich langsam heben sich die faltigen Lider, und Augen sehen mich an. Grünschillernde Iris, strahlig durchflammt von goldenen Feuern um die tümpeltiefe Schwärze riesiger Pupillen.

Ein Blick von uralter Weisheit, die alles versteht und nichts verdammt, tief und sanft, von lasterhafter Duldsamkeit und frevelnder Güte, gliederlösend. Der Blick fängt mich ein, saugt mich an und rieselt mir heiß ins Mark. Ohnmächtige Aufbäumung des Hirns.

Graue Motte, du, im Eulenpelz, vergaukelt von der Nacht, die Flügel zerschlissen von Lebensmüh und das Herz zerfressen vom Gram um Gott, der sehr weit weg ist. Natürlich fällst du. Grauer Schwärmer, versengst dein Eulenpelzchen im Fegefeuer der Lust. Und kein Hahn kräht nach dir in alle Ewigkeit, Amen.

DER GROSSE EKEL

Sitzung des Hofrats Kreutzer bei Dr. Schlesinger

... ich bin ernsthaft in Sorge, Herr Doktor, ich weiß allerdings wirklich nicht, wie ich dazu komme, schließlich hab ich genug auf mir, beruflich und so. Ich habe doch genau gewußt, warum ich es für meine Person vermieden habe, eine Familie zu gründen, eben weil ich – aus langer Erfahrung – Familie gleichsetze mit Schererei, Wirrsal, Beunruhigung.

... natürlich liebe ich die persönliche Ruhe. Ich bin ein Mensch, der gerne nach Haus kommt und die Tür hinter sich zumacht. Aber das ist einem ja nicht vergönnt. Ob man will oder nicht, man wird involviert.

... nein, das glaub ich gar nicht. Sie legt es nicht direkt an darauf. Ich bin nicht einmal sicher, ob sie es auf tätige Teilnahme anlegt. Es ist ihr meistens gar nicht recht, wenn man insistiert, ich meine, wenn man vernünftige Vorschläge macht, einem Übel zu steuern. Gerade das mag sie nicht, das praktische Steuern! Höchstens reden will sie, ihre Zustände schildern, und zwar mit dieser hartnäckigen, übellaunigen Akribie, die sie schon als Kind hatte, wenn sie ihre Malaisen beschrieb. Aber steuern, in den Griff bekommen, das will sie nicht, oder zumindest nicht durch Beanspruchung der Vernunft.

... was das heißt? Wie soll ich's erklären? Ich meine, es ist so, daß sie ihren Ausartungen nicht erkenntnistheoretisch zu Leibe geht.

... zu viel verlangt? Sie meinen wahrscheinlich wieder, zu geschwollen ausgedrückt! Mag schon sein, aber bei ihr fällt man leicht ins Gegenteil, wenn man gegen ihre Aufbauschungen aufkommen will. Läßt sie doch jede kleine Unpäßlichkeit sich auswachsen bis zu einem greifbaren Phänomen, beobachtet es dabei, läßt's nicht aus den Augen, bis es fett dasteht und sich eingeleibt hat, und erst dann tut sie allenfalls etwas dagegen. Mein Gott, ich sage »sie tut etwas« – das wäre ja schon was. Aber vorwiegend beredet sie es, analysiert es – wenn nicht analysieren so viel mit Logik zu tun hätte –, richtiger wäre: sie schmeckt es ab.

... ja ich weiß, das ist ein Küchenwort, aber gerade deshalb paßt es: Sie braut da etwas zusammen, statt daß sie es vernünftig in Teile zerlegt. Und dieses Gebräu frißt sie hinunter, beziehungsweise sie speit es einem vor die Füße.

... worum es eigentlich jetzt geht? Ach so, ich bin ganz abgekommen vom Eigentlichen. Nun, sie ißt nichts mehr.

... nein, nein, nicht die periodischen Abmagerungsversuche, die sie – nebenbei gesagt – ziemlich nötig hätte!

... nicht direkt fettleibig, das nicht, aber doch ein wenig beleibt in letzter Zeit. Oder, wenn ich das Kind beim Namen nenne, ausgefressen.

... nein, nicht regelmäßig. Sie ist eine ausgesprochene Orgienfresserin, wenn Sie sich etwas darunter vorstellen können. Im allgemeinen ißt sie relativ normal, dann und wann aber überkommt sie's, und sie schlägt sich voll bis zur Bewegungsunfähigkeit.

... nein, nicht daß ich wüßte! Kummerfraß ist das nicht, auch kein Nervositätsvöllern. Reiner Lustfraß, denke ich.

... seit einigen Tagen behauptet sie nun, um keinen Preis der Welt einen Bissen hinunterzubekommen. Sicher auch übertrieben! Aber Sorgen macht man sich doch.

... nein, mit dem Magen hat das nichts zu tun. Sie sagt, sie bekomme nichts mehr in den Schlund vor lauter Grausen. Es sei ihr schlechterdings unmöglich, etwas in den Mund zu nehmen und hinunterzuschlucken.

... aus Ekel! Sie komme fast um vor Ekel. Aber dieser Ekel, sagt sie, richte sich nicht auf Eßbares allein, sondern auf *alle* Dinge. Sie habe bei allen Dingen Einverleibungsphantasien.

... sie wird zum Beispiel heimgesucht von der Zwangsvorstellung, Sessel anzunagen, Papier zu schlingen, Mauern zu lecken, vom Fußboden den Dreck abzukratzen und dann aus den Fingernägeln zu saugen. Scheußlich, was?

... na ja, ich weiß schon, daß es einen Psychiater vor nichts graust. Aber ich bin kein Psychiater. Und da muß ich mir anhören, daß Antonia angesichts von Leuten von einem permanenten Brechreiz gequält wird, weil sie sofort die Vorstellung befällt, Haare zu kauen, Haut abzuweiden, sich festzuegeln am fremden Fleisch. Ich darf gar nicht genau dran denken, sonst verfalle ich dem gleichen Wahn!

... wenn Sie mich fragen, so ist das nicht nur unappetitlich, sondern ausgesprochen anstößig.

... ja, anstößig! Es ist eindeutig unanständig!

... ob sie selbst das auch so empfindet, weiß ich nicht. Jedenfalls schaut sie ziemlich schlecht aus. Nicht abgemagert, aber angeekelt, wenn man das sagen kann. Gelb, mit einem angegrausten Zug um Mund und Nasenflügel und im Blick so eine Art farbloses Entsetzen.

... dazu fällt mir nur eine Unart ein, der sie als Kind gefrönt hat. Oder genauer: sie hat eine angeblich natürliche kindliche Unart übertrieben und weit länger beibehalten als üblich und zulässig. Sie hat alles, was sie in die Finger bekam, abgetastet und berochen und – wenn keiner hingeschaut hat – auch abgeschleckt und sogar in den Mund gesteckt und drinnen herumgewälzt, und zwar mit einem forschend gespannten Blick.

... vor allem Sachen, die ihr gefallen haben, zum Beispiel Buntes. Ich sehe noch vor mir, wie ihr Vater entsetzt war, als er sie einmal dabei betrat, daß sie in seinen Büchern die Illustrationen abgeschleckt hat.

... ja, es wirkte ausgesprochen unangenehm, und es war typisch, daß Herr Gravis darauf nicht sachlich reagiert hat, sondern moralisch. Er hatte da eine fast übertriebene Witterung. Aber auch für mich hatte dieses Schnüffeln und Abfingern und Schlecken etwas Süchtiges, unanständig Sinnliches, besonders, weil sie es ja – Sie müssen sich das vorstellen – noch als Schulkind betrieben hat und vielleicht später noch, nur daß sie dann schon gescheit genug war, es zu verbergen.

... man hat sie überschüttet mit Drohungen von Bazillen und Giften und sonstigem Befall, um ihr diesen Intimkontakt mit den Dingen zu verleiden. Aber sie hörte sich das nur still an und schleckte heimlich weiter. Vergrausen konnte man es ihr nicht. Jetzt aber sind das Zwangsvorstellungen, die sie halb krank machen. Und scheinbar erleichtert es sie etwas, wenn sie einem ihre Besessenheit schildert, und wenn man es vor eigenem Grausen nicht mehr anhören kann, bekommt sie so einen unlustigen Lachkrampf.

... wir sitzen zum Beispiel in der Tramway, und sie beschreibt eingehend die Vorstellung, daß sie unserem Gegenüber an der Nase saugen oder sein haariges Ohr abbeißen und zerkauen muß oder – nein, ich darf gar nicht daran denken!

... das ist es ja. Unsereins bemüht sich, in einem solchen Fall nicht an die Sache zu denken, sie gar nicht erst aufkommen zu lassen. Man schaltet solche absurden Phantasien, wenn sie einem kommen, bewußt ab und verdrängt sie. Sie aber gibt sich dergleichen hin mit einer selbstquälerisch bohrenden Grübelsucht, die etwas Unappetitliches hat. Sie behauptet nämlich, wenn einem solche Vorstellungen kämen und sich geradezu aufdrängten, dann habe das eine wichtige Bedeutung. Es sei eine Aufforderung, geradezu ein Befehl, genau hinzuschauen und dabei zu ergründen, was sie hießen. Sehen Sie, sie sagt nicht:

sie zu deuten, sie zu durchdenken, sie zu analysieren! Sie sagt »genau hinschauen«, also etwas Sinnliches.

... ja, ich warf ihr das vor, aber sie widersprach und sagte, soll ich vielleicht im etymologischen Lexikon nachschauen unter Ekel und erfahren, daß es ein junges Wort ist und mit »wählerisch« zu tun hat, ein ungeklärtes Verhältnis zu »heikel« hat? Daß also wählerische Heikelkeit mich veranlaßt, mit bebendem Magen die Brille abzunehmen, weil ein Gesicht mir entgegenstarrt?

... daß ich dieses lüsterne Herumlesen in Wörterbüchern keine anständige Begriffsbestimmung nennen kann, sagte ich ihr. Sie aber war schon aufgebracht und rief: Soll man denn jedes Gefühl mit der Magermilch der Logik pantschen, um dann zum Dünnschiß einer Begriffsbestimmung schreiten zu können?

... ja, wenn sie sich aufregt, wird sie immer ordinär.

... sie sagte dann nach einer Weile Schweigen ganz unvermittelt: Eine heidnische Freßorgie endet mit einer Generalkotzerei, nach der man schnarchend ins Bett fällt. Nach einer christlichen Völlerei schmecken die Dinge nach Tod. Man schlottert in eine Periode der Kasteiung und Traurigkeit hinein. Lust auf sinnliches Vergnügen endet im Ekel statt in angenehmer Sättigung, und Ekel hat etwas mit Tod zu tun.

DAS BÄUMCHEN DER LÜSTE

Aufzeichnungen der Frau Pictor aus dem Papierkorb, geborgen von Herrn Pictor

Ich seh's vor mir, als wär es gestern oder vorgestern geschehen. Ein zierliches Pfirsichbäumchen in unserm Garten. Erst wenige Sommer alt und zum erstenmal voll von großen, samthäutigen Früchten, die einen zarten Duft ausströmen. Streng gehütet vom Vater und aufzubewahren für ein geistliches Festgericht.

Ich sehe mich davor stehen mit Räuberblicken.

Innerlich zerreißt mich ein heftiger Zwiespalt. Allmählich gewinnt das Böse Übermacht über die Tugend, Gier über die Enthaltsamkeit, verbunden mit einer scharfen Lust.

Immer rascher steigt der Pegel der Lüsternheit. Ich hebe eine raffgierige Hand, zucke nur leicht zurück. Dann greife ich zu und pflücke die erste verbotene Frucht. Einigermaßen noch darauf bedacht, sie von weniger auffallender Stelle zu ernten.

Ich beiße nicht sofort hinein. O nein! Ich fresse sie zuerst mit den Augen, rieche ausgiebig daran und streichle ihr Fellchen mit behutsamen Fingern. Dann erst schleck ich sie ab und beginne sie zärtlich zu benagen, jeden Tropfen des aromatischen Saftes lang auf dem Gaumen genießend.

Endlich gönne ich mir den ersten vollen Biß.

Aber inmitten dieser sündhaften Handlung beschleicht mich eine Ahnung. Ich weiß schon jetzt, daß ich es nicht über mich bringen werde, es bei einem Pfirsich bewenden zu lassen. Eine zweite Frucht wird folgen und dann – rascher schon – eine dritte.

Diese dritte genoß ich bereits nicht mehr mit Augen, Nase und Tastsinn, sondern gleich mit Zunge und Gaumen und fressenden Kiefern. Auch in die vierte biß ich sofort hinein, und alle weiteren – längst wußte ich mit steigendem Entsetzen und einer leisen Schwermut, daß es *alle* sein würden –, alle weiteren schlang ich nur mehr. Brutal, ordinär, Zerstörungen und Vergewaltigungen, eine Orgie von »Fraß und Völlerei«, ein Sich-Einfressen und Vollschlagen. Süßklebriger, triefender Saft verpickt ekelhaft die Finger, die ich hysterisch an der gerechten, bloßen Erde abzuwischen, zu trocknen und zu reinigen suche, voll Ekel, Traurigkeit und einer soliden Angst wegen der unausbleiblichen Strafe.

Aber ich konnte nun nicht mehr aufhören, obwohl die Lust längst umgeschlagen war in Überdruß. Die entfesselte Gier raste dahin in ihrer eigenen Schwerkraft und raffte die letzten Früchte ein, deren Anblick und Geruch mir bereits den Magen umdrehte. Klebrige, feuchtweiche Materie matschte zwischen den Kiefern, schleimte sich ein und würgte sich hinunter durch den Schlund.

Mit geschlossenen Augen fraß ich den Baum kahl, randvoll von dem Wissen, wie schlecht mir das tat an Leib und Seele. Die saftige Strafe danach war bestenfalls eine Abschlagszahlung, so etwas wie ein Organmandat. Es blieb das Gefühl der Sünde und ihrer Unausweichlichkeit. Und das Wissen, daß die Woge der mißbrauchten Lust nicht gnädig abschwillt, sondern sich überschlägt in Unlust und Traurigkeit. Ungeschmack, als habe man nichts zwischen den Zähnen als den farblosen Schleimfrosch der Materie.

Eine sogenannte nackte Wahrheit.

FRESSFRÖMMIGKEIT – EINE BÜRGERTUGEND

Sitzung des Hofrats Kreutzer bei Dr. Schlesinger

... wir sind allesamt Hochstapler, klagte sie, während wir die Rolltreppe eines dieser Monsterkaufhäuser hinauftrieben. Hochstapler und traurige Renommisten. Von unserem lehmenen Anteil her, von dem bißchen Natur in uns, haben wir die Lust am unbedenklichen Einverleiben im Blut und die Sucht nach großspuriger Verschwendung. Nur die Verdauung tut nicht mit. Unsere Mägen sind »von der Blässe des Gedankens angekränkelt«. Nach jeder kleinen Ausschweifung ist uns schlecht. Und wenn wir vom selbstverzehrenden Überschwang und einer jauchzenden Orgie nur träumen, bezahlen wir es schon mit einem Tausendguldenkrautfrühstück.

... solche Großgreißlereien, sagte sie, das sind die modernen Stilleben, nur daß ihnen die Symbole des Todes fehlen, die zu jedem anständigen Stilleben seit jeher dazugehören. Wo siehst du da zwischen Steckdosen und Nachthemden ein Stundenglas, zwischen Hüten und Schnellkochtöpfen einen

Totenschädel? Die ganze westliche Welt spielt sich heutzutage auf, als hätte sie den Magen Leviathans.

... sie klagte über Beklemmungen. Die Haufen von Sachen raubten ihr die Atemluft und belasteten ihr das Zwerchfell. Natürlich nichts als Einbildung und Übertreibung! Sie solle sich gefälligst zusammennehmen, herrschte ich sie an. Sie aber wollte in ihrem Übelbefinden ein Zeichen des humanen Widerstands gegen die Verführung zur Maßlosigkeit und Völlerei sehen. Ein solches Großkaufhaus, meinte sie, sei nichts als ein Werkzeug dieser Verführung.

... schau dir die Leute an, verlangte sie, wie sie mit vorquellenden Augen und gierigen Lefzen in den Sachen wühlen, alles begaffen, betasten, abgreifen, obwohl sie nur für ein Paar Socken gekommen sind. Und schau dir dabei die bekümmerten Mundwinkel an, die gerunzelten Stirnen, wie sie sich sorgen, sie könnten etwas übersehen. Das sind keine »Kauflustigen«, das sind Sklaven eines künstlich angefachten Appetits. Wirtschaften, das heißt heute Einverleibung und Wegwerfen.

... irgendwo hat sie immer ein wenig recht, aber sie übertreibt dann und verliert sich in müßigen Phantasien.

... die Müllhalden haben es ihr neuerdings angetan: Sie wachsen in den Himmel, weil die Unratschlucker sie nicht mehr bewältigen. Die Stadtväter werden den Abfall unter die Sterne schießen müssen. Zugvögeln gleich wird der Unrat über den Frühlingshimmel ziehen, sang sie, Bierflaschen, sternhaft funkelnd. Unverwüstliche Plastikbecher werden niederrieseln als Mannaregen und verirrte Fernseher älteren Modells, Informationen blubbernd, durch den Weltraum kreisen, angebetet von rückständigen Völkerschaften, während eine kaum gebrauchte Waschmaschine schnackerlnd als Nova aufgeht.

Erinnerst du dich noch an den Mistbauern, sagte sie plötzlich ganz ernüchtert, eine halbkrepierte Mähre hat spielend den Müll eines ganzen Viertels abgeschleppt. Heut verstopfen überall Riesenlaster in schreiendem Orange die Straßen, hinten drauf zwei livrierte Unratbestatter. Sag mir, wann in der Geschichte hat der Mensch je so viel gekauft und weggeworfen, ohne das geringste schlechte Gewissen?

... es habe irgendwie mit der Wirtschaft zu tun, sagte ich, und von Wirtschaft verstünde weder sie noch ich etwas.

... natürlich strapazierte sie wieder Adam und Eva und das Paradies sowie die menschliche Anlage zur Lust auf mehr, als man braucht. Gott war relativ gnädig, sagte sie, als er den beiden bei der Austreibung nachrief, »im Schweiße deines Angesichts sollst du deinen Acker bebauen und in Schmerzen sollst du gebären«. Das war keine Schikane. Außerhalb des Paradieses, also in der Wildnis, kann man nur bestehen, wenn man sich einschränkt, im Einverleiben wie im Abferkeln. Der Mensch hat die Austreibung überlebt, weil er aus einer Not eine Tugend gemacht hat und das Maßhalten zur Grundlage des Humanen. Ob er es im Namen Gottes oder im Namen der Vernunft oder meinetwegen im Namen der Schönheit getan hat. Es gibt keine Kultur, die nicht Schranken gesetzt hätte gegen das Unmaß. Am weltklügsten waren natürlich immer die Religionen, setzte sie dazu, die aus einer weisen Menschenkenntnis heraus Feste eingestreut haben in die gewöhnliche Plagezeit mit der sakralen Auflage des Sich-Gehenlassens. Hinterher wurden dann allerdings Bußorgien und Geißel und Asche verordnet und das »Maß« wieder hergestellt.

Durch die allgemeine Profanierung aber ist diese gescheite Regel in Vergessenheit geraten. Es gibt keine Festzeiten mehr und keine Fastenzeiten, sondern immerdar Verschwendungszeit, eine permanente Großfresserei.

... ich suchte sie noch einmal mit dem Einwurf zu bremsen, daß die sogenannte Konsumgesellschaft auf ökonomischen Grundlagen beruhe, von denen unsereins zu wenig wisse, um so forsch daherzulästern.

... natürlich schwieg sie nicht, sondern entwickelte ihre Idee weiter, lautstark im vollen Geschäft, so daß die Leute sich umschauten und ich sie wegzerrte in ein stilleres Kaffeehaus.

... ich verstehe nur soviel, sagte sie, daß Kapitalismus und Sozialismus, hinter dem Rücken ihrer Gläubigen, eine schlimme Liaison eingegangen sind, bei der ihnen ein Bankert passiert ist: das sogenannte Wirtschaftswachstum. Vom Kapitalismus hat der Balg den Geschäftssinn geerbt, vom Sozialismus den Gerechtigkeitssinn, aber beides – wie es bei der Nachkommenschaft so oft zu beobachten ist – in pervertierter Form. Vom Geschäftssinn fehlt die Spargesinnung, geblieben ist nur der Drang zur Anhäufung. Vom Gerechtigkeitssinn fehlt das Maß: nicht das Notwendige für alle, sondern der Luxus für alle. Und um die Leute dazu zu überreden, mußte künstlich ein ungeheurer Appetit erzeugt werden. Diesem aber hängte man zum Schein ein Tugendmäntelchen um: Verschwendung als Bürgerpflicht, die neue Bürgertugend Freßfrömmigkeit.

Iß, sagt die fette Mutter zum überfetten Kind, wenn du ißt, bist du brav, und ich hab dich lieb. Kauf und friß, sagt der Staat zum gestopften Bürger, der schon mehr hat, als er je abnützen kann. Kauf, was immer auf dem Markt ist, die Werbung sagt's dir, kauf, dann erfüllst du deine Pflicht gegenüber Staat und Gesellschaft. Wer nur kauft, was er braucht, ist ein Schädling, Unterminierer und Anarchist, der am Ruin arbeitet. Politiker wachen nachts schreiend auf, weil sie von einer Frau geträumt haben, die mit dem Einkaufszettel zum Greißler geht, ihre Waschmaschine reparieren läßt, an einem alten Möbel hängt und nach Mariazell aufs Land fährt.

Sie können nicht mehr zurück und jetzt plagt sie das Schreckgespenst vom Kahlfraß der Welt.

... dann wundert es mich, sagte ich anzüglich, warum du dich so gerne über alles Grüne und Alternative mokierst. Das wäre doch ein Forum für dich und deine Ideen. Persönlich würde ich dich gerne mit Blumentopf und Strickstrumpf wegen einer vom Aussterben bedrohten Froschart auf die Straße gehen sehen.

... mag sein, antwortete sie, daß ich allzu sehr dem Wiener Laster verfallen bin, lieber zu spötteln, als im moralischen Tiefgang abzusaufen, was auch nicht weiter führt.

... sie könnte in ihrem Alter schon ein wenig Ernst und

Ausgewogenheit zeigen, meinte ich, jedenfalls stehe das einer älteren Dame besser an als ihre Maulfertigkeiten.

... weißt du, sagte sie nachdenklich, die nickelbebrillten Blumentöpfe reizen mich zwar zum Spott, aber ich nehme sie nicht übel. Junge Leute haben sich immer und überall verkleidet, um ihre noch empfindlichen Eingeweide hinter einer forschen Fassade zu beschützen. Erst im Laufe des Erwachsenwerdens nehmen die Innereien die gewisse zähe Ledrigkeit an, die des Außenschutzes nicht mehr bedarf. Unbehagen bereitet mir etwas anderes. Denk ich an mich selber, welch simple und präzise Vorstellungen ich im Stadium meiner Verkleidungen von der Rettung der Welt gehegt habe! Heut danke ich Gott, daß man mich nicht ans Regieren gelassen hat.

Wir Alten sitzen in der Klemme, weil uns die Erfahrung gelehrt hat, einfachen und raschen Lösungen zu mißtrauen. Unser Fehler ist, daß wir unhaltbare Zustände künstlich hinausziehen, weil wir nichts Vernünftiges an ihre Stelle zu setzen wissen. Das Unrecht ist, daß wir es nicht zugeben. Die Jungen machen den Fehler, daß sie an gradlinige Lösungen glauben und den langsamen, vielfach gewundenen Weg der Realität verachten.

... ich kannte dich bislang nicht als Anhängerin der krummen Wege, sagte ich. Im weisen Osten, gab sie zurück, gilt der geradlinige Weg als die Straße der Dämonen. Deshalb legt man dort seine Gärtchen krumm und verschlungen an und empfindet das nicht als schnöde Hinterhältigkeit.

... das Dasein auf dieser schönen Erde, seufzte sie, ist alles, nur nicht einfach. Den Jungen müßte einer beibringen, daß man die Welt nicht rettet, wenn man sich von der Stadtverwaltung ein paar Gelsentümpel ertrotzt. Unternehmungen dieser Art sind ehrenwert, erinnern mich aber an Leute, die bei einem Großbrand Windeln und Schnuller retten, aber den Säugling verkohlen lassen.

... sie solle gefälligst konkreter werden, bat ich.

... das wirkliche Übel, meditierte sie, das die Erde erstickt, die Luft verseucht, die Gewässer vergiftet und den

Menschen verdirbt, ist nicht die Technik oder die Chemie oder die Atomkraft. Das wirkliche Übel ist der Mensch, der es regelmäßig fertigbringt, Segensreiches zu mißbrauchen und zum Fluch werden zu lassen. Ein Verführer ist immer zur Hand. Heut ist es unheimlicherweise der Staat selbst, der sich in ein Wirtschaftssystem verrannt hat, das ohne Verschwendung zusammenbricht. Technik und Chemie sind nur die Handlanger dieser Verschwendung. Unsere westliche Hemisphäre kann nur existieren, wenn ihre Bewohner mehr konsumieren als sie brauchen, und Brauchbares wegwerfen. In normalen Zeiten gilt Sparsamkeit als Bürgertugend. Heute ist es die Freßfrömmigkeit: ein unablässiges Begehren und Wegwerfen und wieder Begehren.

Kein Politiker wagt es, den zerrütteten Staatshaushalt durch Verzicht auf das Unnötige zu sanieren. Es käme zur Großrevolte, er baumelte am Luster seines Büros mit einer Tafel um den Hals: Volksschädling!

... sie wollte sich in der Detailschilderung eines Aufstandes ergehen, in welchem sich entmenschte Massen, denen man den Luxus vorenthielt, durch die Straßen wälzen. Ich stoppte sie ab. Rief zur Ordnung und zum Thema.

... durch diese ungeheure Massenvöllerei, bequemte sie sich, ist es zum Kahlfraß der Erde gekommen, ist die Welt mit Hilfe des Mißbrauchs von Technik und Chemie zu einem gigantischen Müllhaufen geworden. Aber solange jene, die sich als die Retter fühlen, im Auto vorfahren, um einen Baum zu retten, und nach der Aktion zu Hause ein – dank der Technik – heißes Bad nehmen, wirken sie auf mich etwas unglaubwürdig. Sogar ein wenig gefährlich. Denn sie liefern mit ihrem kleinen Geunke ein billiges Alibi, hinter dessen Schutz die Großkatastrophe ungestört weiterwuchern kann.

... eben das Wirtschaftswachstum, antwortete sie auf meine Frage, DAS GROSSE VIEH.

... sie verstehe nichts von Wirtschaft, sagte ich, beherrsche sie, wie ich vom Pictor wisse, nicht einmal auf Haushaltsniveau. Es gebe da ernste und kompetente Leute, die sich seriöse Köpfe darüber zerbrächen und dickleibige Bücher geschrieben hätten. Ob sie eines davon auch nur von außen betrachtet habe?

... diese aufrechten und umfassend gebildeten Gelehrten, sagte sie, hätten zweifellos mit allem recht, was sie schrieben. Nur eines wüßten sie nicht, nämlich, daß sie allesamt dem GROSSEN VIEH auf den Leim gegangen seien, das stecke dahinter.

... eine der bei ihr so beliebten Spiegelfechtereien! Soviel ich begriffen habe, meinte sie die große Gier nach Verschwendung, die man künstlich hochgezüchtet und dann nachträglich gerechtfertigt habe mit dem Geheule von der Notwendigkeit des spiralenförmigen Wirtschaftswachstums.

... nein, nein! So hat sie es nicht ausgedrückt. Aber ich bin es durch jahrzehntelange Übung gewohnt, ihre absurden Geschichten in eine verständliche Sprache zu übersetzen.

... wie sie es gesagt hat? Bitte, wenn Sie wollen: Das große Vieh steckt dahinter, begann sie zu phantasieren, das Vieh, ein Wechselbalg des Chaos, die Frucht einer Vergewaltigung. Das Chaos hat bei all seinem monströsen Zeuge- und Gebärbetrieb natürlich gar nichts davon bemerkt, wie das Männchen auf Zehenspitzen heranschlich, sich hastig abarbeitete und wieder davonlief, in der berechtigten Angst, unversehens einverleibt zu werden.

... sie schwieg. Aber jetzt konnte ich es mir nicht mehr verkneifen, mich nach diesem schamlosen Männchen zu erkundigen.

Ein gewisser Dr. Notznigl Franz, erfuhr ich, gebürtig aus Laa an der Thaya. Er litt in der Großstadt sehr, weil er Laa und die Natur vermißte. In seinem Harm kam er nieder mit der viel beachteten Habilitationsschrift »Über die massenspektrometrische Analyse der Gasfraktionen im Enddarm nach dem Genuß von Biohirse beim omnivoren Säuger«. Der hat sich in den Kopf gesetzt, mit der Natur den erwähnten Nahkontakt aufzunehmen und diese warf einen mickrigen Bankert, beschnupperte ihn angeekelt und schnarchte ihn so an, daß er eilig das Weite suchte und sich wimmernd im nächsten Müllhaufen verkroch. Dort wuchs er schnell heran, genährt von Unrat und Haß auf die Mutter, das fröhliche Chaos, und wurde zum GROSSEN VIEH.

... wir trennten uns schweigend. Am nächsten Tag aber brachte die Post mir dieses ins Haus. Ich bitte Sie sehr, es zu lesen.

DAS GROSSE VIEH

Kirchweihpredigt

Wertgeliebteste Predigtgäste und Andächtige in Gott.

Heut will ich predigen vom Vieh der Vergeudung, wie der Fromme es erkennen, meiden und bekämpfen kann mit Hilfe der Heiligen.

Wie eine Tonne, die lange im Wasser gelegen ist,
algengrün überkrustet,
hebt sich das Vieh aus dem Unrat,
wo es hockte und schlief.
Es hat den fahlen Bauch einer Kröte, einen Schnabel und Krallenfüße.
Es hat Reptilienaugen, deren gespaltenen Schwefelglanz
es mit einer weißlichen Lidhaut deckt,
daß keiner gewarnt ist.
Es trägt eine Stachelkrone.
An den Zacken hängt Abfall: Blechernes, grellfarbiger Kunststoff,
die verschimmelten Schinkenbrote
aus den Pulten überfressener Schüler. Die beiläufig abgenagten Rippen gebratener Enten.
Und was man sonst so wegwirft vom gefräßigen Überfluß.

Das Vieh lebt im Müll, dort versteckt sich's.
Aber nachts lebt es auf, hüpft schwerfällig über die Felder,
immerfort weidend und nagend und witternd,

schleppt seine wüste Gier übers Land
und frißt mit knackenden Kiefern um sich,
speit's wieder aus, was es frißt, und würgt das Erbrochene wieder zurück in den Warzenwanst.
Aus dem Schnabel stößt seine Zunge hervor und spießt Fraß.
Sein zäher Ranzen vertilgt Fetzen und Hausrat und Küchenmaschinen.
Ein schwappvoller Schlauch voll Verdauung,
schröpft es die Erde.
Sein gieriges Stöhnen sättigt die Bäuche der Wolken mit Gift, das niederkommt in einem schwarz schleimigen Regen.
Sein Kot macht den Acker arid.
Es pißt in die Flüsse. Da gehen die Fische zugrund
und treiben bauchoben ins Meer.

Wenn das Vieh sich nachts durch die Gassen zwängt
und sein wüster Wanst die Fassaden streift,
schreien die Kinder im Schlaf,
es verwelken die Bäume,
in den Nestern krepieren die Schwalben.
Im Spital hat es Totgeburten gegeben,
weit mehr als statistisch gesichert,
die Selbstmordzahl steigt
und die Fälle von Kindesmißhandlung.
Man schiebt's auf chemische Dünste,
auf radioaktive Strahlung,
auf Umweltverschmutzung,
aber es war das Vieh, das die Stadt heimgesucht hat des Nachts.

Wenn es dann gegen Morgen ins Freie kommt,
ist es zufrieden mit sich.
Es wälzt sich auf seinen verkrätzten Rücken
und reckt die kralligen Hühnerfüße nach oben.
Das Schrecklichste aber ist, daß es dann singt.
Es singt seine Namen, die es sich selber gegeben hat,
ein Protzlied.

Behemot nennt es sich gern, Leviathan oder Chaosdrachen. Aber es lügt.
In Wirklichkeit heißt es Kahlfraß, Vergeudung, Gurgelstrotz, Wänstling, Kotzbeutel, Rumpelkropf.

Und jetzt, Geliebte im Herrn, Kirtagsgeile, denen der Arsch schon juckt nach den Wirtshausbänken, nach Tischen, krachvoll von Fraß und Suff. Merkt auf noch ein paar Minuten und bedenkt's, wenn ihr in ein paar Stunden in den Ecken hockt mit gekrümmten Gedärmen.

Einer hat einmal das Vieh gesehen, wie es mit schleppenden Füßen und schleifendem Bauch rasselnden Atems dahinkroch, sich in hechelnder Erschöpfung einwühlte im Müll.

Es blinzte herum mit seinen halbgeschlossenen Schleichenaugen, ob auch niemand es sähe. Dann spie es ein Schlüsselchen aus und steckte es in ein Loch, verborgen unter den Schrunsen der Krötenhaut und zog sich auf. Bald gewann es wieder an Kraft und blähte sich und protzte.

Aber jetzt weiß man wenigstens, daß es künstlich ist.

*

Fortsetzung der Session Kreutzer nach meiner Einsichtnahme in den Predigtvorschlag der Frau Pictor:

... was sagen Sie jetzt?

... ich meinerseits fragte Antonia, als ich sie wiedertraf, ohne meinen Spott zu zügeln, nach dem strahlenden Helden, der nach altehrwürdigem Märchenmuster nun auftreten und dem Unhold das Schlüsselchen entreißen müßte mit: Apage, Gurgelprotz, hier hast du's, Wänstling, schrumpf ein, Kotzbold zur faltigen Morchel, die langsam verstinkt!

... nein, sie blieb ernst, schmallippig. Was heißt strahlender Held! sagte sie, dazu ist der Fall zu schwierig. So bleibt dein Vieh also im Besitze des Schlüsselchens? frag ich. Ich hoffe nicht, gab sie zur Antwort, man kann auf den Ekler bauen!

... ich ließ es mir erklären. Der Ekler, informierte sie

mich, ist ein zarter, feinsinniger Magennervling, der den großen Freßbetrieb nicht mehr aushält. Gekrümmt von Bauchschneiden, gestachelt von Sodbrennen, von Brechreiz geschüttelt, wird er sich mit dem Mut der Verzweiflung ins Loch stehlen und dem Vieh den Schlüssel rauben. Auf ihn hoffe ich, sagte sie bekümmert, nicht auf die Vernunft, die Wissenschaft, die Moral. Ein gewaltiger, magenzerkrampfender Ekel, eine Speiübelkeit, daß man nichts mehr hinter die Zähne und in die Gurgel bringt, das kalkweiße Grausen ist das einzige Heilmittel, auf das ich meine Hoffnung gründe. Keine Volksbefragung und grünliches Unken.

GOTT SPIELT MIT LEVIATHAN

»Höhlenmalerei«

Manchmal geschieht es plötzlich, daß das ganze Haus, auch der Garten um das Haus, Bäume und Gras und die Vögel in den Bäumen den Atem anhalten, und die Katze, die gerade durch das Buschwerk schleicht, erstarrt im Tritt.

Haus und Garten steigen aus für eine Zeit aus dem Leben ringsum, aus Gassenlärm und Getriebe, aus der Tagesstunde, aus dem Wetter und der Jahreszeit aus.

Nichts geschieht. Nur eine sachte Verschiebung des Lichts. Das Morgen oder Mittagslicht, Sonnen-, Regen- oder Schneelicht verlischt, zieht sich zurück und weicht einer Beleuchtung, ähnlich der, die vor einem Gewitter heraufzieht. Violett schwefelig. Die Konturen werden scharf, die Dinge rücken näher, und die Farben sind mit einem Schlag unwirklich und grell, so wie manchmal in Träumen.

Die Laute aber sind gedämpft, wie gestopft, von weit herkommend.

Dann spielt oben auf dem Dachboden Gott mit Leviathan.

Hören kann man nichts. Es ist totenstill oben, kein Laut dringt aus der Kammer. Aber wenn man davor steht, hat man das Gefühl einer nahezu unerträglichen Völle. Einer lautlosen, aber ungeheuer lebendigen Völle, die die Bretterwände durchdringt und nach außen tritt wie ein Schweiß. Die Wände strahlen Kraftfülle ab, wie heiße Planken Sonnengeruch abstrahlen oder Lokomotiven ihren regenbogenschillernden Dampf.

Es riecht. Der Geruch ist schwer zu bestimmen. Ein satter Geruch, ein Geruch nach Überfluß, so wie Korn im Sommer riecht und Backstuben und Mühlen. Auch Milch- und Kleinkindergeruch ist dabei, Wiesen-, Heu- und Erdgeruch, der Geruch nach Tierfell und Dung und eine Andeutung Blutgeruch, süßlich und fett.

In der Bodenkammer aber – ich weiß es vom Schlüsselloch – tut sich ein Lichtspiel, foppend farbig, irrlichtmäßig. Lichtschatten, streifig oder flächig. Blitze sprühen feuerwerksartig, und aus pulsierenden Stößen wachsen zarte Lichtsequenzen zu blumigen Formen auf und welken zurück in bläuliche Schatten.

Gott sitzt in dem alten blauen Ohrenstuhl, der da oben verstaubt, halb abgekehrt von der Tür, fast zur Gänze gedeckt von der hohen Lehne. Aber man sieht, daß er beschäftigt ist. Er bewegt die Hände. Leviathan sieht man nicht. Es bleibt ungewiß, ob er ihm zu Füßen liegt oder ob er ihn auf dem Schoß hat. Aber der ganze Stuhl ist hochgeladen mit einer Kraft, die halb schon zu Stoff geworden ist und sich unablässig gestaltet und dabei farbige Stromstöße in den Raum jagt.

Die Seligen auf den Dachsparren starren aus unterlaufenen, runden Vogelaugen regungslos hinunter auf das Spiel Gottes. Dabei scheinen sie schwer und qualvoll um Atem zu ringen. Denn die lautlose Regsamkeit in der Kammer legt sich allem Irdischen und Halbirdischen schwer auf die Lungen, daß man das Atmen vergißt und einem die Rippen schmerzen vom Druck eines magischen Zaubers.

Die Engel im Gebälk hat eine Unruhe erfaßt. Die morschen Seile schwanken in ächzenden Geräuschen, die trockenen Leiber stoßen hölzern aneinander, Federn stäuben auf, und Motten schwirren aus den Falten der Kleider. Unruhe wühlt in den Engeln. Ein traumferner Nachklang der Unruhe und Empörung, die sie ergriffen hat vor Äonen, als Gott die Erde machte und ihre Geschöpfe, die soviel Kränkung und Zurücksetzung beschert haben den Thronen, Rängen und Gewalten. Der halbvergessene uralte Gram: Warum spielt Gott mit Leviathan, dieser lehmenen Morastgeburt mit ihrer unerschöpflichen, unschicklichen Lebendigkeit? Warum spielt er nicht mit uns, den Engeln, oder wenigstens den Seligen? Was hat man schon von seiner relativen Nähe, von diesem »von Angesicht zu Angesicht«, wenn er einen übersieht und zu seiner hohen Tröstung und Unterhaltung sich diese schlammschmierige Zuchtlosigkeit hält, die man oft genug vor ihm angeschwärzt hat zu Recht in frommer Zudringlichkeit, bis er nicht aus konnte und versprach, »eine Laube zu machen aus Leviathans Haut«, und sogar vom Einsalzen redete. Aber nichts ist daraus geworden. Kein Einsalzen, keine Laube. Noch immer sitzt er und spielt mit dem großen Anstoß.

Denn eine ungeheuerliche Anstößigkeit ist es und eine entsetzliche Peinlichkeit in den himmlischen Räumen, die man nur flüsternd bereden kann und hinter vorgehaltener Hand, denn wenn IHM zu Ohren kommt, daß geredet wird – aus heiliger Sorge geredet –, dann tobt er so eindrucksvoll, daß einem Federn ausfallen. Aber das Gerücht schweigt trotzdem nicht: der kalkweiße, der gräßliche Verdacht, daß Leviathan am Ende weiblichen Geschlechtes sei.

Wenn Gott des Spieles satt ist, löst sich die Spannung mit einem Schlag, der einen vom Guckloch reißt. Plötzlich ist wieder das gewöhnliche Licht da, Abend oder Mittag, Sonne oder Regen oder Schnee, Herbst oder Frühling. Die morschen Bohlen knarren, die Geräusche der Gasse dringen herein, eine Brise kommt auf, und die Vögel in den Kronen der Bäume fangen besonders schmetternd zu pfeifen und zu trillern an aus ihren befreiten Kehlen.

Aus der Kammer tönt wieder das unbeholfene Klappern der Schreibmaschine, und die Engel an den Sparren drehen sich sacht in ihrer Aufhängung. Es riecht nach altem Holz und vergilbtem Papier, nach toten Tauben und Staub und mottenbefallenem Federwerk.

DER TÜRKENSCHANZPARK ARTET AUS

Die angestochene Schönheit II

Briefwechsel Pictor–Kreutzer

Teuerster!

Da hören wir in den Heiligen Schriften und Kommentaren – Dir zum Trotz meine gegenwärtige Bettlektüre – von Leviathan, dem Chaosdrachen, manchmal die Große Schlange genannt, und erfahren mit großer Anteilnahme, daß Gott, der Herr, sobald er der Regierungsgeschäfte müde ist, sich Zeit und Muße, ja Liebe gönnt, mit Leviathan zu »spielen«.

Man muß aus dieser Mitteilung schließen, daß der Allgewaltige nicht allen Urstoff bei der Weltschöpfung aufgebraucht hat, sondern sich etwas Materie zurückbehielt, in Reserve sozusagen, wie etwa der Töpfer sich einen Klumpen Ton zurückbehält, um spielend neue Formen auszuprobieren, wenn die alten im Ofen geglüht, erhärtet und ausgekühlt und keiner Änderung mehr zugänglich sind.

Neue Welten und Gestalten träumend, tändelt Gott also mit dem Chaostier, einem verminderten zwar, einer Art Schoß- und Hätscheldrachen für göttliche Formate. Für unsereinen aber ist dieser am Leben gelassene Urkot leider immer noch ein Malheur. Er fährt uns ins Fleisch, das bekanntlich Stoff von seinem Stoff ist, und unser geistiger Anteil, den der Herr leider nicht allzu groß bemessen hat, quengelt machtlos an gegen die anstößige Einquartierung.

Andererseits kann man von Gott nicht verlangen, daß er auf sein Spielzeug verzichtet, nur weil es mit dem Adam ein solches Gefrett ist. Wär's dann doch ein für allemal aus mit Gottes herrlicher, überschwenglicher, hoch prunkender Schöpferei.

Wie sehen Verehrter den Fall?

Du siehst uns wieder einmal minder in deiner leidigen Art, Antonia! Geradezu unappetitlich, was vermutlich mit Deiner gegenwärtigen Ekelphase zu tun hat. Passives Fleisch sei der Mensch, vom Urstoff befallen und gekitzelt wie von Ungeziefer. Rat- und hilflos ausgeliefert dem Anteil an Schöpfungslehm, den Gott uns zugeteilt hat.

Aber es dürfte Dir doch nicht entgangen sein, daß es unter uns Individuen gibt, die damit ganz schön zu spielen wissen. Nachahmer der göttlichen Spielstunden, wenn auch beschränkt im Ergebnis und nach kleiner Menschenweise. Ihnen sitzt Leviathan nicht nur freßgierig und geil im Bauch. Er wird in die Mangel genommen, erzogen und zu kleinen Fertigkeiten angehalten. Mätzchen vielleicht, gemessen an Gottes Schöpfungsbausch, aber immerhin.

So konnte es geschehen schon in frühester Vorzeit, daß solch ein Mensch beim Höhlenfeuer saß und sich einen irdenen Krug formte, um Wasser darin zu schöpfen; möglichst praktisch und in nüchterner Nutzform. Dabei überkam's ihn plötzlich, und – halb dösend vielleicht – kratzte er mit träumendem Fingernagel eine Zierleiste in den Ton, die nichts mehr mit dem Wasserschöpfen zu tun hatte. Oder es entstand ein Henkelohr, das sich noch rechtfertigen ließ. Was aber soll die gestreckte Nase, die jeder Notwendigkeit spottet? Und plötzlich steht da vor dem verdutzten Auge des Höhlenbewohners und unter dem gellenden Gekeife seines Weibes ein Schwein, rundbäuchig und interessant, doch als Topf nur mehr beschränkt verwendbar.

Du darfst nicht vergessen, daß die Künstlerverehrung eine sehr, sehr junge Modetorheit ist, nur aus der allgemeinen Verwirrung unserer Weltordnung zu verstehen.

Wie dem auch sei! Der Genannte, Bekeifte, Verdutzte, wahrscheinlich von Höhle zu Höhle Verlachte aus den frühen Tagen der Menschheit war eine Künstlerseele. Er spielte in kindischer Gottesnachahmung mit Leviathan und strebte stumpfäugig und plumpfingrig in seiner beschränkten Weise nicht nach ordentlicher Zweckmäßigkeit, die ihm unmittelbaren Nutzen eintrug, sondern geradezu wider die Natur nach etwas, das man später Schönheit nennen gelernt hat.

Der Deine!

Du hast ihn mir deutlich vor Augen gestellt, Teurer, Deinen Schönheitssüchtigen mit den plumpen Fingern, seiner kehlig gaumigen Sprechweise – das Weib wird schon eine geschmeidigere Gurgel gehabt haben –, so daß ihm nichts blieb, als sich seine Ruhe mit einem Tritt zu verschaffen. Oder er verdrückte sich in die Nachbarhöhle, in welcher rundlich und unbemannt einsaß, was seinem Wassertopf die unselige Zierform eingehaucht haben mag. Also war doch wieder Leviathan im Spiel, der Urkot, Lüsternheit und Unheil zeugend (beispielsweise wenn die Künstlergattin Unrat witterte!).

In seltenen, schillernden und hochheiklen Augenblicken vielleicht auch das, was man heute mit verdrehten Augen und gespitzten Lippen, in Essays und Gesprächsrunden, die einen in die Speiecke treiben, Schönheit nennt.

Schreibe dawider!! A.

Ich sehe nicht ein, warum Kunst und Schönheit unbedingt in die Speiecke treiben müssen!

Ich rede gar nicht von der hohen, der echten Kunst. Auch die anspruchslosere Kunstübung würde ich nicht so harsch behandeln. Immer noch besser, die Leute betreiben mit ihren beschränkten Möglichkeiten eine harmlose Kunstübung, als sie schlagen sich gegenseitig die Schädel ein. H. K.

O Du gute, von mir lang verkannte, menschenfreundliche Seele! Ich ahnte ja nicht, in Dir einen Anhänger der »kreativen Freizeitgestaltung« zu finden! Wie gut, daß man heute weiß, daß in Wirklichkeit jedermann kreativ ist und man ihn nur in der Kindheit frustriert und später nicht staatlich subventioniert hat! Selbstverständlich führt man dreimal täglich seinen kleinen Leviathan äußerln, flicht im gemeindeeigenen Freizeitzentrum nach Anleitung ältlicher Kunstgewerblerinnen seine Körbchen, pfaucht in Blockflöten und wulstet Tontöpfe auf, um damit die eigenen und fremde Regale zu bevölkern.

Was denkst Du, tut Leviathan?
Antonia

Wahrscheinlich willst Du jetzt hören, daß er mit dem Schweif über die Regale fetzt, mit den Pranken den Boden aufwühlt und sich dann angeekelt in den Urschlamm zurückwälzt!

Aber abgesehen davon und jedem Mißbrauch zum Trotz, den das schöne Gottesspiel im Zeitalter der staatlich geförderten »Freizeitgestaltung« erleidet, wo nicht nur jedem zu seinem Huhn im Topf, sondern auch zum kreativen Erfolgserlebnis verholfen wird: Ich behaupte – und Du kannst es nicht leugnen –, daß es auch unter uns Menschenwerk Kotspieler gegeben hat, die imstande waren, vollkommene Schönheit zu machen, wovon heutzutage leider fast nur mehr die geschmähten Museen Zeugnis geben. Obstinat!

H.

Oh, oh, die Schönheit, Wahlbrüderchen! Die vollkommene Schönheit, leider heute paketiert in musealer Zurückgezogenheit!

Schönheit an sich? Auch sie hat ihr Wesen und Aussehen geändert mit den Weltzeiten, und da meine ich nicht nur das billige Gelächter mit der Venus von Willendorf, gemessen an der von Milo!

Es geht viel tiefer mit der Schönheit. Denk doch an Deine klassische griechische Welt, da gehörten die Begriffe schön und gut zusammen, »kalos kai agathos« hieß das. Und wirkliche Schönheit war dann gar nichts Körperliches, sinnlich Faßbares mehr, sondern eine Idee, ganz und gar Geist, und konnte somit vollkommen sein, denn wenn man etwas ins Geistige entrückt, kann man ihm nichts mehr am Zeug flicken, weil's keines an sich hat. In der Bibel aber sind der Mensch und alle seine Werke gemacht aus Lehm, aus von Gottes Hauch mäßig beseeltem Lehm, ein Doppelgeschöpf aus Geist und Materie. Mögen sie zunächst auch unschuldig miteinander gehaust haben, die beiden. Mit dem Genuß des Apfels jedenfalls gingen dem Geist die Augen auf für das Fleisch, und er fand Gefallen daran, bekam Lust darauf, fand es schön.

Von Gottes wegen aber war das Fleisch nur gedacht als Mittel zur Vermehrung, wie beim Vieh. Als Lust- und vor allem als Anschauungsobjekt wurde es anstößig. Jedenfalls für Paulus und die Kirchenväter. Die christliche Schönheit hat nichts mit dem Guten, dem Sittlichen zu tun. In ihr sitzt ein Wurm, die Schlange der Versuchung. Alle Schönheit ist von vornherein verdächtig (denk an die heiligmäßigen Jungfrauen, denen aus Frömmigkeit ein Bart wuchs!). Schönheit ist bestenfalls vorübergehend beseelter Urschlamm, daher nicht – wie in der Antike – ewig und unzerstörbar. Christliche Schönheit ist eine von vornherein angestochene Schönheit und in der Heiligenlegende sind nur Huren und Giftmischerinnen schön.

Was sagst Du nun!

A.

Ich bin es müde, mit Dir über Kunst zu streiten. Ich halte mich lieber an die schlichte Natur und preise deren Schönheit. Ich halte zum Beispiel sehr viel von der Gegenwart Leviathans im Mariazeller Wald, wo er sich frei ergehen kann. Du aber schienst mir, wenn ich mich recht erinnere, für den gedrillten Park zu schwärmen. Vielleicht war es ja nur Dein leidiger Hang zum Widerspruch oder eine Deiner Übertreibungen, die Du ausstößt bei schlechter Laune, Protuberanzen der Wut.

Was aber hältst Du wirklich von der Schönheit der Natur und dem Leviathanischen darin?

Auf Antwort begierig!

H.

Beiliegend, was ich halte vom Mariazeller Wald und vom gedrillten Park beziehungsweise von der Schönheit der Natur, was – ob Du willst oder nicht – wieder ein bißchen mit Kunst zu tun hat.

Antonia

Beiblatt zum Briefwechsel Pictor–Kreutzer

In den letzten Wochen des Krieges suchte ich täglich den Türkenschanzpark auf, teils der Bomben wegen, vor denen ich mich hier völlig grundlos sicher fühlte, vor allem aber wegen der ungeheuer faszinierenden Veränderung, der das Gelände sich in jenen Tagen hingab.

Wenn nicht gerade ein Angriff im Gange war und die Druckwellen über mich hinweg orgelten und ich mich vor Angst ins Gras einbiß, beobachtete ich mit einem bebenden Entzücken, wie dieser Park – seit frühester Kindheit ein Beispiel sorgsam gebändigter Natur – aus dem Drillhaus der Zivilisation ausbrach. In den heißen Frühlingstagen des Jahres 1945 warf der Türkenschanzpark vorübergehend seine Fesseln ab.

Lautlos und ohne viel Aufhebens stieg der Park aus der Zeit aus und verwandelte sich zurück in Natur. Es ging so berauschend mit ihm dahin, daß der seit Menschenaltern Gehegte innerhalb weniger Wochen, ja Tagen verwuchs zu einem verwunschenen Garten Eden.

Das erste, was dem Wuchern erlag, waren die reinlich gekiesten Wege. Gras sproß. Ein flaumiger Hauch überzog den harten Boden mit grünlichen Schleiern, und schon verlor sich das geordnete Wegenetz unter einer sanften Schicht von Humus, Halm und Kraut. Gleichzeitig schossen auch Büsche und Bäume strotzend aus, reckten ihre unbeschnittenen Zweige frei in die Luft und blühten ineinander, grünes Gewucher, das keine Gartenschere hinderte an der reizenden Vermählung. Neue Sträucher brachen aus lang ausgeschickten Wurzelsträngen mitten in der Wiese, aus dem Gras, das die Sense nicht mehr kannte, wuchs und fing zu blühen an.

Aber diese lebendige Üppigkeit machte nicht halt an den Grenzen des Parks. War doch die Gegend rundum von Bomben umgepflügt, die Cottagevillen verlassen oder Ruinen, die Zäune verbogen und geknickt, der Asphalt der Straßen aufgerissen. Überall brach Vegetation aus den künstlich gezogenen Grenzen, und über Gärten und Straßen hin geschah ein stilles Ineinanderwachsen.

Dazu kam das Wasser. Aus verschiedenen Stellen im Gelände sprang Wasser aus den beschädigten Rohren, bildete grüne Tümpel, in denen Wasserlinsen schwammen und allerhand Kleingetier. Die Parkteiche aber, deren Beton man nicht mehr pflegte, versickerten langsam, und aus dem feuchten Schlamm wuchs Röhricht und Schilf, in dem die Vögel brüteten. Das plätscherte und spiegelte und feuchtete über das Gelände hin. Exotische Pflanzen, die in Töpfen, steinernen Urnen und Glashäusern ein mager gehütetes Leben getrieben hatten, drangen aus ihrer Beengtheit hervor und schlugen in Blüten aus, wie sie kein Gärtner je gesehen hatte. Die Frösche unkten die ganze Nacht, und der Himmel spiegelte sich groß in der Unschuld dieser maßlosen Wildnis.

Ich schlenderte quer durch die Wiesen unter den Baumgruppen hin, warf mich ins Gras unter die Fliederbüsche, allein in der rauschenden, rieselnden, duftenden Weite des Parks, und schaute stundenlang in den Himmel, herausgehoben aus der Unruhe und Angst der Zeit in die Unbekümmertheit dieses sanften Verwilderns.

Viele Vögel gab es in der heißen Stille. Die sangen und pfiffen, flöteten und tremolierten ihre Hurenrufe und spannen ein Netz von Vogelstimmen weit über das Gelände hin. Überall gurrten die Tauben. Abends zogen oft Gewitter umher. Hinter den riesigen Parkbäumen wetterleuchtete es. Dann kam ein Wind auf. Ein warmer, feuchter Südwind, und nahm zu und wühlte in den Kronen, im Gesträuch, im hohen Gras. Akazienblüten trieben im Aufwind. Der ganze Park wehte und flog auf wie ein Schwarm grüner Vögel ins weithin hallende Himmelsgewölbe.

Ich ging in Träumen, oder ich tanzte in Ekstasen, in einer unbeschreiblichen, entfesselten Leichtigkeit durch die schwer duftende Wildnis, über der es donnerte und blitzte. Das Grollen der Geschütze mengte sich in den Gewitterdonner. Im Wetterleuchten blitzten andere Brände auf, und das flammendurchzuckte, donnernde Wolkengetürm über den aufschäumenden Duftkaskaden segnete und besiegelte eine ungeheuerliche Erwartung von Glück.

Das währte höchstens zwei Wochen oder auch nur eine Woche. Es währte so lange, als man durch das entfesselte Blühen und Wuchern noch die alte Form sah, die alte Ordnung spürte. Als diese zu erlöschen begann, verwandelte sich der ganze Park.

Erst war es nur ein Unbehagen, das einen ohne sichtbaren Grund befiel. Es war einem nicht mehr recht wohl im Park. Die Pflanzen trieben geil aus, wurden graugrünes, gesichtsloses Gestrüpp. Die Teiche begannen zu riechen, und das Wasser bekam eine schillernd schlitzige Konsistenz. Die Unken hatten sich gepaart, und die schwarzen Knäuel der Laichschnüre trieben über den schmutzig grünen Schaum. Das hoch aufgeschossene Gras vergilbte in der stärkeren Sonne.

Ich war auch nicht mehr allein im Park. Gesindel durchstrich ihn auf der Suche nach Brauchbarem. Kraut für Suppen, für irgendwelches Kleingetier, das sie im Schlafzimmer zogen. Bänke wurden zertrümmert für Brennholz, und die Eisenteile rosteten dahin.

Der Park hatte sich nicht – wie erwartet – zurückverwandelt in Naturwildnis. Er verwandelte sich in eine wüste Mülldeponie. Ein verwesender Kadaver von häßlicher Liederlichkeit. Unrat, nach Hundekot riechend, Gstätten.

Ich mied diese Fratze des Chaos und begrüßte es, als endlich die Gärtner kamen und schnitten und rechten und den alten Park wieder herausstutzten aus der Wüstenei. Es war wie eine rituelle Handlung der Reinigung und Entsühnung.

Seither weiß ich, daß vollkommene Schönheit, zumindest in der Natur, die Sache eines Augenblicks ist. Der Moment der Begegnung von Chaos und Ordnung, von Fleisch und Geist. Für einen Augenblick finden sie Gefallen aneinander, und auf diesem Augenblick liegt ein Licht. Dann aber versuchen sie schon, Herr übereinander zu werden, und je nachdem, wer obsiegt, wird ein Drillhaus daraus oder eine Müllhalde.

Schönheit ist ein Schwellenprodukt. Wenn Kultur zerfällt, wenn man Zivilisation rückgängig machen will, entsteht nicht die schöne unschuldige Wildnis des Dschungels, sondern der Unrathaufen. Etwas Gemeines. Etwas Lasterhaftes.

DIE ERSTE NACHTWACHE DES DR. SCHLESINGER

Ich, Dr. E. H. Schlesinger, von Herkunft, Erziehung und Beruf auf Argwohn gestimmt, besonders, wenn es um Dinge des Weltvertrauens geht, gewohnt, Abweichungen von der Norm des Verhaltens mit dem Stigma seelisch geistiger Unordnung beziehungsweise Schlamperei zu behaften, Narren, Künder und heilige Stammler mit tiefem Mißtrauen zu beobachten, ich bekenne mich der totalen Ratlosigkeit.

Dem bereits etwas ungeduldigen Dr. Kreutzer gegenüber, der sich über die Kapriolen seiner Wahlschwester bereits ernste Sorgen macht, wiegle ich ab. Ich gebe Planmäßigkeit vor, lasse durchblicken, daß ich seriöse Spuren verfolge, die durch vorzeitiges Ausklatschen nicht verwischt werden dürften.

Aber so, im Dunkel der Nacht und mit mir allein, gestehe ich mir's ein: Ich bin ratlos. Zum erstenmal – wenn ich von meinen grünen Anfängen absehe – zum erstenmal in meiner langjährigen Praxis bin ich unfähig zu entscheiden, ob die Person, mit der ich jetzt so intensiv befaßt werde – um das Kind schlicht beim Namen zu nennen –, närrisch ist oder ganz normal, oder ob – um mich ein wenig professioneller auszudrücken – Spuren eines pathologischen Geschehens im Bereich der Psyche vorliegen oder nicht.

Vorläufig habe ich den Eindruck, daß sie an allen möglichen Zustandsbildern anstreift, die in Lehrbüchern der Psychiatrie unter bedeutenden Namen beschrieben und klassifiziert werden; ein ins Schleudern gekommenes Auto, das an alle Ecken prallt, aber nirgends hängen bleibt und schließlich, ohne besonderen Schaden genommen zu haben, von selbst zum Stehen kommt; allerdings an einem Ort, der nicht als Parkplatz anzusprechen ist. Aber soll ich dem besorgten Hofrat sagen: Die Frau Doktor ist nur ein wenig ins Schleudern gekommen?

Aber bitte, Schlesinger, ein bißchen Sachlichkeit.

Eine eindeutige Depression lag immerhin vor und damit auch die übliche Phase der »Beziehungslosigkeit«, die manchmal an ein schizoides Geschehen denken läßt, sowie eine Auflösung der üblicherweise routinemäßig vollzogenen Begriffsbindungen, was ungewohnte Assoziationen und überraschende Zuordnungen zur Folge hat.

Die letzten Berichte und die Aufzeichnungen Frau Pictors

legen allerdings die Vermutung nahe, daß diese Depression abgeklungen ist und einer giftig heiteren Grundstimmung Platz gemacht hat. Die oben erwähnte Lockerung der eingefahrenen Deutungen und Zusammenhänge hat sich allerdings erhalten und die Pat. gibt sich diesem Zustand in einer bedenklichen Unkontrolliertheit hin, wobei nie ganz eindeutig festzustellen ist, ob diese Gedanken- und Assoziationsspiele ernst genommen werden oder ob sie sich damit einfach unterhält.

Anderseits ist natürlich die Feststellung, einer nehme etwas ohnehin nicht ganz ernst, mache sich über sich und andere *nur* lustig, eine recht billige Beschwichtigung, die sich ein Seelenarzt, der auf sich hält, nicht leisten darf.

Ironie ist kein Gesellschaftsspiel, sondern oft genug auch der Rettungspfahl vor einem Abgrund. Und spotten ist fast immer ein Symptom. Es heißt nicht unbedingt, daß einer etwas nicht ernst nimmt, sondern oft genug auch, daß er nicht zeigen will, daß er etwas sehr ernst nimmt. Das Ablassen eines Überdrucks, so wie der Roraffe im Straßburger Münster, der in die Messe hineinredet und spaßt. Manchmal kann einem etwas, das andere bestenfalls befremdet, schon die Gurgel abdrücken, und dann schreit man solche »Geständnisse« eben in der Narrenmaske heraus.

Die Frau Pictor schreit nicht und sie schweigt nicht. Sie benützt einen Hausfreund. Und was selbst für diesen zu stark ist, bringt sie zu Papier. Das »Zu-Papier-Bringen« ist aber erfahrungsgemäß immer ein wenig krankheitsträchtig, nicht ganz »normal«.

Wenn ich so durchblättere, was sich allmählich angesammelt hat an Tonbandaufzeichnungen und aus dem Papierkorb geborgenen Niederschriften, dann muß ich zugeben, daß sich da allerhand Ungeheuerlichkeiten darin finden: der Geißblattmord, die persönliche Beziehung zum Satan, ein Treffen mit den Mächten der Natur auf dem Bettvorleger, Einfahren in die Existenzform eines Bovists, um die letzten naturwissenschaftlichen Erkenntnisse der Wissenschaft als Lebensgefühl zu erfahren, und anderes mehr.

Was ist da noch normal, und was muß man als wahnhaft

bezeichnen? Auf der einen Seite ist es kein Wunder, wenn Adam – um im Jargon zu bleiben – zuweilen aus der Haut fährt, wenn er sich den »Mächten« ausgesetzt fühlt, ein wehrloser Tor. Auf der andern Seite wieder kann man es auch nicht als ganz unauffällig bezeichnen, wenn eine erwachsene Frau, weder aus Berufsgründen noch Frömmlerin, Gott und den Satan, Himmel und Hölle und Chaos zu ihrem alltäglichen Interessengebiet erklärt und diese Dinge allmählich den Charakter einer Obsession oder »überwertigen Idee« anzunehmen drohen. Immerhin hat die Person daneben noch einen Beruf und eine Familie und kann sich nicht den Luxus einer Bet- und Grübelzelle in einem Kloster leisten!

Ich lasse mir gefallen, wenn ein gebildeter Mensch in Form eines gelehrten Essays oder einer wissenschaftlichen Studie die Wurzeln der gegenwärtigen Zeiterscheinungen mit dem Spaten fundierter Fachgelehrsamkeit ausgräbt. Sie könnte sich allerdings auch, flottmäulig wie sie ist, journalistisch der Information und Aufklärung ihrer Mitmenschen widmen und ihnen Himmel und Erde, die Hölle und die ewige Seligkeit im schmissigen Plauderton nahebringen. Aber mit keiner dieser harmlosen Unarten begnügt sie sich.

Sie singt ihrem armen Freund ihre jeweils neuesten Grillen in die zitternden Ohren, und was sie so nicht anbringt, muß aufs Papier und in einen überstopften Mistkübel, der die Müllabfuhr zum Kollabieren brächte, zöge der überforderte Mann nicht alles ein, was jetzt da meinen Schreibtisch überwustet. Dabei geht sie völlig ab vom vertrauten Strickmuster der Vernunft, beruft sich auf Kindergeschichten, zitiert Urfabeln, verkehrt mit Himmel und Hölle auf dem Dachboden und im Keller der eigenen Behausung und erklärt Phänomene, die unsere besten Köpfe in Schweiß bringen, als teils spaßhafte, teils unheimliche Koboldgeburten dieser Geschichten.

Bitte! Ich bin ein toleranter Mensch und an Schrullen berufshalber gewöhnt. Es bringt mich nichts leicht aus der Fassung. Wenn einer Gottes- und Küchengeschichten fingerfertig ineinanderknetet und diesen Teig dann zum Aufgehen bringt, kann er schon groteske Effekte erzielen. Aber sie *lebt* in diesen Dingen. Sie sagt nicht, das hier ist eine unterhaltende Geschichte, die mir gefällt, und dort brennt mir gerade das Gulasch an, sondern beim Gulaschrühren grübelt und redet sie über den Cursus Dei wie über den letzten Tratsch aus der Nachbarwohnung und weiß genau, wie sich alles zugetragen hat mit Gott und den Engeln und Adam, unserem Urtölpel; und läuft dann auf einen Sprung in den Keller, um mit dem Satan eine rasche Partie Karten zu spielen.

Mir wäre wohler in meiner Psychiaterhaut, wenn sie diese Geschichten stockend und schäumend verkündete im anständigen Offenbarungston der Propheten und der Irren. Tiefenrauschgestammel und Urweltraunen, aber nicht so, wie man seinen letzten rheumatischen Anfall schildert.

Oder sollte man das alles wie Träume sehen und behandeln?

Der Traum! Nach Freud ein Schlafbewacher, wo Anstößigstes in Verkleidung genossen und ausgesprochen werden darf. Ich habe längst meine Zweifel, ob das Träumen wirklich so etwas wie eine Tugendäffung ist! Ist es nicht auch – oder vor allem – der Rest einer Sprache, die vor der Logik und Grammatik geläufig war? Die *echte* Sprache der Natur? Nicht Blattgesäusel und Bächleinrauschen, sondern eine prallfarbige Bilderflut, wo nicht Gedanke an Gedanken, sondern Bild an Bild sich fortstrickt zum Weltstrumpf; nicht im Kopf, sondern in der Mitte des Lebens, im Zwerchfell.

Herr Dr. Schlesinger belieben phantastisch auszuarten, würde Herr Hofrat sagen und mit der rechten Halssehne zucken.

Noch einmal, Schlesinger! Du bist in Schweiß. Es schlägt zwölf. Raffe zusammen, was du gelernt hast und was du weißt, und schau nicht schräg hinter dich, weil du glaubst, der Schatten des Bösen stünde dir im Licht. Verschließ deine Ohren, wenn dir unter den Füßen der Boden schwankt, weil Leviathan sich wälzt, und an den Wänden die Tapeten knistern und der Plafond abblättert, weil die Engel an ihren Schnüren schaukeln.

Vergiß, daß eine hochverdächtige Person die vertrauten, sicheren Termini deiner Wissenschaft »Steißgeburten des Chaos« nennt und schreibe schwarz auf weiß:

»Im Gefolge einer Labilisierung der Existenz (Tod des Vaters, Alters- und Todesangst, Kokon) Rückfall auf infantile Denk- und Wahrnehmungsschichten im Sinne einer Regressionsneurose mit Ansätzen zu einem schizoiden Zustandsbild.

Vorbeugende Medikalisierung ist geboten.«

Da steht's! Na und? Eingefangen im Moskitonetz des Fachjargons, nach Haus getragen in der Botanisiertrommel des Sammeleifers, aufgespießt auf die Nadel der Hilflosigkeit: das Versagen des Knaben, der die bedrängende Fülle des Lebendigen einfangen und wegsperren will in einen Schaukasten, damit er sich nicht mehr daran wehtun kann. Wenn Kinder Herbarien anlegen und die Fauna eines kochenden Tümpels in Gurkengläsern ersticken, ist das die Vorstufe zur wissenschaftlichen Bewältigung des Lebens und die dazugehörige Stimmung ein Gefühlsgemisch aus Hoffart, Neugier, Angst, Wut, Gram und Trotz, ertränkt in der faden Lauge der Vergeblichkeit und des Versagens vor der Ungeheuerlichkeit der Schöpfung.

Aber ich bin kein Pubertierender mehr und habe keine Ausrede. Ich werde den guten Hofrat noch eine Weile hinhalten müssen und weiter zuschauen.

II

ADAM UND DER CURSUS DEI

DAS CHRISTLICHE WELTEI

Tagebuch der Antonia Pictor

Da steht es jetzt schon eine gute halbe Stunde: DAS WELTEI, in Blockbuchstaben hingemalt mit Jolly kinderfest, Brevillier und Urban, Nr. 34 (blaugrün), und darunter ein großes, leeres Eirund. Farben regen mich an, machen mich euphorisch und – wie man heute großspurig zu sagen pflegt – kreativ. Früher hätte man gesagt spiellustig.

Die Eispitze werde ich jetzt mit verschiedenen Gelbtönen ausfüllen. Jolly kinderfest bietet deren vier an. Viel strahlendes Gelb um Gottes Thron, in Orangetönen die himmlischen Heerscharen, Cherubim und Seraphim, die Throne und Mächte. In glänzendem Weiß sind die 144 000 Märtyrer gehalten. Weiß ist auch das Lamm. Ein geschlachtetes Lamm, steht geschrieben, mit gebrochenen Augen und einem dünnen Faden roten Bluts aus dem Maul, das langsam über die Thronstufen sickert.

Unten aus dem breiten Steiß des Eies lodert es orange und rot mit braunen und tiefvioletten Schatten. Die Hölle. Inmitten der Flammen ein Thron, darauf der finstere Fürst. Satan. Dunkle Locken um ein bleiches Gesicht und schwermütige Augen. Aber um die geschwungenen Lippen eine Boshaftigkeit, die eher gewöhnlich wirkt. Die Schönheit des Teufels hat einen luderhaften Einschlag, einen gewissen Zuhältercharme.

Und jetzt lasse ich aus dem Feuersturm einen Schwarm schwarzer und rotbrauner Punkte auffahren und sich in die grünblaue Bauchzone der Erde ergießen. Die menschenbewohnte Erde! Ich halte sie in verschiedenen Grün- und Blautönen, gefleckt und gesprenkelt von schwärzlichen Dämonen, die mit jedem Feuerstoß zu Milliarden in die Welt gefurzt werden, um die Menschen zu versuchen und zu verderben.

Das grüne Gebreite der Welt! Unter einem hohen, klarblauen Himmel türmt sich eine Stadt. Drei Säulen verbinden Himmel und Erde. Rechts ein kalkweißes Gebausche. Das ist der Engel des Gerichts. Wo er steht, ist die Erde fahl. Buch und Posaune hat er unter dem Arm, aus dem Mund flattert ihm ein rotgerändertes Spruchband mit »Wehe, wehe, es wird über euch kommen das große Gericht!«

Als linke Weltsäule setz ich die Sünde hin in Plüschrot und Lila. Die Begehrlichkeit des Fleisches, die Ursünde, aus der alle anderen Sünden hervorgehen. Ich seh sie hocken in üppigen Gewändern mit ordinär gespreizten Knien, schlampig verfettet. Über einem mürben Hals ein mageres Gesicht von verwüsteter Schönheit. Schwarze, graudurchsträhnte Haare hängen über ihre Schultern. Quellend fließt der Leib auseinander. Aber unter dem Saum des Kleides sehe ich schmalknöchelige Füße in feinen Schuhen. Ebenso sind die zartgeäderten Hände klein, wirken allerdings durch mehrere protzsteinige Ringe gewöhnlich und eher krallenartig.

Aus den Gewandfalten und unter dem Rocksaum hervor laß ich es wimmeln und wurln in giftigen Farben: Unzucht und Völlerei, Suff, Fraß, Habgier, Neid, Wut, Eitelkeit, Kinder der Begehrlichkeit sie alle. Ihre anstößige Brut. Wie Ratten und Molche, Kröten und Würmer kriecht es aus dem Weib und sammelt sich in einem Zug, der sich der Stadt zuwälzt und in ihren Toren und Gassen verschwindet.

Und da, die dritte Säule, der »Sünde Sold«, der Tod, der große Mäher, ein räudiges Gerippe mit schartigen Gliedern, das schlegelt auf einer Trommel aus Menschenhaut und tanzt.

Ich sehe ihn tanzen auf der breiten Straße, die die Stadt durchzieht. Ein nackter Knochenmann. Auf dem Schädel trägt er kronenartig einen zerspellten Wurzelstock. Die mit krümliger Erde behangenen Fasern hängen ihm in die Stirn bis in die leeren Augenhöhlen. Nach oben spreizt sich abgesplittertes Astwerk, befallen von einem giftfarbenen Schimmelbelag. Pflanzenschleim und verwesende Flechten kleben an seinen hohlen Schläfen. In schwefligem Gelb glimmt die Fäulnis des Holzes. Er tanzt nach dem Rhythmus der Trommel, wirft die Arme hoch mit den Knochenschlegeln, schleudert den gekrönten Schädel zurück und lacht, lacht ein Beingelächter, stimmlos, als schüttelte man einen Sack mit Knochen.

Darüber spannt sich das Menschenbild, Adam. Der Scheitel reicht in den Himmel, mit den Füßen röstet er im höllischen Feuer. Der Leib ist durchtränkt von Sünde, Angst vor dem Tod und Angst vor dem Gericht.

*

Das Bild hat mir keinen Frieden gelassen. Zu schrecklich ist das christliche Ei und gar kein Trost darin, kein Erbarmen. Da hab ich oben rechts die Trostblase angebracht. Ein schillerndes Kropfgebilde, gehalten in Rosa, Lila und Zyklam und viel Gold. Darin schwebt die Madonna, prunkhaft mariazellerisch, kranzartig um sich geschart die Heiligen mit den Abzeichen ihrer besonderen Zuständigkeit. Da wohnt, was die arme Seele zum Beflehen braucht in dieser düsteren Welt, eine menschliche Gottheit, auch für den Sünder ansprechbar. Sogar aus dem Pfuhl noch darf man dort hinauf um Aufmerksamkeit und Teilnahme winken, zetern, beschwören, sogar beschreien.

Heinrich würde diesen Flehebeutel als eine unerlaubte Konzession an nicht »durchgestreckte Knie« verlästern. Ich bestehe aber auf dem Toleranzsack. Ohne ihn verhungert die Christenseele, alleingelassen und ausgesetzt den Gnadenlaunen eines finsteren Weltenherrn samt dem blutrünstigen Marterbild des Sohnes.

Ich steh zur Hätschelblase und male sie besonders liebevoll aus.

*

Mit und ohne tröstliche Hautblüte, als das Weltei noch lebendig war, da hat der Mensch sich ausgekannt und gewußt, wo er hingehört. Heute weiß keiner mehr, wo es hinausgeht mit ihm und wie er sich's allenfalls richtet. Wir sind ganz und gar aufgeklärt, und der Weltraum ist ein kaltes Loch, versaut vom torkelnden Schrott verendeter Sonden und Flugkörper, der Kosmos ein Kräftefeld, in dem wir hängen in ratlosem Schweiß. Oft befällt uns jählings ein fahles Entsetzen, wir wissen nicht woher.

Die Welt ist uns kein Haus mehr. Dachböden sind nur für die Wäsche da und Keller für die Kohlen. Im Mittelstock lassen wir ergeben Lebensstandard über uns ergehen. Das Zupfen der Sünde, das Nagen des Todes, die brennenden Rosen der Hölle sind allergische Affektionen, gegen die wir uns desensibilisieren lassen.

Heut ist selbst für einen »praktizierenden Katholiken« die Religion keine Erklärung der Welt, sondern allenfalls eine Regenhaut gegen die Unbilden des Daseins. Er geht zwar zur Messe, über den Sinn des Weltgeschehens informiert er sich aber durch Pressekommentare, und der Dollarkurs ist wichtiger als der Cursus Dei.

*

Hoch ragen die Säulen,
noch steifen die schlanken Rippen sich auf zu
spitzigen Bögen
und täglich dröhnen die Glocken
und schwängern den Wind mit großer Gewißheit.
Leise schwankend in blauen Wolken abgestandenen
Weihrauchs
schwebt das Herz, wie ein blutiger Stein,
zwischen Himmel und Hölle,
das ewige Licht.

Aber oben,
wo man hinaufschaut beim Beten,
zuhöchst im Gewölb, wo man Gott wähnt,
rex tremendae maiestatis,
da hängt in der Schwärze,
belastet von fettem Staub,
das Netz einer toten Spinne.

Die Orgel ist gestimmt auf ein Requiem.

Von der steinernen Rampe der Kanzel
kriechen die Worte des Heils,
Salamander und feiste Kröten,
aus den Mäulern gelangweilter Priester.

Beichtstuhlholz morscht
in hundertjährigem Brodem,
riecht nach den dürren Sünden alter Weiber,
säuerlich schal.

Der Käfer pocht, die Totenuhr,
im Holz der Altäre,
im Gestühl,
in den Falten der Heiligen.
Fahles Mehl rinnt aus den Löchern.
Staubmühle der Zeit mahlt das Mehl des Todes,
mahlt Untergang und Gericht,
mahlt Asche des Glaubens.

Schon sind die Register gezogen,
die Orgel ist gestimmt auf ein Requiem.

Von unten her huscht es und trappelt und raschelt,
aus Grüften haben sich hochgenagt
die Mäuse.
Man hört sie pfeifen
hinein in die Wandlung.

Mäuseduft auch im welken Geruch der Blumen,
im triefenden Wachs,
im stickigen Mief des Staubes.
Wildtiergeruch schwelt im Schiff
wie von schleichenden Tatzen,
libera nos ex ore leonis, ne absorbeat Tartarus.

Noch ersticken die Platten über den Grüften
die geilen Träume der Toten.
Sie planen den Aufstand,

dies irae, dies illa,
die Auferstehung im Fleisch,
lüstern aufs Jüngste Gericht.

Schon sind die Register gezogen,
die mürben Bälge erschauern
von einem dünnen Wind,
er stiehlt sich kalt in die Pfeifen.
Die Orgel ist gestimmt auf ein Requiem.

Hoch in der Wölbung
löst sich das Nest der Weißen Taube,
stürzt ab, und Kalk wölkt auf,
Opfermehl auf den Daunen der jungen Brut,
die verendet mit offenen Schnäbeln.

Kyrie eleison!

FRAU DOKTOR SPRICHT IN IHREN EINGEWEIDEN VOR

Noch immer Papierkorbmeditation

Seit dieser lächerlichen Durchuntersuchung richtet sich meine Aufmerksamkeit beständig, zwanghaft fast, der Wohnlandschaft meiner Organe zu. Ich spreche in mir selbst vor und schaue mich um unter dem Balg, der meine Innereien bündelt:

Eine Grotte, die sich unter Wasser dehnt in rötlich schwankendem Dunkel. Darin sprießen die Eingeweide in satten Farben, feucht und weich an den Leibeswänden haftend, Seeanemonen und Tanggewächs, von der sanften Dünung der Pulse leicht bewegt. Dunkel verschlossen lagert die Leber wie ein schwarzer Turmalin und verweigert jede Einsicht in ihre hochheikle Tätigkeit. Die Galle dagegen zeigt wenigstens optisch einiges durch giftige Aufblasung in stumpfem Dunkelgrün, dem man Bitterkeit anschmeckt. Mit verschämten Vorbehalten betrachte ich die konvulsivische Betriebsamkeit der Därme und belausche das Mantschen und Knurren ihrer Effizienz. Große Sympathie erregt die bemühte Dehnung der Lungenblasen, und mit Sorge lausche ich auf Verstopfungsgeräusche und heisernde Spasmen in den Bronchialbäumchen. Ich nehme mir vor, das Rauchen zu lassen. Mit echter Rührung aber und persönlichster Anteilnahme beobachte ich das redliche Mühlengeklapper des Herzens, das pochende Rauschen des Bluts im vielverzweigten Geflecht der Adern. Viel kühler seh ich der Schalt- und Prägearbeit der Gehirnzellen zu: eine leise, zart quälende Hektik, die das feine Organ bis in seine dünnen Häute bebend durchzittert und die sich fortsetzt im Dendritengeflecht der Nerven, teils von außen, teils aus der Leibeshöhle den ordinärsten Erschütterungen ausgesetzt. Seine zähen Ärmchen aber werden auch von Brisen erregt, deren Herkunft schattenhaft und geheimnisvoll, ja fragwürdig ist. Sie stammen aus Bereichen, die keinen wahrnehmbaren Sitz haben. Ein dunkles Wehen, das die Saiten der Nerven wie Äolsharfen rührt: die Sprache der Seele. Oh!

*

Zeitlebens habe ich keinen Gedanken an meine Innenarchitektur verschwendet, und jetzt trage ich meinen Kadaver wie einen heiklen Sack auf zwei Beinen, ängstlich um Balance bemüht. Ein Gefühl der Mitverantwortlichkeit ist erwacht und gleichzeitig die betroffene Erkenntnis, daß ich mich unfähig sehe, die heikle Betriebsamkeit zu überwachen oder gar zu fördern.

Denk ich an den Herzschlag, sofort gerät er in Unordnung und verwildert. Als eisiger Krampfbeutel hängt mir der Magen zwischen den Rippen. Die erkaltende Epidermis kräuselt sich und treibt sauren Schweiß auf Stirn und Oberlippe. Schon füllt sich die Bauchhöhle mit den aus dem Gehirn abrieselnden Blutströmen und reichert sich an mit dumpfer Furcht. Die Nieren beginnen zu arbeiten, und die Blase füllt sich mit farblosem Angsturin. Eine hektische

Darmtätigkeit entwickelt sich, gleichzeitig erschlafft die abschließende Pforte. Längst hat man den Abort aufgesucht.

Und all das nur, weil man dem Herzschlag ein wenig sorgende Aufmerksamkeit zugewendet hat!

*

Da hat die trockene Weisheit der Natur in meinen Innenräumen alles so klug geordnet und in bravem Trott gehalten. Aber ich kann mich nicht des Verdachtes erwehren, daß hinter dieser Ordnung Aufruhr lauert; eine böse Lüsternheit nach Chaos und Anarchie.

Liegt denn nicht auch in der wundersamen Präzision der Schrittfolge eines Tausendfüßlers die verhohlene Lust zur gliederschleudernden Selbstverhaspelung im kreischenden Chaos?

*

Es ist erstaunlich und veranlaßt zu ernster Nachdenklichkeit, wie die Struktur der Seele nach Freud genau übereinstimmt mit der Lage der Organe.

Unten im Bauche west die Crapule, die Därme, das Geschlecht und die verdauenden Organe, das Kellergesindel des Verwesungsbetriebes. Zwerchaufwärts, reinlich von den Fleischfressern, Säufern, Unratanlagen und Ausscheidern getrennt, sitzen die Luftschlürfer und das Herz, Wohnhaus des Ich, eingeklemmt zwischen dem unten wühlenden, leidenschaftshörigen Es und dem Überich, der moralischen Zuchtrute, das hoch oben in strenger Abgeschlossenheit den Kopf bewohnt. Alles, was da aufdunstet aus dem verwilderten Bauch, unterwirft es einer harschen Prüfung. Was nicht besteht, wird zurückgescheucht in den Abyssus und schwelt unten nach.

Dort rumoren dann die abgewürgten Wünsche und wandern groß blickend durch die Labyrinthe des Bauchs, wie die Katzen in Bulemanns Haus, zage Hoffnungen haschend wie trippelnde Mäuse. Sie können sich den Weg nach oben nicht bahnen als auf Schleichwegen vermöge eines unsittlichen Traums, der oft Tage verschönt.

Gab es einmal im Leib eine weniger lebensfeindliche, eine paradiesische Ordnung, wo Kopf, Herz und Bauch in freundlichem Einvernehmen miteinander gelebt haben? Wie immer! Das Christentum hat ein solch schlampig behagliches Zusammenhausen nicht geduldet und einen düsteren Zwangsbau errichtet: Die Freuden des Lebens, die schönen Fleischessünden, wesen eingeschlossen tief unten in finsterer Verbannung. Oben in kalter Klausur ragt der Richterstuhl. Dazwischen plagt sich, von unten gequält und von oben geknechtet, das schwer gepeinigte Ich und kann es keinem recht machen. Da hat doch ein von humanitären Skrupeln benagtes Überich dem Pöbel unten das Stimmrecht an den Kopf geworfen. Das kuscht nun nicht mehr auf Peitschenknall und Anruf. Und ein in die Defensive gedrängtes Ego ist viel zu schwach, um die Riegel der Unterwelt verschlossen zu halten. Kopflos, in hysterischer Not wirft es mit ohnmächtigen Gewissensbißchen oder Scrupulae nach dem aufdringenden Es, das sich nur beutelt, allenfalls kratzt. Die große, scheuchende Backpfeife, auf die es sich vormals brummend trollte, bleibt aus. Statt dessen umbuhlt man es, fragt unablässig nach seiner Meinung.

Das gekränkte Überich beschränkt sich darauf, die heraufapernde Plebs mit Kunstnamen zu benennen und ihr ein Spinnennetz von Zahlen und Daten überzuwerfen, wie dem Eber bei der Sauhatz. Das Untier findet sich, unterlaufen blinzelnd, vor Stapeln Papiers, auf denen es statistisch aufgeschlüsselt ist, und glotzt.

Aber es wird bald herausbekommen haben, wie dünn dieses Netz ist, und dann haben wir die Anarchie, das Chaos.

Das wäre gar nicht so leicht, meint Heinrich. Dieses Netz sei zwar dünn, aber zäh. Es ist nämlich aus Papier. Amtspapier wohlgemerkt! Akten!

Kraft eines durchorganisierten Aktennetzes funktionierten Ämter und Behörden im Alleingang, gehütet und beaufsichtigt von einem eigenen Priesterstand, den Beamten, die von neun Uhr früh bis drei Uhr nachmittags feierliche Messen zelebrieren, in deren Verlauf die Akten nach uraltem Ritus herumgetragen werden wie Schaubrote.

Ich meinte dazu, man könne den Amtsbetrieb eines ganzen Landes, ja der ganzen zivilisierten und verwalteten Welt, zu einem stillen Totalkollaps bringen, indem man gut bestochene Manipulanten in die Ämter einschleuste, welche die Aufgabe hätten, jedem Akt, der durch ihre Hände geht, ein beliebiges Blatt zu entnehmen und in einen beliebigen anderen Akt einzulegen. Das Fremdblatt würde dann im Gastakt eine Abstoßungsreaktion hervorrufen, in deren Gefolge es zur Entfaltung krebsartiger Wucherungen käme, die das Wirtsorgan zerstörten.

Dieses schleichende Aktensterben würde lange nicht ruchbar werden. Die natürliche Würde des Aktes, der auch bei bester Gesundheit fossile Züge besitzt, wird lange verhindern, daß man sein Ableben merkt. Überdies wird der vom Kadaver aufsteigende, zarte Gestank im Zuge der Zeit zunächst als chemische Umweltbelastung gedeutet und verfolgt werden. Es wird Jahrzehnte dauern, bis endlich herauskommt, daß alle Ämter verseucht und bereits riesige Schauhäuser sind, so wie man in vormals verwanzten, mittlerweile aber entwesten Häusern heute noch immer gelbliche, papierdünne Hülsen findet, an deren feiner Zeichnung man unter der Lupe erkennen kann, daß es sich um einen vertrockneten Wanzenbalg handelt.

Die verantwortlichen Manipulanten werden dann längst – mit dem Verdienstkreuz der Stadt beliehen – in Frühpension gegangen sein und in ihrer jeweiligen Pfarre mitarbeiten.

DIE SPANISCHE KRAUSE

Sitzung des Hofrats Kreutzer bei Dr. Schlesinger

... die Kirchenväter sind schuld daran, sagte sie düster und blickte aufmerksam auf eine Reihe von Gesäßen, die eng eingesteißt auf der langen Holzbank des Nebentisches saßen.

... es war so schwül gestern. Wir hatten uns bei einem stillen Heurigen in Heiligenstadt verabredet, und als ich kam, hatte sie sich bereits einen mäßigen Rausch gezeugt und befand sich in jener Phase des Trunks, wo einem ein illuminierter Redefluß mit stänkerndem Einschlag zuwächst. Sie paraphrasierte das Thema Geist, Fleisch und Sündenfall.

... ach ja! Die Gesäße! Sie machte mich auf eine Runde Leute aufmerksam, die am Nachbartisch vor ihren Gläsern saßen, und wies auf deren Hintern und Beine. Schau dir das an, sagte sie kaum halblaut, diese Steiße, diese Fußhaltung! Nicht der leiseste Anflug von Durchgeistigung. Keine Spur von Formwille und Anmut. Das stemmt sich breitbeinig auf, hält die Füße einwärts wie verschüchterte Landtölpel oder verschlingt sie zu Krampfknäueln. Lauter Christen!

Natürlich sind wir aus Schmutz gemacht, aus rohem Schöpfungslehm, sagte sie, Fleisch eben, und Fleisch ist roh, kennt von sich aus weder Anstand noch Maß und Form. Es kann nichts dafür. Es gehört unter die Fuchtel des Geistes. Der Geist muß es bilden, erziehen, durchdringen. So haben es die Alten gehalten. Damals wurde in der Volksschule gelehrt, wie man dazustehen, wie man sich zu bewegen hat. Die sind noch nicht so kopflastig dahergekommen, wie wir es sind. Sie lernten, das rohe Fleisch mit Geist zu tränken bis in die Spitzen von Finger und Zeh. Lies nach bei Cicero und Quintilian. Sie gaben sich Mühe mit dem Fleisch, denn sie hielten es zwar für tölpisch und faul, aber nicht für schlecht. Das kam erst mit Paulus und den Kirchenvätern. Sie trauten es dem bißchen Geist nicht zu, den Körper zu disziplinieren. Und diese Ansicht hat sich leider durchgesetzt in der Welt.

Schau uns an, forderte sie mich auf, wie wir selbst dasitzen! Oben reden wir gescheit und halten unsere Visage in gesittete Falten gelegt, sind Akademiker und humanistisch gebildet. Unten aber tritt uns der Bauch über die Dämme. Wir geben ihm durch diskrete Öffnung des Reißverschlusses Gelegenheit, sich aufseufzend und vulgär zurechtzulungern, und sitzen auf fett lächelndem Breitsteiß bequem. Vom Hals abwärts gibt es keine Spur mehr von Konduite. Auch an einem feinen Geist ist der Leib nichts als ein ungeschliffener Annex. Mit ihm geben wir uns nur im Dunkeln ab, ein peinlicher Hausgenosse, der nicht gesellschaftsfähig ist. Man kann ihn nicht ganz abschaffen, denn man hängt an ihm. Von den »mordacibus curis«, wie Augustinus sagte, »von fressendem Kummer geplagt, kratzen wir uns die Räude der Lüste.« Von Geburt an durch die Erbsünde verseucht.

... immerhin, merkte ich an, wird in der Bibel dem Fleisch eine nicht unwichtige Rolle zugeteilt. Womit denn sollten wir das Gottesgebot »seid fruchtbar und mehret euch« erfüllen, wenn nicht mit Hilfe dieses verteufelten Fleisches.

... red ich von der Bibel? sagte sie. Ich rede von Paulus, von den Kirchenvätern und allen voran von Augustinus und seiner heiklen Beziehung zum Fleisch, wobei – nebenbei gesagt – gerade er wußte, wovon er redete. Er machte sich spitzfindige Gedanken über diese Sache mit dem »mehret euch« und über den Gottesauftrag, der nur zu erfüllen war, wenn die zu diesem Geschäft bestimmten Gliedmaßen Lust hatten, diesem Gebot nachzukommen. Es ließ ihm keine Ruhe, daß dessen Erfüllung nicht vom Willen des Menschen abhing, sondern – zur unendlichen Beschämung des Geistes – von der koketten Laune eines Stückchens Fleisch, das in der betroffenen Region autonom waltet. Augustinus ergrübelte sich die heikle Angelegenheit so: Vor dem Sündenfall, spintisierte er, sei auch dieser unbotmäßige Körperteil ursprünglich »auf einen Wink des Willens hin dienstbar und gehorsam« gewesen wie Finger und Zehen und habe sich brav zur Pflichterfüllung bequemt.

Eine Folge des Sündenfalls sei die merkwürdige und sogar ein wenig unheimliche Erscheinung, daß ein Teil des menschlichen Körpers Selbständigkeit an sich reiße und dem Geist noch seine schmutzigen Wünsche einblase, damit er sich etwas einfallen lasse, dem Fleisch zum Genuß zu verhelfen. Diese dem Willen entzogene Lüsternheit des Fleisches hätte den Menschen dazu verführt – statt sich mit dem schlichten Auftrag der Vermehrung zu begnügen –, ohne Vernunft und Notwendigkeit nach Lust zu streben. Lust aber ist maßlos, und so sitzt Adam im Fleisch der Stachel, bei der nüchternen Verrichtung der Vermehrung lustvoll auszuborden und sich über alle schicklichen Grenzen von Maß und Anstand hinwegzusetzen.

Die Kirchenväter, selbst an dieser Unschicklichkeit des Fleisches leidend, kannten aus beschämter Erfahrung die Schwäche des Geistes, seine Neigung zur Korruption durch das Fleisch und hielten daher gar nichts von seiner Fähigkeit, durch Erziehung gezähmt zu werden. Es schien ihnen am sichersten, eine starre Grenze zu ziehen zwischen Geist und Lehm. So wurde die interessante göttliche Schöpfung zu einem mühseligen Zusammenhausen zweier gegensätzlicher Substanzen: ein in den Kerker verbanntes und dort rumorendes Fleisch und ein etwas wurzelloser, zu blutarmen Gespinsten und Spinnereien geneigter Geist, der seinen Kellergenossen verachtet und fürchtet.

Der lüsterne, zur Ausschweifung aufgelegte Körper wurde vermittels eines moralischen Hanfstricks am Halse abgeschnürt und durch diese Würgeschlinge vom Geist getrennt.

So haben die heiligen Kirchenväter in ihrer Sorge um unsere Seele den Menschen zu einem wehen, rohen Sack der Sündenverstrickung gemacht, aus dem aufrecht nur das Köpfchen ragt, ein Geist, der den Lehm nicht ordentlich knetet und drillt, sondern von ihm nichts zu wissen vorgibt. Der sitzt nun – abgesperrt von jeder Versuchung – in seinem Gehäuse und wird ohne die animalische Basis überfein, abstrakt und säuerlich. Das Fleisch aber dumpft ohne die fuchtelnde Formung als seelenlose Masse dahin.

... mit anmutloser Fußhaltung? spottete ich. Ja, mit anmutloser Fußhaltung, sagte sie ernst.

... sie kam dann noch auf die Mode zu sprechen. Seit wann gibt es denn überhaupt eine Mode, fragte sie rhetorisch, das ganze Altertum hindurch hat man sich mit Hemd und Umhang beschränkt. Was man heute Schnitt und Facon nennt, das ist erst aufgekommen, seit die Kleidung Mittel zur Selbstdarstellung des Trägers wurde. Was dann bald bunt daherpfaute und stelzte in Puffen und Bändern und Bauschen, gerieselt und gerickelt, das wollte gefallen. Was sich mit stumpfem Grau und Braun umhängte, jede Leibesrundung verwischend, hielt es mit der Religion und der Verachtung des Fleisches.

Im frommen Spanien gelang dann die Kreation eines

Kostüms, das genau definierte, wie der Christ zum Fleisch zu stehen habe: die spanische Hoftracht. Schwarz von oben bis unten und am Halse, einer Garotte nicht unähnlich, die steife Krause, eine starrende Grenze zwischen Geist und Leib. Und diese Tracht, sagte sie, hat sich mit unwesentlichen Wandlungen bis in unsere Tage als Chiffre bürgerlicher Rechtschaffenheit gehalten: der klassische Herrenanzug, ein Spätling der spanischen Hoftracht. Die Stoffe dunkel und diskret gehalten, lustlos im Schnitt. Und am Hals? Was findet sich am Halse? Der steife Kragen, eine Kümmerform der Krause. In den Tagen unserer Väter noch gestärkt und mit verläßlicher Kratzwirkung begabt. Wer sich heute zur Bürgertugend bekennt, verabscheut immer noch Weiches, Loses um den Hals. Der gestärkte Kragen, sag ich dir, auf der einen und der legere Rollkragen auf der anderen Seite, mein Lieber, das sind keine Modefinessen. Das sind Meilensteine in der Geschichte des Christentums, direkte Folgen der Erbsünde.

... nein, sie ließ ab von ihrem Diskurs über die Mode und entwickelte statt dessen eine Theorie über das Bauch- und Hinternantlitz. Die Natur, spintisierte sie, ist stark, trotz aller hektischer Maßnahmen des Geistes, ihre Auswucherungen zu drillen. Immer findet sie einen Ausschlupf und bringt sich zum Ausdruck. Der Körper sei von sich aus durchdrungen von einem rohen Formwillen und habe sich – vom eigentlichen Gesicht getrennt, das der Geist für sich beanspruche – eine Art Ersatz-Antlitz gestaltet, das durchaus fähig sei, die Charakterzüge des Trägers zum Ausdruck zu bringen, und zwar umso plastischer, als es weder von Moral noch Ästhetik gehemmt sei und keinerlei Rücksicht zu nehmen brauche auf das Attrappenbild, mit welchem der Träger die Umwelt zu täuschen trachte.

Da kann einer lebenslang seiner Umgebung durch harte Kinnbacken und zielstarres Auge den Erfolgsmenschen vorspielen, sagte sie, ein rührend heischender Kinderbauch wird dem Beobachter den oral Verstrickten entlarven, die Betrachtung der Backenmuskulatur wird einen angstgepeinigten Zwangscharakter zeigen. Möchte doch, rief sie, von ihrer Idee gepackt, möchte doch jeder Psychiater anstatt langer, ermüdender Seßhaftigkeit sich so einen Nervling nackt vor Augen stellen! Das reine, unerzogene Fleisch wird ihm unmittelbar und direkt die seelische Verfassung des Trägers preisgeben wie ein Säuglingsgesicht.

... Landschaften der Seele, sagte sie noch, sind alle diese Bäuche und Hintern. Man kann sich die Beobachtung des Gesichtsausdrucks ersparen. Mit dem Steiß kann einer nicht lügen.

Was meinen Herr Doktor zu dieser Theorie?

STEISSMIMISCHE BETRACHTUNGEN

Erboste Aufzeichnung des Prof. Dr. E. H. Schlesinger

Heute abend bei der Deckerschen Party, um im Auftrag des Dr. Kreutzer meine »Patientin« unauffällig in Augenschein zu nehmen. Bei Deckers das übliche Partybild. »Fühlen Sie sich wie zu Hause und machen Sie einander selbst bekannt, Sie werden ein paar hochinteressante Leute treffen!« – und weit und breit keine anständige Sitzgelegenheit. Ich hasse Parties.

Im Zentrum also der obligate Prominente als Sonne eines Kleinplanetensystems, in dessen innerem Kreis die Insider strudeln, die mit dem Zehn-Ender per du sind und diesen Umstand vom anliegenden Sternreigen festgestellt wissen wollen. Einer von diesen wieder ist mit einem der Inneren auf du und du und wünscht, daß die Prominenz dies zur Kenntnis nehme, ihm einen aufmerkenden Blick zuwürfe. In der äußeren Randzone der Galaxis kreisen die fahlen Neider, die mit niemandem per du sind, sich aber innerlich des Zentrums für würdig halten. Indessen jedoch lauern sie scharf und bitter auf eine Möglichkeit, die Beachtung eines sonnennahen Wandelsterns, dem sie einmal flüchtig vorgestellt worden sind, auf sich zu ziehen. An den Wänden lehnen jene, die es aufgegeben haben. Sie essen und trinken hastig mit einem vagen Blick der Innenschau, sei es auf ein aufblühendes Magengeschwür, sei es auf den Wachtraum, plötzlich am Revers in den Zentralwirbel gezogen und dort als vielversprechende Entdeckung präsentiert zu werden. Sie legen sich dafür bereits ein anmaßend gleichgültiges Gesicht zurecht.

In diesem Gestrudel suchte ich also nach einer älteren, nicht schlanken Dame aus bürgerlich akademischen Kreisen. Deren aber gab es eine Unmenge. Überall standen sie herum mit bleckenden Partygesichtern und führten ungeheuer intensive Gespräche, während ihnen vom Stehen die Krampfadern wehtaten.

Da zog plötzlich eine Person befremdete Blicke auf sich, die mit eisernem Gesicht, unaufhaltsam und ohne den geringsten Versuch der Verstohlenheit einen Sessel quer durch den Salon vor sich hertrug und unmittelbar vor dem Buffet darauf Platz nahm. Dort begann sie sich mit Umsicht alimentär zu versorgen und beschaute von dieser behaglichen Position heraus aufmerksam die Leute. Ich zweifelte keinen Augenblick daran, wen ich vor mir hatte. Ich sagte mir: Schlesinger, du siehst da eine leicht beleibte Dame vor dir, deren Aufführung dem Wesen und Sinn einer Party geradezu widerspricht. Sie sitzt statt zu stehen, sie ißt und trinkt statt zu reden, und zwar nicht aus der quälenden Handbalance, sondern vom Tisch. Sie nimmt keinerlei »interessante« Kontakte auf, sondern schaut zu. Sie tut in schamloser Ruhe und ohne jede Verlegenheit, was sich nicht gehört. Ein anpassungsfeindlicher Charakter, der zur Umwelt in beobachtender, statt teilnehmender Beziehung steht. Der aufmerksame, boshaft belustigte Blick spricht jedoch gegen ein autistisches Zustandsbild. Auch der deutliche Appetit.

Ich nähere mich der Dame allmählich, ziehe dadurch aber leider ihre Aufmerksamkeit auf mich. So ändere ich zügig meine Taktik und schlendere zur Seite, wo mir ein großer Spiegel eine genaue Überwachung ermöglicht. Als einer, der sich nachdenklich am Buffet bedient, halte ich mir mein Objekt im Blickfeld. Die Pictor kann mich nur von hinten sehen. Trotzdem lese ich in ihrem Blick unverhohlene Neugier, was mich irritiert, weil ich es mir nicht erklären kann. Da hastet die Gastgeberin vorbei und stellt uns einander vor. Wir machen keinen Gebrauch davon und nehmen wieder unsere Ausgangspositionen ein.

Sitzung des Hofrats Kreutzer bei Dr. Schlesinger

... Sie haben also Antonia gesehen? Was haben Sie für einen Eindruck gehabt? Wie ich sie kenne, hat sie am Buffet still und wortlos in sich hinein gezecht, was sie aber nicht hindert, alles um sich herum zu beschauen. Also, wie wirkte sie auf Sie? Es wäre mir wirklich wichtig, die Meinung eines berufenen Außenstehenden zu erfahren. Ich selbst bin ja, wie Sie begreifen werden, zu befangen, um mir noch ein objektives Urteil zu bilden.

... sie selbst? Ja, natürlich hat sie Notiz von Ihnen genommen, ziemlich genau sogar. Jedenfalls habe ich Sie nach ihrer Schilderung sofort erkannt.

... warum ich lächle? Möglich, daß ich gelächelt habe.

... ich soll mir keinerlei Zwang antun? Danke, danke, ich pflege mir keinen Zwang anzutun.

... wie Sie wollen! Also, sie erwähnte, daß sie zehrend am Buffet hing, das gut beschickt gewesen sein soll, und die Leute nach der von ihr gegenwärtig geübten Weise betrachtete, nämlich mit Bevorzugung der Physiognomik der verhüllten Leibespartien, denen sie eine besondere Ausdruckspotenz zuspricht sowie die Unfähigkeit zur Täuschung. Sie erinnern sich vielleicht noch an unser letztes Gespräch und an das von mir übermittelte Zitat: »Mit dem Steiß kann einer nicht lügen.«

... ja? Also, ich versuche wieder zu zitieren: Da nähert sich ein Mensch, erzählte sie, der mir als Psychiater vorgestellt wird. Geistiger Kopf, scharfe Züge israelitischer Prägung, wach blickend hinter einer dicken Brille. Ich schau dem Mann unter die Halskrause...

... ich habe Ihnen ja gesagt, daß sie die Leute jetzt gewissermaßen auszieht, um deren – wie sie das nennt – »Leibesgesicht« zu studieren.

... soll ich weiterreden? Also gut: Ich häute mir den Mann, berichtet sie, sehe einen sanften, rehäugig schüchternen Brustbauch über einem Gürtel, der bequem bemessen ist, und denke mir schon, daß ich es mit einem scheuen, weich angelegten Menschen zu tun habe, dessen professioneller Blick eine Schutzlarve ist. Sympathie will sich regen.

... ja, ich bin sicher, Sympathie hat sie gesagt, aber hören Sie weiter, sofern Sie noch wollen.

... Sie wollen? Bitte! Von Sympathie redete sie also, und dann berichtete sie, Sie hätten sich umgedreht und – möglicherweise an ihrem stummen Fressen interessiert – sie im Spiegel beobachtet. War das so?

... wenn Sie mich fragen, ein eher durchsichtiges Manöver! Aber bitte, wenn so etwas Aufschlüsse bringt! Antonia hat es jedenfalls welche gebracht.

... sie konnte nun genauer Ihre Rückseite studieren. Ich nehme, sagte sie, unter einem weiten, beutelförmigen Beinkleid ein Gesäß wahr, klein und unaufdringlich im Ausmaß, aber von einer solch anmaßenden, spöttisch hybriden Ausdruckskraft, daß ich zusammenschaudere.

... ja, ich glaube, wörtlich zitiert zu haben! Sie klingen leicht pikiert?

... nein? Ich irre mich? Umso besser. Also »zusammenschaudere« sagte sie, etwas unversöhnlich Verkniffenes, frostig Distanziertes tritt mir aus der harten Anspannung der Gesäßbacken entgegen, fressende Nachträgerei, nicht ohne Bosheit: die Prägespuren lebenslanger Gekränktheit. Und dann ließ sie sich noch darüber aus, welche seelischen Erschütterungen am Werk sein mußten, um eine so grobe Muskelplatte, wie das Gesäß sie darstellt, zum Ausdruck subtilster Seelenregungen zu formen, zu einer Mimik, die keinem Schauspieler zur Verfügung stehe, keinem Vorderangesicht. Dann lieferte sie noch so etwas wie eine Diagnose. Wollen Sie?

... gut! Also: Vermutlich einmal ein gescheites, dickes Kind, dem seiner Meinung nach von seiten der Umwelt zu wenig Zärtlichkeit entgegengebracht wurde und dessen Gemüt daher zeitlebens von einem – nicht unbedingt unangenehmen – Wehgefühl umschattet ist, dem aber eine ausgeprägte sarkastische Begabung Balance hält. Eine seelische Konstitution, sagte sie noch, die – beruflich ausgewertet – nicht selten zur wissenschaftlich betriebenen Seelenforschung führt.

... hab ich Sie verstimmt? Psychiater wurden mir immer harthäutig geschildert.

... eben, ich dachte es mir, man muß ja da ganz andere Sachen zu hören bekommen, als eine völlig emotionsfreie Schilderung seiner Person!

... Sie lachen etwas gepreßt!

... ich kann mich halt des Eindrucks nicht erwehren, daß Ihr Lachen gepreßt klingt. Aber wenn ich mich täusche, umso besser. Dann muß ich mir keine Vorwürfe machen.

Zusatzbemerkung Dr. Schlesingers: Schlangenbrut und tückische Kanaillen alle beide! Man hat den Alten sehen müssen, mit welch lebhaftem Vergnügen er mir die Ergebnisse der Steißbetrachtung an meiner Person geschildert hat. Alles unter dem Vorwand einer Krankengeschichte, die auch Peinliches nicht vertuschen darf! In gemessenen Worten, was mich besonders aufbringt, aber der Blick glitzernd vor froher, kaum verdeckter Bosheit und Schadenfreude! Dabei kann ich mir nicht verhehlen, daß das Charakterbild, welches das andere Luder von mir entworfen hat, zumindest richtige Züge enthält.

Ein dickes, gescheites Kind! Ja, ich war ein kluges und sehr sensibles Kind, und, Herr Gott, unsereinem ist ja dann im Lauf der Zeit wirklich allerhand widerfahren! Was hat sie sich lustig zu machen und das Maul zu wetzen daran! Ja! Ich bin gekränkt worden! Und ich bin nachträgerisch! Und wenn sich diese tausende Jahre alte Gekränktheit eingemeißelt hat in meinen Hintern, dann geschieht's ihnen nur recht!

Sitzung des Hofrats Kreutzer bei Dr. Schlesinger

... Sie begehren Näheres über Antonias Erziehung zu wissen? Ich glaube bereits gesagt zu haben, daß sich vorwiegend der Vater Gravis ihrer annahm. Die Mutter verhielt sich indifferent bis spöttelnd. Den pädagogischen Maßnahmen des Vaters lag stets eine sehr ausgeprägte, ängstlich getönte moralische Note zugrunde. Es fehlte ihnen fast ganz der Aspekt der praktischen Nützlichkeit und Lebensgewandtheit. Er erzog nicht zu einem Menschen, der sich im Leben leicht tut und Erfolg hat, sondern zu schroffer Achtbarkeit. Lästig, aber auch irgendwie erhebend.

... Beispiele? Ob ich mich an ein Beispiel erinnere? Warten Sie. Es hat natürlich mit Antonia zu tun. Ich selbst halte mich lieber im Hintergrund. Schließlich bin nicht ich es, der Scherereien macht.

... ich sei nicht ganz auszusparen? Wie meinen Sie das? Hätte ich etwa auch Züge, die Ihnen ...

... ach so! Natürlich! Wir sind ja praktisch miteinander aufgewachsen, und Antonias Erziehung war gewissermaßen auch die meine. Das schon. Also zur Sache: Es kam eines Tages, übrigens als Angebinde meines Vaters, der es in irgendeinem Trödelladen aufgestöbert haben mag, ein Geschenk ins Haus Gravis. Ich glaube, Toni hatte Geburtstag, oder war's zu Weihnachten. Eine Aufmerksamkeit meines Vaters, der bei den Gravis ohnehin in hoher Schuld stand, weil sie sich meiner in einer Weise annahmen, die ihn selbst praktisch jeder Sorge enthob. Es war das Modell einer Nobelwohnung in Puppenzimmerformat. Ein winziger Salon: Die Möbel waren fein gedrechselt in Mahagoni. Buffet und Schaukasten zeigten hinter blankem Glas feines Geschirr. Die Sessel um den polierten Tisch hatten elegant geschwungene Beine und waren, wie das Sofa, mit faulgrüner Seide bespannt. An den Wänden befanden sich gestreifte Tapeten, und vor den Fenstern hingen feine Stores und darüber, in dunklem Rot, schwere Vorhänge, durch eine winzige Kordel gerafft. Durch eine Tür gelangte man in ein Schlafgemach mit Doppelbett, Nachtkästchen und einem Spiegeltisch, auf dem ein kleines Steingutlavoir mit Krug stand. Im Nachtkästchen ein geblümter Topf.

Das Ganze war eher ein Schaustück als ein Spielzeug, und es war strengste Achtsamkeit im Umgang damit anbefohlen, wurde auch nur zu besonderen Gelegenheiten herausgegeben. Ich erinnere mich daran nur so deutlich, weil Toni sich mit diesem Spielzeug so eigenartig verhielt. Sie spielte nicht damit, sondern sie stellte sich vor, daß sie gerade diese Zimmer bewohne. Sie konnte stundenlang wort- und bewegungslos davor sitzen und den Prunk anstarren. Dabei aber malte sich auf ihren Zügen eine eigentümliche, ihr ganz fremde Wohlerzogenheit. Sie mimte distinguiertes Kind.

Sonst hatte sie ja, wie schon berichtet, die Unart, alles, was ihr gefiel, nicht nur genau zu beschauen, sondern es in die Hand zu nehmen, zu befühlen und abzugreifen, zu beschnüffeln und abzuschlecken. Das war auch so eine Art des sich Gehenlassens und deckte sich mit ihrem dauernden Wetzen, Schaukeln, Herumfahren und Herumrutschen. Etwas Fanatisches, Exzessives wohnte in diesem Drang.

... nein! Mir persönlich wurde beim Schaukeln regelmäßig schlecht, und ich mußte mich übergeben.

... natürlich litt ich, wenn ich zusehen mußte, wie sie sich frenetisch hutschte und alles bei sich behielt, was sie hineingeschlungen hatte.

... freilich war sie durch diese Art, überall herumzuschmieren, immer etwas beschmutzt, während ich, soweit mir erinnerlich, als adrettes Kind galt. Aber um auf den Salon zurückzukommen! Wahrscheinlich sehe ich diese Szene deshalb so genau, weil mich ihr Gehaben verblüffte. Sie saß still davor mit einem ungewohnten Ausdruck schafsmäßiger Dünkelhaftigkeit. Die Hände lagen gefaltet im Schoß. Sie kratzte sich nicht. Die Beine hingen, ohne zu schlenkern, gerade nebeneinander vom Sessel. Komisch, gerade das sehe ich so genau: die Beine, wie sie gerade herunterhängen. Bis zum Boden reichten sie nicht.

... ich glaube, sie hatte das Gesicht eines Kindes aufgesetzt, das sich auf einem Anstandsbesuch befindet und artige Konversation macht. Ein sittlich gefestigtes Kind mit dem blassen Ausdruck beharrlichen Guttuns. Erst unlängst haben wir aus irgendeinem Grund darüber geredet. Wahrscheinlich ohnehin im Zug ihrer neuesten Marotte. Sie dachte eine Weile nach, und dann sagte sie, sie habe sich damals ausgemalt, daß sie diese Räume selbst bewohne, und zwar als Kind von hoher Tugend. Sie habe sich vor der Vitrine stehen sehen in artiger Betrachtung der zierlichen Kostbarkeiten, habe sich den Rock heben sehen, um Staubreste vom Buffet zu wischen, und sei lange aufrecht mit einem hochmütig gelangweilten Gesicht auf einem der steiflehnigen Sessel gesessen, wie es ihrer Auffassung von Feinheit entsprochen habe. Auch auf dem Sofa habe sie oft Platz genommen, ohne sich zu rekeln, zu zupfen oder zu kratzen oder gar in der Nase zu bohren und das Bohrgut an die Sesselleiste zu schmieren. Auch ins Schlafzimmer habe sie sich hineingedacht und sich oftmals die Hände im Lavoir gewaschen; den Topf habe sie nie benutzt.

... nein, scheinbar gar nicht! Nach ihren Angaben hat sie sich nicht gelangweilt, sondern einen prickelnden, ja beißenden Genuß empfunden, und zwar bei einer Vorstellung, die sie mir detailliert ausmalte: Sie dachte sich nämlich draußen, außerhalb der noblen Räume, in denen sie selbst einsaß, ein anderes Kind, das stürmisch hereinbegehrte, aber ausgesperrt wurde, weil es diesen Zimmern sittlich nicht entsprach. Der Fratz war verschmutzt und ungekämmt, die Socken hingen ihm angeschwärzt herunter, und die Bänder seiner Kleiderschürze baumelten ungeknüpft. Dieser ungebärdige Balg heischte vor den vornehm verhängten Fenstern tobend Einlaß und stieß unwiederholbare Schimpfworte aus, um das untadelige Kind zu kränken. Ließ auch dann und wann die Hosen frei herunter, um sich vom Stand weg zu entleeren, und zwar in beleidigender Absicht. Das hohe Kind zeigte sich zeitweilig am Fenster, um mit grämlicher Würde blicklos hinauszustarren und den Bankert ostentativ zu übersehen.

... sie erinnert sich auch noch, daß sie als kultiviertes Kind dann und wann einen Akt der Wohltätigkeit setzte, einen Fensterspalt öffnete und mit matter Hand dem rebellischen Balg, der Unflätigkeiten heraufsang, einen in reinliches Papier gewickelten Groschen vor die Füße fallen ließ. Dabei habe sie jedesmal eine stechende Angst empfunden, das ungezügelte Kind möchte statt des Groschenstücks mit seinen bedreckten Fingern ihre Hand erhaschen und sie hinauszerren ins Wüste, wozu eine, wie sie gar nicht leugnen mochte, pikante Lust und Verlockung bestand, die sie jedoch streng von sich wies.

... sie wußte auch dies. Draußen befand sich in ihrer Vorstellung, unmittelbar an die Außenwände der winzigen Nobelwohnung anschließend, eine Art Gstätten. Dichtes Gestrüpp gewöhnlicher Art, Weißdorn, Schlehe und Geißblatt sowie hoch hinwucherndes Brennesselgebüsch und Holunderstauden. Dazwischen Abfallgruben voll rostenden Blechs, Drahtgeschlinge und Fetzen. Aus dem Erdboden schoß frei und ungehemmt das Unkraut bis in Brusthöhe eines Kindes auf, nach dem sonnengedörrten Kot der Hunde riechend, die dort schnüffelnd und wühlend durch das Dickicht brachen und ihre Duftspuren setzten. Kurz, eine Mischung aus Wildnis und Abtritt, zu der sie – sie gestand es ausdrücklich ein – eine Beziehung unterhielt, in welcher Abscheu und Neugier einander die Waage hielten.

... sie habe in dieser Lebensphase, formulierte sie etwas überstiegen, das moralisch Anfechtbare, Chaotische von sich abzulösen versucht und sich ihr negatives Spiegelbild gegenübergestellt: den Bankert im passenden Milieu von Dschungelwuchs, Unrat und Kot. Es habe auch eine Art Loskauf stattgefunden mittels des Opfergroschens. Indem ich das unholde Kind von mir abstieß, sagte sie wörtlich, wurde ich selbst, solange ich zwischen Mahagoni stolzierte, zur Zierfigur untadeligen Anstands, so wie man es von mir erwartete.

... das hast du dir doch damals nicht so ausgedacht, sechs oder sieben Jahre alt, wie du gewesen bist, sagte ich. Sie überlegte kurz, und dann sagte sie: Natürlich nicht in Worten. Erinnerst du dich an eure Wohnung? Da standen auch lauter Sachen herum, die man nicht anrühren durfte, weil sie so wertvoll waren und jeder Kratzer eine Katastrophe. Eure Haushälterin hatte sie deshalb mit Tüchern verhängt, und in der Dämmerung sahen sie aus wie Gespenster. Manchmal spielten wir darin im Dunkeln Verstecken. Es war das ein großer schauriger Reiz für mich. Dich brachte ich nur durch anhaltendes Quälen dazu, denn du hieltest dich schon für zu erwachsen. Dabei ging es mir gar nicht so sehr ums Verstecken.

... worum es ihr ging? Ich bekam es zu hören: Wenn ich so unter dem verhängten Flügel oder einem der ausladenden Fauteuils oder Kanapees hockte und hörte, wie du auf Zehenspitzen und nirgends aneckend herangeschlichen kamst, nichts klirrte oder ins Rutschen geriet, da warst du das gute, tadellose und ich war das böse Kind. Es erfüllte mich mit Neid und Traurigkeit, aber ebenso auch mit einer scharfen Lust, das böse Kind zu sein. Es ist irgend so eine »Antike« bei euch herumgestanden. Alabastern! Ich weiß nicht mehr, was es war. Eine Frauenfigur. Vermutlich eine Venus. Natürlich auch verhängt. Es bereitete mir dann eine pikante Lust, die Tücher so zu verschieben, daß man nichts als den nackten Hintern sah. Ich bin ganz sicher, daß dieser Akt nichts mit Lüsternheit zu tun hatte. Es war ärger! Es war zutiefst und in voller, bewußter Absicht eine Tat des bösen Kindes von der Brennesselgstätten und bedeutete: Siehe, auch du, du alabastern Schöne, hast einen ganz gewöhnlichen Hintern!

... was ich dazu denke? Das ist nicht so ganz leicht zu beantworten; es handelt sich da um ein Pfützchen, das aus verschiedenen Quellen gespeist wurde.

... wie ich das meine? Nun, Herr Gravis war dem Vulgären gegenüber ungewöhnlich empfindlich. Es riß ihn förmlich bei jedem »starken« Ausdruck. Seine Gattin war da wesentlich legerer. Sie hätte zwar nie ein unpassendes Wort, eine derbe Redensart gebraucht, hat es aber ganz unverhohlen genossen, wenn sie von anderer Seite eine pralle Saftigkeit vernahm, erzählte sie auch sozusagen unter Gänsefüßchen weiter. Ich selbst richtete mich – wie in den meisten Dingen –

nach Herrn Gravis und mied auch in der Schule die unter Knaben eines bestimmten Alters betont rüde Ausdrucksweise.

Dann war da noch Antonias Großmutter mütterlicherseits, die jeden Sonntag bei uns zubrachte. Auch sie habe ich niemals ein rohes Wort aussprechen hören, erinnere mich aber sonderbarerweise wörtlich an eine Definition, die sie einmal von dem Begriff »Dame« von sich gab. Es geschah im Anschluß einer Zurechtweisung Tonis. Ein langer Sermon des Vaters Gravis ist mir im Ohr, dann – eher lachend – ein Wort der Mutter: Zu einer Dame wirst du es nie bringen! Und sie, Toni, beleidigt und etwas ratlos, forderte von der Großmutter Aufklärung darüber, was eigentlich eine Dame sei: Eine Dame, mein Kind, lehrte die Greisin, die sich durch ziemlich originelle Auffassungen des Lebens auszeichnete, welche oft eine Spur ans Bedenkliche streiften, eine Dame ist eine Frauensperson, die es sich leisten kann, alles zu tun, was ihr gefällt, und dann erhobenen Hauptes den Raum verläßt.

STRUKTURPROBLEME (DER TURMBAU VON BABEL)

Sitzung des Hofrats Kreutzer bei Dr. Schlesinger

... stellen Sie sich vor! Sie ist in den Krankenstand gegangen! Das ist neu. Das mußte Sie doch endlich alarmieren!

... ja, ich kann es nicht leugnen, ich habe den Eindruck, daß Sie alles das, was ich Ihnen erzähle, nicht besonders ernst nehmen. Unsereins weiß ja nicht, woran ein Psychiater gewöhnt ist. Aber für mich benimmt sich Antonia in der letzten Zeit alles andere als normal. Und wenn das dann sogar auf das Berufsleben übergreift, meine ich, sollte doch etwas geschehen.

... aber nein, das ist es ja. Gar nichts fehlt ihr. Nicht einmal unpäßlich ist sie. In voller Gesundheit meldet sie sich krank und puzzelt wie besessen.

... eben, deshalb bin ich ja so konsterniert. Wenn sie Romane lesen würde oder spazierengehen! Aber sie puzzelt, und zwar ausdrücklich und mit Absicht falsch. Was sagen Sie dazu?

... ja, ich sagte es doch, ganz chaotisch, wenn nur die Zungen und Ausnehmungen der Trümmerchen ineinanderpassen. Dabei ergäben sich nämlich, sagte sie, hochinteressante, zu inständigem Grübeln verführende Ansichten. Beine wüchsen aus Köpfen, armlose Händchen winkten aus Bäuchen, ein Rücken sei mit lauschenden Ohren besetzt, vom Kopffüßler nicht zu reden noch vom Steißgänger, der den Bauch turbanartig auf dem Kopf trage. Man gewinne dabei, sagt sie, eine tiefe Einsicht in die Eitelkeit aller Struktur- und Formgefüge der Natur, die man immer als notwendig hingenommen habe. Fälschlicherweise, wie sie jetzt wisse. Denn in Wahrheit seien diese Strukturen nur eine zufällige Übereinkunft, ein Vorschlag, eine vage Empfehlung, wie man aus den mannigfaltigen Formen in der Welt der Biologie anschaulich entnehmen könne, die oft Bildungen präsentiere, die zu großer Nachdenklichkeit verleiteten.

Die Durchuntersuchung im Spital, sagt sie, habe es ihr dringend nahegelegt, der Ordnung und Struktur des Körpers, aber auch der Seele, ja der ganzen Welt stark zu mißtrauen. Diese Struktur erschiene ihr nicht mehr zwingend. Gewisse Merkwürdigkeiten im Bereich der Natur wiesen vielmehr auf eine bestürzende Vielfalt der Möglichkeiten hin.

... nein, nein, sie interessiert sich keineswegs in seriöser Weise für die Naturwissenschaften. Sie schmökert nur so herum und merkt sich gerade das Abstruse. Oder, wie ich vermute, sie ist nur auf das Abstruse aus, auf die Wunderlichkeiten, die sich so herumtummeln im Bereich des Lebendigen vom Wechseltierchen bis zur menschlichen Mißgeburt. Darüber kann sie dann stundenlang lachen.

... man ersparte sich viele Scherereien, schlug sie vor, wenn der Verdauungstrakt direkter angelegt wäre, ein robuster Eßschlauch von der Gurgel bis zum Magen, der seinerseits zuunterst zu plazieren wäre, dem natürlichen Ausgang benachbart ohne die unnütze Länge des für Verknotungen und Grimmwerk anfälligen Darmsystems. Dafür könnte man das Gehirn in die Bauchhöhle nehmen, die nun nicht mehr ganz ordinär wäre, und es nahe den Geschlechtsorganen ansiedeln, die sich zusammennehmen und feiner werden müßten, ihrerseits aber auch wieder etwas Leben in den bläßlichen, logischen Betrieb brächten. Das Nervensystem wünschte sie sich unter die Augen, in einen glasigen Sack gebündelt, den der Mensch als zarten Kropf am Halse trüge. Er könnte ihm dann zur Schonung gegen Witterungsunbilden eine Mütze nähen, eine Art Lodenkapuze, wie sie anfällige Hündchen tragen, die zu beständigem Zittern neigen.

... das Herz? Auch dieses erwähnte sie. Immer schon habe es sie befremdet, klagte sie, daß das Gesäß, dieser widerstandsfähige und verläßliche Körperteil, nichts Zartes, Schutzbedürftiges enthalte. Persönlich neige sie dazu, ihm das Herz einzubauen. Gern stelle sie sich dieses wehleidige Organ in weicher Polsterung vor. Steißgebettet in schützendem Fett, sagte sie, wird es zu Kräften kommen und sich besser fühlen als zwischen den spießigen Rippen. Will es aber allzu heftig schwärmen, setzt man sich drauf und erstickt die Unartigkeit, ohne ernstlich zu schaden.

... aber nein! Sie perorierte noch weiter: Der neuen Anordnung entsprechend würde sich auch radikal die Mode ändern. Der Bauch, in dem nun Geist und Eros in enger Nachbarschaft wohnten, müßte modisch durch eine Imponierausstattung ausgezeichnet werden. Sie plädierte für Bauchhüte. Ausschweifende, geschmückte Räder mit Blumenstücken und Pleurösen, prangend vor sich her getragen und in schönem Gleichgewicht ausbalanciert mit nach hinten ausbürzelnden Schmuck- und Juwelengehängen, die den neuen Sitz des Herzens dekorativ erhöhten.

... Sie lachen! Aber ich sage Ihnen, wenn Antonia ins Karikaturistische gerät, verbirgt sie damit nur, daß ihr irgend etwas unheimlich ist. Da fegt sie wortreich herum an der Oberfläche des Problems wie ein langbeiniger Wasserläufer auf dem Tümpel, aber irgendwann reißt dann die Haut, und sie fällt schwer ins Nasse. Dann redet sie nichts mehr. Nicht aus Zurückhaltung, sondern weil ihr die Luft fehlt.

... das Puzzlebild? Hab ich es nicht schon gesagt? Nein? Es ist der Breughelsche Turmbau zu Babel.

... natürlich spielt das eine Rolle. Das Thema nämlich – erinnern Sie sich?: Ein Aufbau auf breitestem Fundament, ein Bau, der alle Voraussetzungen hat, bis in den Himmel hinaufgetürmt zu werden, aber jeder weiß, es wird nicht gelingen. Die Katastrophe liegt schon in der Luft.

... das eben stellte sie mit ihrem falschen Puzzeln dar. Die Figuren hat sie sozusagen nur nebenbei, zum Spaß verhunzt. Vor allem aber wollte sie die Illusion der verläßlichen Fundamente ad absurdum führen. *Ihr* Turm ist knapp vor dem Zusammenbruch, er kann gar nicht stehen, er steht auf Spinnenbeinen, höchstens noch den Bruchteil einer Sekunde.

... die Struktur, erklärte sie im Künderton, die hierarchische Ordnung des christlichen Weltgebäudes ist morsch, dem Ruin verfallen. Und obwohl wir hektisch tätig sind, Stützen und Streben und allerhand Hilfskonstruktionen aufführen und so tun, als ließe sich alles noch retten, sind wir scharf auf den Zusammenbruch, den großen Knall, die Zerfetzung aller Bindungen.

... ich kann mir nicht helfen. Diesen Narreteien wohnt etwas Makabres inne, eine Lüsternheit, die mir nicht gefällt. Sie gibt da einer geilen Neugier auf Entartung und Zusammenbruch jeder anständigen Haltung und soliden Form nach.

... natürlich ist es ihr ernst damit! Was glauben Sie, warum sie in den Krankenstand gegangen ist: damit sie diesen Spielen jeden erdenkbaren Zeitaufwand widmen kann. Ich kenne sie doch.

... nein, sie hat es nicht einmal geleugnet, als ich ihr das auf den Kopf zusagte. Dafür hat sie die Behauptung aufgestellt, daß diese Lust oder besser Lüsternheit auf die große Katastrophe allseits verbreitet, heute ganz normal und der gegenwärtigen Weltzeit angepaßt sei. Gerade ich sollte das verstehen, sagte sie, und schaute mich höhnisch an.

... sie berief sich da auf eine bestimmte Marotte, die ich zugegebenermaßen habe und nicht unterdrücken kann.

Jeder andere würde es ein übersteigertes Pflichtbewußtsein nennen, sie aber sieht darin »Lüsternheit auf die Katastrophe«.

... wenn ich die Antikensammlung verlasse, sperre ich alle Türen zu und gebe den Schlüssel in der Portierloge ab. Da geschieht es dann zuweilen, daß ich mir plötzlich einbilde, Brandgeruch in der Nase zu spüren. Natürlich gehe ich dann zurück, sperre noch einmal auf und überzeuge mich, daß ohnehin alles in bester Ordnung ist.

... dann und wann kommt es schon vor, daß das so zwei- bis dreimal passiert.

... der Portier glotzt halt. Aber ich schaue ihm so ins Gesicht, daß er schweigt. Was er hinter meinem Rücken fratschelt, ist mir gleich. Schließlich gehört die Sorge um Ordnung in der Sammlung zu meinen Pflichten.

... Antonia will von Pflichtbewußtsein in diesem Zusammenhang nichts hören. Sie behauptet, es sei nichts als mein »schlechtes Gewissen«, denn in mir rumore – ich zitiere wörtlich – »eine geheime Lust auf eine lodernde, prasselnde Feuersbrunst, in der sich der Marmor schwärzt und die tönernen Gefäße springen, Goldenes zum unscheinbaren Klumpen zusammenschmilzt, die Flammen an den Vitrinen lecken und Glas birst«.

... ich lehnte diese Unterschiebung selbstverständlich strikt ab. Erklärte, von infantilen Geilheiten dieser Art frei zu sein.

... sie hat nicht locker gelassen, sondern gelacht und von einer gewissen Maulschelle gesprochen.

DIE AUSARTUNG DES GRÜNEN KACHELOFENS

Fortführung der Sitzung

... eine Maulschelle, deren fünffingrige Kränkung mir heute noch auf der Backe brennt.

... ja, mit der ausdrücklichen Genehmigung meines leiblichen Vaters, der froh war, daß man ihm die Verantwortung für meine Erziehung abgenommen hatte. Dann und wann verabreichte mir Herr Gravis eine pädagogische Ohrfeige, es kam aber auch manchmal vor, daß ich mit einer reinen Zornpfeife bedacht wurde, denn der sonst überaus empfindsame Mann wurde leider vom Laster des Jähzorns heimgesucht.

... zu jener Ohrfeige, die ich ihm heute noch nachtrage, kam es, als der Kachelofen explodierte. Irgendwelche Gase müssen sich angesammelt und entzündet und dann die oberen Kacheln auseinandergetrieben haben. Ein fürchterlicher Knall. Glut und Asche fuhr aus und viel Rauch und Schwefelgestank. Herr Gravis schoß mit Kübeln zwischen Ofen und Wasserleitung hin und her, wesentlich gelassener ihm nach die Gattin. Man durchnäßte alles auf das Unbehaglichste und weit übertrieben, gemessen an der Bescherung, denn von Zimmer- oder gar Hausbrand konnte keine Rede sein. Toni raste mit, ohne Kübel, dazu war sie zu klein. Dünn und exzitiert raste sie mit wie ein hysterisches Insekt, geriet ihnen zwischen die Beine und Kübel, eine eklatante Belästigung, die die Mutter wegwischte, der Vater aber ertrug und – obwohl hochgereizt – duldete, ja sogar irgendwie zu billigen schien als ein Verhalten, das dem Vorfall angemessen war, der nach tätiger Teilnahme schrie. Ich dagegen, obwohl es mir die Eingeweide zusammenzog und ich eigentlich das Klo hätte aufsuchen wollen, erschüttert von dieser Ausartung unseres grünen Kachelofens, welcher der Inbegriff der Behaglichkeit und Geborgenheit war, ich hielt an mich, bewahrte Haltung im Getümmel und lehnte gefaßt im Rahmen der Küchentür, still die Vorgänge überblickend. Dabei aß ich ein Schmalzbrot. Und da – das ist die schreiende Ungerechtigkeit – da applizierte mir Herr Gravis im Vorüberhasten eine scharf gezielte Ohrfeige, so daß mir das Schmalzbrot aus der Hand fiel, zusätzlichen Unrat schaffend, weil man in der allgemeinen Hast drauftrat und es in den Vorzimmerläufer einarbeitete.

... die Mutter? Die lachte kurz auf, was mich beleidigte, und Toni schoß mir im Vorüberrasen einen glitzernden Blick der Bosheit zu und flog weiter vom Ofen zur Wasserleitung, um die es schon schwamm, und wieder zum Ofen, der längst nur mehr schwarz schwelte und nach nassem Rauch und Schwefel stank. Zu den aufgerissenen Fenstern kam es kalt herein.

... ich? Ich stellte mich düster abseits, ein lastender Vorwurf, angenagt vom Neid auf Toni, die sich straflos viel mehr leisten durfte als ich. Denn zuinnerst wußte ich zwar, daß wir beide lüstern waren auf die Brandkatastrophe, auf Explosion und Flammengeknatter aus der Mitte des häuslichen Behagens. Der Unterschied war nur der, daß ich für meine Person den Beschauer machte, und das Schmalzbrot war keine Chiffre der Interesselosigkeit an der familiären Gefahr, sondern ein Tropus der Zurückhaltung und Szenenscheu, dem kopflosen Gerase entgegengehalten als stummes Symbol, das man mir aus der Hand schlug, wogegen man die entfesselte Lüsternheit Tonis hinnahm. Und aus Beleidigung und dumpfem Rachedurst wegen der Backpfeife stellte ich mich ins Blickfeld und wälzte Vater Gravis eine Moräne schwarzer Kränkung entgegen, die ihm an den ohnehin strapazierten Nerven zerrte, auf denen schon Toni trillerte, so daß er einen hohen Klageton ausstieß, mich heftig an den Busen riß und gleich wieder fortjagte, um den längst nur mehr müde zischenden Ofen vollends in einer Flut schwärzlicher Aschenbrühe zu ertränken, die die Mutter mit seufzenden Fetzen aufzog.

... ach so, ja, davon gingen wir ja aus. Nun, wenn ich es genau bedenke, freilich, da war schon etwas von Lüsternheit dabei. In irgendeinem Winkel der Seele wünschte ich die Katastrophe, den großen Knall und Ruin, das Zusammenbrechen aller häuslichen Ordnungen, und das muß Herr Gravis gemerkt haben mit seiner eigenartigen Hellsichtigkeit, dunkle Seelenschlampereien seiner Zöglinge betreffend. Auch meiner – ich betone es –, denn es erweckte in mir ein pikantes Gemisch von Aufmüpfigkeit und Rührung.

Im Verlauf dieses denkwürdigen und bewegten Abends kam es übrigens noch zu einer zweiten – diesmal pädagogischen – Ohrfeige, die allerdings, zu meiner nicht geringen Befriedigung, Antonia traf.

... das kann ich Ihnen genau sagen: Sie versuchte, die gestörte Ordnung auf liederliche Weise auszunutzen. Instinktiv hatte sie die Vorteile der Katastrophe erfaßt. Sie trat vor den Vater und sagte schlicht: Ich gehe also morgen nicht in die Schule.

... unmittelbar auf diese Aussage erfolgte die zweite Maulschelle dieses Abends, und obwohl nicht ich es war, der sie bekam, so hat sie doch in mir für immer und alle Zeiten die grellen Freiheitshoffnungen, die aus dem Ruin von Zucht und Ordnung blühen, erstickt und begraben.

... ja, ich hatte schon als Kind – trotz grollenden Dawiderlöckens – etwas übrig für Zucht und Ordnung.

Zwischenbemerkung Schlesingers: Er hat etwas für »Zucht und Ordnung« übrig, der würdige Kunstrat, und für durchgestreckte Knie. Sie aber, die Pictor, im Ganzen die wesentlich windigere Erscheinung, hat es auch, wofür das anhaltende Sitzen in Mahagoni spricht, dem allerdings ein – wenn auch florverhängter – Ausblick auf die Gstätten nicht fehlte. Bei ihr scheint sich die »Zucht« auf die genaue Formulierung ihrer Grillen zu beschränken.

Mich ergötzt sehr die Vorstellung des wandelnden Paares, beide sich in ihren sonderbaren Unterhaltungen einer Sprache bedienend, der man noch die böhmische Hofkanzlei Karls des VI. anschmeckt. Zwei beleibte Akten, die nach Amtsschluß auf einen Plausch ins Kaffeehaus schreiten.

ÜBER KOCHKUNST UND MENSCHENTUM

Weitere Fortführung der Sitzung

... ›templum‹, meine Verehrten, hat sie zu ihren Schülern gesagt, und zwar anläßlich eines langweiligen, im Lehrplan daher vorgeschriebenen Livius-Kapitels, ›templum‹, das bedeutete ursprünglich den vom Augur abgesteckten Raum, und zwar nicht nur ein Bodenareal, sondern einen Sichtraum, der auch ein Stück Himmel einbezieht. Alles, was sich innerhalb dieses Raumes befindet, ist ›sacer‹, heilig, also das Gegenteil von profan und gewöhnlich. Was sich an Sichtbarem ereignet in diesem Raum, ist Götterzeichen. Etwa der Vogelflug. Einer, der sich im templum befindet, redet mit den Göttern. Alles, was außerhalb dieses Raumes ist, heißt ›tescum‹, ›loca deserta et inhospita‹, wüste Ungastlichkeit. Das Gegenteil des Kosmos, des von Gott geordneten Raumes der Welt.

... Sie wundern sich, Herr Doktor, daß ich so ausführlich zitiere? Nun, mir ist diese Definition der Welt natürlich bekannt, und sie hat mich immer schon angesprochen: der würdige Standort des Menschen befindet sich in einem Raum, in welchem göttliche Ordnung herrscht und aus dem das Formlose, Anarchische ausgesperrt ist.

... sie überraschte die Schüler mit einer Frage: Sie, meine Teuren, hat sie gesagt, die Sie alle prallvoll sind von der Überzeugung, daß die Beschäftigung mit der Antike sinnlos sei, auch töricht, weltfremd, repressiv und überhaupt gemein, bitte sehr, wie würden Sie den Standpunkt des Menschen in der Welt orten? Wie steht der moderne, vom Sakralen abgenabelte Adam Ihrer Meinung nach in der Welt?

... wenn Sie mich fragen, Frau Professor, habe einer gesagt: als Chaotiker, der aus der Kirche ausgetreten ist.

... nein, sie sagt, sie habe sich keineswegs gehäkelt gefühlt, es sei außerdem einer ihrer aufmüpfigen Lieblinge gewesen, und sie habe sich um eine ernste Antwort bemüht.

... dieser aus der Kirche ausgetretene Chaotiker ist, wenn ich Sie recht verstehe, sagte sie, ein Mensch, der auf das Göttliche verzichten kann beziehungsweise es nicht in der Kirche findet, sondern gewissermaßen frei schwebend in der Natur. Ein Mensch, der kraft seiner unverdorbenen Instinkte im vollen Einklang mit den Gesetzen der Natur zu leben vorhat. Ist es richtig so?

... man bestätigte: so irgendwie sei es.

... sie lobte den Denkakt und die aufrechte Stellungnahme und setzte ungefähr folgendermaßen fort: Sie, meine Lieben, vertrauen sich also vollkommen der weisen Führung der

Natur an, das ist jener Lebenszustand, dem Gott sich zwischen dem ersten und fünften Schöpfungstag – (hier Gelächter) – gewidmet hat. Sie glauben, in dieser vormenschlichen Schöpfungsphase den Weg zum Glück zu finden, kraft Ihrer angeborenen Instinkte, also so sicher wie die Bettwanze den Schläfer.

... Stille sei gewesen.

... Sie schweigen? fragte sie mit deutlichem Hohn. Was halten Sie, meine Guten, vom sechsten Schöpfungstag? Denn ich, achten Sie darauf, zum Unterschied zum heutigen Religionsunterricht wage ich es noch, von Schöpfungstagen zu reden, ohne mich oder die Genesis als vorsintflutliches Phänomen zu entschuldigen!

Und was halten Sie, ich komme schon näher, was halten Sie von der Austreibung? Ich will Ihrem vagen Wissen nachhelfen mit primitiver Bibelkunde. Am sechsten Schöpfungstag nahm der Herr ein Stück Lehm – also Chaosstoff – und hauchte ihm Geist ein, das heißt Gottesgeist, und das ist ein Geist der Ordnung. Dazu aber gab er dem also aus Widersprüchen geformten Menschen noch die Macht der freien Entscheidung. Bekanntlich hat sich dieser Mensch als eine seiner ersten Taten im Paradiese für den Ungehorsam gegenüber Gott und seiner Ordnung entschieden und hat den Apfel gegessen, was zu den Maßnahmen der Austreibung führte. Seither schlägt er sich durchs Leben von Entscheidung zu Entscheidung, meistens falschen, muß man leider eingestehen. Denn gar nicht gern entscheidet er sich für das bißchen Geist, das ihm eingehaucht wurde. Lieber ist ihm die Unmäßigkeit des Chaos.

... das Chaos schien ihnen zu gefallen, berichtete Antonia, denn sie grinsten, worauf ich sie niederschlug und mit erhöhter Stimme fortfuhr: Das wäre Ihnen so recht, Chaos, das klingt nach was, aber lassen Sie mir das Chaos aus dem Spiel, das ist euch ein paar Nummern zu groß. Ihr habt euch ja für die sogenannte »unverdorbene Natur« entschieden, geordnet durch die etwas sturen, auf Nützlichkeit gerichteten Fesseln der Instinkte, denen das Vieh sich zu seinem Vorteil fügt. Auf den Menschen bezogen ist das etwas grundsätzlich anderes. Ein Mensch, der nur tut, was ihn erhält und vermehrt, was seiner Existenz nützlich ist – von der freien Wildbahn des Waldes übertragen auf unsere zivilisierte Welt bedeutet das den Lebensweg eines Opportunisten. Was sagen Sie jetzt? Der Adam der westlichen Welt, der den Gesetzen der Natur gehorcht, ist kein schönes Tier. Er ist ein grauer Streber.

... man habe gelauscht mit einem Gesichtsausdruck, in dem Neugier, Abwehr und Unbehagen sich mischten. Gute Schüler aber seien durch unruhige Blicke aufgefallen und hätten ostentativ den vernachlässigten Livius-Text vorgeschoben. Sie aber raffte sich zur letzten Frage auf und gab zu bedenken: Was also soll der Mensch tun in seiner unseligen Widersprüchlichkeit aus Chaotischem, dem er nicht gewachsen ist, aus Göttlichem, das sehr unbequem ist, und aus Viehischem, in dem er zum hohlen Konjunkturritter versumpert?

... es aufgeben, sagte einer mit trauriger Nase. Andere setzten sich zurecht zum Kartenspielen oder zu vernünftigem Zwiegespräch. Ein Strebsamer wagte die schüchterne Frage, ob die Erörterungen dieser Stunde Lehrstoff seien und abgeprüft würden. Stürz dich bei der nächsten Gelegenheit in deine Schultasche, sagte sie vergrämt. Einige hätten gelacht und gefragt, was ihrer Meinung nach der Mensch also wirklich tun solle?

... kochen! Nichts als kochen! habe sie mürrisch gesagt und sich aufseufzend dem Livius zugewandt. Da aber hätten die Schüler aufgehorcht in der freudigen Erwartung irgendeiner verschrullten Abstrusität, wie sie es von ihr gewohnt sind. Sie aber habe sich noch zu einer letzten Erklärung gesammelt: Die Kochkunst, habe sie gesagt, sei eine der ältesten und ehrwürdigsten Handfertigkeiten des Menschen. Nicht das rohe Sättigungskochen meine sie, sondern die abgefeimte, verschmitzte Kunst des Zusammenköchelns von scheinbar Unvereinbarem, sei's zum Zwecke der Lust, der Heilung oder des Giftmordes. Ein Quentlein Chaos, zwei Unzen Ordnung, ein halbes Lot Vernunft! Mein Gott! Gekochtes ist lebendig; bekömmlich oder unverdaulich, es lebt. Was herauskommt? Nun: Versalzenes und Überwürztes, Angebranntes und Verkrustetes, Verstunkenes und Verranzeltes, Versäuertes und Überkochtes, das die Gurgel verbrüht und verätzt oder was fad in den Bauch abrinnt wie ein wissenschaftlicher Vortrag oder eine überlange Predigt. Aber manchmal! Manchmal kommt auch ein guter Geschmack heraus, der einen glücklich macht.

Zum Teufel noch einmal, habe sie dann geschrien in plötzlicher Hochwut, der Mensch soll auf sich halten! Er soll sich nicht sielen in der – heutzutage so beliebten – Abwertung der humanen Würde, pferchen in der eigenen Nichtigkeit als Naturprodukt, chemisch aufgeschlüsselt und gelenkt von seinem Instinktapparat, der allerdings schon etwas ruinös ist im Vergleich mit dem einer Kopflaus beispielsweise. Natur! schrie sie, wenn ich das schon höre! Natur! Diese widerliche Selbstverkleinerung auf der Basis der Bequemlichkeit, getarnt als wissenschaftlich und eingefettet mit romantischer Schmiere! Dieses wanzenhafte Menschenbild, wie es jetzt auch in der »Kunst« blüht, und zwar mit besonderer Bevorzugung der unappetitlichen Komponenten.

Schlußbemerkung Schlesingers: Es ist mir auch schon aufgefallen, daß heute ein Kunstwerk, in welchem dem ekelerregenden Aspekt des Menschentums nicht breiter Raum gewidmet ist, als verlogen verschrien wird. Man spricht dem Schönen jede Lebensechtheit ab. Nicht, daß die Leute das so ganz falsch sehen, nur vielleicht ein wenig einseitig. Ich ventiliere seit langem die Idee, ob nicht die heutige Generation durch eine winzige Mißbildung im genetischen Apparat geschädigt worden ist – vielleicht durch Luftverschmutzung! – und daß infolge dieser Mutation in ihrem Wahrnehmungsapparat jene Stellen überentwickelt sind, die das Ekelerregende aufnehmen. Etwa so, wie die Hundenase auf Uringeruch konzipiert ist; für den Hund, wie der Gebildete weiß, das Medium der Information und Kontaktaufnahme, sei es in hassendem Bodenaufscharren nach rückwärts mit Sträubefrisur, sei es zum liebenden Nachstreben mit zitternder Nase auf der Duftspur der Begehrten.

Möglicherweise sucht der künstlerische Ekler auch nichts als Liebe? Weiß man's?

DER WERKELMANN

Die angestochene Schönheit III

Korrespondenz

Sehr geehrter Herr Doktor!

Ich erlaube mir, Ihnen einen Brief zur Einsichtnahme zuzusenden, den ich heute von Antonia erhalten habe. Sie spinnt darin ein Thema aus, das immer wiederkehrt und paraphrasiert wird: die angestochene Schönheit.

Warum sie zu dieser Auseinandersetzung den Brief wählt anstelle des Gesprächs, erkläre ich mir so: Sie will gewisse Gedanken und »Einsichten«, die ihr teuer sind, nicht meiner unmittelbaren Kritik aussetzen. Sie betont immer wieder, daß sie es nur schwer ertrage, wenn ich in einer gewissen – wie sie sagt »hochindignierten« Weise – die Augenbrauen hochzöge und dabei die Lider »in müder Resignation« sinken ließe, wobei angeblich meine rechte Halssehne in Zuckung geriete. Sie fühle sich dann nach ihren eigenen Worten wie damals, als sie mir bestenfalls bis zum Hosenbund reichte. Brief liegt bei.

Mit vorzüglicher Hochachtung!
H. K.

Ich will über Schönheit reden, Heinrich. Ein Gebiet, zu welchem Du, wie ich weiß, ein tiefes, aber heikles Verhältnis hast. Könnte ich also hoffen, meine jüngsten Ideen darüber vor Dir zu entwickeln, ohne sofort einen Deiner erbittertsten Widersprüche hervorzurufen, die meinen Gedankenfluß abzischen wie der nasse Zeigefinger die Kerze?

Ohne Deine, mir zwar teure, aber oft peinlich unbequeme

leibliche Gegenwart fühle ich mich imstande, mich freiweg zu Papier zu bringen, und das Papier, hoffe ich, wird Deinem von mir so gefürchteten Zweifelblick glatt standhalten und nicht, wie es mir geschieht, jäh veraschen.

Ich stelle also die These auf: Schönheit, menschliche Schönheit vor allem, ist in der christlichen Weltzeit angestochen. Angestochen wie ein Apfel, mit einer kleinen, aber tiefreichenden Fäulnis versehen. Man sagt übrigens, solche Äpfel seien besonders süß.

Laß mich ausholen und ersticke an Deinem Aufbrodelnden.

Kennst Du, frage ich ernst, im Zusammenhang mit dem Christentum klassische Schönheit?

Oder umgekehrt: erzeugt klassische Schönheit in Dir, einem Erziehungsprodukt des Christentums, ein anderes Gefühl als kühle Bewunderung? Ich präzisiere: Bringt Dich die Venus von Milo auf unartige Gedanken?

Man bleibt kalt. Oder besser: ratlos, bei allem Gefallen und bei aller hohen Bewunderung. Wir haben es nicht gelernt, ein Fleisch aufregend zu empfinden, das bis in die letzte Faser durchdrungen und beherrscht, das geformt und gebildet ist vom Geist. Die Einheit von schön und gut, die die Idealform des antiken Menschenbildes beherrscht, ist uns wildfremd. Eine sogenannte »schöne Seele« stellen wir uns unwillkürlich reizlos vor in ihrer körperlichen Erscheinung. Die Maria Magdalena aber war eine Hure.

Schönheit ist im Christentum gebrandmarkt mit dem Stempel der Sünde wie das Vieh mit dem glühenden Eisen.

Nicht gerade, daß Schönheit sich im Kot wälzen muß, um anziehend zu sein für uns. Das wäre zu weit gegangen. Aber etwas Fragwürdiges muß doch sein an ihr, ein kleiner Makel, eine Gefährdung, eine winzige Läsion zumindest.

Denk an die christlichen Werke der Kunst. Gibt es den vollkommenen Heros im Sinne einer klassischen Statue? Unser Heros ist Jesus Christus, und der wird vorwiegend dargestellt als Erbärmdebild: der Geschundene. Und all die Heiligen und Märtyrer, die ihre Eingeweide im Arm tragen und damit stark an Produkte moderner Künstler erinnern!

Aber ich wollte gar nicht ins Extreme gehen. Ich will bei unserer pikanten Teilnahme fürs Lädierte, leicht Wurmstichige bleiben: bei der angestochenen Schönheit.

Sie, die angestochene Schönheit, ist mir erstmals voll bewußt geworden auf dem Gersthofer Obst- und Gemüsemarkt im Alter von schätzungsweise acht, neun Jahren.

Es war ein Geselle unbestimmbaren Alters mit scharfen Zügen und levantinischen Augen, dunkel gewölbt in bräunlicher Umschattung, heiß im Ausdruck und von einer sanften Verderbtheit. Schräg über ein Auge gezogen trug er eine karierte Schirmmütze*, unter welcher ein Bausch schwarzen Zigeunergelocks hervorquoll, das sich weich ums Ohr ringelte und in zu lang gehaltene Koteletten überging. Um den Hals geworfen trug er einen bunten, langen Schal. Seine Bewegungen zeigten eine selbstverständliche Anmut und Sicherheit. Eine Erscheinung von großem, etwas strizzihaftem Charme.

Auffallend kleine, zarte, braune Hände wußte er in einer gefällig heischenden Gebärde aufzuhalten, die in ähnlicher, wenn auch verkleinerter Form an einem Äffchen zu sehen war, das ihm – gleichfalls mit Schal und Schirmmütze ausstaffiert – auf der Schulter saß. Das Paar war von einem Geruch umgeben, der etwas Erregendes hatte. Eine Art Bisam- oder Moschusduft, ein schwüles, raubtierhaftes Aroma. Herr und Tier kratzten sich oftmals mit zartem Finger an Kopf und Handgelenken, aber auch sonst überall – und zwar überall – mit freier Gebärde. Es war ein Werkelmann. Im Kasten stak die »Letzte Rose«. Einmal reichte ich dem Äffchen ein paar Groschen. Da fühlte ich mich stählern an den Fingern gepackt. Ich erschrak bis ins Rückenmark hinein von diesem sehnigen, besitzergreifenden Gepacktwerden.

Mit der Scharfsichtigkeit, die seelische Betroffenheit manchmal verleiht, nahm ich wahr, wie der Schöne bei Annäherung von Frauen ein schmachtendes Hutschenschleudererlächeln bereitstellte und mit weich herausgedruckter Hüfte sich, immer das Werkel drehend, zu schönem

* Siehe Semael, S. 104 ff., Tiger im Hausgärtchen *(Schles.)*

Kontrapost komponierte. Dann brach er aufglühend mit überfülltem Levantinerblick in die »Letzte Rose« aus. Und da erwies es sich, daß dieser kleine, schmächtige Mann einen Bariton besaß von trockenem, männlichem Wohllaut, wie er sonst nur größere Leibesfülle bewohnt. Einen Bariton, auf dem ein heiserer Schmelz lagerte, der sanft das Herz zerbrach.

Dieser Mensch hat mit dem warmen Licht seiner leicht anrüchigen Erscheinung das ganze turbulente, feilschende, keifende und fratschelnde Marktgetrubel aufblicken und aufhorchen gemacht und Scharen von Hausfrauen, Dienstbolzen und Marktweibern, die nichts im Kopf hatten als Kohlköpfe und Preise, Zwiebeln und Paradeiser und das nächste Mittagessen, hat er im wahrsten und geheimsten Sinn des Wortes verführt, hat ihr träges Blut in Wallung gebracht und ihre trockenen Seelen gedüngt.

Ein Drehorgelmann, der auf dem Gersthofer Obst- und Gemüsemarkt Aufstellung genommen hatte mit Äffchen und Werkelkasten, in dem die »Letzte Rose« wohnte. Seine Ausstrahlung tauchte den ganzen Markt vorübergehend in ein schillerndes Licht: die erotische Ausstrahlung seiner Wohlschaffenheit. Einer Wohlschaffenheit, der niemand das Prädikat »gut und schön« beigelegt hätte. Ein ausnehmend gefälliger Anblick, jeder Tugendskrupel bar, der nach Sünde geradezu roch. Kräftig angestochene Schönheit.

Du wirst jetzt, guter Heinrich, mit einer tief aus dem Bauch heraufgeholten Entrüstung sagen: Ich für meine Person lehne es strikt ab, Drehorgelmänner auf Gemüsemärkten für den Inbegriff erotisch stimulierender Schönheit gelten zu lassen! – Halt an Dich, Lieber, und frage Dich still: Möchtest Du mit der Venus von Milo schlafen? Es wäre fast etwas wie Jungfrauenschändung. Wer mag das schon? Der klassische Eros ist uns fremd. Auch Dir, obwohl Du zu den »Eingeweihten« gezählt werden kannst. Wir brauchen einen Schuß Schlechtigkeit in allem, wir katholischen Christen, damit wir uns zu Hause fühlen können. Unser Eros ist am süßesten, wenn ein kleiner Defekt an ihm haftet.

Das ist schon einmal so. In Dingen der Liebe ist der Christ dem Heiden gegenüber etwas liederlich.

Gewohnheitsgemäß auf schärfste Erwiderung gefaßt!

Deine Dich angestochen liebende

Antonia!

Papierkorbausbeute

Unsereinen läßt nur noch der Spott überleben.
Wir legen keine großen Szenen mehr hin.
Die klassische Schönheit ist uns versagt.
Was fangen wir mit der Vollkommenheit an?
Sie schlägt uns das Herz taub.

Was fangen wir mit dem südlichen Sommer an?
Wenn die Erde bebt unter den Pranken des Lichts,
lasterhaft träumend im harten Gesang der Zikaden –
wir brauchen dann immer irgendwelche Tabletten.

Was fangen wir mit der großen Liebe an?
Die daherkommt in tanzenden Prächten,
im Faltenwurf der Ekstase,
in Ewigkeitsmasken.
Die Bühne dröhnt vom Tritt der Kothurnen.
Wir müssen dann plötzlich ein wenig lachen.

Was fangen wir mit der ewigen Seligkeit an?
Seite an Seite mit Engeln,
Psalter rührend im Pulsschlag der Ewigkeit,
im donnernden Gleichmaß die Mächtigkeit Gottes preisend.
Wir kränkeln dort an Heimweh
nach den dunklen Falten der Erde.
Das Psalmensingen zerkratzt uns die Kehle.
Wir pfeifen lieber im Finstern wie Fledermäuse,
räudig von Spott und von Traurigkeit,
einen Gassenhauer der Hölle.

Unser ist die Schönheit verwahrloster Gärten,
voll Unkraut in giftigen Farben verwelkend.
Dazwischen viel närrischer Hafer.
Und eine Drossel am Zaun verspottet den Pavarotti,
der aus dem Fenster im zweiten Stock links ...

Unser ist die Schönheit der angestochenen Liebe.
Hintertreppenschönheit,
ein wenig verderbt vom Anhauch des Todes.
Nicht etwa Hurengeplänkel
oder Zuhältercharme.
Das wäre zu handfest.
(Fast wie die klassische Schönheit!)

Hintertreppenschönheit
im zarten Faulgeruch eines Herbstabends,
wenn früh der Nebel fällt
und die Marienfäden sich niederschlagen im Haar.
Altweibersommer,
fils de Vierge.

Tritte!
Nur Tritte, sag ich.
Auf Kopfsteinpflaster Tritte voll Anmut,
die das Herz stocken lassen.

Aber wo sie vorübergehen,
verlischt das Licht der Laternen.

Randbemerkung Dr. Schlesingers: Interessant und recht unterhaltsam das eigenartige Verhältnis der beiden Herrschaften, sonderbar gemischt aus Einverständnis und Gegensätzlichkeit. In manchen Dingen prallen diese Gegensätze hart aufeinander, und die beiden akademisch Bemützten stehen einander gegenüber wie hochgestelzte Taranteln und umkreisen sich giftgeschwollen.

Das Einverständnis sitzt in jenen Nervenknoten, von denen aus man auf Wahrnehmungen reagiert. Es berührt nicht den Bereich der Vernunft und Moral, sondern die Dämmerräume der sinnlichen Ansprechbarkeit, diese dünne Spannhaut zwischen Herz und Bauch, die auf die leisesten Anschläge der Sinneseindrücke antwortet. Jeder von beiden legt zwar diese Schwingungen anders aus, aber im Bezug auf die Zartheit der Zwerchmembran sind sie Zwillinge. Nur der Klangbauch ist anders.

So sagen Herr Hofrat etwa trocken: Dieses ist nun doch sehr schön, wobei er die Oberlippe lang- und die Brauen hochzieht, dazu zuckt diskret die rechte Halssehne, und er beginnt die Sache zu analysieren und historisch einzuordnen; nicht aus Angeberei, sondern als Verlegenheitsgeste, um keine Ergriffenheit zu zeigen.

Bei ihr fällt das »Schöne« sofort in den Kessel der Gefühle, kocht auf und stößt farbige Protuberanzen aus, vor denen sie gleichzeitig anbetend steht und mit dem Kochlöffel des Spotts umrührt, um ein Überschäumen zu verhindern, dessen sie sich schämt.

Er tritt hinzu und schwingt die Geißel eines trockenen Scheuchehohns wie eine Fliegenklatsche. Die Getroffene sagt etwas Ordinäres.

Die Sünde

DAS GROSSE MALHEUR MIT DER ABGESCHAFFTEN SÜNDE

Sitzung des Hofrats Kreutzer bei Dr. Schlesinger

... sie schalt mich einen »Abgenabelten«, weil ich gegen ihre Behauptung, der Mensch brauche unbedingt den Begriff der »Sünde«, auffuhr mit dem Bürgerlichen Gesetzbuch und den Ergebnissen der Verhaltensforschung.

... »abgenabelt« nennt sie ein Individuum, das die Verbindung mit dem sakralen Überbau des Lebens durchtrennt hat und seine Sicht auf die wahrnehmbare Wirklichkeit, das sogenannte Diesseits, einschränkt. Die Anlage des Menschen als pikante Konzeption aus Unvereinbarem, sagt sie, aus Geist und Lehm, macht es ihm unendlich schwer, mit den beiden großen Energien, aus denen heraus er lebt, mit Liebe und Haß, zurechtzukommen; Angebinde des Chaos.

... in der Natur, wandte ich ein, sei das doch sehr schön geregelt und geordnet, Liebe und Haß seien reinlich voneinander geschieden und zielten auf Erhaltung und Sicherung. Sogar Fische seien zärtlich zur Gattin und sträubten sich auf gegen den Rivalen und Eindringling, jeweils in einem besonderen Farbenspiel, das jeden Zweifel über die Absicht ausschließe.

... das Vieh, sagte sie neidisch, ist von Gott mit eingebauten Mechanismen versehen worden, die es blind in die rechte Bahn leiten. Es macht nichts falsch, weil es nichts falsch machen *kann*. Uns aber hat man höherenorts ein bißchen Geist eingehaucht und zusätzlich noch die Last des freien Willens aufgebürdet, die Fähigkeit der Entscheidung zwischen mehreren Möglichkeiten des Handelns. Das Tier kann nur machen, was ihm nützt. Wir können auch tun, was uns schadet. Und wir tun es gern und immer wieder, denn die ersten Schritte des Schädlichen sind teuflischerweise meistens höchst angenehm.

... Liebe und Haß, meinte sie zu wissen, sind im Chaos nicht voneinander getrennt, sondern ein einziges verknäueltes, kraftgeladenes Verlangen nach lustvoller Einverleibung. Es gäbe da etwa Spinnen, belehrte sie mich, die den Geliebten während der Begattung auffräßen. Die Sorte wäre auch längst ausgestorben, hätte Gott dem Armen nicht eingeprägt, dem Weib zur Ablenkung ein gut verschnürtes Freßpaket mitzubringen. Während sie es, gierig wie sie ist, auspackt und verschlingt, erledigt er hinten in rasender Geschwindigkeit sein Zeugegeschäft und läuft blitzschnell davon.

... ich wußte das auch nicht, aber solche Sachen nennt sie »Naturwissenschaftliche Allgemeinbildung«, wobei sie sich aber, was die elementaren Grundlagen der Chemie und Physik anlangt, auf dem Status eines Pygmäen aus dem Regenwald befindet, was den Pictor noch immer in Wallung versetzen kann. Ich bin da kühler.

... im Menschlichen, setzte sie die Abschweifung ins Tierreich fort, ist das alles viel komplizierter. Das Fleisch, ein Chaoskind, will unterwerfen, fressen, zeugen, gebären, verdauen und ausspeien im wüsten Tohuwabohu. Der Geist geht auf Distanz, nimmt beobachtende Haltung ein, sträubt sich gegen Unterwerfung und Gefressenwerden und bringt einen um viel. Da liebt man etwa, hat's gut beieinander, drängt sich zärtlich aneinander und ineinander und vögelt sich in den Himmel, fühlt sich herrlich als ein Großprotz, dessen animalischer Potenz keine Grenzen gesetzt sind. Das Elend ist nur, daß wir ein wenig zu klein dafür angelegt sind und, was den Genuß anbelangt, armselige Minderlinge. Ein bißchen Überfraß, und schon steht unsereins im Winkel und kotzt und weint. Der zivilisierte Mann sitzt nach stattgehabter Aufprotzung auf der Bettkante, fühlt sich ausgenommen und raucht eine Zigarette. Seit der Emanzipation sitzt die Frau auf der anderen Bettkante und raucht ebenfalls eine Zigarette.* Sie haben beide einen kleinen Haß aufeinander,

* Aus der Praxis: In voremanzipatorischen Zeiten blieb sie im Bett, blickte mit einem etwas spöttischen Gesicht auf den geschrumpften Heros oder weinte ein bißchen, je nach Charakter, Erfahrung und Reifegrad. *(Anmerkung Dr. Schlesinger)*

wissen aber nicht recht, wo der herkommt, und grübeln. Heute ist dann immer irgendwie die Gesellschaft schuld. In Wirklichkeit aber steigt das Unbehagen aus dem bißchen Chaos auf, das uns im Blut herumspukt und in dem Liebe und Haß noch keine grundverschiedenen Sachen sind, sondern Ineinandergestrudeltes, wo gegenseitige Einverleibung, süß und bitter zugleich, lebenerweckend und tödlich ist.

... ich versicherte sie, daß ich künftig meine Freundinnen nie ohne ein gut und fest eingepacktes Freßgeschenk besuchen würde.

... tu das nur, mein Lieber, sagte sie, aber im übrigen mußt du einsehen, daß die Verhaltensforschung und das BGBl keine hinreichenden Regulative sind für die hochkomplizierte Natur des Menschen und das Malheur, das er hat, mit Liebe und Haß. Eine ganz andere Zuchtrute muß her: die Sünde und die neunschwänzige Geißel des Gewissens.

... ich ließ Lorenz fallen, sprach aber dem Gesetzbuch das Wort. Darin sei in klarer, für jedermann faßbarer Form auseinandergesetzt, was sein darf und was nicht sein darf. Und schließlich habe auch in Kulturen, die den Begriff der Sünde nicht kannten, kein Großes Fressen stattgefunden unter den Menschen, sondern man habe dank eines wie immer gearteten Gesetzbuches ganz verträglich miteinander gehaust.

... was regelt schon das Gesetz, murrte sie, lauter Sachen, die man ohnehin selten oder gar nicht tut, wie Mord und Totschlag, Raub und schweren Betrug, Notzucht und Vergewaltigung. Dazu ist der normale Mensch ohnehin zu faul. Und wenn es im Rahmen einer historischen Volksbegeisterung geschieht, schreitet das Gesetzbuch ohnehin nicht ein, und nachher hat dann Befehlsnotstand vorgelegen, man hat also im Sinne des Selbsterhaltungstriebs gehandelt, und der ist, laut Verhaltensforschung, natürlich und gesund. Ich sag's dir, rief sie, um die Sünde kommen wir nicht herum. Die braucht der Mensch!

...Sünde definierte sie als einen Verstoß gegen die kosmische Ordnung, die auf einer Art von Bündnis beruhe, auf einem Schonungsversprechen von Mensch zu Mensch und von Mensch zu Gott. Nicht allerdings von Gott zum Menschen. ER schone nicht.

... nicht nur der Haß, auch die einverleibungssüchtige Liebe verletze den Nächsten, und die zehn Gebote sowie die sieben Todsünden ließen sich zusammenfassen – wie es übrigens schon im AT stehe – in dem Gebot: Achte die Unverletzlichkeit des Nächsten. Er ist ein Geschöpf Gottes und gehört dir nicht. Mit dem Regulativ der Sünde habe der Mensch die Orientierung in der Welt und in sich selbst verloren. Er könne weder wirklich gut noch wirklich schlecht sein und kenne sich nirgends mehr aus. Dementsprechend fühle er sich elend und leide an einer allgemeinen Übelkeit, für die es viele Fachausdrücke und Erklärungen, aber kein wirksames Heilmittel gebe. In Zeiten intakter Religiosität, meinte sie dann, gibt es verschiedene Tugendfuchteln. Sie haben den Menschen nicht besser gemacht, aber er hat wenigstens gewußt, wann er schlecht war. Diese Fuchteln sind immer mehr heruntergekommen und heute nur mehr die Karikaturen ihrer selbst. Der Mensch weiß nicht mehr, wo Hölle und Paradies ist, wird im eigenen Bett von Platzangst befallen und muß einen Psychiater aufsuchen.

DIE CHRISTLICHEN TUGENDFÜHRERINNEN

Eine allegorische Sequenz

Personen:
Eine suchende Seele
1. Tugendführerin, augustinischen Gepräges mit einem calvinistischen Einschlag
2. Tugendführerin, bürgerlich-jesuitisch, 18. Jh.
3. Tugendführerin, Profanierungsprodukt A
4. Tugendführerin, Profanierungsprodukt B
Das Lasterchen, eine Dekadenzform der Unzucht
Einige tugendhafte Gestalten
Vier Hunde, je einer TF beigesellt

Ort der Handlung: ein Bänkchen. Rechts davon führt ein steiler, steiniger Weg schmal zwischen Stacheldrahtzäunen einen Berg hinauf. Das Gelände hinter dem Zaun unterscheidet sich in nichts von dem Saumpfad. Verstaubtes Dornengewächs, verstreut in wüster Ödnis bis hinauf zum Grat. In der unteren Ecke des Geheges, nahe der Bank, stehen dicht zusammengedrängt dürre Gestalten in langen weißen Hemden und beobachten mit farblosen Augen die Seele und die Vorgänge, die sich um sie herum anbahnen. Es sind jene, die einst den Pfad der Tugend gewählt haben.

Links führt ein leicht abwärts geneigter Weg ins Grüne. Man möchte beim ersten Blick an prangende Auen denken, aber bei genauerer Hinsicht verschwimmt das liebliche Bild, wird verwaschen, wie nebelumbraut, oder umsponnen von einem schimmelartigen Befall. Es ist der Weg zur Hölle. Verdammte sieht man keine.

Weil die Kirche, unter deren Patronat das Mysterienspiel »Tugendführerinnen« aufgeführt wird, kein Geld hat, wurde aus dem Burgtheaterdepot eine Ausstattung ausgeborgt, die einmal für »Herakles auf dem Scheidewege« gedient und die man nur notdürftig adaptiert hat. Daher links ein geborstener Säulenstumpf, rechts die Gipsstatue eines ephebenhaften Jünglings in antikischer Haltung, den man vermittels eines pappenen Flügelpaares und einer ausgiebigen Lendendrapierung zum Engel umgestaltet hat. In der vorgestreckten Hand, die im »Herakles« eine Fackel trug, steckt ein schwarzes Büchlein mit der goldenen Aufschrift »Beichtspiegel für fromme Kinder«.

Die Seele sitzt auf dem Bänkchen und sieht interessiert vier Frauen näher wandeln, deren jede einen Hund an der Leine führt. Herangekommen nehmen sie vor der Seele Aufstellung.

Als erste tritt die älteste Tugendführerin vor. Sie trägt sich nonnenartig, à la Äbtissin von Port Royal. Großknochig, mager, trotz hohen Alters sehr aufrecht. Auf der flachen Brust liegt an eiserner Kette ein schweres Kreuz mit einem sehr realistischen Schmerzensmann darauf. Das wildzerfurchte Gesicht der Greisin hat einen strengen Ausdruck.

An ihrer Seite steht ein rüder Fleischerhund mit trenzenden Lefzen.

Sie spricht folgendermaßen zur verschreckten Seele:

»Pestsack, stinkender! Vom Mutterleib an schon räudig von schmutzigen Lastern und verflucht. Häuf nur weiteren Sündenkot auf die alte Erbsünde, zu der das Gewürm deine Geilheit verlockt hat. Jauchetopf, Gestankblase und Unrathütte! Was hast du gemacht aus deinem Leben? Einen Niststock für Ungeziefer! Madensack! Verdammt bist du ja ohnehin aller Wahrscheinlichkeit nach, aber ein bißchen Wohlverhalten, wie Fasten und Geißeln, ist immer nützlich, um den Bauch zu drillen und den Zorn zu stauchen. Auch Lepröse waschen und Schwären lecken läutert, du Sündenkretze! Es rettet dich ja nicht mehr aus dem Schlund, denn viel Aussicht hast du nicht, daß Gottes Gnadenstrahl dich trifft, Eiterbock und Unratsäufer, du! Aber versuch es immerhin. Also, marsch hinauf den Rumpelpfad ins Dürre, daß Mangel und Strapaz dir die Lüsternheit aus dem Fleisch pressen!« Mit einer kleinen Geißel weist die harsche Alte die bestürzte Seele nach dem rechten Pfad, wo unter den staubigen Tugendhaften eine kleine Unruhe entstanden ist. Der Hund grollt knurrend und wirft sich hin, die beschäumte Schnauze auf den Pfoten und die Seele keinen Augenblick aus den gelben Augen lassend.

Da tritt die zweite Tugendführerin vor, von der ersten mit verächtlichen Mundwinkeln gemessen. Sie trägt Bürgertracht des 18. Jahrhunderts, üppig matronale Fülle, eine weiße, nett gefältelte Haube umrahmt ein volles, rosiges Gesicht. Auf ihrem stattlichen Busen ruht ein echt goldenes Kreuz, mit Edelsteinen besetzt (preisgünstig eingehandelt von einem flüchtigen Juden unter Verkaufszwang). Am Gürtel ein Schlüsselbund für Keller und Haus und ein ansehnliches Büchlein zum Aufnotieren des seelischen Soll und Haben. Sie redet mit sanfter, ein wenig larmoyanter Stimme, ihr ältliches Gesicht wirkt gutmütig besorgt. Neben ihr sitzt breitärschig ein fetter gelber Haushund mit freundlichem Gesicht und schaut die Seele neugierig an.

»Du darfst mir nicht völlern, mein Kind, noch huren, saufen und unmäßig raffen, dich nicht gockelhaft spreizen und stampfen und toben und Hausrat verwüsten im Zorn. Der liebe Gott kränkt sich, wenn er das sieht. Und überhaupt, solche Sachen gehören sich nicht. Was sollen denn die Leute sagen? Man muß sich ja schämen. Also nimm dich zusammen. Und wenn du dann und wann strauchelst und über die Schnur haust, geh gleich zur heiligen Beichte und komm ein um Absolution. Laß was springen für den Opferstock, das macht einen guten Eindruck höhernorts. Und führ nur ja genau Buch über dein Seelenheil, damit du es schwarz auf weiß vorlegen kannst dermaleinst beim Gericht, und sieh zu, daß auf der Habenseite etwas Nennenswertes steht.

Schaffe emsig und sammle Erspartes, aber gib davon auch den Armen. Spende fette Suppen und schau ihnen nicht aufs Maul. Geh da rechts hinauf und schreck dich nicht wegen der Steine und dem Staub, es ist viel Attrappe dabei, um die Seele einzuschüchtern.«

Die dritte Gestalt (Profanierungsform A, Zwischenkriegszeit) hat etwas Verwirrendes an sich. Man kann sie schwer einordnen. Sie ist völlig unauffällig gekleidet. Dezentes Trotteurkostüm mit Handtasche. Vernünftige Schuhe mit halbhohem Absatz. Aber die Beine! Man weiß nicht, was man von den Beinen halten soll. Nicht, daß sie schlecht geformt wären! Nicht zu dick und nicht zu dünn, eigentlich gerade richtig, aber von eigentümlicher, geradezu aufdringlicher Geschlechtslosigkeit. Kinderbeine an einer erwachsenen Frau, von abgestandener, etwas ranzig wirkender Unschuld.

Auch das Gesicht von Profan A zeigt kein wie immer geartetes charakteristisches Merkmal. Es sei denn, einen angedeuteten Zug des linken Mundwinkels nach unten. Es ist keine Augenblicksgeste, sondern in Form einer leisen Falte eingeprägt vom Nasenflügel her, bei sonst auffallend faltenlosem Gesicht. Ein Arom von Säuerlichkeit ist um diesen Zug. Ein bescheidenes Kreuz hängt an dünnem

Kettchen am sehnigen Hals der TF 3. Sie führt einen weißen Rassepudel an der Leine.

»Wasch dich täglich kalt vom Kopf bis zu den Füßen«, sagt sie mit einer klanglosen, monotonen Stimme, »unmittelbar nach dem Aufstehen und natürlich vor dem Frühstück und halte dich dann bei diesem nicht unnötig lange auf. Nichts mit Kaffee und Butter und frischen Semmeln! Ein schwacher Tee und Zwieback, die die Verdauung nicht belasten, und dann auf in die Arbeit. Und keine Bettgeschichten, hörst du? Heirate und mach die ganze Affäre zu Haus ab. Ich habe nichts gegen einen geregelten Geschlechtsverkehr, aber Übertreibung zehrt an der Arbeitskraft. Wenn dich unflätige Phantasien heimsuchen, setz dich auf Diät und tritt einem Sportklub bei.«

Bei der Empfehlung wegen der unflätigen Phantasien schnellt der Pudel in Männchenstellung hoch und schaut devot durchtrieben seine Herrin an.

Die vierte Tugendführerin (Profan B, Nachkriegszeit) tritt vor die schon ziemlich derangierte Seele. Ihr Haar ist lang, strähnig und ungepflegt. Sie trägt eine Nickelbrille und keinerlei Make-up. Fetzige schwarze Hadern umhängen einen aus den Fugen gehenden, durch keinerlei formende Kunsthilfe gebändigten Leib. Anstelle des Kreuzes zieren sie viele Knöpfe mit radikalen Aussagen in Wort und Bild.

Die äußere Aufmachung der TF 4 ist nicht das Ergebnis erotischen Desinteresses, sondern der bewußte Ausdruck einer engagierten Antierotik aus weltanschaulichen Gründen (übrigens ein – auch von TF 4 selbst völlig verkannter – Rest frühchristlicher Fleischesverdammung). Ein intelligent blickender Straßenpotpourri mit Ringelschwanz leckt sich ausführlich unter diesem.

»Schluß endlich mit dem Frustrationquatsch der westlichen Zivilisation, die immer noch auf der Zweierbeziehung und dem Leistungsprinzip mit gegenseitiger Ausbeutung beruht. Schließ dich sofort einer Wohngemeinschaft mit offenen sexuellen Beziehungen an, die bio lebt, und wenn du Probleme hast, diskutiere sie durch in der Gruppe. Demonstriere gewaltlos im Türkensitz für die Rechte der Frau, der Palästinenser und Homos gegen Atomkraft, Chemotherapie und Irrenhäuser und beteilige dich an einer Aktionsgemeinschaft zur Bekämpfung der Mißstände in der dritten Welt.«

Während die Tugendführerin spricht, strickt sie unaufhörlich an einer mißfarbenen Haube für südlibanesische Guerillakinder. Der Hund leckt sich nicht mehr, sondern pißt gegen den antiken Säulenstumpf, riecht daran und scharrt dabei heftig nach rückwärts aus.

Die Seele auf ihrem Bänkchen sitzt blaß und unentschlossen, wirkt störrisch und hat einen aufmüpfigen Blick. Die Tugenden scheinen ihr allesamt nicht zu gefallen. Sie schaut sich unruhig um, sucht auch, die Augen mit der Hand bedachend, den Horizont ab. Weit und breit kein Lasterführer. Aufseufzend wendet sie sich wieder den Tugendführerinnen zu, die jetzt unisono im Keifton auf sie einreden. Plötzlich hört sie ein feines Pst, Pst und sieht vor einer Art Mauseloch, im Schutz eines Gebüsches ein Wesen mit winkendem Fingerchen und freundlichem, ein wenig verderbtem Blick. Es krempelt blitzschnell das Hosenbeinchen auf und zeigt einen zierlichen Pferdefuß her. Es ist das Lasterchen. Die vier Damen haben es im Lauf der Jahrhunderte so vermindert.

Nun versteht die Seele auch die auffallende Abgeschabtheit des Lasterweges; der Gemeinde fehlt es an Mitteln zur Instandhaltung. Völlerei ist nichts mehr als ein heimlicher Tortengenuß während einer Biokur, Haß, Zorn und Mordlust nichts als die Beobachtung eines Fußballänderkampfes im Fernsehen mit leise herausgestoßenen Unflätigkeiten. Die Faulheit! Der gesetzlich fixierte Genuß von Freizeit in einem Freizeitzentrum bei einem Freizeithobby. Und die Unzucht das Abonnement einer Zeitschrift für sexuelle Aufklärung und Gesundheit.

Deshalb hat das Sündlein auch einen melancholischen Zug um den Mund und leidet an allergischem Schnupfen. Die Seele nimmt es auf den Schoß, putzt ihm die Nase und schickt es mit einem Klaps auf den kleinen Hintern wieder ins Loch. Mit dieser Hölle kann sie nichts anfangen.

Am besten gefällt ihr noch die erste Tugendführerin, weil sie eine plastische Zunge hat und sich nicht scheut, pralle Ungeheuerlichkeiten von sich zu geben. Sie hat Drastik. So steht die Seele also mit einem müden Seufzer auf, verhüllt sich das Haupt mit einem schwarzen Schleier und nimmt die TF 1 an der knochigen Hand.

»So kommst du also mit mir, verzärtelter Unflat«, sagt diese trocken und ganz gutmütig. »Du Nachtgeschirr im Trauerflor, laß uns denn selbander aufwärtsschnaufen!«

Zusatzbemerkung Dr. Schlesingers: Bei oben wiedergegebenem Text handelt es sich um die Photokopie eines Briefes der Patientin, die mir von Frau Kammerschauspielerin L. zugeschickt wurde. Antonia P. habe ihr die Blätter aufs Land, wo sie mit einigen Damen zur Erholung weile, nachgesandt, weil sie sich bei ihr brieflich über starke Langeweile beklagt habe. Sie habe auch ein lebhaftes Vergnügen an der Sendung gehabt und finde nichts Bedenkliches daran. Als Schauspielerin sei sie von Kollegenseite an ganz andere Dinge gewöhnt, als Antonia sie zur Zeit biete. Irgendwo aber sei sie durch die Kreutzersche Hysterie doch angesteckt worden, den sie schon lange als einen sonst ruhigen und besonnenen Menschen kenne. So habe sie sich entschlossen, mich den Brief einsehen zu lassen, da sie wisse, daß man jetzt alles Schriftliche der Pictor sammle und sogar aus dem Papierkorb ziehe. Sie möchte sich nachher keine Vorwürfe machen müssen.

Persönlich – falls es mich interessiere – finde sie Frau Dr. Pictor vollkommen normal und sitze oft mit ihr beim Wein.

Als Nachschrift zu den »Tugendführerinnen« habe Antonia ihr übrigens nahegelegt, das Elaborat bei der Theaterdirektion als Mysterienspiel zum Vorschlag zu bringen und dabei unbedingt auf der Rolle der 1. Tugendführerin zu bestehen. Sie sei ihr nämlich bei der Gestaltung der Figur sowohl im Habitus als auch in Stimme und Ausdrucksweise vorgeschwebt.

Letzteres – meinten Frau Kammerschauspielerin – habe sie lediglich als eine der gewöhnlichen Bosheiten angesehen, die im Verkehr zwischen ihr und der Pictor üblich seien. Von Realitätsverlust oder gesellschaftlicher Entgleisung könne keine Rede sein.

DER WASCHTAG UND SEIN MORALISCHER ASPEKT

Papierkorbgedanken

Rot, das war die Farbe der Sünde, lüstern, verrucht, verworfen und sehr schön. Ihre natürliche Steigerung und logische Folge war das Schwarz. Schwarz ist die Hölle, und schwarz ist der Tod, aber der »Tod, das ist der Sünde Sold«.

Blau war die Farbe der Tugend. In einem blauen Kleid besuchte man sonntags die Kirche. Blau war erhebend und von feierlicher Langeweile wie eine Predigt. Blau wurde gesteigert durch einen gestärkten weißen Kragen, und das war schon nahe dem Zustand der Heiligkeit.

Alle diese Farben spielten eine wichtige Rolle in der Kirche und an den monatlichen Waschtagen, an denen ich – solange nicht schulpflichtig – teilnahm, ihr ausgeprägtes Ritual eifrig befolgend und genießend, fast so wie die unumstößlichen, sorgfältig durchzelebrierten Zeremonien der großen Kirchenfeste.

Frühmorgens bereits kam eine gewisse Frau Mitschek ins Haus, und die Schmutzwäsche, die sich im letzten Monat angesammelt hatte, wurde in die Waschküche geschleppt, einen dunklen, nur vom Gang her erleuchteten Raum in der Mansarde des Hauses, ausgestattet mit dem Rumpelschaff, mehreren hölzernen Bottichen und vor allem einem gemauerten Ofen, in den der eiserne Kessel eingefügt war, worin die Wäsche kochte. Im Ofen prasselte Feuer, und daneben lehnte an der Wand ein riesiger Kochlöffel, mit dem die Wäsche umgerührt wurde.

Durch eine Tür war die Waschküche verbunden mit dem Dachboden, der aus einem großen Raum bestand, in dem man an langen Leinen die Wäsche zum Trocknen aufhing. Von diesem führte ein dunkler Gang, von Querbohlen unterbrochen, an Verschlägen vorbei, die mit Holzgittern versehen waren wie Hühnerställe. Darin hatten die Hausbewohner ihr Gerümpel abgestellt. Dieser Gang verfinsterte sich, je weiter er nach rückwärts führte. Sein Ende war kaum auszunehmen. In der Mauer aber fanden sich kleine schwarze Türchen, die mit den Rauchfängen in Verbindung standen und nur vom Rauchfangkehrer geöffnet werden durften.

Dieser gesamte Bereich war mir nur an den Waschtagen zugänglich, hatte aber für mich eine besondere, und zwar ausgeprägt moralische Bedeutung.

Die Frau Mitschek war eine außerordentlich gutmütige, abgehärmte Frau, als Wäscherin wegen ihrer Ehrlichkeit und ihrer Sauberkeit sehr begehrt. Leicht war sie dazu zu bringen, ihre traurigen und anstößigen Verhältnisse vor der Kundschaft auszubreiten. Sie wußte sie in einfachen Worten ausführlich und detailliert zu schildern, in einem Ton, in welchem sachliche Nüchternheit und moritatenhafte Sentimentalität eine faszinierende, bühnenreife Mischung eingingen. Sie besaß einen Gatten, der regelmäßig das Geld, das sie nach Hause trug, vertrank und sie bei der Heimkehr aus dem Wirtshaus ebenso regelmäßig verprügelte. Frau Mitschek konnte Schrammen und schwärzlich blaue Flecken vorweisen. Trotzdem sorgte sie sich immer sehr, wenn der Gemahl, den sie stets »den Mitschek« nannte, aus irgendeinem Grund länger ausblieb als gewohnt. Die Frau aber hatte außerdem noch eine halb erwachsene Tochter auf dem Halse, die in gemessenen Abständen in ungesegnete Umstände kam, Vorfälle, die dann auf einem Küchentisch mit einer Stricknadel wieder ins Lot gebracht wurden. Frau Mitschek selbst jedoch machte sich nie der geringsten Sünde schuldig und war eine Dulderin aus Elend, Anlage und Neigung.

Durch sie wurde ich bekannt mit einer Seite des Daseins, über die bei uns zu Hause, jedenfalls in meiner Gegenwart, nicht gesprochen und deren Existenz versteckt und verleugnet wurde ebenso wie gewisse Wäschestücke, die an jenen Waschtagen flüchtig sichtbar wurden: rot Beflecktes, das nicht von meinen aufgeschundenen Knien kam.

Meine Mutter ließ sich – in ihrer leger neugierigen Art – ausführlich über die Mitschekschen Bewandtnisse unterrichten. Das geschah jedoch während der Mahlzeiten, zu denen die Waschfrau in die Küche geladen und ich hinausgeschickt wurde. Ich ließ es, ohne aufzubegehren, geschehen, weil ich sicher war, dann in der Waschküche ohnehin alles zu erfahren, wo ich mich unter dem Vorwand, ein bißchen im Wasser zu spielen, unter der verläßlichen Hut der Frau Mitschek aufhalten durfte.

Trotzdem waren die Erzählungen der Frau Mitschek nur der Hintergrund, die Kulisse des unheiligen Wäschefestes für mich. Sie stimmten mich ein auf das rituale Erlebnis der hochkatholischen Mischung: Sünde, Tod, Gericht, Himmel und Hölle.

Es spielte sich das Ganze für mich wie eine Messe ab.

Es begann der Waschtag gewissermaßen mit einer Art »Confiteor«. Die schmutzige Wäsche wurde einbekannt, in die bereitstehenden Bottiche verteilt und mit Soda eingesegnet. Wenn aus der Schachtel das weiße Pulver ins Wasser geschüttet wurde, in dem die anstößige Wäsche schwamm und allmählich ausblaßte, dann war das für mich ein Ereignis, das Andacht erweckte. Ich sah dabei die Seele vor mir, die ich mir damals als eine Art weißen Fetzen mit Grauschleier vorstellte.

Mittlerweile kam das Wasser im Kessel ins Kochen, und Frau M. hatte nun eine kleine Verschnaufpause, in der es dann gewöhnlich zur »Lesung kam«, nämlich zu den schauerlichen und entsetzlichen Neuigkeiten aus der Höhle Mitschek. Ein »Lacrimosa« wurde meist nachgeliefert, währenddessen Frau Mitschek etwas Extrawurst zu sich nahm.

Dann aber erhob sich die fleißige Frau gleich wieder, ergriff den überdimensionierten hölzernen Kochlöffel und rührte beidhändig mit zähen Armen – sie war eine kleine, zarte Frau – in der kochenden, dampfenden Wäsche, die einen beißenden Geruch verbreitete, wobei sie murmelnde

Überlegungen anstellte, ob »der Mitschek« wohl noch ruhe oder sich bereits wieder auf den Wegen der Sünde befinde.

Sodann wurde zur eigentlichen, werktätigen Reue und Läuterung geschritten, und Frau Mitschek begann Wäschestück für Wäschestück – für mich waren es Hemden, Unterhosen und *gleichzeitig* Sünden – auf der Rumpel mit Hilfe einer harten kratzenden Bürste zu entsündigen. Diese Arbeit war so schwer, daß ich einsah, daß Frau Mitschek während derselben keinen Atem zum Reden hatte. Ich stattete daher dem Boden einen vorläufigen Besuch ab und zwang mich, nach einem kurzen Blick auf den Trockenraum, der einigermaßen freundlich durch ein Dachfenster erleuchtet war, in den dunklen Gang, der immer dunkler wurde und in absoluter Finsternis endete. Da er durch die Querbohlen unterteilt war, erweckte jedes Übersteigen in mir den Eindruck, um eine Stufe tiefer in den abseitigen Bereich der Schwärze, der Hölle, der Todesgefahr vorzudringen, und zwar vorbei an den hühnerstallartigen Rumpelkammern, in deren jeder ich mir, versteckt hinter ausrangierten Möbeln, alten Koffern und zerrissenen, verstaubten Teppichen, einen gerichteten Sünder vorstellte, der sich – als er mich eintreten hörte – versteckt hatte und keinen Laut von sich gab, weil er sich entsetzlich schämte.

Was ganz hinten war, hatte für mich eine schreckliche Anziehung, gleichzeitig aber empfand ich Furcht. Es war nur jeweils eine Frage der Zeit oder meiner Nerven, wie weit ich vorzudringen vermochte, ehe es mich herumriß und ich im Galopp, die Bohlen überspringend, aus dem Gang raste und mich dicht neben die Frau Mitschek stellte. Dabei war sie es gewesen, die mir von einem Mann gesprochen hatte, der im finstersten Winkel des Bodenganges stand mit einem Prügel in der Hand, den ich mir vorstellte wie jenen großen Kochlöffel, mit dem sie den unkeuschen Schmutz aus der Wäsche rührte. Mir war nicht klar, ob ich in diesem Mann einen tückischen Gewalttäter oder einen strafenden Rächer sehen sollte. In beiden Funktionen aber stellte ich ihn mir als »den Mitschek« vor; und sie wohl auch.

Von großer und erhebender Feierlichkeit war der Augenblick, wenn die Wäsche in der Tugendfarbe des Waschblau geschwemmt, in bläulich weißem Zustand herausgezogen und die letzten Reste der Sündigkeit aus ihr herausgewunden wurden von den sehnigen Händen der zarten Frau Mitschek. Dann trug man sie in den Trockenraum und hängte sie auf. Unter dem Vorwand, Wäscheklammern zuzureichen, strich ich zwischen den Bahnen der Leintücher, Tischdecken und Überzüge herum. Es war getan, irgend etwas war »vollbracht«, man war »der Sünde los«.

Diese Viertelstunde des Aufhängens der gereinigten Familienwäsche war ich erhobenen Herzens und prallvoll von Vorsätzen, auch meine Seele in jenen bläulichweißen Zustand zu bringen, der der Inbegriff der Tugend war.

Dabei blieb es aber leider nicht, und regelmäßig kam es zu einem Nachspiel, das ich gleichzeitig genoß und erlitt und an dem ich mit ätzender Intensität erfuhr, was man eine böse Lust nennt: Während die Wäscherin in der Waschküche Ordnung machte und zusammenräumte, die Bottiche ausleerte und den Kessel putzte, Arbeiten, die einige Zeit in Anspruch nahmen, begab ich mich nochmals auf den Trockenboden, rieb einen Zeigefinger an der rußigen, schwärzlichen Wand, schritt durch die Reihen weißstrahlender Bettücher und brachte da und dort – nicht extrem oder auffällig, aber immerhin da und dort – einen Fleck an. Dabei erfüllte mich eine tiefe, boshafte Freude gleichzeitig mit entsetzlicher Angst und Scham. Es ging mir nicht im geringsten darum, etwa die Mutter zu ärgern. Sie hat nie etwas gemerkt, denn so oder so bekam die Wäsche in jenem rußigen, staubigen Raum irgendwelche Flecken ab, von denen man nichts hermachte. Aber dann geschah es zufällig oder aus Unachtsamkeit. Ich aber beschmutzte ausdrücklich und mit voller Absicht meinen rechten Zeigefinger, um solche Male der Sünde anzubringen. Es hatte mich – trotz aller echten Feierlichkeit – plötzlich die Lust, ja die Nötigung überwältigt, dieser Tugendhaftigkeit, die mich aufreizte und an der ich Ärgernis nahm, einen Makel anzuheften.

Nachdem ich meinen Zeigefinger am Knie abgeputzt

hatte, begab ich mich – hochbefriedigt über das Wäschefest – in die Wohnung, wo Frau Mitschek ihren Lohn entgegennahm, um ihn sich – wie sie lamentierend voraussagte – vom Mitschek sofort entwinden zu lassen.

SEXUELLE FREIHEIT ODER AUSGEZOGENE KATHOLIKEN

Sitzung des Hofrats Kreutzer bei Dr. Schlesinger

... bist du eigentlich lasterhaft, fragte sie mich beiläufig, als wir uns bei praller Hitze und absoluter Windstille die Schafbergstraße hinaufschleppten. Ich bin nicht leicht zu schockieren durch Antonia. In sechs Jahrzehnten Umgang mit ihr habe ich mir schon eine gewisse Schutzhaut angezüchtet. Ich blieb daher besonnen und überging die Frage, zu deren gewissenhafter Beantwortung es mir im Augenblick sowohl an Lust als auch an Atem fehlte.

... ich schwieg, konnte es aber nicht verhindern, daß sich plötzlich eine plastische Erinnerung einstellte und haften blieb und mich trotz Widerstands mit zudringlichem Gelsengesirre zwang, sie zur Kenntnis zu nehmen.

... das »Grab am Busento«.

... jawohl, August Graf Platen von. Es stand seinerzeit in jedem Lesebuch für den Schulgebrauch.

... was für eine Bewandtnis es damit hatte? Das kann ich Ihnen genau sagen. Ich mußte diese Ballade auswendig lernen als Bußakt für lasterhafte Aufführung. Man hatte mich mit anderen interessierten Kindern beim Austausch gewisser Kenntnisse auf dem Schulklo betreten. Pompöses Entsetzen des Herrn Gravis, der in Abwesenheit meines eigenen Vaters verständigt worden war. Im Gefolge der Szenen wurden die »dumpfen Lieder«, die bei Cosenza gelispelt wurden, für mich zu einer Art Wehegesang über meine Verworfenheit, und beim Aufsagen überrieselte mich ein feiner Lustschauer aus Zerknirschung und Wichtigtuerei, wie sie ein Exorzierter empfinden mochte, wenn ihm die blamable Bescherung coram publico ausfuhr.

... natürlich brachte ich es zur Sprache, und Antonia hat sich genau erinnert, obwohl sie damals ziemlich klein war, aber vom reinen Dabeistehen und Zuschauen hat sie doch allerhand mitbekommen vom Szenendonner des Vaters, der wirkungsvoll untermalt war vom »Gesang der tapfren Goten«. So was prägt sich ein. Sie hielt dann, sehr angeregt durch die Erinnerung, eine Standrede darüber, wie heutzutage das ganze farbige Gebiet der Lasterhaftigkeit heruntergekommen und fadenscheinig geworden sei.

... warum gerade das »Grab am Busento«? Erinnern Sie sich nicht mehr, wie die Generation unserer Väter und Volkschullehrerinnen ein ausgeblaßtes und gipsern gewordenes Christentum spielend mit einer verschlampten Romantik nationalen Gepräges zu verbinden vermochte? Ein Ergebnis war der keusche Germane im Gegensatz zum geilen Welschen und natürlich Juden. Es fiel dieser Generation trotz noch intakter humanistischer Bildung ganz leicht, sich Alarich, diesen skrupellosen, Verträge brechenden, mordenden, sengenden und plündernden Barbaren, und seine Horden, die Rom gebrandschatzt und sich fleißig durch alles Weibliche durchvergewaltigt hatten, als blondgelockten Tugendjüngling vorzustellen, der im römischen Sumpf sein Heldenleben verlor. Und so mußten wißbegierige Kinder, die sich – zur unsäglichen Erleichterung der Eltern – ihre sexuelle Aufklärung selbst verschafften, eben das »Grab am Busento« auswendig lernen. In unserer Generation wurde das gefallene Kind nicht mehr durch Höllenbilder geängstigt, sondern von den Busentowellen reingeschwemmt.

... sicher! In den Augen des Herrn Gravis war das bestimmt ein gelungener Erziehungsakt, und auch ich selbst fand gar nichts daran lächerlich. Ich war feierlich zerknirscht und sprach meines Wissens nie mehr bildungshalber im Klo vor.

... Antonia? Die fing unvermittelt an, auf Weltanschauungen zu schimpfen.

... nicht auf eine bestimmte, sondern auf das Phänomen Weltanschauung an sich. Sie nannte sie einen Profanbankert der Religion. Wenn die Menschen – aus welchen Gründen immer – die Religion satt haben und die Beziehungen zum Jenseits abbrechen und sich auf ihr Stückchen Erdenleben beschränken, dann – sagt sie – sprießen aus der verdrängten Sehnsucht nach dem Überirdischen als bizarre Kümmerformen die sogenannten Weltanschauungen philosophischer und politischer Prägung hervor. In der Praxis komme es dabei auf nichts heraus als eine peinliche Banalisierung ursprünglich religiös verankerter Gedanken.

... nein, das gab sie schon zu! Sie meinte nicht die großen Köpfe, die sich ernsthaft und gescheit um rationale Erklärungen der Welt bemüht haben, sondern das, was dann das Volk daraus macht. Denn nicht die große Idee, sagte sie, prägt neue Lebensformen, sondern das, was der Pöbel daraus macht, wenn er es an sich rafft. Geistige Strömungen werden nicht von den Gegnern umgebracht, sondern von der Menge ihrer Anhänger, die sie ihrem eigenen Hausmeisterniveau anpassen. Nach dem selben Schema greifen sich auch die Religionen allmählich ab. Die Kurie etwa wird umfunktioniert zur Generalversammlung und zum Zentralkomitee, das Hochamt zum Maiaufmarsch.

... sie selbst sprang wieder zurück zum Ausgangspunkt unserer Debatte: Das Laster der Unzucht sei heruntergekommen zur Freikörperkultur zwecks körperlicher und seelischer Gesundheit mit allem Gefrette drum herum.

... Gefrette? Sie müßten das doch wissen von der Couch her! Soviel man hört, hat die sexuelle Befreiung ganz sonderbare Folgen! Ansätze dazu gab es ja schon in den Anfängen dieser unschönen Bewegung.

... warum ich unschön sage? Weniger in Übereinstimmung mit Antonia, die geradezu behauptet, »Weltanschauung macht häßlich«, was ich für etwas kraß halte. Aber ich erinnere mich da an ein gemeinsames Kindheitserlebnis. Nehmen Sie es als Ersatz oder anstelle einer logischen Beweisführung. Sie sehen, ich färbe schon ab von meiner Frau Wahlschwester.

... ein Familienausflug in die Lobau. Man ließ sich gerade, ermüdet von der Naturschwärmerei des Vaters Gravis, zum Rasten und Speisen nieder, als plötzlich aus dem Schilf eine Schar Nackter hervorbrach, worauf Herr Gravis, der Zeitlaunen unkundig, nicht gefaßt war. Er baute in fliegender Hast ein Schilfhäuschen um uns auf und unter dieser sittlichen Bemützung aßen wir gesenkten Blicks fromme Buttersemmeln. Da aber sowohl ich wie Toni es darauf anlegten, unauffällig durch die Ritzen zu spähen, kamen wir in die Lage, echtes nacktes Fleisch zu sehen. Die Abbildungen für den Jugendgebrauch zugelassenen Kunstfleischs, wie sie gebildete Bücher zieren, sind ja alabastern und taub vom Standpunkt lüsterner Wißbegierde. Was aber da vor unseren Augen in weltanschaulich tingiertem, fröstelndem Frohsinn vorübersprang, bleiches, keineswegs prangendes, lakunenweise behaartes Fleisch, erregte keine sündige Emphase. Während ich aber unbemerkt durch die gottesfürchtige Schilfhaube zu blicken verstand, wurde Toni, hemmungslos, wie sie immer schon war, plötzlich die Beute eines Lachzwanges, der den ratlosen Vater zu einer Maulschelle hinriß.

... ja, das war die Maßnahme, mit der er regelmäßig dem Gefühl innerer Hilflosigkeit entgegentrat, Sie werden es schon bemerkt haben.

... Weltanschauung, sagt Antonia, wie ich schon erwähnte, macht häßlich. Ich bitte dich! So ein für Freikörperkultur missionierender Mann, dessen Luft und Sonne ausgesetzte pikante Einrichtung alle Varianten von stracker Selbstgefälligkeit bis zur scheu resignierenden Wehmut selbsttätig und oft gegen seinen Willen zum Ausdruck bringt! Welche normale Frau regt das an, damit in begeisterte Beziehung zu treten? Welche Illusionen schnurren da oft kläglich ein und verwelken zum traurigen Winterapfel. Nicht ohne Grund sucht der Mensch von Geschmack in gewissen Situationen die Dunkelheit auf, wo er dann allenfalls wieder überschwenglich spricht und empfindet. Was soll's? schimpfte sie: Sie sollen sich wieder anziehen! Was da heute in weltanschaulicher Nacktheit herumgockelt, das sind keine selig freien Paradiesesbewohner, das sind ausgezogene Christen!

... sie seien dem Irrtum aufgesessen, sagt sie, sexuelle Freiheit sei, wenn sich einer ohne Scham ausziehe. Hurenfreiheit ist das, rief sie, freudloser Sex, wie eine Mahlzeit in einem Biolokal. Die Spartaner wußten, was sie taten, wenn sie ihre Jugend beiderlei Geschlechts nackt miteinander Sport treiben ließen. Sie feiten sie dadurch verläßlich gegen die Entwicklung erotischer Flausen. Diese Jugend versah das Geschäft der Fortpflanzung so trocken wie das der Verdauung. Das lasterhafte Athen dagegen ging angezogen vom Hals bis zu den Knöcheln und entwickelte eine hinreißende Kultur der Erotik.

... ja, sie lobte sogar noch das Christentum. Für den Christen, sagte sie, war der Körper ein peinlicher Anhang, der geistigen Höhenflug mit seinen unflätigen Ansprüchen hemmte. Wenn aber dann dieser Geist doch einmal, und immer wieder, abgewandten Kopfes diesen peinlichen Ansprüchen nachgab, dann geschah es mit außerordentlichem Vergnügen. Heute ist das Fleisch zwar nicht mehr verpönt, aber man mag es nicht. Es macht keine Freude. Denn die tausendjährige Erinnerung an eine tief eingeprägte Scham ist noch lebendig. Allerdings nicht im Hirn, was anginge, sondern im Fleisch, so wie ein amputiertes Bein bei Wettersturz weh tut, obwohl es längst in irgendeiner Grube verrottet.

... ich machte denselben Einwand! Niemals, sagte ich, hat man seinen Kadaver so gehätschelt wie heute, sich nie damit soviel abgegeben und Geld und Sorge daran gewandt.

... es kostete sie nur ein höhnisches Gelächter. Ob ich nicht merke, sagte sie, daß man unter dem Vorwand der Gesundheit und Lebensverlängerung heutzutage das arme Fleisch Martern unterwerfe, gegen die das Flagellantentum ein Kinderspiel gewesen sei. All das unablässige Fasten und Entschlacken, Joggen und Schwitzen mit und ohne Paraffin, Hühnerfutterdiät und die sonstige Freudlosigkeit des »gesunden Lebens«! Was davon übrig bleibt, ist ja nicht der strotzende Naturmensch, sondern ein weher Askeserückstand; Gestalten, wie sie einst die Wüste Thebais bevölkert haben mögen, als das Anachoretentum in Blüte stand. Jeder fröhliche erotische Reiz wird abgeräumt. Das saftige Küchenrezept ist ersetzt durch die schwarzgeränderte Kalorientabelle, diesem Partezettel der Lebensfreude. Und ein zu seiner Beschämung normal empfindender Mann traut sich nur hinter vorgehaltener Hand einzugestehen, daß er sich vor dem Knochenspiel grault und heimlich nach handlichen Formen sehnt.

... Sie können es aus ihrer ärztlichen Praxis bestätigen? Da drängen sich wohl die sexuell Darbenden? Es hat ja auch niemals so viele Anleitungen zum Geschlechtsverkehr gegeben in Wort und Bild, und wenn ich an diese Wohlfahrtseinrichtungen denke, die aus dem Boden schießen, wo man die Technik und die seelische Verkraftung des Orgasmus lehrt! Sie haben gar nicht viel vom freien Sex, die armen Leute.

Antonia sagt: Sie sind nicht frei, sie sind nur schamlos. Von der Befreiung hat man sich so etwas wie einen fröhlichen Urwaldsex erhofft, ich aber glaube, daß der Urwaldsex alles andere als fröhlich ist. Die Wilden exekutieren ihn mit derselben trockenen Ernsthaftigkeit wie eine sättigende Mahlzeit, weil sie – wie die Tiere – schamlos sind. Die Lust aber, sagte sie, die alle die lieblichen Auswucherungen des Eros zum Sprießen bringt, ist gebunden an die Scham, an das Verbot, das Tabu, an die Durststrecke, ja an den Umweg. Der schnurgerade Sofortsex, spannungslos, kahl und frei von den schönen Umrankungen, die die wünschende Phantasie zeugt, scheint eine schwere Enttäuschung zu sein, verantwortlich auch für die triste Beurteilung des Daseins, die unter der Jugend um sich greift und zum Ausdruck gebracht wird in der künstlich hergestellten Freudlosigkeit der äußeren Erscheinung; im Aschengehänge der Haare und den mißfarbenen Bußhadern der Gewänder. Psychosoziologisch gesehen eine neue Zwitterform der westlichen Zivilisation: der schamlose Katholik.

... ganz leicht, meinte sie, werde man dieser Generation das Lustlabor einreden können. Die geschäftliche Auswertung neuester Forschungsergebnisse und damit eine weitere Sparte der Dienstleistungsindustrie von weltwirtschaftlicher Bedeutung.

... sie spielte auf die Entdeckung an, daß die schönen, ewigen Gefühle fest in bestimmten, leicht lokalisierbaren Gehirnwindungen säßen und von dort her via chemischer Stoffwechselvorgänge ihre Bedürfnisse anmeldeten, die man nicht nur künstlich befriedigen, sondern sogar entfachen könne, und zwar vermittels einer zarten Sonde im Kopf, die mit elektrischer Energie gespeist würde.

Man müßte, schlug sie vor, die Säuglinge in den ersten Lebenstagen neben Taufe oder Beschneidung auch mit solchen Sonden versehen, kleine Tentakel in den wichtigsten Gefühlszonen, bei Bedarf durch reinliche Stromstöße erregbar. Es wird Einkehrstätten geben, rief sie, in denen man Lustgefühle bestellen kann wie eine Melange.

... na ja! Ich gebe zu, die Vorstellung, die sie heraufbeschworen hatte, war auch für mich beklemmend. Ich sah ein dämmrig gehaltenes Lokal vor mir, eingerichtet mit bequemen, körperangepaßten Stühlen, in denen unter einem Wald von Antennen und Sonden ernste Menschen sitzen. Dazwischen weißgekleidetes Personal, auf weichen Sohlen umherhuschend, die Stromdosen und Kontakte gewissenhaft prüfend. Keinem der Einsitzer sieht man an, ob ihm das Zentrum Völlerei ohne die Gefahr einer lästigen Gewichtszunahme stromgespeist wird, oder ob er sich gerade eine Wutorgie gönnt, worauf er dann in der Lage ist, seinem Chef gelassen entgegenzutreten. Andere wieder mögen auf einen Sprung einsitzen, um sexuelle Spannungen abzubauen ohne zeit- und nervenverzehrendes Umwerben des Lustobjektes. Grauslich? Was? Der »Garten der Lüste« ist dagegen ein Kinderhort.

... ich? Ich hatte eigentlich nichts dazu zu sagen, es hatte mir gewissermaßen die Rede verschlagen. Freund Pictor aber, der zu uns gestoßen war und die letzten Ausführungen mitangehört hatte, fragte mit melancholischem Gesichtsausdruck: Wo, bitte, bleibt dann der gute alte Koitus? Über den kannst du nachlesen, meinte Antonia giftig, in Dissertationen zur Erlangung der Doktorwürde. Etwa »Der Koitus als Beispiel für vorzivilisatorische Fertigungsmethoden, ein Beitrag zur Sexualforschung«.

ZUM THEMA »SEXUELLE FREIHEIT«

Erfahrungen aus der Ordination von Prof. Dr. E. H. Schlesinger

Tugendführerin 1 und 2* scheinen in der psychiatrischen Ordination nicht auf. Sie besitzen ein ausgeglichenes Seelenleben (TF 2 hat Baldrian zu Hause, aber nur, weil sie es für schicklich hält, zuweilen etwas leidend zu sein).

TF 3 konsultiert ab und zu den Seelenarzt. Sie ist ein durchtrainierter Knochen und liegt mit unbewegtem Gesicht auf der Couch, wobei sie die Beine gerade nebeneinander liegen hat mit parallel stehenden Schuhspitzen. Sie beginnt nach wenigen Minuten einen säuerlichen Geruch auszuströmen, der lange im Raum haften bleibt. Ohne besondere Auflockerung von seiten des Therapeuten wird sie erstaunlich unflätig.

TF 4 ist heute unser tägliches Brot und sichert dem modernen Psychiater einen sorgenfreien Lebensabend. Die psychiatrische Sitzung hat aber für sie keine therapeutische Funktion, sondern dient zur Stoffsammlung für andersartige Bearbeitung.

TF 4 leidet an allgemeiner »Frustration« im Sexualbereich (keine naive Freude am sogenannten Vögeln!), die aber nicht von erziehungsbedingten Hemmungen infolge eines prüden Überich herrühren, sondern von – oft überaus verwickelten – weltanschaulichen Maximen, die den Bereich des Sexuellen aller Tabus, gleichzeitig aber auch des Lustcharakters entkleiden und mit Mißtrauen besetzen. Der körperliche Intimkontakt wird ersetzt durch Seelenentblößung in der Gruppe und rückhaltsloses Durchdiskutieren aller seelisch-körperlichen Regungen, mit Bevorzugung der Vulgärbereiche. Verirrt sich zufällig ein lebensfreundlicher Mensch in eine

* Siehe S. 209 ff.

solche Runde, wird er mißhandelt, erniedrigt und durch Kreischszenen und Weinkrämpfe hinausgeängstigt.*

Die Seelenentblößungsgruppe verlagert das erotische Streben nach körperlicher Vereinigung auf seelische Hautnähe, wobei den Gruppengenossen ein nacktes Bild der eigenen Seele ohne schamhafte Retusche geboten wird. Dieses wird dann in der Runde detailliert durchgesprochen.

Diese neue Form der sexuellen Abirrung ist gekennzeichnet durch die Verlagerung des Kontaktstrebens mit den Organen eines Partners auf die verbal seelische Entsprechung dieser Zone, und zwar in Form von Bekennen und Ausreden. Es kommt zu einer redegeilen Fratschelentblößung. Das gemeinsame Durchhecheln und Austratschen der Seele vollzieht sich im trockenen Spreugeraschel des Fachausdrucks, den man unter gewissen einschränkenden Bedingungen allenfalls als die aride Hülse der Zote ansehen kann.

Die Befriedigung eines solchen Verkehrs dürfte im Bewußtsein der Offenheit und allgemeinen Zugänglichkeit jener seelischen Zonen liegen, die bei der normalen Partnerbeziehung verschlossen bleiben, weil man sie einander aus Geschmacksgründen erspart.

Diese gegenseitige Zugänglichkeit hat etwas schmarotzerhaft Zudringendes an sich, etwas Ungezieferhaftes, und ich erlaube mir die freischweifende Assoziation: Filz- oder Kopflaus (pediculus corporis vel vestimenti) sowie Bettwanze (Cimex, aus der Ordnung der Schnabelkerfe).

Auf humane Bereiche übertragen, drängt sich mir der Begriff der Sakristei- oder (landschaftlich bedingt) Tabernakelwanze auf, der im Französischen der grenouille de benetier, d. i. Weihbeckenfrosch, entspricht. Im Jüdischen ist ein Ausdruck im Gebrauch, der sich mit den beiden

* Ein solches Seelengespräch ist scharf zu unterscheiden vom sogenannten Seelenerguß, den man in meiner Generation noch pflegte, als Initialstadium für eine grobsexuelle Beziehung. Ich rekapituliere:
Variante 1: Man gibt sich dem Partner als ein von der Familie seinerzeit unverstandenes, einsames Kind zu erkennen, das zeitlebens nach Geborgenheit darbt.
Variante 2 (kann an V 1 angeschlossen werden): Man entlarvt sich als bedeutender Mensch, der aus Bescheidenheit um nichts in der Welt von seiner Bedeutung sprechen möchte.

genannten nicht ganz deckt, aber dem Bereich nahesteht: die Baumölpischerin. Während die Baumölpischerin ihre Intimität mit dem Heiligen durch öliges Urinieren ausdrückt, was zum Begriff des Frömmlertums überleitet, geht die Sakristeiwanze beziehungsweise der Weihbeckenfrosch einen Schritt weiter. Sie bringen den aktiven Nahkontakt mit den sakralen Zonen zum Ausdruck, indem sie darin plätschern respektive sich einwanzen. Das Interessante daran ist, daß die Tabugrenze überschritten wird, und zwar nicht durch innige Devotion, sondern durch ausgesprochene Vulgärtätigkeiten. Es darf nicht übersehen werden, daß dem Baden oder Sich-Einsaugen ins Sakrale spurenhaft eine blasphemische Note beigemengt ist.

Wenn man der Sakristeiwanze einen psychosoziologischen Ort anweisen möchte, müßte man wohl so definieren: Sie SW lebt im Intimkontakt mit der Kirche, und zwar auf dem Trivial- beziehungsweise Vulgärstatus. Sie dringt in tabuisierte Zonen ein, überschreitet die für das Volk geltenden Schranken und wird intim durch profane Kontaktnahme: Zutritt zur Sakristei zum Ausbeuteln der rituellen Gewänder, Auswischen des Tabernakels mit einem feuchten Fetzen, Abstauben des Gnadenbildes.*

Der Insiderbeziehung und dem hausmeisterischen Umgang mit dem Sakralen entspricht – nach meiner jüngsten Hypothese – ein ebenso determinierter Intimumgang mit der eigenen beziehungsweise fremden Seele in der Selbsterfahrungsgruppe, wobei der halbbewußte blasphemische Beigeschmack einen nicht unbeträchtlichen Reiz einbringt.**

* Die bäuerliche Erscheinungsform der Sakristeiwanze ist die Pfarrersköchin (»Ich bin diejenige, die dem hochwürdigen Herrn seine Unterhosen bügelt!«).

** Mit aller gebotenen Vorsicht drängt sich mir eine gewisse Analogie auf zu bestimmten heiligmäßig lebenden Persönlichkeiten, von denen die Literatur des Mittelalters berichtet, sie hätten – nach eigenen Angaben – an den Brüsten der Muttergottes gefrühstückt. Als sie diesen ergreifenden Umstand bekanntgaben, meldeten sich umgehend mehrere andere Persönlichkeiten aus dem Milieu, die von der gleichen Huld berichteten.
Ich erlaube mir die Behauptung, daß andere, die auch gefrühstückt haben, dies aus Diskretion verschwiegen oder sich für diese Überschreitung der Intimschranken sogar schwere Bußtaten auferlegt haben.

Um zum Ausgangspunkt dieser Überlegungen zurückzukommen: Die Analogie des geschilderten Typs zur Sakristeiwanze* besteht in einem ostentativ zur Schau getragenen und öffentlich ausgeredeten Intimkontakt mit einer Tabuzone (Seele – Kirche!), wobei der Begriff »intim« gleichzusetzen ist mit »gewöhnlich, niedrig, vulgär«. Der Stil, in dem diese Kontakte zum Ausdruck gebracht werden, ist outriert nüchtern und trocken. Dem Terminus technicus auf der einen Seite entspricht auf der anderen etwa die Scheuerleistung an sakralen Geräten.

In dieser Sicht erscheint mir die sexuelle Befreiung als ein bemerkenswert trüber, wenig befriedigender Umweg oder sogar Fehl- und Irrweg. Kein Vergleich mit der Epoche der sexuellen Verklemmungen und Restriktionen, wo die Frauen, wenn sie dann trotzdem taten, wozu sie Lust hatten, sich ungeheuer schämten, was dann für beide Beteiligte – sofern sie nur ein bißchen erotische Begabung hatten – in zusätzliche Reize umgemünzt werden konnte, an denen als Dritter allenfalls noch der Beichtvater teilhatte.

DIE KRANICHE DES IBYKUS

Sitzung des Hofrats Kreutzer bei Dr. Schlesinger

... wie ich so war zu Toni als Ziehbruder gewissermaßen? Mein Gott! Ganz normal, glaub ich, wie auch wirkliche Geschwister als Kinder sind. Man streitet sich, man verträgt sich.

... ja, ich bin um einiges älter. Sechs Jahre machen bei Kindern schon etwas aus.

... ob ich ein besonders liebevoller Gefährte gewesen bin? Ich weiß es wirklich nicht. Aber sicher auch nicht das Gegenteil. In den ersten Jahren werde ich sie kaum beachtet haben. Sie war mir zu klein, als daß ich mich ernstlich mit ihr befaßt hatte.

* Ich schlage die Bezeichnung Seelenlaus, Intimfratschler, Gemütsschabe etc. vor.

... wann ich diese Protektorrolle angenommen habe? Welche Protektorrolle? Ach *so* nennen Sie das also!

... ja, das mag wahr sein. Ich fühlte mich schon relativ früh auf eine irgendwie lästige Art für sie verantwortlich.

... nein, von den Eltern Gravis ist das sicher nicht ausgegangen. Dann und wann mußte ich wohl auf sie aufpassen, aber das wurde mir ganz bestimmt nicht als eine Art Dankespflicht auferlegt, sondern es ergab sich, wie bei echten Geschwistern auch.

... jetzt noch? Ich weiß nicht. Vielleicht einfach Gewohnheit.

... ob mir etwas dazu einfiele? Ach, ich verstehe! Sie sind auch schon in ihr Fahrwasser geraten. Alles geht nach der Bibel, und jetzt sind wir wohl bei Kain und Abel angelangt. Da gehört aber dann noch ein dritter dazu: Gottvater.

... Herr Gravis bemühte sich sehr um Gerechtigkeit. Sicher stand ihm das eigene Kind näher, aber nach außen hin hat man nichts davon bemerkt. Im Gegenteil! Ich wurde ihr sogar oft als Muster vorgehalten, und mit meinen Zeugnissen hat er bei den Bekannten geprotzt, als wäre ich sein eigener Sohn. Ich war ja immer ein guter Schüler. Mehr aus Bequemlichkeit als aus Ehrgeiz. Ich haßte Scherereien. Toni war fauler als ich und viel leichtsinniger, wie es ja oft ist mit jüngeren Geschwistern. Sie nehmen die Dinge nicht so ernst wie die älteren.

... abgesehen von der Schule? Was gibt's da bei Kindern schon. Geärgert haben sie sich oft über sie, weil sie so – wie soll ich sagen – irgendwie mürrisch oder muffig war. Nicht immer. Meistens war sie laut und rabiat. Aber wenn Leute kamen, war sie oft ein richtiger Muffsack.

... naja, so beim Händchengeben und Knicksen und laut und deutlich Grüßen und dem andern dabei freundlich ins Gesicht schauen. Sie wissen schon! Wie man das Kindern eben beibringt.

... sie hat gemurmelt und dabei finster auf ihre Füße gestarrt.

... immer schon? Was weiß ich! Wie soll ich mich denn an

so etwas erinnern? Bin ich der Hüter meiner Schwester – die nicht einmal meine Schwester ist!

... ach so! Das klingt biblisch. Kein Wunder bei den Bibelstunden, die ich jetzt über mich ergehen lassen muß! Aber jetzt möchte ich wirklich wissen, warum Sie da so herumbohren. Man wird ja ganz konfus. Dann unterlaufen einem eben auch solche Phrasen. Noch dazu, wenn einem diese Sachen dauernd im Kopf herumschwirren, wie eingesperrte Nachtmotten. Wie komm ich überhaupt dazu!

... aber wieso? Ich reg mich doch gar nicht auf. Ich bin ganz kühl. Nur etwas nervös. Und wenn Sie es schon unbedingt wissen wollen: das verdammte Aufsagen von Gedichten ist mir eingefallen. Das war doch damals so, daß Kinder zu allen möglichen Gelegenheiten Gedichte aufgesagt haben.

... freilich habe ich auch aufgesagt bei den Familienfesten. Sie etwa nicht?

... nein, die Toni nicht. In der Schule mußte sie ja. Aber da bekam sie immer schlechte Noten, weil sie alles, ihre Schuhe fixierend, monoton heruntergeratscht hat.

... nein, nein! Sie hat sich Gereimtes schneller gemerkt als ich. Es hat ihr auch gefallen. Nur Aufsagen wollte sie um nichts in der Welt, und die Geburtstage des Herrn Gravis wurden allein von mir poetisch erhöht. Meist mit Schiller-Balladen.

... o ja, einmal hat auch sie aufgesagt. Aber dann nie wieder.

... blamiert hat sie sich nicht. Im Gegenteil. Warum sie dann nie wieder aufgesagt hat, weiß ich nicht.

... ja, jetzt, wo sie mich fragen, erinnere ich mich noch daran: Ich stehe, wie immer bei diesen Gelegenheiten, in aufrechter, zusammengefaßter Haltung im frisch gebügelten Matrosenanzug, ein Bein leicht vorgestreckt, und sage laut und deutlich auf. Es waren »Die Kraniche des Ibykus«. Im Hintergrund brennen die Kerzen auf der Geburtstagstorte. »So wandert er an leichtem Stabe nach Rhegium, des Gottes voll.« Sie können es auch noch? Alle konnten das damals. Ich sage also auf ohne Angst, ohne Stockung. Vater Gravis zeigt durch leicht gerötete Augen Rührung an.

»Und munter fördert er die Schritte, es zeigt sich in des Waldes Mitte ...« schmettere ich und lasse die Mordbuben tätig werden. Sehe mit einem halben Auge, daß sich die Mutter umdreht, angeweht, weiß ich, von dem gewissen Gelächter, das sie immer überkam in hochpathetischen Augenblicken, aber der Vater zeigt steigende Bewegung, und auf ihn allein kommt es mir an. Ich »zähl die Völker, zähl die Scharen, die gastlich hier versammelt waren«, bin mir kühl bewußt, daß er mich nun bald an die gerührte Brust reißen wird, und denke an die Torte. Gleichzeitig werde ich bedeutend, und die Eumeniden wandeln »wie keine irdschen Weiber«. »Wohl dem, der frei von Schuld und Fehle, bewahrt die kindlich reine Seele« schreie ich, im Tempo vielleicht schon eine Spur zu schnell, um zu Ende zu kommen, und erwarte mit sachlicher Aufmerksamkeit die aufbrodelnde Schlußrührung des Vaters. Da aber wird, zum erstenmal bei derartiger Gelegenheit, Toni vorgeschoben, fünf Jahre wird sie gewesen sein. Man hat ihr Poetisches eingetrichtert. Sie steht da, grinsend geschwellt, und ratscht in prallem Rhythmus ein paar lächerliche Kinderverse ab, nicht im entferntesten zu vergleichen mit meiner deklamatorischen Leistung.

Und nun geschieht das Unfaßbare, für mich damals schlechthin Unverdauliche. Kaum hat sie ihren kindischen Auftritt beendet, wird sie hochgerafft und mit überschwenglichen Jubellauten der Bewunderung und ausschweifendem Lob geehrt und gefeiert. Sie sitzt dem Vater auf dem Arm und zeigt ein sattes, selbstzufriedenes Grinsen, das mir Magenschneiden verursacht. Von mir ist nicht mehr die Rede. Erst stehe ich mit einem säuerlichen Lächeln die Szene durch, gebe auf die Aufforderung, in den frenetischen Ausbruch einzustimmen, Mattes von mir und warte. Aber es tut sich nichts. Den Wunderbalg immer noch auf dem Arm haltend, schreitet der Vater zur Bescherung, Geschenke werden bewundert und befühlt, die Torte angeschnitten, deren erstes Stück Toni bekommt und gierig in sich hineinstopft. Meines lehne ich blaß ab, was kaum beachtet wird. Ich lehne es nicht nur ab, um besorgte Aufmerksamkeit auf mich zu lenken. Ich lehne es aus triftigen Gründen ab: ich hätte im Augenblick um nichts in der Welt etwas herunterbekommen. Denn in meiner Magengrube würgt es und schneidet und knetet, es bildet sich ein grelles Gewächs aus Haß. Haß auf den kleinen Balg, der mir den verdienten Ruhm geraubt, und Haß auf Herrn Gravis, der in seiner übertriebenen Bewunderung der infantilen Verslein mein rezitatorisches Glanzstück glatt vergessen hat. Ich denke, fühle, schmecke nichts als Rache.

... was heißt weiter? was soll schon weiter sein?

... wenn Sie mich so genau fragen – ein Loch.

... ein Loch, eine blinde Stelle, ein krasser Abbruch der Erinnerung, eine penetrante, aufdringliche Leere.

... von später weiß ich nur noch, daß Toni nie mehr aufgesagt hat. Ich sehe nur ihre Haltung. Den verstockten Blick zu Boden, die Hände im Kreuz, und mit einer Fußspitze scharrt sie beharrlich den Boden.

... gar nichts half. Weder Zureden noch Schimpfen.

... ja, es hat gewissermaßen um sich gegriffen. Sie zeigte unter anderen Leuten als dem engsten Familienkreis ein scheues, mürrisches Wesen und war im Ganzen kein Kind zum Herzeigen. Sie war unfähig oder nicht gewillt, sich angenehm zu machen. War Besuch da, hockte sie an schwer übersehbaren Stellen und beobachtete verschleierten Blicks die Leute, die sich unklar irritiert fühlten. Sie weigerte sich auch strikt, in Weiß und mit Kränzchen am Fronleichnamszug teilzunehmen, und es gab greuliche Szenen, als man sie in diesem Aufzug zur ersten Kommunion schleifte. Mit ihr war kein Staat zu machen. Das brave, vernünftige Kind war ich, und meine Schulzeugnisse wurden herumgezeigt.

... nein, das weiß ich ganz bestimmt, daß ich es nicht genossen habe, im Licht zu stehen. Ich erinnere mich sogar genau, daß ich Toni verteidigt habe, wenn sich ihre Eltern ärgerten über den finsteren Balg.

... daraus hätte sich möglicherweise das »Protektorat« entwickelt? Vielleicht. Ich weiß das wirklich nicht. Ich weiß nur, daß mir das alles gar nicht recht war. Ich bildete mir weder etwas ein auf meine besseren Schulerfolge, noch gönnte ich ihr die Scherereien. Ich litt sogar ein wenig darunter. Mehr als sie selbst, glaube ich. Ich hatte nichts vom Gelobtwerden und ärgerte mich darüber, daß ich nichts davon hatte.

Zusatzbemerkung Schlesingers: Ein Kainskomplex liegt also vor beim würdigen Kustos. Was mag er der Kleinen eingeredet oder getan haben aus Rache fürs Aufsagen? Er wird sich nie daran erinnern. »Schlechtigkeiten« dieser Art bestattet man verläßlich im Keller des Bewußtseins. Es war sicher eine Kleinigkeit. Eine dieser Urbosheiten, in deren Erfindung nur Kinder wahrhaft schöpferisch sind (allenfalls ganz primitive Weiber). Kleine, unauffällige Dinge oder Bemerkungen von solch abgefeimter Schadenskraft und Treffsicherheit, wie das Gehirn des findigsten Bösewichts sie nicht ausspinnen kann. Es kommt direkt aus dem Bauch.

Aber ins Mark hat er sie nicht getroffen. Sie mag sich nicht hinstellen und aufsagen können, aber sonst scheint sie ganz frohen Muts zu tun, was ihr paßt, wie ich auf der Party habe feststellen können.

KAIN ODER DIE HASSHAUBE

Sitzung des Hofrats Kreutzer bei Dr. Schlesinger

... gestern abend fand ich bei Pictors ein liebliches Genrebild vor. Der Gatte lagerte auf der Couch, Gesicht zur Wand im Polster vergraben, Knie angezogen, Thermophor auf dem Bauch. Antonia saß am Sofarand und redete mit leiser, begütigender Stimme auf den aufsässig wirkenden Rücken des Gemahls ein. Ich wurde aufgefordert, mich still zu verhalten und mich dem Schmerzenslager auf behutsamen Zehen zu nähern.

... Magenschmerzen unklarer Natur.

... ob er sich beruflich übernimmt? Natürlich tut er das. Welcher Mann, der auf sich hält, übernimmt sich heute nicht beruflich. Alle die Magengeschwüre, Gastritiden, Infarkte! In den faulen Zonen der Welt gibt es das gar nicht.

... das hätte jetzt der Pictor sagen können! Natürlich sterben die auch, meinetwegen sogar früher, an Zehenwürmern oder dergleichen, aber nicht an Arbeit. Denn dort ist Arbeit eine nüchterne Sache: Lebensnotwendigkeit, Existenzgrundlage. Jedenfalls nicht, wie bei uns, etwas Moralisches!

... nein, nein, Berufseifer allein, wie Sie das nennen, macht noch nicht krank. Ich bin der letzte, der behaupten möchte, daß Fleiß ungesund ist. Es ist das, was sich um den Arbeitsbegriff herum entwickelt hat.

... Antonia zeigte auf ihren Mann, der – immer noch zur Wand gedreht – aufmerksam zuhörte, und sagte im Flüsterton: Der liegt nicht aus Übermüdung so da. Er liegt an einer Haßorgie darnieder. Narbenschmerzen eines längst abgeheilten Magengeschwürs, im Berufsleben erzeugt als Symbol ätzender Gekränktheit durch Vorgesetzte und Nebenbuhler.

... ich muß weiter nichts erklären? Leiden Herr Doktor auch an periodischen Anfällen von Erinnerungshaß?

... gut so! Dann kann ich mir nähere Erläuterungen ersparen. Offenbar doch eine ziemlich typische Erscheinung im Rahmen des Berufslebens. Es scheint heute in vielen Individuen einen schwelenden, langlebigen Haß zu nähren, der in der Praxis nur notdürftig gestillt werden kann durch Mord- und Martervorstellungen ausgesuchter Art, wie auch Antonias Gemahl sie hegt und ausbaut.

... ja, ja. Ich bin immer wieder bestürzt, welcher Phantasien er in dieser Richtung fähig ist.

... aber nein. Ein sanfter, weicher Mensch, der einer verletzten Wanze das Bein schienen würde.

... im Verlauf des Gesprächs gelang es mir dann doch, den Leidenden aus seiner Wandreserve herauszulocken, so daß er mir schließlich ein langes, vergrämtes Gesicht zukehrte. Er leuchtete erst auf, als ich ihm die Haßhaube empfahl.

... die Haßhaube? Das ist eine Erfindung der Renaissance, die sich in der Rüstkammer der Medici befand. In der Beschreibung steht: Caskett mit vier Feuerrohren, unter den

Hut zu tun. Wenn man einen heimlichen Groll gegen eine höhergestellte Persönlichkeit führt, kann man unter der Vortäuschung, seine Reverenz zu erweisen, eine oder alle viere gegen diese abgehen lassen.

... Herr Doktor haben Interesse an der Konstruktion? Freund Pictor hatte es auch und malte sich aus, wie er sich fühlen würde unter der gefährlichen Mütze, welche stets in Bereitschaft ist, gegen Vorgesetzten- und Kollegengeschmeiß abgeschossen zu werden.

... aber ja, ich verstehe den Mann! Heutzutage steht doch – wenigstens in der westlichen Welt – der Beruf im Zentrum des Daseins. Die urzeitlichen Rayonsprügeleien haben sich auf den Arbeitsplatz verlagert. Die bösen Nachbarhorden sind die Fachkollegen.

... Antonia sieht das anders. Ihr gibt der Umstand zu denken, daß heute die Ursache für Rivalengezänk schwerlich im Rayonshaß und der Existenzangst liege. Im Zeitalter der Pragmatisierungen und Gewerkschaften könnte einer, der einmal auf einem Posten sitze, es sich bis zur Pensionierung behaglich machen, mit den Kollegen friedlich zusammenleben und den Chef einen guten Mann sein lassen: Nichts kann ihn vom Sessel schnellen ins Unbehauste. Ja, man könnte sich sogar das Vergnügen gönnen, gemeinsam mit den Kollegen einen unsympathischen oder lästigen Vorgesetzten zu zwirnen und aufzuziehen. Auf die Gewerkschaft könne man sich verlassen wie auf eine Affenmutter. Warum aber, setzte sie mit erhöhter Stimme fort, warum gibt es fast nirgends solch ein angenehmes Betriebsklima? Warum sind die meisten Arbeitsstätten Schlangengruben und Brutstätten für Steinleiden und Infarkte? Weil mörderische Konkurrenzakrobatik betrieben wird. Es erinnere sie das lebhaft an das Anachoretentum in der thebaischen Wüste, wo die Einsiedler, Höhle an Höhle nistend, einander mit gelben Argwohnaugen beobachteten, wie lange und wie hart der andere faste, sich geißle, sich des Schlafs enthalte, um seinerseits sofort nachziehen zu können in der Hochleistung vor Gott.

Ebenso, behauptete sie, gehe es den Leuten heute nicht – oder nur in geringerem Grad – um die ökologische Nische in einer vorwiegend wirtschaftsorientierten Welt. Es gehe ihnen vielmehr um die Nische in Gottes Huld, genau wie besagten Anachoreten, mit dem einzigen Unterschied, daß an Stelle Gottes ein Vorgesetzter, an Stelle des Nachbargeißlers ein Kollege stünde. Gott sei eben im Neuen Testament zu einer Vaterfigur gemacht worden und dann im Zuge der Profanierung heruntergekommen zum Landesvater und schließlich zum Firmenchef. Dementsprechend empfinde man die Kollegen als Brüder, die um den Hohen Gnadenstrahl rivalisieren.

... der Pictor? Der zeigte ein verkniffenes Gesicht und schwieg. Ich schwieg auch, denn ich kenne Antonia. Wenn sie im Schuß ist, redet sie jeden nieder.

... sie begann im singenden Ton die Geschichte von Kain und Abel zu erzählen: Kain und Abel brachten dem Herrn ein Opfer dar. Kain von den Früchten des Feldes, Abel von den Erstlingen der Herde und ihrem Fett. Und der Herr sah gnädig auf Abel und sein Opfer. Kains Opfer aber sah er nicht gnädig an. Da ergrimmte Kain ... Die Welt weiß, was geschah: der erste Mord. Es ging nicht um Besitz, nicht um eine Frau. Es ging um Gottes Huld.

Diese Geschichte, sagte sie, ist eine von den Mustergeschichten, die jeder Jude und jeder Christ im Volksschulalter vorgesetzt bekommt und fortan nicht mehr vergißt. Als Kind schon bekommt er etwas mit von der Ungeheuerlichkeit, wie Gott sich in dieser Sache betragen hat, und sieht nun mit anderen Augen den Vater an und die Geschwister, später dann den Lehrer, den Vorgesetzten.

... bitte, sagte ich, Brudermord ist in vielen Geschichten tägliches Brot.

... es gehe nicht in erster Linie um den mörderischen Kain, antwortete sie, sondern um die unfaßbare Launenhaftigkeit und Ungerechtigkeit Gottes. Trotz gleichwertiger Anstrengung der beiden habe er die Opfergabe des einen gnädig angesehen, verworfen aber die des anderen, der sich auf seinem Acker sicher ebenso – wenn nicht mehr – abgerackert habe als Abel bei seiner Herde. Und was beweise schlagender ihre Behauptung, daß diese Geschichte das

Menschengeschlecht ganz besonders beeindruckt habe, als die Tatsache, daß sie sofort Schule gemacht hat!

...die Erzväter, sagte sie, die ja immer gern auf Gott posiert haben, ahmten ihn jedenfalls sofort nach. Abraham hat den unschuldigen Ismael verstoßen, Isaak ließ den Betrug mit den Ziegenfellchen geschehen, als ob er nichts merkte, und Jakob verhätschelte den Josef vor den Augen der elf Brüder so, daß denen in ihrem eifersüchtigen Schmerz nichts übrigblieb, als den Bevorzugten zu verschachern. Die Kainsgeschichte ist eine Mordgeschichte, aber vor allem ist sie eine der Geschichten von der unberechenbaren Liebeslaune Gottes.

Wenn in vorchristlichen Zeiten zwei feindliche Heere einander gegenübertraten, opferte vor Beginn der Schlacht jeder der Feldherrn seinem Gott, damit er die Feinde schwäche. Rom betete zu Jupiter, Hannibal opferte Melkart. Der Ausgang des Ringens gab Zeugnis von der Stärke des jeweiligen Gottes.

Wenn in christlicher Zeit zwei christliche Heere einander gegenüberstanden, wurden Feldmessen zum gleichen Gott gelesen. Der Ausgang des Kampfes zeigte, welche Seite Gott der anderen *vorzog*. Ungerechtigkeit wurde vorausgesetzt.

Sie zeigte mit spitzem Zeigefinger auf ihren Mann und sagte: Schau dir diesen an! Der schleppt nun seinen abgestandenen Haß auf einstige Rivalen und Vorgesetzte seit Jahrzehnten mit sich herum, wobei er allenfalls wirklich stattgefundene Kränkungen und Ungerechtigkeiten längst vergessen hat. Denn nicht die wirklichen Vorgänge waren es, die ihm zum sauren Geschwür zusammengeschossen sind, sondern die – freilich unbewußten – Anklänge an die Urgeschichte. Der Karren ist eingerumpelt in den alten, ausgewaschenen Hohlweg der Kainsfabel. Und dort geht es nicht um mehr oder weniger Anerkennung des Vorgesetzten, um Kollegen, die intrigieren und einem die hohe Gunst rauben wollen. Es geht um den schwelenden, schlechthin unerträglichen Verdacht, daß Verdienste nicht nach ihrem wahren Gewicht belohnt werden, sondern daß einem womöglich der letzte Stümper und Faulsack vorgezogen wird. Es geht um Gottes Gnade und die schreiende Willkür ihrer Verteilung.

... in der jüdisch-christlichen Weltsicht sei das Leben eben eine Sache zwischen den Menschen und Gott, alles geschehe in Hinblick auf Gott und sein Handeln und Eingreifen in die Geschichte des einzelnen. Heutzutage sei das Leben etwas zwischen dem Menschen und der sogenannten Gesellschaft; und die Stelle, wo einmal Gott stand, sei ausgefüllt mit einer Attrappe: einem Vorgesetzten zum Beispiel. Oft genug ein minderer Mann, eine ganz und gar inferiore Erscheinung. Und wenn man es genau bedenke, könne man selbst nicht verstehen, daß einen dessen Gunst oder Ungunst so aufwühle.

Man begreift nicht, warum man aufglänzt, fuhr sie fort, wenn ein solcher Popanz einen lobt und auszeichnet, kann den giftigen Haß nicht begreifen, wenn diese Auszeichnung dem Nebenbuhler zuteil wird. Nur der Umstand, daß diese Chefvisage sich dem Angesicht Gottes vorgeschoben hat, erklärt, daß ein sonst ganz vernünftiger Mensch Haßorgien erduldet, die ihn aufs Kanapee werfen, wenn einen der Attrappenboß hunzt.

... Pictor horchte mit verlängertem Gesicht in sich hinein und schwieg eine Weile, dann fuhr er bitter heraus: Na also, da sind uns ja die Jungen weit überlegen an klarer Einsicht! Von denen reißt sich keiner ein Bein aus im Beruf, wenn er überhaupt einen hat. Die kennen weder Ehrgeiz noch Rivalität. Weder irdischen noch jenseitigen Rayonshaß. Einträchtig sitzen sie in ihren Gemeinschaftslöchern ohne Adresse und Familiennamen, haben sich abgenabelt von Sippe und Geschichte, Findelkinder unter der Türschwelle einer Wohngemeinschaft durchgeschoben, wo sie dann in Liebe Matratzen, Weiber und Socken miteinander teilen.

... freilich, sagte Antonia, die strafen den Lorenz Lügen. Keifen nicht ums ökologische Loch, greifen nicht einmal zur Drohgebärde etwa im Sinne des Foppkostüms der Löwenzikade oder der Schrecktracht der Schwalbenwurzlangwanze. Ganz friedlich sitzen sie dicht nebeneinander und treiben praktischen Kommunismus und Urchristentum.

... nur, daß sie weder das »Kapital« noch das Neue Testament gelesen haben, schimpfte der Pictor. Und die wirkliche Menschenliebe haben sie auch nicht. Jedenfalls ist mir noch nie zu Ohren gekommen, daß sie Nieren spenden oder mit vereinsamten Greisinnen Patiencen legen.

... Antonia schnitt ihm das Lästern ab. Wer weiß, sagte sie nachdenklich, ihr macht euch lustig über diese Jugend, und mir selbst ist auch viel an ihr zum Ekel. Aber vielleicht geht von diesen verlausten Friedensnestern wirklich unversehens und ganz allmählich ein anderes Leben aus.

... ob sie denn die Jungen für so einsichtig, gescheit und gütig halte, meinten wir. Das gar nicht, sagte sie, aber immerhin sind sie aus den erstarrten Kotspuren unserer eingefahrenen Denk- und Gefühlsbahnen ausgestiegen. Aus der Kainsgeschichte jedenfalls. So kommt das quälende Konkurrenzspiel nicht in Gang, oder doch nur dort, wo es sachlich begründet ist und nicht giftig aufgeladen wird aus dem seelischen Gedärmbereich, wo die Geschichten rumoren.

... sie lernten, meines Wissens, wandte ich ein, immer noch die biblischen Geschichten in der Schule, also sicher auch die von Kain und Abel und der Ungerechtigkeit des Herrn.

... gleichviel, ob sie's noch lernen, sagte sie, jedenfalls zündet sie nicht mehr bei ihnen, weil sie auf ihre Väter nicht mehr eifersüchtig sind. Für uns, meinte sie, war der Vater noch eine zentrale Figur, auf dessen Anerkennung wir scharf waren, sogar dann, wenn er nur ein Popanz gewesen ist. Unsere pathetischen Väter gaben dem Kind wenigstens noch ein fernes Wetterleuchten der großen Selbstherrlichkeit und Überwölbung als Stellvertreter Gottes, wenn auch schon stark angestochen. Mit den heutigen Vätern aber ist in dieser Hinsicht gar nichts mehr los. Wenn sie sich schon einmal trauen und sich zu einer Autoritätsgebärde aufraffen, dann erreichen sie bestenfalls die Größe einer aufgeblähten Schweinsblase, die beim leisesten Anstich mit einem Weheton einschnurrt. Meistens aber sind sie ohnedies wohlmeinende und eifrige Gerechte, angestopft mit Kinderpsychologie und pädagogischen Empfehlungen, bereit, mit ihrem unabsichtlich gekränkten Kind den Fall bis in die Nacht durchzudiskutieren. Auf solche Väter ist man nicht eifersüchtig. Ihre Huld ist keine Gnade, und ihr Zorn ist griechisches Feuer, in dem sie sich selber wälzen vor lauter Schuldgefühl. Da kommt nichts in Gang. Kein Ehrgeiz, keine Eifersucht, kein Bruderneid. Diese Leitung ist tot. Die Assoziationskette ist zerrissen. Die paar Könige, die es noch gibt, hält sich ein Volk als Zierattrappe für offizielle Auftritte. Von der charismatischen Ausstrahlung unserer Kanzler, Präsidenten und Premierminister kann ich nicht sprechen, ohne unartig zu werden. Die Vorgesetzten sind lästige Notwendigkeiten. Wenn diese Jungen ein neues Weltbild aufbauen wollen, eine Struktur, die Halt gibt im Leben und Regulative, nach denen man sich richten kann, dann wird Gottes Vertretung auf Erden sicher nicht mehr eine Vaterfigur sein und daher der Bruder auch kein potentieller Kain.

... es wird also keinen Haß mehr geben in der neuen Welt, keinen Krieg? höhnte der Gatte. Aber wohin denkst du, sagte sie, jede Menge, wie je und eh wird gemetzelt und gebrandschatzt werden, nur nach einer anderen Mustergeschichte.

Resümee Dr. Schlesingers: Alle diese Gekränkten, Arbeitsplatzgeschädigten und Nachträgler, sie wetzen mir im Wartezimmer die Sessel ab, und ihre bittere Ausdünstung verätzt mir die Tapeten.

Als noch jugendliche Gläubigkeit an meine Kunst mich beseelte, forschte ich nach Fakten, um – mit Tatsachen gerüstet – zur sogenannten Sanierung des Milieus zu schreiten. Ich litt dann ein wenig, wenn ich feststellte, daß der Chef des Leidenden ein überarbeiteter Mensch, die Rivalen harmlose Gestreßte waren, die sich allesamt schlecht und recht durch den Arbeitstag fretteten. Keine abgefeimten Intriganten konnten aufgedeckt werden. Man schrieb hängender Nase die übliche Diagnose: Zwangsneurose mit paranoiden Zügen, und versuchte, das Ich des Kümmerlings zu stärken, schickte ihn zum autogenen Training, damit er ruhiger atme im Amt, empfahl ein Psychopharmakon. Die

Leute suchten dann gewöhnlich einen anderen Psychiater auf, der wieder ihr Milieu sanierte.

Müßte man etwa doch im Pictorschen Fahrwasser Geschichtssanierung treiben? Alternativen zu Kain und Abel anbieten? Kain verbündet sich mit Abel zum Tyrannensturz, oder Abel macht Gott Vorhaltungen, weil er nicht lieb zu Kain ist. Oder Kain verehrt fortan Abel als den Begnadeten? Oder er verläßt beleidigt Haus und Hof und Frau und Kind und geht mit vorgeschobener Unterlippe in die Fremde? An Möglichkeiten fehlte es nicht!

Aber Achtung! Da fällt mir etwas auf. Alle diese Vorschläge halten eines fest: die Autorität eines ungerechten Gottes. Warum lassen Kain und Abel nicht Gott Gott sein und einen alten Narren, von dem man sich nicht die Laune verderben läßt? Warum setzen sie sich nicht einträchtig zusammen und verzehren mit gutem Appetit die Opferreste? Warum kommt einem diese Version erst nach angestrengtem Nachdenken, die anderen aber fliegen einem nur so zu? – Weil die Vernunft im Kopf wohnt, Schlesinger, die alten Geschichten aber nisten im Bauch und in den Gedärmen. Dort kräuselt der Rauch des Abelopfers immer noch hoch und Kains Rauch schlägt sich zu Boden.

TACITUS ODER DER MORD ALS SPEKTAKEL

Neuerliche Sitzung des Hofrats Kreutzer bei Dr. Schlesinger

... Tacitus sei als Lektüre in der achten Klasse vorgeschrieben, und sie habe den Schülern die Auswahl des Textes überlassen.

... nein, keineswegs im Rahmen des neuerdings geforderten Mitspracherechts bei der Planung des Lehrstoffes, sondern um ihnen Heuchelei nachweisen zu können, und darauf einen Erziehungsprozeß aufzubauen.

... wie denn anders? Alle haben sich für Nero und den Brand von Rom entschieden. Genau das hatte sie auch erwartet.

... im Verlauf der Übersetzung, bei welcher die Schüler sich außergewöhnlich willig gezeigt hätten, obwohl die Stelle gar nicht so leicht ist, seien dauernd starke Äußerungen der Empörung laut geworden: Perversler, Unhold, Gestörter etc. Auch wenn Nero den Brand nicht selbst hätte legen lassen, meinten sie, sei er ein gemeiner Verbrecher oder Irrer gewesen, und zwar deshalb, weil er den Brand nicht nur beschaut, sondern ausdrücklich genossen und ästhetisch erhöht habe.

... keins von beiden sei er gewesen, weder irr noch außergewöhnlich gemein, hat sie gesagt. Lediglich ein Mensch, der es sich erlauben konnte, sich jeden Wunsch zu gestatten, und der diesen Vorteil genützt habe.

... lautes Protestgeschrei! Was für Wünsche das gewesen wären, Wünsche eines potentiellen Sadisten oder Umnachteten!

... Antonia wies auf die bekannte Tatsache hin, daß Exekutionen im christlichen Abendland bis vor wenigen Jahrzehnten öffentlich stattgefunden hätten und zwar regelmäßig unter starker Volksbeteiligung. Die Leute hätten sich mit Kind und Kegel und reichlichem Proviant eingefunden und große Strapazen auf sich genommen, um sich einen Platz mit guter Sicht zu erkämpfen. Ob sie der Meinung seien, alle diese biederen Familienväter wären Mörder oder Irre gewesen.

... Schweigen. Dann einer vage: Es habe irgendwas mit Moral zu tun gehabt damals! Sie drücken es aus, habe sie gesagt, in etwas schweren Worten, aber hinreichend verständlich für den Geübten: Man wohnte bei, um Gerechtigkeit sich vollziehen zu sehen, ein Schauspiel der Erbauung und Läuterung. Missetäter, die auf sich hielten, haben auch ihren Part auf sich genommen und die allgemeine Erschütterung erhöht durch bewegte Selbstanklagen, lautes Weinen und Reuebezeigung. Man wies die Kinder darauf hin. Oft genug habe dieses ernste Spectaculum zu eindrucksvollen Szenen von Sinnes- beziehungsweise Sittenwandlung coram publico geführt. Kathartische Schauspiele, daher auch von Kirche und Stuhl gebilligt. Hinrichtungen seien stets gut besucht gewesen. Auch in späteren Zeiten habe sich das fortgesetzt, als religiöse Motive keine Rolle mehr spielten. Man denke beispielsweise an die Französische Revolution! Die letzte öffentliche Guillotinierung eines mehrfachen Mörders sei übrigens 1939 in Versailles erfolgt und artete zu einem solchen Volksfest aus, daß man beschloß, hinfort unter Ausschluß der Öffentlichkeit zu köpfen.

... was sie dazu sagten? Etwas von Befriedigung eines »natürlichen Rechtssinnes«, erzählte Antonia.

... sie setzte ihnen weiter zu: Wenn man zum Beispiel beim Fernsehen im Kreise der gesamten Familie, live und in Farbe, Weltnachrichten über Henkereien im Iran oder ein Gemetzel in Mittelamerika betrachte – möglicherweise beim Verzehr einer Wurstsemmel –, wobei man keineswegs »Gerechtigkeit« walten sehe, verließe da einer den Raum oder kneife wenigstens die Augen zu? Schicke man die Kleinen hinaus?

... das sei wegen der Information, hätten sie sich ereifert, man müsse sich der Wahrheit stellen, um Übelstände anklagen und bekämpfen zu können.

... gut meine Teuren, hat sie gesagt, Informationspflicht also, gewiß ein ehrenwertes Motiv zum Zuschauen bei Massakern, ich lasse es gelten! Stelle aber eine weitere Frage: Gesetzt, im 1. Abendprogramm bringt man eine Debatte über einen millionenschweren Korruptionsskandal im eigenen Land. Im 2. Programm aber verheißt man einen Reißer mit viel Action, Crime und Horror. Welchen Sender wählen Sie?

... gegrinst hätten sie und sich für das 2. Programm entschieden. Innenpolitik sei fad, von Wirtschaft verstehe man nichts, man könne sich gar nichts darunter vorstellen.

... aber von Mord, hakte sie ein, jedermann kann sich von Mord und Metzelei etwas vorstellen, das ist nicht fad, davon versteht man etwas. Mord ist spannend und unterhält. Manche kaufen sich sogar Videofilme, in denen es besonders anschaulich zugehen soll. Wie, meine Lieben, deuten Sie diesen Umstand?

... betretenes Schweigen! Was denn sonst! Die armen

Teufel. Spätestens jetzt schwante ihnen, daß sie sie hereingelegt hatte.

... einer, der seinen Lorenz gelesen hatte, sagte lahm: es sei wegen des Aggressionspotentials, das man habe. Es könne auf diese Weise unschädlich abgeführt werden.

... nein. Sie sagte, ob auch sein Hund vor einem kleinen TV-Apparat beim Anblick von Hundsbeißereien sein Potential abführe und dann den Nachbarhund nicht mehr hasse.

... daß der Mensch eben etwas anderes sei, maulten sie. Und überhaupt! Worauf sie denn hinauswolle! Was man sich da ansehe im Kino oder im Fernsehen, das sei ja doch nicht wirklich. Was das schaden solle! Im Gegenteil! Man kriege seine Wut los.

... was es schadet, meine Geschätzten? sagte sie, ich werde versuchen, es an einem anderen Beispiel als Mordlust zu erklären. Nehmen Sie etwa die Freßlust, auch ein »Potential«! Wenn man einem Freßlustigen – ich erlaube mir, auf übergewichtige Mütter oder Tanten hinzuweisen (allgemeines Gegröle) –, wenn also diese Mutter oder Tante, unter latenter Bedrängnis leidend, welche ärztlich wie ästhetisch verwerflich ist, beispielsweise in der Werbung Menschen sieht, die mit augenscheinlicher Lust ein fettes Schnitzel oder eine pompös dekorierte Torte zu sich nehmen, wird ihr Potential dadurch abgebaut?

... einhelliges Geschrei sei gewesen und Berichte: Man halte sich die Augen zu, stelle den Apparat ab, laufe in die Küche, und man höre, wie der Eiskasten geöffnet werde! Auf ihre Frage, was der Anblick des Verbotenen unter den Lechzenden bewirke, hätten sie alle gerufen: Verführung! Verführung zum Nachgeben!

... und jetzt, sagte sie, mögen sie sich gefälligst wieder zurückversetzen in den anderen angeborenen Trieb, in die nackte Mordlust oder – feiner ausgedrückt – in das Aggressionspotential.

... eine Weile Glotzen, Gedankenarbeit hinter gerunzelten Stirnen, murriger Widerspruch: keiner renne beim Anblick eines Totschlags hinaus auf die Gasse und bringe den Feind um.

... sicher nicht, billigte sie ihnen zu, denn für Mord komme man gewöhnlich ins Gefängnis, während Überfraß frei ausgehe, und zweitens sei Totschlag mit nicht unerheblichen Strapazen verbunden, vor allem, wenn er »händisch« erfolge. Aber die werten Schüler sollten sich erinnern, was im Beichtspiegel stehe, nämlich: »In *Gedanken,* Worten und Werken«. Auch der Gedanke gehöre – am Rande zwar, aber immerhin – in den Bereich des fünften Gebots.

... wer von euch, sagte sie, ich frage euch auf Ehre und Gewissen, wer von euch hat bei der aufmerksamen Betrachtung einer gelungenen Rachetat im Film nicht schon den lebhaften Wunsch gehegt, einem Verhaßten das gleiche anzutun? Hat sich den Fall nicht ausgemalt im kleinsten Detail, und das mit Liebe? Wieviel Phantasiemorde hat jeder von Ihnen – im übrigen auch ich selbst! – schon auf dem Gewissen?

... Schweigen und unbehagliche Innenschau.

... stellen Sie sich vor, trug sie auf, die Tat bleibt unentdeckt, kein Gewissensnagen liegt vor wegen eindeutiger Niedertracht des Gehaßten. Etwa Erbarmen? Oder sonst ein Hindernis?

... also mir tät grausen! sagte einer in die Stille hinein.

... richtig lobte sie ihn, ganz und gar richtig! Das Grausen, das körperliche Grausen ist die wirksamste Hemmung gegen das Morden. Hemmung auch dann, wenn es ein sogenanntes »Motiv« gibt, etwa Gerechtigkeit. Leichter schon ist es, wenn es um ideologische Massengemetzel geht, wie sie immer wieder stattfinden, sei es aus religiösen, sozialen oder weltanschaulichen Gründen. Ein geschickter Verführer vermag unschwer die angeborene und latente Mordlust des Menschen zu schüren, das Gewissen zu betäuben, ihn zu exkulpieren. Unfähig zum Morden sind dann buchstäblich nur jene, denen es trotzdem den Magen umdreht. Helden oder Heilige! Denn der Magen weigert sich sogar, Befehlsnotstand anzuerkennen!

Fortsetzung der Sitzung

... mit diesem Schlußeffekt hat sie die Klasse noch vor dem Läuten sich selbst überlassen. Im Verlauf des Nachmittags aber spann sie weiter an diesen Ideen.

... wir hatten uns an der Endstation des 41er in Pötzleinsdorf verabredet zu einem Spaziergang und waren langsam die steile Schafberggasse hinaufgegangen zur Ladenburghöhe. Dort verschnauften wir ein wenig. Es steht da ein Wegkreuz mit einem blechernen Christus. Wir sind von Kindheit an sicherlich hunderte Male daran vorübergegangen, ohne ihm Beachtung zu schenken. Aber gestern, weil wir eben dort rasteten, verfingen sich unsere Blicke an diesem Kruzifix. 19. Jahrhundert. Die übliche Darstellung, an Nägeln hängend, Dornenkrone, seitlich geneigtes Haupt. Die Wunde, aus der ein paar Blutstropfen fließen. Minderes Machwerk, sagte ich. Sonderbar, daß du minder sagst, erwiderte Antonia, und nicht billig, primitiv, kunstlos! »Minder« sagst du ausdrücklich, und es ist das richtige Wort dafür. Diesem Christus da fehlt – trotz der obligaten Merkmale – jeder Ausdruck echter Geschundenheit, jede grausige Realität, wie sie oft ganz schlichten rustikalen Darstellungen anhaftet. Er wirkt wie die gipsernen Heilande, Madonnen und Märtyrer, wie sie an Kirtagen feilgeboten werden und in den meisten Kirchen auf den Seitenaltären stehen. Es fehlt ihnen nicht an Todespfeilen, den sieben Schwertern, den dornenumkränzten Herzen und was es sonst noch gibt an charakteristischen Requisiten ihrer Besonderheit, aber sie wirken nicht einmal wie echte Symbole. Es sind Accessoires.

... ich gab zu bedenken, daß das Wort »Accessoires« bedenklich an Modejournale gemahne und nicht für Marterwerkzeuge passe.

... doch, sagte sie, doch! Es paßt. Gerade wie dein »minder« paßt. Es ist, als trüge ein Henker ein silbernes Zierbeilchen um den Hals oder eine winzige Plastikguillotine.

Was diesen Darstellungen fehlte, ist das Grauen oder Grausen, wie immer du es nennen willst.

... man habe, sagte ich, als wir in den Geymüllerpark hineingingen, im letzten Jahrhundert den Darstellungen blutiger Geschichten alles Schauerliche genommen. Richtig ausgemerzt. Die Trauerweide löste das Gerippe ab, der schmerzlich aufblickende Dulder den menschlich gepeinigten Gekreuzigten.

... und jetzt, mischte sie sich lebhaft ein, verlarvt man den Gottesacker in einen Wandelpark, und wenn man sich wo niederläßt, kann es einem passieren, daß man, ohne es sich zu versehen, auf einem »Requiescas in pace« zu sitzen kommt. In Amerika jedenfalls. Alle die blutigen Erscheinungen des menschlichen Alltags, Beischlaf und Geburt, Siechtum und Sterben, ehemals unter der regen Anteilnahme der gesamten Familie und Nachbarschaft exekutiert, geschehen jetzt im Abseits. Erst wurden die Kinder hinausgeschickt, dann verlegte man's in ein Spital.

... sie hat schon recht. Sie erinnerte mich an ihre Würfe, die auch in einer Klinik stattfanden. Das Kind, seufzte sie, das man kennt seit seiner ersten Regung spätestens und das dann plötzlich in Erscheinung tritt, mit Hoffnung, Neugier, mit Sorge erwartet, nehmen sie einem weg, hängen ihm ein Namensschild ums Ärmchen, und man sieht es nur bei der sogenannten Stillung, fühlt sich von einer Erzeugerin und Mutter herabgewürdigt zur Milchflasche. Was habe ich flehentlich bitten müssen, daß sie es mich nach der Geburt haben in die Hände nehmen lassen, an mich drücken, mit Küssen und Kosen willkommen heißen dürfen! Erinnerst du dich?

... selbstverständlich erinnerte ich mich. Wir saßen doch die halbe Nacht am Bänkchen vor dem Kreißzimmer, der Pictor und ich, und als wir sie »flehentlich bitten« hörten, welkten uns die Ohren, der Pictor wurde fahl, und ich mußte ihn gewaltsam zurückhalten, daß er nicht flüchtig wurde. Schließlich waren es seine Kollegen, die drinnen von Antonia »gebeten« wurden, Leute, auf die er angewiesen war beruflich.

... nun, sagen wir, sie drückte sich sehr plastisch aus, während sie nach ihren Worten »flehte«.

... aber um auf das Thema zurückzukommen: wir wandelten also im Geymüllerpark, und sie grübelte. Plötzlich rief sie: Ich hab's! Ich dachte gerade an meine eigenen Angelegenheiten und war nicht gleich im Bilde. Sie erklärte mir aber sofort, es handle sich um das Missing link zwischen Mordlust, Bremse des Grausens und etwas, was sie die Vergipsung des Gräßlichen nannte.

... hängen sie sich ab vom sakralen Überbau des Daseins, dann fühlen sie sich ohne diese Bindung hilflos den blutrünstigen Seiten des Lebens ausgeliefert und können kein Blut mehr sehen. Gebären, Sterben, Töten: alles wird hinter einen Paravent versteckt. Und so ist es möglich geworden, Hekatomben zu vertilgen, ohne daß die eigenen Leute oder das Ausland mit einer Wimper gezuckt haben, den werten Volkskörper von »minderwertigen Elementen zu reinigen«, eine giganteske Entlausung. Entwesungsanlagen als friedliche Duschkammern getarnt und vorbildlich in Schwung gehalten von Leuten, die eine Ohnmacht anwandelte, wenn sie sich in den Finger schnitten und ein paar Blutstropfen austraten. Geruchlos mordende Zimperlinge. Unheimlicher und schauerlicher als ein biederer Lustmörder. Nicht der Satan ist dafür verantwortlich, sondern einer aus dem Gezücht der Dämonen.

Ein empfindliches Geschlecht, könnte man sagen! Wenigstens Kriege werden sie nicht vom Zaun brechen, schon aus Wehleidigkeit nicht. Aber weit gefehlt. Es herrscht Gekreisch, wenn sie von einer Messerstecherei im Wirtshaus hören, wenn man noch Messer sieht und Blutlachen und klaffende Wunden. Aber dieselben Leute reden ganz kühl und sachlich von der Entvölkerung von Landstrichen, von Vertilgung ganzer Völkerschaften und der Aufrüstung des Weltalls zur Mordmaschinerie und wägen nüchtern die Vor- und Nachteile ab.

... diese Jungen, sagte sie noch, denn die stehen ihr irgendwie nah, wahrscheinlich, weil sie eine eigene Brut hegt, diese Jungen haben natürlich recht, wenn sie gegen die

Aufschaukelung der Rüstungsspirale sind, der Denkfehler liegt nur darin, daß sie darauf vertrauen, »niemand werde hingehen«, wenn die Politiker zum Krieg aufforderten, weil eigentlich keiner persönlich und eigenhändig töten will. Sie geben der Technik die Schuld, die rationeller und in größerer Quantität und geringerer Zeit mordet. Sie rechnen mit der gesunden Vernunft und dem natürlichen Abscheu vor kriegerischen Handlungen. Sie rechnen zu wenig mit der Verführbarkeit der Vernunft, der Korruptheit der Moral. Sie wissen nicht, wie leicht und mit welch primitiven Mitteln anscheinend normale Menschen dazu gebracht werden können, im Namen irgendeiner Ideologie das Töten des Andersartigen nicht nur zu tun, sondern für gut, vernünftig und recht zu halten. Der Mensch besteht eben aus einem immensen Bauch und einem winzigen Kopf darauf. Der Bauch ist verführbar, und der Kopf streckt die Waffen.

... ich für meine Person rechne mit der Angst, sagte ich, aus Angst werden sie keinen Krieg anfangen, weil sie mit einem mörderischen Gegenzug rechnen müssen. Das riskieren sie nicht.

... der Normale sicher nicht. Aber glaubst du, daß Hitler oder Stalin, wenn sie über diese Waffen verfügt hätten, die gegenwärtig beiden Mächten zur Verfügung stehen, daß sie sie aus Vernunft – von Anstand rede ich gar nicht –, aus reiner logischer Überlegung nicht gebraucht hätten?

... ich schwieg still. Fragte sie nach Lösungsvorschlägen, Auswegen aus dem Dilemma. Sie sagte lange nichts, dann kam es leise, zögernd: Ich glaube, unsere Sinne, die lehmenen Tentakel des Fleisches, sie müßten lernen, auch im reinlich chemisch Entvitalisierten durch die scheinbar intakte Haut einen Kadaver zu sehen. Sie müßten es sehen, als wären es Zerstückelte, Zerfranste. Und ihr lehmener Anteil müßte sich aufbäumen dagegen. Eine ausgeleerte Stadt, in der alle Gebäude und Gerätschaften intakt sind, das Menschliche aber allenfalls ein vager Schatten an der Wand, müßte sie wahnsinnig machen vor Grauen.

Ich appelliere nicht an die Vernunft, an den Lebenswillen und schon gar nicht an den Anstand. Ich appelliere an das lebendige Fleisch, an das ordinäre, lebenslüsterne Fleisch, begabt mit fünf Sinnen, das sich sträubt und zitternd davor zurückschaudert, daß seine eigene, persönliche, intakte Form zerstört wird. Der Geist kann sich für irgendein ideologisches Gespinst aufopfern, das Fleisch hängt an sich.

Was wir lernen müssen, ist, die Überempfindlichkeit, meinetwegen Zimperlichkeit der Sinne so zu schärfen, daß sie aus tausenden Metern Abstand oder Höhe imstande sind, die Zerstörung, die sie anrichten, zu sehen, die Angst der Bedrohten zu riechen, ihre Schändung zu tasten und zu schmecken: die Not und die Demütigung jedes einzelnen von ihnen. Nicht die abstrakte Masse, die man auf Knopfdruck auslöscht und dabei mit Appetit ißt und plaudert. Diese Sinne müssen so verfeinert und mit Vorstellungskraft begabt werden, daß sie wahrnehmen, was nicht wahrnehmbar ist, wie weit eine Waffe reichen mag und wie reinlich sie tötet; die sie in Aktion bringen, müssen sich fühlen wie einer, der in ein Haus dringt und alles Lebendige vom Großvater bis zum Säugling eigenhändig erwürgt. Vielleicht, daß uns das rettet: die durchdringende Vorstellungskraft und Phantasie unserer fünf Sinne. Sicher nicht die Vernunft und schon gar nicht die Moral.

Der Tod

DER TOD HOCKT IN MIR

Aufzeichnungen aus dem Papierkorb

Es muß an der atmosphärischen Beschaffenheit der Luftglocke liegen, die über der Stadt hängt. Alles schwankt. Die Konturen, selbst die stoffliche Dichte der Dinge lösen sich wellig auf zu einer vagen Durchsichtigkeit und geben Einsichten frei, die sonst verborgen bleiben. Schwimmenden Ganges mit unsicheren Knien, wie in träge flutendem Wasser watend, rettet man sich nach Hause und hofft, an den Kaffeetopf geklammert, auf Stärkung, Gleichgewicht, Ernüchterung.

Was wird man doch im Alter für ein Spielball jeder Wetterverschiebung! Man läßt sich etwas dagegen verschreiben, und kaum wechselt ein Hoch zum Tief oder steigt der Feuchtigkeitsgrad der Luft, greift man nach dem wohlversehenen Tablettendöschen, wirft sich eine Pille ein und würgt sie hinunter, um den irritierten Kreislauf wieder notdürftig auszubalancieren. Wenigstens kann einem dann nichts Blamables zustoßen. Gräßlich die Vorstellung, mitten auf der Straße hinzusacken oder niederzuhocken auf einem Randstein, kalkweiß und schwitzend, Ziel von Blicken, in denen Neugier und Ekel sich mischen. Alter, Unpäßlichkeit und Tod sind anstößig. Wer auf sich hält, verschont die Gasse und schafft sich rechtzeitig weg ins Spital.

Das wenigstens kann die Tablette. Man schwindelt sich aus der Öffentlichkeit in seine vier Wände. Dort kann man's dann wahrhaben: Die Fassaden der Häuser haben heute keine Festigkeit. Die technischen Eingeweide werden sichtbar, das Darmgeschlinge der Zu- und Abflußröhren, ein Gekrös von Schlauch- und Kabelschlangen, peristaltisch durchpulst von den Abwässern, Gasen und Faulprodukten der Bewohner. Stoffwechsel vollzieht sich.

Aus den Wänden sprießen nur die geputzten Chromarmaturen. Aber dahinter, gleich unter dem Mörtel, bohrt es sich rostbeschorft und schimmelverseucht durch die Mauern hinunter und durchs Pflaster hindurch in die nackte Erde. Greift mit Röhrenfüßchen aus wie mit Saugwurzeln, die Häuser myzelartig miteinander verwuchernd. Nach unten zu beleben sich die glatten Rohre, setzen Zotten an und winden sich, von schleimiger Feuchtigkeit zerfressen, in grollenden Krämpfen. Die Mauern beschlagen sich mit weißem Flor und bauschen sich in nasser Krätze.

Diese nüchternen, glatten, frisch gestrichenen Fassaden! Nichts als Mimikry und Hänselung der Sinne zur Beschwichtigung des Gemüts. Wollen einen glauben machen, es ginge ehrbar zu hinterm Verputz. Aber dahinter sintert es, sickert und sondert ab hinter spiegelndem Kachelwerk. Nachts hört man in den Wänden das Tuscheln der Verwesung.

Dann bestellt man die Kanalbrigade. Die behebt Infarkte, stopft Eruktationen, bandagiert die Fraßlöcher verrottender Rohre und beschwichtigt vorübergehend den Aufdrang aus der schwarzen Modernässe der Keller.

*

Der Tod hockt in mir und wächst.

Er bedarf keines äußeren Anstoßes. Alter genügt. Ehe man sich's versieht, ist er sehr groß. Für die Umgebung ist man »gut erhalten«. Herzjagen, Kopfweh, Schlaflosigkeit, Gelenksschmerz werden allmählich seßhaft und gewöhnen sich ein trotz ratloser Empörung. Alles noch »klinisch ohne Befund«. Und doch ist es schon der Tod, der sich gewaltlos, aber mit der zähen Beharrlichkeit des kleinen Ruins einnistet ins erschrockene Fleisch.

Soll man nun seßhaft werden in den Wartezimmern der Ärzte? Soll man Schneiderinnen und Kosmetiksalons belagern, die Küchenregale voll von Maigrierungsmitteln, deren Verheißungen täglich von neuem mit nachdenklichen Meßbändern begraben werden müssen. Könnte man sich doch aussöhnen mit den natürlichen Erscheinungen des Alters und sich schicken in einen matronalen Würdenstand!

Aber da liegt der Hund begraben. Das Alter ist heute kein Würdenstand mehr. Erfahrungen und Einsicht, erworben in vielen Lebensjahren und aus der größeren Gelassenheit des Bluts gekeltert, wo man heute lebt, sind sie nicht mehr anwendbar. Ein unsichtbarer Wendekreis ist überschritten. Da gelten unsere Erfahrungen nicht mehr. Und das Alter hat keinen geistigen, nur noch einen körperlichen Aspekt, reduziert sich auf die Merkmale des Verfalls, ist nichts als degoutant.

*

Der Mensch ist unter der Haut nichts als Auflösung, Entformung und übler Gestank. Dunkles Gebräu und Unratkochen. Schmuckheit haftet nur am äußeren Balg. Was jung ist, will sich noch eine Weile die Illusion bewahren. Illusion! Denn schon von Geburt an waltet Natur unter der kühlen, glatten, der redlichen Haut, die schamhaft die Auflösung verdeckt. Nichts als Metabolismus und partielle Verwesung, bis die große allgemeine eintritt und den Kadaver zersetzt. Der Tod. Angeschlossen ist der Mensch an den »ewigen Kreislauf des Lebens« in Form einer Nebenschlinge, durch die Natur sich durchwürgt, eine blinde Auskröpfung im gewaltigen Darm der Metamorphose von Kot zu Kot. Die Haut ist nichts als ein Sack, in dem man Unrat herumträgt. So wie man heute die Leichen statt im Totenhemd in Nylonsäcken verwahrt, damit eine Weile noch beisammenbleibt, was in einem drinnen war, und nichts ausrinnt.

Innen geht's chemisch zu.

An sich nichts Neues. Wird man doch täglich mit der Nase darauf gestoßen in betretenen Sitzungen. Höhnisch deklariert sich das Produkt, und man erkennt sich beim prüfenden Rückblick mit einer Mischung von Schrecken, Neugier, Nachdenklichkeit und Ekel als kloakale Anlage. Natur vollzieht sich. Gar nicht lieblich anzusehen, das sogenannte »Werden und Vergehen«. Solange einer am Leben ist, Verzehrung und Abstoßung der unbrauchbaren Teile. Ist er tot, zehrt er noch eine Weile von der Substanz im Selbstgenuß der Verwesung. Das spielt sich aber dann schon im Nylonsäckchen ab.

Ein Mensch von Anstand und Rücksicht zahlt rechtzeitig ein im Altersheim, schließt sich dort ein mit anderen Überständigen und verschont die Umgebung mit den anstößigen Malen des Todes.

*

In alten Gebetbüchern steht unter den Kirchengeboten: »Habe ich oft daran gedacht, daß ich sterben muß, daß ich von dem allwissenden Richter gerichtet werde und daß dann entweder die schauerliche Hölle oder der beglückende Himmel auf mich wartet? Habe ich die Leiden der Hölle und die Freuden des Himmels aufmerksam betrachtet?«

Im heutigen Beichtspiegel steht nichts mehr vom Tod, und wir sind seinen schaurigen Machenschaften an unserem Fleisch ausgeliefert ohne Gebet und tröstliche Hilfe des Worts.

Aber auch wenn man die Bilder des Todes übermalt oder von den Wänden gekratzt hat, tanzt er einen unter die Erde, bis einem das sündige Fleisch von den Knochen fault.

Wir schauen ihn nicht an, und wir reden nicht von ihm. Aber wir beherbergen ihn lange. Wir fühlen seine Anwesenheit in uns. Ein Gast, der warten kann. Wir passen auf, daß wir wenigstens äußerlich adrett bleiben, pflegen unseren Kadaver, füttern und putzen ihn, damit der Gast an uns ein Festmahl hat, wenn's soweit ist. Schon rinnt ihm der Speichel vor Gier auf den stattlichen Leichnam.

Eines Tages tritt er dann hervor und schaut uns an. Da bleibt uns der Atem weg.

*

Das Aufklärungsmärchen vom friedlichen Humus, aus dem die Blumen sprießen! – Für mich hat es etwas unbeschreiblich Ekelhaftes, Obszönes, wenn ich mir vorstelle, wie ich langsam aufweiche und madig werde und mich in einen fruchtbaren Schlamm verwandle, der als Nährsaft in Samen dringt und sie zum Schwellen bringt, ihre Trockenheit in grünes Fleisch verwandelt, aus dem scheue Würzelchen dringen und sich fädig in der Erde festklammern und dann bohrt sich bald gelblich fettes Blattfleisch an die Oberfläche, rollt sich auf und öffnet an seinem großen Tag eine bunte Blüte. Dann kommt der ganze listig angelegte Befruchtungsbetrieb in Gang. Sehr anstrengend offenbar, denn bald verwelkt die schöne Attrappe und kriecht wieder hinunter ins dunkel Feuchte. Und das alles soll ich sein? Da ziehe ich die Posaune vor und ein anständiges Gericht und eine Wiederauferstehung im Fleisch, auch wenn's bei mir in der Hölle enden sollte. Jedenfalls ist das menschenwürdiger als die Düngeromantik.

*

Unsere Ururväter waren klüger als wir und hatten einen genaueren Blick für die Wirklichkeit. Sie wußten nichts von Atomen und nichts von Galaxien, aber sie wußten etwas vom Sterben. Die älteste Menschheitsgeschichte ist eine Geschichte vom Todesgrauen.

»Der Panther der Steppe, Enkidu, mein Freund, der alles vermochte, ist zu Erde geworden, ist wie der Lehm des Landes geworden. Werde nicht auch ich mich niederlegen müssen und nicht wieder aufstehen in alle Ewigkeit? Ich habe Furcht vor dem Tode bekommen und eile über die Steppe dahin.«

Gilgamesch macht sich auf, um das ewige Leben zu finden. Endlich gelangt er in die Unterwelt, »die wüste Behausung, deren Bewohner das Licht entbehren. Erdstaub ist ihre Nahrung und Lehm ihr Speise. Sie sitzen in der Finsternis.« Da kommt Enkidus Schatten, und Gilgamesch fragt ihn nach dem Tod. »Künde ich dir das Gesetz der Erde«, sagt der Freund, »so wirst du dich hinsetzen und weinen! Siehe, den Freund, den du anfaßtest, daß dein Herz sich freute, den fressen die Würmer wie ein altes Gewand, er, den deine Hand berührte, er ist wie Lehmerde worden. In den Staub sank er, und zu Staub ist er geworden.«

»Gilgamesch kehrte nach Uruk zurück. Er legte sich nieder, um zu schlafen in der schimmernden Halle seines Palastes. Da packte ihn der Tod.«

*

Bis an die Augen wat ich im Überdruß,
die Schläfen geleckt vom zähen Schlamm des Elends,
steif die Glieder, vom Altersfrost verschorft,
der unter der Haut nagt.
In matter Hetze hechelt das Herz nach einer Handvoll Luft.

Wo ist sie hin
die grüne Zeit des törichten Frühlings,
wo sind die heuduftenden Nächte des Sommers
auf Straßen, die in den Wind gehen,
die Adern berstend vom Bombast des Lebens,
vom Mond geohrfeigt,
zärtliche Windeier legend ohne Nest!
Wo ist das alles hin?

Nachtschwaden der Traurigkeit,
durchschwirrt von den Fledermäusen der Angst,
hohnpfeifend gekrallt ins verschwitzte Haar.
Geflochten bin ich aufs Rad eines Alptraums,
den stöhnend der Bauch der Nacht gebiert.

Die Mondsichel schwimmt,
ein bleiches Knöchlein,
im schwarzen Meer meiner Furcht.

Der Tod hockt in mir
und horcht auf die stolpernden Schläge des Herzens,
horcht auf den schweren Gang des stockenden Bluts
und wittert mit fleischlosen Nüstern den Duft
der Verwesung.

Der Tod hockt in mir
mit seiner verrotteten Krone
und spielt mit fingernden Knochen
auf einer zerspellten Gitarre.

Der Tod hockt in mir
und singt mit brüchiger Stimme
ein Spottlied aufs Leben,
auf Glaube und Hoffnung und Liebe,
auf alles, was grün ist.

Der Tod wächst in mir.

CARNUNTUM

Sitzung des Hofrats Kreutzer bei Dr. Schlesinger

... ich traf sie zu Hause an, einen Eisbeutel auf dem Kopf und die Füße in einem Lavoir, sie war von einer Exkursion nach Carnuntum zurückgekommen, wo sie die Schülerschar durch die römischen Ausgrabungen getrieben hatte.

... wie war's? fragte ich. Fad, sagte sie, besonders das Museum. Du weißt, wie so etwas ist. Du hättest mich hören sollen: Sie sehen hier ein Stück verkohlten Brotes, echtes römisches beziehungsweise pannonisches Provinzbrot, benagt vom Zahn eines echten Römers, aller Wahrscheinlichkeit nach eines einfältigen, soldatischen, aber ein Römerzahn immerhin, meine Lieben, der gelangweilt ins Brot biß, als die Feuersbrunst ausbrach, sei es im Gefolge eines Markomannensturms oder eines gewöhnlichen Hausbrandes. Weder Brot noch Zahn unterscheiden sich wesentlich von Broten und Zähnen, die irgendwann in historischen Zeiten in nagendem Zusammenhang standen.

... so also unterweist du deine Schüler, fragte ich. Aber nein, sagte sie, ich habe ihnen natürlich vor allem anderen auch den kulturellen Hintergrund unseres heimischen Ruinenfeldes erklärt: Was sehen Sie hier? habe ich gesagt, Kanäle, nichts als Kanäle; Jahr für Jahr gräbt man ein neues Stück aus, das unterirdisch für die Größe des Imperiums zeugt. Der Grieche hat der Welt Kunst, Wissenschaft, Religion und Philosophie geschenkt. Der Römer den Kanal.

Was Sie hier sehen, meine Verehrten, ist ein winziges Darmstück der weltweit verzweigten Verdauungsanlage des Imperium Romanum, ausstrahlend und zusammenfließend in der Cloaca Maxima und dort unter den Schutz der Venus Cloacina gestellt, die darin ein Tempelchen besaß, von welchem aus sie das Abflußsystem der bewohnten Welt hütete. Als im 5. Jahrhundert ein gewisser Polemius Silvius die sieben Wunder Roms beschrieb, nannte er an erster Stelle die Kloake. Ein hochinteressantes Beispiel, wie in Epochen des Kulturverfalls sich geistige Konzeptionen ins plattfüßig Praktische verwandeln und gewöhnlich bis ridikül werden. Gleiche Phänomene finden sich heute in unserer Zivilisation, der letzten Lebensperiode der christlichen Weltdeutung.

... »Mister Proper«, habe ein Vifer gerufen, die anderen dumm gegrölt. Sie aber sei ernst geblieben und habe gesagt: Richtig, Sie sind auf der Spur, obwohl ich nicht die Hand dafür ins Feuer legen möchte, daß diese Antwort aus ernster Überlegung erfolgt ist. Eher denke ich da an einen – sagen wir – Scherz, um das harte Wort Frotzelei zu vermeiden. Wie immer es gedacht war, meine Lieben, es ist die richtige Spur: die Werbung, täglich den Menschen des westlichen Erdballs, vom Vierjährigen bis zum krepiden Greis, in Auge und Ohr geprägt: Lebensglück, Beliebtheit und Erfolg durch Benützung von Ariel, Deospray und Mister Proper! Mißerfolg im Leben und in der Liebe, Unlust und Ängste, alles wird getilgt, abgewaschen und geläutert durch das richtig gewählte Reinigungsmittel! Jung, schön und erfolgreich – die sichtbare Wirkung fleißiger Wascharbeit: kilometerlang über Almwiesen flatternde Wäscheleinen voll weißblühender Unterhosen, ein Duftschwall frischer Blüten über die Abortmuschel quellend und dazu das strahlende Gesicht des Benützers derselben. Kein Zweifel kommt auf, daß der Mann im Glücke ist. Hemden und Leintücher im Strahlennimbus. Nicht gewaschen! Nein. Geläutert, geheiligt!! Dagegen der scheele, grämliche Zug in den Gesichtern derer, deren Wäsche infolge falscher Waschmittel Grauschimmer zeigt oder gar den Makel eines Fettflecks, auf den man mit spitzem Finger zeigt wie auf eine peinliche Sünde.

... ihre Klasse habe sich auffallend diszipliniert verhalten und sei, dicht um sie geschart, quer über die Ruinenfelder gewandelt, während andere Gruppen, von ihren Lehrpersonen angehalten, in die Kanäle starrten, schrill unterrichtet über Einzelheiten ihrer Anlage.

... Versetzen Sie sich, forderte sie die Schüler auf, in die Mariahilferstraße, oder sonst eine beliebige Geschäftsstraße Wiens: Was bleckt Ihnen aus jeder dritten Auslage entgegen in anspruchsvollen Glanzschalen und blitzenden Armaturen?

... alles fürs Klo, habe einer gesagt.

... sie habe ihn gelobt für sein Mitdenken und habe ihre Ausführungen fortgesetzt, Kanäle, Grabsteine und sonstige Zeugnisse des imperialen Roms vermeidend, um sich nicht zu verknöcheln.

... alles für die Wohnkultur der Abdreckung, habe sie ausgeführt, Ästhetik des Badezimmers und Aborts und somit suggestive Aufforderungen, diese Räumlichkeiten aus dem Abseits zu ziehen und dem Wohnbereich einzugliedern, ausgestattet zu freundlichen Plauderecken. Hat man nur die richtigen Putzmittel und Desodorantia batterienweise eingehortet, gibt es keinen Schmutz, keinen Kot, keine Verdauung, was ja partielle Verwesung ist.

... hochinteressiert, sagt sie, hätten die Knaben sich gezeigt und sich begeistert als aufrechte Verächter übermäßiger Körperpflege zu erkennen gegeben. In diesem Augenblick aber sei sie erzieherisch geworden.

... verfitzte Frisuren und schmutzige Fingernägel, meine Teuren, habe sie gesagt, mögen als tapferer Protest gegen die Seichtlebigkeit und die geistige Verflachung unseres Establishments gelten. Ich ehre die Gesinnung. Dennoch gebe ich zu bedenken: Garantiert der Zehenpilz und die Kopflaus Geist? Verkörpert der grindige Hals das sittlich Gute?

... Schweigen war, und einige horchten in sich hinein. Daher habe sie selbst fortgesetzt und ausgeführt: Man dürfe Fehlmeinungen nie dadurch zu korrigieren suchen, indem man sie umdrehe ins Gegenteil. Meist sei das genauso falsch. Sie erläuterte das an der Reaktion des frühen Christentums auf die Wasch- und Kanalfreudigkeit des sonst unsittlichen Roms, auf die übrigens schon Seneca hingewiesen haben soll. Die Mönche der frühchristlichen Jahrhunderte beklagten in beredter Weise den Verfall der Klosterzucht, weil die bedenkliche Unart eingerissen war, sich dann und wann einer Waschung zu unterziehen, statt fromm zu verstinken. Und erst die Styliten! Man stelle sich vor, wie sie im dichten Menschentrubel auf ihren Säulen standen, mit nichts bekleidet als einer Büßerrinde, die sie sich durch jahrelange Enthaltsamkeit vom Waschen angezüchtet hatten. Aus diesem frommen Grind heraus keiften sie auf alles herunter, was gepflegten Leibes, gebadet und gesalbt vorüberbürzelte und sich spreizte. Regelmäßig aber verheiserte das prophetische Gezänk aus den heiligen Genisten in einem anschaulichen Gemälde von der letzten Posaune, die – wie man auf der Säule wußte – nahe bevorstand und für die nur gerüstet war, wer in einer keuschen Schmutzhülle vor den Richterstuhl trat.

... ja, solche Reden führt sie offenbar im Unterricht. Es steht ausdrücklich in den offiziellen Lehrplänen, sagte sie, daß man eine Beziehung zum Aktuellen herstellen soll, um den Schüler zu »motivieren«. Sie motiviere eben.

... ja, natürlich haben sie gefragt, wie eben Schüler sind, zwischen Neugier und Bosheit, haben höflich gefragt, wie es denn Frau Professor selbst mit dem Waschen und den Putzmitteln halte und ebenso mit der ganzen Hygiene.

... nein, da ist sie weder verlegen noch verärgert, fürchtet sich scheinbar auch nicht vor einer allfälligen Blamage! Nüchtern! sagte sie. Ich bin für eine nüchterne Haltung in diesen Dingen. Man soll auf diesem Gebiet nichts hinaufquälen zur Weltanschauung. Sie persönlich sei für den sachlichen Ernst des Wilden, der seinen Abfall aus schlichten Gesundheitsgründen im Abseits erledige und sich – den klimatischen Bedingungen entsprechend – säubere mit Wasser, Sand oder Fetten und nichts davon hermache.

... die Biofanatiker unter der Schülerschaft hatten sich eifrig zu Wort gemeldet: Sie reinigten ihr Inneres mit den Säften der Brennessel und des Löwenzahnes und vertrauten ihre Verdauung der bitteren Kraft des Tausendguldenkrauts an, nicht zu sprechen von Körnern aller Art, in urtümlichen Geräten zermahlen. Und was sie vom Bioklo halte!

... das Kopfgärtchen à la Hundertwasser, fragte sie, das die Häuser Umweltbewußter als Naturmütze tragen? Treibhäuslein zu Häupten, und der Bewohner hört, aufmerksam im Bette liegend, das Gras von unten wachsen, treu gedüngt von leibeseigener Produktion, mit welcher man oben im Gärtchen die sündentilgende Karotte zieht. Durchschaut ihr nicht, meine Lieben, daß in diesem Fall das biologisch ausgeputzte Gedärm für die geläuterte Seele steht? Alles andere als Nüchternheit?

... geschwiegen haben sie. Was denn? Aufkommen sollen die armen Halbwüchslinge gegen sie, wo ich mich oft schwer tue damit, und dabei kenne ich sie durch und durch und jede ihrer Schwächen! Weißt du, sagte sie dann noch, das ist das, was man einen Denkanstoß nennt, und im Lehrplan steht ausdrücklich, man soll die Schüler zum selbständigen Nachdenken anregen. Das kommt dann in die Dienstbeschreibung.

›PFUI KACK‹-ERZIEHUNG UND DER TOD

Sitzung des Hofrats Kreutzer bei Dr. Schlesinger

... Eltern, erzählte sie aufgebracht, seien beim Direktor gewesen und hätten sich über sie beschwert. Angeblich habe sie – statt den Knaben die Reste des Imperiums zu zeigen, wozu sie den Autobus nach Carnuntum bezahlt hätten – ihnen Dinge vorgeschwätzt gegen die gewöhnlichste Hygiene, und die Söhne machten sich nun lustig über Sachen, über die man als Mensch von Erziehung gar nicht reden möchte vor dem Herrn Direktor. Der habe sie kommen lassen.

... nein, das bringt sie überhaupt nicht aus der Ruhe! Sie habe angesichts der einschlägigen Ausgrabungen die Gelegenheit genützt, die Schüler über die diversen Einstellungen zur Hygiene in verschiedenen Kulturepochen zu belehren, redete sie flüssig den glasig zuhörenden Eltern ein, ließ

Originalzitate fallen und machte sich erbötig, ihren Vortrag detailliert zu wiederholen. Davon aber beeilten sich Eltern wie Direktor absehen zu wollen. Man entschuldigte sich.

... ich sage das Wort nicht gern, aber sie kann ein Luder sein.

... dabei kaut sie noch immer an demselben Knochen herum und sagt noch, ich hab sie ohnehin geschont, ihrer Jugend wegen, und das heiße Eisen vermieden.

... mit dem heißen Eisen? Da meinte sie die Kindererziehung und den Tod.

... nein, mich schonte sie nicht. Es beginne bereits im frühesten Kindesalter, daß sie einem den Tod verleiden, der doch eines der wichtigsten Ereignisse des Daseins sei.

... ja, ja! Sie stellte die Behauptung auf, ungeachtet von Weltanschauung, Konfession und pädagogischer Methode halte man in der zivilisierten Welt das Kind früher als zum Beten und Dankesagen zur Topfentleerung an, was an sich nichts Bedenkliches an sich habe, wenn es kühl und nüchtern geschähe. Aber *wie* tut man's, wie? rief sie! Wenn diese Handlung erfolgreich stattgefunden hat, dann wird sie vor dem Kind hinaufgejubelt zu einer Leistung von hoher Bravheit und Tugend! Ja, die Fertigkeit gelte nicht als praktisch, sondern ausdrücklich als brav. Das Produkt im Topf werde mit drastischen Ekelnamen belegt und fortgeschafft, vor den Augen des Kindes hinuntergespült und ihm nicht, wie es sich das wünscht, zur sachlichen Forschung überlassen.

... ich war auch nicht für die Überlassung und ventilierte ihre Folgen. Weigerte mich auch, zu glauben, daß man die Kinderseele durch die Fortschaffung ernstlich schädige.

... sie wartete mit ethnologischen Kenntnissen auf: Sie habe gelesen, daß gesunde Naturvölker sich ein- bis zweimal täglich zum Stammes- oder Sippenschiß zusammenfänden, die Produkte ernst untersuchten und gewisse feierliche Konsequenzen aus ihrem Aussehen zögen.

... das Kind, klagte sie, treibe man künstlich so weit, daß es ihm schließlich wirklich vor seinem Machwerk grause, und wenn es diesen »Reifestatus« zum erstenmal mit einem emphatisch ausgesprochenen »Pfui kack« besiegle, sei es für die Eltern ein Aufatmen. Sie wissen nicht, was sie tun, sie verscherzen einen hochbrisanten Augenblick in der Entwicklung des Kindes! rief sie aus.

... ich spielte auf Szenen an, die sich im Hause Pictor ereignet haben, als meine Patenkinder sich in diesen »hochbrisanten« Entwicklungszuständen befanden. Verbiß mir nicht einiges Ätzende.

... sie ließ sich nicht im geringsten aus dem Konzept bringen: Wenn das Kind, sagte sie, freiwillig etwas hergibt, das es mit Recht als einen Teil seiner selbst empfindet, einen Teil seines zu dieser Zeit noch sehr jungen, wenig stabilen Ich, und wenn es zusieht, wie dieser Teil weggeschüttet und hinuntergelassen, in den Orkus verbannt wird, dann streift es eine schattenhafte Ahnung davon, daß es sterblich ist. Diese außerordentlich wichtige Früherfahrung der Vergänglichkeit des Selbst wird einem vergraust durch Ekelbezeigungen. Stoffwechsel, das Leben im Fleisch – gäb's ihn nicht, stürbe man in wenigen Wochen – wird als etwas Ekelerregendes dargestellt. Du sagst dem Kind nicht: Siehst du, was da im Topf ist, das ist das Grießkoch, das dir so gut geschmeckt hat, jetzt lassen wir's wieder in die Erde hinunter, damit es sich dort erholen und neu aufsprießen kann als Pflänzchen in einem schönen gelben Getreidefeld, das im Sommer abgeerntet wird, damit viele, viele Kinder wieder ihr Grießkoch im Schüsselchen finden.

... Pfui kack, sagte ich, ich mag Grießkoch nicht.

... du siehst nicht den Ernst in der Sache, sagte sie, ich rede vom Tod. Und überhaupt, was versteht einer wie du von Kindern. Unsereiner aber weiß, was sie manchmal aufführen beim Hinunterlassen. Toben, weinen, stampfen, wimmern, wollen es wiederhaben, denn es gehört doch ihnen, sie haben es selber gemacht. Die verstörte Mutter überschlägt sich in Beteuerungen, wie häßlich, böse, ekelhaft und abscheulich das Heruntergelassene ist, und treibt das Kind damit in die Selbstvergrausung hinein, die der Keim ist für späteren Masochismus und Selbsthaß. Da wundern sich, schimpfte sie, solche Eltern, deren Sprößlinge sich besonders früh zur Analdisziplin haben überreden lassen, wenn diese

Kinder später zu Selbsteklern und Weltverdrüssen werden, Waschzwängler, die nichts und niemanden mögen und sich selber am wenigsten. Es stinkt ihnen alles. Es stinkt ihnen das Leben, und am meisten stinkt ihnen der Tod als ein verwesender Haufen Dreck, der sie selber sind, wenn sie sich nicht unablässig waschen. Den Tod können sie doch nicht abwaschen. Auch wenn man ihn nicht Tod nennt, sondern »Ableben« und es taktvollerweise im Spital tut in Glitzerchrom und abwaschbaren Kacheln, Tod bleibt Tod und ist eine Sache, die viel Angst, Gram und Entsetzen verbreitet, das ist wohl nicht zu ändern. Das Törichte heute ist nur, daß man dieser großen Ratlosigkeit und Ungewißheit mit Schweigen begegnet, mit Totschweigen und Abwaschen.

... man wird nie gern an den Tod gedacht haben, sagte ich.

... gar nicht so sei das gewesen, behauptete sie, es habe Zeiten gegeben, wo gewisse Bücher mit eingehenden Beschreibungen des Todes sehr beliebte Lektüre gewesen seien, zum Beispiel das Buch »De miraculis mortuis« sei zu seiner Zeit so etwas wie ein Bestseller gewesen. Sie zitierte auswendig aus dem Kapitel »De cadaveribus porcorum mandentium instar in cryptis feralibus sonantibus, vulgo schmätzende Tode«. Demnach hätten die Leichen in ihren Gräbern Geräusche nach Art mantschender Schweine von sich gegeben. Auch habe man bei solchen Grabesöffnungen namentlich weibliche Kadaver ihr Totenhemdchen kauen und sie mit schmatzenden Geräuschen verschlingen sehen.

... ich verbat mir weitere Schilderungen. Sie weise, sagte sie, nur deshalb darauf hin, weil es zeige, welch verbreitetes Interesse man am Tode einmal gehabt habe als an einer ganz natürlichen Erscheinung des Lebens. Diese naschhaften Leichen seien eben dann noch einmal geweiht und kirchlich angeherrscht worden, Frieden zu halten. Man habe gut und energisch umzugehen gewußt mit dem Tod.

... es ist nicht so sehr das »Nicht mehr sein«, was so schreckt, sagte sie. Es ist der Prozeß der Auflösung. Ein anständiger Mensch hält doch auf sich und möchte intakt bleiben.

... sieh an, sagte ich, du zielst auf Heiligkeit!

... ich spielte darauf an, daß der Legende nach Heilige in ihren Gräbern nicht verwesen.

... laß doch das Gewitzel, sagte sie. Es ist einmal so. Du kennst mich. Du weißt, daß ich mich nicht übermäßig mag. Daß mein eigener Hautbalg mir nie sehr gefallen hat. Schön oder auch nur hübsch war ich nie. Trotzdem ist mir der Gedanke der Auflösung unangenehm. Stell dir vor, dein gänsehauttreibendes Staunen, wenn ich grün und steif daliege, erst zu blühenden Formen mich aufblähe und dann unter schwerem Gestank – vom Blumenflor nur notdürftig unterdrückt – mich entforme und verwese.

... ich verlangte in aller Entschiedenheit, sie solle endlich den Mund halten.

... nein, es war nicht boshaft gemeint, eher traurig. Ja wirklich, traurig. Weißt du, sagte sie, ich halte nicht viel vom übermäßigen Waschen und schon gar nichts von Innenreinigung durch Biofraß. Aber ich halte auf die Form. Auf Anstand und Haltung. Irgendwie, ich weiß nicht, wie ich es erklären soll, aber ich möchte aufrecht sterben. In den Tod wie in eine Verwandlung gehen. Ich weiß nicht, was sie ist, diese Verwandlung, schrecklich oder schön oder nichts von beidem, etwas ganz Nüchternes vielleicht.

Ich will nur nicht, daß es »passiert«. Was ich hasse und fürchte, das ist – jetzt sagte sie ein scheußliches Wort – dieser Selbstschmaus, der nicht ohne makabre Lustigkeit ist, so wie wenn einer auf alles pfeift und sich grölend gehen läßt. Eine Art Sautanz.

SAUTANZ

Pictorsche Aufzeichnungen aus dem Mistkübel

Unsere Sommerfrischen verbrachten wir regelmäßig in jenen alten, behäbigen Landwirtshäusern mit Feldern, Geflügelhof, Kuhställen und Schweinekoben. Es wurde dort auch ab und zu geschlachtet.

Meist wartete man die Dunkelheit heran, weil die Nachtbrise kühlte, und das hitzige Geschäft der Metzgerei verlangte nach Kühlung.

Im Hof war alles bereitgestellt. Der Feuerkessel, in dem das Brühwasser zum Absengen kochte. Eine Reihe frisch geschliffener Messer. Hackstock und Beile. Töpfe zum Auffangen des Bluts, Tröge für das Fleisch und die Innereien. In einem Scheunentor der Fleischerhaken zum Aufhängen des Kadavers. Die Kochlöffel zum Blutrühren für die Wurst. Und natürlich auch die Krüge voll Most zur Erfrischung und Stärkung. Man sprach ihnen von Anfang an zu.

Statt der üblichen blauen Schürzen trug das Gesinde weiße. Die Stimmung unter den Knechten und Mägden war anders als sonst bei Arbeiten auf dem Feld oder in der Wirtschaft. Nicht die etwas schläfrige, vor sich hin rackernde Dumpfheit. Man war lauter, die Bewegungen heftiger. Eine verbissene Lustigkeit kam auf.

Ich stand überall im Weg. Die betretenen Eltern wollten mich ins Bett locken. Ich entwischte und suchte mir einen verborgenen Ort mit guter Sicht.

Da wurde die Sau herangeschleppt an den Ohren und am Schwanz. Sie merkte das Andersartige, Ungewohnte, sträubte sich, quiekte und schrie. Sie roch die Schlachtbank.

Ich sah das Feuer unter dem Kessel flackern, es riß ein Loch ins Dunkel des Hofes, sah lange Messer blinken, sah wilde, ungestüme Bewegung hinter der schwarzen Mauer der Mittäter, hörte das irre Geschrei des Tieres und seiner Schlächter, und dann eine jähe, abgerissene, fette Stille, die sich auf den Gaumen legte. Dann das Rinnen. Das Blut rann in die Töpfe und Schüsseln, rann und rann, dickes, rotes Blut, das süßlich roch. Es kochte im schwarzen Kessel. Im brandigen Schein stand die Magd und rührte mit einem riesigen Kochlöffel mit beiden Händen den dicklichen Sud, eine andere schnitt frischen Speck und Schwarten und warf sie vollhändig ins Blut, das immer dicker wurde und immer geiler roch, wallendes, kochendes Blut, und die Luft im Hof war kompakt und fett. Auch der Nachtwind kam nicht dagegen auf. Im Scheunentor hing am starken Eisenhaken der blasse Leichnam mit dem offenen Bauch. Hunde und Katzen schleppten Eingeweidefetzen in finstere Winkel. Das Gesinde stand in blutigen Schürzen herum, wischte sich den Schweiß, kostete vom blutigen Gebräu, das im Kessel mit Speckstücken verrührt wurde, und trank. Einer hatte eine Ziehharmonika. Schwerfälliges Stampfen, Klatschen mit harten Pratzen. Mitgrölen.

Ein Knecht raffte sich ein Weib, schwenkte es rundum. Andere folgten. Der Jüngste riß die alte, lahmende Magd vom Rührtopf und sprang mit ihr im Hinkeschritt quer über den Hof. Alles grinste, schrie und schrillte in wüster Lustigkeit, der jegliche Heiterkeit fehlte. Eine zuchtlose, laszive, entsetzliche Aufgeräumtheit hatte alle befallen.

Ich beobachtete die Vorgänge aufmerksam und gespannt, ungeschreckt und mit sachlicher Kennerschaft. Es war mir nicht ganz unvertraut. All dies war der wirkliche Tod, der echte. Nicht der, welcher sich »gehört«: Katafalk im Blumenprunk, Wachsgeruch, getragene Orgelmusik und Pompfuneberer in spanischer Tracht mit feierlichen Mienen, bereit, irgendeinen lieben Verblichenen abzutragen und unter Trauerweiden zu betten, und hinterher ein dezentes Mahl, das an den wirklichen Tod nur mit seinem etwas losen Namen anspielt: Leichenschmaus. Schmausen und Zechen, die fidele Dreistigkeit der noch Lebenden am Rand der Grube, die auch für sie schon irgendwo offensteht.

Vom echten Tod wurde man geholt, eingefangen. »Heute noch wie Fleisch und Blut, morgen schon auf der Bahre.« Dahingerafft. Entfleischte Gerippe schwingen klappernd das Tanzbein in ausgelassenen Verrenkungen, andere fiedeln und dudeln mit obszönen Gebärden und reißen die Sterbenden rundum im wüsten Reigen.

Bitten hilft nicht und beten auch nicht. Wenn die Sense gedengelt und das Fleisch hingemäht wird mit dem hektischen Eifer des Todes, hält Gott sich heraus.

Totentanz, Sautanz, blutleeres Fleisch an eisernen Haken.

Der Hakelmann. Ein Kinderlied zu singen, um neugierige Kinder vom Hinauslehnen aus dem Fenster abzuschrecken:

Der Hakelmann, der Hakelmann,
der hakelt, was er hakeln kann,
und wenn ein Kind des nachts, o Graus,
zum Fenster noch sich beugt hinaus,
da lauert er, da hat er's schon,
steckt's in den Sack und läuft davon.

Ein Mann mit einem breitkrempigen Hut, der bis über die Augen fällt. Gesicht sieht man keins. Er steht im Dunkel und wartet, und wenn er ein Kind am Fenster erspäht, springt er hervor und hakelt und hakelt in wilder Lustigkeit, stopft die Beute in den Sack und eilt davon in die Nacht wie ein Dieb.

Der Tod, der wirkliche Tod, ist von gräßlich frecher Lustigkeit. Aber auch heilig, sehr heilig.

Denn »wer mein Fleisch ißt und mein Blut trinkt, der hat das ewige Leben und ich werde ihn am Jüngsten Tage auferwecken« (Joh. 6). Heut eß ich den Leichnam des Herrn und trinke sein Blut, und nachher ist ein lustiges Schmausen, Sonntagsschmaus, Schweinsbraten mit Sauerkraut, und morgen frißt und trinkt mich der Tod. An der Rampe war's zwar nur eine bleiche Oblate, die sich an den Gaumen klebt, und man war beschäftigt, sie ehrfürchtig herunterzukletzeln mit der Zunge und nicht den Zeigefinger zu Hilfe zu nehmen. Das katholische Kind weiß, daß es sich mit gefaltenen Händen und verinnerlichtem Blick in die Bank zu begeben und dort in die Knie zu fallen und an andächtige Dinge zu denken hat. Das ist alles sehr feierlich und sehr heilig und ergreifend, aber gleichzeitig wird man von einem fraisenartigen Tremor geschüttelt, dem Ausdruck einer unheiligen Verbindung von Lachzwang und Frömmigkeitsschauder. Eine makabre, gespenstige Lustigkeit. Denn ich habe den Tod gekostet.

Man soll mir nicht mit »symbolischen« Deutungen kommen! Dieses zahme, verschämte Hineinschmuggeln einer Pseudogeistigkeit in die blutige Wirklichkeit des Lebens. Ich habe die Hostie nie für ein Symbol gehalten. Seit meiner ersten Kommunion war mir klar, daß es der Leib des Herrn war, Christi Fleisch und Blut, das ich mir da einver*leib*te. Heiligung hatte etwas mit Einverleibung zu tun, Fressen und Rausch, Leichenschmaus zur letzten Wegzehrung, »wer mein Fleisch ißt und mein Blut trinkt, der bleibt in mir und ich in ihm«. »Wozu hat Christus das Meßopfer eingesetzt? Damit er sich uns zur Speise gebe.« (Merksatz 112 im Katechismus zum katholischen Religionsunterricht) Ich habe das so wörtlich genommen, wie den Umstand, daß 6 mal 7 42 ist und die Türken 1683 Wien belagerten. Tod und Erlösung hatte bei mir mit einem »Schmaus« zu tun. Der Tod war wild und zuchtlos und mordslustig. Sterben war eine feierliche Metzgerei, ein Sautanz von fürchterlicher, frivoler Aufgeräumtheit, aber gleichzeitig sehr heilig.

*

Was einmal ein römisch-katholisches Kind war, das aufmerksam dem Religionsunterricht gefolgt ist, an den vorgeschriebenen religiösen Übungen teilgenommen und außerdem seine Umgebung genau beobachtet hat, entwickelt als Erwachsener zuweilen eine – von Nichteingeweihten mit stärkstem Befremden betrachtete – Gewohnheit, bei ernsten, feierlichen Dingen einem Lachzwang zu erliegen. Man wird dann leicht des Zynismus bezichtigt, ja der Blasphemie. Einer, der nicht im Katholizismus aufgewachsen ist und ihn in seinen Kinderjahren nüchtern und selbstverständlich praktiziert hat, ist außerstande nachzufühlen, daß Schauder, Andacht und Lustigkeit einander nicht ausschließen, sondern ein ungebrochenes, starkes Gefühl sind im Erlebnis des Todes, jener feierlich orgiastischen Machenschaft der Materie, von welcher der geistige Teil des Menschen sich fernhält ebenso wie von der Geburt.

Beim Gebären und beim Sterben ist der Mensch mit seinem Fleisch allein. Es sind Vorgänge, deren Entsetzlichkeit einen bis in die Zähne hinein erbleichen und deren Feierlichkeit das Fleisch erschauern machen, daß das Tremendum ins Gelächter umkippt, in eine gräßliche, unbändig verwilderte Lachorgie.

DER KLAVIERSPIELER

Pictorsche »Höhlenmalerei«

Sie wachte von einem nicht sehr lauten, aber steten Tropfgeräusch in der Wand neben dem Bett auf. Das Intervall zwischen den Tropfen war gerade so groß, daß man das Geräusch wieder vergaß, so daß es einen jedesmal von neuem anfiel und aufschreckte.

Trotz des noch sehr schwachen Dämmerlichts bemerkte sie an der weißen Wand einen dunkleren Fleck, der sich feucht anfühlte.

Da spürte sie auch den Kellergeruch im Zimmer. Nicht der gewisse Auskühlungsgeruch, der Morgenräume beherrscht, sondern ein ausgesprochener Kellergeruch, erdig und dumpfig schwül. Sie merkte nun auch die klamme Feuchtigkeit des Leintuchs und der Überzüge, wie sie Betten in lange unbewohnten Zimmern anhaftet.

Als es sich allmählich aufhellte, nahm sie zu ihrem Befremden wahr, daß von den Wänden in großen Flächen Verputz abbröckelte. Nicht nur die Malerei, sondern ganze Brocken des Verputzes, so daß an manchen Stellen sogar die Kabel und Rohrleitungen freilagen. Die Nachttischlampe gab kein Licht, die Leitung schien tot. Da merkte sie auch, daß einige Kabel abgerissen herunterhingen. Es sah aber nicht nach Gewalt aus, sondern nach Vernachlässigung.

Auch das Parkett zeigte diese Brüchigkeit. Angemorschte Brettchen wölbten sich, hatten sich verschoben, einige lagen herum auf einem durchnäßten Boden, auf dem sich da und dort sogar seichte Lacken gebildet hatten. Zwischen den Brettern und dort, wo ein Brett fehlte, drang eine eigentümlich fette Erde herauf.

Das heller werdende Frühlicht zeigte den verwahrlosten Zustand des Bücherregals. Die Bücher standen nicht aufrecht nebeneinander, sondern waren nachlässig in die Fächer gestopft, teils quer, teils flach übereinander geschichtet, die offene Seite nach vorne gerichtet; manche aufgeschlagen. Die schlampigen Stapel drohten jeden Augenblick herauszufallen. Die Einbände waren stockfleckig, und eine dicke, weißliche Staubschicht bedeckte die Bände wie Schimmelbefall.

Die Fenster ließen nur wenig Licht herein, da die Scheiben fast blind waren, als wären sie seit Jahren nicht gewaschen worden. Ein paar Gläser waren zerschlagen und lose mit Wellpappe vermacht.

Sie erinnerte sich trotz angestrengten Nachsinnens nicht, wann das geschehen war. Sie merkte aber, daß das Nachdenken ihr eine quälende Mühe bereitete, als befände sie sich knapp vor dem Einschlafen. Von fern wunderte sie sich, daß ihr alle diese Erscheinungen, die sie sich nicht erklären konnte, ziemlich gleichgültig waren, keinen Schrecken verursachten.

Auch der Umstand, daß aus einer Zimmerecke reichlich Erde hervorbrach, erstaunte sie nicht. Sie empfand nur einen plötzlichen Ekel, weil es in dieser Erde sich regte. Ein unbestimmtes Wimmeln unter der Oberfläche erweckte die Vorstellung von Maden, Puppen, Gewürm.

Jetzt erst nahm sie die Gestalt wahr, die am Pianino saß, den Rücken ihr zugekehrt. Er spielte mit kleinen, weißen Händen, mit sehr beweglichen Fingern, die etwas von Egeln an sich hatten. Man vernahm aber keinen Ton.

Ein erdbrauner, lang nicht gebügelter Anzug umhing den massigen Rücken, auf dem halslos ein runder, kleiner, fast kahler Kopf saß, gelblich grau, soweit das Dämmerlicht ein Urteil zuließ. Die ganze Figur wirkte sonderbar strukturlos, wie ein Sack mürben Fleisches ohne festen Zusammenhang der Teile.

Erst als sie sah, daß an der gewohnten Stelle die Tür in der Wand fehlte, schoß Angst in ihr auf. Sie wollte etwas sagen, auch beten, aber Lippen und Gaumen waren vollkommen ausgetrocknet, und die Kehle gab nur einen stimmlos krächzenden, unartikulierten Ton. Mit trockenen, leicht brennenden Augen starrte sie den Rücken des Klavierspielers an und merkte nun, daß über die hängenden Schultern ein Schüttern lief, wie von einem unterdrückten Schluchzen, aber es konnte auch ein lautloses Gelächter sein.

Nun erst kam ihr zu Bewußtsein, daß er sich umdrehen und ein Gesicht zeigen könnte. In eisiger Angst beobachtete sie die behenden, fetten Finger, die auf tonlosen Tasten spielten, und hoffte nur, daß sie nicht aufhörten. Denn sie wußte, daß das Wesen, hörte es einmal zu spielen auf, sich langsam umdrehen, sie anschauen und dann seine losen Massen aufraffen und sich näherschieben, an ihr Bett treten und sich auf sie fallen lassen würde. Eine weiche, erstickende, nach alten Weibern riechende Vergewaltigung.

HELENA WIDER DEN TOD

Die angestochene Schönheit IV

Papierkorbausbeute

Ich hasse es. Ich hasse das unwürdige Versteckspiel mit dem Tod, wie es im Spital betrieben wird. Und ich hasse die obszöne Lustigkeit des Totentanzes.

Wie unsagbar edel dagegen der Genius mit der gesenkten Fackel. Aber eben »unsagbar edel«. Was ist schon edel an diesem Dasein, diesem Gestolper todwärts, die Füße knöcheltief im Lehm. Schön und edel ist der Tod nicht. Aber vielleicht der Augenblick, wo das Fleisch, vom Tod schon berührt und gezeichnet, Widerstand leistet.

*

Man sah sie täglich in Gersthof durch die Gassen gehen. Jeder kannte sie vom Sehen und mokierte sich über sie, eines gewissen Pathos wegen, mit dem sie sich trug. Es hieß, sie sei einmal sehr schön gewesen. Und in irgendeiner Art war sie es immer noch, obwohl sie damals, als ich sie kannte, sicher schon hoch in den Sechzigern war.

Sie ging nicht. Sie wandelte oder schritt. Hoch trug sie das Haupt mit den lebhaften, etwas finsteren Augen. Der Hals war faltig, aber sie hielt sich sehr gerade in den Schultern. Ihre Figur, stets in dunkler Seide, war in der unteren Hälfte eher schmal, nach oben hin aber stark ausladend zu einer gebauchten Kelchform. Die Knöchel waren zart, ohne hager zu sein.

Diese Amphorengestalt – wie wir sie spöttelnd nannten – wandelte leicht wogend, ein schwerer Wein in dünngestengeltem Pokal, und war umschwebt von einem Duft, der sehr künstlich und doch von äußerster Naturfülle war, ein Duft, der »die Nüstern blähte«, schwül und von samtig bräunlicher Konsistenz: Gamander und Frauenbiß, Moschus. Bisamkraut.

So schritt sie dahin in der gelassenen Sicherheit ihrer Erscheinung.

Da geschah es einmal, daß sie sich mit einem der dünnen Stöckel vertrat und stolperte. Sie fing sich im Augenblick wieder und wandelte weiter in fließendem Rhythmus, als wäre nichts gewesen. Aber für den Bruchteil einer Sekunde hatte es doch die Vasenform zerrissen in peinlicher Verzerrung.

Trotz der Neigung meines damaligen Alters zu törichtem Gespöttel empfand ich keinen Lachreiz. Ich fand mich nur plötzlich in der Lage, Formen und Konturen zu imaginieren, die nicht so reinlich profiliert waren, als sie dem beiläufigen Blick sich darstellten. Ich sah das Netz der Falten um die dunklen Augen und sah am Ansatz der Haare, daß sie künstlich geschwärzt waren. Ich sah aber auch, und stellte es ausdrücklich vor mir fest, daß die integre Amphorenreinheit einem starken Korsett zu danken war sowie den geschmeidigen Stoffen und wohl auch sonstigen disziplinierenden Veranstaltungen.

Da wandelt sie also, sagte ich zu mir, und trägt sich auf schlanken Knöcheln, nach oben hin gewölbt dank straffender Kunstgriffe, aber unter der Haut ist doch die Natur tätig mit ihren Gewöhnlichkeiten und bläht sich und rumort, und es schmatzt die Verdauung und tobt gegen die Wände, und sie muß, wie jeder andere auch, stark an sich halten, daß die schöne Form erhalten bleibt, was dann ihre Blässe allenfalls noch interessanter macht.

Nicht Spott oder Schadenfreude zwangen mich zu diesen Einsichten, sondern heimliche Betroffenheit, und es schlug mir in dunklen Wirbeln das Herz angesichts der unerwarteten Erkenntnis, wie Schönheit sich anstrengen muß gegen die peinliche Übermacht der Natur und wie eine solche mühsam gebändigte Form, hinter der es gewöhnlich arbeitet, verehrungswürdiger, aber auch reizvoller ist als das Alabasterne. Schönheit, begriff ich, ist nicht unverletzbares Geschenk der Natur, sondern eine strenge Verpflichtung gegen das Gemeine, gegen die ständige Bedrohung durch die schrecklichen und lächerlichen Peinlichkeiten eines Stolperns und Entformens.

*

Als Helena mit lächelnder Gelassenheit an den trojanischen Greisen vorüberging, kann sie nicht mehr vollkommen schön gewesen sein. An die dreißig, vielleicht vierzig Jahre wird sie gewesen sein. Das war damals viel. Um die Winkel ihres Lächelns und um die dunklen Wimpern war ein Spinnennetz von Falten, und Müdigkeit lastete auf den Schläfen. Der Schritt, der das Gewand um ihre Schenkel bauschte, sah sich vor, daß er nicht fehltrat.

Es war keine Schönheit, die sich vergessen darf. Es war eine Schönheit, die sich trug und stets ihr Bild vor Augen hatte.

Gerade das war es, was diese sehr erfahrenen Alten, die »Demogerontes, sitzend über dem Skäischen Tor«, im zehnten Jahr des Krieges und gegen alles Wissen und alle Vernunft dann doch wieder Stadt und Söhne daransetzen ließ, als Helena vorüberging und ängstliches Geflüster durch die Reihen eilte »Zikaden gleich, die aus dem Gezweig ihre zarten Stimmen ertönen lassen«. Was nützte das Zikadengeflüster der Sorge gegen die nie erlöschende Bewunderung einer Schönheit, die damals schon Strenge war und Widerstand gegen die Versuchung zum Stolpern. Eine zarte Kraft, bemüht um Haltung und Bewahrung, zäh gesetzt gegen das sardonische Feixen der Vergänglichkeit, das – die Andeutung nahender Schatten – in der Aura lag, die Helena umgab.

HOFRAT KREUTZER RAFFT SICH ZU EINEM PANEGYRIKON AUF DAS ERSTE LEHMMÄNNCHEN ZUSAMMEN

Monolog des Hofrats vor Dr. Schlesingers Ohren

... nicht der Versuch, den Tod in ungeschminkter Form als eine Veranstaltung von Morast und Gestank zu sehen, ist es, was mich aufbringt. Sicher ehrlicher als das Verschweigungsgeheuchel, in das uns heute die geistige Ratlosigkeit vor dem kruden Faktum des Sterbens treibt. Aber Antonia geht mir da eindeutig zu weit, wenn sie bei den »schmätzenden Toden« verweilt und den Gottesäckern, die man als Korso benützte, Rendezvousplätzchen und Plauderecken, während die Kinder aus den herumliegenden Knochen Hüttchen bauten. Was ich auf den Tod nicht mag, ist diese komplizenhafte Vertraulichkeit mit Fäulnis und Verwesung, mit der Kadaverseite des Todes. Nicht nur, weil es mich ekelt. Es geht tiefer. Es stößt mich ab, und zwar – ich gebrauche mit voller Absicht das etwas feierliche Wort – es stößt mich sittlich ab. Mag sein, daß jeder von uns in irgendeinem unausgeleuchteten Winkel seiner Seele diese fragwürdige Lust oder Lüsternheit auf die Todeskumpanei hat. Da wurmt ja alles mögliche in einem herum, das einen entsetzt, wenn es ans Licht gekrochen kommt. Aber solange ich nur einen Funken Wachheit in mir habe, werde ich diese Kellerwürfe auf das schärfste zurückweisen. Ich verweigere die Spießgesellenschaft mit der Verwesung des Fleisches und halte mich als Mensch von Anstand und Schamgefühl zur intakten Form, solange sie irgend zu halten ist. Nicht der Tod und die Auflösung ist das würdig Humane. Der Mensch soll zur Form halten, auch wenn der Tod in ihm wächst und wüstet. Der Mensch soll sein Bild bewahren, auch wenn er sich in den wühlenden Fingern des Todes weiß. Wenngleich unsereiner bis an die Augen in der Gemeinheit der Verwesung watet, so wohnt doch auch das Bild des Menschen in uns, die bleibende Form, den traurigen Notwendigkeiten des natürlichen Kreislaufs abgezwungen, eine Revolte des

Geistes gegen die unappetitliche Selbstverzehrung allen Fleisches.

Die Vertuschung unter technischem Kram ist sicher kein Teilsieg über den Tod. Aber auch der dauernde Hinweis auf die schöne Larve, in deren Rücken die Maden nisten und die Würmer sich ringeln, ist kein anständiges Memento mori. Das »Gedenke des Todes« heißt weder, daß der Tod eine saubere Sache ist, wenn man ihn nur diskret abwickelt, noch auch daß ich aller Anstrengung zum Trotz über kurz oder lang des Moders bin. Es muß heißen, daß der Mensch Widerstand leisten soll diesem Moder, Widerstand im Namen der Form, im Namen des Bildes, das keine Verwesung zernagt. Das erste Lehmmännchen, das den verstorbenen Ahnen darstellte und seine Form festzuhalten suchte, ist eine humane, zutiefst ehrenwerte Rebellion gegen die Auflösung und Entformung des Todes.

Nach dieser skandiert vorgebrachten Feststellung versank der Hofrat in eine minutenlange Nachdenklichkeit, ohne dabei im geringsten in seiner aufrechten Sitzhaltung nachzulassen. Nach dieser Schweigepause setzte er im gleichen Tonfall seine Rede fort. (Anmerkung Schlesinger)

Die Schrift mag das Dasein belebt und die Leute wach und gescheit gemacht haben. Das Bild aber war es, das der flüchtigen Erscheinung des Menschen, seinem armseligen Hinwischen über die Welt, Form, Gewicht und Dauer gegeben hat. Im Bilde hat er sich dem Tod gestellt. Dieses erste Lehmmännchen, von dem ich sprach, hat nichts mit Hexenzauber und schäumender Magie zu tun, wie man es gerade jetzt so gerne darstellt. Aber auch nichts mit Kunstübung. Es ist eine verständig nüchterne Trotzhandlung gegen den Tod. Und damit auch gegen Gott.

Abermalige bewegungslose Denkpause Kreutzers. (Dr. Schles.)

Oder doch! Vielleicht hat es doch mit Kunst zu tun. Kunst ist – neben anderem – auch etwas gegen den Tod.

Ich meine das nicht im Zelebrantensinn unseres Jahrhunderts, der Kunst einer Schöpfertätigkeit gleichsetzen möchte. Törichte Selbstanbetung mancher »Künstler«, die sich ihre mageren Einfälle aus dem Steiß ziehen und ihren kreativen Dünnschiß gerührt ablassen, gestützt von staatlichen Subventionen, weil sie zur Brotarbeit zu zart und wertvoll sind.

Aber, aber, Herr Hofrat! Das sind Töne, die ich – nur im Zitat – von Frau Dr. Pictor zu hören gewohnt bin. Von ihr allerdings stelle ich es mir mit Geschrei vorgebracht vor. Kreutzer hob die Stimme um keinen Deut. (Schles.)

Was heißt überhaupt »Schöpfertätigkeit«, »kreativ«, »original«. Der Mensch kann nicht erfinden und noch weniger kann er lebendig machen. Er kann nur Dingen, die in seiner Erfahrung, Erinnerung und Vorstellung sind, wahrnehmbare Form verleihen. Eine Form, die etwas anderes ist als die flüchtige, sterbliche Naturform der Kreatur.

Die Kunst kann kein Leben erzeugen. Aber sie kann humane Beharrlichkeit setzen gegen das Entformungsgewühle des Todes. Eine von vornherein zur Niederlage verurteilte Auflehnung. Was für eine lächerlich wehe Gespensterei, so ein Gebild! Es kann den Tod nicht aus der Welt schaffen. Aber als Gott das erste Lehmmännchen aus den plumpen Fingern seines Adam kommen sah, war er vielleicht betroffen.

Wieder Sinnierpause, Andeutung eines zarten Lächelns auf den trockenen Lippen des Haltungsreichen. (Dr. Schles.)

Wahrscheinlich ein unschöner Mann, dieser Lehmmännchenschöpfer. Alles andere als geehrt! Beglotzt, beschnattert, wahrscheinlich gemieden. Und recht so. Wichtig ist nicht der Künstler. Wichtig ist das Geschaffene.

Ich mag alles Geschaffene. Ich mag die Schöpfung dieser Welt, und ich mag die Lehmmännchen, besonders, wenn sie gut geraten sind und man darin den grüblerischen, aber auch fröhlichen Trotz spürt, der wider den Tod gerichtet ist, wider die unbegreifliche, schauderhafte und gemeine Vernichtung der lebendigen Form.

Und deshalb bin ich auch für das Museum. Das hat gar nichts zu tun mit dem in Zahlen ausdrückbaren Wert des Bewahrten oder mit der »Unersetzlichkeit unseres Kulturguts«, und schon gar nicht lasse ich mein Museum ein staatlich subventioniertes Altersheim für gebrechliche Lehmmännchen nennen.

Wenn das Haus abends zugesperrt ist und ich sicher auf keine Gaffer stoße, schlendere ich gern durch die Sammlung, bleibe da oder dort stehen, setze mich auch eine Weile nieder, nicht so sehr, um mich in einen bestimmten Anblick zu vertiefen, sondern einfach, um mich dem Wohlgefühl des Gedankens hinzugeben, daß sie alle da sind, die schönen Trotzhandlungen von Jahrtausenden, daß sie bei mir gehütet und gut aufgehoben sind. Denn, mein Gott, sie gefallen mir! Sie gefallen mir sehr. Und mehr noch: ich bin einverstanden mit ihnen, mit ihrem Dasein, mit ihrem zähen Aufbegehren gegen das Gesetz der Auflösung alles Menschlichen. Wenn ich sie vor mir sehe, dann bin ich sonderbarerweise einverstanden mit der Welt, in der ich lebe. Wieso, das weiß ich nicht. Aber ich muß es trotzdem sagen und mit Nachdruck: Angesichts eines gelungenen Lehmmännchens bin ich einverstanden mit Gott und der Welt und mir selbst. Ich bin glücklich.

Es ist das kein ausschweifendes, rauschhaftes, orgiastisches Glück. Es ist ein nüchternes, ein rückgratstärkendes und sehr auf durchgestreckte Knie haltendes, ein rebellisches Glück.

Auch während der letzten, rhetorisch hochgespannten Perioden erhob der Hofrat keinen Augenblick die Stimme, noch legte er eine Pause ein, lediglich eine leichte Röte breitete sich langsam über seinen Zügen aus, als schäme er sich etwas. Ich muß gestehen, daß diese von keiner Spur der Emotion getönte Monotonie der Rede, Miene und Haltung den Eindruck des Vorgebrachten noch steigerte, so daß ich auch nach außen hin meine Verdutzt- und Verblüfftheit, nein, meine ehrliche Betroffenheit nicht verhehlen mochte. Aber ehe ich noch zum Sprechen ansetzen konnte, hatte Kreutzer nach Hut und Handschuhen gegriffen und schritt nach einem verbindlichen Neigen des Kopfes in meine Richtung aufrecht und erhobenen Hauptes hinaus. (Anm. Dr. Schles.)

FREIZEIT IM »SCHWEISSE DEINES ANGESICHTS«

Dieser Beitrag wurde mir von Frau Kammerschauspielerin L. zugesandt.

Frau Dr. P. habe sich während ihres weniger als dreißig Minuten währenden Einsitzens in der Küche der L. in einem Zustand »aufsässig getönter Aufgeräumtheit« befunden, sei nach anfänglicher Wortkargheit – durch eine (von der L. eigens für die Freundin eingelagerte) Gabe Wodkas – in einen lebhaften Monolog geraten und habe sich nach dessen Beendigung ziemlich abrupt verabschiedet. Es sei dies – sagt die Frau Kammerschauspielerin – nichts Ungewöhnliches bei der Pictor. Sie habe sich lediglich ein wenig Sorgen gemacht, weil sie, die L., wegen des raschen Abgangs der Freundin nicht dazugekommen sei, ein Taxi zu bestellen, was sie sonst zu tun pflege, da die P. sich auch bei leichter Illuminierung gern verirre und meistens kein Geld bei sich habe. (Schlesinger)

Heute erschien Antonia Pictor gegen zehn Uhr vormittags gänzlich unerwartet bei mir in der Wohnung, zu einer Zeit also, in der sie sich gewöhnlich in der Schule befindet. Auf die Frage, ob sie frei habe, verneinte die P. kurz, begab sich in die Küche und nahm dort wortlos Platz. In der Sorge, es habe sich irgend etwas Außergewöhnliches im Hause Pictor ereignet, stellte ich eine Flasche Wodka vor Antonia, setzte mich dazu und bat um nähere Aufklärung. Nein, sagte sie, frei ist nicht, ich demonstriere nur vor mir gegen die Austreibung, und bediente sich an der Flasche. Da ich Antonia kenne, verhielt ich mich abwartend und drang nicht mit weiteren Fragen in sie. Nach einigen Minuten Schweigsamkeit kam es, etwas maulfaul: Du weißt ohnehin, verflucht sei der Acker um deinetwillen, im Schweiße deines Angesichts sollst du dein Brot verdienen.

Da diese Sätze in einem ganz alltäglichen Tonfall und eher beiläufig vorgebracht wurden, begriff ich nicht sofort, worum es sich handelte. Antonia erfrischte sich gelassen an einem zweiten Glas und sagte dann, mit der leichten Ungeduld im Ton, in dem man einem etwas Begriffsstützigen einen Tratsch erzählt: Das hat er uns doch nachgeschrien, als er uns ausjagte, und seither ist Arbeit mit Quälerei verbunden, hat gewissermaßen damit verbunden zu sein, sonst gilt sie nicht als richtige Arbeit. Und dagegen bin ich.

Nun konnte ich mir allmählich ein Bild machen. Sie war der Schule ferngeblieben, um gegen das biblische Plagegebot aufzubegehren. Trotzdem schwieg ich, denn ich kenne sie. Sie kommt nur allmählich in flüssiges, zusammenhängendes Reden, und ihre Aussagen klären sich dann langsam als die Schwanzstücke langer Grübeleien, denen sie sich oft Tage hingegeben hat, bis sie sich formulieren.

Dann wünscht sie sich mitzuteilen, ohne zu bedenken, daß der allfällige Zuhörer nichts von den vorangegangenen Gedankengängen weiß. Ich beschränkte mich also weiter auf schweigendes Horchen.

Aggressionspotential abarbeiten, höhnte sie, auch so ein Produkt der Profanierung unserer Weltepoche! (Antonia pflegt eher von Weltzeiten, Äonen oder Saecula zu reden als von Stunden und Monaten. Ich bin es gewöhnt und stoße mich nicht mehr daran.) Der Christ leidet, wenn er nichts tut, behauptete sie. Aber nicht am angestauten Aggressionspotential, sondern am schlechten Gewissen, weil er sich vom Peinigungsgebot drückt.

Aha, sagte ich, ein interessanter Aspekt! (Solche kalten Einwürfe beleben sie.) Schau dir doch andere Zeitläufte und Völkerschaften an, rief sie, die großen Müßiggänger der Antike beispielsweise! Von der Natur nicht anders angelegt als wir, haben sie Müßiggang ausgezeichnet vertragen. Hast du vielleicht je gehört, daß Sokrates an Aggressionsstauungen litt, weil er nur beiläufig und lustlos schusterte? Ich gab zu erkennen, daß ich darüber nicht genau informiert sei. Aber sie war schon in Fahrt.

Erst im Christentum, dozierte sie, ist die Faulheit eine Todsünde und der Arbeitsschweiß eine Tugend geworden, und wenn unsereiner müßiggeht, hat er ein schlechtes

Gewissen, denn so sehr wir uns auch von den Lehren der Bibel emanzipiert zu haben glauben, ihre Eierschalen kleben uns noch immer am Steiß!

Nur um sie zu weiteren Äußerungen dieser Art, die mich sehr unterhalten, zu reizen, wandte ich ein, daß man in unserem Sozialstaat ohnehin streng darauf sehe, daß keiner sich bei der Arbeit übernehme, die Arbeitszeit gekürzt und die Freizeit verlängert werde. Freizeit! jubelte sie, das ist das Wort, da triffst du den Nagel auf den Kopf! Freizeit, das Gegenteil von Unfreizeit, Arbeit.

Du hast ein verbrieftes, gesetzlich verankertes Recht aufs Nichts-Tun, auf Müßiggang, reichlichen und bezahlten Müßiggang. Aber was geschieht in unserer Welt damit? Der Mensch weiß nichts damit anzufangen, fühlt sich unbehaglich. Es gibt schon psychologische Untersuchungen über das Freizeitproblem, Freizeitbewältigungskurse! Und warum? – sie war jetzt schon bester Laune und in Schwung – ich sag es dir! Weil nämlich dem Christen fad ist, wenn er nicht im Schweiße seines Angesichts in der Arbeitsmühle steckt!

Ich konnte mich jetzt aufs Zuhören beschränken, anreizende Einwürfe erübrigten sich.

Was aber ist Fadigkeit? klärte sie mich auf. Fadigkeit ist ein bis an die Grenzen der Übelkeit gehendes Gefühl der Leere über der Magengrube. Merkst du was? Genau dort, wo auch der Gewissensbiß zu nagen pflegt. Hat sich einer von religiösen Bindungen freigemacht, sich des Sündengefühls entledigt, empfindet er an der betreffenden Stelle diese spezifische, übelkeitsschwangere Leere, die man Fadigkeit nennt. Der Gewissensbiß aber, der sogenannte »angor oder dolor peccati«, das »morderi conscientia peccatorum«, das Gebissenwerden vom Bewußtsein des Fehlens, ist gebunden an den Begriff der Sünde. In unserem Fall die Faulheit, eine der sieben Todsünden. Ungehorsam gegen das Gottesgebot vom Schweiß des Angesichts. Der moderne Mensch hat dieses Gebot abgeschafft, Faulheit durch das verniedlichende Wort Freizeit ersetzt, eine Sünde zu einem Recht gemacht. Was aber geschieht? Genießt er's? Mitnichten. Eine hochinteressante Verschiebung ist eingetreten, ein echter

Satansspaß: Der Mensch verbringt nun seine Freizeit im Schweiße seines Angesichts!

Sie sah mich – nun schon sehr aufgeräumt und leicht illuminiert – mit einem erwartungsvollen Blick an, der mich zu einer neugierigen Frage aufmuntern sollte. Ich gönnte sie ihr.

Schau dir doch, rief sie, im Fernsehen eine Reportage über die Wintersaison in einem Schigebiet an: Stauungen auf den Überlandstraßen, schwimmende, rutschende Autos im nassen Schneetreiben. Dann dieselben Leute in geduldigen Schlangen vor Liften, sodann frierend in schwanken Sesselchen aufwärtsgetrieben und oben brutal ausgeleert. Dort stehen sie eingeschnurrt im Gipfelwind und starren ein steiles glattgewalztes Schneeband hinunter, auf dem es wimmelt wie von desorientierten Wanzen im DDT-Rausch. Vereiste Trostlosigkeit im Blick stürzt sich einer nach dem anderen in die Tiefe, wo sie sich dann aufteilen: einige reihen sich wieder in eine Schlange, die anderen werden in bereitstehende Ambulanzwagen eingeschoben. Diese letzteren wirken übrigens auffallend gelöst und wie von einer ungeheuren Bedrückung befreit.

Sie alle erfüllen Gottes Gebot wörtlicher und strenger als der frömmste praktizierende Christ. Nur setzen sie anstelle der Arbeitsplage die Freizeitfolter. Der aufreibendste Arbeitstag ist ein Kinderspiel gegen einen Urlaubstag, in dem die Freizeitangebote eines Orts, der auf sich hält, voll ausgeschöpft werden. Da hat eine ehrenwerte Sozialpolitik Gott spielen wollen, die Arbeitszeit verkürzt und die Freizeit erfunden und alles getan, um den »Schweiß des Angesichts« aus dem Leben des Erdenbürgers zu tilgen. Völkern, die noch friedlich und ohne Uhrzeit vor sich hinarbeiten oder – nach Lust und Laune und nicht staatlich verordnet – Müßiggang treiben, reden sie ein, sich mit aller Gewalt entwickeln zu lassen. Aber Gott läßt sich nichts abschwindeln von der Austreibung. Auf Umwegen zahlt er's uns heim: in der Sauna, beim Joggen, beim Schiurlaub und auf der Abenteuersafari, sogar auf der Beautyfarm bei Karotte und Gymnastik im Morgengrauen mit kalten Wickeln.

Ich sage dir, das zarteste Gewissen, die fressendste Attritio cordis – Zerknirschung des Herzens – ist ein Honiglecken gegen die Marter, die sich einer antut, dessen Gewissen nur ein überholter Spuk ist, der in den Kellergewölben seiner Seele umgeht und an die Wände klopft. Wie gut ist dagegen der Gläubige dran, der Faulheit unter ihrem richtigen Namen als Laster erst genießt und sich dann in der Ohrenbeichte erleichtert. Aber diese gesunde Haltung ist verpönt. Der aufgeklärte Mensch tritt knirschend einem Sportverein bei. Im übrigen, da fällt mir gerade ein, wer weiß, ob nicht schon längst der Vatikan seine Finger im Spiel hat und die Manager der Freizeitindustrie in Wirklichkeit verkappte Dominikaner sind, die ja mit Foltergeräten eine jahrhundertealte Erfahrung haben.

Ich wußte gar nicht, wandte ich ein, zum erstenmal zu Wort kommend, weil sie sich erhoben hatte und ihren Mantel nahm, daß Teuerste zuweilen sportlich tätig werden? – Bin ich ein Barbar? sagte sie. Ich treibe heute unentschuldigten Müßiggang, fühle mich gut, werde von einem leisen Dolor peccati gebissen und daher im Vorbeigehen der Gnadenmutter in der Stephanskirche eine kleinere Kerze stiften.

Der Besuch Antonia Pictors bei mir und ihre Erläuterungen haben keine halbe Stunde in Anspruch genommen.

DAS GROSSE GERICHT ODER DIE GEISTLICHEN SCHRECKEN DES VERSAGENS (GEDANKEN ZUR APOKALYPSE)

Neuerliche Sitzung des Hofrats Kreutzer bei Dr. Schlesinger

... ich wartete und wartete.

... ja, bei mir zu Haus.

... Antonia kam nicht. Es war schon weit über die festgesetzte Zeit, und sie kam und kam nicht. Ganz gegen ihre Gewohnheit. Sonst kommt sie eher zu früh.

... ja, gewisse Tugenden kann man ihr nicht absprechen.

Sie ist sehr pünktlich, eher überpünktlich, wie gesagt, zu früh meist. Aber nicht so sehr aus Rücksicht als aus Nervosität.

...also gut. Meinetwegen. Jedenfalls war sie schon überfällig, und ich sorgte mich.

... warum ich mich sorgte und nicht ärgerte? Das kann ich Ihnen genau sagen: Sie würden es übrigens ohne Erklärung verstehen, wenn Sie ihr einmal beim Überqueren einer belebten Kreuzung zugeschaut hätten! Es ist ein reines Wunder, daß sie noch nicht überfahren worden ist. Es ist nur dem Umstand zu danken, daß der durchschnittliche Autofahrer keine Scherereien haben will.

...aber ich sage Ihnen! Ganz etwas Peinliches! Das Polizeikommissariat hat angerufen! Ich denk mir: Na also, jetzt ist es soweit, ich hab es ja kommen sehen, und frage: In welcher Unfallstation ist sie? Aber die sagen mir: Da sitzt eine Dame und behauptet, daß sie in einem Intimverhältnis zu Ihnen steht. Ihren Mann soll man nicht verständigen, weil er sich nicht aufregen darf.

... was war? Ähnlich, wie ich es geahnt hatte. Sie hat den Schwarzenbergplatz unter totaler Mißachtung der Ampelphasen gemächlichen Schrittes überquert, ein Verkehrschaos angerichtet und die einschreitende Ordnungsmacht verbal beleidigt. Natürlich hatte sie keinen Ausweis bei sich und keinen Groschen Geld, wie es ihre Art ist, nur den Hausschlüssel in der Manteltasche. Wahrscheinlich nicht einmal etwas zum Schneuzen. Kurz, ich mußte hingehen, sie identifizieren und auslösen.

... sie? Sie fühlte sich vollkommen unschuldig. Nach ihrer Schilderung ist sie im normalen Tempo über den Platz gegangen. Während der letzten zehn, zwanzig Schritte aber seien plötzlich die Autos losgeprescht. Gegenüber auf dem Trottoir habe sie ein Wachorgan schreiend und gestikulierend stehen gesehen, und die Autoinsassen hätten ihr aus heruntergekurbelten Fenstern Unflätiges zugerufen. Was man sich heut gefallen lassen muß! sagte sie.

... sie gab ohne weiteres zu, daß die Ampel umgeschaltet hatte. Sie hätte also ihr Tempo beschleunigen müssen, aber gerade dagegen habe sie sich innerlich aufgespreizt.

... nicht Trotz, sagte sie, auch nicht Eitelkeit, obwohl ja, wie man zugeben muß, das Rennen eine ältere Person nicht gerade kleidet. Die Menschenwürde sei es!

... ein erwachsener Mensch, dozierte sie, der sich der Kultur verbunden fühlt, kann sich sein inneres Gleichmaß und Bewegungstempo nicht von lächerlichen Lichtspielen durcheinanderbringen lassen. Sich zum Opfer von Hysterikern demütigen, die an dem abstrusen Irrwahn leiden, daß es im Leben auf Sekunden ankäme, was aber nur bei Lebensgefahr und Durchfall so sei. Nie sonst.

... als sie ein wenig abgedampft hatte, sah sie mir starr ins Gesicht und sagte: Schuld am Verkehr ist die Apokalypse des Johannes. Sodann schwieg sie und befaßte sich mit Essen und Trinken. Erst nach einer guten Weile begann sie wieder zu reden: Der irrsinnige Verkehr heute und die hetzende Lebenseinstellung seien die Folge und auch das Symbol des Erfolgszwanges, unter dem der moderne Mensch leide. Dieser Zwang, erfolgreich zu sein, sei aber nur scheinbar wirtschaftlich bedingt. Tatsächlich sei er die Profanform der ehemaligen Angst vor dem Jüngsten Gericht. Ein unbestimmtes Gefühl, man müsse bei irgendeiner Prüfung gut abschneiden. Die Dienstbeschreibung anstelle des »Buches«: »Ich sah die Toten alle stehen vor Gott, und Bücher wurden aufgetan«, liber scriptus proferetur, in quo totum continetur, ein Vers aus der Totenmesse.

... ich glaube, sie hat nicht ganz unrecht. Der antike Mensch hat die Welt als einen gemächlich kreisenden Kosmos verstanden. Leben und Sterben, Abstieg und Wiederkehr im Gezeitenrhythmus von Äonen. Als Johannes auf Patmos seine Gesichte von der Apokalypse niedergeschrieben hatte und die »Offenbarung« Verbreitung fand, wurde der Mensch aus dieser ruhenden Ordnung herausgerissen und einem Punkt in der Zukunft zugerafft, an welchem das Leben einer rigorosen Prüfung unterzogen werden sollte. Fortan war das Dasein eine Kette von Aufgaben und Ansprüchen. Man geriet in die Knochenmühle der Bewährung, dauernd in Furcht, vor dem Richterstuhl zu versagen mit den entsetzlichen Folgen der Verdammnis, Hölle und

Vorhölle, die man sich mit all der plastischen Bildhaftigkeit vorstellte, mit welcher der damalige Mensch begabt war. Nach und nach – im Laufe der Jahrhunderte bis nahe an unsere Gegenwart heran – sind diese Vorstellungen als Sinkstoffe immer tiefer ins Materielle abgesackt und haben schließlich im Morast einer rein profanen Lebensorientierung ihre ursprüngliche Bedeutung eingebüßt.

... Antonia sagte das so: Die grellen Bilder der Offenbarung sind verblaßt, die Geschichte vom Letzten Gericht ist in Vergessenheit geraten. Aber das quälende Lebensgefühl, sich dauernd bewähren zu müssen, hat sich breit gemacht und unser Dasein vergällt und herabgewürdigt zu einem sinnlosen Gehaste nach irdisch praktischen Erfolgen als Beschwichtigung für ein schlechtes Gewissen, dem als Regulativ längst der Begriff der Sünde fehlt. Sündengefühl ohne Sündenbewußtsein aber artet zu einem krankheitsträchtigen Zustand der Seele aus, der zu den bizarrsten Folgeerscheinungen führt. Heute erstickt jedes Lebensbehagen im Zwang zur permanenten Prüfungsangst und Berufsbewährung, in der Sucht, erfolgreich in einer Gesellschaft zu sein, deren Statussymbol der Terminkalender ist. Ein praller Terminkalender verleiht dem Besitzer das beruhigende Hochgefühl, gehetzt zu sein. Gehetztheit aber bedeutet Tüchtigkeit, Erfolg, Beliebtheit und – was noch mehr zählt – Unentbehrlichkeit. Ein Mensch, der keinen Terminkalender hat, ist sozial verdächtig. Er kommt als Bewerber für eine bessere Stellung so wenig in Frage wie ein Analphabet oder Vorbestrafter.*

... was man eigentlich fürchte? Verdammung, sagte Antonia, die Schandhölle des sozialen Versagens. Und das

* In den psychiatrischen Praxen scheint seit einiger Zeit mit steigender Häufigkeit eine neuartige Neurosenform auf, der sogenannte Terminzwängler. Er ist zu erkennen an einem außergewöhnlich dickleibigen Terminkalender, in dem zuweilen sogar die genauen Zeiten der Abortbesuche eingetragen und dann ausgestrichen sind. Auch eine gewisse Suizidneigung auf autoaggressiver Basis wurde beobachtet und auch schon beschrieben: Der Lebensmüde versucht sich seinen Terminkalender einzuverleiben und erstickt daran. Auch in der Traumarbeit spielt der TK neuerdings eine beachtliche Rolle: der Traum vom unauffindbaren (verlorenen) Terminkalender, der Terminkalender in der Hand des Rivalen, der stark beschmutzte Terminkalender, der Traum vom leeren Terminkalender, mit schreiendem Aufwachen. *(Dr. Schlesinger)*

Versagen fürchtet man nicht so sehr wegen der möglichen Armut, sondern wegen der Verächtlichkeit. Heute ist der Erfolglose nicht erbarmungswürdig, sondern verächtlich. Man schanzt ihm alle Schuld an seinem beklagenswerten Zustand zu und verachtet ihn auch dann, wenn er sonst ein Mensch von untadeligem Charakter und sympathischem Wesen ist. Der Arme ist nicht ein ins Unglück Gekommener, von dem der Glücklichere sich loskauft mit gottgefälligem Almosen; er ist ein Versager, der Abscheu erregt und dem man es übelnimmt, wenn er sich ins Blickfeld drängt; denn allzu sehr mahnt er den Erfolgreichen an die knappe Not, mit der er selbst sich über dem Abgrund des Versagens hält.

... in jeder Gesellschaft, wandte ich ein, gelten praktische Tüchtigkeit und Berufserfolg als eine Art von Tugend.

... hat etwa Sokrates, erwiderte sie, sein hohes Ansehen in der gebildeten Welt durch Tüchtigkeit im Beruf erworben? Gut, das war in der Antike so, könnte einer einwenden. Aber auch der Christ des Mittelalters hat nicht viel Gewicht auf den beruflichen Erfolg gelegt, gerade soviel, als er damit seine irdische Existenz sicherte. Was gezählt hat, waren sittliche Werte, wie immer man sie verstand. Erst in ziemlich später Zeit kam es zu dieser unseligen Verquickung von Religion und weltlichem Erfolg. Man raffte irdische Güter zum Beweis, daß man im Lichte göttlicher Gnade stehe: Die puritanische Entartung des Christentums. Sie macht den beruflichen Versager zu einem, den Gott verstoßen hat, und der Stand der Ungnade ist nicht nur ein Unglück, sondern eine persönliche Schuld und Schande.

Dieses Konzept haben wir übernommen, aber Gott daraus entfernt. Wir zwingen uns immer höhere Leistungen in immer kürzerer Zeit ab, ohne eigentlich zu wissen, warum. Und die Hektik, in die uns dieses irrgeleitete »Pflichtgefühl« treibt, zernichtet das Dasein. Denn das Gespenst der Unausweichlichkeit eines Gerichts durchbebt uns immer noch bis ins Mark der Knochen. Es ist uns in die Zellen gewuchert, läßt uns das Blut gerinnen und hetzt uns in sinnloser Betriebsamkeit durch das Leben. Wo der Glaube fehlt, bleibt immer noch der Verdacht. Der schwelende, rumorende, der schweißgebadete Verdacht auf den Schall der letzten Posaune.

ABORTFRAU ODER DIE PERFEKTION DER LEISTUNG

Fortführung der Sitzung

... Klofrau wirst du! pflegte Herr Gravis angesichts eines Schulmalheurs zu klagen, wie es Toni oftmals zustieß. Hätte *ich* in der Schule Scherereien gehabt, wäre vermutlich der Kanalräumer bemüht worden. Ein Ekelberuf jedenfalls. Sozialer Tiefstand und Verkommen, gleichbedeutend mit Kot, Gosse, Verächtlichkeit. Im Unterbewußtsein aber mit Unterwelt und Hölle.

... natürlich hat sie das Übertriebene an diesen Genrebildern gefühlt, die der alte Gravis in drastischen Farben auszumalen wußte. Sie hat sich auch bald mokiert darüber, aber unter die Haut scheint es ihr doch gegangen zu sein. Denn noch jetzt hat sie ab und zu einen stets in der gleichen Form wiederkehrenden Traum zu diesem Thema.

.. freilich! Sie hat ihn mir ja oft erzählt und erzählt ihn immer wieder mit der Einleitung: Heut hab ich wieder den scheußlichen Häuslfrautraum gehabt!

... es ist Matura. Sie steht vor der Tafel. Im Saal herrscht absolute Stille. Die Blicke aller sind starr auf sie gerichtet. Da macht sie plötzlich eine furchtbar peinliche Entdeckung. Alle sitzen in feierlichem Schwarz, sie aber trägt sich irgendwie fetzig feucht, in Arbeitshadern, Schürze und Kopftuch, und spürt in den Handflächen die Rauheit von Soda, den Geruch nach scharfen Putz- und Desinfektionsmitteln, Uringeruch. Sie steht da im Habit einer Toilettenfrau und hat offenbar vergessen, sich umzuziehen.

Dieser gräßliche Traum bedeutet: Wer in der Schule nicht guttut, versündigt sich und steht als Abortfrau vor dem

Jüngsten Gericht! Soziales Versagen, Schmutzstand, Sündenstand, ewige Verdammnis.

... wir kamen dann im Lauf des Gesprächs auf die heutige Jugend. Viele von ihnen, sagte ich, machen den sozialen Tiefstand geradezu zum Programm. Dabei wickelt man sie ohnehin pädagogisch in Watte und zermartert sich in unzähligen Schulversuchen und Testungen den Kopf, welche Anstrengung man ihnen noch ersparen könnte, um sie vom argen Leistungsdruck zu befreien.

... diese Versuche, erwiderte Antonia, sind allesamt zum Scheitern verurteilt, so redlich sie gemeint sind. Denn nicht in der Schwierigkeit, Vielfalt oder Menge des zu Lernenden liegt der Schaden. Was die Kinder lähmt und dann oft aufsässig macht, ist der schreckenerregende Popanz der Perfektion, der Fehlerlosigkeit der Leistung; einem weltlichen Pendant zur Sündenlosigkeit. Normalen, aufgeweckten Kindern ist das Lernen nicht zuwider. Zuwider ist ihnen nicht einmal die Prüfung, sondern das Idealbild der Fehlerlosigkeit.

... ich meldete Zweifel an, sie aber verteidigte ihren Standpunkt: In Prüfungsarbeiten werden immer nur die Fehler gezählt und in Scharlach angezeichnet. Nie die Zahl der richtigen Lösungen. Es wird nicht sichtbar gewogen. Eine bestimmte Anzahl von Fehlern in einer Arbeit, und man hat dem Anspruch »nicht genügt«, es reicht nicht für die Erlösung. Das Richtige zählt nicht. Liber scriptus proferetur, aber gewogen wird nur die Soll-Seite. Verdammt in alle Ewigkeit! Ein Sündlein zu viel für die Heiligkeit, und schon fällst du in ewige Nacht. Die Schule ist strenger als der Große Richter, der – sollte er schon die Barmherzigkeit nicht kennen – doch die Waage kennt und respektiert.

... es gehe aber noch weiter, sagte sie. Die Schulverdammung wäre noch zu ertragen, sogar ihre Besiegelung durch eine häusliche Szene, eine schlichte Ohrfeige, wie man sie früher bezog für die Faulheit. Das Schreckliche heute aber sei, daß man das Kind nicht strafe, sondern sich seiner schäme. Man sieht am Horizont das Schreckbild des sozialen

Tiefstands aufsteigen wie ein unheilvolles Gestirn. Denn man findet sich nicht vor dem Richterstuhl Gottes, der Faulheit und Ungehorsam bestraft, sondern vor einem Femegericht der Nachbarinnen, Bekannten, Hausmeistern, deren Kinder im letzten Diktat weniger Fehler gemacht haben als das eigene. Man wird nicht zur Hölle verurteilt, sondern in den Gassensumpf hineingeklatscht.

... Sie schweigen, Herr Doktor? Ihre Stirne legt sich in Falten, und Sie spielen mit dem Kugelschreiber. Vermute ich richtig, daß auch Ihnen solche kühnen Gleichsetzungen, wie Antonia sie sich neuerdings leistet, bedenklich sind? Oder scheinen Ihnen ihre Aussagen bedenkenswert?

... aus der Praxis, wenn ich fragen darf?

... interessant! Aber es geht noch weiter, sie war noch nicht fertig. Sie kam auf den Begriff der Zeit zu sprechen, behauptete, Zeit, wie man sie heute empfinde, sei eine christliche Konzeption, und nannte sie geradewegs einen »Wechselbalg der Apokalypse«. Mit der Vorstellung des Jüngsten Gerichts am Ende der Geschichte alles Lebendigen hätte sich das Zeitgefühl grundlegend verändert. Für die Alten sei Zeit ein gelassen kreisender Strom gewesen. Seit man ein Gericht erwarte, sei Zeit zum Wildwasser geworden, ein reißender Strom, der aufgischtend in einen Abgrund stürze. Das Leben die mühselige Fahrt eines Flößers. Stets die Strudel eines Tribunals vor Augen, muß er unablässig rudern und steuern, um die Untiefen der Versuchung, die Stromschnellen der Sünde zu umschiffen. Der kleinste Fehler, die geringste Unachtsamkeit ist eine Katastrophe. Immer wach sein, immer handeln. Zeit sei heute unaufhörliche Aktion, Zwang zum Überleben. Die ersten starren Zeiteinteilungen, behauptete sie, gab es in den Klöstern und die ersten Uhren auf den Kirchtürmen. Und heute noch, wo keiner mehr an ein Letztes Gericht glaubt, ist in unserer westlichen Welt alles nach der Uhr eingeteilt. Nicht auf die geleistete Arbeit kommt es an, sondern daß sie von acht Uhr früh bis fünf Uhr nachmittags geleistet wird. Das ist die Verzerrung, zu der heilige Konzepte mißraten sind!

... sie empfahl mir in den zahllosen Abhandlungen über

die Erziehung des Kleinkindes zu blättern. Ich würde sehen: Erstes Gebot der Säuglingserziehung ist die feste, konsequent durchgeführte Zeiteinteilung: Setzen Sie Ihr Zweijähriges zu bestimmten, streng einzuhaltenden Zeiten auf das Töpfchen und lassen Sie es fünf Minuten darauf sitzen. Bei Erfolg ist lautes Lob zu spenden. Bleibt das Töpfchen leer, zeigen Sie dem Kinde, daß Sie bekümmert sind. Bei den Mahlzeiten ist es ebenso zu halten. Stoffwechsel nach der Uhr, aber auf der Welle der Gemütsbewegung!

Moderne Eltern halten sich gern an Regeln, weil sie unsicher sind, *wozu* sie das Kind eigentlich erziehen sollen. Das normale Kind wieder ist grundsätzlich mißtrauisch der Regel gegenüber. Die Eltern versuchen es mit Überredung und logischer Überzeugung. Das Kind bockt, weil es nichts erklärt haben will. Die Eltern halten das für Unverstand. Angst mischt sich ein wegen der Zukunft eines möglicherweise unterbegabten Kindes, Hektik befällt sie. Der logische Lernprozeß wird mit erhöhter Stimme fortgesetzt. Das Kind greint und will weg. Die Eltern gehen in Autoritätsblähung. Das Kind bekackt sich.

... sie redete dann noch über den »ungeheuerlichen Sprung von der Bauch- zu einer Kopfzeit«, den man dem Kind zumuten müsse und der ihrer Meinung nach viel zu früh erfolge, in diesem zarten Alter den kleinen Menschen weit überfordere, besonders dann, wenn man es ihm durch Erklärung begreiflich machen möchte.

... ich sprach mich aus für Konsequenz und Gewöhnung unter Anwendung einer milden Strenge.

... sie lachte mich aus: Rede mir nicht von Konsequenz und milder Strenge bei Kleinkindern. Es gibt nichts Bockigeres, Scharfsichtigeres, Tückischeres als ein Dreijähriges. Da kannst du nichts erkämpfen durch Vernunft und Strenge. Da kannst du bestenfalls etwas erschleichen, und zwar durch einen langwierigen, verwickelten Prozeß aus Nachgiebigkeit und Starrsinn, aus Inkonsequenz und dem gewissenlosen Gebrauch von Lock- und Schreckmitteln, sogar nackter Bestechung. Das Kind hat nichts Grundsätzliches gegen eine neue Zivilisierungsmaßnahme, denn es ist neugierig. Es spielt damit. Probiert sie aus, läßt sie wieder fallen, treibt in einen launenhaften Rhythmus von Befolgung und Mißachtung hinein, und eine geschickte Mutter kann es – unter Ausnützung des natürlichen Nachahmungstriebes – vermittels Äffung, Betrug und Korruption in eine neue Fertigkeit hinein nasführen. Das Kind gewöhnt sich daran und gibt sie dann nur mehr fallweise auf im Rahmen eines Rache- oder Erpressungsaktes. Aber um Gottes willen, nur nicht überzeugen!

... sie hatte mich mundtot gemacht. In allen Erziehungsfragen hält sie mir schamlos meine Kinderlosigkeit vor und den Umstand, daß ich ihre beiden, meine Patenkinder, zwar fallweise verwöhnt habe, bei ernsteren Schwierigkeiten aber immer flüchtig geworden sei. Immerhin wagte ich die schüchterne Frage, wie sie das häufige Schulversagen heutiger Jugendlicher beurteile, die – nach ihren eigenen Berichten – Zeugnisse zustande bringen, die es zu unserer Zeit noch gar nicht gegeben hat.

... das ist ein physikalisches Gesetz, sagte sie kalt, diese Hochleistungen im Versagen sind der Gegenpendelschlag zur Perfektion. Die Höllenmalerei von der Klofrau kann man ertragen, gegen die Maulschelle aufbegehren oder sich geschickt abschirmen. Aber die elterliche Demonstration von Bedrücktheit, die vagen Andeutungen einer Familienschande, das ruiniert Kinder. Schon in den ersten Lebensjahren gnadenlos der Kleinperfektion ausgesetzt, bekommen sie den bitteren Geschmack des Versagthabens zu kosten. Er sickert ins Blut, und sie geben sich auf. Lauter Frühversager, die nichts wollen, als sich zurückentwickeln zum warm schaukelnden Embryo, der keine sozialen Verpflichtungen hat. Der harmlose Wachtraum der Blumenkinder ist geplatzt, wie eben Seifenblasen platzen. Die vertrotzte Bösewichterei der Punks prügelt ihnen die Polizei aus dem Leib. So verschliefen sie sich in die transzendentale Meditation und schenken ihr Ich einem Guru wie ein abgelegtes Kind.

... nein und abermals nein! Ich kann ihr da nicht ganz recht geben. Wenn man die perfekte Leistung verpönt, läßt man sich automatisch gehen und verkommt. Ich halte den sozialen Hochstand ausdrücklich nicht für verwerflich und verbat mir ihre abschätzigen Beurteilungen, die für mein Gefühl weit übertrieben sind. Statt einzulenken oder gar einen Irrtum zuzugeben, schwenkte sie ab ins Groteske und wurde persönlich.

... sie sprach von einer »eigentümlichen Begabung unserer Generation zu sozialer Kalkabsonderung«. Wir bauten den beruflichen Erfolg als eine Art »Prunk- und Imponiermütze« aus, mineralische Gehäuse, in die wir unsere heikleren Teile hineinkrebsten. Pomphafte Schmuckhauben und Prunkhäuslein oft, wenn es sich um angesehene Berufe handelt, sagte sie und schaute mich gemein an.

... wieso gemein? Nun, weil sie damit auf mich und die Sammlung anspielte oder genauer, auf das Verhältnis, das ich dazu habe. Ich hätte mich, behauptete sie, im Lauf der Jahre seelisch und geistig immer mehr im Museum einquartiert und hinter seinen Prachtfassaden verschanzt. Dort hauste ich umgeben von ausschließlich klassischer Kunst wie andere in schlichter Meublage und sei allmählich unfähig geworden, auch das Vulgäre, ordinär Menschliche oder auch nur Mittelmäßige als natürliche Erscheinungsform des Lebens anzusehen und hinzunehmen. Meine Tätigkeit in der Antikensammlung sei für mich nicht die gewöhnliche Beschäftigung eines höheren Staatsbeamten, sondern etwas wie ein Königs- oder Priesterdienst, ähnlich dem Beruf eines Legaten beim päpstlichen Stuhl oder des Truchseß, kein Dienst, sondern ein Erzamt. In diesem Sinne habe sich auch meine Oberlippe langsam, aber meßbar verlängert, ebenso hätte ich, von der Feierlichkeit meines Würdenamtes bewegt, die Gewohnheit angenommen, gedehnte Augenlider müde sinken zu lassen, sobald jemand geradeheraus eine plastische Gewöhnlichkeit von sich gebe. So sei ich allgemach zu zart, zu verletzbar geworden zum Verkehr mit der Welt und werde aller Voraussicht nach bald unter irgendeinen Glassturz flüchten müssen, der mich gegen den Bazillus der Gemeinheit abschirme.

ALLE DIE VERLUDERTEN VORSÄTZE

Aufzeichnungen der Frau Pictor

Fünf Stockwerke unter mir Verkehrsgewühl. Von Ampel zu Ampel schießend die Zeitfreßgehäuse der Autos. Dazwischen Fußgänger (als ob es Kopfgänger gäbe!). Eine hetzende und gehetzte Flucht im irren Tumult, gelenkt von grellen Blinksignalen: dröhnendes, fauchendes Fluten durch Häuserzeilen. Jähes Halt vor der Kreuzung. Von vier Seiten droht es herein wie die Mündungsfeuer von Geschützen. Und wieder Aufheulen und Rasen bis zum nächsten Licht. Das stumme Hasten der Autolosen, der Ungeschützten und Preisgegebenen. Ein unversehrt erreichtes Trottoir ist eine bestandene Prüfung.

Alle die Spazierenden, Promenierenden, Lustwandelnden sind schon unter den Rasen gekrochen, eine aussterbende Spezies wie Vögel, die an einem zu prächtigen, daher unzweckmäßigen Federputz zugrunde gehen; lackierte Zielscheiben des Mordes.

*

Ich benütze jetzt einen Feldstecher.

Ich will die Gesichter sehen. Sie haben den maskenhaften Ausdruck angespannter Zielstrebigkeit. Aber das Fleisch spielt nicht mit. Ein verkrampftes Bündel Muskeln mit zitternden Nerven und verklemmten Adern verbacken. Darin gerinnt das Blut zum Infarkt, die Säfte vergären zu Gift, und die Zellen arten aus im wuchernden Selbstfraß.

»Auf Draht sein« – ausgerenkte Gliedmaßen mit überzerrten Sehnen, an ein starres Qualnetz gekreuzigt und geschleudert im zerhackten Rhythmus sinnloser Hast.

Das springt in die Straßenbahn, bedacht, dem Klemmgriff der Tür zuvorzukommen, kauert hinter dem Lenkrad, den Kopf hin- und hergerissen zwischen Lichtsignalen, des kleschenden Aufpralls gewärtig, der das Genick nach hinten reißt, Hände und Füße auf Hebeln und Pedalen,

Geschwindigkeiten ausgesetzt, die das den Sinnen eingeborene Tempo gnadenlos überrennen.

*

Das sind keine Passanten.

Das sind Verfolger und Verfolgte. Jeder ein Gehetzter. Gehetzt von außen durch eine blinkende Automatik und gehetzt von einem innern Befehl, der sich verkrustet hat zu einem teuflischen Imperativ. Keinen wirklichen Zielen zustrebend, sondern den leeren Hülsen von Zielen. Zielen, die nicht erreichbar sind durch die bedachtsame Entfaltung eingeborener Kräfte, sondern durch Jägertugenden, die eine dürftige Anzahl simpler Signale exakt befolgen.

Permanenter Volleinsatz der Aufmerksamkeit, als stünde das Leben auf dem Spiel. Ein geglücktes Überholen ist kein sportlicher Erfolg, sondern ein moralischer Akt, auch wenn das Ziel nichtig ist und gar nicht drängt.

Der Verkehr, dieses stinkende, knatternde, hetzende, hysterische Attribut unserer Tage ist das Symbol für unser Lebensgefühl: ein sinnentleertes Jagen nach einer spukhaften Chimäre, deren Bedeutung einem entfallen ist.

Nur im Traum entwickelt man sonst Anstrengungen, die dem Ziel nicht adäquat sind, flieht vor unsichtbaren Verfolgern, jagt mit stechendem Atem etwas nach, das einem nicht einfällt.

Das gesichtslose Gespenst einer großen Forderung steht vor uns, und wir zerfasern uns die Nerven in einer Unzahl sinnloser Klein- und Teilerledigungen, die wir vorschieben, um die große, die ungeheure, die einzig lebenswichtige Erledigung nicht anschauen zu müssen, die hinter der Wand steht und wartet.

*

Auch der Schlaf ist eine schwere Aufgabe, die gelöst werden muß.

Wenn es still ist, macht sich das schlechte Gewissen breit. Ein zäher Müllberg unerledigter Pflichten schiebt sich vor das hellwache Blickfeld. Fluten unguter Einfälle und Erinnerungen wandeln sich in erschöpfte Traumbilder.

Diese Träume sind keine Schlafbewacher und Wunscherlediger. Es sind Mahn- und Hetzträume, Nachtquäler, Angstmacher und Friedensbrecher. Mit letzter Willensanspannung wirft man sie ab, setzt sich auf im Bett, geht hinaus auf einen Schluck Wasser, um ganz wach zu werden.

Dann liegt man wieder im Finstern, und die riesigen Trödelhaufen versäumter, verluderter Vorsätze und Aufgaben kriechen heran. Darauf das verlogene grüne Fetzchen Hoffnung: wenn erst dies und das erledigt ist, dann kommt der Frieden. Er kommt nie. Irgendeinmal kommt der Tod.

Aber nicht einmal diesen kann man denken als immerwährende Ruhe, als Stillstand des Planens, stehende Zeit. Der Tod, eine erstickte Ratlosigkeit! Ein Wälzen und Sich-Winden in den Totentüchern; mit erschöpften Nägeln an der Sargwand kratzen; wühlend sich aus dem Moder zerren. Nicht aus Sehnsucht nach Licht, sondern aus der sinnlosen Ruhelosigkeit des verwesenden Fleisches, das jammernd umgeht, nach Dingen witternd, die erledigt werden müssen um des ewigen Heils der Seele willen.

*

Wenn ich all das springende, hastende, gehetzte Volk ansehe, das um mich herum durchs Leben jagt, dann denke ich, daß sie am Ende des Tages nicht wirklich nach Hause gehn.

Wenn die Dämmerung einfällt in den fettig schwelenden Benzindampf, wenn die Fensterreihen bläulich blaken und es ins Leere herausredet aus Radio und Fernseher und in den Gassen der Staub sich senkt, den Hunderte hetzende Sohlen aufgewirbelt haben, wenn sich der Verputz, vom Verkehr erschüttert, wispernd von den Mauern löst und aufs Pflaster bröselt, da gehen sie nicht nach Haus.

Sie huschen ins Schauhaus und hängen dort an Metzgerhaken, sauber gereiht, das bleiche erschöpfte Fleisch endlich entspannt und darüber, schiefgehälst, die wächserne Maske mit den schlafenden Augen, endlich gelöst, ausbaumelnd im Frieden der Todesstille, nicht mehr verfolgt und sich verfolgend. Für eine Nacht davongekommen. Narkotisches

Schweigen, vage überzuckt von den nagenden Bissen der Träume.

Aber zu einer bestimmten Zeit, durch das harte Schrillen einer inneren Uhr geweckt, steigt in den Kadavern wieder der Pegel der Erregung. Die erschlafften Sehnen schauern spastisch auf, die Leiber verkrampfen sich, spannen sich in ängstlich zitternder Ohnmacht, in ohnmächtigem Unmut, und dann fängt ein Nesteln an, ein hastiges Sich-Losmachen mit verbissenen Kiefern, und ganz von selbst, noch schlafschwer betäubt im Koma, beginnen die Glieder zu zucken, zu eilen, zu hetzen, und einer nach dem andern stürzt sich hinaus in die Gebeinmühle des Tags.

*

Was macht mir die Knöchel so schwer
und das Blut so schwarz?
Ist es die Last der Jahre,
die mit dem Regen drückt?
O nein! Es ist die fahle Schmach des Versagens.
Sie sprießt aus dem Gras mit den Herbstzeitlosen.
Colchicum autumnale.
Der Schall der Posaune
im Nebel erstickt,
verraschelt im trockenen Laub.

O Herr, ich habe gesündigt.
Gemordet habe ich nicht, auch nicht gestohlen;
ein wenig betrogen,
den Müßiggang und das Fleisch geliebt.
Geizig war ich nie.
Etwas Hochmut. Das schon.
Und das griechische Feuer des Jähzorns.
Dem Nächsten ernstlich zu schaden, war ich zu faul.
Meinen Schuldigern habe ich leicht vergeben.
Nicht aus Liebe: aus Lässigkeit eher
und ein wenig Verachtung.

Alles in allem nicht viel.
Nicht genug für die Hölle,
für den Himmel zu viel.

Aber ich habe mich schuldig gemacht
der dreimal vermaledeiten,
der Sünde der Müdigkeit,
des verlotterten Ziels,
der aufgegebenen Hoffnung.
Das macht es,
daß die Posaune so schauerlich hallt
im blechernen Wehruf:
»Liber scriptus proferetur,
in quo totum continetur.«
Es zieht mich hinunter,
ich scharre das Erdreich
mit den blutigen Nägeln der Scham.
Oh, um all die verschleuderten Vorsätze!

»Quidquid latet apparebit,
nil inultum remanebit.«
Oh, um all die verluderten Hoffnungen!

Gift im Hall der Posaune,
bleiches Gift aus den Halmen der Angstzeitlosen!
Oh, um all das Versäumte, Verrottete und Verspielte!
Mein Gott, wie wirst du mich finden
im dreckigen Sud meiner Schande!

Windhäuser hab ich gebaut,
Luftlauben von Träumen,
sie haben mich schweben gemacht!
Trugmotte! Besoffen von Lügen!
Aber der Mehltau der Müdigkeit hat meine Flügel befallen,
ihnen die Farbe gestohlen.
Ich habe versagt vor Gott und den Menschen.
Ein stumpfes Vieh,
flügellos,
räudig von krätzigem Kummer.

Zu schlecht für den Himmel,
für die Hölle nicht schlecht genug.
Nicht einmal würdig eines Gerichts.

Es zieht mich hinunter.
O Herr laß mich kriechen
tief in den schlingenden Bauch der mahlenden Erde.
Vergiß mich,
ich habe versagt.

Mag sein, daß einmal in tausend Jahren
aus dem Moder verratener Hoffnung
ein Unkraut sprießt.
Scheinblüten im Licht.
Bald jätet's der Friedhofsgärtner
mit gleichgültigen Händen
zwischen zwei Zigaretten.

DIE PRÜFUNG

»Höhlenmalerei« der Pictor

Eines Tages läutete es abends zu ungewohnter Zeit.

Müde verscheuchte sie die kleine Hoffnung, es möchte einer sein, der Reklamen austeilt, oder der Hausmeister. Denn sie erwartete niemanden. Aber dann war es doch der, der sie abholte. Stumm stand er draußen in einem unauffälligen Straßenanzug mit Hut und einem Gesicht der Art, wie man sie sich nicht merken kann. Ein Ungesicht. Aber sie begriff das erst ein wenig später, nach längerem Grübeln.

Sie mußte keinen Mantel mitnehmen. Auch kein Geld und keinen Ausweis. Wie sie war zu dieser Tageszeit, in Hausschuhen und Bademantel, trat sie auf den Gang, und während sie noch nach dem Schlüssel zum Abschließen suchte, schlug er die Tür zu. Schweigend fuhren sie im Lift hinunter, gingen den Korridor entlang und durch das Haustor auf die Gasse hinaus. Schweigend stieg sie in den Fond des Autos, das er offen hielt.

Sie fuhren erst durch die bekannten Straßen, dann weiter in Stadtviertel, die ihr weniger vertraut waren, schließlich durch Häuserzeilen mit leeren Brandmauern, unterbrochen von unbebauten Grundstücken. Das Auto hielt in einer Sackgasse, die von einer vermorschten Holzplanke abgeschlossen war. Er schob ein paar lose Planken zur Seite, und sie krochen auf allen vieren hindurch und standen auf einer Art Gstätten, und sie empfand es als sehr unangenehm, daß an ihren schadhaften Hausschuhen dick der Lehm klebte. Es fröstelte sie auch im Bademantel.

Zwischen brennesselbewachsenen Erdhaufen, Distelstauden und allerlei Abfall und Drahtgeschlinge führte ein schmaler, ausgetretener Weg dahin, den sie eine gute Weile verfolgten, bis sie auf ein ebenerdiges, barackenähnliches Gebäude stießen, vor dem ein funsenhaftes Licht brannte. Es leuchtete nur einen kleinen Fleck aus, um den sich Finsternis drängte. Man sah ausgeblichene Reklamen von Coca-Cola und einer Biersorte. Sie betraten einen schlecht beleuchteten Raum, eine Wirtsstube. Zwei Männer mit sonderbar formlosen Hüten, die ihnen über die Augen hingen, saßen an fettigen Tischen mit angetrockneten Flüssigkeitsringen vor abgeschlagenen Tellern und stocherten in einer graugelblichen Masse, die wie Lehm aussah und nach feuchter Erde roch.

Hinter der Theke saß ein dickes, graugesichtiges Weib, die farblosen Haare zu einem kleinen Knoten nach hinten gespannt, und strickte. Sie hatte keine Wolle, sondern sie strickte graue, staubverklebte Spinnwebfetzen ein, die sie von Zeit zu Zeit aus den Ecken zwischen Wand und Gerätschaft und von der schirmlosen Glühbirne raffte, um die sie hingen wie graue Tücher.

Als die Ankömmlinge eintraten, nickte sie und wies mit dem Daumen auf die einzige Tür, von der die gelblich braune Lackierung ärarischer Gebäude abblätterte. An einem rostigen Nagel hing eine vergilbte Tafel: Gerichtszimmer, Eintritt verboten. Bitte warten.

Man bedeutete ihr, sich auf einen Sessel zu setzen. Der sie hergebracht hatte, ging. Sie wartete sehr lange, wie ihr schien. Aber die Zeiger der runden Küchenuhr an der Wand rückten nicht weiter. Sie fühlte sich ein wenig aus der Zeit geworfen. Aber das war kein heller, zuckender Schrecken, sondern ein müder, gewissermaßen erstickter, wie ein Schlag in ein Kissen.

Plötzlich riß sie ein schepperndes Gerassel auf, das von einer Glocke kam, die hoch oben in einem dunklen Winkel zwischen Wand und Plafond hing und lächerlich an eine Schulglocke erinnerte. Die Farblose deutete auf die Tür.

Als sie eintrat, fand sie sich in einer Art Klassenzimmer, so wie sie früher waren: verschiebbare Pulte, die mit den Bänken zusammengewachsen waren, Löcher für die Tintenfässer, ein Podium. Sie trat vor den erhöhten Katheder. Dort saß einer, der ihr einen Stoß Papier, Federstiel und Feder gab. Am Kopf der Bogen stand in Kurrentschrift: Prüfungsarbeit. Darunter ein Beispiel. Sie schob sich in eine der schmalen Bänke, die Lehne drückte mitten in den Rücken, und sie konnte weder die Knie aufstellen noch das Pult herunterlassen, weil es auf den Magen drückte. Im schwachen Lichtkreis der staubigen Glaskugeln, die von der Decke hingen, sah sie noch andere Leute in den Bänken kauern, die auch ihnen zu klein waren, aber sie schrieben emsig. Als sie sich an das fahle Licht gewöhnt hatte, merkte sie, daß es keine Fenster im Raum gab.

Sie nahm sich ihre Prüfungsarbeit vor. Sie las die Frage durch mit der gewissen Beklommenheit, an die sie sich noch von der Schule her erinnerte. So wie damals vermochte sie den Text beim ersten Lesen nicht zu verstehen. Sie herrschte sich an, zwang sich zur Ruhe und las noch einmal. Kalte Feuchtigkeit trat aus der Stirn und den Handflächen. Auch beim abermaligen, sehr konzentrierten Lesen war es ihr nicht möglich, die Aufgabe, die ganz einfach schien, zu begreifen. Eine jähe Kälte rieselte von der Herzgegend hinunter in den Bauch. Sie rückte sich grob zurecht, ballte die Fäuste und las erneut, wobei sie feststellte, daß ihr Unterkiefer zitterte. Aber sie begriff nicht einmal, ob es sich um eine Rechenaufgabe oder die Übersetzung eines Textes handelte oder aus welchem Gebiet überhaupt die Frage stammte.

Sie sah sich verstohlen um. Die anderen saßen über ihre Papiere gebeugt und schrieben und schrieben, manche hatten schon ganze Stapel bekritzelt und sahen sich nach neuen Bogen um. Der am Katheder kümmerte sich um nichts, was in der Klasse vorging. Er hatte eine Art Geduldspiel vor sich, von der Art, wo man einige Kugeln in das Innerste eines Labyrinths lotsen muß.

Der Schrecken, den sie zuerst empfunden hatte, ebbte allmählich ab. Er wandelte sich in eine tiefe Niedergeschlagenheit, aus der eine Gereiztheit gegen sie selbst aufwuchs. Sie begann sich zu verachten, weil sie die Frage nicht nur nicht lösen, sondern nicht einmal verstehen konnte, während die andern offenbar der Fülle ihrer Gedanken und Antworten kaum gewachsen waren. Tief beschämt schaute sie um sich, ob jemand etwas von ihrem ohnmächtigen Versagen merkte. Aber niemand schien sich zu kümmern um sie.

Noch einmal versuchte sie, sich in den Text der Aufgabe zu vertiefen, aber es geschah nur noch mechanisch, ohne Zuversicht, und zu ihrem Erstaunen merkte sie, daß es ihr gar nicht mehr so sehr darum ging, die Frage zu verstehen, geschweige denn zu lösen. Sie war mit ihrer Selbstverachtung einverstanden. Bemühte sich sogar, sie zu vertiefen bis zu einer Art Selbstzerfleischung.

In diesem Gefühl erhob sie sich fast ohne eigenes Zutun und trat hinaus vor den Katheder, die leeren Bogen in den Händen, den Kopf gesenkt, nur von unten aufblickend, legte die Papiere hin und murmelte etwas wie »o Herr, ich bin nicht würdig« und empfand dabei eine fast wollüstige Zerknirschung und kriechende Demut.

Von selbst, ohne eine Weisung abzuwarten, wandte sie sich einer Tür zu, die ihr schon seit ihrem Eintritt aufgefallen war, weil sie wie die Tür zu einem abseitigen Raum aussah und ungewöhnlich niedrig war, und während sie auf diese Tür zuging, zog es sie immer mehr hinunter zur Erde. Schon kniete sie. Dann fiel sie vor auf die Handflächen und kroch schließlich auf allen vieren auf die Tür zu, die jetzt so niedrig war, daß sie nur auf dem Bauch durchrutschen konnte.

DIE ZWEITE NACHTWACHE DES DR. SCHLESINGER

Es ist schon lange her, daß mir ein Patient so viel Schlaflosigkeit beschert hat wie dieses Frauenzimmer, die durch Begriffe und Zeiten schnurrt wie ein gepeitschter Brummkreisel. Trotzdem sträubt sich alles in mir dagegen, die Person geisteskrank oder auch nur neurotisch zu nennen. Vielleicht nur deshalb, weil echte Narren gewöhnlich keinen Humor haben?

Manches von dem, was sie sagt, leuchtet mir sogar ein, wenn sie es auch durch eine eigentümliche Übertreibungssucht oft genug selbst ad absurdum zu führen scheint.

Daß die Religionen es sind, die Kulturen prägen, auch dann noch, wenn ihre Formen säkularisiert sind, ist bekannt und entspricht auch meiner Überzeugung. Interessant ist für mich aber die Überlegung, daß diese Prägungen weder vom »Gründer« dieser Religionen abhängen noch von den Deutungen seiner Lehren durch Theologen oder Philosophen, die sie späterhin zu einem geschlossenen System geistlicher oder weltlicher Art ausgestalten, noch auch von denen, die sozusagen die ausführenden Organe dieser Systeme sind, der Priesterschaft und den Ethikern.

Das »Christentum« unserer westlichen Welt ist weder von Jesus von Nazareth geprägt noch von Paulus, Augustinus oder Thomas von Aquin und wie sie alle heißen mögen. Aber auch nicht von der Kirche, jedenfalls nicht von Päpsten und Großinquisitoren. Es ist geprägt von dem, was das Durchschnittshirn davon angenommen hat. Was Eltern und Katecheten den kleinen Kindern beibringen, was sie auswendig lernen müssen, was sie in der Sonntagsmesse, im Beichtstuhl, vor der Kommunionsrampe sehen und empfinden. Die nüchternen Erschütterungen gesunder Kinder. Vom Heranwachsenden vergessen, werden sie dann beim Erwachsenen zum moralischen Nagewerk aus dem Unbewußten, das oft genug der Vernunft spottet und dem Willen widerspricht, aber nicht zum Stillschweigen gebracht werden kann. Heut nennt man's gern eine Neurose, die unter Umständen zu einer, aller Ratio Hohn sprechenden, Leiden erzeugenden Lebenshaltung führt, von der besonders wir Kulturspätlinge geplagt werden, die wir unsere Wurzeln längst vergessen haben; Wunderlichkeiten, die stärker prägen als jedes Wissen, jede politische Ideologie und Moral.

Wenn ich Historiker wäre und Zeitläufe verstehen und wissenschaftlich durchleuchten wollte, würde ich nicht mehr – wie ich es früher wahrscheinlich getan hätte – die Schriften und Biographien der großen Philosophen, Künstler und Staatsmänner studieren. Ich würde versuchen herauszubekommen, was die Kinder in dieser Zeit gelernt und gesehen haben, womit sie in den Schlaf gesungen und erzählt wurden und wie sie die Feste und heiligen Zeiten begangen haben in einem Alter, da sie gerade in Altarhöhe reichten.

Aber was soll dies müßige »wäre« oder »hätte« . . . Ich muß dem armen Kreutzer einen Brief schreiben.

Sehr geehrter Herr Hofrat!

Seien Sie unbesorgt, ich nehme es Ihnen wirklich nicht übel, wenn Sie mich daran mahnen, nun endlich meine Beobachtungen durch eine Entscheidung und ein entsprechendes ärztliches Eingreifen abzuschließen. Zumindest bin ich Ihnen eine eindeutige Diagnose schuldig (soweit eine ärztliche Diagnose jemals eindeutig sein kann!!). Mir ist es selbst schon mehr als peinlich, wenn regelmäßig zum Monatsersten Ihre Honorare eintreffen, und ich hoffe nur, daß Sie meine zögernde Unentschlossenheit nicht falsch deuten.

Ich weiß es nicht! Ich sage und bekenne es ganz dezidiert: Ich weiß es noch nicht, ob Frau Antonia Pictor an einer psychischen Krankheit leidet, es sei denn, man nenne einen Zustand krankhaft, der einen ganzen Kulturkreis betroffen hat und jeden, der darin lebt, mehr oder weniger, je nach seiner seelischen Robustheit oder Empfindlichkeit, affiziert.

Die Auffälligkeiten und Bedenklichkeiten im Verhalten Frau Pictors hängen, meiner Meinung nach, eher mit deren persönlicher Konstitution und Sensibilität zusammen und einer besonderen Art, diese Zustände zu schildern und sich ihrer bewußt zu werden. Anderseits halte ich Frau Pictor – verzeihen Sie den scheinbar derben Ausdruck – für seelisch ausgesprochen zäh. Menschen, die ihre Gedanken und Gefühle prompt und ausführlich bereden und beschreiben, unter Umständen sogar zur Darstellung bringen (siehe Bovist, Geißblattmord etc.), halten sich in der Regel gut und sind ungeachtet ihrer beredten Lamentos weit weniger gefährdet als die sogenannten Verkneifer.

Dies gesagt, um Ihre dringendsten Sorgen zu beschwichtigen. Allerdings muß ich korrekterweise hinzufügen, daß man sich immer irren und Überraschungen niemals ausschließen kann.

Mit vorzüglichster Hochachtung!
Ihr Dr. E. H. Schlesinger

So, das wäre auch gemacht! Und mit einer Tablette Rohypnol werde ich hoffentlich auch einen gelinden Greisenschlaf erzwingen. Gegen Träume allerdings feit auch Rohypnol nicht. Ob ich mich in der Uniform der Kanalbrigade vor der Gesellschaft für Psychiatrie stehen sehen werde, während sich alle Kollegen – ohnehin meine Feinde – die Nasen zuhalten?

III

CURSUS MYSTICUS

Die ewige Seligkeit

UM EINEN SCHILLING »UNTERGANG VON MESSINA«

Mistausbeute

Es kostete uns nicht viel, die Großmutter, die uns während einer Abwesenheit der Eltern zu beaufsichtigen und zu versorgen pflegte, zu einem Praterausflug zu überreden. Es muß gegen Monatsende gewesen sein, denn sie verfügte nur mehr über einen einzigen Schilling. Natürlich war das damals mehr als heute, aber wenn man die Straßenbahn bedenkt und den Umstand, daß wir zu dritt waren, war's doch ein lächerlicher Betrag. Jemand anderer als die Großmutter hätte jedenfalls diesen Schilling sich nicht im Prater auflösen lassen. Sie tat's und lachte dazu. Sie war weder leichtsinnig noch mangelte ihr das Verständnis für Geld als Grundlage der Existenz. Aber sie hatte kein logisch rechnerisches Verhältnis dazu. Ihre Beziehung zum Geld war eine durchaus irrationale. Geld hatte für sie keinen fixen Kaufwert, sondern eine geheimnisvolle Potenz, der sie sich zu bedienen verstand. Aus einer mäßigen Witwenpension und ein paar Schmuckstücken, die sie abwechselnd ins Versatzamt trug und wieder auslöste, machte sie sich ein angenehmes Leben. In ernsthafte Kalamitäten ist sie nie geraten.

So fuhr man also selbdritt in den Prater, und dort zog es Heinrich und mich vor allem in die Grottenbahn. Die Geisterbahn gab es noch nicht, und unsere Lust an der Sensation und am Gruselwerk wurde durch die Grottenbahn gereizt und gestillt.

Neben Schaubildern aus dem Reich des Dämonischen und Absurden, neben Wolfsschlucht, Meeresgrund und hämmernden Gnomen zog uns vor allem der »Untergang von Messina« an, der eindrucksvoll aufgebaut und magisch beleuchtet war und vor dem das Wägelchen eine Weile verharrte, damit man ihn ausführlich genießen konnte.

Die Großmutter bestieg natürlich mit uns zusammen das etwas enge Drachenwägelchen, das uns nach einem schrillen Klingelzeichen rasselnd in die finstere Tiefe des schaurigen Labyrinths zog. Um Heinrich hatte sie einen Arm gelegt. Ich saß weich geborgen auf ihrem Schoß. Sie war eine stattliche dicke Frau. Das Gesicht hatte ich an ihrem Busen vergraben, mit einem Auge besah ich mir das Gebotene und horchte auf ihre Erläuterungen, die sie schreiend gab, um das Geratter zu übertönen.

Ich schätzte sehr, daß sie nie sagte, wir brauchten uns nicht zu fürchten. Sie gab auch nie ernüchternde Erklärungen der Vorgänge, um die Dinge ihres Schauers zu entkleiden, wie der Vater, der vom Übernatürlichen in einem geheimnisvollen Timbre redete, und wenn er sah, daß wir uns gruselten, alles naturwissenschaftlich erklärte. Bei ihm fürchtete man sich dann trotzdem, bei ihr aber, die niemals rational aufklärte, fürchtete man sich nur soweit, als Fürchten eine wohlige Schaurigkeit ist.

Sie redete von der Geisterwelt im Alltagston wie von den gewöhnlichsten Tagesereignissen, was mir bewies, daß sie in diesen Zonen in derselben Weise zu Hause war wie in Döbling. Man konnte sich daher in diesen heiklen Breiten auf ihre Kenner- und Mittlerschaft verlassen.

Willkommen war uns auch, daß bei ihr Christkind und Osterhase oder Nikolaus nicht von einer sittlichen Bewährung abhängig waren. Die kamen auf alle Fälle, so wie das Wetter. Das war wichtig. Denn beim Vater hatte alles Angenehme einen Tugendpreis, und für die Strafe gab es keinen Fluchtweg.

Deshalb saß ich auch in fortgeschrittenen Jahren noch bei Schulelend in Döbling ein, und zwar in einem geräumigen Ohrenstuhl, in dem ich, nach reichlicher Nahrungsaufnahme, regelmäßig fest einschlief, sicher gebettet in weicher, warmer Geborgenheit, in deren Frieden sich meine Sorgen und Ängste verläßlich auflösten.

Dieser Ohrenstuhl war gewiß nicht das Zentrum meiner Welt. Dieses war väterlich, daher streng, ausgesetzt und eher frostig. Der Ohrenstuhl war ein Fluchtort der Gnade, ein

Refugium bei Hochnot zum Trocknen, Federglätten und Ausfressen. Man überstand dann die unausweichlichen Beanspruchungen durch den Ernst des Lebens leichter.

Die Großmutter verkörperte dieses selige Reservat bis hinein in die abgegriffene kleine Mariazeller Madonna aus falschem Elfenbein, die auf ihrem Nachtkästchen stand. Im übrigen nicht abgegriffen von ihr selbst, sondern von den flehenden Fingern früherer Frauen der Familie. Sie selbst sprach bei der Mariazellerin nur an deren Festtagen vor, an denen sie eine bestimmte Anzahl Ave Maria abbetete, oder wenn sie einen Versatzzettel verloren hatte.

Der »Untergang von Messina«, jene Pratergrotte gruselnder Erbauung, zog für mich den pikantesten Reiz aus der oftmals wiederholten Versicherung der Großmutter, daß »unsereinem« so etwas nicht passieren könnte. Unsereiner, das war ihre engste Familie. Diese aber war – laut ihrer Versicherung – aus Gründen, die nicht erörtert wurden, aber die niemandem zu bezweifeln einfiel, gegen Katastrophen solch anstößiger Art gefeit. Sie kamen bei uns nicht vor, so wie in gewissen Kreisen keine trunksüchtigen Väter und unehelichen Kinder vorkommen. »Unsereiner« war da sicher, und zwar ohne jegliches moralisches Verdienst und Tugendmühe.

Die Großmutter hatte für mich eine eindeutig mythische Potenz. Die kam besonders ausdrucksvoll zur Geltung, wenn ich sie mit einer anderen Großmutter verglich, die angeheiratet war und nur zum äußersten Kreis der Sippe zählte. Sie stammte aus Ungarn, und man munkelte von zigeunerischem Blut. Auch sie verfügte über eine übersinnliche Kraft, die jedoch eindeutig hexischen Charakters war. Die beiden Ahninnen verkehrten nicht miteinander, denn dem Hexischen ist das Mythische als arrogant und dünkelhaft vergällt, dem Mythischen dagegen das Hexenhafte zu minder und vulgär.

Manchmal geschah es allerdings, daß die beiden, im gleichen Kretzel wohnhaft, aufeinanderstießen. Die Hexe, klein und dürr, in schwarzen Hadern und strähnigen Zotten, das scharfe Kinn besetzt mit starren Borsten, pflegte mit gekrümmtem Knotenfinger auf Wolkenformationen und -färbungen zu weisen und sie in zahnlosem Künderton zu deuten, und zwar vorwiegend desaströs.

Dagegen stand stattlich die Meine in Taubengrau und Zartviolett, einen eleganten Stock mit Silberkrucke mehr aus Koketterie denn als Stütze in der Rechten, den Altweiberbart sorgfältig ausgezupft, und mit einem glänzendweißen falschen Gebiß versehen. Sie blickte sehr von oben herab auf den Alraun und lachte hohnvoll: »Für unsereinen gilt das alles nicht!« Worauf die andere, Böses memmelnd, entschlurfte.

Wohnte ich zufällig einer solchen Szene bei, schwoll ich auf und fand mich gut plaziert auf dieser Erde.

DIE EWIGE SELIGKEIT ODER DER STAATSSCHNULLER

Sitzung des Hofrats Kreutzer bei Dr. Schlesinger

... sie liegt mir jetzt mit der ewigen Seligkeit in den Ohren.

... aber was glauben Sie! Theologisches wälzt sie nicht. Darüber mokiert sie sich nur. Die Zeugnisse für die himmlischen Wonnen sucht sie bei Malern und Dichtern und findet, daß sie, im Gegensatz zu den Höllenbildern, blaß und einfallslos sind oder abgleiten ins bedenklich Frivole. Alles Freß- und Hurenszenen, sagte sie, wie bei den Muselmanen, nur weniger ehrlich.

... wenn Sie mich fragen, übertreibt sie natürlich. Das »Lied von den himmlischen Freuden« aus des Knaben Wunderhorn ist ein Schmaus- und Tanzlied in fröhlichen Züchten. Und ähnlich ist auch das Bild vom Paradies, wie es dem jungen Seuse persönlich von oben her eingegeben wurde, eine wonnige Stadt, glänzend von Kristall und Edelsteinen und Blumen aller Art, wo »fröhlich die Blicke vom Lieb zur Liebsten gehn, hier Harfen und Geigen, hier Singen und Springen, Tanzen und Reigen«. Und all das unter den liebreichen Augen der »süßen Königin des himmlischen Landes, die ihre barmherzigen Augen mildiglich auf den Sündern ruhen läßt«, die sich's dort überaus wohl sein lassen; auch solche mit bedenklicher Vergangenheit.

... einer der krassesten Widersprüche unseres christlichen Glaubens, sagte sie. Da lernt man die Merksätze des Katechismus für katholische Kinder, daß man nur über Christi Marter, über Trübsal, Schindung und Selbstquälerei aller Art die Erlösung findet, und dann soll die Seligkeit eine Art Schoß sein, in dem das Sündenkind Pflege, Liebkosung und derb irdische Lustbarkeit findet. Der Mensch mit seiner etwas vulgären Phantasie kann sich die Seligkeit offenbar nicht feiner vorstellen.

... sie wischte jeden Widerspruch weg und forderte mich auf, in mich hineinzuhorchen und dabei an die Seligkeit zu denken; was mir dazu einfalle.

... ja, schon! Leider muß ich zugeben, daß der Versuch eher beschämend ausfiel. Es drängte sich mir spontan die Vorstellung eines sanften Schaukelgefühls auf. Wärme, Nichtstun, Angegessensein, Säuseln und Plätschern im Ohr und ein beschwichtigender Singsang. Vor allem kein Rivale weit und breit. Ich allein und konkurrenzlos im Schaukelbettchen.

... nein! Von Gott Preisen und Betrachten seines ewigen Angesichts sah ich nichts.

... sie zeigte sich zufrieden. Siehst du, sagte sie, nichts als embryonale Gefühle. Der Mensch stellt sich die ewige Seligkeit vor als Existenz in einem mütterlichen Bauch oder gebettet auf einen solchen Schoß. Nicht anbetend und psallierend, sondern eindeutig schnullernd. Ich selbst tu's nicht anders. Wir sind nun einmal nicht angelegt als Kinder von Traurigkeit, und die Plage, die einem Christenmenschen auferlegt ist, drückt uns auf den Nerv. Wo wir können, sind wir bestrebt, auszupaschen, spätestens dann, wenn der ganze steinige Marterpfad in nichts enden soll als einer abstrakten, bilderfeindlichen Gottesschau. Geschreckt von dieser heiligen Ödnis, flehen wir dann eine »Große Mutter«

herbei und lassen sie mit Prunk und Glorie einziehen in die darbende Seele. Sogar die Juden, die sich doch wenig gönnen, klammern sich an die Vorstellung eines Schoßes, eines männlichen zwar, den Abrahams, aber darin soll es sich auch ganz behaglich leben lassen.

Unsere katholischen Theologen der Frühzeit heulten ja auf und entlarvten, als sie merkten, was da herankam zur Freude und Beschwichtigung der Seelen. Aber sie wurden niedergestimmt und in die Wüste geschickt. Der Mensch läßt sich viel gefallen, aber wenn's ihm zu arg wird, ist er wie ein Esel, bockt, legt sich auf die Flanke und läßt sich keinen Zollbreit mehr weitertreiben. Sündenangst, Gericht und Höllenfeuer hat er noch hingenommen, aber in die ewige Seligkeit läßt er sich nicht hineingraulen. Die hat eben, will sie ihm gefallen, etwas Kirtaghaftes an sich und steht unter weiblicher Patronanz. Wenn er schon auf Erden so viel Plage hat, im Paradies wenigstens will seine gemarterte Seele ihren sorglos schnullernden Frieden wiederfinden, aufgeheitert durch ein paar simple Freuden fleischlicher Art. Er sehnt sich zurück nach der Stillzeit, mit der seit Evas Zeiten die Mütter für ihre Früchtchen den Gottesfluch ein wenig zu korrumpieren versuchen.

... was sie meinte? Die Austreibung natürlich! Und weil bekanntlich Eva diejenige war, die zuerst den Apfel aß, hat sie ein schlechtes Gewissen, und es ist ihr nicht recht, daß das Kind ihren Vorwitz schon bei der Geburt ausbaden soll. So zart und hilflos, und schon der brutale Schock der Austreibung aus dem Bauchparadies! Wenn dann die Mutter, selbst noch ziemlich hergenommen, ihren greinenden, bekackten Säugling in die Arme nimmt, glimmt noch von Eva her ein Trotz gegen Gott in ihr. Sie versucht, ehe der Ernst des Lebens einsetzt, für ihren empfindlichen Wurf noch eine Art Verschnaufpause herauszureißen, und imitiert während der ersten Lebensmonate ein bißchen Paradies in eigener Regie.

... nein, nein, sicher nicht schlecht. Und was eine verantwortungsbewußte Mutter ist, die weiß ja auch, daß es einmal ein Ende haben muß, und schreitet nach angemessener Zeit zur Abstillung. Übrigens ein grausliches, aber treffendes

Wort! Insoweit stimmten Antonia und ich ausnahmsweise einmal überein.

... sie wurde breit über dumme Mütter oder Kindsfrauen! Diese nämlich bestünden auf der unbegrenzten Fortsetzung der allmählich ranzig werdenden Seligkeit, denn sie dächten nicht an das Wohl des Kindes, sondern an ihr eigenes, fühlten sich überaus wohl als Quell und Spenderinnen von Gutem, Hochbegehrtem und wollten vom dankbaren Empfängerchen weiter geliebt werden. Sie handelten höchst eigensüchtig und verdürben den kleinen Adam fürs wirkliche Leben.

... wo sie hinauswolle mit ihrem Psychogramm der Amme und des korrumpierten Säuglings, fragte ich. Auf den Staat, sagte sie, und auf den Staatsbürger. Sie ritt wieder ihren Gaul. Im Laufe der Profanierung religiöser Konzeptionen hat auch die ewige Seligkeit dran glauben müssen und ist abgesackt zum Wohlfahrtsstaat, schimpfte sie. Heute verlange der Bürger vom Staat – oder eigentlich sollte man sagen, von der Staatin – nicht Ordnung und Sicherheit, Entwicklung und Erhaltung des Gemeinwesens und Möglichkeiten, seinen Lebensunterhalt zu verdienen, sondern er verlange – besonders hierzulande – die Garantie, in Ruhe gelassen zu werden, eine sorglose Existenz und Bereitstellung aller möglichen Lebensannehmlichkeiten. Alles das, was ein Kleinkind von der Mutter verlangt. Der Bürger ist ein Kind von etwa drei Jahren. Es stellt sich nicht die Frage, ob oder wie die Mutter beziehungsweise der Staat seine Forderungen erfüllen kann. Das läßt es seine Sache sein. Auf Entbehrungen und Versagung aber reagiert es nicht mit Einsicht und Verständnis, sondern wie ein böser Trotzbalg mit einem Stampfcsárdás. Im Innenleben des heutigen Bürgers ist der Staat kein Vater, der erzieherische und realistische Forderungen stellt, sondern ein gigantischer Schnuller und er, der Staatsbürger, sein Säugerich. Zeigt der Schnuller sich ergiebig, ist er friedlich. Ist der Saugbeutel schlaff oder verstopft, kommt es zu einer plärrenden Wutorgie.

Gewitztere Säuglinge schließen sich allenfalls einer politischen Organisation an, weil sie dort ein geräumiges Schlupfloch in den Wickelkokon hinein zu finden hoffen, von dem aus sie den Staat erpressen können. Das ginge natürlich alles nicht, wenn nicht auch der Staat respektive die Politiker selbst in den letzten Jahrzehnten eindeutig weibliche, und zwar ammenhafte Züge angenommen hätten. Da wird nicht mehr Politik gemacht nach männlichen Ideologien, getragen von sachlichen Zielvorstellungen und feierlicher Weltfremdheit, die immerhin auf eine Ordnung des *Ganzen* ausgerichtet sind. Politiker sind heute sentimentale, etwas verhärmte Wehfrauen, die angespannt auf das Greinen und Nörgeln ihrer Hätschelbälger horchen. Da stehen einander längst keine Parteimänner mehr gegenüber in einer sachlichen Diskussion und im Ideenhader, sondern bestallte Ammen, die um die Zuneigung ihres geriebenen Bengels werben, der die Situation durchschaut und schamlos ausnützt. Die Schlechtigkeit dieser Politiker aber liegt darin, daß sie sich mit krallenden Fingern an ihre Ammenfunktion klammern und die Faulheit, Begehrlichkeit und Wehleidigkeit des Säuglings in uns für sich arbeiten lassen, der keine langen Überlegungen und Diskussionen duldet, sondern nach augenblicklicher Stillung kreischt.

Als der Staat noch ein »Vater« war, hat man gegen ihn, wenn einem etwas nicht recht war, nach ehrwürdigem Muster eine Revolte angezettelt. Seit er eine Mutter geworden ist, veranstaltet man Demonstrationen und »Bürgerinitiativen«, mit denen man sein eigenes Rayonchen verteidigt, es für sich allein in Anspruch nimmt und Übelstände, die darin aufkommen, bedenkenlos in die Nachbargasse abschiebt. Unsere politischen Säuglingsschwestern sind dann sehr stolz, daß wir so viel reife Tatkraft zeigen, und geben ihr statt in dem behaglichen Bewußtsein, daß wir sie dann sicher nicht von ihren vorgewärmten Sitzen reißen, auf denen sie Ammenfreuden genießen. Warum denn, glaubst du, sagte sie noch, inszenieren sie dauernd Beliebtheitsumfragen?

... und wie passe das zu dem, fragte ich, was sie unlängst über Erfolgshysterie und Angst vor dem sozialen Versagen maulfertig dahergeredet habe?

... die Ängstler sind wir, sagte sie, unsere Generation, die wir noch Väter hatten, deren Erziehungsmotto »per aspera ad astra« hieß und die uns das Grausen vor jeder mangelhaften Leistung eingedrillt haben. Aber mit uns rechnen die Politiker schon lange nicht mehr. Im Kommen ist eine neue Generation, aufgepäppelt von zahnlosen Vätern in Ammenhäubchen. Du kannst sie bereits überall in den Parks herumsitzen sehen, Kinderwagen vor sich, und mit dem Banknachbarn sachverständige Gespräche über gewaltlose Säuglingserziehung führend. Ihre Frauen machen indessen Berufskarriere.

DER VOGELBAUER

»Höhlenmalerei«

In dem hölzernen Vogelhäuschen, das neben der Türe der Dachkammer hängt, welche ER bewohnt, beginnt sich's zu rühren. Die künstlichen Vögel geben eine mechanische Musik von sich, die immer lauter anschwillt: Tanzmusik aus einem alten Spielwerk, zart reißerisch und fröhlich. Dazu flattern sie mit den Flügeln.

Auch in die Fäden, an denen die Heiligenbilder hängen, kommt Leben. Sie geraten ins Schwingen, und ein ganzer Schwirrzug von Heiligen dringt aus dem offenen Schiebetürchen. Sie wachsen im Flug und formieren sich zu einer bunten Prozession, die sich über den Dachboden ergießt, die Wendeltreppe hinunterdrängelt und schließlich das ganze Haus und den Garten erfüllt mit Tanz- und Ringelspielmusik, mit ihrer Farbigkeit und heiteren Heiligkeit. Standeln werden aufgebaut, und binnen kurzem entwickelt sich ein fröhlicher Jahrmarktsbetrieb mit Warenausschreiern, Steinschneidern, Starstechern und Zahnbrechern. Lebkuchenherzen mit frommen Aufschriften werden verkauft und Jordanwasser. Die einzelnen Heiligen rufen ihre Zuständigkeiten aus und werben mit den Emblemen ihrer besonderen Gnaden. Man bekommt auch die speziellen Marterwerkzeuge ihrer Martyrien in buntem Zucker zu kaufen, schleckt allseits an Heiligkeit und ist so recht vergnügt unter einem blitzblauen Himmel, über welchen milchweißes Schäfchengewölk dahinzieht.

Da kommt auch die heilige Maria aus dem Vogelhaus und schlendert durch die Budengassen, bleibt da und dort stehen, lächelt und geht wieder weiter. Sie trägt sich als Mariazellerin mit dem steif geputzten Jesuskind im Arm. Aber bald scheint ihr die anspruchsvolle Montur unbequem zu werden. In einer Wegkapelle kehrt sie ein, steigt aus dem Prunkgewand wie aus einem goldenen Kokon, an dem außen das heilige Kind angeklebt ist, und geht, von den meisten unerkannt, weiter durchs Gewühl, nun in der bequemen Wanderkleidung einer stattlichen Beduinin. Das Prunkgewand bekommt indessen Zulauf. Es gibt selbsttätig Gnadenstöße ab und spendet aus seinem Inneren Schnuller in allen Größen, süß schmeckende, unerschöpfliche Schnuller, die sehr begehrt sind. Die einen errafft haben, hören nicht mehr auf zu saugen und haben einen seligen, leicht schläfrigen Gesichtsausdruck.

Es riecht durchdringend nach Kirtag, Geißblatt und Weihrauch. Viel Volk hat sich um einen Heiligen versammelt, welcher einen Werkelkasten dreht, der »Meerstern, ich dich grüße« spielt. Die Leute weinen, aber nicht aus Traurigkeit, sondern weil das so schön ist und sie tief in der Magengrube ergriffen sind von der wohligen Sicherheit, und daß man es höhernorts so gut meint mit ihnen und sie sich umsonst so gefürchtet haben vor dem Letzten Gericht. Nur ein bißchen fühlen sie sich betrogen um die feierliche Beurteilung der fallweisen moralischen Anstrengungen, die sie unternommen haben. Dann müssen sie wieder etwas weinen, aber sie wissen nicht mehr genau warum und lassen die Tränen nur rinnen, weil sie warm und lind sind und gar nicht beißend vom Salz des Elends, sondern so, wie kleine Kinder manchmal ein wenig vor sich hinweinen oder ganz alte Leute. Der Abend sinkt, und einzelne Sterne funkeln auf. Ein lauer Wind regt die Wipfel der Bäume und wölkt stärker den Geißblatt- und Weihrauchduft auf. Alles drängt sich nun zu einem Ringelspiel, das sich riesengroß aufgebaut hat mit viel goldener Verzierung. Ein sogenanntes Scherberlringelspiel. Es nennt sich »Zur himmlischen Freude«. Zierliche, weißgoldene Nachttöpfe an knarrenden Ketten, die, der Fliehkraft folgend, nach außen immer höher ziehen und sich hoch hinauf, noch über die Baumkronen hinweg, in den samtenen Nachthimmel schrauben. Der Heilige, der die Maschinerie betreibt, ist ein frommer Hutschenschleuderer, der bei irgendeinem antiken Kirtag das Martyrium erlitten hat und dann seliggesprochen wurde. Die Leute sitzen schläfrig schnullernd in ihren Töpfen, ganz hingegeben dem weichen Zug, der sie schaukelnd nach oben treibt.

Nur ganz wenige haben es abgelehnt, sich der »Himmlischen Freude« anzuvertrauen. Sie sitzen an den Wirtshaustischen vor ihren Gläsern und schauen den schwebenden Nachttöpfen nach, halb neidisch, halb verächtlich. Sie schütteln die Köpfe und können es nicht verstehen, daß Seligkeit so leicht sein soll und gar keine unangenehmen Ansprüche an den Menschen stellt. Die meisten von ihnen sind mosaischen Glaubens, aber auch Protestanten calvinistischer Prägung sind dabei.

DAS FROMME KIND UND DER »SEELENBRÄUTIGAM«

Aufzeichnung der Pictor

Wir hatten im Wäschekasten einen gipsernen Jesus in Leinwandfetzen eingewickelt liegen. Ich holte ihn manchmal aus diesem frommen Verlegenheitsversteck, um ihn zu betrachten und nach Möglichkeit zu lieben. War er doch das ausgewachsene »Jesulein«, das der Welt das Heil gebracht hat. Er trug sich in Beige und Rot, war mittelgescheitelt und hielt die rechte Hand mit gestrecktem Zeige- und Mittelfinger hoch. Mit der linken machte er auf sein gemaltes Herz aufmerksam, aus dem ein Flämmchen lohte. Man kannte ihn auch in anderen Gestalten, dornenbekränzt und geschunden am Kreuz hängend oder als fähnchentragendes, aber blutendes Lamm, auch als tropfendes Herz allein. Man besaß grellbunte Bildchen davon. Ordentliche Kinder klebten sie in ein Frömmigkeitsalbum. Fast alle meine Bekannten hatten einen Gipsernen zu Hause. Hochwürden Gall, ein derblustiger Mann in speckiger Soutane, schärfte uns ein, Jesus sehr zu lieben, andernfalls wäre einem die Hölle sicher. Manche Kinder beteuerten dies auch und führten ihren häuslichen Gipsjesus im Puppenwagen spazieren und herzten ihn. Aus Gründen, die ich nicht durchschaute, konnte ich das nicht. Ich fühlte mich in seiner Gegenwart immer leicht geniert, hielt das für eine Sünde. Als ich vor der ersten Kommunion stand und den obligaten Vorbereitungsunterricht genoß, in dem viel die Rede von Jesus war, begann mich mein kühles Verhältnis zu ihm zu beunruhigen. Das hing vor allem mit dem frommen Kind zusammen.

An diesen Unterweisungen nahm nämlich ein Kind teil, mit dem es irgendeine heikle Bewandtnis hatte, die ihm den normalen Schulbesuch nicht erlaubte. Man munkelte von Kränklichkeit, unheimlichem Siechtum, womöglich baldigem Tod. Die Robusten betrachteten das Kind mit einer Mischung aus Neid, Neugier und Scheu. Seine Erscheinung war unschön und erweckte wenig Sympathie. Klein und mickrig, von ausgewaschenem Blond, das in karge Zöpfchen geflochten war. Das spitze Gesicht hatte etwas sachlich Verhärmtes, wie man es bisweilen bei ältlichen Frauen sieht, die schon viel hinter sich haben. Dennoch konnte man sich nur schwer zu einer erbarmenden Teilnahme aufraffen, weil das Kind einen verächtlichen Zug um die Mundwinkel hatte und die blassen Augen unter farblosen Wimpern einen verqueren Ziegenblick zeigten, der einen zu verhöhnen schien.

Der Umstand der Anfälligkeit des Kindes wurde noch hervorgehoben durch eine Wollhaube mit Gummizug, die ihm bis in die Augen fiel und die es auch im Unterricht trug. Seitlich dekoriert war das Stück mit einer gehäkelten Raffung, die an ein fleischiges Ohr gemahnte und abragte.

Das Kind sprach mit keinem von uns anderen, wurde uns jedoch unablässig vorgehalten wegen seiner angeblich außergewöhnlichen und fast heiligmäßigen Bravheit und Tugend, so daß wir uns giftig fragten, was es im Sündenunterricht verloren habe. Niemand mochte es.

Für mich aber wurde dieses Kind in jenen geistlich empfindsamen Wochen vor der ersten Kommunion zu einer Art Obsession, die in einer penetranten, aber schwer verständlichen Weise mit der Haube zusammenhing. Diese Tugendmütze begann mich bald in krankhaft quälender Weise zu verfolgen. Ich wurde die Beute eines neidischen Hasses und einer mörderischen Eifersucht, die nicht der häßlichen Haube galt, sondern der besonderen Tugend, welche sich für mich in dieser Haube verkörperte. Ich betraf mich bei ausgedehnten Wachträumen, in deren Verlauf ich mich in ausgesuchten Grausamkeiten an der Haube verging, indem ich sie zerschnitt, auftrennte, in den Kot trat.

Damals war in Mädchenklassen ein Spiel sehr im Schwang, dessen Ziel es war, den Beliebtheitsgrad der Mitschülerinnen listenmäßig zu erfassen. Jeder stellte unablässig Liebeslisten auf, in denen er die anderen gradmäßig reihte, je nachdem wie er sie leiden konnte. Die Listen wurden verglichen, korrigiert, bekanntgegeben. So trat man auch bald an das neue Kind heran und drängte es, eine entsprechende Liste aufzustellen und herumzuzeigen. Das Kind ließ sich die Sache erklären, hörte ernsthaft zu. Dann aber grub sich der verächtliche Zug stärker um seine Mundwinkel ein, und es sagte mit seiner klanglosen, trockenen Stimme: »Ich mag nur das liebe Jesulein!«

Wir glotzten. Ich aber trug diese Antwort in einem gequälten Bauch nach Hause, zog mich damit hinter den Beichtspiegel zurück und versuchte erfolglos, Jesus zu lieben.

Ich habe dieses unschöne, ausgeblichene Kind niemals für heuchlerisch gehalten. Auch seine Überheblichkeit uns gewöhnlichen gottfernen Fratzen gegenüber war es nicht, was mich mit Unruhe erfüllte. Was mich intrigierte, war die besondere Art, in der dieses Kind mit dem Heiligen Verkehr pflog: diese nüchterne Intimität, diese bassenamäßige Vertraulichkeit, dieses gewissermaßen auf du und du sein, so wie manchmal Dienstboten von der Herrschaft reden, weil sie engen Kontakt mit deren schmutzigen Socken haben, das stieß mich ab.

Ich begann dieses Kind zu hassen, haßte es mit einem gequälten Gewissen, und weil ich gelernt hatte, daß Haß eine schwere Sünde ist, ich aber unfähig war, diese im Beichtstuhl anzubringen, kroch ich zur Kommunionsrampe wie ein Hund mit eingezogenem Schwanz, die Tugendhaube, die für mich das ganze Gefilz von Peingefühlen verkörperte, im leise knurrenden Maul, giftbetrenzt und andeutungsweise fetzend. Die heilige Oblate, die ich dann hinunterwürgte, machte mir Magenschneiden, und ich wußte zutiefst, daß ich niemals würde selig werden können.

*

Gefühle ganz ähnlicher Art stiegen mir um vieles später immer wieder auf, wenn ich von jenen mit inbrünstiger Liebe zu Jesus erfüllten Männern und Frauen las, die ihre Hingabe an Christus ausdrückten mit den Symbolen sehr menschlich getönter Einswerdung mit einem anderen.

Ich rede nicht von den altehrwürdigen »Heiligen Hochzeiten« oder der Tempelprostitution, die im Vorderen Orient gang und gäbe waren – von den Juden scheel angesehen, von anderen Völkerschaften als ganz natürlich empfunden. Geschlechtliche Vereinigungen von Mensch und Gott sind ein altes Thema der Menschheit. Es handelt sich dabei aber immer um einen intakten Gott, und wenn er – wie die zerstückelten Geliebten der Großen Mutter – sich vorübergehend in herabgesetztem Zustand befand, dann gab es immer die göttlichen Frauen, die ihn wiederhergestellt haben, ehe sie sich wieder mit ihm zusammentaten.

Neu an der erhitzten Christusverehrung des Mittelalters war nicht die ein wenig fleischlich getönte Anbetung des Auferstandenen, des Pantokrator, der zur Rechten Gottes sitzt, sondern der »allerliebste Seelenbräutigam«, der als Geschundener am Kreuz hängt.

Der junge Seuse trägt ein mit Nägeln beschlagenes Kreuz auf dem Rücken und spricht von dem »Liebkosen, das seine Seele dabei mit Gott hat«. Juan de la Cruz spricht von der

Hochzeit seiner Seele: »Ich gab mich ihm hin und hielt nichts zurück, wie eine Braut.« Und Angela von Foligna entledigte sich angesichts des Gekreuzigten ihrer Kleider, um sich ihm ganz hinzugeben.

Ich rechne es der Kirche hoch an, daß sie diesen allzu intimen Erlebnissen mit dem Gemarterten stets kritisch und ablehnend gegenüberstand, allzu harte Selbstfolterungen, die auf unartige Gedanken bringen, verbot und anstelle des »ora et crucia« in weiser Menschenkenntnis für das »ora et labora« eintrat. Beim Arbeiten kommt man auf andere Gedanken.

Was mich an diesen »Liebesbeziehungen« zum herzallerliebsten, von Blut triefenden Jesus gestört hat, ist nicht die mögliche Fleischessünde, die solchen Vorstellungen zugrunde liegt, sondern eben die Vulgärintimität, diese – wenn auch nur gedankliche oder symbolisch gedachte – Buhlerei von niedrig zu niedrig, die Ausnützung des Umstandes vorübergehender Schwäche des Hohen, Heiligen, Unberührbaren und das Herunterzerren zu sich selbst in die eigene niedrige Beschaffenheit, die eigene Sklaverei im schwachen, verletzbaren, vergänglichen Fleisch.

So ist mir das – wenn auch symbolisch gemeinte – Gekose mit dem Gottessohn in den verletzbarsten, menschenähnlichsten Phasen seiner Geschichte, sei es als armes Jesulein in der Krippe, sei es als der Gemarterte und ans Kreuz Gehängte, immer in tiefster Seele zuwider gewesen und mir eine ewige Seligkeit unter diesen Aspekten wesentlich anstößiger erschienen als der fröhliche Kirtag unter der Ägide einer freundlichen, mütterlichen Königin.

DER ZERSTÜCKELTE

Sitzung des Hofrats Krontzer bei Dr. Schlesinger

... das Riesentor der Stephanskirche schlang gerade die letzten Gläubigen ein. Weihrauch schwelte nach. Von drinnen heraus hörte man die Orgel dröhnen, und im

Kirchenschiff staute sich all das Gold und Weiß und Rot. Viel Rot und Fahnen und der erstickende Geruch von Blumen und Weihrauch. Fronleichnam.

... nicht als Teilnehmer; als reine Gaffer befanden wir uns dabei, Antonia und ich. Wir haben beide viel übrig für das Schaugepränge der Kirche. Aber wir waren nicht mit hineingegangen. Wir standen auf dem leeren, stillgewordenen Platz vor dem Dom. Da sagte Antonia mit einer leicht angewiderten Miene: Und das alles geht um einen geschundenen Kadaver. Den verzehren sie jetzt drinnen. Als Oblate zwar, aber im katholischen Religionsunterricht haben sie gelernt, »wer mein Fleisch ißt und mein Blut trinkt, der bleibt in mir und ich in ihm«. Sie strecken die Zunge so weit heraus, als sie können, holen sich das heilige »Fleisch« ein und schlucken es hinunter. Mystische Vereinigung mit dem Gemetzelten als Garantie für die ewige Seligkeit. Der ganze erlösungshungrige Mob wird durch diese Einverleibung losgesprochen von all seinen Übeltaten. Selten, sagte sie noch, und da mußte ich ihr recht geben, selten ist die Lebens- und Leidensgeschichte eines Hochverehrungswürdigen in einer derart krassen Weise mißbraucht worden.

... das liege wohl daran, meinte ich, daß sich diese Geschichte an einem besonders empfindlichen Zeit- und Weltpunkt abgespielt habe. Der Untergang des antiken Kosmos, aller Ordnungs- und Gesittungsnormen des Mittelmeerraumes, kündigte sich an, war eigentlich schon im Gang. In solchen Zeiten einer Weltwende schwemmt es immer die uralten Geschichten hoch, und sie bekommen eine andere Auslegung.

... du spielst auf all die Schönen an, sagte sie, die nach stattgehabter Metzelung hinuntermußten in die Unterwelt: Osiris, Tammuz, Adonis, Attis. Die sind alle wieder heraufgeholt worden von einer Großen Göttin, die Mutter, Gattin, Geliebte war, immer zuständig für die Fruchtbarkeit. Das Fleisch der Geschlagenen düngte die Erde. Sie waren zurückgekehrt in den Schoß der Mutter und wieder geboren worden. Aber nicht, um irgendeinen faulen Pöbel zu erlösen. Allenfalls ihn zu ernähren, ihm die Bäuche zu füllen. Erlösen aber ist mehr!

... dann erinnere dich an eine andere Geschichte, die auch die Runde machte, sagte ich, die Geschichte von Dionysos Zagreus, dem Zeus-Sohn, den die Titanen zerstückelt haben. Auch er wird wiedergeboren – nur mit nebensächlicher Vermittlung einer Frau. Vater Zeus holt ihn ans Licht und überträgt ihm eine Erlöserrolle. – Recht zweideutiger Natur, unterbrach mich Antonia, lösen und erlösen in dunkler Mischung, ein Rauschgott war er, der dahergetänzelt kam mit Trommeln und Flöten, auf Orgiastisches bedacht. Mänadisches Rasen, epileptische Unartigkeiten. Immerhin, sagte ich, Epilepsie war unter dem Namen Morbus sacer geläufig! Eine heilige Krankheit!

... sie meditierte über das Wort »sacer«. Es ist auch ein eigentümliches Wort, sehr alt und von fragwürdigster Potenz. »Sacer« heißt, wenn ich informieren darf, einerseits, sozusagen frontal genommen, heilig, verehrungswürdig. Dreht man es aber um, dann zeigt es ein Gegengesicht und heißt verrucht, verflucht, den Unterirdischen verfallen als Opfer, doppelt heilig also, heilig von oben und heilig von unten her.

... sacramentum, das Opfer, sagte sie, das Lamm oder der Stier, dessen Opfer stellvertretend für unsere Missetaten eintritt und uns mit Gott versöhnt, Wiederholung der einstigen Schlachtung des Menschen, den nun das Tier vertritt. Heut ist es nur mehr eine Oblate, die wir uns einverleiben, wodurch wir mit dem Opfer identisch werden, das heilige Sakrament der Eucharistie. Auch eine von den Verharmlosungen und Ausblassungen unserer Zeit.

... wie sie das gemeint hat? Ungefähr so, wenn ich es sagen darf: Adonis wurde vom Keiler geschlagen und mußte in die Unterwelt, Osiris von Set zerstückelt und mußte in die Lade: Mutterschöße. Eine Frau holt sie auch wieder herauf, und die Erde blüht erneut. Zagreus, Gott und Stierkalb, wurde von den Titanen zerstückelt und gegessen, er wird wiedergeboren durch Vater Zeus (nur ein wenig vorgebacken, wenn man so sagen kann, in Semele, die verbrannte). Jesus, der Sohn Gottes, wie er sich nannte, wurde gefoltert und gekreuzigt, »ist abgestiegen zu der Hölle und am dritten

Tage wieder auferstanden von den Toten und sitzet zur rechten Hand Gottes«. So heißt es im »Credo«. Ehe er aber hinuntermußte, beim letzten Abendmahl, sagte er seinen Jüngern beim Austeilen der Speise: »Dies ist mein Fleisch, dies ist mein Blut, nehmet und esset.« Und eben das tun wir bei der Kommunion mit der Oblate, Gott fressen, sagte Antonia in ihrer harten Art, wie die Titanen.

... jetzt kam ja erst die große Frage. Antonia stellte sie: Auf Dionysosbildern ist ein schöner, leicht angetrunkener Jüngling zu sehen, dem zugejubelt wird, ich kenne keines, das den Titanenfraß darstellt. Jesus aber ist nur in den ersten Jahrhunderten dargestellt als der Auferstandene, der sitzet zur Rechten der Macht. Immer mehr hat sich die Darstellung der Metzelungsphase durchgesetzt, und nur diese ist wirklich populär geworden: an Wegkreuzungen, im Herrgottswinkel, an den schmutzigen Hälsen der Gläubigen, was siehst du? Christus am Kreuz, der Geschundene, totes, blutiges Fleisch, und nehmet und esset, es ist mein Fleisch und mein Blut. Mysterium der Verwandlung und Erlösung durch Einverleibung.

... Antonia schimpfte: An den Pantokrator, den Richter und Sieger, haben sie sich nicht so recht herangetraut. Wenn schon Gottes Sohn, dann der Geächtete, der »Gottesknecht« aus dem Deutero-Jesaias: »er war der Allerverachtetste und Unwerteste, voller Schmerzen und Krankheit ... so verachtet, daß man das Angesicht vor ihm verbarg ... Er trug unsere Krankheit und lud auf sich unsere Schmerzen ... die Strafe liegt auf ihm, auf daß wir Frieden hätten, und durch seine Wunden sind wir geheilt.« Das stellvertretende Lamm, der Geschundene mit der großen Zukunft, das ist etwas für eine Pöbelseele. Man kennt das vom Märchen her: Der Niedrigste ist es, der erhöht wird und das Reich und die Prinzessin bekommt, der letzte der Brüder, dem keiner Beachtung schenkt: Der Wachtraum aller Geschlagenen, der Dummen und der Schwachen. Wenn ich ihn mir »einverleibe«, bin ich er. Ein Opfermahl. Aber vom Titanenschmaus bis zur Oblate ist nur ein kurzer Weg, nur eine kleine optische Korrektur, Zivilisationskosmetik. Im Bauch schaut's anders aus, wenn einer mit Andacht »kommuniziert«.

... ich meldete Zweifel an. Sie aber sagte: Und wie ist es mit den getauften Völkerschaften, die noch nicht tausend Jahre Feinheitsdressur und Fleischvergällung hinter sich haben? Halten die ihre Andachten etwa ab bei Bachschen Fugen? Urwaldrhythmen, Tanz und Trance und wälzendes Geschäume. Pfeifen und Trommeln. Dionysische Musik. Wahrscheinlich sind sie der Eucharistie näher als wir mit unseren Oblaten aus den Klosterbäckereien. Die Einswerdung mit dem Göttlichen durch fressende Einverleibung ist tief in uns verwurzelt und führt ein scheues Wesen in den Katakomben unserer Seelen, wenn es auch nur mehr in Form eines weißen Scheibchens an die Oberfläche unseres Bewußtseins dringt. Unten ist es blutiges, zerfetztes Schlachtfleisch.

... ja, natürlich verstehe ich die Frage! Einem, dem diese Rituale nicht von eigenen, besonders kindlichen Religionsübungen her geläufig sind, dem muß es ja merkwürdig, lächerlich oder anstößig erscheinen, einen Gott zu essen, wie unsereiner es tut bei der Kommunion. Auch die heidnisch gebliebene Spätantike fand besonders diesen Teil der jungen Religion abstoßend.

... also, wenn Sie mich fragen, der ich katholisch aufgewachsen bin, wie ein sogenannter praktizierender Christ sich dabei fühlt? Ich weiß es nicht. Seit der Schule habe ich weder gebeichtet noch kommuniziert. Wahrscheinlich denkt sich keiner viel dabei, und der Ritus ist zur raschelnden Schote geworden, staubtrocken und leer, oder es wird künstlich irgendein seelisches Tohuwabohu heraufbeschworen. Ich weiß es wirklich nicht. Aber wie es war, als ich als Schulknabe noch kommunizieren ging – eines fällt mir sofort dazu ein: Antonia und ich, die wir immer den Gang in die Schule beziehungsweise Schulmesse gemeinsam zurücklegten, zur Kommunion gingen wir – ohne uns darüber verständigt zu haben – getrennt. Saßen auch auf verschiedenen Bänken und versuchten, einander nicht zu sehen. Das ist das eine. Die Peinlichkeit. Ich empfing mit möglichst eingezogenen Sinnen die Oblate, zog mich in die Bank zurück und stellte mich, die Hände vor dem Gesicht, betend.

Dieser Schutz kam mir sehr zustatten. Ich dachte möglichst an nichts und lief nach der Messe, ohne auf Antonia zu warten, nach Haus.

... o ja, wir redeten unlängst – eben anläßlich dieses Gesprächs – auch davon. Sie berichtete über ähnliche Gefühle vor der Kommunionsrampe. Eben Peinlichkeit. Aber bei ihr kam noch etwas dazu. Sie sagte, regelmäßig, wenn sie mit herausgestreckter Zunge vor dem Altar gekniet sei, habe sie einen entsetzlichen Lachkrampf bekämpfen müssen, der aber nicht das geringste mit Spott oder Lustigkeit zu tun gehabt habe. Sie habe ein fürchterliches Sündengefühl dabei empfunden. Es sei ein Gelächter gewesen, das am ehesten einem Erbrechen geglichen habe, ein unstillbarer Brechreiz. Sie wußte nicht, wo er herkam, und hielt sich für von Grund auf schlecht. Weißt du, sagte sie, dieser Lachzwang hatte etwas von der Lust, sich gehen zu lassen, an sich, ein heraufkollernder Ausbruch, den man gerade noch abfangen konnte. Vielleicht habe ich ein gewisses Talent zu Negermessen und Morbus sacer, was meinst du?

... das kann gut möglich sein! sagte ich, worauf sie mich gegen das Schienbein trat.

DAS LOCH IN DER TREPPE

Sitzung des Hofrats Kreutzer bei Dr. Schlesinger

... ich fand Antonia vor ihrem Schreibtisch sitzend, die Platte und der Fauteuil daneben voll von aufgeschlagenen Büchern. Und sie vor einem Bild, das sie – den Kopf in die Hände gestützt – anstarrte.

... Hieronymus Bosch, »Das Paradies«. Kennen Sie es?

... ein Altarflügel, also hoch und schmal. Von Engeln geleitete Selige fliegen auf zu einer trichterartigen Höhlung in der oberen Bildhälfte, in welche die Seligen in immer heller werdende Kreise eingesogen werden ins Licht. Im innersten Kreis die Andeutung einer einzelnen Gestalt; aber nur die

Andeutung. Offenbar ein Seliger, der die Lichtschleuse gerade durchschwebt und nicht mehr des Geleits der Engel bedarf. Ein sehr eindrucksvolles, schwer durchschaubares Bild. Ich sagte zu Antonia: Die bildhafte Darstellung des nicht Abbildbaren, die Vereinigung mit Gott, die ewige Seligkeit. Bist du zufrieden?

... jetzt wird sie endlich Ruhe geben, dachte ich mir. Dieses Bild ist – soweit ich weiß – nicht nur die schönste, sondern vor allem die würdigste Darstellung dieses heiklen Sachverhalts: nichts von Geschnuller, Seelenbräutigam oder Einverleibung.

... nein. Da lagen noch die anderen Bücher herum. Wie ich sah, alles Mystiker der verschiedensten Epochen, Kulturkreise und -stufen. Sie wies mich hin auf die auffallend gleichlautenden Schilderungen des Erlebnisses der Gottesschau oder Vereinigung mit Gott, wie sie es jeweils nennen. Gleichlautend von der deutschen Mystik bis zur indischen, von Pascal bis zum Pejotl essenden Indianer. Sie staunen, was? Ich habe auch gestaunt und begriffen, was sie da so fesselte und beunruhigte.

... darf ich mit einer Frage antworten?

... dann frage ich Sie, Herr Doktor: Was fällt Ihnen ein, oder genauer, welche Bezeichnungen fallen Ihnen ein zum Begriff »Todesangst«?

... nein, bitte mich nicht mißzuverstehen, ich will da nicht irgendeinen Spieß umdrehen oder in Ihr Ressort pfuschen, dazu maße ich mir nicht die geringste Befähigung und Befugnis an. Ich meine, welche Adjektiva würden Sie mit dem Begriff Todesangst verbinden?

... sehen Sie? Wir beide, Sie und ich, sind sicherlich ganz verschiedene Menschen, unterscheiden uns in der Art und Richtung der Bildung, in der angestammten Religion, wahrscheinlich im Charakter, in den Interessen, und dennoch sagen Sie genau dasselbe, was ich gesagt habe, als mir Antonia die gleiche Frage stellte, die ich Ihnen gestellt habe: Zu Todesangst gehören Eigenschaften wie wüst, öde, verlassen, wild, verirrt, finster, einsam, Abgrund, Sturz. Gerade das Gegenteil von allem, was man mit dem Begriff

Seligkeit verbindet, zu dem man Behagen, Geborgenheit, Helligkeit, einen überschaubaren Raum assoziiert. Aber da liest mir Antonia verschiedene Aussagen vor, die Mystiker aller Art über ihre Erlebnisse gemacht haben, Erlebnisse, in denen sie reinste Seligkeit genossen haben wollen in der Vereinigung mit Gott, und trotzdem hört man von einem »Sichverirren im Wüsten«, einem »Versinken in die göttliche Finsternis« als Seligkeit, als das endliche Ziel, wo die Seele sich selbst verliert.

...sehen Sie, diesen Einwand hätte ich natürlich auch vorgebracht. Aber das ist es ja. Es handelte sich bei diesen Aussagen nicht um mönchische Schwärmer oder um die Phantasien eingesperrter Nonnen. Es handelte sich um ernste, im praktischen Leben überaus tätige Männer, wie Eckart, Tauler, Ruusbroec; Pascal sah sich neben einem Abgrund sitzen, und genau so schildert ein Indianer seine Gesichte im Pejotlrausch: er stehe neben einem Canyon.

... Sie sagen »interessant« und sind sparsam mit Äußerungen. Gut. Ist ja wahr. Ich bin es zunächst auch gewesen, bis mich dann eine gewisse sachlich nicht ganz gerechtfertigte Erbosung ergriff, als Antonia mir eine Stelle zeigte, in der die Überseligkeit geschildert war, die die Auflösung des Selbst bereite: »Verscheiden in Namenlosigkeit« und dazu die Aufhebung des Raums! Man würde »sich selbst enthöht, entsunken, entbreitet und entlängt« sein! Also bitte, alles was recht ist. Ich bin ein Mensch, der bereit ist, auch Fremdes zu tolerieren, zu verstehen zu suchen und gelten zu lassen. Aber *das* ist mir in den Tod zuwider.

Gott hat mich geschaffen mit einem Namen und einem Ichbewußtsein und in einer gewissen redlichen Statur in Knochen und Fleisch, annähernd in den Maßen des Goldenen Schnitts, und ich weigere mich, entlängt und entbreitet zu werden und mich noch selig dabei zu fühlen. Ich bin einer Kultur verbunden, in der der Mensch meinethalben schwach und sündenbeladen und ein seelischer Windbeutel ist, und mit dem Geist tut er sich auch schwer, aber immerhin ein Gottesgeschöpf, das seinem Schöpfer in den natürlichen

Maßen Rede und Antwort zu stehen hat, nicht entlängt und entbreitet.

... warum ich mich aufrege? Ja, Sie haben schon recht, eigentlich habe ich keinen Grund, mich aufzuregen. Es verlangt ja keiner von mir, mich in diese »abgründigen« Seligkeiten zu stürzen!

... was Antonia zu all dem gesagt hat? Ja, ich erinnere mich. Sie sagte sonderbarerweise: Ich tät mich genieren! Und in diesem Augenblick kam der Pictor herein, und wir informierten ihn über unser Gespräch. Antonia fragte auch ihn nach seiner Meinung und, ob er für seine Person den Sturz in einen finsteren Abgrund mit Entlängung und Entbreitung seines Selbst als hohe Seligkeit empfinden könnte, wie es bei Mystikern wortwörtlich zu lesen sei.

... er bekam den schrägen, leicht angeekelten Blick, der für ihn bezeichnend ist, wenn Antonia Probleme solcher Art aufs Tapet bringt, sagte noch etwas von Gojimnaches, schützte wichtige Geschäfte vor, die er noch zu erledigen habe, was bei einem Arzt immer eine Ausrede ist, die sofort jedes Aufbegehren und Festnageln erstickt, weil der Laie immer irgendwelche imaginären Sterbenden sieht, auch wenn man genau weiß, daß es sich um nichts handelt als den Wunsch, in Ruhe gelassen zu werden. Kurz gesagt, Freund Pictor drückte sich.

... ja, Sie haben schon wieder recht: Antonia sprach von Genieren, ich war unklar angeekelt, und der Pictor floh. Das Gemeinsame an diesen Haltungen ist eine gewisse, nicht deutlich ausgesprochene Peinlichkeit, als handle es sich um etwas, worüber man auch unter nahen Freunden nur ungern spricht. Und das im Zusammenhang mit den Aussagen höchst ehrenwerter, berühmter, über den geringsten Vorwurf von skandalumwitterter Zweideutigkeit erhabener Männer.

... Antonia saß mit gerunzelten Brauen unter ihren aufgeschlagenen Büchern und schwieg. Ich saß auch und schwieg. Dann fing sie unvermittelt an, eine Kindheitserinnerung zu schildern.

... im Schlafzimmer der Gravis befand sich ein Alkoven,

eine breite Fensternische, in die eine hölzerne Treppe eingebaut war. Ich erinnere mich noch genau an diese Treppe, die den Alkoven gegen das Zimmer zu etwas erhöhte, ein kleines Nähtischchen stand darauf und ein Philodendron. In der Holztreppe aber war ein Astloch, das gewöhnlich unter einem Teppich verborgen blieb.

Im allgemeinen durften wir Kinder uns nicht im Schlafzimmer aufhalten, um dort keine Unordnung zu stiften. Aber vielleicht reizte gerade dieses Verbot, und wenn wir allein in der Wohnung waren, begaben wir uns gerne auf diesen Alkoven, und ich erinnere mich noch genau an das Astloch, an seine Schwärze, denn man sah natürlich nicht den Parkettboden, der vielleicht zwanzig Zentimeter darunter lag. Ich erinnere mich auch daran, daß wir mit den Fingern darin herumbohrten und irgendwelche unbedeutende Dinge hineinwarfen. Eine besondere Bedeutung hatte dieses Astloch für mich aber nicht.

Antonia jedoch erzählte mir nun, daß es für sie mit diesem Astloch eine ganz besondere Bewandtnis gehabt habe, und zwar dann, wenn sie sich unglücklich fühlte, wenn sie sich – aus welchem Grund auch immer – in jener Verfassung befand, in der man sich wünscht, nicht vorhanden zu sein im Zustand existentieller Fluchtbereitschaft.

Immer, wenn ich in diesen Zustand geriet, erzählte sie, drückte ich mich möglichst unauffällig ins elterliche Schlafgemach, in den Alkoven, schlug den Teppich zurück, setzte mich vor das Loch und starrte hinein, möglichst intensiv und unabgelenkt, was eher selten gelang. Entweder kam jemand herein und jagte mich hinaus, oder ich hörte von draußen Geräusche, die mich aufmerken ließen, oder es juckte mich plötzlich, so daß ich mich unbedingt kratzen mußte, ich saß schlecht und mußte die Position wechseln, wie immer, es gelang selten, aber manchmal gelang es eben doch, daß ich durchhielt und an nichts dachte als an das Loch.

Dann geschah etwas: Vom Loch ging ein Sog aus. Ich wußte, ich mußte stillhalten. Nichts tun und nichts denken, keine Vorstellungen, keine Worte, keine Bilder. Nur stillhalten. Da erstickte allmählich alles Aufbegehren, jeder Trotz gegen das Elendsgefühl, jedes Genörgel der Nerven und das Kratzen widerborstiger Gedanken. In der Zwerchfellgegend kam ein Ziehen auf. Ganz leise zunächst, wie ein dünner Zugwind, aber das Gefühl auswegloser Lebensnot, der Hoffnungslosigkeit und Vergeblichkeit alles Handelns und Bemühens wurde auf einmal riesengroß und kompakt und erstickte alle Versuche und Lösungsmöglichkeiten, mit denen ich mich vorher noch abgemartert hatte, um mich aus der aktuellen Falle des Daseins zu befreien. Es gab nichts als das Loch und den Sog. Und dann kam eine beißende Neugier dazu, gewürzt mit Angst. Aber die Angst führte zu keinen irgendwie gearteten praktischen Maßnahmen, denn wenn es einmal so weit gekommen war, mochte ich mich nicht, hatte ich gar keinen Antrieb, mich zu schützen oder zu bewahren. Ich harrte aus und gab mich dem Sog hin, der stetig stärker wurde, zu einem prickelnden Gerinnsel, einer Art Zerbröselung meines Zusammenhalts. Ich geriet in ein Rinnen, ein Fließen, ein Strömen, in dem das Selbst sich auflöste und zerrann in irgendein Inneres hinein. Nicht mehr ins Loch. Das Loch hatte sich längst von der Treppe gelöst, war eine grund- und bodenlose Öffnung in mir selbst. Die Grenze zwischen mir und den Dingen um mich war aufgehoben und war zu einem Zustand geworden, der außerhalb der geistigen oder körperlichen Wahrnehmbarkeit lag, kein Bild, kein Wort, kein Laut, kein Berührungsgefühl und keine Farbe, kein Geschmack, nur ein Sog, der zu einem Sturm angeschwollen war, der alles einraffte, was einmal Ich war. Längst hatte ich die Zeit verloren, dann den Raum, das Wissen um oben und unten, um Weite und Tiefe, um Wand, um hell oder dunkel. Lichtlos. Aber dann, ganz plötzlich und unerwartet, der grelle Schrei einer Überhelligkeit, die nicht in die Augen schlug, sondern ins ganze Sein.

Dann sah ich eine Schwelle. Sah mit meinen normalen Augen eine gewöhnliche, abgetretene, hölzerne Türschwelle. Und wußte genau und sehr nüchtern, daß nun alles darauf ankam, ob ich diese Schwelle übertrat oder ob ich sie nicht übertrat.

Ich habe sie nie übertreten.

Angst war nicht beteiligt an diesem Entschluß. Denn eigenartigerweise hatte ich trotz des überstürzenden Charakters all dieser Sensationen die Möglichkeit, mich zu besinnen und zu entschließen. Und nicht die Angst diktierte die Entscheidung, sondern etwas wie ein Gefühl: »Das gehört sich nicht!« Dieses Gefühl war hart und kalt. Es hatte etwas von einer klatschenden Ohrfeige, die man einsteckt, weil man sich sagt: die sitzt und du hast sie verdient! Diese imaginäre Ohrfeige katapultierte mich regelmäßig heraus aus meiner »überlichten Finsternis«, aus der Flucht vom Ich, aus meiner Entselbstung, Entbreitung und Entlängung. Ich habe es damals – daran erinnere ich mich genau – für eine Gottesohrfeige gehalten oder zumindest eine Maulschelle, die mir auf sein Geheiß von einem aus den niedrigeren Heerscharen verabreicht wurde. Schon damals hatte ich das Gefühl, daß Gott es nicht gerne sieht, wenn man ausfahren will aus sich selbst. Im Falle des Lochs war gar nichts verboten. Die Ohrfeige war mehr eine Warnung als eine Hemmung. Entscheiden mußte ich selbst. Ich! Gottes Adam. Und ich entschied mich für das Dableiben. Nicht aus Angst. Nicht aus Gehorsam. Und einen Zwang gab es ohnehin nicht. Es war etwas, das ich nachträglich einen Keim von humanem, menschlichem Anstand nennen möchte, in dem sich immer auch eine Prise Trotz befindet. Wenn der Mensch wider Lust und Behagen Anstand übt, hat er einen gewissen Trotz gegen Gott im Leib, dem er es ja doch zeitlebens ein wenig übel nimmt, daß er ihn an einen Weltort gestellt hat, wo Anständigkeit immer etwas Unbequemes an sich hat.

... Sie sagen es! Aber Antonia bekannte noch: Weißt du, die ewige Seligkeit als Rückentwicklung in einen Mutterschoß gefiele mir ja, aber es ist doch ein bißchen beschämend, daß es mit uns embryonal enden soll. Auch fürchte ich sehr eine Wiedergeburt. Zum Seelenbräutigam habe ich zuviel ehrliche Achtung für den Menschen Jesus von Nazareth, für seine Angst, der er nicht nachgab, und seine entsetzliche Enttäuschung am Kreuz, als Gott nicht eingriff. Ich finde in seiner Geschichte keinen Raum für Geturtel, sollte es auch nur symbolisch sein. Das widert mich an.

Sich die ewige Seligkeit durch Einverleibung des »Lammes« zu erschleichen, »das auf sich nimmt die Sünden der Welt«, das widerspricht meinem Gefühl für Recht und Billigkeit. Was man sich auf Erden an froher Lasterhaftigkeit gönnt, soll man selbst ausbaden und nicht einem anderen anhängen, selbst dann nicht, wenn er ein Gott ist. Ich bin gegen jegliche kannibalische Union als Versicherung für die Ewigkeit. Aber die Seligkeit durch einen Sturz heraus aus seinem Ego, aus dem Kerker des Ich, wie man's gerne nennt, und hinein in die Arme des Abgrunds, der der Allheilige sein soll! Ich weiß nicht. Da mißbrauche ich zwar keinen Menschen und keinen Gott, weder im Fleisch noch im Gefühl, aber ich mißbrauche mein eigenes Ich. Dieses schwache, fallsüchtige, dem Lehm zugetane Ich, mit dem Gott mich ausgestattet hat und kraft dessen ich meine Lebensrolle zu bestreiten, durchzustehen und zu durchleiden habe. Bei seinem Namen, dem Namen meines Ich, werde ich dereinst aufgerufen werden zum Gericht. Da will ich aufrecht stehen, wenngleich, wie ich mich kenne, durchschüttelt vom großen Tremor, aber immerhin aufrecht stehen und nicht entlängt und entbreitet oder sonstwie deformiert und unkenntlich gemacht.

Ich überhebe mich nicht über die, welche sich in die »überlichte Finsternis« geworfen haben. Vielleicht haben sie sogar recht getan. Sie alle waren wesentlich edler, frömmer, charaktervoller, als ich es je gewesen bin, und es kann gut sein, daß meine Ansichten und Äußerungen über diese Sache vorlaut und blasphemisch sind. Trotzdem! Mir widersteht der Sturz in die »finsteren Abgründe Gottes« und das abgetretene hölzerne Schwellchen, das mich immer davor gewarnt hat und zur Abkehr mahnte: Ich bin sehr einverstanden mit ihm und mag es des Teufels sein.

Es hat für mich bei all seiner schäbigen Abgetretenheit etwas Aufrechtes an sich.

*

Denen das Atmen ein Überdruß geworden ist,
denen die Verlassenheit und Furcht das Gedärm vereist
und die Spinne der Pein auf der Leber sitzt,
denen die Messer der Kränkung durch die Nieren schneiden
und die sich den Grind verletzter Liebe in Tränen schaben.

Allen denen, die sich die ewige Seligkeit nicht vorstellen können.

Denen, die Gott schauen wollen und nur die gegenüberliegenden Mauern sehen,
denen, die Gott lieben wollen und sich ins eigene Fleisch verirren,
denen, die sich in Gott stürzen wollen und in den Lichthof fallen.
Denen, die sich nach Engelsflügeln sehnen und auf der dunklen Erde kriechen wie das stumpfe Vieh.

Allen denen, die sich die ewige Seligkeit nicht vorstellen können.

*

Wider alle jene, die ohne zu erröten sagen können, daß sie die Sünde hassen,
wider jene, die sich von Jesus haben erlösen lassen durch sein entsetzliches Sterben,
wider jene, die vorgeben, Jesus zu lieben und ihn ohne nervösen Brechreiz als Hostie verzehren können
und dann nach Hause gehen und den Sonntagsbraten nachschieben.
Wider alle, die von der ewigen Seligkeit reden können wie von ihrem nächsten Urlaubsziel.

*

Ich will ihre verlogene Seligkeit nicht!
Ich will lieber in die Verdammnis gehen und dort unter Menschen sein.

Die Hölle

IM HUNDSSTERN SIND DIE DÄMONEN LOS

Aus dem Papierkorb

Im Tammuz, heißt es, sind die Dämonen los.

Wenn der Hundsstern steigt und der Himmel vor Hitze dunkelblau ist, wird auf den Straßen der Asphalt flüssig und riecht. Im Zimmer die Hitze kocht. Wie Honig rinnt es zwischen den Ritzen der Jalousien klebrig herein ins flirrende Dämmerlicht, das irgendwie schief schaut. Nicht geheuer, mit halb sichtbarem Leben geladen.

Die Dämonen sind los.

Man muß nur eine Weile im Dämmer sitzen in der lautlos kochenden Zimmerluft. Dann nimmt man sie wahr. Das kriecht und hinkt und schlurft und trappelt und kratzt und schleppt, schattenlos und auf Hühnerfüßen; und pfeift und schnalzt und züngelt und knurrt und gackert und schmatzt.

Zottiges dort in der Ecke. Streicht die Wand entlang. Knistern im Regal. Zwischen den Buchseiten drängt sich ein Käferbein hervor, winkend ein zweites. Ein pelziges Knäuel kreist surrend mit Fliegenflügeln, hat aber lange, dünne Spinnenbeine. Wenn man nicht hinschaut, kriecht der Aschenbecher krötenhaft. Dann rollt eine schuppige Kugel langsam quer durch den Raum, im Bauch ein offenes Auge, das einem direkt ins Gesicht schaut, lauernd, boshaft. Mich friert's von den Knöcheln herauf. Die Dämonen sind los.

Gott selbst hat sie geschaffen. Am Vorabend des Schabbath in der Dämmerung. Die Schöpfung war gerade vollendet, und Gott schickte sich an, am siebenten Tage zu ruhen. Da gefiel es ihm, noch die Dämonen zu schaffen. Nachgekrochenes aus dem Bauch des Chaos. Als aber der Schabbath eintrat und jegliche Arbeit ruhen mußte, war er noch nicht fertig. So blieben sie Fragmente und Halbgeschöpfe.

Tausend Dämonen hat nun der Mensch zur Linken und Myriaden zur Rechten, ausdrücklich geschaffen, ihm zu schaden, ihn zu plagen. An die Spitze der zwielichtigen Schar setzten sich Lilith und Aschmodei.

DIE KÜCHE

Pictorsche »Höhlenmalerei«

Die Küche zwischen zwei und drei Uhr nachmittags.

Die hohle Müdigkeit dieser Stunde. Es ist aufgeräumt, die Spuren des Kochens sind getilgt, abgewaschen, aufgewischt. Nichts steht herum. Kein schmutziges, auch kein trocknendes Geschirr. Nur die Müdigkeit. Der Überdruß nach dem Getanen.

Die Gewaschenheit und das Aufgeräumtsein strömen Unbehagen aus. Der geriebene Boden riecht nach Waschmittel und Spülwasser, ein grauer Geruch. In das geputzte Becken tropft es aus dem Hahn in langen Abständen. Eine schale Leere, in der das Nichts zu ziehen beginnt.

Vor dem hohen schmalen Fenster räudig abblätternd die Lichthofwand. Sie wirkt nähergerückt und nach oben hin verlängert, so daß man nichts vom Himmel sieht. Das dringt in die Müdigkeit wie die Andeutung von etwas, das sich vorbereitet.

Die Küchentür ist geschlossen. Das ist nicht üblich. Meist steht sie offen. Sie starrt schon die längste Zeit die Tür an und erinnert sich nicht daran, wann sie sie zugemacht hat. Sie möchte sie öffnen. Aber eine unbestimmte Furcht hindert sie daran. Die schwelende, durch nichts gerechtfertigte Furcht, die Tür könnte von außen verschlossen sein. Aber nicht mit dem Schlüssel versperrt. Es macht sich eine vage Gewißheit breit, daß sie vernagelt oder vermauert oder sonstwie zugewachsen ist. Lieber weiß sie es nicht. Sie wird sich hüten, sie aufmachen zu wollen.

Eine leise Panik zieht über das Zwerchfell hin. Sie braucht

einen Kaffee, braucht die heiße Schale in den Händen und den vertrauten Geruch. In der Kanne ist noch Wasser. Das Zündholz flammt auf. Sie hält es an den Brenner. Es erlischt. Auch das nächste und das dritte erlöschen. Es kommt kein Gas aus den Düsen. Die Leitung ist tot.

Essen, sagt sie sich, schlägt Hysterie nieder. Sie öffnet die Eiskastentür. Ein paar Dinge sind darin, das Übliche. Aber statt der glatten, weißen Rückwand starrt ihr eine schlampige Vermachung aus Pappe und Fetzen entgegen, als hätte man in Eile notdürftig irgendwelche Risse und Löcher verstopft. Mit zitternden Lippen schließt sie den Eiskasten und versucht erst gar nicht, den Küchenschrank zu öffnen, der seine weiße, gewaschene Fassade mit den zwei Holzknöpfen darbietet, wie eine versteckt boshafte Aufforderung.

Sie hockt mit geschlossenen Augen auf dem Küchensessel wie ein verflogener Vogel; durch ihre gesträubte Unruhe kriechen die Milben der Angst.

Die Wasserleitung tropft in langen, regelmäßigen Abständen. Die Küche hat sich vor ihr abgesperrt und sich wildfremd gemacht. Alle Fluchtwege sind verräumt und verrammelt und alle Vertrautheit im schalen Geruch des Abwaschwassers ertränkt. Die Möbel und Geräte haben eine Art Beobachterfunktion. Sie fraternisieren nicht mit ihr.

Sie wartet, bis das Herzjagen langsam abklingt. Nur still. Keine Panik jetzt! Sie muß auf der Hut sein.

Es ist still. Eine unnatürliche, betäubende Müdigkeit quillt in ihr auf wie ein gehender Teig. Es ist keine gewöhnliche Stille. Es ist die Stille vor einem Geschehen. Und jeder Tropfen, der in das Blechbecken fällt, bringt es um einen Schritt näher heran. Jetzt steht es schon hinter der Tür.

Es wird etwas »erscheinen«. Eingesperrt in die verfremdete Küche, um die Beine des Hockers verklammert, rüstet sie sich, einem Anblick ausgeliefert zu werden, der selbst die geschlossenen Lider, der Haut und Knochen durchdringt, der sie bis ins erblassende Mark hinein entsetzen wird. Dem Anblick von etwas tief Vertrautem, das – im Türrahmen stehend – langsam seine Maske abnimmt.

DIE MUTTER VERWANDELT SICH

Aufzeichnung der Pictor

Heut nacht so lebhaft geträumt wie schon lange nicht mehr. Ein Sog nach unten, sanft erst, überredend. Dann ist es auf einmal der rasselnde Koben unseres antiquierten Lifts, der nach unten zieht, viel zu rasch, will mir scheinen. Schwankend, Eisen auf Eisen scheppernd, und die verstaubten Glasscheiben sirren. Längst ist das Parterreniveau passiert, und durch ein bislang nie gesehenes Loch im Hof rumpelt der hölzerne Kasten in die Tiefe. In Finsternis jetzt. Der Lärm ist stumpf, erstickt, gedämpftes Klirren und Erdgeruch. Dann ein jähes Aufsetzen.

Ich taste nach der Tür, finde die Schnalle und drücke sie nieder. Der stickige Sarg öffnet sich hinein in ein grünes Wiesengebreite voll gelber Blumen. Sommerhimmel und Bienengesumm. Vogellärm. Ein lauer Wind streicht durchs Gras.

Vor mir geht die Mutter durch die Wiese, die Einkaufstasche am Arm. Ich erkenne sie an der Nackenneigung, an dem dunklen, leicht gekräuselten Haaransatz, sehe im Halbprofil die bräunliche Wange unter den gesenkten, langbewimperten Lidern, die lockige Haarsträhne vor dem Ohr. Das ein wenig Legere der Haltung, die etwas schlampige Schwermut, die mehr Pose ist als echt.

Sie lebt also, denk ich im Traum, ist noch jung, hat noch die langen Haare. Ich wundere mich nicht besonders. Ich will ihr nachgehen.

Da befällt mich plötzlich eine jähe Furcht, sie könnte sich umdrehen und mich anschauen mit dem anderen, dem dämonischen Gesicht, das von schwarzem Gezottel überhangen ist. Die seltsamen Augen und das schmale, etwas boshafte Lächeln: ein Gesicht, das jeden Augenblick hervorbrechen kann unter dem Alltagsgesicht mit seiner verstörenden Wildheit, hervorbrechen bei einem kaum wahrnehmbaren Wechsel der Beleuchtung, einer leisen Verschiebung der Züge, eine erschreckende, etwas vulgäre Schönheit von wüster Melancholie.

Der Schreck hat mich aus dem Schlaf gerissen. Ich verändere die Lage, schau auf die Uhr, döse wieder hinweg und da steht – weder ganz Traum noch ganz Wachheit – das Bild des grünen Kachelofens vor mir, der sich breitmacht im Wohnzimmer der Kindheit. Ein Inbegriff der Geborgenheit und des Behagens, wenn er will. Meistens will er. Aber einmal ist er ausgeartet und explodiert, und Flammen schlugen heraus. Jetzt sitzt er in der Ecke, ein glotzendes Kauern, irgendwie hinterhältig, grün poliert in giftigem Glanz, und hat ein viel zu kleines Maul. Ein auffallend kleines, schwarzes Maul.

Jetzt bin ich endgültig wach. Über die Haut schauert mir ein Erinnerungsrest des Fremdheitsgefühls, das mich als Kind manchmal winselnd zum Vater ins Bett trieb. Nie kroch ich bei der Mutter ein, die den Vorgang von der Seite, beiläufig lächelnd, beobachtete. Ich saß steilrecht, an den Vater gedrängt, und fixierte die Gegenstände im Zimmer, die ihre Vertrautheit hinterrücks abgebeutelt hatten und mich fremd anblickten. Ich bekam Baldrian.

Alles hatte begonnen an dem Abend eines 6. Dezember, als die Mutter vergessen hatte, rechtzeitig einen Krampus für uns zu bestellen. Wahrscheinlich taten wir ihr leid, weil sie uns warten sah. In dieser Hinsicht war sie sehr aufmerksam und konnte sich, was in Kindern vorging, viel besser vorstellen als der Vater. So machte sie sich – ganz oberflächlich übrigens – selbst rasch ein wenig zurecht als »Gottseibeiuns«.

Sie kam nicht von der Gasse, die Stiegen herauf an die Wohnungstür, wie wir es gewohnt waren. Sie kam vom Vorzimmer her. Heinrich und ich hockten schon in gruselnder Erwartung in der Küche und horchten, vernahmen Gerumpel und Rutenschlagen, flogen zur Tür und sahen zum Spalt hinaus.

Da kam es aus dem schmalen, fensterlosen Gang, der die Zimmer mit dem Vorraum verband, um die Ecke gekrochen. Wir beobachteten das langsame Hervorkommen und fingen sofort plappernd zu beten an, obwohl wir von Anfang an wußten, daß *sie* es war, die kam, aber trotzdem war es ein bleicher Schock in den Knochen, mehr als beim echten Krampus; und gerade deshalb, weil es die eigene Mutter war, die als der Leibhaftige kam. Der Vater, der auch überrascht war, plusterte sich dagegen auf und verwies ihr mit Schärfe den Spuk, besonders im Hinblick auf mich, die ich kreideweiß war und immer noch, als die Mutter schon lachte, trockenen Mundes »in der Stunde unseres Absterbens Amen« leierte wie ein hängengebliebenes Grammophon.

Als wir dann unsere Säckchen zu leeren begannen, neidisch den Inhalt verglichen und die Nüsse und Feigen abzählten und in uns hineinstopften, sei ich immer noch – wie sie später erzählten – gewesen wie eine getünchte Wand, hätte kein Wort gesagt, nur still die Lebkuchen und Datteln und Nüsse in mich hineingegessen und dabei mechanisch gezittert! Noch jetzt, nach so langer Zeit, nach mehr als einem halben Jahrhundert, fühle ich einen Rest von dem stummen, im Keim erwürgten Schrei in mir, den ich nicht ausließ, sondern in sinnlose Gebetsfetzen zermahlte, bis der Frost des Grauens sich in einem grobschlägigen Tremor löste, der noch lange anhielt.

Dabei hatte ich gewußt, daß es die Mutter war. Von Anfang an. Ich glaube, ich habe es gewußt, ehe Heinrich es begriffen hatte, der doch um ein paar Jahre älter war. Aber ich hatte auch begriffen, daß sie anders oder mehr noch war, als eine Mutter sein darf, zum Beispiel daß sie aus dem zu kleinen Maul des grünen Kachelofens herausgekrochen kam und sich jetzt herantastete durch den finsteren Vorzimmerschlauch, pferdefußhumpelnd geduckt. Mit der Rute voraustappend, schob sie sich – sonderbar klein – um die Ecke. Das alles wußte ich, *bevor* ich es sah, denn ich stand ja, an Heinrichs Hosen geklammert, am Spalt der Küchentür und entdeckte sie erst, als sie im breiten, helleren Teil des Vorzimmers war, die Haare als schwarzgeringelte Zotten ins Gesicht gestrichen, daß man eigentlich kein Gesicht sah, nur ein rotwollener Socken quoll aus dem Mund als gräßliches Zungengebilde.

Zum Lachen! Es war einer von Heinrichs Socken, ich erkannte ihn gleich, und er, Heinrich, machte auch schon einen scheuen Versuch zu lachen. Aber sie! Keine Larve, keine Hörner, kein Pelz und Kettengerassel, nur dieses tastende, krüppelnde, rutenraschelnde Vorkriechen aus dem Dunkel. Aber nicht aus dem Dunkel der nächtlichen Gassen, sondern mitten aus dem warmen, ofenflackernden Dunkel des Zimmers, aus der rötlich orangenen Glut des Ofenlochs.

Sicher wäre es mir damals möglich gewesen, die Mutter für diesen bedenklichen Spaß zu hassen, mich der moralischen Auftümmelung des Vaters anzuschließen, den roten Socken herumzuzeigen, selbst in den Mund zu nehmen und zu grimassieren; vielleicht sogar sie auszulachen wegen dieses Sockens, den sie für eine Zunge ausgeben wollte.

Es ging nicht. All das reichte nicht heran an das krasse Entsetzen, das sich nicht linderte, sondern zu einer eisigen Verstörtheit wurde, die an den Wänden meines Bewußtseins festfror als ein Dauerverdacht hinsichtlich der Wesensart des Menschen, der mir am nächsten stand. Es wohnten da hinfort in unheimlicher Verbindung zwei Möglichkeiten in einer Person: eine Mutter, der ich sehr anhing, und ein Gespenst aus den finsteren Irrgängen der Hölle.

Damals fiel der Inbegriff Mutter für mich heraus aus seinem Namen und konnte unversehens zu einem glimmenden Argwohn werden, besonders nachts vor dem Einschlafen, einem Argwohn, der aus dem Ofen kroch und sich im Raum ausbreitete wie eine drohende Substanz. Dann flüchtete ich zum Vater, ohne die geringste Hoffnung auf Erlösung, sondern nur eine Freistatt suchend, in der ich abwarten konnte, daß die große Fremdheit wieder vorüberging.

Ich hatte niemals Angst vor meiner Mutter wie bisweilen vor dem Vater, wenn er in Zornbauschung ging. Ich war mir ihrer nur niemals sicher. Und im tiefsten Grund meiner Anhänglichkeit, meiner Liebe und Bewunderung für sie – denn sie war schön – hockte eine schwere, vage Traurigkeit, die manchmal hochstieg als grundlose Schwermut, wie Blasen aufsteigen aus Tümpeln, ohne daß man weiß, woher.

Oft geschah es nach unklaren Träumen in der Frühdämmerung, lange vor dem Gewecktwerden, und hielt dann den ganzen Tag an. Sie nannten mich dann einen »Weltverdruß«. Ich hockte wortlos in einem Winkel, stundenlang, grau in grau, und stellte mir vor, ich wäre tot.

Viele, viele Jahre später erst lernte ich, daß man dergleichen eine Depression nennt und daß man etwas dagegen einnehmen kann. Dann war es leichter.

*

Der verhängnisschwangere Bauch der Erde lag in Wehen heut nacht.
Morgens dann um halb zwei kroch die pelzbeinige Spinne der gestelzten Furcht aus dem Hintern der Finsternis.
Sie hat ihre Spinnwarzen betrillert
und einen klebrigen Faden an die Sichel des Monds gehängt,
und spann und spann ein tückisches Garn,
aus dem sie ein graues Netz wob.

Fangwolle der Traurigkeit.
Drin hat sich die Schwermut verfangen.
Die Spinne wickelt sie ein und spindelt die Beute
zum Steckkissen der grauen Pein.
Die baumelt im Schlaf über dem offenen Mund,
und am Fenster verwelken die Blumen.
»Erstickt an Schwermut!« stand in den Gazetten zu lesen, »heut nacht um halb zwei mitteleuropäischer Zeit. Im Kehlkopf fanden sich Beläge, schimmelartig, aus denen junge Spinnen auskrochen.«

NOCH EINMAL DIE GROTTENBAHN DER ANGESTOCHENEN SCHÖNHEIT LETZTER, SEHR BEDENKLICHER TEIL

... na also, jetzt ist es soweit. Ich hab es ja kommen sehen. Sie ist gekündigt worden! Nun, nicht gerade direkt gekündigt, aber man hat ihr bei der Klassenverteilung für das nächste Schuljahr nahegelegt, in den Ruhestand zu treten. Unter schonenden Vorwänden natürlich: sie habe das Alter, und jeder Mensch soll noch in Rüstigkeit ein paar Jahre genießen, frei von dienstlichen Verpflichtungen! Man kennt ja die Formel. Tatsache ist aber – nach ihren eigenen Worten! –, daß sie für die Schule untragbar geworden ist.

... wie sie es aufgenommen hat? Ganz kühl, ungerührt, möchte ich sagen. Sie beurteilt den Fall durchaus nüchtern und trocken. Ihre Lektionen seien in den letzten Monaten ziemlich ungeordnet gewesen, sagte sie, es sei ihr immer unmöglicher geworden, sich strikt an den Lehrplan und die anderen Vorschriften zu halten. Den Unterricht habe sie nach eigenem Gutdünken, oft sogar nach ihrer jeweiligen Laune geführt und den Stoff fast nie mehr in der erwarteten und vorgeschriebenen Form behandelt.

... nein! Warum sie sich in dieser Weise habe gehen lassen, das könne sie nicht sagen. Sie habe einfach das Ganze nicht mehr ernst nehmen können. Peinlich sei es ihr keineswegs, gewissermaßen vor die Tür gesetzt worden zu sein. Das berufliche Desaster lasse sie kalt. Sie habe in weit wichtigeren Dingen versagt, meinte sie, darüber allerdings schäme sie sich entsetzlich, und es quäle sie oft stunden- und tagelang.

... sie machte da nur ganz vage Andeutungen, aus denen man nicht viel entnehmen konnte. Etwas von »Haltung« redete sie. Sie habe oft die »Haltung verloren« und besonders einem unwiderstehlichen Hang zum »Angestochenen« viel zu sehr nachgegeben. Viel mehr war nicht aus ihr herauszubringen, aber dann im Verlauf des Spaziergangs begann ich etwas davon zu verstehen, was sie meinte.

... im Prater! Ich persönlich hatte ja mit einem Lustwandel durch die Auen gerechnet, sie aber bestand hartnäckig auf dem Wurschtelprater.

... ja, Sie hören ganz recht! Auf dem Wurschtelprater bestand sie. Am Tag, an dem das etwas blamable Ereignis ihrer Verabschiedung aus dem Schuldienst erfolgt ist, bestand sie ausdrücklich auf dem Wurschtelprater und frequentierte sogar einige der gebotenen Lustbarkeiten. Erst genoß sie mit Behagen den Lärm, das Gekreisch und den Trubel, das jodelnde Getöse, den Gestank nach erhitztem Öl,

Burenwurst, Abtritten und Bierlacken. Zerrte mich durchs Gewühl und schaute eingehend den Leuten zu, die sich schaukeln, werfen, wirbeln und ringeln, kopfüber, kopfunter schleudern lassen mit aufgerissenen Mäulern und herausquellenden Augen, kirrend von lustvollem Entsetzen und gekitzelt von einem Zwangsgelächter. Dabei halten sie sich oft die Augen zu, als schämten sie sich.

...ja, wir beredeten diesen Umstand: Denk an die Höllenbilder, sagte sie, da schauen sie ähnlich aus, die Brutzelnden und Gepfählten, die Gestäupten und Geschundenen, ekstatisch schreiende Sünder, sachverständig traktiert von geschultem Personal. Übrigens nie der Höllenfürst selbst. Immer das Kroppzeug des Pfuhls, die Unterläufel der hochnotpeinlichen Institution, das niedrige Böse. Und auch dort halten sich die Gefolterten oft die Augen zu, als schämten sie sich.

...nein, nein, es kam noch ärger, ich wollte es schon erzählen! Vor der Grottenbahn blieb sie plötzlich wie angewurzelt stehen und sah sich fest; und zwar am Personal.

Da saß ein Weib an der Kasse, ein üppiges Bruststück in feuerroter Bluse und schwarzgekräuselter Haarmähne, viel falscher Schmuck im überdimensionierten Dekolleté. Ein braunes, eher mageres Gesicht mit einem haltlosen Mund. Seinerzeit wahrscheinlich recht attraktiv, jetzt aber gealtert und heruntergekommen. Vormals Zirkusreiterin, flüsterte Antonia, großartig verwüstet im güldenen Ohrengebimmel. Sie gefällt mir! Neben der Kasse lehnte ein Mann nicht feststellbaren Alters, zartknochig, die Füße gekreuzt, in großkarierten, zu engen Hosen und Netzleibchen. Quellendes Schwarzhaar tat sich unter einem schäbigen Strohhut hervor, überlange Koteletten. Dazu ein feucht dunkler Anreißerblick.

Eine Aura von Verderbtheit verband das Paar: das Mannsluder und die Verwüstete. Vor dem Blechgebirge erscholl eine corridahafte Musik, und der zarte Schwärzling lud mit seinen kleinen, ringbesetzten Händen und einem gleichzeitig kriecherischen und gemeinen Lächeln zum Einsteigen ein.

... was soll ich sagen, ich hab meinen Augen nicht getraut und dann tat ich rasch so, als gehörten wir nicht zusammen. Sie entblödete sich nicht und zwängte sich, von dem verdächtigen Hutschenschleuderer beflissen unterstützt, in ein Bänkchen zwischen lauter kleine Kinder und setzte eine anmaßende Miene auf, ganz Lehrerpersönlichkeit im höheren Schuldienst, denn etwas genierte sie sich doch und wollte mit ihrem Gesicht das Grinsen der Umstehenden abschnalzen lassen.

... als sie wieder ans Licht gerasselt kam, reichte ihr der Mensch abermals seine beringte Hand mit den schwarzgeränderten Fingernägeln, und sie ließ sich ausführlich beim Aussteigen unterstützen, dann lachte sie verlegen und schimpfte über die »Anreißer der Unterwelt mit ihrem korrupten Charme«. Dabei ist es nichts als ein Loch in Papiermaché, klagte sie. Als Kind habe sie immer geglaubt, die Gänge zögen sich unter halb Wien durch und stünden in einer geheimnisvollen Verbindung mit den Katakomben. Und jetzt stellt es sich heraus als ein kurzes Darmstück in einem blechernen Berg. Der »Untergang von Messina« ist total verstaubt, und neben der »Wolfsschlucht« lehnt ein Besen bei einem Kübel mit einem nassen Fetzen. Aber trotzdem, sagte sie nach einem längeren Schweigen, trotzdem hat mich ein paar Sekunden lang eine Panik gepackt; die Angst, das Drachenfuhrwerk könnte aus den Schienen springen und in ein falsches Loch einfahren, sich verirren und dann irgendwo steckenbleiben in einem längst vergessenen Stollen der Katakomben zwischen Schädeln, Knochenmoder und Foltergerät aus alten Peinkammern, hineingelockt von dem strizzihaften Anreißer, einem Zuhälter der Hölle, und ausgeliefert irgendeiner Qual; nicht so sehr Schmerz, nein, etwas Schrecklicherem, einer Art Schande, weißt du! sagte sie und hatte einen angeekelten Zug um den Mund.

WORTABBEUTELN

Aufzeichnung aus dem Papierkorb

Ich spiele wieder Wortabbeuteln. Wieso mir das gerade jetzt eingefallen ist nach so vielen Jahrzehnten? Es hat sich gleich zu einer Obsession gesteigert.

Wortabbeuteln! Eine Kindheitsmarotte. Man beutelt das Wort von einem Ding, befreit dieses von seinem Namen. Man bemächtigt sich des Wortes und ratscht es litaneiartig so lange vor sich hin, bis es zu einer sinnlosen Lautfolge wird, einem zufälligen Buchstabenkonglomerat, das keine Beziehung mehr zu der bezeichneten Sache hat und von dieser abbröselt wie eine vertrocknete Schote.

*

Mir ist wieder eingefallen, daß ich dieses Spiel oder Experiment – wie immer man es nennen will – ursprünglich auf dem Abort betrieben habe. Ich sehe mich deutlich auf der Muschel sitzen mit hängenden Beinen, in hoher Aufmerksamkeit, und Worte abbeuteln.

Es war ein angeräumter, finsterer Ort ohne Behaglichkeit. Nur wenig Helligkeit kam herein vom Lichthoffenster und vom Gang, durch eine Glasscheibe, die an ein genetztes Fliegenauge gemahnte. Der Abtritt enthielt Gegenstände ordinären Charakters: Besen, Pracker, Mistschaufel, Kübel, Fetzen, Nachttöpfe. An der Wand hing eine blecherne Sitzbadewanne. Diese Dinge waren es vorwiegend, die ich abbeutelte. Ich bekam rasch Übung. Das Wort zerfiel, und der Gegenstand gab seinen Sinn auf und trat aus der Ordnungshierarchie. Seines Namens ledig, wurde er dichter, massiver. Sogar größer schien er zu werden.

Die Gegenstände blähten sich auf. Bei einem gelungenen Abbeuteln begannen sie sich auch lautlos in Bewegung zu setzen. Wie eine gärende Teigmasse drangen sie weich, aber unaufhaltsam auf mich ein. Sie machten nicht halt an der Haut. Sie drangen durch die Poren, und im Mund bekam ich ein Gefühl von Überfülle, die in die Gurgel rann. Stopfend, fast erstickend.

Ich empfand dieses An- und Eindringen mit einem neugierigen Entsetzen. Wurde die Angst zu groß, brach ich alles ab. Ich sagte laut den Namen des Gegenstandes. Dann trollte er sich, schloff wieder in seine angestammte Form und stand da als Kübel, Besen, Fetzen, Topf.

*

Ich beutle jetzt wieder fleißig ab.

Die Dinge stehen fremd und groß vor mir. Aber auch irgendwie unordentlich. Respektlos, möchte ich sagen. Verwildert und liederlich.

Sie sind nicht mehr gebändigt und eingefascht in die weißen Binden eines beschwichtigenden Namens, vor dem sich der Dämon, der drinnen sitzt, verschreckt zurückzieht. Die Mumienwickel fallen, und das Gespenst sieht dich an.

Da kannst du dir immer einreden, der weißzähnige fletschende Kasten mit den vibrierenden Därmen im offenen Bauch ist ein Pianino, und das brave Kind übt darauf täglich eine mittelschwere Etüde. Das Ding hat sich aus dem Wickelbett der Begriffsbestimmung gewunden und starrt dich an, bricht auf, kommt über dich. Wenn du seinen Namen vergessen hast, bist du verloren.

*

»Sprache«, steht im Konversationslexikon, ist »Ausdruck und Darstellung von Gedanken, Gefühlen und Willensregungen durch sinnvolle Zeichen, insbesondere durch Laute und gefügte Worte.« Ausdruck also und Mitteilung Die wichtigste Aufgabe der Sprache steht nicht im Lexikon: ihre Dompteurfunktion. Die Bändigung des Chaos.

*

Ich bin unvorsichtig gewesen. Die Dinge mißbrauchen meine Freizügigkeit. Sie werfen jetzt schon ohne mein Geheiß und meine Zustimmung den Namen ab. Besonders, wenn es ihnen gelingt, mich bei einer Schwächung der Aufmerksamkeit abzupassen. Sie lauern auf diese herabgesetzten Zustände. Vor dem Einschlafen etwa. Da borden sie selbsttätig über, wie fette Frauen, die ihr Mieder abstreifen.

Vor Schreck und Überraschung bin ich dann manchmal unfähig, mich gleich auf ihre Namen zu besinnen. Sie merken das und nützen es schamlos aus. Verfolgen mich, stürzen sich auf mich, ersticken mich.

Oft fällt mir erst in der letzten Not wieder das abgebeutelte Wort ein. Ich kann es gerade noch herauskrächzen aus dem gewürgten Hals. Sie *müssen* gehorchen. Aber sie lauern nur auf eine neue Gelegenheit, den Drill abzuschütteln.

*

Vielleicht ist es ähnlich, wenn man im Tod den Geist aufgibt. Wenn man den Körper abwirft, wird die Seele frei. Nichts von reiner Himmelsflucht. Ein windiges Gelichter sind diese Seelen. Foppgespenster, die herumvagabundieren bis zum Jüngsten Gericht und koboldisches Allotria treiben. Da versucht dann der Geist vergeblich, sie wieder unter die Knute der Sprache zu bringen! Das Fleisch gibt sich der Wollust der Auflösung hin, und die Seele lottert herum im All und macht sich lustige Tage. Bis zum Gericht ist es weit.

Als Spuk und als Mahr, als Alp und Vampir erscheint sie, schreckt, foppt, hänselt, hockt auf, würgt, läßt sich Huckepack schleppen, dreht Hälse um und Gesichter in den Nacken. Allzu viele Schreck- und Schadensmöglichkeiten hat sie nicht, die geist- und wortbefreite Seele, aber sie kann einem das Leben zur Hölle machen mit ihren kleinen Gemeinheiten.

DER AUFSTAND DER KÜCHENGERÄTE

Sitzung des Hofrats Kreutzer bei Dr. Schlesinger

... es wird immer bunter mit ihr. Ich weiß wirklich nicht mehr, was ich davon halten soll! Eine Gemütshechel ist sie! Jetzt hat sie wieder etwas Neues aufgebracht!

... heut vormittag hat sie mich in der Sammlung heimgesucht und trug eine Miene zur Schau, die nichts Gutes versprach. Ich stöhnte innerlich auf und nahm mir vor, ihr nicht den Gefallen einer Frage zu tun. Ich hatte viel Arbeit und andere Sorgen. Aber nachdem sie eine Zeitlang still gewartet hatte, hielt sie es nicht aus und sagte ganz nebenbei, als handle es sich um die gewöhnlichste Sache von der Welt: Ich beutle jetzt übrigens die Wörter von den Sachen. Und nach einer Pause, in der ich mich verhärtete, sie aber auf mein Geschrei wartete, setzte sie hinzu: Weißt du, wie gräßlich das ist? – Ich wußte es betont nicht und wollte es auch nicht wissen. Nicht weil mir zu solchen Marotten die Phantasie fehlt, sondern weil ich sie mir nicht erlaube. Ich ließ sie das in dürren Worten wissen.

... sie setzte sich glatt über meine dezidierte Weigerung hinweg und begann mit einer breit angelegten Schilderung. Die Sachen, wenn sie ihres Namens ledig sind, dringen auf mich ein, gewalttätig und vergewaltigend, auch wenn es nur eine Mistschaufel, ein Bodenfetzen oder meinetwegen ein Kachelofen ist.

... erst bin ich etwas erschrocken und wurde grob. Ich verlangte, mit diesen künstlich hinaufgetümmelten, auch irgendwie peinlichen Unsinnigkeiten in Ruhe gelassen zu werden. Dann aber überkam mich doch wieder dieses überlästige Gefühl der Verantwortlichkeit, von dem ich nicht und nicht loskomme, obwohl diese Frau mit ihren sechzig Jahren doch wirklich schon mündig ist – oder sein sollte – und ich ließ sie gottergeben reden, auch schon deshalb, weil sie sich bereits dicht an der Grenze des Beleidigtseins befand, und dann schweigt sie zwar, aber in einer Art, die einem erst recht an den Nerven feilt.

... da sitzt sie vor mir, unglücklich, angstvoll, die Augen aufgerissen, starrend vor Verhängnis. Und doch auch wieder gemein. Wie kommt man dazu? Da hält man sich persönlich – mühsam genug – bei der Stange und untersagt sich alles Ausarten, auch wenn man Lust dazu hätte, untersagt es sich im Namen der anständigen Form ...

... na ja. Was red ich.

... die Dinge, erzählte sie, wenn sie den bannenden Namen los seien, rissen den Grenzwall nieder, der zwischen dem Ich und dem Chaos sei, wie feindliche Horden, die das bebaute Land überfluten. Das Gräßliche in einem solchen Falle aber sei, daß das bleiche Entsetzen, das man empfinde, einen Stich ins Lustvolle habe. Eine geile, unanständige Hoffnung auf Auflösung jeder maßvollen Begrenztheit, ein jubelndes Zersplittern aller züchtigen Schranken, eine rasende Lüsternheit, die Grenzen des geistigen Anstands zu überrennen.

... ja, sie hat »züchtig« gesagt. Ich hab mir das genau gemerkt, weil es mir bei ihr auffiel, gleichzeitig aber mein eigenes Gefühl bestätigte.

... das Gefühl der Peinlichkeit, das mich in einen stillen Tremor versetzte, als sie mir ihre neue Unart beschrieb.

... nachdenklich macht mich der Umstand, daß sie ihre Abbeutelungen nicht an großartigen Dingen betreibt, oder wenigstens an neutralen, sondern ausdrücklich an vulgären, an Haushaltsgeräten zum Beispiel.

... ich konnte eine Frage in dieser Hinsicht nicht unterdrücken, obwohl ich mich damit wissentlich in die Gefahr begab, mehr Teilnahme zu zeigen, als ich zugestehen wollte. Sie hakte sich auch sofort fest und geriet in ein uferloses Gerede ohne präzise Aussagen und wurde breit mit grellen Phantasien von entfesselten und zweckentfremdeten Küchengeräten à la Breughel und Bosch: zu Trichtern auslaufende Steiße, Kapellen mit blechernen Mistkübeln und kupferne Wärmeflaschen in den Schlag- und Bläsergruppen. Die Streicher dagegen bearbeiten Roßhaarsiebe, Ofenraster und bespannte Nachtgeschirre.

... ich versuchte sie barsch zu stoppen und wiederholte nur die ursprüngliche Frage, warum sie bei ihren abseitigen Experimenten banales Gerät bevorzuge. Da eröffnete sie mir, daß sie als Kind schon gebeutelt habe, und zwar vorwiegend auf dem Klosett, wo die ordinären Haushaltsgeräte ihren Abstellplatz hatten.

... es war keine einleuchtende Erklärung, aber ich sah in der Tatsache, daß die Inspiration am Ort der Haltlosigkeit stattfand, einen Beweis für die Anrüchigkeit der Marotte, und ich sprach es auch aus.

... sie leugnete es nicht. Dankte mir sogar für den Hinweis und verfiel in Grübeln. Wie gut, daß man sich zuweilen ausspricht, sagte sie, und ich wußte nicht, meint sie es ernst oder höhnisch, aber ich glaube, sie meinte es diesmal wirklich ernst. Jetzt sehe ich erst, fuhr sie fort, was für eine Unzüchtigkeit es ist, die Dinge von der Sprache zu befreien und auf sich eindringen zu lassen. Es führt zur Auflösung, zu einer chaotischen Orgie der Zersetzung jeglicher Form und jeglichen Maßes. Und Form und Maß ist doch das einzige, was wir dem fressenden Bauch des Chaos entgegenzusetzen haben.

... das versöhnt mich ja dann immer wieder ein wenig, wenn sich herausstellt, daß sie es letzten Endes doch mit Maß und Form hält. Aber warum muß sie das immer wieder so leichtsinnig – den Vorwurf erspare ich ihr nicht – so leichtsinnig, ja fast lüstern aufs Spiel setzen? Sie lachen und denken jetzt an die »durchzustreckenden Knie«. Aber ich kann Sie versichern, je älter ich werde, umso mehr bin ich für die durchgestreckten Knie, so sehr ich die Hortation früher gehaßt habe. Ich haßte sie, weil es ein Zwang war und unbequem. Aber jetzt stehe ich zu dieser Unbequemlichkeit, jetzt, wo ich spüre, wie das Älterwerden jede Form bedroht mit liederlicher Auflösung. Umso mehr irritiert es mich dann an Antonia, daß sie immer mit dieser Auflösung kokettiert, obwohl sie sehr gut fühlt und auch weiß, daß diese Auflösung dem Klo- und Küchenbereich nahesteht. Nicht dem Mahagoni-Salon, sondern den abseits gehaltenen Räumen des Hauses, wo die Haltlosigkeit, der Mist, der Stoffwechsel wohnen, todesnah.

... der Tod ist »der Sünde Sold« und die Hölle ihr Lohn. Nicht die großen Teufel und gefallenen Engel sind das eigentliche Höllenpersonal, sondern Breugheldämonen. Und das Wort, einzig und allein das Wort ist es, das sie in ihre Schlieflöcher zurückkuscht. Adam wurde über die Schöpfung gesetzt, weil er die Tiere mit Namen nennen konnte Wenn wir den Verstand mißachten und das Wort verludern, stürzen wir ab ins Chaos.

DIE SCHANDE DER FOLTER

Aufzeichnung der Pictor

Ich weiß nicht, wie lange ich nicht mehr daran gedacht habe. Diese scheußlichen Tage in Polen. Und ich in meiner Blödheit, voll von einem idiotischen Zerrbild von Heldentum, verwickle mich in eine Affäre, die so angelegt ist, daß es jedem Schwachsinnigen klar sein mußte, wie es ausgehen würde.

Als es soweit war und ich wartete, daß sie kämen, und dann sah, daß sie die zwei Polen in die Scheune führten und dann ein, zwei Stunden nichts, nur Stille, die Angst, die ich seit Wochen mühsam niederhielt, kam ins Rasen. Sie wissen nichts, genau wie ich nichts weiß. Einer brachte immer die Aufträge, aber man kannte nicht einmal seinen Namen. Er kam und verschwand. Trotzdem werden sie aus uns herauszuprügeln versuchen, was wir nicht wissen. Schlagen, treten, wer weiß, was noch alles. Sie sollen sehr erfinderisch sein.

Sie brachten mich ins Amtshaus. Es sah wie eine Schule aus. Roch auch so, nach einer Mischung von Staub, geöltem Boden, Pissoir und Lysol. Ein langer Korridor mit Türen. Vor einer hielten sie, öffneten, salutierten und schoben mich hinein.

Er stand vor dem Fenster und sah hinaus.

Ein vollkommen hinterkopfloser Schädel, halslos über dem klemmenden schwarzen Uniformkragen, farblose, kurz geschnittene und scharf gescheitelte Haare.

Ein massiger Oberkörper mit abfallenden Schultern, schwarze Breeches und die Stiefel. Ein wenig x-beinig mit auswärts gerichteten Füßen, bewußt federnd. Dann sah ich die Hände, rückwärts im Kreuz verschränkt. Kleine, weiße, fette Hände.

Er ignorierte mich. Ich suchte im Raum nach Zeichen für das, was mich erwartete. Aber es war ein kommuner Bureauraum. Die nüchterne, etwas schäbige Gesichtslosigkeit, die solche Amtsräume haben. Schreibsachen, Aktenstöße, Karteien.

Nach einer guten Weile drehte er sich langsam um, zögernd, als könne er sich vom Ausblick nicht trennen. Ich sah die seitliche Kontur. Ein schlaffer Bauch hing über dem gelockerten Koppel. Eine randlose Brille klemmte über einer kleinen, formlosen Nase in einem sich nach unten zu verbreiternden, schwammigen, weißen Gesicht. Ein undeutlicher Mund mit einem Ausdruck, wie ihn verzogene Kinder haben. Unangenehm wirkte, daß sowohl die Brauen als auch die Wimpern fehlten oder nicht sichtbar waren. Kleine wasserblaue Augen, die sich um Blicklosigkeit bemühten. In der ganzen Erscheinung mischten sich Brutalität, Wehleidigkeit und beleidigte Tücke. Ich war auf einen Schlägertyp gefaßt gewesen. Ich mußte mich innerlich umstellen, hatte aber keine Zeit dazu, denn plötzlich kamen die erwarteten Fragen mit einer hohen, dünnen, etwas gequetschten Stimme hervorgeschnellt. Als ich den ersten harten Schlag ins Gesicht bekam, war – nach einer kurzen Pause der Bestürztheit – nur Wut da. Eine rasende, rotlodernde Wut und ein steil aufgebäumter Haß. Ich spürte keinen Schmerz.

Es wurde auch zunächst nichts mehr geredet. Er hatte ein knüttelartiges Gerät und schlug mit einem völlig emotionslosen, gesammelten Gesicht gleichmäßig und geübt auf mich ein. Ich nahm es wahr, als stünde ich neben mir, und beobachtete, wie sich meine Knochen, Muskeln und Nerven mit Haß anfraßen, nichts als Haß.

Da läutete das Telephon. Er eilte mit kurzen, harten Schritten zum Apparat, den Knüppel lose in der Hand, und hob ab. Man hörte eine etwas scharfe weibliche Stimme, die er mit »Mutti« anredete, wobei seine Züge sich von innen her zu einer schlammigen Gefühlsseligkeit aufweichten. Auch ein leichter Anflug von Röte zeigte sich in seinem Gesicht. Es schien sich um das Mittagessen zu handeln.

Als er den Hörer wieder auflegte, straffte er sich sichtbar und widmete sich wieder seiner Tätigkeit. Man sah, daß er sie bald zu Ende bringen wollte. Bis zum Läuten des Telephons hatte ich mich mit meinem würgenden Haß genährt und keinen Schmerz, keine Angst verspürt. Aber seit der Peiniger sich in einen Familienvater mit geregelter Arbeitszeit und dann wieder zurückverwandelt hatte in einen Folterbeamten, schlug alles um. Ich war nichts mehr als ein entsetzter, winselnder Fetzen Schmerz, ein mit feinbenervter Beinhaut überspannter Knochen, der bei jeder Berührung schrie.

Ich ratschte herunter, was ich wußte. Aber das wußte er auch schon und wollte sich nur wirklich gründlich davon überzeugen, daß ich nicht doch noch mehr wußte. Ich bin sicher, daß ich es gesagt hätte. Es war mir fast leid, daß ich nichts zu bieten hatte, um ihn zum Aufhören zu bringen.

Ich schwieg also, und er schwieg auch, und jetzt hörte ich es; ein mir völlig fremdes, schauerliches Geräusch: das dumpfe Krachen getretener Knochen unter mürb geschlagenem Fleisch. Er trat gezielt und diszipliniert. Ein Professionist, ein Pflichtmensch. Ich haßte ihn jetzt so wenig, wie ein Holzstück die Drechselmaschine haßt. Ich empfand nur dumpf den Schmerz und sehr heiß Ekel und Scham. Eine ganz entsetzliche Scham, die mich plötzlich wie eine Sturzflut überschwemmte, daß darin die Angst und das Leiden ertranken.

Ich hing irgendwie in einer Ecke, in die er mich getrieben hatte. Es schien vorüber zu sein. Er wusch sich die Hände mit Seife und trocknete sie sorgfältig mit einem Handtuch ab, das neben der Waschmuschel hing. Dann bürstete er vor dem Spiegel mit festen, raschen Strichen den winzigen Scheitel. Man sah, daß er sich auf das Essen freute. Da endlich fing ich zu kotzen an. Hörte noch irgend ein Weib keifen, weil sie es wegwischen mußte. Dann war nichts mehr. Als ich mich wieder in der Zelle fand, war kein Zorn in mir, kein Haß, keine Angst. Ich schämte mich auch nicht, daß ich geredet hatte, und stellte ausdrücklich und völlig nüchtern fest, daß ich alles gesagt hätte, wenn ich etwas gewußt hätte. Es war eine kühle Erkenntnis; etwas, das man über sich in Erfahrung gebracht hat und worüber man sich nichts mehr vormachen wird. Ich war nicht entsetzt über mich oder wenigstens enttäuscht. Alles Aktuelle, Tatsächliche war sehr weit weg von mir. Trotzdem empfand ich eine gräßliche Scham, eine entsetzliche, im Knochenmark siedende Scham und Schande, aber sie ging in eine ganz andere Richtung, hatte nicht das mindeste mit meiner schwachen Stand- und Charakterfestigkeit zu tun. Ich schämte mich für mein geprügeltes Fleisch, schämte mich der verletzten Integrität meiner Haut, meiner getretenen Knochen. Ich hatte das ganz absurde Gefühl, daß man es nicht zulassen dürfe, gefoltert zu werden; das Gefühl eines Fehltritts. Es fiel mir nichts dazu ein als der hybride Ausspruch meiner Großmutter: »So etwas passiert unsereinem nicht«, wobei sie etwas in der Richtung von Trunkenheit, Fallsucht oder schwachsinnigen Kindern in der Familie meinte. Mir war es eben »passiert«, und es war eine unaustilgbare Schande, obwohl es nicht in meiner Macht gestanden war, es zu verhindern. Ich sah sehr klar, und ich sah, daß es in diesem Bereich zwei Wahrheiten gab, die einander widersprachen, ohne sich auszuschließen. Die eine hieß: Es ist dir geschehen, du kannst nichts dafür. Die andere hieß: Du bist schuld daran und hast dich in Schande gebracht. Beides war gleich wahr.

DER HÖLLISCHE SCHINDKELLER

»Höhlenmalerei« der Pictor

Es führt eine Rolltreppe hinunter wie in die U-Bahn und dann ein langer, gekachelter Gang an Türen vorbei, die oben und unten einen freien Raum lassen, wie Aborttüren in einer Schule oder einem öffentlichen Gebäude, um jederzeit Zutritt zu gestatten bei unsittlichen Vorgängen oder Selbstmorden. Nach einiger Zeit wird der Gang schmäler und führt zwischen nacktem Mauerwerk hin, schlecht beleuchtet. Dann geht es noch ein Stockwerk hinunter, aber nicht über eine Rolltreppe, sondern über ausgetretene, etwas glitschige Stufen.

Während sie geht, fühlt sie einen stechenden Schmerz im ganzen Körper, wie von zerschlagenen Knochen, und der Schmerz steigert sich von Schritt zu Schritt, als müsse sie Spießruten laufen. Als der Gang endlich in einem kleinen, zellenartigen Gemach blind endet, wirft sie sich erschöpft und nach Luft hechelnd in den äußersten, kaum ausgeleuchteten Winkel. An der Decke klebt eine lang nicht mehr gewaschene Milchglasschale, wie man sie in Nebenräumen sanitärer Art hat. Darin eine viel zu schwache Birne. Als sich ihre Augen an die Dunkelheit gewöhnt haben, nimmt sie eine vergitterte Luke wahr.

Als befände sie sich außerhalb ihrer selbst, schwebte ihr Bewußtsein oben in einer Ecke des Plafonds und sah sich unendlich gleichgültig, knochenlos, ein Bündel Fetzen, unten auf dem Boden liegen; gestriemtes Fleisch.

Stille, schwarze Stille. Dickflüssig wälzt sich in den Adern das kalte Blut. Dumpf hockt das Leiden. Nistet sich ein. In der Milz ein schwelendes Brennen. Der Kopf ist eine wunde, pochende Trommel. Sie atmet ganz flach.

Da schiebt es sich von allen Seiten flachrückig heran. Rötlich braune Scheibchen mit winzigen Dämonengesichtern. Kleingesindel des Infernos. Sie saugen sich fest am Hals und an den Gelenken.

Aber drüben in der Ecke, sie sieht es schon die ganze Zeit aus dem Augenwinkel, hockt ein Riesengeziefer, flach auf Fadenbeinen, und starrt tückisch aus einer geschnabelten Fratze. Es hackt ein wenig vor sich hin und her im Bodenschleim und schaut aus boshaften, runden Vogelaugen von der Seite herüber.

Aber da geht wieder das Gefühl ein in ihren Kadaver, breitet sich aus im verzweigten Netz der Nerven, ein flackernder Schmerz rollt in siedenden Wellen über sie hinweg, rotgelb krachen die Sichelräder ineinander, schlitzen ins Gedärm, zerfetzen mit Messern und zerspellen die stöhnenden Knochen. Sie versucht sich seitlich zu wälzen in kleinen, flachen Bewegungen, um dem Schmerz auszuweichen. Auf Füßen und Händen kriecht sie auf die Gegenwand zu, in der sie eine Luke auszunehmen glaubt. Sie sucht sich hochzustemmen an der schleimigen Mauer, aber kraftlos rutschen die Finger immer wieder ab. Jeder Atemzug verursacht einen rauhen, stechenden Schmerz.

Der glitschige Boden riecht fremd. Faulig und scharf.

Wild. Es raschelt, arbeitet sich hervor, huscht über sie hinweg, vielfüßig, langschwänzig.

Wieder versucht sie, sich hochzustemmen, kommt auf die Knie, rastet. Zitternd krallen sich die Finger fest in den Fugen zwischen den bloßliegenden Mauerziegeln. Sie zieht ein Knie an, dann mit unsäglicher Mühsal das zweite, kommt endlich zu einem schrägen, muskellosen Lehnen. Hebt schwerlidrig die Augen auf zum Plafond, wo die düstere Lichtscheibe klebt wie ein verdorbener Käselaib, schlitzig, übelriechend, rattenbenagt. Ein Kranz von Ratten, wimmelnd, grau und rosa schwänzelnd.

Quälender sind jetzt die Gerüche als der Schmerz und die Mattigkeit. Ein dickes Aroma aus Fäulnis, altem Kot, Ammoniak und verkrustetem Blut. Süßlich der Blutgeschmack zwischen dem bitteren Geruch nach Wanzen und dem scharfen Raubtierduft der Ratten. Es würgt sie herauf in die Gurgel. Sie muß sich übergeben, aber sie vermag sich nicht einmal vorzubeugen. Es rinnt ihr in zuckenden Stößen scharf säuerlich über das Kinn in zähen Fäden, als wären die Eingeweide ihrer müde und würgten sich heraus in matten Eruptionen. Sie versucht, die brennenden, zerrenden Schleimfetzen herauszukotzen. Hustet, krächzt, spuckt. Es schmeckt etwas süßlich nach Blut. Rattenartiges – Ekelwürfe der Hölle – hastet herbei, huscht um ihre Knöchel, schmatzt, quiekt, keift um das Erbrochene.

Das Herz ist ein eiskalter Klumpen im brodelnden Brustkorb, sein holperndes Pochen erstarrt eisig zum flackernden Bündel Elend über dem Abgrund der Ewigkeit. Und wieder kommen die Sensenräder, knirschendes Mahlwerk, irre, kreischende Kreise der roten Pein.

Rattendämonen laufen, hurtig füßelnd im Radwerk, mit trillernden Beinchen gemolken von dem gespenstischen Wanzengeziefer, das sich fettschlürft an der schwarzen Milch des Grausens. Und im heulenden Drehen hackt die Vogelwanze nach der Milz und saugt das eisige Blut aus den lodernden Därmen.

In der maßlosen Erschöpfung verebbt der Schmerz. Sie lehnt neben der Luke, die nicht größer ist als ein Gesicht. Mit Verblüffung sieht sie, die sich zutiefst im Bauch der Erde wähnte, vor sich den rückwärtigen, stilleren Teil des Stephansplatzes. Die Luke muß sich in der Hinterwand des Domes befinden. Auf dem Pflaster allerdings stehen, ähnlich dem Garten eines Siechenheims, weiße Tischchen und Sessel, das eintönige Stimmengewirr der Wandelnden und Sitzenden dringt in ihre Stille. Lauter Greise, Krüppel und Sieche. Sie sitzen herum und reden, reden. Plötzlich weiß sie, daß über sie geredet wird. Man reckt die welken Hälse, um in die Luke hineinzusehen. Man zeigt einander die blasse Scheibe ihres Gesichts hinter dem Gitter.

Alle haben die Köpfe in ihre Richtung gewandt, strecken gichtverkrümmte Finger herüber und starren mit weitaufgerissenen, blassen Greisenaugen in kranker Neugier.

Ein Gerücht ist über sie in Umlauf. Etwas, das sich nicht gehört! Anstößiges!

Mit seniler Starrköpfigkeit und einem debilen Grinsen zeigen sie auf die Luke und klatschen leise mit schlecht sitzenden Gebissen.

Plötzlich kommt Aufbruchsstimmung in die Ruinen. Mühsam stemmen sie sich aus den Sesseln, krummrückig ächzend. Beginnen sich einzeln und in Grüppchen mit kleinen, zeppelnden Schritten an die Mauer zu schieben, stochern sich an gummibeknopften Stöcken heran und stellen sich dicht vor die Luke. Sie krallen sich an die Stäbe und schauen. Schauen mit ihren verwaschenen Augen und einem Ausdruck lüsterner Neugier und Schadenfreude und munkeln und wispern hinter vorgehaltenen Händen in fratschelnder Zudringlichkeit und kichern, wie über ein peinliches Malheur.

Sie wundert sich nicht. Es steigt ihr nur mit einemmal vom Zwerchfell her ein glühendes Gefühl von Scham in die Achselhöhlen. Sie schreckt zurück von der Luke und kauert sich auf den Boden der Zelle. Sie spürt kaum mehr den Schmerz. Oder sie gönnt die Folter des Schmerzes ihrem verworfenen Fleisch. Aber sie erstickt fast an der unerträglichen Scham, als ginge ihre Seele im Hemd auf der Gasse unter lauter Bekleideten und die zeigten mit Fingern auf sie.

VERWIRRUNG DER SINNE

Aufzeichnung der Pictor

Jetzt geht das schon etliche Tage dahin, nachdem es ganz allmählich angefangen, sich gewissermaßen eingeschlichen hat. Eine quälende Überschärfung der Sinne, wie sie sonst vor einer Migräne auftritt. Eine schwer erträgliche Gemeinheit.

Das Wortabbeuteln scheint sich zu rächen. Die Dinge in ihrer übersteigerten Präsenz zausen die Grenzen der Wahrnehmung auf. Jede Farbe und Linie, jeder Laut, Geruch, Geschmack prägt sich in grellen Schlägen ins Gehirn, in die Nerven, man wird von Brechreiz geschüttelt.

Das sonst so liebliche, die Sinne befriedende Geräusch der Vogelstimmen im Morgendämmer quält sich mit der schnatternden Penetranz einer blechernen Mechanik ins Gehör, Nerven zerfasernd, Schlaf zerschleißend.

*

Ich kann nicht mehr fernsehen. Jedes Bild liefert mir den dazugehörigen Geruch mit. Bei erhitzten Szenen drängt sich ein derart ordinärer Schweißgeruch an, daß nicht nur die Nase beleidigt ist, sondern daß ich auf dem Gaumen die fade Säuerlichkeit aus den Achselhöhlen der Helden schmecke. Wenn ich dann diesen ekelerregenden Ungeschmack mit Mundwasser wegzuspülen suche, hebt mir wieder der ätzende Desinfektionsgeruch den Magen, als hätte ich einen kompletten Operationstrakt am Gaumen kleben. Dann gurgle ich mit Strömen reinen Wassers bis in die Tiefe des Leibes, bis mir der Schweiß ausbricht.

Mit der Nase kann man nicht gurgeln. Die Gerüche haften an den Schleimhäuten wie ein fetter Belag. Ziehen sich hinauf in die Wurzel und nisten sich ein zwischen den Augen, dumpfen Ekelschmerz erzeugend.

*

Die Augen vertragen nicht das Getöse des Lichts. Jede Farbe brennt sich in die Netzhaut ein und rinnt über den

Hintergrund der Augen in den Gaumen hinunter, als hafte sie an einer geilen Speise. Das brüllende Rot der Pelargonien trommelt auf meiner Hirnhaut. Ich muß im Zimmer Sonnenbrillen tragen.

Das ärgste sind nicht die schrillen Farben. Ekelhafter sind die unscheinbaren. Die Farben der gewöhnlichen Geräte: die braune Beize der Möbel, die verschmutzte Schwärze der Besenborsten, das schmierige Grau des Aufwaschfetzens, das Unweiß des Plastikkübels. Ein gigantischer, ins Rutschen geratener Müllhaufen. Formgewordene Gemeinheit. An den Fingerkuppen fühle ich ihre feuchtglitschige Konsistenz und schmecke ihren Fäulnisgeruch, ein pelziger Schorf auf der Zunge.

Ich sehne mich fast nach den schreienden Kopfschmerzen einer echten Migräne, in der diese Zustände sonst versacken. Aber der Kopf ist sonderbarerweise ganz frei. Überwach. In höchster Aufmerksamkeit gespannt.

Eine farblose Leere, in welche Ekelwellen hineinfluten.

*

Das Chaos ist über mir, eine Orgie ineinanderplatzender Sinne. Jedes Ding, vom Namen befreit, stürzt sich auf mich im dämonischen Taumel. Farbengetöse und Geschmackslärm klebt am Gaumen, hängt in der Nase, ätzt in den Augen und trommelt im Gehör. Die Dämonen sind los. Die Foltern der Hölle. Sie gehen nicht über die Schmerznerven, sie gehen über die Sinne.

*

Das Übergräßliche daran ist die Lust, der sanfte Irrsinn der ineinanderschwimmenden Sinne.

Die Morgenvögel! Ihr grüner Gesang streicht über Hals und Wangen. Der warm wehende Wind schmeckt nach Blut, und süß ist auf der Zunge das rosig violette Gurren der Tauben, die Innenseite des Arms zart beflaumend, daß die Haut sich rieselt. Am Gaumen kitzelt die Erregung des Herzens, das rötliche Pochen klingt an die horchenden Schläfen.

Wahnsinn dringt herein unter der Tür und steigt wie

kreisendes Wasser um meine Knöchel und höher hinauf. Macht mich schwanken...

*

Ich habe nach einem unerheblichen Hustenstoß plötzlich etwas Blut gespuckt. Es ist sicher nichts Besonderes. Am besten, ich vergesse es.

*

Abermals Blut gespuckt. Eher viel. Sehr rotes, helles Blut ins weiße Taschentuch, ein roter Schrecken. Fast ohne zu husten. Ganz weich kommt es herauf. Irgendwie unanständig. Ich fühle mich nicht krank, habe auch kein Fieber. Sonderbar dieses Blut, merkwürdig deplaciert.

*

Es wird immer mehr. Irgendwo im Bronchialsystem beginnt es zu rodeln und zu krabbeln und zu kitzeln, und mit einem ausgesprochen degoutanten, anstößigen Lachreiz kommt dann ganz leicht und schmerzlos ein Blutstrom. Zuerst dunkelrot Gestocktes, hinterher, warmflüssig, sprudelnd Hellrotes, wie aus einer frischen Wunde.

*

Manchmal denke ich schon an Verbluten oder an ein bösartiges Geschwür in der Brust. In der Tiefe bin ich zwar hellwach, jedoch gelassen.

*

Jetzt kommt es schon tagtäglich, manchmal zwei-, dreimal. Hinter den Rippen ein wolliges Knäuel, das kitzelt und reizt, dann der schwarze Pfropfen geronnenen Bluts und wie ein ungutes Gelächter danach das Gesprudel. Hernach eine große, weiße Schwäche.

*

Eine Untersuchung läßt sich doch nicht vermeiden. Ich muß ins Spital. Eine defekte Stelle, ein Leck im System.

DIE KATHEDRALE DES LEIBES

Weitere Aufzeichnungen der Pictor

Ich hasse Spitäler.

Sie machen einen mit flinken Händen zum Gegenstand, an dem eine Reparatur oder ein Putzakt durchgeführt wird. Breugheldämonen in Schwesternhäubchen und weißen Mänteln. Bei ihren infamen Hantierungen wird man zum Fetzen.

*

Natürlich haben sie nichts gefunden!

Dieses Bluten – das weiß ich zutiefst –, es ist keinc der Krankhciten, die in ihren Büchern stehen, auf die sie gefaßt und gedrillt sind.

Es ist ein Erschrecken der Organe nach einem Eingriff ins Zentrum des Lebens, den ich selbst gemacht habe. Verwachsungen sind aufgerissen worden, Verschwartungen der Seele, und jetzt blutet es nach.

*

Es war, als ich das Geißblatt zertrat. Ich weiß es.

*

Sie wollen es verstopfen!

Eine Verlegenheitslösung von beschämender Hilflosigkeit, aber sie können nichts dafür, sie meinen es gut. Man hat es mir sogar erklärt, wie sie es machen, und ausdrücklich meine Einwilligung eingeholt.

Sie schieben einem durch die Leistenader eine Sonde durch den Bauch hinauf bis in die Lunge und suchen das Leck. Dann spritzen sie einem so etwas wie Plastik ins schadhafte Röhrensystem. Installateurarbeit.

Eine scheußliche Gemeinheit. Aber ich trau mich nicht, abzulehnen, sonst regen sich meine Angehörigen auf.

*

Es ist überstanden.

In aller Früh haben sie mich mit einem Rollwagen

abgeholt, was mich schon leicht erschreckt hat. Ich bin doch durchaus imstande, selbst zu gehen. Aber dieser Rollwagen war bereits ein anschaulicher Hinweis darauf, daß ich mich nun als Objekt anzusehen habe. Demonstrativ wurde ich auf den Tisch gehoben, den ich leicht hätte besteigen können, und mit einem Laken zugedeckt, wie ein Kadaver. Der Kadaver von Zimmer 407, angesetzt für acht Uhr zehn.

Mit der ängstlichen Unterwürfigkeit, die das Gefühl des totalen Ausgeliefertseins erzeugt, war ich beflissen, den knappen Anweisungen augenblicklich und perfekt Folge zu leisten: nicht bewegen, flach atmen, nicht hüsteln und vor allem nicht reden. Eine Menge Leute waren um mich beschäftigt und unterhielten sich über mich hinweg wie Arbeiter, die an einer schadhaften Rohrleitung tätig sind. Ich befand mich hart an der Grenze der Panik.

Über mir wurde die Röntgenröhre installiert, links neben mir der Schirm, damit man bei der Hantierung das Instrument kontrollieren konnte, das in mir tätig werden sollte.

Ich konnte mitschauen.

Ich sah mein dunkles Skelett, wolkig daran das Fleisch. In diesem Gerüst die nervös pulsierenden oder bewegungslos hockenden Organe.

Da plötzlich kroch von der Leistenvene her, zu meiner panischen Verblüffung, die Sonde ein, ein grauer Wurm, der sich vorsichtig durch mein Aderwerk tastete. Das »Ave Maria«, das mir das Entsetzen herausriß, schlug um in einen Hexenfluch, der in einen hysterischen Lachreiz auszitterte, den ich hastig unterdrückte.

Dann ergab ich mich, wie man sich in den Tod ergeben mag.

Ich schaute nur mehr zu.

Mein Knochenbau: das ragende Hochschiff einer gotischen Kathedrale. Dunkle Wölbungen, schlanke Gebeinsäulen und das zarte Maßwerk der Nervengeflechte.

Durch den Rachen des Portals schlängelt sich der Wurm, an den Dämonen des Eingangs vorbei, am Geschlecht: schlafende Rudel läufig träumender Hündinnen.

Die schwarze Schleiche schiebt sich höher durch die

gewundene Blutbahn hinein. Verschmäht es, am Weihbrunnkessel zu trinken und bekriecht nun den schreckstarren Knäuel der Eingeweide. Stört kaum die verworrene Andacht der Gläubigen, die im Mahlwerk der Verdauung dösen, Gebete zu Kot vermantschend.

Die schwarze Kröte der Leber verspritzt galliges Kanzelgift in die geduckten Seelen der Beter. Und unter der Zwerchfellrampe der Magen mampft Opferbrot, schlempert Opferwein, verzehrt den Leib Christi.

Langsam, in tastender Blindheit, sucht das Gewürm sich vor und findet den Weg, hebt witternd den Kopf. Da erblaßt das ewige Licht, und die Fledermaus des Herzens – eben hat sie noch wild geflattert – verfällt in Angststarre, das graue Fellchen schweißnaß verklebt.

Dann scheint die Nase des Blindwurms dem Hirn zuzusichern, das sich in der gewölbten Schale der Apsis birgt. Im Tabernakel, seiner verletzbarsten Tiefe, schmiegen sich Glaube und Zweifel aneinander in horchender Furcht.

Da wendet die Natter und schleicht sich von der breiten Straße des Bluts in kleinere Nebenwege ein, sucht mit furchtbarer Ausdauer im erbebenden Astwerk der Blutbahn die lecke Stelle. Das geschmeidige Geäst verholzt vor Entsetzen zum starren Gestrüpp.

Aber der Wurm riecht das Blut. Wittert mit suchender Schnauze, schnuppert und hat die Blutspur gefunden, hebt sich windend hinauf ins Orgelgestühl, zieht über die Lungenbälge, schmeckt Blut, frisches, rotes Blut, stößt jäh vor und speit eine dunkle Wolke leimiger Masse aus, die das zarte Geflecht überschwemmt und erstickt und in weiße Todesstarre versetzt.

Das Orgelgestühl war rissig geworden im Lauf der Jahre, und aus dem Staub, der sich in den Runsen gesammelt hat, ist ein Keim aufgegangen und ins Wuchern gekommen. Geißblatt. Ein stark riechendes Unkraut. Hat fallweise sogar den Weihrauchduft verdrängt.

Dann hat sich ein Vogel eingefunden, der nistete darin und hat den Kirchenliedern in die Quere geflötet, so daß den

Andächtigen Bilder aufstiegen von Gärten an der Grenze des Verwilderns, und sie aus dem Rhythmus gerieten mit dem »O Herr, ich bin nicht würdig«.

Man konnte die Unordnung nicht anstehen lassen. Nein wirklich, das ging nicht. Man konnte es nicht mehr verantworten.

Es brach mir das Herz, aber ich mußte ihn ausreißen, den Strauch.

Dort, wo die Wurzelstränge sich in die Tiefe gebohrt hatten, trat Blut aus, Blut aus dem stöhnenden Klangbauch der Lungen, klagendes Blut verschütteten Überschwangs.

Der Vogel flatterte noch eine Weile verstört über der Wunde. Dann hat er sich verflogen. Und das Gewürm hat der Liederlichkeit endgültig den Garaus gemacht, dem unheiligen Leben, das wuchs, wo es nicht hingehörte, und roch und lärmte, hinein in die würdig abgestandene Andacht der Jahrtausende.

Zusatzbemerkung Dr. Schlesingers: Ich habe mich auf Wunsch des Herrn Hofrat mit dem Krankenhaus, in welches Frau Pictor wegen Hämopthysen eingeliefert wurde, in Verbindung gesetzt und heute folgenden Bericht erhalten.

Sehr geehrter Herr Kollege!

Auf Ihre Anfrage betreffs der Patientin Pictor Antonia teile ich Ihnen mit, daß sich im Verlauf unserer klinischen und Laboruntersuchungen die Genese der Blutungen nicht eindeutig klären ließ. Für einen malignen Prozeß fand sich kein Anhaltspunkt. Wir mußten uns daher zu einer rein symptomatischen Therapie entschließen und haben eine Bronchialisembolisation li durchgeführt. Die Pat. kann nach einer Beobachtungszeit von wenigen Tagen entlassen werden.

In der Hoffnung, Ihnen mit dieser Auskunft gedient zu haben, und dem Ausdruck kollegialer Hochachtung!

PROF. E. H. SCHLESINGER UNTERZIEHT SICH EINEM SPITALSBESUCH

Nach sehr reiflicher Überlegung habe ich mich entschlossen, meiner Patientin, Frau Dr. Pictor, im Spital einen Besuch abzustatten. An diesem Entschluß waren keinerlei karitative Motive beteiligt. Mein stärkster Antrieb war die Neugierde. Ich wollte einmal mit eigenen Augen sehen, wie ein Mensch ausschaut und sich befindet, der für seine Person wirklich tut, was jeder nur heimlich wünscht: seine seelischen Trubel ausspucken. Und zwar nicht geistig, sondern in fetter Materie.

Im Anstaltspark traf ich auf die Herren Pictor und Kreutzer sowie die Kammerschauspielerin Frau L. Die Herrschaften machten einen angegriffenen Eindruck und strebten zur Kantine, um eine kleine Erfrischung zu sich zu nehmen.

Im ersten Augenblick erschrak ich etwas und erkundigte mich vorsichtig nach dem Befinden der Kranken. Die beiden Herren sahen deutlich betreten auf ihre Füße, Frau L. jedoch berichtete im reinsten Bühnendeutsch und daher im weiten Umkreise hörbar, Antonia habe sie mit den Worten empfangen: »Die Schweine haben mich mit Plastik zugestopft.« Sie sei nur friedlich zu halten gewesen durch ein ordentlich bemessenes Mitbringsel vom Demel. Jetzt mischten sich auch die Herren ins Gespräch und klagten, die Patientin sei durchaus sprechfähig und befände sich in einer aggressiven Stimmung. Während sie mit deutlichem Appetit das Mitgebrachte verzehrte, habe sie eine ungewöhnliche Theorie der Krankheit und der ärztlichen Kunst an sich entwickelt. Sie habe kurzerhand die Behauptung aufgestellt, daß sie, Frau Antonia Pictor, nur Gewaltanwendung von außen (Unfall, Schlägerei, Giftmord etc.) als Körperschäden ansehen möchte, die im üblichen Sinn der ärztlichen Betreuung bedürften und nichts anderes bedeuteten als eben das, was ein Arzt sehen, tasten und erhorchen kann. Nicht einmal den Fall einer Infektion wolle sie recht gelten lassen. Sie sei sicher, daß die Aufnahme eines Bazillus oder Virus und die Entfaltung ihrer schädlichen Wirksamkeit im Körper eine gewisse Gastfreundlichkeit voraussetze, so wie es auch die Theorie gebe, daß bei einer Vergewaltigung das Opfer – bewußt oder unbewußt – in einladender Verfassung gewesen sei.

Die meisten Krankheiten, behauptete Frau Pictor nach den Berichten des verstörten Gemahls, seien Unordentlichkeiten im Leibe und hätten die Funktion, seelische Klemmen anzuzeigen und darzustellen.

Solche Erscheinungen so zu behandeln, als hätten sie Eigenwert, sagte sie, sei ebenso sinnlos, wie einen Säugling, der schreit, weil er naß ist, einzusingen, statt trockenzulegen. Er wird dann zwar schweigen, aber dafür spucken oder blau anlaufen oder sonst etwas Drastisches anbieten, bis die Mutter endlich begreift, daß die Windeln voll sind. Der Fehler der Medizin sei eben, daß sie einsinge oder abkusche, ohne trockenzulegen. Darin habe sie allerdings unerhörte Fortschritte erzielt.

Auf meine Frage, ob Frau Dr. Pictor der Meinung sei, die erste Pflicht des Arztes sei somit eine psychologische Sondierung bis in die Windeln hinein, auch wenn der Patient bei seiner »Darstellung« am Umstehen sei, antwortete der sehr abgeräumt wirkende Gatte: Nein, gerade das habe sie mit besonderer Heftigkeit abgelehnt, und das heute so beliebte »therapeutische Gespräch« mit Worten verhöhnt, die er nicht wiedergeben wolle. Die persönliche Klemme, soll sie gesagt haben, sowie deren körperliche Verkleidung gingen keinen Arzt etwas an. Er solle sich da heraushalten und sich keine erlösenden Fähigkeiten anmaßen. Man müsse selbst damit ins reine kommen. Der Arzt solle vielmehr dem Leidenden in kalten Worten klarmachen, daß sein Zustand seine eigene Sache sei und er sich ja nicht als Opfer ansehen solle. Keinesfalls dürfe er Mitleid oder Fürsorge zeigen. Er solle den Patienten eher beleidigen, weil nichts die Kräfte der

Selbsterhaltung so nachdrücklich auf den Plan rufe, wie Zorn und Haß. Wutschnaubende Patienten hätten die besten Heilungschancen, weil sie dem Arzt zu Fleiß genäsen. Hingebungsvolle und vertrauende Kranke dagegen bringe man nicht aus dem Spital und nicht selten gingen sie dort zugrunde. Sie selbst – sagt der gestreßt aussehende Gatte – zeige nicht die geringste Dankbarkeit, daß man sie durch einen überaus komplizierten und erst seit kurzem entwickelten Eingriff vor dem Verbluten gerettet habe. Sie schimpfe ausführlich, man habe ihr die Darstellung ihres inneren Problems verhunzt. »Ihr hättet mich noch ein wenig spucken lassen sollen, sagt sie, bis ich selber draufgekommen wäre, was ich meine. Aber gottlob war der Eingriff schockierend und brutal genug, so daß mir ein Licht aufgegangen ist. Schrecken führt auch manchmal zur Erleuchtung, und der ›therapeutische Eingriff‹ ist dann das, was für den Hysteriker die Backpfeife ist.« Insofern, sagte sie, zöge sie die brutalen Methoden der aktiven Medizin dem wehleidigen Seelengespräch vor, da dieses sanfte Umrühren in den Eingeweiden des Herzens den Pegel des Selbstbedauerns so steigere, daß sich das Hirn trübe und man nicht mehr sich selbst als den Urheber des Übels erkenne, sondern andere vorschiebe, einen Chef, eine Mutter, eine Lehrperson oder ein tückisches Geschwister. Auf diese Weise betoniere man sich in die Rolle des Opfers ein und gehe seelisch in die Frührente.

Nach diesen vielversprechenden Vorbereitungen nahm auch ich einen Mokka und machte mich auf den Weg, fest entschlossen, die »Kranke« schlecht zu behandeln.

Ich traf eine kaum geschwächte Patientin an, die aufrecht im Bett saß und mir mit einer wachsamen Aufsässigkeit im Blick entgegensah. Vor sich hatte sie einige Papiere.

»Wenn Sie sich jetzt auf Zehenspitzen meinem Lager nähern«, sagte sie, »sich auf den Bettrand setzen und meine Hand in ihre beiden nehmen, werde ich so ordinär, daß der Verputz von den Wänden abblättert.« Bereits vorher hinreichend gewarnt, unterdrückte ich jedes ärztliche Gehabe und bekannte mich in ausgesucht trockenen Worten zur fachlichen Neugier als dem einzigen Grund meiner Anwesenheit. Das schien einen günstigen Eindruck auf sie gemacht zu haben, denn sie entspannte sich und begann in starken Ausdrücken über die Behandlung zu schimpfen, die ihr zuteil geworden war. Es entwickelte sich zwischen uns ein Gespräch, das ich aus dem Gedächtnis wiedergeben möchte:

Die P.: Was ist pathologisch daran, frage ich Sie als Psychiater, wenn der Mensch sich des Kokons der versteinerten Gewohnheiten entledigt, der im Alter leicht zur Isolierzelle ausartet, die einen kaum mehr atmen, geschweige denn leben läßt. Was ist krankhaft daran, wenn man das ganze Gewölle der Erziehung und Bildung, der Glaubensregeln und die schönen, leider abgestandenen Gefühle eines Tages ausspeit und im Klo hinunterläßt. Aber nein! Sie stecken einen ins Spital. Dort beschauen sie die diversen Ausscheidungen im Mikroskop und durchforschen einem alle Leibesöffnungen mit schlau durchdachten Grubenlämpchen. Pfui! sage ich. Scheußlich und beschämend. Und wenn nichts dabei herauskommt, setzen sie einem noch einen Psychiater ans Bett, der einen nach den frühkindlichen Katastrophen ausfratschelt.

Ich: Werteste können sicher sein, daß ich nicht nach den erotischen Erschütterungen Ihrer Säuglingszeit frage. Ich bin damit eingedeckt bis zum Erbrechen, und zudem kein unbedingter Anhänger des heute empfohlenen Greisensex. Ferner halte ich es keineswegs für krankhaft, wenn der Mensch seine Unordentlichkeiten in welcher Form auch immer ausspeit. Ich halte es lediglich für riskant, sich all der Schutzgerüste und Wattebäusche zu entledigen, die man sich nicht umsonst angelagert hat im Lauf der Jahrzehnte. Es hat etwas Kraftstrotzerisches an sich, das mich bei einer Dame Ihres Alters ein bißchen schockiert.

Die P., vertrotzt: So sollte also einer, der kein Jungendprotz mehr ist, Ihrer Meinung nach die Welt nur mehr als Einsiedlerkrebs bekriechen, den weichen Hintern in einem stabilen Muschelgehäuse! Was aber dann, Verehrter, wenn das Gehäuse altersgemäß fossiliert und die Schleppkraft des greisen Tieres überfordert? Was dann, wenn die Verlockung übermächtig wird, ganz einzuschliefen und den Ausgang mit einer Kalkabsonderung, wie sie diesen Jahren reichlich zur Verfügung steht, abzumauern und fortan den Perlmutterglanz der Innenmuschel für die einzig gültige Welt zu nehmen und sich daran zu weiden? Gilt man dann in Ihren Augen als gesund und vernünftig und ehrbar?

Ich: Für meine Person habe ich Sie nie für krank, nicht einmal für besonders leidend gehalten. Was die Ehrbarkeit anbetrifft, habe ich mich, meines Wissens, nicht ausgesprochen. Ich tadle lediglich die Form, in der Gnädigste Ihre Affektionen zum Ausdruck bringen: Blumen zertreten, Kokons zerfetzen, Bezoare ausspucken und was sonst noch alles geschehen ist beziehungsweise – Sie erlauben – was Sie sich geleistet haben. Eine Person von Ihrer körperlichen und seelischen Robustheit, zum Überfluß noch mit einem tatkräftigen Schutzengel versehen, könnte sich etwas zurückhaltender und dezenter benehmen.

Die P., gepreßt: Wofür also halten Sie mein Blutspucken, wenn ich fragen darf?

Ich, kühl: Als Arzt bin ich Ratespiele dieser Art satt. Persönlich habe ich ein gewisses Verständnis dafür, daß einer seine Lebenstrubel, die er nicht praktisch lösen kann, »in Szene setzt« und ein bißchen »aufführt«. Ich setze lediglich die Einschränkung, daß diese Darstellungen sich in Formen halten, welche die Mitwelt weder ängstigen noch ekeln noch sonstwie ernsthaft beunruhigen.

Nach einer Pause der Bestürzung die P.: Wissen Sie, es ist wie das Niesen. Natürlich gehört es sich nicht, frei explodierend herauszuniesen. Meinen Mann etwa degoutiert das ungemein, und wenn er dabei schmerzlich zusammenzuckt, ist das weniger der Schrecken, als eben der Degout. Wenn der Mensch aber fein niest und den Drang in sich erstickt, dann geht die ganze befreiende Wirkung zum Teufel. Ich gebe es ja zu. In meinem Fall wäre das Magengeschwür oder der Nierenstein sicherlich die feinere Lösung gewesen. Aber Sie wissen gar nicht, wie Ordinärsein manchmal erfrischt!

Da die P. merkte, daß das Gespräch eine für sie eher unbehagliche Wendung nahm, lenkte sie geschickt ab auf mich, indem sie heuchlerisches Bedauern vorgab, daß ich als Arzt in ihrem Fall nicht sehr auf meine Rechnung gekommen sei, weil sich ja alles nur als »schlechtes Benehmen« (der Ausdruck saß) herausgestellt habe.

Aus Bosheit erwiderte ich, daß ich trotzdem vorhätte, ihren Fall zu publizieren, und zwar als Schulbeispiel für eine drastisch primitive, atavistische Art, mit dem Altersproblem fertig zu werden. Ein zusätzlich interessantes Faktum sei durch die Gigantomanie gegeben, die sich darin ausdrücke, wie sie ihr eigenes Altern hinaufbausche zur Vergreisung und dem nahenden Ruin einer Weltepoche. Es sei ja heute die Meinung weit verbreitet, geradezu eine Mode, die Welt in den letzten Zügen zu sehen. Jedermann wälze sich gerne und ausführlich in Untergangsvisionen, angefangen von der Atomverblasung bis zur Durchsäuerung des Planeten und der Erstickung alles Organischen in der Chemie. Sie reihe sich da gut ein.

Der Vergleich mit »aller Welt«, den ich aus bewußter Tücke angebracht habe, intrigierte sie. Eben jetzt, teilte sie mit hochmütiger Miene mit, habe sie an einem »Requiem für Wien« gearbeitet, einer Art Untergangsvision, aber mit versöhnlichem Ausblick, wie es eben gerade *nicht* modern sei, sondern als ausgesprochen geschmacklos, ja schamlos gelte. – Wie das möglich sei bei einem Requiem, einer Totenmesse, fragte ich, oder gingen bei ihr etwa allesamt ein in die Gottesschau, gingen auf in der feinsten Idee einer letzten Vollkommenheit und Perfektion? Das könnte Ihnen so passen, sagte sie giftig, diese männlichen Vorstellungen von den letzten Dingen, die uns zweitausend Jahre lang seelisch die Luft abgeschnürt haben: der bildlose Gott, der »weiselose« Abgrund, alles recht farblos und abstrakt, freudlos und selbstquälerisch. Vor allem humorlos. Alle die selig Gewordenen ein einziges Gesicht: herabgezogene Mundwinkel und hochmütig verlängerte Augenlider. Ich für meine Person hoffe, daß in der neuen Welt die Weiber wieder einmal zum Zug kommen und mehr mitmischen werden.

Ich: Das ist ein ganz neuer Aspekt für mich! Aus den Informationen, die mir über Ihre geschätzte Person zugegangen sind, konnte ich keine Hinweise dafür herauslesen, daß Sie sich aktiv für die Befreiung der Frau von der Unterdrückung durch alles Männliche einsetzen?

Die P.: Wer hat das denn gesagt? Ich habe mich nie zur Sorte derer gezählt, die sich zur Mannsscheuche zu emanzipieren suchen. Nicht einmal, wenn ich mit meinen zwei Männern im Streit liege, gelingt es mir, mich als Ausbeutungsobjekt zu empfinden. Ich bin ausgesprochen gern eine Frau und habe daher – im eigensten Interesse – nichts Grundsätzliches gegen Männer. Ich mag sie sogar, so lästig sie bisweilen sein können. Ich bin die letzte, die für eine Wiedereinführung des Matriarchats auf die Barrikaden steigt. Mögen die Männer ruhig ihren Gockelstand behalten. Sie bringen dazu Begabungen mit, die unsereinem fehlen und mit denen wir ohnehin nicht gern befaßt werden mögen. Ich trete nur für die Schaffung eines einflußreichen Hennensenats ein, in dem wir unsere Urtalente voll entfalten könnten zum Besten der Welt.

Ich: Und diese Urtalente wären, wenn mir die Frage gestattet ist?

Die P., etwas nachdenklich: Eigentlich, wenn ich ehrlich sein soll, Dinge, die im Volksmund eher als Mängel, Fehler, Untugenden gelten. Da wäre einmal die Neugier, eine ganz vulgäre Neugier auf Menschen, besonders auf ungewöhnliche, also auch andersartige. Keinesfalls zu vergleichen mit dem männlichen Interesse an Sachen, die man nicht mit dem ordinären Begriff Neugier bezeichnet, sondern – ungleich feiner – Wißbegierde und Erkenntnisdrang. Die ordinäre weibliche Neugier erforscht zwar keine Galaxien, sie verhindert aber möglicherweise technisch perfektionierte Großgemetzel und Unterdrückung von Menschen. Denn etwas, das die Neugier fesselt und befriedigt, vernichtet man in der Regel nicht, weil's einem zu schade darum ist.

Ich: So? sagte ich, ein wenig zweifelnd.

Die P.: Haben Sie vielleicht schon einmal einen interessanten Film ausgeknipst?

Ich: Und wie, lenkte ich ab, habe ich mir die andere »Untugend« vorzustellen?

Die P.: Sehen Sie, lieber Doktor, uns Weibspersonen fehlt ganz die Lust und Fähigkeit, in Massen zu tunken, uns Organisationen anzuschließen. Wenn das so – bildlich oder in corpore – in Reih und Glied dahertrampelt, ein tausendköpfiger Hahn auf einem gigantischen Misthaufen, da können wir auch bei gutem Willen nicht ganz ernst bleiben, geschweige denn mithampeln (ausgenommen natürlich die, welche es unbedingt den Männern gleichtun wollen). Aber, wie Werter ja wissen und erfahren haben, können diese Großhampeleien sehr unangenehm werden.

Ich: Nun möchte ich nur gerne noch wissen, wie dieser »Hennensenat« in Aktion zu treten gedenkt?

Die P.: Redend! Redend und auslachend. Das sind die Dinge, die ein Mann am wenigsten ertragen kann.

Ich: Und fürchten Sie da nicht Gewalttätigkeit? Repressalien?

Die P.: Nicht im geringsten. Erst bringt es sie aus dem Gleichschritt, und dann lähmt es sie.

Ich fand es an der Zeit, mich zu verabschieden. Als ich aber schon die Klinke in der Hand hatte, rief mich die deutlich aufgeheiterte »Kranke« noch einmal zurück und fragte, wie ich meine Abhandlung ihres Falles nennen würde, ohne gleich im Titel zuzugeben, daß ein Arzt in ihren Affären nichts verloren hätte und vor allem der jüngste Eingriff, dieser ordinäre Verstopfungsakt, nichts war als die Flucht vor dem Eingeständnis medizinischer Ratlosigkeit.

Ich sagte, daß ich an einen Doppeltitel dächte, der sowohl der wissenschaftlichen Durchleuchtung des Falles gerecht würde sowie die etwas schmierenmäßige Abwicklung von seiten der Verehrten andeute. Etwa: »Der Geißblattmord, ein Beitrag zur Gerontologie«. Wie wär's mit »Nasführung, ein Beitrag zur Ohnmacht der Medizin«, rief sie erbost zurück. Dann vielleicht »Eine krasse Form der Infantilreaktion mit Regression auf die Analphase als Beispiel für

Altersschock«, schlug ich vor und schickte mich an zu entweichen. »Die Flucht durch den Schermhenkel oder eine surreale Verirrung der modernen Psychiatrie«, schrie sie mir nach. Frau Doktor schien sich nicht mehr ganz unter Kontrolle zu haben. Sie warf mir die Blätter des »Wiener Requiems« nach mit den Worten: Sonst durchstieren Sie noch alle Spitalsmist- und Speikübel danach ab, euresgleichen kennt doch keinen Ekel!

Unter den befremdeten Blicken einer Krankenschwester, die mit den Utensilien des Blutdruckmessens eintrat, sammelte ich die Blätter ein und verließ den Raum in leidlicher Haltung. Als ich dann schon vor dem Lift stand und wartete, kam mir Frau Dr. Pictor in Schlapfen und Schlafrock nach, ein Bild der Verlegenheit und des angenagten Gewissens.

Ich bin ja gar nicht so, sagte sie und blickte auf ihre Zehen. Wie sind Sie nicht, Gnädige? fragte ich bewußt etwas gemein. All das Schimpfen, Aufprotzen, Aufführen und Mich-lustig-Machen über alles, meinte sie, ein Pfeifen gegen die Angst im Dunkeln. Leider sondert Sarkasmus kein Keratin ab, so daß man sich einen verläßlichen Panzer anspotten könnte gegen die Nadelstiche des Daseins. Also ohnehin für die Katz. Aber in meinem Alter lernt man nicht mehr um.

Damit wandte sie sich brüsk ab und schlapfte etwas müde den Spitalsgang entlang zurück in ihr Krankenzimmer.

WIENER REQUIEM

Aufzeichnung der Antonia Pictor

In einer Spätherbstnacht um Allerseelen 1984 wurde in Wien ein Requiem auf die christliche Kultur des Abendlandes gelesen. Nur wenige Schlaflose und Nachtgänger sind Zeugen der beklemmenden Vorgänge dieser Stunden geworden, soweit diese sich im Freien abgespielt haben. Keine Erwähnung fand sich in den Journalen, wohl wegen einer den Berichterstattern eigenen Unempfindlichkeit gegen atmosphärische Großverschiebungen, die säkulare Ereignisse in Form plastischer Wahnbilder anzukündigen und zu deuten pflegen.

Bereits in den frühen Nachmittagsstunden fiel eine Unruhe der Hunde und Katzen auf, deren man mehr als sonst in den Straßen der Innenstadt antraf. Während die Katzen in animierter Stimmung, die Schwänze steil hochgereckt, groß blickend, die Hauswände entlangstrichen, schnürten die Hunde, vielfach ohne Halsband und Hundemarke, umher, verwirrte Nasen auf Trugspuren geheftet, und alle Zeichen der Unrast und Nervosität darbietend, als stünden sie knapp vor dem Ausbruch einer Panik.

DIES IRAE, DIES ILLA SOLVET SAECLUM IN FAVILLA

Gegen fünf Uhr nachmittags konnte man beobachten, daß die Krähenschwärme, die sich um diese Zeit sammeln und zur Nachtruhe nach dem Wilhelminenberg ziehen, ohne sichtbare Ursache ihre Flugrichtung änderten und sich dem Stadtinneren zuwandten. Etwa um sechs Uhr fielen sie wolkengleich auf dem Stephansplatz ein und besetzten Simse und Bänke sowie die Brüstungen der U-Bahnstation. Viele schritten in fühlbarer Erregung und ganz ohne die dieser Vogelart eigene Gravität auf dem Platz umher, ohne sich um die zu dieser Stunde noch zahlreichen Passanten zu kümmern, als warteten sie auf ein bestimmtes Signal.

Einzelne Tiere, die offenbar Anführerfunktion hatten, näherten sich dem Dom, flatterten auf und ließen sich auf den Vorsprüngen und Simsen der Fassade nieder, hockten auf Wasserspeiern, Fialen und Wimpergen, vorwiegend um das Heidentor herum, welches schwarz umkränzt erschien.

Nach einer guten halben Stunde begannen die Vögel in das Kircheninnere vorzudringen, wobei sie sich geschickt des Stromes der Gläubigen bedienten, die den Abendsegen verließen, wodurch die Türflügel von Hand zu Hand gingen und dadurch längere Zeit hindurch offenstanden.

Aus Gründen, die nie festgestellt wurden, unterließ es der Mesner an diesem Abend, die gewohnte Runde zu machen, die Kerzen zu löschen und das Portal abzuschließen. So drang auf die eine oder andere Art innerhalb einer Stunde das ganze Krähenvolk – es müssen Hunderte gewesen sein – in den menschenleeren Dom ein. Sie hockten auf den Schultern und Köpfen der Heiligenstatuen, saßen reihenweise auf dem Gestühl, auf Rampe und Brüstung der Kanzel, hoch oben auf dem Geländer der Orgelempore. Einige schwangen sich sogar zu den Riesenlustern auf. Sie stießen auch in die Apsis vor, ließen sich auf den vergoldeten Zieraten des Altaraufbaues nieder bis hoch hinauf in die kaum noch ausgeleuchtete Kuppel.

Einige schritten gravitätisch auf den Altartischen auf und nieder, warfen Leuchter und Vasen um und zerhackten die Blumen. Eigenartigerweise mieden sie den Pötscher Gnadenaltar.

Immer wieder wurden kleinere Gruppen von einer plötzlichen Unruhe aufgescheucht und flatterten jählings auf, strichen erregt durch das Kirchenschiff, stießen sich an den Wänden und Säulen und verletzten sich dabei die Schnäbel und Flügel.

Das panische Geflatter der schweren Vögel erzeugte im Dom einen böenartigen Wind, der die Altartücher aufwehen ließ und die Kerzen löschte.

Ein paar Krähen verirrten sich im Orgelgestühl und lösten zufällige Passagen von Tönen aus, die in greller Disharmonie wie eine unheilvolle Verkündigung durch das Kirchenschiff klagten, in dem sonst kein Laut zu hören war als das Federgerüttel Hunderter schwarzer Vögel.

Auf dem Boden schleppten sich Tiere mit hängenden Flügeln, die ausgerenkt, brandig versengt oder durch rinnendes Kerzenwachs verklebt waren.

Gegen zehn Uhr erlosch das ewige Licht.

Besucher der Frühmesse fanden am nächsten Morgen im Weihwasserbecken beim Eingang eine ertrunkene Krähe.

Gegen zehn Uhr nachts – die Gassen waren zu dieser Stunde wegen des immer dichter werdenden, kaltfeuchten Nebels nahezu leer – kamen in den verwinkelten, teils kopfsteingepflasterten Straßen und Plätzen zwischen Maria am Gestade und den Neun Engelschören, Judenplatz, Kurrentgasse, Schulhof, Trabegeräusche auf. Signale, wie von gestopften Bombardons, irrten im gelblichen Brodem bald da, bald dort; plötzlich ein blecherner Trompetenschall, der die Fensterreihen erklirren ließ; wirres Gefopp aus Hufgetrappel, Fanfarenstößen und Trommelwirbel, als fände in unmittelbarer Entfernung ein Scharmützel statt.

Wenn sich stellenweise plötzlich der Nebel auflockerte, konnte man den Schatten eines Pferdeleibes vorüberrasen und in der nächsten engen Gasse verschwinden sehen. Man hörte ein knirschendes Scharren, als bremste ein Roß seinen Galopp, stiege hoch und wendete auf der Hinterhand, um in die entgegengesetzte Richtung zu preschen. Man sah auch Pferde dicht aneinandergedrängt dahinhetzen, an Häusermauern streifen oder sich wiehernd gegeneinander aufbäumen, wenn sie an einer Gassenkreuzung aufeinanderprallten. Im matten Licht der wenigen Laternen nahm man das Weiße ihrer aufgerissenen Augen wahr, Schaumflocken um die Mäuler und erregte Nüstern.

Keines der Tiere trug Zaumzeug oder einen Reiter. Nur schwarze Schabracken mit goldenen Quasten hingen auf ihren Rücken und schleiften hinter ihnen her. Manche hatten schwarze Federbüsche auf den Köpfen.

Sie befanden sich in einer stummen Panik, die sie in irrem Galopp durch das Gassengewirr trieb, als folgten sie einem großen Signal und müßten sich irgendwo sammeln.

Noch lange, nachdem sich diese Erscheinung verflüchtigt hatte, rochen die Gassen dieses Viertels nach der Aufregung und dem Schweiß der Pferde

LIBER SCRIPTUS PROFERETUR, IN QUO TOTUM CONTINETUR

Gegen zehn Uhr dreißig begann sich auf dem Josefsplatz die Luft so zu verdumpfen, daß einer, der sich um diese späte Stunde dort aufgehalten hätte, mit den schwersten Atembeklemmungen hätte kämpfen müssen.

Die Dumpfheit drang aus den Fassaden der Nationalbibliothek. Das Institut war zu dieser Zeit natürlich geschlossen und die Räume menschenleer. Aber hinter den schwarz starrenden Fensterreihen schien etwas vorzugehen.

Da in den letzten Monaten in den Sälen, die die Handschriften, Papyri und die wertvolleren Buchbestände bergen, der Holzbock sich lästig und auch schädlich bemerkbar gemacht und sogar Leser und Studierende gestört hatte, war von der Bibliotheksleitung eine gründliche Durchlüftung und Überprüfung des Bestandes angeordnet und sogar eine Entwesung ins Auge gefaßt worden. Die diesbezüglichen Anträge hatten sich in den Ämtern verloren.

In dieser Nacht aber drang, vom Nebel verfälscht und verstärkt, das Gepoche des Totenwurms, der in den Vertäfelungen, Tischen, Stühlen und ledernen Folianten emsig an der Arbeit war, durch die dicken Mauern heraus auf den totenstillen Platz wie das Geräusch eines ängstlich schlagenden, kranken Herzens.

Dieses Pochen brach dann plötzlich ab, und es ging durch die langen Regale eine stumme Welle des Aufbäumens, wie wenn einer aus verklammertem Brustkorb verzweifelt um Atem ringt. Dann wurde in der Stille ein Knistern, Rascheln und trockenes Rieseln vernehmbar, als zerfiele vergilbtes, müde gewordenes Papier. Es war ein sonderbar stumpfes, entsagendes Geräusch.

In dieser Nacht sind die gesamten Bestände der Wiener Nationalbibliothek erstickt.

INGEMISCO TAMQUAM REUS, CULPA RUBET VULTUS MEUS

Zur gleichen Zeit wurde auf dem Heldenplatz, der bis in Sockelhöhe der beiden Reiterstandbilder in dichtem Nebel lag, ein großes Seufzen hörbar. Der ganze Platz war dicht gedrängt voll Kniender, die Gesicht und Schultern mit grauen Tüchern vermummt hatten und stöhnten, ächzten, wimmerten, winselten und sich wanden und zwischendurch grelle Weherufe ausstießen. Da und dort hoben sich manchmal ein verhängtes Gesicht und flehend aufgereckte Arme aus dem Nebelmeer.

Gebetsfetzen und Anrufungen, erstickte Psalmen und Litaneien gingen allmählich ineinander über und schwollen an zu einem verworrenen, von Dunstgebräu gedämpften und verfälschten Klagechor, der sich an den großen Balkon in der Mitte des Halbrunds des neuen Burgflügels richtete.

Der ganze Trakt lag in Finsternis. Aber die Türe zum Balkon war nicht verschlossen, und die hohen, schweren Flügel schlugen in gemessenen Abständen mit knarrenden Geräuschen auf und zu und schrieen in den Angeln. Wenn die Türöffnung klaffte, sah man in dunkle, leere Raumfluchten.

Nur ganz hoch oben, am äußersten Ende des Gebäudebogens, dem ehemaligen Domestikentrakt, war ein kleines Mansardenfenster hell beleuchtet.

LACRIMOSA DIES ILLA, QUA RESURGET EX FAVILLA

Bereits am späten Nachmittag hatte man in den Häusern der Salvatorgasse und um den Hohen Markt kleinere Rohrbrüche festgestellt und den Installateur kommen lassen. Im Verlauf der Nacht aber hob sich aus undurchsichtigen Gründen der Wasserspiegel im Kanalnetz der Region. An vielen Stellen trat Wasser aus und sickerte über das Pflaster. Unbemerkt von den zu dieser Nachtzeit schon größtenteils Schlafenden, sammelte sich das schmutzige, schwarze Kanalwasser zu einem zunächst seichten Gerinne, stieg aber allmählich und überflutete die ganze Straßenbreite, erklomm die Trottoirs und spülte gegen die Häuserwände. Die Gewässer folgten der Neigung des Terrains und ergossen sich in einer immer stärkeren Flut am Vermählungsbrunnen vorbei, den Lichtensteg hinunter, brandeten um die Ecke der

Rotenturmstraße und vereinigten sich, am Griechenviertel vorüberströmend, mit den Wassern des Donaukanals.

Gegen elf Uhr belebte sich plötzlich der dunkle Wasserstrom mit gondelartigen schwarzen Barken.

Ruderer sah man keine. Manche der Boote waren leer, andere trugen schwarze Baldachine, einige führten längliche, schmale, kistenartige Aufbauten, die mit schwarzsamtenen Decken umhüllt waren, mit sich. Im Bug brannten Pechfackeln, die düster rot schwelten und keinen Lichtschein gaben.

Nichts war zu hören als glucksende Geräusche, das schwere Schlappen des Wassers gegen die Bordwände und das ziehende Rauschen des Kielwassers. Es roch nach fauligem Schlamm.

Die Barken, weder von Rudern noch einem Steuer gelenkt, überließen sich dem Sog der schwarzen Wassermassen und verschwanden lautlos im kochenden Brodem, der über dem Donaukanal lagerte.

Die Erscheinung dauerte nicht länger als eine knappe Stunde. Dann zogen sich die Wasser zurück, und der Spiegel im Kanalnetz sank auf das gewohnte Niveau.

LIBERA NOS DE ORE LEONIS, NE CADANT IN OBSCURUM

Gegen Mitternacht wurde in den abgemauerten Teilen der Katakomben, die bei Führungen seit langem nicht mehr gezeigt werden, Kerzenschein sichtbar. Ein langer Betwurm von Nonnen mit schwarz verhängten Gesichtern, Weihrauchbecken und bläulich flackernde Kerzen in den Händen, kroch auf den Knien durch die niedrigen Gänge, Liturgien leiernd und mit hohen, dünnen Stimmen das Offertorium singend.

Von sehr weit her aus dem verwirrenden Labyrinth der Kammern, Nischen, Schlieflöcher und Kriechgänge vernahm man, bald näher, bald ferner das Geräusch weicher Tritte. Prankentritte im elastisch schleichenden Tiergang. Fell streifte an rieselnde Erdwände. Das Schlagen schwerer

Schweife. Dann und wann ein Fauchen und tiefes Grollen.

Plötzlich ist Raubtierdunst im Gang.

Die Nonnen zögern auf ihren Knien. Die Gesänge und Gebete verwirren sich. Leises Jammern und ergebenes Weiterschleppen. Schon mischt sich der Tiergeruch mit den schwülen Weihrauchwolken und dem Wachsgeruch der triefenden Kerzen.

Der niedrige Gang mündet in ein höheres Gewölbe, in dessen Nischen uralte Särge vermodern. Der Zug der Nonnen stockt jäh. Gegenüber aus der Öffnung eines anderen Ganges nähern sich schleichende Tritte, und plötzlich finden sich die Verschleierten Aug in Auge mit den Tieren. Sie klammern sich mit beiden Händen an die verlöschenden Kerzen. Der Gesang erstirbt auf den kalkweißen Lippen.

Wenige Schritte von ihnen entfernt verharren auch die Tiere: geschuppte Löwenkörper, Pantherleiber mit Dämonenfratzen, geflügelte Krötenwänste mit fauchenden Schnäbeln und hundeartige Ungetüme, deren Köpfe mit Tüchern vermummt sind. Die Kerzen geben nur mehr ein schwaches, schwelendes Licht. Totenstille herrscht.

Der Raubtiergeruch liegt im Kampf mit dem Wachsgeruch der geweihten Kerzen und überwältigt ihn langsam.

AGNUS DEI, QUI TOLLIS PECCATA MUNDI

Gegen Mitternacht geriet der Nebel in der Zone Hoher Markt, Salzgries, Ruprechtskirche in eine ziehende Bewegung, man spürte einen kalten Wind in den feuchten Schwaden. Plötzlich wurde Trappeln vernehmbar, ein Trappeln wie von zahllosen kleinen Tierhufen, von Maria am Gestade her, durch die Salvatorgasse auf den Hohen Markt heraus. Das Getrappel wurde lauter und schwenkte in die Judengasse ein. Man sah nicht viel mehr als ein wolliges Wogen und manchmal, wenn der Dunst aufriß, ein paar erschrockene Tieraugen unter krauser Stirnwolle, Widderhörner oder ein lockiges Lämmchen, das sich unter den zottigen Bauch eines Mutterschafs drängte und mitlief.

Als die Herde in die Judengasse einbog, horchte sie auf und drängte sich zusammen. Dann kamen die Tiere in eine raschere Bewegung. Das Trappeln wurde härter, erregter, die Augen rollten im Weißen, die Zungen hingen aus den triefenden Mäulern, schnaubende Nüstern standen weit offen.

Panik läuft durch die zottigen Körper, sie preschen hinein in den kleinen Platz vor der Ruprechtskirche, auf das offene Portal zu. Der dunkle Leib der Kirche schlingt die dicht gedrängte Herde ein. Hinter dem letzten nachhumpelnden Schaf schließen sich lautlos die Flügel.

Es ist ganz still auf dem Platz. Stiller, als sonst irgendein Ort ist. Eine kompakte, erstickende, eine geile Stille.

Dann kommt es unter dem Türspalt heraus, breitet sich allmählich aus über die Torsteine, drängt nach, langsam, aber stetig, ein sickerndes Rinnsal zwischen den Pflastersteinen.

Erst wird es von der Erde aufgesogen, dann aber kommt mehr und mehr nach, bahnt sich einen rinnenden Weg und breitet sich aus zu dickflüssigen Lachen. Rotes, helles Blut.

Opferblut.

Der Platz riecht wie ein Schlachthaus.

IN DIE ILLA TREMENDA

Um diese Nachtstunden war im gesamten Bereich der Innenstadt ein leichtes Erdbeben spürbar. Sowohl in Form von plötzlichen Erdstößen als auch länger anhaltenden Erschütterungen des Bodens. An manchen Stellen merkte man kaum ein vages Erzittern, an anderen wieder riß es Leute aus dem Schlaf.

In den Häusern vibrierten Fensterscheiben und Glasgegenstände. Besonders häufig sollen Türen selbsttätig aufgegangen sein. In vielen Haushalten wurde – obwohl sachgemäß aufbewahrt – die Milch sauer, und der Wein schlug um.

Es gab nächtliche Anrufe bei der Polizei und beim Rettungsdienst. Daß in technisch-physikalischen Instituten und Kliniken feinste Meßgeräte die absurdesten Werte zeigten, wurde verständlicherweise nur im engsten Kreise bekannt. Eine auch nur annähernd befriedigende Erklärung für diese Erscheinungen konnte nicht gefunden werden.

Am nächsten Morgen lagen auffallend viele tote Tauben in den Höfen und Gassen. Man hielt es für das Ergebnis einer städtischen Aktion gegen das Überhandnehmen dieser Tiere.

Im Laufe des späten Vormittags meldete sich im Kommissariat am Deutschmeisterplatz ein Obdachloser in leicht betrunkenem Zustand und gab folgendes zu Protokoll: Er sei zwischen elf und zwölf Uhr nachts, aus seinem Stammlokal kommend, den Laurenzerberg zum Donaukanal hinuntergegangen. Plötzlich habe er ein deutliches Gefühl gehabt, daß sich hinter seinem Rücken etwas »heranwälze«. Sich umkehrend, habe er eine dunkle, wogende Masse wahrgenommen, die die Gasse hinunter füßelte und schwänzelte sowie leises, erregt tönendes Pfeifen. Zu Tode erschrocken, habe er sich an die Hauswand gepreßt. Da sei es ihm über die Füße getrappelt und habe an seine Hosenbeine gestreift. Jetzt erst sei ihm klar geworden, daß es sich um Scharen von Ratten handle, die in gesträubter Hast kanalwärts verschwanden. Es sollen Tausende gewesen sein, der Zug habe minutenlang angehalten.

Dieser Bericht wurde nicht weitergeleitet, weil der Mann polizeibekannt war und schon mehrmals mit deliranten Symptomen in die psychiatrische Klinik hatte eingeliefert werden müssen.

Da die Seismographen weder in Wien selbst noch in den Erdbebenzonen südlich der Stadt in dieser Nacht die geringsten Ausschläge gezeigt hatten, wurde das Beben in den Zeitungen nur in Form kleiner Randnotizen vermerkt.

DONA EIS REQUIEM ET LUX PERPETUA LUCEAT EIS

Am Stephansplatz hatte sich der Nebel gesenkt, und die schweifenden Schwaden reichten nur mehr in Knöchel-, höchstens in Kniehöhe. Erst hätte man es für besondere

Formen von Nebelbänken halten können, dann aber gewann es größere Dichte und schärfere Konturen, und man sah, daß es Grabkreuze waren und Steine, halb eingesunken, wie auf aufgelassenen Friedhöfen. In gespenstischer Deutlichkeit wuchs der alte Stephansfriedhof aus dem Pflaster.

Steine, Kreuze und Erdhügel wurden sichtbar, sogar noch die verwelkten Kränze und Schleifen auf manchen Gräbern. Friedhofsgeruch wie zu Allerseelen: Wachs, welkende Blumen, Frost und Erde und, vom Nebel gedämpft, das Scheinen der Totenlichter.

Wo sich der Nebel hebt, sieht man, daß alles übersponnen ist von dichten, staubig feuchten Spinnwebfetzen. Sie hängen von den schmiedeeisernen Kreuzen, den Verzierungen der Steine, überziehen die Kränze und machen die Grablaternen blind.

Da kommt ein Windstoß auf und bringt eine Geruchsschwade von alten Kleidern, kaltem Schweiß und schlechter Atemluft heran. Aus der Goldschmied- und Jasomirgottstraße, Schulerstraße und Domgasse nähert sich ein Schleppen und Humpeln und ächzendes Kriechen.

Sie kommen in Scharen. Alle die Betrübten und Beleidigten, die Mühseligen und Beladenen, die Versehrten und die Traurigen, die Gekränkten und die Verlorenen, die Siechen und Krüppel und Irren, all die Müden und Überdrüssigen und Hoffnungslosen der Stadt, die genug haben und nichts mehr wollen als unter die Erde.

Sie haben die offenen Gräber gerochen, schneller und schneller hecheln sie heran zu den klaffenden Grüften, lassen sich fallen und wälzen sich in röchelnder Begierde hinunter in die Tiefe; und die Erde macht sich wieder zu. Ein paar Schollen stürzen nach, kleinere Brocken trockenen Lehms. Dann rieselt nur mehr Sand. Bruchstücke vermummter Klage. Über die spinnweberdrosselten Steine und Kreuze hin der gebrochene Fistelton einer Greisenstimme: »et lux perpetua luceat eis«.

Dann frißt der Nebel die Geistersilhouetten der Gräber.

Während dieser Vorgänge, die an verschiedenen Plätzen der Stadt, halb vom Nebel verschluckt, vor sich gehen, dringt aus der verschlossenen Kapelle im Heiligenkreuzerhof die Lauretanische Litanei: die Anrufungen, welche die Gottesmutter mit den heiligen Namen der Artemis von Ephesus preisen: »Elfenbeinerner Turm, Vielgeliebte, Mutter der schönen Liebe, Kelch des Geistes, geheimnisvolle Rose, Du goldenes Haus, Pforte des Himmels, Du Morgenstern, Trost der Betrübten und Zuflucht der Sünder!«

Der Hof ist vollkommen frei vom Nebel, der auf der übrigen Stadt lastet. Das Himmelsstück über dem Geviert ist dunkelblau und übersät mit Sternen. Die Luft ist warm, wie an einem späten Maiabend. Die wegen der kalten Jahreszeit strohverhüllten Rosensträucher an den Laternen haben zu sprossen begonnen. Im Verlauf einer Stunde stehen sie im vollen Blätterkleid mit vielen hellgrünen Knospen, und in einer weiteren Stunde sind die Knospen aufgesprungen und die Rosen aufgeblüht. Sie erfüllen den Platz mit ihrem Duft, der durch die geschlossenen Tore hinaus auf die Köllnerhofgasse und die Schönlaterngasse dringt.

Allmählich wachsen die Rosensträucher über ihre gewöhnliche Größe hinaus, ranken sich an den Hausmauern hoch und strecken ihre Zweige weit ins freie Geviert des Platzes hinein, den sie mit ihren wuchernden, blütenbesetzten Ranken überwölben.

Schlag zwölf Uhr Mitternacht geht die Tür zur Kapelle auf. Aus blauer Dunkelheit glänzen die Goldverzierungen des Gestühls und Altares. SIE tritt heraus in die wartende Stille des Platzes im goldstarrenden Mantel und mit der edelsteinschweren Krone der Magna Mater Austriacensis und wandelt durch das Rosengebüsch auf das Tor zu, das sich weit öffnet. Sie tritt auf den Grashof hinaus und wendet sich durch die Köllnerhofgasse zur Stadt.

Während die Schläfer von unruhigen Träumen heimgesucht werden, viele überhaupt keinen Schlaf finden und sich in ihren zerwühlten Betten hin und her wälzen, auf das knarrende Parkett und die leise klirrenden Fensterscheiben horchen und auf das ängstliche Winseln der Hunde, durchwandert SIE langsam die Gassen, schreitet alle die Orte des Nachtgeschehens ab und flüstert ins Gehör der Wachenden und der Träumenden wie eine, die am Bett eines kranken Kindes sitzt und es in den Schlaf redet:

»Da lebt ihr nun seit Millionen von Jahren und fürchtet euch vor dem Sterben. Habt euch die lehmigen Behausungen des Gilgamesch ausgedacht, die abgestandenen Scheinfreuden derer, denen es gelingt, die Sprüche des Totenbuches fehlerlos herzusagen; habt euch die Asphodeloswiesen vorgestellt mit all den traurigen Schemen, die nach ein paar Tropfen lebendigen Blutes lechzen. Für die Frommen habt ihr geschwankt zwischen dem Himmlischen Chor oder einem immerwährenden Freß- und Hurengelage. Für die Lasterhaften habt ihr die Folterkammern der Hölle erfunden. Die ganz Gescheiten sehen sich aus ihren eigenen vermodernden Bäuchen aufsprießen als grünes Kraut, das dann doch wieder verwelkt und hinunter muß. Und denen auch das nicht recht ist, die versuchen, sich in den Abgrund Gottes fallen zu lassen und vergessen, daß einer, der in Gott ist, keinen Gott mehr hat, sondern in alle Ewigkeit nur sich selbst; aber so weit kommt es ja gar nicht bei denen, denn sie landen im Lichthof ihres eigenen Ich. Warum fällt denn keinem von euch armen Narren das Einfachste und das Natürlichste ein? Der junge Adam.

Weder Engel noch lehmene Schatten werdet ihr sein, keine Brennesseln und keine Rosen und schon gar keine Lichtstäubchen von der Glorie des Allmächtigen. Ihr werdet in keiner Marterhölle brennen, noch werdet ihr herumlungern in jenem Paradies, das zwischen Pison und Gihon, zwischen Euphrat und Hiddekel liegt.

Ihr werdet zurückkehren.

Aus Adam seid ihr gekommen, Fleisch von seinem Fleisch und Blut von seinem Blut und ein Hauch Gottes darin.

Es wird wie ein Hinübergehen sein aus einem Raum in einen anderen Raum durch eine alte vermorschte Tür, die immer da war, überall, aber eure Augen haben sie nicht gesehen, und jetzt schreckt ihr zurück vor dieser Tür und vor dem unbekannten Raum dahinter. Ihr kennt ihn doch alle. Ihr habt ihn nur vergessen. In jedem aber lebt noch eine leise Erinnerung daran aus den frühen Tagen der Kindheit: der junge Adam. Mit Lust wacht er morgens auf und spürt, wie die Muskeln sich spannen und das Blut warm durch die Adern kreist. Der Wind streicht durch seine Haare und eine freundliche Erde trägt mit Liebe seine Sohlen. Die Augen sind voll von den schönen Bildern, die Ohren von den Klängen der Schöpfung, und wenn er die Hand hebt nach einer Frucht, stört keine Begierde das Glück des Geschmacks, den Frieden der Sättigung; kein Begehren nach mehr, als man braucht, nach Besitz und Einverleibung. Und abends dann die wohlige Müdigkeit der Glieder. Erinnert ihr euch nicht? Der Kopf sinkt zur Seite, aus der rauschenden, sonnenwarmen Blätterkrone rieselt der Schlaf, und lächelnd gibt sich der junge Adam dem Schaukeln der Ewigkeit hin.

Und davor fürchtet ihr euch? Seid voll Unruhe und Angst und jeder horcht auf das große Tremendum, das umgeht in der Stadt heut nacht in schrecklichen Trugbildern, die aus euren schuldbewußten, überfressenen Bäuchen kriechen: Rabengeflatter im Dom, Posaunen in den Gassen und das Blut des Lamms rieselt über das Pflaster. Totenschiffe tauchen in den Nebel und ihnen nach wälzen sich die Ratten. Alles Gegrübel der Welt zerfällt in trockenen Staub und der Dunst der TIERE erstickt die geweihten Kerzen. Versunkene Gräber tun sich auf und fressen die Lebendigen und die Toten und all eure Laster und Traurigkeiten und den todmüden Kummer, zu dem ihr diese schöne Welt gemacht habt mit eurer Dummheit; diese Welt, in der ihr wohnt, dieses Leben, an dem ihr hängt mit allen Fasern: Ihr selbst habt sie zur lehmigen Finsternis gemacht, durchflackert von den Folterbränden der Hölle, weil Liebe bei euch immer zum Habenwollen und zur fressenden Einverleibung wird.

Freuen sollt ihr euch auf den Tod, der euch zurückverwandeln wird in den Adam, den Gott sich ausgedacht und geschaffen hat. Irgendeiner von euch, ein Verrückter oder sehr Gescheiter, hat doch geredet vom Verwandeltwerden in der Stunde der letzten Posaune, und dann hat er gesagt: ›Tod, wo ist dein Stachel, Hölle wo ist dein Sieg‹. Ein Gescheiter war er.

Ja, ja, beruhigt euch, ich weiß schon, das Genörgel und Geflenne wegen der Schlange, wegen neuer Versuchung und Austreibung und ›Schweiß des Angesichts‹. Gott wiederholt sich nicht. Das hat er nicht notwendig. Es wird keine Versuchung mehr geben und keine Vertreibung ins Elend. Denn Semael ist versöhnt worden.

Ich will euch ein Geheimnis sagen, weil ihr mich dauert in eurer schweißnassen, kalkfarbenen Todesangst. Hört die Geschichte: Nacht war's in der Welt und sehr still. Es regte sich kein Halm, und Adam schlief. Da erging Gott sich in seiner Schöpfung und ihm zur Seite Semael, sein schwieriger Erstling, mit dem er zerworfen war euretwegen. Und als sein Blick auf den schlafenden Adam fiel, flüsterte er Luzifer ins Ohr: ›Warum bist du denn mit dem da so umgesprungen? Nur weil ich im Stolz auf meine Neuschöpfung ein wenig übertrieb? Du weißt doch, es hat sich bald gelegt. Die Zweifel am Gelungensein kamen schon, als ich dieses Lehmmännchen aus der Hand legte‹. – ›Es war die Eifersucht, Allherrlicher‹, flüsterte Satan seinerseits Gott ins Ohr. ›Ich war zutiefst gekränkt und eifersüchtig damals, als du das Theater mit ihm gemacht hast und wir ihm huldigen sollten, diesem flüchtig durchhauchten Lehmtropf!‹ – ›Was ist das, Eifersucht?‹ fragte Gott leise zurück, ›ich kenne das nicht!‹ – ›Wie sollst du wissen, was Eifersucht ist‹, flüsterte Semael mit bitteren Lippen, ›man kann doch nicht auf sich selbst eifersüchtig sein! Du, der Gewaltigste und Erhabenste, der Schönste und Glorreichste und Weiseste, der Omnipotente, wie solltest du wissen, was Liebe ist und Haß und Eifersucht!‹ – ›Das mag schon sein, mein Luzifer und Erleuchter, ich kann das gar nicht kennen. Aber du, du scheinst es gut zu kennen. Sag mir, was ist das für ein Gefühl: gekränkte Liebe und Eifersucht?‹

Semael sah zur Erde und schwieg. Dann flüsterte er ins Gras hinunter, auf dem sie standen und wo Adam schlief: ›Es ist das Schrecklichste, das es gibt im Himmel und auf der Erde. Die Abgründe deines Wesens springen auf und schreien es einander zu, und es hallt im Echo wider: Du bist geschunden bis auf das nackte Fleisch deines Herzens, geschunden bist du!‹ – ›Verzeih mir, mein Zwölffältig Geflügelter‹, sagte Gott und legte seinen Arm um die Schultern Semaels, ›verzeih mir. Das hab ich nicht gewußt.‹ – ›Laß gut sein‹, flüsterte der Lichtträger, ›du kannst nichts dafür.‹«

Während die Große Mutter so durch die Gassen wanderte und mit ihrem tröstenden Geraune die Träumenden und die Wachenden beschwichtigte und in Schlaf sang, löste der Spuk sich auf, die Nebel zerrannen, und bald schienen über der ganzen Stadt die Sterne.

DRITTE NACHTWACHE DES DR. SCHLESINGER

Nach der Lektüre des »Requiem« ist mir aufgegangen, daß die Pictor mich mit ihrer maulfertigen Aufgekratztheit und Verspottung der ärztlichen Kunst hinters Licht geführt hat. Sie hat mich gar nicht zum Überlegen kommen lassen.

Jetzt weiß ich erst, wie ernst das alles war. Sie ist gerade noch davongekommen. Seelische Leichtfüße verfügen oft über eine erstaunliche Zähigkeit und haben offenbar beim Allerhöchsten einen Stein im Brett. Er wird wissen, warum.

Aber wie soll unsereiner auf den Gedanken kommen, eine erwachsene, intelligente und gebildete Person ernst zu nehmen, wenn sie auf offener Straße einen Geißblattzweig zertritt oder – um bei ihrer eigenen szenischen Darstellung zu bleiben – aus dem verrottenden Orgelgestühl ihrer Lungen ausreißt und dann so nachblutet, daß man sich nicht anders als mit einer künstlichen Plastikverstopfung helfen kann.

War das nun von ihrer Seite eine Art umwegiger Selbstmordversuch oder ein archaischer Initialakt zum Eintritt in ein neues Leben, das frei und bar ist der sichtverschleiernden Schutzkulissen, ein Leben Aug in Auge mit der Wirklichkeit oder mit Gott? Auf solche »Kranke« ist unsereiner nicht gefaßt.

Sie hat sich freiwillig (oder vorwitzig!) des einzig tauglichen Schutzgehäuses begeben, das der Seele ein wenig Halt gibt; was der Lunge der Atem ist und dem Körper der Schlaf: der Raum der Geborgenheit, die Luft und der Geruch der ersten Kinderjahre.

Heimatboden würde ich sagen, wenn dieses Wort nicht bis zum Erbrechen mißbraucht und abgegriffen wäre. Aber als einer, der gezwungenermaßen lange Jahre von diesem »Kinderboden« losgerissen war, weiß ich, was das heißt. Das ist kein Land, kein Staat, keine Kultur. Das sind die paar Zimmer, Häuser, Gassen, in denen man aufgewachsen ist und die der äußere Rahmen und die sinnliche Wirklichkeit dessen waren, was man Geborgenheit und Einverständnis nennt, ein Guthaben fürs Leben. Ein winziges Areal in der fremden Weite des Erdballs, das aufgeladen ist mit dem Gefühl der Sicherheit und des Hergehörens. Abrahams Schoß. Für mich ist es die Gegend um den Schafberg, und ich hüte mich hinzugehen, um nicht sehen zu müssen, daß es »meine« Gassen nicht mehr gibt.

Sie hat ihr »Geißblatt« vertilgt, diesen Flucht- und Regenerierungsort – aus Angst, darin zu versteinern, das Lebendige zu verlieren. Dann fand sie sich der Wirklichkeit ausgesetzt, ohne eine Wand zum Anlehnen, fröstelnd vor Gott. Und wenn man dem »Ungeheuren, nicht Geheuerlichen und Übermächtigen« gegenübersteht und sich nirgends davor verstecken kann, bleibt einem wohl nichts mehr übrig, als zu versuchen, es kennenzulernen. Daher diese an Besessenheit gemahnende Beschäftigung mit jenen Bildern und Geschichten, in denen Gott sich unseren Breiten und unserer Epoche geoffenbart hat.

Es ist ihr gar nichts anderes übriggeblieben. Hätte sie sich in die Naturwissenschaften vergraben sollen und detaillierte Aufschlüsse suchen über unsere »lehmene« Beschaffenheit? Oder in die Philosophie, um unser bißchen »Geist« zu analysieren? Oder hätte sie vielleicht gar praktizierende Katholikin werden sollen?

Mit dem Loch in der Lunge konnte sie einen Arzt aufsuchen. Mit ihrer der Hülle beraubten Seele konnte sie nur Gott suchen gehen, sich hinstellen und sagen: Das und das habe ich getan, teils aus Angst, teils aus Vorwitz, wahrscheinlich war's eine schwere Sünde, denn den Kokon hast du uns angeschaffen zum Überleben, und wenn ein Schiffskapitän die Rettungsboote und Schwimmgürtel ins Wasser wirft, kommt er vors Gericht. Aber es ist einmal geschehen, und jetzt steh ich da und weiß nicht einmal, wohin ich meine Augen richten soll, denn ich sehe dich nicht und ich höre dich nicht, ich begreife dich nicht, ich bin nur bis in die Fingerspitzen und die Fußsohlen hinein durchbebt von einem lautlosen Tremendum, das mich deine Nähe ahnen läßt.

Aber geht's uns nicht allen so? Unsere Weltzeit, in der wir zu Hause waren, bröckelt auseinander. Unter dem Pflaster rumoren schon die apokalyptischen Tiere, wie die Ratten und Krähen in ihrem »Requiem«, die Dämonen in den Katakomben, und zwischen Schulhof und Judenplatz gellen die Fanfaren zum letzten Armageddon.

Aber für eine Weile werden wir noch wohnen in unseren alten Häusern, und unser Geißblatt wird duften im Juni, sehr süß und ein wenig ordinär. Wir werden abends durch die Gassen gehen, beladen mit den alten Geschichten von Gott und dem Satan und Adam, dem Früchtchen; gehen in unseren abgetragenen, ausgetretenen Schuhen, denn für neue sind unsere Füße zu alt und zu empfindlich. Und fürs Barfußgehen hab ich auch nicht viel übrig. Man schindet sich leicht blutig.

KLÄRUNG

Letzte Aufzeichnung aus dem Papierkorb der Antonia Pictor

Es ist jetzt eine sonderbare, weiße Helligkeit in mir.

Gewaschen und geläutert. Eine Art Kehraus.

Wenn man von der Osterbeichte nach Hause gekommen ist, hat es in der Wohnung so gerochen. Wachs und

Terpentin, eine Mischung von Putzwut und Heiligkeit. Man mußte achtgeben, auf dem Parkett nicht auszurutschen, und trug Fetzen unter den Schuhen.

Am späten Nachmittag war die Auferstehung.

*

Ich wollte nur meine Versteinerungen abkratzen, so wie man Inkrustierungen von archäologischen Objekten abträgt: vorsichtig und schonend. Restaurierungsarbeit! Man macht sich schön fürs Museum. Ein feines Stopfpräparat, beigesetzt unter einem sauber beschrifteten Messingtäfelchen zur Beschau und Belehrung für die Nachfahren. Aber die Bescherung war zu weit fortgeschritten. Härtere Methoden waren angezeigt. Dabei ist allerhand mitgegangen, und es hat nachgeblutet.

So geht's auch mit unserer Weltzeit. Man läßt sie nicht in Würde altern und sterben, sondern setzt sie unter einen Glassturz.

Aber in den Museumsgängen geht's um.

Die alten Geschichten, für die wir zu gescheit geworden sind, die schön gebunden in den Regalen stehen und nie gelesen werden, rumoren durch unsere Nächte. Das Gespenst des vergessenen Glaubens pocht an die Wände, kratzt an den Türen, verstört mit tappenden Schritten den Schlaf und raubt uns den Frieden und die Lebensfreude mehr, als es einmal die Sünde getan hat, die Angst vor dem Gericht und der ewigen Verdammnis.

Wie immer! Meine Falltür ist offen, und der Spuk ist frei. Ich habe mit dem Satan Karten gespielt, das Foppwerk Leviathans gesehen und den Tod beim Klavierspielen beobachtet. Ich wurde abgeholt zum Gericht und habe gespürt, wie schmerzhaft man sich in der Hölle schämt. Ich bin am Kirtag der Heiligen Ringelspiel gefahren. Gott aber habe ich nur durchs Schlüsselloch gesehen, und die Engel und Seligen haben keinen guten Eindruck auf mich gemacht.

Ich habe gelernt, daß der Weltbau, in dem ich zu Hause bin, unsicher geworden ist. Aus jedem Winkel kommen die Dämonen gekrochen, und Schönheit ist angestochen und immer an der Schwelle zur Müllhalde. Für die klassische Schönheit sind wir zu alt und zu müde, zu spott- und todessüchtig.

Ich habe auch gelernt, daß die neue Weltepoche, die da und dort aufkeimt, häßlich ist. Das spricht nicht gegen sie. Auch unser Weltgebäude ist häßlich gewesen, als es noch jung war, und die Alten, die an ihren in Schönheit verrottenden Götterbildern hingen, an die sie nicht mehr glaubten, ekelten sich auch vor unserem Neuen. Es war ihnen ein Greuel.

Wenn sich so ein neues Äon aus der Asche erhebt, ein junger Phönix, ist sein Gefieder zerrupft und verklebt. Breitspurig torkelt er daher auf ungeschlachten Füßen und gibt mit mißtönenden Krah-Lauten dumme Dreistigkeiten von sich, als wären es neue Erkenntnisse und Weisheiten. Dann flattert er schwerfällig auf und markiert unsere schönen Ruinen mit einem Schiß als abbruchreif. Das Neue ist immer häßlich, aber ihm gehört die Zukunft. Jugend darf geschmacklos sein. Nur im Alter ist Geschmacklosigkeit eine Todsünde. Nichts ist peinlicher und degoutanter als dieses bodenschleckende Sich-gemein-machen-Wollen mit der Jugend.

Wir sollen wach bleiben und neugierig und ihren manchmal ungeschickten Gehversuchen Wohlwollen schenken und ein bißchen sacht lenkenden Spott, der nicht bös gemeint ist. Aber wir sollen sie in Ruhe lassen.

*

Zweitausend Jahre haben mich zu einem Geschöpf geprägt, zusammengeknetet aus ein bißchen Geist und viel Lehm, ein Geschöpf des Widerspruchs, der Sündenanfälligkeit und des Endzeittremors. Ein Geschöpf, das Gott in eine Geschichte gesetzt hat. Ich empfinde das als einen Würdenstand und möchte mich gut darin halten bis zuletzt.

Großartig ist meine Rolle nicht gewesen. Aber soll ich aufbegehren, daß ich nicht den strahlenden Helden und Sieger spielen durfte? Seit ich alt bin, achte ich am meisten jene Mimen, die auch eine Nebenrolle gut spielen, obwohl sie wissen, daß keiner hinschaut, weil in der anderen Bühnenecke gerade der Heros aufprotzt.

*

Ich liebe diese Schöpfung trotz allem. Das ist keine blinde, bauchkriechende, nach Belohnung schielende Verehrung für den Allherrlichen, der sie sich ausgedacht und hingestellt hat. Eher ist es die Bewunderung einer gewissen, durch das Alter erworbenen Kennerschaft.

Wenn ich so sehe, wie sich in meinem Leben manches gefügt hat, das mir selbst niemals eingefallen wäre, das ich oft genug wegflehen wollte und verflucht habe; wenn ich sehe, wie sich dann oft herausgestellt hat, daß es keine glückliche, aber doch eine sehr gelungene, eine ungemein gekonnte Fügung war, gerade dort in den Kosmos eingeordnet, wo es hingehörte, dann bin ich befriedigt. Die »glücklichen Fügungen« stellen sich ohnehin oft genug als Blamagen heraus, Enttäuschungen, bestenfalls Atempausen.

Wie auch immer. Ich weiß, wo ich stehe, wo ich hingehöre. Ich will nicht mehr aufbegehren oder davonlaufen oder gar »mein Leben in die Hand nehmen«: ein Wunsch von aufrecht gesinnten Schwachköpfen.

Ich bin ein Geschöpf der dunklen Erde, durchweht von einer kleinen Brise Gottesgeist. Wohin der geht, wenn der Leib zerfällt, das weiß ich nicht. Ich kenne die Ewigkeit nicht. Ich kenne nur ein bißchen diese Erde; und die frißt und verdaut und bringt wieder zum Blühen im raffenden Chaos. Dies Schlingende haben wir im Blut. Es hat uns zum Tod gezeichnet, zur Verwesung und Verwandlung.

Ich weiß ja, dieses Fleisch, »es ist wie Gras und Grases Blüten«, und das ist noch schmeichelhaft ausgedrückt, denn im Grunde ist es nichts als kauende Fäulnis. Trotzdem liebe ich es. Immer noch. Bis in die letzten Verzweigungen meiner Adern, bis ins leiseste Pochen der Pulse. Gegen alles Wissen und Gewissen liebe ich es wie ein Tier.

Manchmal zwar verlangt es mich sehr nach Dunkelheit und Stille und nach dem Frieden der ewigen Nacht. Das Fleisch ist mürb, der Geist müde. Nur die Sinne! Meine Sinne haben noch immer nicht aufgehört, den berückenden Bildern dieser Welt anzuhängen, ihre Schönheit und ihre Bitterkeit zu genießen, auch wenn die lehmige Last der Erde schon auf meine Rippen drückt und mir den Atem abschnürt.

Immer noch der Frühlingsblust in den Apfelbäumen und ein flirrender Mond, der einen in eine alte Liebe hext.

Immer noch der Duft vergangener Sommer in den schwarzen Zypressen und zum harten Gitarrenklang der Zikaden eine salzige Brise götterträchtigen Meerschaums.

Immer noch der Geruch nach Herbstfeuern und junge Nüsse zu herbem Wein, im Ohr ein uralter Schmachtfetzen aus einer Drehorgel, der zu Tränen rührt.

Und immer noch die körperhafte Lautlosigkeit des fallenden Schnees, wenn im Kachelofen knisternd ein Scheit Holz verascht und es nach Tannen riecht.

Das alles verblaßt nur sehr, sehr langsam in meinen törichten Sinnen, die immer noch nicht zur Weisheit und Gelassenheit gefunden haben. Aber einmal werden auch sie vergessen.

Dunkelheit wird sich auf meine Augen legen und das sonore Rot tilgen, das die Dinge ausstrahlen, ehe die Nacht einfällt. Aus den Händen wird die Erinnerung an warmes, gestreicheltes Haar schwinden, und im Gehör werden die Stimmen der Vögel leiser werden, die über meinem Rasen sind, und lauter das flüsternde Wachsen der Wurzeln.

Dann wird nach und nach im stockenden Blut auch der Rest der Begierde erlöschen nach dem schönen närrischen Pomp des Lebens. Es werden keine Bilder mehr in meinen Augen sein und keine Worte mehr in meinem Mund. Das Geräusch vertrauter Tritte wird sich entfernen und zum Schattenecho des Herzklopfens werden, das sie einmal so laut gemacht haben.

Dennoch kann ich nicht glauben, daß dieses, mein Fleisch, für immer sterben wird und aus seinem Zerfall nichts aufsprießt als eine Handvoll wildes Kraut; mag's auch eine Geißblattranke sein oder ein paar Halme tauben Hafers.

Mir ist das zu billig angesichts des gewaltigen, über die Maßen herrlichen Schöpfungsgepränges, dem Gott sich einmal sechs ungeheure Tage lang hingegeben hat, so daß er am siebenten ruhen mußte.

Ich weigere mich zu glauben, daß dieser Aufwand an einer Gerichtsrampe enden soll, wo unsere törichten Irrtümer, Narrheiten und Sündenfälle pedantisch aufgewogen werden gegen das bißchen Gute und Gescheite, das uns eingefallen ist; und einem Quentchen Gnade dazu. Gott ist zu groß, um gerecht und gnädig zu sein. Gerechtigkeit ist eine Krücke der Ratlosigkeit, und Gnade ist eine wunderbare, anbetungswürdige Willkür.

Was einmal unsere zermürbten und zerspellten Knochen aus den Gräbern und Grüften reißt, wird nicht der gellende Schall einer Posaune sein, sondern die Inständigkeit des Herzens, die auch dann nicht stirbt, wenn es zu Staub und Rauch und Asche geworden ist. Die Inständigkeit im Guten wie im Bösen, denn in der Zeit des Tremendums werden die Begriffe nicht kleinlich aufgedröselt werden, sondern ineinanderschwimmen zu einer starken, lebendigen Wirklichkeit.

Ich glaube, daß diese namenlose Inständigkeit es ist, die die Toten aus der Tiefe hebt: aus der Tiefe der Erde, aus der Tiefe des Meeres und aus der Tiefe des Alls.

Die sanfte Gewalt dieser Inständigkeit wird eine solche Helligkeit und Kraft und Wärme ausstrahlen, ein solches Getöse des Lichts, daß es lauter hallen wird als das brausende Radwerk der Sphären, als die dröhnenden Tritte der gesammelten Heerscharen des Himmels und der Hölle, so daß der Ewige aufhorchen und um sich schauen wird. Und wie ich IHN kenne, wird in seinen Händen Schöpferlust sich regen, aus diesem wüsten Lichtgelärme ein geordnetes Gebild zu formen, einen neuen Kosmos.

Dies könnte dann die Auferstehung sein und das ewige Leben. Amen.

INHALT

Die Hölle

Requiem

Bitte umblättern:

Collection S. Fischer

Lothar Baier
Jahresfrist
Erzählung. Band 2346

Thomas
Beckermann (Hg.)
Reise durch die Gegenwart
Ein Lesebuch. Band 2351

Herbert Brödl
Silvana
Erzählungen. Band 2312

Hermann Burger
Die allmähliche Verfeinerung der Idee beim Schreiben
Frankfurter Poetik-Vorlesung
Band 2348
Als Autor auf der Stör
Band 2353
Diabelli
Erzählungen. Band 2309
Ein Mann aus Wörtern
Band 2334
Kirchberger Idyllen
Band 2314

Karl Corino
Tür-Stürze
Gedichte. Band 2319

Clemens Eich
Aufstehn und gehn
Gedichte. Band 2316
Zwanzig nach drei
Erzählungen. Band 2356

Ria Endres
Am Ende angekommen
Band 2311

Dieter Forte
Jean Henry Dunant oder Die Einführung der Zivilisation
Ein Schauspiel. Band 2301

Marianne Fritz
Die Schwerkraft der Verhältnisse
Roman. Band 2304

Wolfgang Fritz
Zweifelsfälle für Fortgeschrittene
Roman. Band 2318
Eine ganz einfache Geschichte
Band 2331

Wolfgang Hegewald
Das Gegenteil der Fotografie
Fragmente einer empfindsamen Reise
Band 2338
Hoffmann, Ich und Teile der näheren Umgebung
Band 2344
Jakob Oberlin oder die Kunst der Heimat
Roman. Band 2354

Wolfgang Hilbig
abwesenheit
gedichte
Band 2308
Der Brief
Drei Erzählungen
Band 2342
die versprengung
gedichte. Band 2350
Die Weiber
Band 2355
Unterm Neomond
Erzählungen
Band 2322

Klaus Hoffer
Der große Potlatsch Bei den Bieresch 2
Roman. Band 2329

Fischer Taschenbuch Verlag

fi 176/9a

Collection S. Fischer

Jordan/Marquardt/
Woesler
Lyrik – von
allen Seiten
Zusammenhänge
deutschsprachiger
Gegenwartslyrik
Band 2320
Lyrik – Blick
über die Grenzen
Band 2336

Peter Stephan Jungk

Rundgang
Roman. Band 2323
Stechpalmenwald
Band 2303

Gerhard Köpf
Innerfern
Roman. Band 2333

Judith Kuckart
Im Spiegel der
Bäche finde ich
mein Bild bicht mehr
Band 2341

Dieter Kühn
Der wilde Gesang
der Kaiserin Elisabeth
Band 2325

Katja Lange-Müller
Wehleid –
wie im Leben
Erzählungen. Band 2347

Otto-Marchi
Rückfälle
Roman. Band 2302
Sehschule
Roman. Band 2332

Monika Maron
Flugasche
Roman. Band 2317
Das Mißverständnis
Vier Erzählungen und
ein Stück. Band 2324

Gert Neumann
Die Schuld der Worte
Erzählungen. Band 2305

Hanns-Josef
Ortheil
Fermer
Roman. Band 2307
Köder, Beute
und Schatten
Suchbewegungen
Band 2343
Mozart –
Im Innern seiner
Sprachen
Essay. Band 2328

Gerhard Roth
Circus Saluti
Band 2321
Dorfchronik zum
'Landläufigen Tod'
Band 2340

Evelyn Schlag
Beim Hüter
des Schattens
Erzählungen. Band 2345
Brandstetters Reise
Erzählungen. Band 2345
Die Kränkung
Erzählung. Band 2352

Klaus Schlesinger
Matulla und Busch
Band 2337

Wolf Christian
Schröder
Dronte
Eine Geschichte
aus der Freizeit
Band 2310

Johanna Walser
Die Unterwerfung
Erzählung. Band 2349
Vor dem Leben
stehend
Band 2326

Fischer Taschenbuch Verlag

fi 176/9b

Gerhard Roth

Am Abgrund
Roman. 174 S. Ln.

die autobiographie des albert einstein
Kurzromane. Fischer Taschenbuch Band 5070

Circus Saluti
Erzählungen. Collection S. Fischer Band 2321

Der große Horizont
Fischer Taschenbuch Band 2082

Landläufiger Tod
Roman. 295 S. Ln.
Dorfchronik zum »Landläufigen Tod«
Collection S. Fischer Band 2340

Lichtenberg Sehnsucht Dämmerung
Theaterstücke. Fischer Taschenbuch Band 7068

Menschen Bilder Marionetten
Prosa, Kurzromane, Stücke. 453 S. Ln.

Ein neuer Morgen
Roman. 161 S. Ln.
(auch lieferbar als Fischer Taschenbuch Band 2107)

Schöne Bilder beim Trabrennen
Fischer Taschenbuch Band 5400

Der Stille Ozean
Roman. 247 S. Ln.
(auch lieferbar als Fischer Taschenbuch Band 5413)

Winterreise
Roman. 192 S. Ln.
(auch lieferbar als Fischer Taschenbuch Band 2094)

S. Fischer · Fischer Taschenbuch Verlag

fi 131/5

Hermann Burger

Als Autor auf der Stör
Collection S. Fischer
Fischer Taschenbuch Band 2353

Blankenburg
Erzählungen. 181 Seiten. Leinen S. Fischer

Diabelli
Erzählungen. Collection S. Fischer
Fischer Taschenbuch Band 2309

Die Künstliche Mutter
Roman. 267 Seiten. Leinen S. Fischer und
Collection S. Fischer
Fischer Taschenbuch Band 5962

Die allmähliche Verfertigung der Idee beim Schreiben
Frankfurter Poetik-Vorlesung
Collection S. Fischer
Fischer Taschenbuch Band 2348

Ein Mann aus Wörtern
Collection S. Fischer
Fischer Taschenbuch Band 2334

Kirchberger Idyllen
Collection S. Fischer
Fischer Taschenbuch Band 2314

Schilten
Roman. Fischer Taschenbuch Band 2086

S. Fischer · Fischer Taschenbuch Verlag

Gerhard Köpf

»Es gibt heute nur wenige deutsche Autoren, die auf dem Instrument des Erzählers so viele Register beherrschen wie Gerhard Köpf.«

Walter Hinck,
Frankfurter Allgemeine Zeitung

Die Erbengemeinschaft
Roman. 405 Seiten. Leinen

Innerfern
Roman. 213 Seiten. Kart. Collection S. Fischer Band 2333

Die Strecke
Roman. 580 Seiten. Leinen und Fischer Taschenbuch Band 9152

Herausgegeben von Gerhard Köpf

»Ein Schriftsteller schreibt ein Buch über einen Schriftsteller, der zwei Bücher über zwei Schriftsteller schreibt ...«
Dichter über Dichter und Dichtung
Fischer Taschenbuch Band 5838

Das Buch der Drachen
Die schönsten Drachengeschichten aus aller Welt für Kinder und Erwachsene: klassische Texte, Texte aus der Kinder- und Jugendliteratur, aus Märchen und Sagen bis hin zu zeitgenössischen Varianten von Wolf Biermann, Dino Buzzati, Lars Gustafsson u. a.
Fischer Taschenbuch Band 8223

S. Fischer · Fischer Taschenbuch Verlag

fi 1039/1

Klaus Hoffer

Bei den Bieresch

Halbwegs

Der große Potlatsch

Roman. Fischer Taschenbuch Band 5450

»Ein Brauch der barbarischen Bevölkerung dieses öden, von den Errungenschaften der Zivilisation nur im negativen berührten Gebietes hieß den ältesten, am nächsten stehenden männlichen Angehörigen für die Dauer eines Jahres in die Kleider des Verstorbenen schlüpfen. Dieses Los hatte ich gezogen.« Der Ich-Erzähler Hans kommt mit diesem Auftrag in das Dorf Zick und gerät in ein Netz von merkwürdigen Umständen, Menschen und Beziehungen, das gerade wegen der ständigen Erklärungen der Dorfbewohner immer unergründlicher wird.

Klaus Hoffer erzählt eine rätselhafte Geschichte, die von den Bieresch, den Meierhofleuten, im Osten Österreichs handelt. Hans lernt ihr von metaphysischen, rituellen und gesellschaftskritischen Vorstellungen geprägtes Verhalten kennen. Durch lange Gespräche, die ihn in die Geschichte und Gegenwart der Bieresch einführen, wird er selbst ein Teil ihrer Welt.

Fischer Taschenbuch Verlag

fi 1040/1

Arthur Schnitzler

Casanovas Heimfahrt
Erzählungen. Band 1343

Aus dem Inhalt: › Der blinde Geronimo und sein Bruder ‹, › Leutnant Gustl ‹, ›Die Fremde‹, ›Der Tod des Junggesellen‹, ›Das Tagebuch der Redegonda‹, ›Spiel im Morgengrauen‹, ›Casanovas Heimfahrt‹, ›Fräulein Else‹.

Jugend in Wien
Eine Autobiographie. Band 2069

»Keine Zweifel: dieses autobiographische Fragment wird erheblich zum besseren Verständnis des Schnitzlerschen Wesens und des Schnitzlerschen Werkes beitragen.« *Friedrich Torberg*

Reigen / Liebelei
Zehn Dialoge / Schauspiel in drei Akten
Band 7009

»Die beiden kleinen Stücke, die hier miteinander gesellt sind, sein (Schnitzlers) berühmtestes und sein berüchtigstes, scheinen sich schlecht miteinander zu vertragen: die gemütvolle »Liebelei« und der ungemütliche »Reigen«, die rührende Tragödie und das »zynische« Satyrspiel, das eine ein Volksstück, gesättigt mit Lokalkolorit – es gibt keine Dichtung, in der mehr Wiener Luft wehte – mit allen öffentlichen Ehren im Burgtheater aufgeführt, das andere als Konterbande lange im Schreibtisch des Dichters versteckt und von Ärgernissen und Skandalen umwittert.«
(Aus dem Nachwort von Richard Alewyn)

Arthur Schnitzler

Der Sekundant
und andere Erzählungen. Band 9100
»Wunderschön sparsam und durchsichtig« hat Hugo von Hofmannsthal die Art und Weise genannt, mit der Arthur Schnitzler »alles Äußerliche, das den Fortgang der Handlung unterstützt«, in seinen Werken schildert.

Spiel im Morgengrauen
Erzählung. Band 9101
»Spiel im Morgengrauen« ist ein für Arthur Schnitzlers Erzählen sehr charakteristisches Beispiel: das Motiv des Spiels – des Spiels der Akteure mit ihren Gedanken und Gewohnheiten und des Spiels des Zufalls, des Schicksals – kehrt bei ihm immer wieder.

Fräulein Else
und andere Erzählungen. Band 9102
»Schon das Gestern verschwimmt, und alles, was ein paar Tage zurückliegt, bekommt den Charakter eines unklaren Traumes.« Arthur Schnitzler erzählt vom Fehlverhalten der Menschen, die, aus solchem Lebensgefühl heraus, nicht davor zurückscheuen, die anderen, die gewissenhaften, zu opfern, wenn sie selbst sich allzusehr verstrickt haben.

Fischer Taschenbuch Verlag

fi 297 / 2

Inge Merkel

Eine ganz gewöhnliche Ehe

ODYSSEUS UND PENELOPE

ROMAN

Residenz Verlag